가고시마의
연인들

가고시마의
연인들

1판 3쇄 찍음 2018년 7월 4일
1판 3쇄 펴냄 2018년 7월 11일

지은이 | 박수진
펴낸이 | 정 필
펴낸곳 | (주)뿔미디어

기획 · 편집 | 심은지, 박지희
표지 디자인 | 우 물

출판등록 | 2002년 9월 11일 (제1081-1-132호)
주소 | 경기도 부천시 원미구 소향로 17, 303(두성프라자)
전화 | 032)651-6513 / 팩스 032)651-6094
E-mail | dahyangs@naver.com
블로그 | http://blog.naver.com/dahyangs
비북스 | http://b-books.co.kr

값 12,000원

ISBN 979-11-315-8909-0 03810

박수진 장편소설

가고시마의 연인들

contents

여름이 시작되는 도쿄 그리고 청춘

2007년 6월 중순. 도쿄의 악명 높은 무더위가 시작되고 있었다.

도다이마에역 고서점 거리에서 한참 떨어진 후미진 주택가 골목으로 접어들면 낡은 3층 건물이 유독 눈에 띄었다. 세입자를 더 받기 위해 이미 포화 상태인 건물의 방을 빠듯하게 빼서 만든 맨 꼭대기에 자리한 세 평 남짓의 작은 방.

사실, 이 방의 용도는 주거를 위한 공간이 아니었다. 원래는 욕심 많은 주인 할머니가 세입자들이 버리고 간 쓸모없는 세간살이들을 쟁여 놓기 위해서 만든 창고였다.

하지만 그깟 고물 세간살이를 챙기는 것보다 동경대에 유학 온 가난한 유학생들에게 한 달 방세를 받는 것이 훨씬 이득이겠다는 영악한 도쿄식 계산에 의해 주거용 공간으로 재탄생했다.

세나는 재작년 2월, 낯선 타국에서 자신의 몸을 누일 수 있는 보금 자리로 이곳을 선택했다.

책상 바로 옆에 자그마하게 자리 잡고 있는 네모진 창으로부터 뜨겁고 습한 기운이 들이쳤다. 행여 새벽이슬에 차가워진 바람이 들어오려나 싶어 어젯밤부터 열어 두었는데 오히려 끈적하게 더운 공기가 방의 온도를 높이고 있었다.

시계를 보니 오전 7시. 숱 많고 기다란 머리를 아무렇게나 하나로 묶어서 높다랗게 고정시킨 보라색 머리끈 밖으로 세나의 검은 머리카락이 드문드문 삐져나와 있었다. 흑요석같이 검고 윤기 나는 머리카락이 살짝살짝 세나의 목덜미를 스쳤다. 가느다랗고 하얀 목줄기를 타고 이내 땀이 흘러내렸다.

덥고 습한 공기가 자꾸 후끈하게 턱 밑을 치고 올라와서 세나는 읽고 있던 두꺼운 전공책을 그만 덮어 버리고 말았다.

이제 슬슬 도쿄의 여름이 시작되려나 보네.

세나는 책상 옆에 세워 둔 전신 거울에 자신의 몸을 비춰 보았다. 서울에 있을 때보다 확실히 살은 빠진 듯했다. 하나로 틀어 올린 머리 때문에 세나의 작은 얼굴이 더욱 조막만 해 보였다.

티 하나 없이 하얀 피부. 기다랗고 짙은 속눈썹이 부드럽고 촘촘한 아치를 그리며 크고 맑은 눈동자에 그윽한 느낌을 더해 주었다. 적당히 오똑한 코와 작은 콧망울이 그녀에게 다소 아기 같은 인상을 부여했다. 청순함과 천진함이 공존하는 묘한 아름다움.

세나는 확실히 남자들의 시선을 끄는 외모를 가지고 있었다. 하지만 고된 유학 생활로 인해 자신을 가꾸고 멋을 내는 일이 이제는 너무나 아득하게만 느껴졌다.

언제나 하나로 틀어 올린 머리에 서울에서도 쭉 입었던 낡은 캘빈클라인 청바지. 사실 그녀는 청바지가 누구보다도 잘 어울리는 자신의 늘씬한 허벅지와 적당한 골반을 매우 만족스럽게 생각하고 있었다.

하지만 요즘 그녀가 매일같이 청바지만 입어 대는 건 어쩔 수 없는 선택이었다. 늘 넘쳐 나는 과제 때문에 새벽까지 허덕이다 겨우 잠드는 생활이 벌써 얼마나 지속되었던가.

아침에 일어나서 예쁜 옷을 골라 입고 우아한 자태로 학교에 가는 여유는 생각조차 못 할 일이었다. 청바지를 입어도 여성스러운 라인이 살아나는 자신의 몸매에 감사해야 하는 게 더 맞는 건지도 모른다.

세나는 조용히 의자에서 일어섰다. 그리고 무심한 눈길로 이제는 제법 익숙해진 작은 공간을 둘러보았다. 가난한 한국 유학생이 선택할 수밖에 없는 다다미가 깔린 협소한 방과 조그맣게 딸린 욕실, 신발 벗어 놓는 곳 바로 옆에 구색만 갖추고 있는 옹색한 주방. 세나는 짧은 한숨을 쉬고 시선을 창밖으로 돌렸다.

집주인 할머니는 도쿄의 기가 막힌 전경이 한눈에 들어오는 특별한 방이라고 했지만 눈에 들어오는 건 짙은 파란색 노렌이 걸려 있는 '다케오 두부집' 간판뿐이었다. 지나다니는 사람들을 보기 위해서 좀 더 고개를 내밀어 보지만 일본의 까다로운 소방법 규정에 얼추 맞추기 위해 공사가 다 끝난 후 급하게 만들어 놓은 듯한 대피로의 시멘트 벽에 가려서 그 기가 막히다는 바깥 풍경은 더 이상 보이지가 않았다.

다케오 아저씨의 두부가 흰 김을 내뿜으며 그 집 장남 슈지가 들기에도 벅찬 커다란 들통에 담겨서 옮겨지고 있나 보다.

도쿄에 와서 가장 좋은 게 그저 아침마다 맡는 다케오 두부집의 고소한 손두부 냄새라니. 세나는 이 단조로운 일상에 갑자기 몸서리가 쳐졌다.

동경대학 영문학과. 그저 허울 좋은 이름에 불과했다. 고작 영문학을 하려고 도쿄까지 오게 될 줄이야.

지금으로부터 정확히 28개월 전, 한정된 소수에게만 허락한다는 국비유학생 신분으로 세나는 일본에 왔다. 그러나 유학은 그저 핑곗거리에 지나지 않았다.

낯선 땅에 혼자 뚝 떨어져 지독한 외로움과 싸우며 새로운 삶을 살고 싶은 마음에 결행한 유학이었다. 일본에 와서 적당히 대중문화를 소비하고 맥도날드에서 싸구려 패티나 구우며 시간제 일당을 받는 후리타족으로 빠지려고 했던 인생이 이렇게 진지한 방향으로 틀어질 줄은 몰랐다.

왜 이렇게 되었을까. 캠퍼스를 감도는 학문에 대한 진지한 열기가 그녀를 숨 막히게 했다. 무엇보다도 한국에서 온 유학생이라는 타이틀이 세나의 일거수일투족을 항상 옭아매고 있었다.

한국 유학생으로서 열심히 살지 않으면 안 될 것 같은 왠지 모를 사명감에 세나는 악착같이 공부하고 남는 시간에는 도다이마에역 고서점가에서 낡은 책들을 정리하는 아르바이트를 하며 용돈을 벌었다.

3년이 채 안 되는 지난 유학 생활, 결코 쉽지만은 않은 시간이었다. 세나에게는 일주일에 한 번 싸구려 식당 마쓰야에서 450엔짜리 쇠고기덮밥을 먹는 것이 유일한 호사였다.

이런저런 생각으로 갑자기 우울해지려는 세나에게 핸드폰 진동음이 들려왔다. 켄지였다.

— 세나. 지금 덥다고 창문 열어 놓고 있는 거 아니야? 아침 식사는 역시나 다케오 아저씨네 두부인가.

세나는 침대에 비스듬히 누워서 편한 자세로 전화를 받았다.

"켄지. 이 시간에 어쩐 일이야. 지금 웨스트에서 아르바이트하고 있는 거 아니야? 커피 내려야 할 시간이잖아."

— 빙고! 도도한 여왕님께서 내 스케줄을 기억해 주시다니 이거 영광인데.

"도쿄의 가장 예쁜 걸들이 모이는 웨스트에서 니가 굳이 아르바이트를 시작한 이유가 새삼 궁금해지려 해."

— 여왕님께서 이제는 질투까지 해 주시는 거야? 오늘은 아키하바라에 가서 복권이라도 사야겠다. 나 지금 기분 최곤 거 알아?

세나는 능청스러운 그의 말에 웃음이 터져 나오려는 걸 간신히 참았다.

"켄지. 농담은 그만해. 난 오늘 하루 종일 야마다 교수님 수업 발표 준비 때문에 바이런의 시를 글자 하나까지 파헤쳐야 한다고."

— 다음 시간에는 불쌍한 우리 여왕님이 악명 높은 야마다의 거룩한 제물이 되는 건가. 오늘 웨스트의 프랑스산 밀가루가 동이 나서 파티쉐가 더 이상 타르트를 못 만들어. 얼추 오후 한 시면 끝날 것 같은데 내가 가서 좀 도와줄까?

켄지의 도와준다는 말에 세나는 침대에서 일어나 열린 창문 쪽으로 몇 걸음 걸어가서 창밖으로 얼굴을 내밀고 거리를 바라봤다.

"그 제안은 내 쪽에서 사양할래. 켄지의 예리한 필력을 사냥개 같은 야마다 교수가 모를 리 없잖아. 켄지는 늑대같이 간사한 야마다 교수가 유일하게 신임하는 동경대 영문학과의 명실상부한 브레인인데."

— 하하하. 오늘 여왕님은 정말로 관대하시네. 분에 넘치는 말이지만 나에 대한 여왕님의 호감으로 접수할게. 그럼 건투를 빌어. 야마다에게 잘근잘근 씹히는 여왕님을 보는 건 나의 가장 큰 슬픔일 테니.

사토 켄지. 동경대에서 처음으로 만든 친구라 하기에는 조금 과한 이름이지만 어찌하다 보니 그렇게 돼 버렸다. 아무도 신경 쓰지 않는 한국인 유학생에게 먼저 손을 내밀어 준 건 사토 쪽이었다.

켄지와 친해진 계기는 우습게도 야마다 교수의 악명 높은 과제 때문이었다. 셰익스피어의 시에 담긴 세계관을 분석하는 어려운 과제를 받고 그녀가 도서관을 헤매고 있을 때 켄지가 먼저 그녀의 이름을 부르며 다가왔다.

'은세나상 맞지? 역시나 야마다 교수의 셰익스피어로 고민하고 있는 거야? 정식으로 내 소개를 하고 싶은데. 나는 은상이랑 같은 학과를 전공하고 있는 사토 켄지라고 해. 그리고 은상과 지난해부터 같은 과목을 들어 왔지.'

세나는 입학한 이래 줄곧 문학부 수석을 놓치지 않았던 사토를 정확히 기억하고 있었다. 그리고 작년부터 그와 항상 같은 수업을 들었다는 사실이 새삼 놀라웠다.

'사토상. 그렇게 자세하게 소개하지 않아도 돼. 1학년 때부터 탑을 놓치지 않았던 사토를 모르는 문학부생은 없을 테니까.'

'이거 영광인데. 도도한 여왕님이 내 이름을 기억해 주고 계시다니. 일본어 발음이 귀엽네. 그리고 굉장히 자연스러워. 전체적인 분위기에서 풍기는 한국인 특유의 아름다움이 아니라면 유학생이라고는 전혀 눈치채지 못하겠는걸.'

사토는 아름다움이라는 단어를 조심스럽게 강조하면서 세나의 얼굴을 진지한 눈빛으로 바라봤다. 사토 켄지에게 이런 칭찬을 듣게 될 줄이야. 학부 1학년 때부터 늘 여학생들의 떠들썩한 흠모를 받아 오던 사토가 아니던가. 세나는 자신을 뚫어질듯 바라보는 그의 시선을 대담하게 받아 냈다.

주름 한 점 없는 베이지색 치노바지가 길게 쭉 뻗은 그의 다리를 감싸고 있었고, 브라운색 브이넥 니트 위로는 적당한 운동으로 다져진 단단한 가슴 근육이 살짝 드러났다. 니트 안에 받쳐 입은 고급 옥스포드지로 만든 하얀색 셔츠가 사토 특유의 지적인 분위기를 살려 주었다.

콧대 높은 동경대 여학생들이 그렇게 수군거릴 만도 하네.

짙은 눈썹 아래에 자리 잡은 영민한 눈동자에서 사람을 빨아들이는 흡인력 같은 게 느껴졌다.

사토 켄지. 남자로서 호감이 가는 인상임에는 분명했다.

팽팽한 긴장감이 느껴지는 두 사람의 시선 교환에서 먼저 물러선 쪽은 의외로 사토였다.

'나를 그렇게 자세하게 감상한 소감은?'

약간 떨리는 음성으로 사토가 말문을 열었다. 얼핏 보니 그의 한쪽 귀가 발갛게 물든 것도 같았다.

'소감은 내 쪽에서 묻고 싶은데.'

세나는 평소와 달리 대담하게 나가는 자신의 모습에 스스로 놀라며 그를 똑바로 응시했다.

'하하하……. 내가 도저히 못 당하겠는걸. 그 소감 지금 당장 대답하지 않아도 되는 거라면 앞으로 천천히 말해 주고 싶은데. 이제부터는 나를 그냥 켄지라고 불러 줘. 우리도 꽤 깊은 인연인 것 같은데.'

'내 이름은 은세나야. 세나라고 불러도 좋아. 앞으로 잘 부탁해. 영문 학과 브레인상.'

사토 켄지와 친해진 후 그녀의 학교생활은 확실히 달라졌다. 사토 란 이름은 그녀에게 두 가지의 선물을 안겨 줬다.

그 전과는 달리 남학생들의 감탄 어린 시선을 받게 됐다는 것. 다른 하나는 학부의 모든 여학생을 적으로 두게 된 느낌을 종종 받는다는 것이었다. 사토를 켄지라고 부를 수 있는 여학생이 불과 몇 안 된다는 사실도 나중에야 알았다.

전에 없던 남학생들의 노골적인 시선은 그저 사토 켄지가 관심을 보인 여자에 대한 일종의 호기심으로 치부하면 그만이었지만 여학생 들의 적대적인 반응은 내심 그녀에게 상처가 되었다.

하지만 그는 그녀에게 결코 남자로 접근해 오지 않았다. 도서관에서의 아찔했던 첫 랑데부 이후 켄지는 그때의 그 열기 띤 눈빛을 다시는 보여 주지 않았다. 아침저녁으로 그녀의 안부를 살뜰하게 챙겼지만 어디까지나 좋은 친구의 느낌이었다. 외로운 타지에서 그녀의 편이 되어 주는 친구의 자리에서 절대 한 발짝도 다가오지 않는 켄지가 그저 고마울 뿐이었다.

그와의 만남이 폭풍 같은 사랑으로 진전되지 않은 건 지금 생각해도 참 다행인 일이었다. 그는 도쿄에서 유일하게 마음을 터놓을 수 있는 친구였기에.

야마다 교수의 영미시 수업은 학생들에게 무거운 공포감을 선사하는 악명 높은 시간이었다. 그에게서는 인간적인 면을 찾아볼 수가 없었다.

50대 후반의 이 깐깐한 교수는 자신이 쌓아 올린 학문의 금자탑을 과시하고 싶어서 매우 안달이 난 사람이었다. 그래서 자신의 수업 시간에 조금이라도 마음에 들지 않는 답변이 나오면 마치 기다렸다는 듯이 덤벼들었다.

그의 앞에서 부족한 대답을 하고 만 불운한 학생의 인격을 깎아내리는 일에 희열을 느끼는 그였기에 대부분의 학생들은 야마다 교수라고 하면 고개부터 절레절레 흔들었다.

그에게는 학생들에게 인기를 얻는 인자한 교수가 되겠다는 의지 따위는 조금도 없었다. 하지만 예외는 있었다.

동경대가 배출한 최고의 가문이라 일컬어지는 사토와 시노하라의 자제들에게는 그의 인생에서 예외로 치부될 수밖에 없는 어울리지 않는 관대함을 항상 넘치게 표현했는데, 그의 신뢰를 한 몸에 받는 이들은 사토 켄지와 시노하라 류우지였다.

시노하라 류우지. 일본의 전기전자 산업을 이끄는 시노하라 전자의 후계자임을 입증하는 '시노하라'라는 이름만으로도 그는 늘 이슈의 중심에 서 있는 사람이었다.

사토 켄지가 3대에 걸쳐서 중의원을 배출한 일본 정치 명문가의 혈통이라면, 시노하라 류우지는 동경대 출신의 할아버지가 기반을 잡고 그의 아버지가 완성한 거대한 기업을 이어받을 재벌 후계자였다.

사토가 밝고 따뜻한 기운의 사람인 반면에 시노하라는 말이 없고 항상 조용했다. 다소 오만해 보이는 눈빛 때문에 그에게 접근하기란 보통 어려운 일이 아니었다.

야마다 교수는 일본의 미래를 이끌어 갈 빛나는 두 명의 별이 자신의 수업 시간에 제자로 앉아 있다는 사실만으로도 여간 기쁘지 않았다.

그는 강의실에 들어오자마자 시노하라와 사토에게 의미 없는 눈인사를 건넸다. 그 후 오늘 자신의 희생물이 누가 될지 기대된다는 표정을 지으며 교탁 위에 올려져 있는 발표 자료 표지에 적힌 이름으로 시선을 던졌다.

이름을 확인한 순간 갑자기 그의 얼굴이 실망감으로 굳어졌다.

은세나. 한국에서 온 유학생이로군. 실망한 기색도 잠시, 그의 얼굴에 특유의 이죽거리는 미소가 번져 올랐다.

그런 야마다 교수의 모습을 사토가 매우 근심스러운 표정으로 지켜보았다.

세나는 교수의 기분을 살피며 조심스럽게 교단 위로 올라섰다. 그녀의 발표 주제는 바이런의 풍자시에 대한 해석이었다.

600개의 반짝이는 눈동자들이 그녀를 주목하기 시작했다. 역시나 준비 시간이 짧았던 것일까. 도움 안 되는 울적한 감상에 빠져서 발표 준비에 집중하지 못한 것을 몹시도 후회하며 그녀는 간신히 발표를 마쳤다.

매우 긴장한 상태여서인지 그녀의 두 뺨은 복숭앗빛으로 살짝 물들어 있었다. 사토는 세나의 얼굴이 오늘따라 더욱 아름답게 빛난다고 생각했다. 드디어 야마다 교수가 입을 열었다.

"시노하라군, 은상의 해석에 대한 본인의 생각을 한번 말해 보겠나?"

순간 야마다 교수의 클래스는 찬물을 끼얹은 듯 조용해졌다. 시노하라의 이름이 불리자마자 교실 전체에 팽팽한 긴장감이 감돌았다.

맨 뒷줄 창가 자리에 심드렁한 표정으로 앉아 있던 시노하라는 바들바들 떨고 있는 세나에게 날렵한 시선을 한 번 던진 후 주저함 없이 자신의 생각을 말하기 시작했다.

"바이런의 시를 분석하기에는 그녀에게 준비 시간이 다소 부족했던 것 같습니다. 역시나 바이런의 시는 좀 버거운 주제가 아니었나 싶은데요."

야마다 교수의 영미시 수업을 듣는 3학년 클래스가 일순 술렁였다. 모든 일에 무관심으로 일관하던 시노하라가 이렇게 정면으로 세나를 비판했다는 것 자체가 학생들에게는 매우 흥미로운 일이었다.

시노하라가 던진 일갈에 어떻게 대응해야 할지 몰라 세나의 머릿속이 하얘지기 시작했다. 사실 틀린 말은 아니었다. 하지만 이렇게 많은 학생들 앞에서 자신의 부족함이 여실히 드러났다는 생각에 몸의 한쪽이 훅 하고 무너지는 기분이었다.

일본에 온 한국인 유학생으로서 으레 느꼈던 그 설명하기 힘든 배타적인 시선들이 다시 한번 쓰린 밀물이 되어 세나의 가슴을 아프게 파고들었다. 그녀는 금방이라도 울 것 같은 표정이었다.

"야마다 교수님, 죄송하지만 저에게도 발언권을 주시겠습니까?"

앞에서 세 번째 줄 창가 자리에 앉아 줄곧 뚫어질 듯이 세나를 지켜보고 있던 사토였다. 그의 목소리에는 평소와는 다르게 숨길 수 없는 노여움이 섞여 있었다.

"사토군. 말해 보게."

"은상의 발표는 시노하라군에게 이런 혹평을 들을 정도로 형편없지 않았습니다. 바이런의 시를 해석하는 관점은 지극히 주관적인 부분이 아닙니까? 은상은 추가 자료를 통해서 자신의 견해를 충분히 뒷받침했다고 생각합니다."

사토의 말이 끝나기가 무섭게 시노하라가 야마다 교수의 동의도 구하지 않고 특유의 독설을 이어 가기 시작했다.

"은상의 발표는 뭐랄까. 일단 바이런의 작가관에 접근하는 방식이 너무 일반적이고 대중적이었습니다. 독창적인 해석은 찾아볼 수도 없었구요. 어떤 흥미도 느껴지지 않는 따분한 발표였습니다."

시노하라 류우지. 180센티미터가 훌쩍 넘는 훤칠한 키와 영리하게 빛나는 이마, 조화롭게 자리 잡은 섬세한 이목구비는 일본 최고의 탤런트였던 어머니에게서 물려받은 탁월한 유전자의 결과물이었다.

하지만 시노하라 류우지에게서 느껴지는 전체적인 분위기는 굴지의 기업인 시노하라 전자의 외동아들다운 거만함이었다. 그의 아름다운 두 눈에서 뿜어져 나오는 차가움과 오만함은 사람들에게 왠지 모를 거리감을 형성했다.

사토 켄지는 계속되는 시노하라의 독설에 그만 이성을 잃어버리고 말았다.

"시노하라군, 말이 지나친데. 너의 그 오만한 태도가 몹시 거슬려."

"사토군이 다시 나설 줄 알았지. 여왕님의 일이라면 항상 1초도 안 걸리는군. 하지만 사토군의 여왕님은 오늘 확실히 준비가 부족해 보여."

"시노하라, 참는 것도 한계가 있다."

사토 켄지는 시노하라의 서슴없는 도발에 당장이라도 그의 턱을 향해 주먹을 날릴 기세였다.

야마다 교수의 수업 시간 중에 이전까지는 전혀 볼 수 없었던 진풍경이 펼쳐졌다. 그것도 야마다 교수가 가장 신뢰하고 인정하는 걸출

한 가문의 두 청년이 금방이라도 주먹다짐을 할 것 같은 태세로 서로 으르렁거리고 있었다. 그 기세에 눌린 학생들은 그저 호기심 가득 찬 눈빛만 보낼 뿐이었다.

남학생들은 따분한 수업 시간에 이 무슨 흥미진진한 광경이냐는 표정들이었고, 여학생들은 자신들이 흠모의 눈빛으로 바라보고 있는 사토와 시노하라의 불꽃 튀는 승부에 몹시도 심기가 불편해 보였다. 특히나 그 불꽃 승부의 시발점이 한국에서 온 은세나라는 사실에 부아가 치밀어 어쩔 줄 모르겠다는 표정들이 역력했다.

수려한 외모와 영민한 지성을 갖춘 두 청년이 만들어 낸 이 일촉즉발의 상황을 수습한 건 바로 야마다 교수였다. 그는 특유의 냉혹한 음성으로 아끼는 두 제자에게 급히 제동을 걸었다.

"사토군 자네의 의견은 충분히 수렴했네. 그리고 시노하라군의 의견도 고맙고. 은세나상이 충분히 알아들었겠어. 오늘 수업은 여기까지. 두 사람의 적극적인 의견 개진 참으로 인상적이었네."

사토와 시노하라. 동경대를 움직이는 가장 빛나는 가문의 청년들이었다. 한국에서 온 삐쩍 마른 여학생 하나를 두고 두 사람이 수업 시간에 이런 언쟁을 일으켰다는 게 야마다 교수는 몹시도 언짢았다.

도다이마에역 고서점 거리의 후미진 뒷골목에 한 여자가 오목한 그
릇을 들고 나타나자 까맣고 하얀 길고양이들이 하나둘 모여들었다.

여자는 가녀린 몸을 반으로 접은 채 이제 갓 새끼 티를 벗어서 사람
에 대한 경각심이 아직은 부족한 어린 고양이들 앞에 웅숭그리고 앉
았다.

뉘엿뉘엿 지는 태양이 남긴 한 줌 햇살은 그녀의 좁은 등 위에서 사
방으로 바스라졌고, 상반신과 하반신을 타고 옆으로 흘러내린 빛은
초록의 이끼가 낀 보도블록 위로 좁고 긴 그림자를 드리웠다.

절판된 책을 구하기 위해 고서점 골목을 우연히 지나가던 한 남자
가 그 모습을 유심히 바라봤다. 그에게 그 장면은 빛바랜 수채화처럼
쓸쓸하게 다가왔다.

아직은 제법 쌀쌀한 2월의 도쿄. 화려한 조명의 온기가 미치지 않
는 쇠락한 골목에서 주인 없이 길 위에 사는 어린 길고양이들이 물과
먹을 것을 챙겨 주는 작은 여자에게로 모여드는 모습에 갑자기 울컥

하는 감정이 올라왔다.

'어차피 척박한 환경에서 살아갈 텐데 저런 보살핌이 무슨 의미가 있나. 계속 돌보지 못할 거라면 가여운 것들에게 희망을 주지나 말지.'

자꾸만 못된 생각이 들었다. 경각심도 없이 가녀린 여자에게 모여들던 길 위의 어린 생명들이 안쓰러웠다.

며칠이 지난 후 그는 그 거리를 다시 찾았다. 초록색 이끼가 얼룩덜룩 낀 그 골목 앞에 이르자 일부러 딴 데를 한참이나 쳐다봤다.

버려진 것들에게 밥과 물을 챙겨 주는 그런 따뜻한 손길은 다시 없을 것이라는 걸 확인하는 게 두려웠을까.

얼마간의 시간이 흐른 후 그는 결심했다는 듯이 골목 안으로 발길을 옮겼다. 역시나 골목은 사람의 그림자 한 조각도 없이 텅 비어 있었다.

쓸쓸한 표정으로 그가 고개를 돌렸을 때, 검은 머리를 자연스럽게 풀어 헤친 한 여자가 작은 서점 안에서 걸어 나왔다. 길고양이들을 챙겨 주던 그 여자인지 확신이 서지 않아 그는 한쪽 눈을 살짝 찡그렸다.

그녀가 걸을 때마다 먹빛을 띤 층 없는 머리가 등허리 부근에서 출렁였다. 주위 사람은 안중에도 없는 듯 그에게 눈길 한 번 주지 않고 그녀는 골목 어딘가를 뚫어지게 바라보며 걸었다.

그녀가 골목 끝에 다다르자 아직도 보송보송한 털을 지닌 어린 고양이들이 어디선가 하나둘 모여들었다.

도다이마에역 고서점 거리는 오렌지빛 석양으로 나른하게 물들고 있었고 시노하라는 르누아르의 그림 속에서 방금 튀어나온 듯 고혹적인 아름다움을 지닌 그녀를 오래도록 지켜봤다.

노을이 황금빛에서 옅은 보랏빛으로 변할 때까지 그는 시선을 거두지 않았다. 그녀가 밥 주기를 마치고 서점 안으로 들어가기 위해 뒤돌아셨을 때 종업원용 초록색 긴 앞치마에 가려져 있던 늘씬하게 뻗은 종아리를 보고 시노하라는 중얼거렸다.

'머리에서부터 발끝까지 아찔하네.'

도쿄에서 서쪽으로 조금 깊이 들어가면 시노하라 가문이 전체를 소유하고 있는 고급 주택가가 등장한다. 시노하라 전자의 회장이자 류우지의 아버지인 시노하라 요시로는 이 인근 일대의 땅을 모조리 매입해서 일본에서도 최상위 계층들이 거주하는 고급 주택 단지를 만들었다.

감탄사가 터져 나오는 저택들 사이에서 마치 중세의 성 같은 위엄을 풍기며 당당하게 자리 잡고 있는 대저택이 유독 시선을 잡아끌며 주위를 압도했다. 이탈리아 최고의 건축 팀이 심혈을 기울여 완성한 이 고전적인 저택은 바로 시노하라 가문의 본가였다.

정문에서 가장 눈에 띄는 것은 교토 제일의 명장이 시노하라 가문에 대한 존경심을 얹어서 청동으로 형상화한 매화 문양의 주물 장식이었다. 그것은 시노하라 가문을 상징하는 매화꽃 인장. 대단한 영향력과 힘을 상징하는 이 인장은 고풍스럽고 육중한 철제 대문의 한가운데서 그 위용을 자랑하고 있었다.

시노하라 요시로가 완성한 전기전자 산업 분야의 거대 기업을 이끌어 가는 대재벌가의 저택답게 이곳은 대문에서부터 알 수 없는 위압감을 풍겼다. 시노하라 류우지는 조금은 거창하게 느껴지는 매화 모양의 인장을 바라보며 차의 시동을 껐다.

흑표범처럼 날렵하게 빠진 롤스로이스 팬텀의 운전석에서 시노하라 류우지는 잠시 눈을 감고 오늘 수업 시간에 있었던 작은 소동을 떠올렸다. 사토 켄지가 은세나에게 마음이 있다는 건 예전부터 알고 있었지만 이렇게 멍청할 정도로 빠져 있을 줄이야.

그의 감은 눈 아래로 긴 속눈썹이 짙게 음영을 드리웠다. 아직 세상에 작품을 발표한 적이 없는 비범한 조각가가 세심한 손길로 만든 조각품을 연상케 하는 준수한 옆얼굴 위로 석양이 내려앉았다.

사실 사토와의 불쾌했던 다툼보다 더 마음에 걸리는 것이 있었다. 보기 좋게 색깔이 빠진 청바지에 연분홍색 면 티셔츠를 입고 흔들리는 눈빛으로 강의실 앞에 위태롭게 서 있던 은세나. 상처받은 한 마리 백조를 연상시키던 그 처연한 모습.

몇 해 전 세나의 등장은 동경대 캠퍼스를 술렁이게 했었다. 한국에서 온 여학생이라는 이유 말고도 그녀에게는 남들의 시선을 끌 수밖에 없는 특별함이 존재했다.

그녀는 일본 여성에게서 느낄 수 없는 기묘한 아름다움을 지니고 있었다. 천연의 먹빛을 연상시키는 전혀 탈색하지 않은 까맣고 긴 머리.

그 또래 여학생들이 짙은 아이라인에 반짝거리는 메이크업으로 온 캠퍼스를 채워도 그녀의 화장기 없는 피부 앞에서는 한순간에 빛이 바랬다.

어느 공간에 있어도 그녀의 은은하고 품위 있는 아름다움이 마치 근사한 조명처럼 그녀 주위를 환하게 밝혀 주었다.

사실, 시노하라가 그녀를 처음 본 곳은 캠퍼스가 아니었다. 세나가 동경대에 입성하기 전, 그는 우연히 도다이마에역 고서점 거리를 거닐다 길고양이들에게 밥을 주던 그녀를 보았다.

그때의 세나는 지금처럼 머리를 높게 틀어 올리고 있지 않았다. 검정 벨벳 같은 머리가 그녀의 자그마한 얼굴을 부드럽게 감싸며 여성스럽고 우아한 턱선을 따라 흘러내리고 있는 모습이었다.

시노하라는 그녀에게 연락처라도 물어야 할 것 같은 조금은 유치한 감정에 잠시 동안이나마 사로잡혔다는 사실에 실소하며 그 거리를 빠져나왔었다. 고양이 아가씨. 인연이 되어 다시 만난다면 그때는 반드시.

그로부터 정확히 두 달 후, 문학부 교양 과목을 듣기 위해 문을 열고 들어오는 세나를 본 시노하라는 자신의 눈을 의심했다.

옅은 파스텔톤의 청바지가 그녀의 늘씬한 하체를 아찔하게 감싸고 있었고 풍성한 먹빛 머리는 자연스럽게 귀밑을 스치며 물결치고 있는 몇 가닥만 남기고 모두 정수리 부근에 틀어 올린 모습이었다.

그녀의 얼굴을 감싸고 있던 머리를 틀어 올리니 고혹적인 아름다움이 더욱 여실하게 드러났다. 시노하라는 가슴이 쿵 하고 내려앉는 느낌을 받았다.

립글로스만 가볍게 바른 그녀의 붉은 입술에 잠시 동안 시선을 빼앗겨 버린 그는 급히 창밖으로 얼굴을 돌리고 말았다. 시노하라 위험한데. 더 이상은.

오늘의 이 소동이 야마다 교수만큼이나 불쾌했던 사람이 한 명 더 있었다. 바로 이즈미 미카였다.

사토 켄지.

어렸을 때부터 켄지는 미카의 배필이 될 것이라고 어른들은 항상 말해 왔다. 사토가와 이즈미가는 교토에서 가장 신망이 두터운 정치인 가문이었다.

동경대에서 그녀가 정치학이 아닌 영문학을 전공으로 선택한 것도 모두 켄지 때문이었다. 어느 날 정치인 가문의 장남이 뜬금없이 영문학을 하겠다고 했을 땐 잠시 아연실색했지만 미카는 조용히 같은 전공을 선택하는 것으로 켄지에 대한 자신의 마음을 표현했다.

그의 눈빛은 항상 따뜻했지만 결코 다정하지는 않았다. 그에게서 그 이상의 마음을 느낀 적은 단 한 번도 없었다. 미카에게 스스럼없이 웃어 주었지만 마음의 기저에는 늘 조심스러운 예의를 저버리지 않았다.

그런 켄지가 학기 초에 한국에서 예쁘장하게 생긴 유학생이 온 이후 계속 그녀에게 열중하고 있다는 사실을 애써 인정하고 싶지 않았던 미카였다.

그녀가 목격한 것은 사토가 단 한 번도 보여 준 적이 없었던 그 다정함이었다. 미카는 몹시나 허탈했다.

어렸을 때부터 그의 주변에는 그를 경탄해 마지않는 눈빛으로 바라보는 시선들이 많았다. 존경받는 중의원의 아들이라는 사실 말고도 그에게는 사람을 끌어당기고 포용하는 힘이 있었다.

켄지는 양지에서 태양의 정기를 흠뻑 받고 자란 가장 크고 눈부신 해바라기 같은 남자였다. 대단한 가문의 미인들이 사토 켄지에게 불나방처럼 달려들었지만 그가 곁을 내어 준 적은 단 한 번도 없었다.

미카는 그런 켄지를 보며 위안을 받았다. 비록 지금은 아니지만 언젠가는 내 남자가 될 것이라는 희망으로 살아왔다. 그런데 은세나의 등장으로 그 희망마저 하루하루 무너져 내리고 있었다.

미카는 아직도 교단에 허탈하게 서 있는 세나에게 다가가 그녀의 발표 자료를 차곡차곡 챙겨 주고 있는 켄지를 분노 어린 시선으로 바라봤다.

사랑. 그래 이런 게 사랑이라면 나는 켄지를 사랑하고 있다. 어렸을 때부터 지금까지 한 번도 그를 그녀의 인생에서 떼어 놓고 바라본 적은 없었으니.

학생들이 모두 가 버린 텅 빈 강의실에서 아직도 하얗게 질린 얼굴을 한 은세나와 그런 그녀를 걱정스럽게 바라보는 켄지가 마지막으로 걸어 나왔다. 미카는 그 둘 앞에 망설임 없이 다가섰다.

"은세나. 이런 소동은 조금 곤란해. 니가 어떤 목적으로 이곳에 유학 왔는지는 사실 관심 없어. 영문학을 하겠다고 굳이 도쿄에 온 게 참 우습긴 하지만. 어쨌든 켄지와 연애를 하는 거라면 당당하게 밝히고 본격적으로 사귀는 게 어떨까. 너 때문에 내 수업 시간이 엉망이 되는 건 참을 수가 없거든. 매우 불쾌해."

켄지는 미카의 갑작스러운 행동에 다시 한번 당황했다. 세나에게 가해지는 어이없는 공격을 두 번이나 지켜봐야 하다니. 게다가 이 공격의 주인공은 어렸을 때부터 막역하게 지내 왔던 이즈미 미카가 아닌가.

하지만 미카의 뼈 있는 말 속에 들어 있는 켄지와의 연애라는 단어에 공연히 가슴이 뛰었다.

세나는 대꾸할 기운도 없었지만 정색하며 따지고 드는 이즈미 앞에서 가만히 있을 수만은 없었다.

"이즈미상에게 피해가 갔다면 미안해. 하지만 켄지와 나는 그런 관계가 아니야. 오해하지 말아 줘."

세나의 옆에 서 있던 그의 얼굴이 순간 어두워졌다. 세나와 연인 사이라고 오해를 받았다는 사실에 잠시나마 흥분했던 자신이 몹시 부끄러웠다.

그녀에게 매우 조심스럽게 다가갔던 자신의 지난날들이 후회스럽기까지 했다. 왠지 그러면 안 될 것 같아서 일부러 우정으로 포장했던 것이었는데 참 어리석었네. 하지만 미카의 이런 행동은 너무 심하지 않은가.

"이즈미. 너답지 않게 너무 무례하잖아? 은상에게 사과해. 은상이 너한테 이런 말을 들어야 할 이유는 없는 것 같다."

"사토. 내 말 똑바로 들어. 앞으로 니가 더 상처받게 될지도 몰라. 나는 사토가 상처받지 않았으면 좋겠어. 그러니까 사토에게 어울리는 상대를 만나. 은세나는 니 상대가 아니야. 뭘로 봐도."

미카는 아무 사이 아니라는 세나의 말에 표정이 굳어지던 그의 반응을 보며 더 깊은 상처를 받았다. 사토 켄지. 그녀에게 돌아오지도 않는 마음을 일방적으로 주고 있었던 거니. 그렇다면 더욱더 용서 못해.

세나는 도저히 이즈미의 말을 듣고 있을 수가 없어서 재빠르게 계단을 내려갔다. 영문학과 건물 밑으로 끝도 없이 이어지는 고풍스러운 돌계단에 내려서자마자 대지를 감싸는 촉촉한 흙냄새가 코밑으로 확 스며들어 왔다.

비였다. 비가 내리고 있었다. 드디어 도쿄의 여름 장마가 그 시작을 알렸다. 세나는 갑작스러운 비 때문에 조금은 차가워진 공기가 홍조 띤 두 뺨으로 전해져 오는 것을 느꼈다.

'발표는 엉망이 돼 버리고 켄지에게는 피해를 끼치고 말았다. 그리고 이제 이즈미에게까지 미움을 받게 됐네. 세나의 도쿄 생활 참 멋지게 돌아가는구나.'

갑자기 이 지구상에 혼자만 존재하는 것 같은 쓸쓸한 감정이 온몸을 세차게 때리는 이 비처럼 아프게 그녀에게 전해졌다.

항상 그랬었다. 겉으로는 친절하지만 뒤돌아서면 왠지 모르게 느껴지던 그들의 냉소. 한국인이라서 겪을 수밖에 없는 묘한 서글픔과 냉대가 일본의 지성들이 모인다는 이 웅장한 캠퍼스에서 한꺼번에 밀려오는 듯했다.

처음이었다. 도쿄에 와서 눈물이 터진 건. 거세게 내리는 비를 그대로 맞으며 그녀는 돌계단을 내려갔다. 이 빗물로 인해 자신의 눈물이 가려져 참 다행이라는 생각을 하면서.

그때였다. 누군가가 빠르게 계단을 내려오는 소리가 들렸다. 세나의 몸은 그 사람에 의해 크게 회전을 하며 돌려세워졌다.

그녀의 가느다란 팔목을 힘차게 잡고 있는 사람은 켄지였다. 세나는 빗물과 눈물에 가려 희뿌옇게 보이는 그에게서 왠지 모를 분노의 감정이 뿜어져 나오고 있는 것을 느꼈다. 켄지는 왜 이렇게 화를 내고 있을까.

"세나. 이 비를 맞고 어딜 가겠다는 거야. 내가 집까지 태워다 줄게."

미처 거절할 틈도 없이 켄지가 그녀의 어깨를 감싸 안고 영문학과 계단을 뛰어 내려가기 시작했다.

그는 비를 맞으며 울고 있는 세나가 몹시도 안타까웠다. 오늘 그녀가 이런 모욕을 당해야 할 이유는 없었다. 세나의 얇은 핑크색 면 티셔츠는 비에 흠뻑 젖었고, 틀어 올린 머리에서 흘러 내려온 검은 머리카락들이 그녀의 하얀 얼굴에 실금 같은 상처처럼 붙어 있어서 그녀는 더욱더 가련해 보였다.

사토 켄지의 심장은 그의 왼쪽 가슴에 쏙 들어오는 세나를 느끼며 방망이질하듯 두근대기 시작했다. 다시는 그녀가 상처받지 않도록 지켜 줄 수만 있다면.

처음에는 낯선 땅에 혼자 와서 힘든 나날을 보내고 있는 그녀가 안쓰러웠다. 하지만 그녀에 대한 그의 감정은 하루하루 깊어지며 처음과는 다른 방향으로 흘러갔다.

그녀에게 더 이상 친구라는 이름으로 다가가지 않을 것이다. 그동안 자신을 밀어낼까 봐 마음을 숨겼던 게 몹시도 후회스러웠다.

그녀와 함께 걷는 이 계단이 끝나지 않았으면. 그리고 이 갑작스러운 비가 그치지 않기를.

잠시 후 세나는 켄지의 혼다 어코드 조수석에 멍하니 앉아 있는 자신을 발견했다. 그는 흠뻑 젖은 그녀를 위해 트렁크 안에서 정갈한 향이 나는 스포츠타월 하나를 가져와 말없이 건네주었다.

왠지 화가 나 있는 것 같은 켄지. 이런 느낌의 켄지는 어쩐지 낯설다.

"켄지. 나 그냥 정문 앞에서 내려 줘. 여기서 집까지 가까우니까 뛰어가면 돼. 켄지가 이런 수고를 해 줄 필요는 없잖아. 그럼 내가 너무 미안해."

그의 얼굴에서는 아직도 빗물이 떨어지고 있었다. 몹시 화가 난 듯 그의 볼 근육이 미세하게 떨렸다. 입술을 꽉 깨문 그의 모습은 평소보다 훨씬 남자다웠다.

"아무 말도 하지 마. 니가 뭐라고 해도 오늘은 집까지 태워다 줄 거니까."

세나는 켄지의 낮게 깔린 목소리에서 역시나 화가 나 있다는 느낌을 받았다. 머릿속이 복잡했다. 오늘 하루 사이에 너무나 많은 일들을 한꺼번에 겪은 기분이었다.

시노하라의 독설, 그리고 켄지와의 다툼, 마지막으로 이즈미의 비난까지. 하나하나 풀어야 할 감정선이 너무나 복잡하게 얽혀 있었다.

오늘은 아무 생각 하지 말자. 그저 따뜻한 물에 목욕을 하고 깨끗하게 빨아 놓은 면 이불 속으로 깊게 아주 깊게 자신을 묻고만 싶었다.

세나가 머릿속의 복잡한 감정들을 하나하나 비우고 있는 동안 켄지의 차는 어느새 그녀의 방이 보이는 낡은 3층 건물 앞에 도착했다.

그가 차에 탄 이후 처음으로 고개를 돌려서 세나를 바라보았다. 비에 젖어 있는 여왕님은 그 어느 때보다도 아름다웠다. 물기를 머금은 얇은 면 티셔츠는 적당히 풍만하고 굴곡이 있는 그녀의 몸매를 더 이상 감춰 주지 못했다.

다리에서부터 그녀를 훑어 나가던 켄지는 적나라하게 드러난 세나의 아찔한 굴곡에 숨이 멎을 것만 같았다.

물기 어린 검은 머리카락이 자연스럽게 빠져나와서 그녀의 하얀 목덜미를 어지럽게 수놓고 있었다. 희디흰 목덜미와 흑단 같은 머리카락의 조화가 한 폭의 동양화같이 그윽했다.

그녀의 목덜미에 뜨겁게 키스할 수만 있다면. 사토 켄지. 완전히 미쳤구나. 그녀에게는 시간이 필요해.

세나는 그의 뜨거운 시선이 몹시도 불편했다. 그 언제였던가. 도서관에서 처음 서로에 대한 소개를 나눴을 때 바라보던 그 눈빛이었다. 그녀는 마치 자신을 집어삼킬 듯이 바라보는 그의 시선을 그대로 받아야 하는 이 자동차 안이 무척이나 폐쇄적인 공간임을 다시 한번 확인했다.

그가 눈빛으로 말하려는 게 무엇인지 왠지 알 것만 같았다. 사토 켄지. 오늘은 제발 아무 말도 하지 말아 줘. 부탁이야.

세나는 뭔가에 쫓기듯이 차 문을 열고 밖으로 나왔다. 갑자기 차가운 공기가 젖은 옷을 파고들어 왔다. 비는 어느새 그쳤고 바깥에는 이미 어둠이 내려앉았다.

그 어둠 속으로 부끄러웠던 오늘 하루를 숨기고만 싶었다. 그리고 켄지의 눈빛이 닿지 않는 밤의 장막 한가운데로 어서 빨리 달아나고 싶었다. 비 내린 거리는 고요했고 어둠이 깔린 골목에는 정적만이 감돌았다.

역시나 이곳은 낯선 땅. 그녀의 가슴으로는 도저히 이해할 수 없는 왠지 모르게 차가운 사람들. 그리고 시노하라.

그가 나를 못마땅하게 생각하는 건 알고 있었지만 그 많은 학생들 앞에서 이렇게 바보로 만들 줄이야. 절대 용서하지 않을 거야.

그녀의 머릿속에는 시노하라가 던진 독하고 차가운 말들이 마치 한 무리의 물고기들처럼 유영하고 있었다. 그리고 켄지. 그에게 미안한 마음이 들었다.

세나가 복잡한 심정을 안고 어둠 속으로 사라지려는 순간, 그가 앞을 가로막았다.

"오늘 너한테 꼭 하고 싶은 말이 있어. 니가 나한테 친구였던 적은 단 한 순간도 없었어. 첫 수업 시간에 니가 들어선 그 순간부터 지금까지 늘 내 마음은 한결같았어. 좋아해. 너를 정말로 좋아해."

세나는 머릿속이 멍해지는 걸 느꼈다. 켄지의 마음을 전혀 몰랐다면 거짓말이겠지. 하지만 이건 너무 갑작스럽다. 오늘 그의 고백까지 받아들이기에는 너무나 많은 일을 겪었기 때문이다. 저렇게나 진지한 그의 눈빛을 어찌해야 하나.

"켄지. 오해하지 말고 들어. 나는 지금 니 마음을 어떻게 받아들여야 할지 모르겠어. 그냥 모든 게 혼란스러워. 미안해. 켄지가 그런 마음인지 알았다면 이렇게까지 친해지지는 않았을 거야."

세나의 말이 뜻하는 바가 무엇인지 마치 광섬유의 빛처럼 예리하게 그의 머릿속을 관통하고 있었다.

화가 났다. 미치도록 화가 났다. 그리고 생각할 겨를도 없이 그녀의 어깨를 거칠게 붙잡았다. 바로 그의 눈 아래에 그녀의 입술이 있었다.

그 찰나의 순간에 많은 생각이 그의 머릿속을 스치고 지나갔다. 오늘 하루가 무척이나 힘들었을 그녀를 배려해 주고 싶었다. 하지만 지금 이 순간 그녀에게 키스를 하지 않으면 도저히 견딜 수 없을 것 같았다.

지난 26개월 동안 어쩌면 이 순간만을 기다려 왔는지도. 세나야 미안해. 그렇지만 이렇게라도 내 마음을 전하지 않으면 내 심장은 터져 버릴지도 몰라.

세나는 양손으로 자신의 어깨를 움켜쥐고 있는 그의 얼굴이 너무나 가깝게 내려오고 있다고 생각했다. 그의 눈빛은 지금까지와는 사뭇 다른 열기로 더욱 짙은 색을 띠고 있었다.

한 번도 본 적이 없었던 켄지의 눈빛. 무언가를 갈구하는 것도 같고 한편으로는 너무나 슬퍼 보였다. 머릿속으로는 그에게서 도망가야겠다는 생각이 들었지만 그녀를 압도하는 그의 눈빛 안에 그만 갇혀 버리고 말았다. 한 발짝도 움직일 수가 없었다.

이제 골목 안에는 완벽하게 어두움이 드리워졌다. 저만치 떨어져 있는 가로등의 노란 할로겐 불빛만이 두 사람의 아름다운 음영을 까만 밤이 선사한 흑비단 천에 흐릿하게 아로새기고 있을 뿐이었다.

두 사람은 어둠 속에서 애처롭게 명멸하는 서로의 눈빛만을 느끼고 있었다. 잠시 망설였던 켄지의 시간이 끝나자 그는 조금의 주저함도 없이 그녀에게로 얼굴을 숙였다. 그리고 그녀의 어깨를 잡고 있던 손으로 자그마한 그녀의 얼굴을 부드럽게 감싸 쥐었다. 따뜻한 그의 두 손이 그녀의 얼굴에 닿자마자 미세한 떨림이 연한 두 볼을 통해 그대로 전해졌다.

세나는 눈을 감았다. 그는 먼저 복숭아처럼 동그란 그녀의 이마에 입을 맞추었다. 그리고 늘 그를 떨리게 했던 인형 같은 눈꺼풀에 부드럽게 입술을 갖다 댔다.

그의 입술이 진달래꽃같이 붉고 여린 그녀의 입술을 만나는 순간 켄지는 오른손으로 그녀의 가는 허리를 휘감아서 자신에게로 끌어당겼다. 나머지 한 손으로는 그녀의 목덜미를 잡고 도망가지 못하도록 단단하게 고정시켰다.

그녀는 이제 그의 품 안에 완벽하게 자리했다. 둘 사이에 어떤 틈도 허용하지 않겠다는 듯 그는 세나를 자신에게로 밀착시켰다. 켄지는 조심스럽게 그녀의 입술을 음미했다. 촉촉한 입술에서 풀꽃 향기가 나는 것 같았다.

그의 품에 단단하게 갇힌 세나는 그에게 온전히 입술을 내어 주고 아득한 세상으로 끝도 없이 떨어지는 느낌을 받았다. 두 다리에는 이미 감각이 없었지만 켄지의 강한 팔은 그녀가 어둠 속 세상으로 미처 도망가지 못하도록 단단하게 그러쥐고 있었다.

키스는 계속 이어졌다. 이제 켄지는 도저히 참을 수 없다는 듯이 그녀의 두 입술 사이로 자신의 뜨거운 혀를 집어넣었다. 세나는 갑작스럽게 침투한 물컹한 느낌에 어쩔 줄을 몰랐다. 고개를 돌려 보려고 했지만 이미 켄지의 왼쪽 손이 그녀의 목덜미를 단단하게 고정시키고 있었다.

그녀가 이 갑작스러운 공격에 당황하고 있는 사이 그의 키스는 더욱더 깊어졌다. 그에게도 그녀에게도 이렇게 깊은 키스는 처음이었다.

정치인 가문의 존귀한 이름에 누가 되지 않기 위해 어디 한 군데 한눈팔지도 않고 동경대 최고의 지성이라는 찬사를 들으며 반듯하게 살아온 사토 켄지였다. 그에게 노골적으로 다가오는 미인들은 많았지만 학부 1학년 첫 시간에 세나를 본 이후로 그 어떤 여자도 마음에 품어오지 않았다.

지금 이 순간 사토 켄지는 자신이 살아왔던 만족스러웠던 지난 생애를 전부 되돌리라 해도 그럴 수 있을 것만 같았다. 켄지는 자신이 그녀에게 왜 그렇게 빠져들었는지 비로소 깨달았다.

세나는 생각지도 않게 켄지의 키스가 깊어져만 가자 아득히 멀어졌던 의식이 서서히 돌아오는 것을 느꼈다. 더 이상 그의 키스를 허락하면 안 된다는 경고등이 그녀에게 켜졌다.

그녀가 두 손으로 그의 단단한 가슴을 밀어 내려 하자 면 티셔츠 밑으로 그의 손이 들어왔다. 켄지는 떨리는 손으로 그녀의 등 쪽 맨살을 쓰다듬었다. 이제 세나의 머릿속에서는 빨간 경고등이 확실하게 울리기 시작했다. 세나는 그의 품에서 벗어나려고 안간힘을 다했다.

하지만 켄지는 한 발짝도 물러서지 않았다. 그녀가 발버둥 칠수록 더욱 강하게 자신의 품 안으로 끌어당겼다.

그때였다. 어둠 속을 가르며 묘하게 울리는 중저음의 남자 목소리가 들려왔다.

"오호…… 사토에게도 저런 남자다운 면이 있었네. 꽤나 저돌적이야. 하지만 사토의 여왕님은 이 상황이 매우 불편해 보이는데. 물론 내가 상관할 바는 아니지만."

켄지는 이 갑작스러운 상황에 당황해서 세나를 가두었던 팔의 힘을 풀었다. 세나는 재빨리 그의 품 안에서 빠져나와 소리가 나는 쪽을 응시했다.

어둠 속의 남자는 매우 흥미롭다는 표정으로 천천히 밝은 곳을 향해 걸어 나왔다. 세상에나. 시노하라 류우지였다.

"시노하라 너가 왜 여기에 있어? 너야말로 여기서 뭐 하는 거야?"

"내가 전에 말 안 했나? 자주 가는 서점이 이 근처라고. 그 서점으로 가는 유일한 길이 이 좁은 골목길이라서 미안하게 됐다."

시노하라 류우지. 오만방자한 자식. 세나는 이 믿기지 않는 상황에 금방이라도 눈물이 터져 나올 것만 같았다.

친구로서 가장 신뢰했던 켄지와의 뜨거운 입맞춤. 그리고 그 장면을 고스란히 지켜보고 있었던 사람이 세상에서 가장 마음에 안 드는 오만한 시노하라 자식이라니. 세나는 그저 죽고만 싶었다.

"사토, 그런데 그렇게 일방적으로 밀어붙여서 세나의 마음을 얻을 수 있겠어? 동경대 최고의 지성이라 칭송받는 사토 켄지의 이름이 참으로 아까워. 모범생이라 잘 모르나 본데 키스는 그렇게 강제로 하는 게 아니야. 숙녀에게 실례잖아. 처음에는 좋았을지 몰라도 후반부로 갈수록 세나도 몹시 불쾌해하는 것 같던데."

시노하라 류우지는 살짝 홍조 띤 세나의 얼굴을 마치 뜯어먹을 듯이 노려보며 전혀 감정이 실리지 않는 어조로 말했다.

"시노하라 넌 그냥 조용히 가던 길 가. 그리고 세나, 세나 함부로 입에 올리지 마. 니 입에서 세나의 이름이 다시 나오면 널 가만두지 않을 거야. 꼭 명심해."

"그건 내 쪽에서도 정중히 사양할게. 늘 피해 의식에 사로잡힌 것 같은 우울한 얼굴을 하고 다니는 여왕님의 이름 따위 나 역시도 별로 입에 올리고 싶지 않아. 두 사람 잘해 보길 바래. 덕분에 좋은 구경 잘

했다."

시노하라는 아직도 꿈꾸는 듯한 표정으로 서 있는 두 사람을 남겨
두고 어두운 터널 안 같은 골목길로 느릿느릿 사라져 갔다.

그는 거리가 너무 휑하다고 생각했다. 아니, 이 거리가 마치 히로미가 마지막으로 눈을 감았던 병원의 차가운 복도처럼 느껴졌다. 낮 동안에 내린 세찬 비가 이렇게 보잘것없는 도쿄 뒷골목에 은혜라도 베푼 것일까. 거리는 먼지 하나 없이 깨끗했다. 하긴 이 길이 가부키쵸의 모텔 골목처럼 더럽다고 해도 이 어둠 속에서 보일 리가 없잖아.

왜 이 거리에 왔던 걸까. 그리고 지금 이 순간 히로미를 보냈던 그 복도가 떠오르는 이유는 뭘까. 실로 오랜만이었다. 작은 나사못 하나도 침입할 틈 없이 촘촘하고 견고했던 생각의 얼개가 이렇게 뒤헝클어진 것은. 그는 이 혼란스러운 감정이 어떤 것인지 정의해 보고 싶었다.

화가 나 있는 건가. 아니다. 내가 화를 낼 이유는 전혀 없다. 사토의 품 안에 안겨 있던 그녀에게 실망했는가. 그것도 아니다. 그 녀석 정도면 훌륭한 상대다. 그녀에게 절대로 부족하지 않은. 어쩌면 몇 년을 친구로 지냈던 그들이 뜨거운 연인이 되는 자연스러운 전개 과정에서 꼭 필요한 장면이었을지도. 그녀에게 놀라울 정도로 집중했던 사토였으니. 그의 입장에서 보면 너무 오랜 기다림이었겠지.

그렇다면 그 자식처럼 다가가지 못했던 나에 대한 실망인가. 아니다. 아니다. 어차피 어디에도 존재하지 않는 사랑 따위. 질척한 연애 감정. 나와 어울리지 않는 유치한 감정놀음 따위가 다 뭐라고.

하지만 왜 그런지 모르게 답답하다. 정의할 수가 없는 감정이다. 그냥 못 본 척 발길을 돌려서 그 거리를 나왔어야 했다. 내가 끼어들 상황이 아니었는데. 사토 자식이 나를 죽이고 싶었겠네. 다시 생각해도 어처구니없는 행동이었다. 하지만 나는 왜 그녀를 그 자식의 품에서 떼어 놓고 싶었던 걸까. 사토 켄지라면 은세나에게 최고의 상대일지도 모르는데. 그 녀석이 마치 너는 내 여자라고 각인시키듯 세나의 가는 몸을 완벽하게 감싸 안았을 때 왜 내 심장이 터질 듯이 뛰었던 것일까.

시노하라는 차가운 눈빛으로 하늘을 바라봤다. 별 하나 보이지 않는 도쿄의 밤하늘. 그 죽음 같은 어두움이 거대한 함선의 형상으로 시노하라에게 무겁게 내려앉았다. 오지 말았어야 했다. 상처받은 여왕님의 얼굴이 아무리 머릿속을 떠나지 않더라도 그냥 그것으로 끝냈어야 했는데. 홀린 듯이 차를 몰아서 곧장 이곳으로 내달리지 말았어야 했다.

마구잡이로 생각이 얽힌 그의 머릿속은 여전히 복잡했지만 도다이마에역의 후미진 뒷골목은 먼지 하나 없이 깨끗했다.

'내 인생 최악의 날이네. 다시 켄지의 얼굴을 볼 수 있을까. 아무 일도 없었던 것처럼.'

세나는 켄지가 웨스트에서 가져다준 코코아 가루를 티스푼에 큼지막하게 담아서 큰 머그잔에 두 번 털어 넣었다. 스팀 밀크가 있으면 더 좋았겠지만 아쉬운 대로 마시멜로 몇 개를 집어넣고 김이 나는 전기포트를 머그잔에 기울였다. 동그란 마시멜로에 뜨거운 물이 닿자 시시식 소리를 내며 흰 물감이 풀리듯 코코아에 녹아들었다.

'You make me happy!' 라고 적힌 머그잔의 주황색 글씨가 눈에 들어왔다. 그 글씨에 왠지 모를 허탈감을 느끼며 세나는 음미하듯 천천히 뜨거운 코코아를 목으로 넘겼다.

일본에서 무척이나 각광받고 있는 유럽식 베이커리 웨스트에서 가져온 코코아는 역시 다르네. 머리가 쨍하게 너무 달지도 않고 코코아에 흔히 들어 있는 싸구려 바닐라 향도 전혀 느낄 수가 없었다. 알싸한 계피 향기와 쌉쓰레한 다크초콜릿이 적당히 뜨거운 액체로 아름답게 만나서 폐부까지 깊숙이 진한 맛을 전해 주고 있었다.

세나는 두껍지 않은 매트리스에 두툼한 트윌 면으로 누빈 보라색 꽃무늬 스프레드를 씌운 싱글 침대 위로 몸을 누였다. 젖은 옷을 갈아입고 싶었지만 그녀에게는 손가락 하나도 움직일 힘이 남아 있지 않았다.

흰 바탕에 깨끗한 빨강 도트무늬 갓을 씌운 스탠드의 불빛만이 세나의 방 안을 잠잠히 비추어 주었다. 침대에 누우니 면 이불에서 은은하게 풍기는 미모사 향기가 코로 스며들었다. 세나는 이제 좀 더 편해지고 싶었다. 머리를 야무지게 고정시켜 주고 있던 검은색 머리끈을 풀자 가벼운 두통에서 해방된 느낌이 들었다. 하얀 베개커버 위로 흑단 같은 머리가 한가득 펼쳐졌다.

주인 할머니의 취향이 고스란히 반영된 이 방 벽지는 짙은 베이지색 다마스크 문양이었다. 천장의 벽지 문양을 따라 시선을 천천히 옮겨 봤다. 아무리 생각을 털어 내려고 해도 몇 개의 장면들이 서로의 팔을 엮은 채 끊임없이 그녀에게로 달려들었다.

켄지와의 키스. 아까의 감촉이 생생하게 떠올랐다. 여러 개의 감정이 뒤엉켜서 머릿속이 좀처럼 안정이 되질 않았다. 그의 차를 타지 말았어야 했는데. 아니, 그가 키스하기 전 내게 잠시의 시간을 주었을 때 도망쳤어야 했다.

사토 켄지는 분명히 매력적인 남자였다. 하지만 그와 사랑에 빠지는 건 왠지 모르게 두려워. 일본 남자와 불같은 연애를 하기 위해 이곳까지 온 것은 아니었다. 빛나는 내 미래를 위해서? 결코 아니다. 가족들이 없는 완벽하게 낯선 곳에서 나란 인간에 대해 진지하게 고민해 보고 싶었다.

더 솔직하게 말하면 가족이라는 허울뿐인 굴레에서 벗어나고 싶었다. 부모 곁을 떠나기 위해서 죽어라 공부했던 그 시간들이 굉장히 머나먼 과거처럼 느껴졌다. 낳아 주고 길러 준 부모를 벗어나기 위해 책을 파고들고 또 파고들면서 공부를 하는 나 같은 자식이 세상에 또 있을까. 하지만 지금은 한국에 있을 때보다 어떤 면에서는 더욱 혹독한 시간들을 보내고 있다.

마음 나눌 상대 하나 없는 외로운 땅. 도저히 진심을 알 수 없는 이중적인 사람들. 그리고 한 번의 강렬한 키스로 하루아침에 재설정된 켄지와의 관계. 이렇게 불안한 마음으로 누군가를 사랑할 수 있을까.

만약 켄지와 사귄다면 그다음에는. 켄지와 연인이 되고 나서 이제 그와 함께하는 미래를 꿈꿔야 하나. 자기 가족도 다 내던지고 도망쳐 온 내가 졸지에 교토 정치인 집안의 며느리가 되는 건가. 갑자기 실소가 터져 나왔다. 분명한 건 내가 진짜 원하는 게 뭔지도 잘 모르는 이런 불안정한 마음으로는 그와 진지한 관계를 시작할 수 없다는 것이다.

켄지가 믿음직한 친구의 자리에 있었던 때가 몹시도 그리웠다. 이제 다시 그를 친구의 마음으로 볼 수 있을까. 하지만 그와의 키스는 너무나도 새로운 경험이었다. 한 번도 발을 들여놓은 적이 없었던 아득한 세계.

그리고 시노하라 류우지. 그와 말을 나눴던 적은 없었지만 가끔 강의실에서 그의 옆자리를 스쳐 갈 때 쏘는 듯한 눈빛으로 바라봐서 몇 번 흠칫했었던 기억이 떠올랐다. 수업에 잘 나오지 않았던 시노하라 류우지. 과제를 제출하는 날 유령처럼 등장해서 수업을 들었던 학생들보다 더 깊이 있는 리포트를 던져 놓고 유유히 사라지던 시노하라.

가끔 그가 학교에 나오는 날이면 여학생들은 그의 존재만으로도 설레어 어쩔 줄 모르겠다는 시선을 던지곤 했었다. 벚꽃나무가 가장 잘 보이는 창가 맨 뒷자리에 앉아서 늘 시선을 밖으로만 고정시키던 그. 매사가 귀찮고 지루해서 죽을 것 같다는 표정을 짓던 시노하라. 일본 굴지의 기업 아들이라더니 참으로 거만한 스타일이네. 세나는 학기 초에 그에 대한 짧은 평가를 내린 후 더 이상 관심을 두지 않았다.

켄지와 친해지고 나서 같이 수업을 들으러 가다가 아르마니 양복을 입고 학장실에서 걸어 나오는 시노하라를 만난 적이 있었다. 그때도 그 표정이었다. 명문가 도련님을 낚으러 온 한국의 한심한 여자를 보는 듯한 그 쏘는 눈빛. 시간으로 따지면 2초도 채 안 되었을 그야말로 찰나의 순간. 하지만 세나는 몹시도 불쾌했었다. 나에 대해 제대로 알지도 못하면서 그런 눈빛으로 보지 마. 시노하라 네가 우습게 볼 정도로 가볍게 사는 인생은 결코 아니니까.

세나는 그렇게 침대에 누워서 공사장에 켜켜이 널빤지를 쌓아 올리듯 생각의 나무판을 하나하나 내려놓고 그제서야 씻기 위해 욕실로 들어갔다. 천천히 순간온수기의 온수 밸브를 열었다. 따뜻하게 흐르는 물에 포옹의 감촉도 강렬했던 키스의 기억도 씻겨 내려가기를 바라며.

사토 켄지는 자신의 차에 기대어 서서 희미한 조명이 까불거리는 세나의 창문을 조용히 응시했다. 그의 심장은 아직도 그녀의 촉촉한 입술을 기억하며 두근거리고 있었다. 그녀를 배려했어야 했다. 평상시의 자신이었다면 결코 이렇게 성급하게 굴지 않았을 텐데. 지금 이 모습은 나조차도 이해할 수가 없구나. 하지만 오늘 밤의 키스로 그는 가장 중요한 것을 깨달았다. 이제 그의 인생에서 그녀를 떼어 놓을 수 없다는 것을. 부디 그녀도 나와 같은 마음이길.

켄지는 세나의 방 불빛이 아른거리고 있는 시간만큼은 그녀가 자신을 떠올릴 것 같아서 차마 그 자리를 떠날 수가 없었다. 그는 그녀 방의 8와트짜리 작은 스탠드에서 나오는 불빛에게조차 자신의 등을 보여 주고 싶지 않았다.

흐릿한 불빛이 흘러나오는 그녀의 창문은 무겁게 침묵하고 있었다. 지금 당장이라도 이 계단을 올라가서 미처 다 하지 못했던 말들을 털어놓고 싶었다. 그리고 다시 한번 그녀의 커다란 눈동자 안에 자신을 가두고 싶었다. 황망하게 건물 안으로 사라지던 그녀의 마지막 모습이 자꾸 그의 마음을 아프게 했다.

시노하라. 그 자식은 왜 여기에 있었던 걸까. 오늘은 더 이상 생각하지 말자. 사토는 그녀의 창에서 가늘게 새어 나오던 연겨자색 불빛이 꺼지고 네모난 창문이 까만 어둠 속의 한 점으로 보일 때까지 한참 동안 그렇게 시선을 창에 고정한 채 서 있었다.

500밀리리터 페트병에 들어 있는 차가운 이토엔 녹차가 본격적으로 사랑받는 계절이 시작됐다. 대부분의 시험이 리포트로 대체되었기 때문에 세나는 내심 다행이라는 생각을 했다. 학교에 며칠만 나가면 곧 여름 방학이 시작된다. 지금 기분으로는 켄지도 시노하라도 마주치고 싶지 않았다.

세나는 작은 창문을 열고 다케오 아저씨네 노렌이 걸려 있는지 확인했다. 가게마다 들어오는 출입문의 가장 잘 보이는 곳에 걸어 놓는 노렌은 일본에서 매우 특별한 의미를 지니는데 그것은 '오늘도 성심성의껏 손님을 모시겠습니다' 란 신실한 약속을 상징했다. 이 노렌에는 주로 가게의 이름이나 집안의 문양이 들어가는데 대를 이어 가업을 이어 나가는 일본의 전통에 따라 가게마다 자기들만의 독특한 노렌을 내거는 것으로 장사의 시작을 알렸다.

다케오 두부집은 신선한 느낌을 주는 짙은 파란색 바탕에 다케오 아저씨의 할아버지가 직접 쓰셨다는 거친 붓글씨의 가게명이 한눈에 들어오는 노렌을 갖고 있었다. 이 노렌이 문 앞에 걸려 있으면 장사를 시작했으니 들어오라는 의미이다. 세나는 반가운 파란색 천을 보고 기쁜 마음으로 달려 나갔다.

"다케오 아저씨. 오늘의 두부는 어떤 맛이죠?"

"은상, 어서 와. 오늘의 두부는 검은콩과 두부콩을 3 대 7의 비율로 넣어 만든 여성들을 위한 특별한 두부야."

"검은콩두부라. 정말 맛있겠네요. 오늘 아침도 이렇게 훌륭한 두부의 신세를 지겠습니다."

"그런데 벌써 방학인가? 동경대 학생들이 방학을 하면 이 거리가 한결 조용해지겠어."

"네. 맞아요. 이제 곧 방학이에요. 하지만 제가 이 거리를 꿋꿋하게 지킬 테니 너무 상심 마세요. 내일의 두부도 기대할게요."

"젊은 나이에 그렇게 두부만 먹어 대면 영양 불균형이 온다고. 안 그래도 말랐잖아. 어쨌든 따뜻할 때 빨리 먹도록 해."

"그렇게 할게요. 다케오 아저씨. 내일 봬요."

얇은 저지로 된 회색 트레이닝 바지를 입고 한 손에는 두부가 담긴 비닐봉지를 들고 있는 자신의 모습이 조금은 초라해 보였다. 아니야. 힘을 내자. 여기는 일본이야. 엄마가 차려 주는 아침 밥상을 그리워하는 건 너무 어린애 같잖아. 씩씩해지자.

집으로 돌아온 세나는 책상 위에 올려져 있던 두꺼운 전공책들을 한쪽으로 치우고 아직도 더운 김이 모락모락 나는 두부를 먹기 시작했다. 맑은 간장에 살짝 절여서 얇게 썰어 놓은 짭짤한 수세미절임을 반찬으로 곁들여 먹었다. 다케오 아저씨의 고향에서 친척들이 농사를 지어 보내 주는 콩으로 만든 이 집 두부가 없었다면 내 도쿄 생활은 또 얼마나 서글펐을까. 입 안으로 퍼지는 고소하고 달달한 맛에 진정으로 감사하면서 그녀는 모처럼 만에 여유로운 아침 시간을 보내고 있었다.

수업이 없는 목요일. 방학 때 일할 자리를 알아보기 위해 학생복지과에만 들르면 된다. 집에는 이번 여름 방학에도 못 간다고 편지를 띄웠다. 엄마 집에 보내야 할지, 아빠 집에 보내야 할지 잠시 망설이다가 두 군데 모두 다 부치고 고민을 끝내 버렸다.

세나가 중학교 3학년이었을 때 부모님은 이혼을 결정했다. 아빠에게 새 여자가 생겼다는 사실을 안 순간부터 엄마는 하루에도 수없이 정상과 비정상의 경계를 가뿐하게 넘나들었다.

아빠가 없으면 침실에 불을 환하게 켜 놓고 자야 할 정도로 엄마는 몹시도 심약한 사람이었다. 그녀는 특히나 밤을 무서워했는데 어둠이 깔리면 스스로 검은 어둠을 베어 내어 공포의 이불을 만들어 덮었고, 그녀 머릿속의 어떤 지점에서 툭 하고 튀어나온 불안의 펜이 무서운 이야기들을 끝도 없이 써 내려가는 듯했다.

밤에는 뭔지 모를 공포가 무섭고 낮에는 사람이 무섭다 했다. 미세 저울처럼 예민한 엄마의 신경은 항상 종잡을 수 없이 내달렸다 멈추기를 반복하며 주변마저 불안하게 만들었다. 그녀는 작은 성취에도 과하게 기뻐하고 작은 실패에도 과하게 좌절했다. 평범한 사람들에게 신이 부여한 상식의 잣대가 그녀 안에서는 제대로 작동하지 않는 듯했다. 엄마의 그 타고난 불안증으로 주변 사람들의 건강한 영혼마저 병든 나무처럼 점점 말라만 갔다. 특히 아빠에게 모든 것을 의존했기에 새벽에 텅 빈 거실에 나와 홀로 우두커니 앉아 있는 아빠의 시간은 점점 길어져만 갔다.

그 침묵의 시간 동안 아빠는 엄마로부터 벗어날 준비를 하고 있었던 걸까. 엄마에게 듣기로 아빠의 새 여자는 직장 동료라고 했다. 남자보다도 더 강한 정신으로 문제를 척척 해결해 나가는 대담한 성격의 여자. 엄마가 아무리 기절하고 고꾸라져도 이미 차갑게 굳어 버린 아빠의 마음을 되돌릴 순 없었다.

세나는 부부가 서로 너덜너덜해진 채 파국을 향해 치닫는 과정을 너무나 생생하게 목격하고 말았다. 갈라서기로 합의하고 아빠가 자신의 짐을 챙겨 나가던 날 아빠의 얼굴이 몇 년은 훅 늙어 버렸다고 생각했다.

「세나야 아빠도 아빠 노릇이 처음이라 너한테 어떻게 말해야 할지 모르겠다. 그냥 솔직하게 말할게. 사랑하는 여자가 생겼어. 평생을 함께하고 싶은.」

가슴 밑바닥에서 욕지기가 올라왔다. 하지만 숨을 고르고 아빠의 얼굴을 똑바로 바라봤다.

「그럼 엄마는? 엄마랑도 사랑해서 결혼했다며.」

「사랑했지. 니 엄마를 물론 사랑했었지 예전에는. 근데 사랑도 변하더라. 아빠랑 정말 잘 맞는 사람을 만났어. 아빠를 진짜로 행복하게 해 주는. 세나의 아빠로만 살려면 끝까지 가정을 지키는 게 맞겠지. 근데 아빠도 아빠의 행복을 찾고 싶어. 지금은 니가 이해 못 하겠지만 언젠가는 아빠의 마음을 알게 될 거야.」

'아니. 그렇게 자신이 중요했으면 아빠가 되지 말았어야지. 애 같은 건 낳지 말았어야지. 그렇게 쉽게 변할 사랑이었으면 엄마 같은 여자랑 결혼하지도 말았어야지. 내가 백발의 할머니가 돼도 지금 이 순간

의 아빠를 이해 못 할 거야. 절대로.'

아빠는 바로 재혼을 했고, 그 이듬해 엄마도 마치 보란 듯이 가정을
이루었다. 엄마의 내면에는 평생을 떠안고 가야 할 불안증이 깊게 자
리하고 있었지만 그녀의 외모는 나이를 무색케 할 만큼 아름다웠다.

세나는 혼자 독립해서 살고 싶었지만 아직 어리다는 이유로 엄마와
아빠의 집을 오가야 했다.

처음에는 엄마와 살았다. 새아빠에게는 세나 또래의 두 딸이 있었
다. 피 한 방울 안 섞인 사람들과 하루아침에 가족으로 엮인다는 건
치아를 모조리 뽑아내고 식사를 하는 것처럼 불편한 일이었다. 졸지
에 가짜 아빠와 가짜 엄마를 나눠 가지게 된 감수성 예민한 사춘기 소
녀들이 친하게 지낼 리 만무했다. 새로운 동생들이랑 잘 지내라는 건
원하지 않았던 생뚱맞은 생일 선물을 떡하니 안긴 후에 박수를 치라
는 격이었다.

새아빠는 돈이 많은 사업가였다. 이전보다 훨씬 좋은 차를 타고, 훨
씬 큰 집에 살며 그녀의 방도 넓어졌지만 잠들 때마다 세나는 덜 말린
빨랫감 위에 혼자 누워 있는 느낌이었다.

「세나야, 나는 이제부터 너를 친딸로 생각할 거다. 우리 공주님들과도
잘 지내 주길 바래. 이렇게 공부 잘하는 예쁜 딸이 생겨서 아빠는 정말로
기쁘구나. 세나가 연주보다 나이가 더 많으니까 이제부터 연주는 세나에
게 언니라고 해라.」

새아빠의 큰딸 연주는 세나보다 한 살 아래였다. 중력의 법칙을 거
스르며 위로 바짝 치켜 올라간 눈매가 무척이나 매서워 보이는 아이.
새아빠가 방으로 들어가자 연주가 가소롭다는 듯 주절거렸다.

「언니 좋아하네. 니네 엄마가 그 잘난 몸뚱아리로 우리 아빠 꼬신 거

알고는 있냐? 엄마나 딸년이나 더럽게 재수 없는 낯짝이야.」

사춘기 소녀 셋이 만들어 내는 크고 작은 갈등들이 소소하게, 때론 큼지막하게 반복됐다. 새아빠의 두 딸들이 작정한 듯 세나를 괴롭히면 그녀는 당한 거에 비해 조금은 부족하지만 나름의 적절한 방법을 골라서 그들을 응징해 주었다. 그럴 때마다 엄마는 새로 만난 가짜 딸들의 편을 들었고 새아빠는 철저히 모르쇠로 일관했다.

그녀의 편을 들어 주는 사람은 아무도 없었다. 동생들이 세나의 자존심을 짓밟고 차마 들을 수 없는 말들을 포악하게 지껄여도 새아빠는 그냥 못 들은 척 넘어갔다. 친딸처럼 생각한다 했지만 그건 말뿐이었다.

그녀는 자신의 방에 틀어박혀서 오로지 공부만 했다. 매일 저녁 식구들이 거실에 모여 앉아 즐겁게 떠드는 소리가 아프게 세나의 가슴을 쳤다.

그러던 어느 날, 엄마가 세나의 방문을 열었다. 무언가 대단한 결심을 한 얼굴이었다.

「세나야. 우리 좀 떨어져 사는 게 어떨까. 아빠 집에 가 있을래? 엄마는 니가 그래 줬으면 해.」

세나는 최대한 감정을 덜어 낸 눈빛으로 엄마의 까만 눈동자를 뚫어져라 쳐다봤다. 엄마의 눈동자는 조금씩 흔들리고 있었다. 모녀 사이에 균열이 생기는 결정적인 지점이라도 되는 듯 엄마의 눈동자는 커다랗게 일렁였다.

「엄마는 딸을 내보내고 싶을 정도로 이 집이 그렇게 좋아? 그 아저씨와 그 애들이 그렇게 좋냐고!」

분노를 절제한 채 또박또박 발화된 자신의 목소리가 어쩐지 낯설게 느껴졌다. 너무 침착해서 오히려 더 절규하는 것처럼 들렸다.

「나도 걔들이 싸가지 없이 굴 때마다 화가 나. 하지만 결국엔 다들 자기 갈 길 찾아가겠지. 나중에 유학을 보내든 결혼을 시키든 하면 되니까. 그 애들은 잠시만 견디면 돼. 그리고 그 사람은 끝까지 나를 지켜 줄 거야.」

「엄마는 꼭 그렇게 누군가에게 의지해서 살아야 해? 엄마 눈에는 상처받은 내가 안 보여? 내 엄마로서만 살 순 없냐고.」

세나는 정말로 하고 싶었던 말을 드디어 내뱉었다.

「그렇게 한심하단 표정으로 보지 마. 인간은 결국엔 자기 행복을 위해 사는 거야. 부모라고 해서 자식만 생각하며 살 순 없어. 이 사람이랑도 헤어지면 엄마가 나중에는 니 인생의 발목을 잡을지도 몰라. 아빠한테 가렴. 그 여자는 데리고 온 자식은 없다고 하니까. 오히려 아빠랑 사는 게 너한테 더 편할 수도 있어. 여기서 이 아이들이랑 서로 죽일 듯이 싸우며 사는 것보다는 낫잖니.」

엄마……. 엄마……. 엄마……. 그랬었구나. 당신이란 사람에게 나의 존재는 그저 짐이었구나. 가짜 딸들과의 억지스러운 가족놀이를 방해하는 짐. 신혼의 단꿈에 빠진 전남편이 미처 추스르지 못하고 남기고 간 짐.

그날 밤 세나는 흰 종이 한 장을 펼쳐 놓고 짙은 보라색 크레파스로 여백 하나 없이 칠하고 또 칠했다. 흰 종이를 보랏빛으로 채우면서 세나는 폐병 환자가 게워 놓은 피 뭉텅이 같은 한 웅큼의 슬픔을 토해 냈다. 슬픔은 다시 한 웅큼의 분노가 되었고, 그 분노는 자기 스스로 당당하게 세상과 맞서지 못하는 연약한 엄마에 대한 한 자락 연민이 되기도 했다.

그렇게라도 자신의 아픈 마음을 토해 놓지 않으면 가슴 밑바닥에서 누구든 찌를 수 있는 날카로운 칼 같은 것이 튀어나올 것만 같았다.

다음 날 아침 냉장고 정중앙에 글자 하나 없이 보라색으로만 빼곡하게 칠해진 보라색 핏덩어리 같은 종이를 붙여 놓고 그 집을 나왔다. 그녀의 뒤통수에 대고 새아빠의 큰딸이 던진 한마디가 정확하게 날아와서 가슴에 꽂혔다.

「미친년. 역시 정신병자였어.」

마침 서울 하늘에는 진눈깨비가 흩날리고 있었다. 그녀의 기분만큼이나 우울하고 스산한 날씨였다. 칼 같은 바람이 그녀의 더플코트 사이사이로 사정없이 파고들어 왔다.

얼마의 시간이 흘렀을까. 검은색 운동화 속 두 발의 감각이 거의 사라질 때쯤, 흰색 에쿠스 차량 한 대가 급하게 핸들을 꺾으며 아파트 입구로 들어섰다. 끽. 급브레이크 밟는 소리에 세나는 흠칫 놀랐다. 아빠의 집으로 가기로 한 날, 아빠가 올 줄 알았는데 새엄마란 사람이 대신 왔다. 샤넬 로고가 한가운데에 박힌 다소 천박한 검정 벨벳 목도리를 한 여자가 창문을 내렸다.

「세나 맞지? 얼굴이 딱 지 엄마네. 얼른 타.」

늘 겉으로만 신경 써 주는 척했던 새아빠란 사람보다 새엄마는 훨씬 솔직한 사람이었다.

세나는 남색 캐리어를 힘들게 들어서 행여 뒷좌석 시트에 흙이라도 묻을세라 바퀴가 닿지 않도록 최대한 주의하며 밀어 넣었다. 그런 뒤 어두운색 배낭을 가슴에 안고 조심스럽게 조수석의 문을 열었다.

「그냥 뒤에 타. 누가 옆에 있으면 운전할 때 신경 쓰여.」

군더더기 하나 없이 무척이나 간결하고 조금은 공격적인 말투였다. 하지만 샤넬목도리의 이런 태도가 전혀 섭섭하지 않았다. 예전 같았으면 아마도 상처받았겠지. 그러나 이제 세나가 알고 있던 자신의 모습은 이미 사라지고 없었다.

뒷좌석의 문을 닫자마자 차는 아파트 입구에 들어왔던 것처럼 급하게 내달렸다. 너무 부주의하게 핸들을 꺾는가 싶더니 좁은 골목에 들어서는 순간 주차돼 있던 흰색 쏘렌토의 뒷범퍼를 그대로 들이받고 말았다. 샤넬목도리는 나직이 욕설을 내뱉으며 차 문을 열고 나갔다. 그리고 주위를 둘러봤다.

진눈깨비가 내리는 더러운 날씨에 무척이나 이른 시간이었다. 골목에는 CCTV도 없었고 개미 한 마리조차 보이지 않았다. 샤넬목도리는 마지막으로 자신의 에쿠스 앞머리의 생채기를 주의 깊게 살펴본 뒤 운전석으로 돌아왔다. 범퍼가 망가진 쏘렌토 운전자에게 당연히 알려야 할 연락처 한 장도 남기지 않은 채.

「진짜 아침부터 오지게 재수 없네. 별거 아니야. 살짝 스쳤거든. 이런 날 자기 차를 제대로 파킹 안 하고 길바닥에 던져 놓은 인간이 병신인 거지.」

웃기는 여자였다. 여자가 발을 딛고 있는 세상에서는 양심, 도덕, 윤리, 규칙 이딴 건 개나 줘 버리라고 가르치나. 그래도 새엄마란 사람은 새아빠처럼 좋은 사람인 척 가식을 떨진 않았다.

아빠네 집도 별반 다르지 않았다. 골드 미스로 자유롭게 살다 아빠를 만난 샤넬목도리는 늦은 나이에 임신을 해서 가뜩이나 예민해져 있었다. 그녀는 아주 거리낌 없이 불편한 심기를 표현했다.

엄마를 쏙 빼닮은 세나의 얼굴이 몸서리쳐지게 싫었던 걸까. 새엄마란 사람은 세나와는 절대 눈을 마주치지 않았다. 귀와 입술 사이 어느 공간 아니면 이마와 눈썹 중간의 어느 지점을 흘깃 보며 하고 싶은 말을 다다다 내뱉는 매우 신기한 재주를 보여 주곤 했다.

세나는 샤넬목도리와 3년을 살면서 가장 완벽하게 사라지는 방법을 찾고 또 찾았다. 고등학교를 졸업하는 것과 동시에 외국에 나가자. 이 땅에서 겪었던 슬픈 기억들은 모두 남겨 두고 멀리 떠나는 거야. 당신들 눈앞에서 사라져 줄 테다. 그리고 내 인생. 진짜 내 인생을 살겠어.

세나는 일본으로 가고 싶었다. 언젠가 신문에서 읽은 기사 때문에. 직장을 갖지 않고 맥도날드 같은 데서 적당히 파트타임으로 생활비를 벌며 자신의 인생을 즐기는 젊은이들, 일명 후리타족이 현대 일본 사회의 골칫거리라던 그 기사. 그냥 그렇게 어딘가에 매이지 않고 자유롭게 살고 싶었다.

일본으로 유학 가고 싶다는 세나에게 고3 담임 선생님은 동경대를 적극 추천해 주었다. 국비유학생으로 갈 수 있는 동경대 문학부가 드디어 완벽한 도피처로 떠올랐다. 방문을 열고 나가기 싫어서 파고들었던 공부였는데 그녀의 성적은 이 땅을 훌훌 떠날 수 있을 정도로 완벽했다. 자신의 눈을 보지 않고 말하는 새엄마의 대화 기술이 세나의 인생에 이렇게 큰 기회를 선사할 줄이야.

이번 방학에도 한국으로는 돌아가지 않을 것이다. 엄마에게도. 아빠에게도. 나한테 진짜 가족은 더 이상 존재하지 않으니까.

4
교토의 초승달

"쇼우죠, 쇼우죠. 아직도 솥에 불을 지피고 있는 게냐? 계집아이가 그렇게 굼벵이 같아서 어디다 쓰겠어. 조금 있으면 지체 높으신 손님들이 들이닥칠 시간이라고."

"나쯔, 우리야 평생 손이 갈라 터지도록 술쌀을 씻고 손님상에 올릴 전갱이를 말려야겠지만 쇼우죠는 지 에미처럼 교토 최고의 게이샤가 될 몸이라고. 부엌일에 좀 굼벵이 같으면 어때. 밤에 남정네들 품에서 펄펄 날면 되는 거지. 하하하……."

쇼우죠는 요정 부엌에서 허드렛일을 하는 여인네들의 비웃음을 뒤로하고 거리로 나왔다. 교토의 악명 높은 매서운 겨울바람이 어느새 소매가 부쩍 짧아진 얇은 기모노 사이로 파고들어 왔다.

교토에는 5대 하나미치(게이샤가 있는 요정 거리)가 있다. 기온히가시, 기온코부, 폰토쵸, 미야가와쵸, 그리고 교토 최고의 화류계인 카미시치켄.

쇼우죠의 엄마 미에는 카미시치켄의 꽃이라고 불리던 가장 인기 있는 게이샤였다. 쇼우죠는 카미시치켄에서 가장 크고 화려한 요정인 쿠모의 뒷방에서 태어나 그곳에서 자랐다. 사람들은 그녀를 볼 때마다 게이샤가 될 몸이라고 했다. 마치 정해져 있는 숙명인 것처럼.

쇼우죠가 아홉 살이 되던 해, 흐드러지게 핀 모란같이 아리따운 미에에게 병이 찾아왔다. 아무리 숨을 크게 들이마셔도 산소가 폐부까지 닿지 않고 조금 들어오다 싹 증발해 버리는 느낌에 그녀는 종종 밭은 숨을 내쉬어야 했다. 그러나 미에는 하루에도 몇 번씩 숨이 안 쉬어져도 병이라 생각 못 했다. 일순 가슴이 답답해지면서 공기를 확 뺏긴 것 같은 느낌은 게이샤로 데뷔하고 숱한 날, 숱한 밤을 연회 자리의 꽃으로 살며 무시로 찾아왔기 때문에.

그럴 때면 그녀는 쿠모 뒤뜰에 있는 청죽나무 숲 아래 돌우물로 달려갔다. 커다란 우물은 깊었고 그 안은 언제나 고요했다. 낮에는 대숲의 수많은 새들, 작은 다람쥐들, 이름 모를 풀벌레들까지 모든 생명의 기운을 깊이 빨아들였다가 밤이 되면 거대한 치유의 에너지로 바꿔서 우우 소리를 내며 내뱉는 듯했다.

미에는 숨이 안 쉬어질 때마다 그 우물 안으로 몸을 숙였다. 그녀는 이 고통을 한 많은 자신의 인생이 선물한 대수롭지 않은 화병으로 치부했다.

하지만 병의 전개는 점점 고약스러웠고, 돌우물에 아무리 고개를 숙여도 공기가 모자란 듯한 그 숨 막힘의 빈도는 점점 높아져만 갔다. 쿠모의 주인인 늙은 다카하시는 미에의 청동 거울같이 푸른 낯빛을 보며 그녀의 병이 심상치 않았음을 직감하고 교토의 큰 병원으로 데려갔다.

교토대학병원 흉부외과의 노련한 주임 교수인 오가와는 젊은 여자의 폐에서 시작된 종괴가 심장을 침범하고 있는 기이한 사진을 한동안 응시했다. 폐의 절반을 잠식한 암 덩어리는 심장까지 깊숙하게 뻗쳐 있었다.

오가와 교수는 늙은 다카하시의 모랫빛 염색 머리 위에 살짝 얹힌 화려한 외출 모자와 짙은 흑장미색 입술 화장에 시선을 던진 후 오른쪽 눈썹을 신경질적으로 찡그렸다. 그는 자식의 검사 결과를 듣기 위해 다 갈라진 메마른 입술을 달싹이며 초초하게 앉아 있던 그간 만나 온 숱한 보호자들의 얼굴을 잠시 떠올렸다.

"이걸 폐암이라고 해야 하나, 심장암이라고 해야 하나. 매우 드문 케이스인데 병원에 너무 늦게 왔어요. 이 환자의 가슴을 당장 연다 해도 우리가 할 수 있는 게 아무것도 없어 보입니다."

순간 뱀 가죽같이 주름이 자글자글한 다카하시의 얼굴 모공이 한꺼번에 열리듯이 커졌다.

"의사 양반, 이 아일 못 살린단 건가요?"

"조만간 자가 호흡마저 힘들어질 겁니다. 남은 시간은 길게 봐야 두 달 정도."

다카하시는 머릿속으로 재빨리 계산기를 두드렸다. 아름다운 미에가 자신에게 매해 벌어다 주던 어마어마한 돈들이 공중에 산산이 흩어지는 듯했다. 다 끝났구나. 미에도 이제 끝났어. 쿠모의 꽃이 이렇게 지는구나.

교토에 4월이 찾아왔다. 여린 벚꽃이 사방 천지에 만발했다. 미에의 심장 속에 박힌 암 덩어리는 어른 여자 주먹만큼이나 커져서 가뜩이나 좁아진 숨길을 잔인하게 막아 버렸다. 미에는 숨이 잘 쉬어지지 않았다.

하루에도 몇 번씩 의식이 있다 없다 하는 고통스러운 날들이 지속되었다. 그녀는 의식이 돌아오면 이제 겨우 아홉 살인 쇼우죠 생각뿐이었다. 예사롭지 않게 반듯한 쇼우죠의 이목구비를 보며 그녀는 더 이상 아이를 지켜 주지 못한다는 생각에 가슴이 미어졌다.

미에는 검정 옻칠을 무겁게 먹인 문갑 서랍에서 하늘색 비단 천을 꺼내 들었다.

"쇼우죠. 잘 들어라. 앞으로는 이 비단 천이 너를 지켜 줄 거야. 내 아기 쇼우죠. 한시라도 이 천을 얼굴에서 벗겨 내서는 안 된다."

아름다운 미에의 두 눈에서 후드득 눈물이 떨어졌다. 그녀는 떨리는 손으로 비단 조각을 쇼우죠의 얼굴에 씌우고 끈으로 묶어 주었다. 이제 쇼우죠의 얼굴에서는 오로지 눈동자만 보였다. 소녀는 까맣고 영롱한 눈동자를 빛내며 엄마를 쳐다봤다.

"엄마. 왜 쇼우죠의 얼굴을 가려야 해?"

"엄마가 없더라도 이 천이 너를 지켜 줄 테니까. 엄마를 지켜 주던 신이 이제 너에게로 옮겨 갈 거야."

쇼우죠는 더 이상 아무것도 묻지 않았다.

그날 밤 미에는 가장 정갈한 옷으로 갈아입은 뒤 요정 뒤뜰에 있는 깊은 돌우물 앞에 무명천을 펼치고 어린 딸을 위한 기도를 시작했다. 쇼우죠만큼은 자신과 같은 인생을 살지 않기를. 어린 쇼우죠가 험난한 가시밭길을 가지 않기를 빌고 또 빌었다.

그렇게 얼마의 시간이 흘렀을까. 그녀가 고통스럽게 토해 내듯 크게 내쉰 날숨을 우물 밑바닥에 살고 있는 우물의 정령이 한 번에 거둬 간 것처럼 그녀에게 일순 평화가 찾아왔다. 미에의 망가진 폐 속으로 더 이상 들숨이 들어오지 않았다.

숨이 끊긴 미에는 무명천 위로 스르륵 쓰러졌다. 비록 숨은 끊겼지만 그녀의 두 눈은 아직 살아 있었다. 그녀가 마지막으로 본 세상은 쏟아질 듯한 별들이 가득한 교토의 밤하늘이었다.

미에는 영롱하게 빛나는 별을 보며 어린 딸을 위해 마지막까지 눈빛으로 기도한 후 그렇게 돌우물 앞에서 숨을 거뒀다.

서른두 살. 한 많은 생을 마감하기에 그녀는 너무나 젊고 아름다웠다.

어린 쇼우죠는 울지 않았다. 엄마의 시신이 거친 미송나무를 얼기설기 엮어서 급하게 만든 옹색한 관에 실려 나가는 순간에도 울지 않았다.

그날 이후로 그녀는 비단 천으로 항상 얼굴을 가리고 다녔다. 이 하늘색 비단 천을 쓰고 있으면 어떤 어려움도 고통도 견뎌 낼 수 있을 것만 같았다.

어느새 열다섯이 된 쇼우죠는 요정을 빠져나와 은각사를 향해 발걸음을 재촉했다. 해가 저문 하늘에는 별이 하나둘 떠오르기 시작했다.

노련한 정원사가 잘 드는 조경용 가위로 가지런하게 잎사귀를 다듬어 놓은 은각사의 2미터가 넘는 나무 울타리가 보였다.

쇼우죠는 은빛 모래 탑을 지나 호젓한 연못가로 천천히 걸어갔다. 연못의 물은 매서운 추위로 살짝 얼어 있었다. 살얼음이 반짝이는 거울 같은 연못의 표면 위로 초승달이 아른거렸다. 물 위로 비치는 얄쌍한 초승달이 무척이나 가련해 보였다.

'나도 죽은 엄마처럼 쿠모의 게이샤가 되겠지. 고토(전통 악기)를 연주하며 슬픈 노래를 부르려나.'

눈물이 흘렀다. 엄마가 그리울 때면 달려오는 이곳. 이 연못이 없었다면 어디서 이 서러운 눈물을 쏟아야 했을지. 한번 터진 눈물은 얼굴을 가리고 있던 비단 조각을 흠뻑 적셨다.

"왜 이런 데서 울고 있는 거야?"

쇼우죠는 소리가 들리는 쪽으로 고개를 돌렸다. 교토 명문사립중학교 교복을 입은 소년이 달빛 아래에 서 있었다. 짙은 눈썹과 단정한 입술, 총명한 눈빛을 가진 소년은 좋은 집안의 도련님 같아 보였다. 그녀는 무명으로 된 홑겹 기모노를 입고 청승맞게 울고 있던 자신의 모습이 왠지 부끄러워서 오래된 소나무 뒤로 얼른 몸을 숨겼다.

"이 시간에 이런 데서 울고 있다니. 너도 세상에 어지간히 불만이 많은가 보구나."

소년은 어느새 쇼우죠의 곁에 자리를 잡고 털썩 주저앉았다.

"교토는 늘 변함이 없지. 거리도 똑같고 하늘도 똑같고 가게들의 간판까지 항상 그대로야. 우리 동네 과자집 주인은 자기네 가게 역사가 백 년밖에 안 됐다고 부끄러워하지. 백 년 전의 노렌을 걸고 매일 똑같은 과자들을 구우면서 무려 백 년씩이나 이 거리를 지켜 왔는데도 말이야. 정말 이상한 곳이야 교토는."

쇼우죠는 혼자서 말을 이어 가는 소년을 바라보기만 했다.

"너는 얼굴에 이상한 천을 쓰고 다니는구나. 하긴 우리 또래의 애들이 이곳에서 그 어떤 이상한 짓을 한다고 해도 나는 놀랍지 않아. 어떤 식으로든 미친 짓을 하지 않으면 갑갑해서 견딜 수 없는 곳이 교토니까."

소년은 쇼우죠의 얼굴을 가린 비단 천보다는 계절에 맞지 않는 홑겹 기모노에 더 걱정이 담긴 시선을 보냈다.

"혹시 얼굴에 흉터가 있거나 큰 점이 있어서 복면을 쓰고 있는 거라면 말리고 싶다. 세상에는 흉한 얼굴보다 더 추악한 마음으로 사는 사람들이 훨씬 많은걸. 그들 앞에 당당하게 나서야지. 추한 마음이 더 부끄러운 거야. 어두운 밤에 복면을 쓰고 이런 곳에서 혼자 운다고 문제가 해결되는 건 아니니까."

정말 이상한 아이였다. 오늘 처음 만났는데도 전혀 낯설지가 않았다. 사립학교에 다니는 부잣집 도련님도 마음에 풀지 못하는 답답함이 있구나. 그녀에게 뭔지 모를 위로의 말을 건네는 소년의 눈빛이 무척이나 따뜻했다. 친구 하나 없는 쇼우죠에게 친근하게 말을 걸어 주는 소년이 무척이나 고마웠다.

"복면소녀, 난 이만 가 봐야겠다. 만나서 반가웠어. 그런데 다음에 만났을 때 알아보려면 얼굴은 알아야 할 것 같은데. 굉장히 웃기게 생긴 얼굴이면 어때? 나는 그런 거 중요하게 생각하지 않아."

소년은 경쾌한 발걸음으로 다가와 쇼우죠의 머리 뒤로 손을 가져갔다. 마법처럼 비단 끈이 풀리고 은각사 파아란 달빛 아래서 소녀의 얼굴이 드러났다. 진한 슬픔을 담고 있는 깊은 눈매, 예리한 콧날, 석류 열매같이 붉은 입술, 그리고 점 하나 없이 투명한 피부가 소스라치게 아름다웠다.

소년은 봇물이 터지듯 한꺼번에 자신의 눈앞으로 들이닥친 아름다운 피사체에 숨이 막혔다. 소녀의 눈가에는 아직도 눈물이 몇 방울 맺혀 있었다. 그녀는 몹시 놀란 듯 눈을 동그랗게 뜬 채 가늘게 떨고 있었다. 소년은 자신도 모르게 손을 뻗어서 소녀의 아름다운 두 눈에서 아른거리고 있는 눈물을 닦아 주었다. 그녀의 뺨은 약간 서늘했지만 몹시도 부드러웠다.

"미안해. 놀라게 할 생각은 없었어. 하지만 이런 복면을 쓰고 다니기에는 너무…… 너무 예쁘다."

처음이었다. 쇼우죠에게 예쁘다고 말해 준 사람은.

초승달이 어느덧 많이 기울었다. 더 이상 지체하다가는 부엌일을 하는 일꾼들에게 혼날 것이다.

"내 비단 천, 이제 돌려줘."

쇼우죠가 그에게 손을 내밀었다. 하얗고 조그만 손이 비단 천을 들고 있던 그의 손에 살며시 와 닿자 소년은 무의식적으로 그녀의 손을 잡았다.

"혹시 어디 사는지 물어봐도 돼? 내가 집까지 데려다주고 싶은데."

그녀의 손을 잡고 있는 힘이 너무나 강했다. 쇼우죠는 놀라서 뿌리치려고 했지만 소년은 놔주지 않았다.

"이 손 놔줘. 부탁이야. 지금 가지 않으면 어른들한테 많이 혼나."

"그럼, 이름이라도 알 수 있을까?"

그의 눈빛이 너무나 간절했다.

"내 이름은 쇼우죠야."

"쇼우죠……. 성은?"

"성은 없어. 그냥 쇼우죠."

"내 이름은……."

"말하지 마. 사립학교 교복을 입고 있는 도련님 이름 따위. 알고 싶지 않아."

"우리 다시 만날 수 있을까? 초승달이 뜨는 밤이면 이리로 올게. 기억해. 초승달이야."

소년은 그녀의 눈을 똑바로 보면서 흔들리지 않는 눈빛으로 자신의 약속을 전했다. 그러고는 잡은 손을 놓아주었다. 그녀는 재빨리 비단 천을 얼굴에 쓰고 은각사 입구를 향해 뛰어가기 시작했다. 소년은 그녀를 따라갔다. 얇디얇은 옷을 입고 넘어질 듯 고꾸라질 듯 비탈길을 내려가는 소녀의 뒷모습을 안타깝게 바라보며 조심스럽게 뒤를 밟았다.

주택가를 지나 한참을 걸었다. 그리고 그녀가 발을 들여놓은 곳은 카미시치켄이었다.

카미시치켄. 아름다운 소녀가 다니기에는 위험한 곳이었다. 소년은 혹시라도 그녀에게 무슨 일이 생길 것만 같아서 가슴이 뛰었다. 술 취한 부랑자라도 나타나면 가만두지 않으리라 생각했다.

카미시치켄의 화려한 요정 골목을 돌고 돌아서 그녀가 멈춘 곳은 거대한 나무 문에 화려한 붉은 등이 달린 제법 규모가 있는 요정이었다. 소녀는 망설이지 않고 빨간 꽈리 열매 같은 불빛이 너울대고 있는 요정 안으로 들어갔다.

'어린 게이샤인가. 그녀는 쿠모의 게이샤였던가.'

그 순간 소년의 가슴에 총상을 입은 것처럼 큰 구멍이 뚫렸다. 그는 눈을 들어서 하늘을 바라봤다. 현악기의 구슬픈 가락이 울려 퍼지는 카미시치켄의 하늘에 날카로운 초승달이 떠 있었다. 달 주위로는 검은 구름이 연기처럼 흘러갔다. 소름 끼치도록 아름다웠던 소녀의 얼굴이 자꾸만 달그림자 사이로 겹쳐 보였다.

소년은 쿠모의 어린 게이샤를 잊을 수가 없었다. 학교가 끝나면 쿠모 주위를 맴도는 시간이 많아졌다. 그때마다 쇼우죠는 항상 비단 천을 쓰고 있었다. 하지만 소년은 소녀 앞에 나타나지 않았다. 멀찍이 떨어져서 그녀의 그림자만 밟을 뿐이었다. 만약 집안 어른들이 카미시치켄 거리를 방황하고 있는 소년의 모습을 본다면 기절초풍할 노릇이었다.

소년은 자신을 단단하게 옥죄고 있는 거대한 멍에 같은 그의 배경이 싫었다. 지켜야 할 명예가 저주스러웠다. 그녀를 잊어야 하는 자신의 운명을 거부하고 싶었다.

초승달이 뜨는 밤이면 소년은 두근대는 심장을 안고 은각사의 연못가로 달려갔다. 매번 하얗게 밤을 새우고 촉촉한 새벽이슬이 두 어깨를 적실 때까지 그녀를 기다렸지만 쇼우죠는 오지 않았다.

쇼우죠는 교토 사립중학교 담장 아래서 뉘엿뉘엿 넘어가는 해를 바라보고 있었다. 하얀 세일러복을 입은 여학생들이 남루한 차림의 그녀를 흘끗거렸다.

이 학교 담장에서는 달콤한 치자꽃 향기가 났다. 봄이면 상아색 꽃망울을 터뜨리는 향기로운 치자꽃. 저 담 너머 학교 화단에 치자꽃밭이 있을까. 소녀는 궁금했다. 하지만 그녀는 학교란 곳을 한 번도 가본 적이 없었다.

또 한 무리의 여학생들이 지나갔다. 쇼우죠는 그들의 하얀 교복에 마음을 빼앗겨 버리고 말았다. 그들은 아름다웠다. 흰 블라우스에 네모난 칼라가 달린 세일러복. 마치 다른 세상에 온 것만 같았다. 쿠모 최고의 게이샤들이 허리에 두르는 화려한 오비(허리끈)보다 이들의 교복이 훨씬 더 아름다웠다.

쇼우죠는 다 낡아서 모서리 부분이 너덜대는 자신의 감청색 기모노가 부끄러웠다. 은각사에서 만났던 그 아이도 이 학교 교복을 입고 있었는데. 그때였다. 그녀는 이마에 둔탁하고 날카로운 통증을 느꼈다. 모서리가 뾰족한 살구만 한 돌이 그녀의 이마에 깊은 상처를 내고 발밑으로 떨어졌다.

"야! 너 문둥이지? 얼굴에 괴상망측한 걸 뒤집어쓰고 여기서 뭐 하냐?"

"재수 없게 왜 문둥이 계집이 학교 앞에 있는 거지?"

교복을 입은 네댓 명의 남학생들이 킬킬대고 있었다. 그중에서 가장 힘이 세 보이는 녀석이 그녀에게 던진 돌 때문에 찢긴 이마에서 흘러나온 피가 하늘색 비단 천을 하염없이 적셨다. 쇼우죠는 너무 아파서 그 자리에 주저앉았다. 피가…… 피가 멈추지 않았다.

남학생들은 이제 둥그렇게 둘러서서 그녀에게 야유를 보냈다.

"우리 저 천을 한번 벗겨 볼까? 얼굴이 막 썩어 문드러져 있는 거 아니야? 하하하……."

"그러다가 더러운 병에 걸릴 수도 있어. 그런데 궁금하긴 하다. 저기 있는 긴 막대기로 한번 천을 걷어 내 볼까?"

누군가가 긴 막대기를 가져왔다. 막대기가 그녀의 머리 뒤로 천천히 다가오고 있었다. 쇼우죠는 엄마의 말을 떠올렸다. 이 비단 천이 쇼우죠를 지켜 줄 거야. 그녀는 소리를 질렀다. 있는 힘껏. 그녀가 생애 처음으로 세상에 내지르는 비명이었다.

"너희들 지금 뭐 하는 거야? 그만해! 죽…… 죽일 거야. 전부 죽여 버릴 거야!"

그 순간 기다란 막대기를 들고 있던 마츠우라의 턱에 주먹이 날아들었고 그 충격으로 그는 뒤로 쓰러졌다. 한 소년이 미친 듯이 달려들어 그의 얼굴에 주먹질을 퍼붓고 있었다. 다른 소년들은 그 기세에 눌려서 슬금슬금 뒷걸음질을 쳤다.

마츠우라의 얼굴은 이미 피투성이가 되어 있었다. 그럼에도 소년의 어깨는 다스릴 수 없는 분노로 부들부들 떨렸다. 드디어 주먹질을 멈춘 그가 피를 흘리고 있는 쇼우쬬에게로 다가갔다.

"쇼우쬬. 나야. 괜찮아?"

은각사에서 만났던 그 소년이었다. 그는 피로 범벅이 된 쇼우쬬를 보고 잠시 충격에 빠진 듯했다. 지혈. 빨리 지혈을 해야 한다. 소년은 자신의 교복 셔츠를 찢어서 피가 쏟아져 나오는 그녀의 이마 부위를 눌러 주었다. 하얀 교복 천이 금세 피로 물들었다.

"나한테 업혀. 어서."

소년은 그녀를 업고 양호실로 정신없이 내달렸다. 양호실까지 가는 길이 무척이나 멀게 느껴졌다.

그녀의 이마에서 흘러내리는 뜨거운 피가 그의 볼을 타고 내려왔다. 소년은 안타까운 마음에 죽고 싶었다. 왜 남들보다 늦게 교실에서 나왔을까. 왜 그녀를 좀 더 빨리 알아보지 못했을까. 그는 자신의 볼을 타고 흘러내리는 뜨거운 것이 그녀의 피인지 자신의 눈물인지 구별할 수가 없었다.

양호 선생인 미나미는 막 퇴근하려던 참이었다. 그때 양호실 문이 다급하게 열리며 얼굴이 피로 얼룩진 소년이 들어왔다. 아니었다. 소년의 피가 아니었다. 그에게 업혀 있는 소녀가 흘리는 피였다. 세상에. 도대체 어쩌다가. 50대 초반의 푸근한 여성인 미나미는 지체하지 않고 응급 처치에 들어갔다.

피의 근원지는 소녀의 이마였다. 양호 선생은 그녀의 얼굴에 둘러 있는 피범벅이 된 비단 천을 벗기려고 했다. 그녀의 눈빛이 순간적으로 날카로워졌다. 소녀는 자신의 얼굴을 가리고 있는 이 괴상한 천을 꼭 붙잡고 있었다. 곁에 있던 소년에게 간절한 눈빛을 보내면서.

"선생님. 그냥 두세요. 그 천은. 부탁입니다."

알 수 없는 아이들이었다. 양호 선생은 천을 들어서 조심스럽게 치료를 했다. 출혈은 많았지만 다행히 꿰맬 정도로 깊은 상처는 아니었다. 치료만 잘하면 흉터는 남지 않을 것 같았다. 그런데 자세히 보니 소녀는 이 학교 학생이 아니었다. 이 아이는 누구지? 미나미는 궁금했지만 우선은 치료에 전념했다.

치료가 끝나자 소녀가 공손하게 허리를 숙이고 인사한 뒤 서둘러 문을 향해 걸어갔다. 소년이 황급하게 그 뒤를 쫓았다. 둘은 그렇게 사라졌다.

쇼우죠는 빠른 걸음으로 걸어갔다. 소년은 여전히 그녀가 걱정됐다.

"아직도 아파?"

"아니. 이젠 안 아파."

왜인지는 모르겠지만 둔탁한 아픔이 더 이상 느껴지지 않았다.

"거짓말."

"진짜야."

"우리 학교에는 왜 왔어?"

소년의 눈빛에 어떤 대답을 듣고 싶은 기대감이 실렸다.

"그냥."

"혹시 나 때문이야?"

소년은 이런 대담한 질문을 하는 자신이 조금 낯설었다.

"아니."

"거짓말."

"진짜야."

어느새 하늘이 어두워지고 있었다. 카미시치켄으로 접어드는 길이 나오자 소녀가 머뭇거렸다. 쇼우죠는 창피한 걸까? 쿠모에 산다는 게. 하지만 난 이미 알고 있어. 다 알고 있어.

"그만 돌아가."

"왜? 집까지 데려다줄게."

"아니야. 혼자서 갈 수 있어."

"그래. 그럼 여기까지. 나는 간다."

"저기…… 잠깐만."

쇼우죠는 피로 얼룩진 비단 천의 끈을 풀었다. 석양빛에서 보는 그녀는 더욱 아름다웠다.

"나한테는 얼굴 보여 줘도 괜찮아?"

"응."

"왜?"

"내 편이니까."

"다시 한번 말해 줄래?"

"너는 내 편이니까."

"잊지 마. 나는 항상 쇼우죠 편이야."

소녀는 해맑게 웃었다.

"나 초승달이 뜰 때마다 은각사에서 널 기다렸었어. 내일도 기다릴 거야. 상처에 좋은 약 가지고 나갈게."

쇼우죠는 대답하지 않았다. 이마의 상처는 조금 욱신거렸지만 그녀의 가슴은 알 수 없는 기쁨으로 벅차올랐다.

세월이 흘렀다. 소년과 소녀는 어느덧 열아홉이 되었다.

"쇼우죠, 들어오너라."

쿠모의 주인이자 늙은 게이샤인 다카하시가 자신의 화려한 방으로 쇼우죠를 불렀다. 늙은 여우 같은 다카하시는 날카로운 눈빛으로 쇼우죠를 쏘아봤다.

"드디어 네가 게이샤로 첫 손님을 맞이할 날이 정해졌다. 이달 그믐이다."

이달 그믐. 너무 이르다. 기어이 오고야 마는구나. 하지만 생각지도 않았던 택일이다.

"다카하시 님 너무 갑작스러워서 어떻게 받아들여야 할지 모르겠습니다."

"갑작스러울 게 무엇이냐. 이곳 여인네라면 응당 치러야 할 일인 것을. 네가 정식으로 게이샤가 되는 날이니 기쁜 마음으로 준비를 하거라. 그리고 이제 너도 이름이 있어야 할 것이다. 내가 적당한 이름으로 작명을 해 주마."

"아닙니다. 이름은 생각해 둔 것이 있습니다. 제게 맡겨 주세요."

쇼우죠는 떨리는 마음으로 그 방을 나왔다. 이달 그믐이라니. 불과 며칠 뒤가 아닌가.

그녀는 자신의 방으로 돌아왔다. 한동안 멍하니 벽만 바라보다 무슨 결심에서인지 부엌 한편의 목욕통에 더운물을 부었다. 정성스럽게 목욕을 마치고 가장 고운 기모노로 갈아입었다.

짙은 보라색 비단으로 지은 기모노에 벚꽃색 오비(허리끈)를 두르니 하늘에서 내려온 선녀가 따로 없었다. 청초한 얼굴에 옅은 화장을 하고 살짝 붉은 기가 감돌게 립스틱도 발랐다. 이제 며칠 후면 게이샤들이 하는 특유의 올림머리를 해야 할 것이다. 그녀는 긴 머리를 가지런하게 하나로 모은 뒤 목덜미 부근에서 살짝 묶어 주었다.

거울에 비치는 자신을 바라봤다. 게이샤 같지 않았다. 전혀 게이샤 같지 않은 자신의 모습에 눈물이 나왔다.

쇼우죠는 그 자세로 해가 저물 때까지 꼼짝도 하지 않고 기다렸다. 그렇게 얼마의 시간이 흘렀을까. 드디어 달빛이 창에 어렸다. 초승달이었다. 쇼우죠는 결심한 듯 일어섰다.

마지막으로 아주 오랫동안 그녀의 얼굴을 가리고 있던 비단 천을 부엌 아궁이에 넣고 태워 버렸다. 그리고 은각사를 향해 걸어갔다.

은각사에는 준수한 청년이 무심한 눈빛으로 연못을 바라보고 있었다. 4년 동안이나 그녀를 기다리다니. 웃음이 나왔다. 그녀가 오지 않으리라는 것을 그는 누구보다도 잘 알고 있었다. 하지만 이제 이곳을 오지 않으면 마음이 허전해서 견딜 수가 없었다. 몇 달 후면 교토를 떠나서 동경대로 진학할 것이다. 다시 올 수 있을까. 초승달이 뜨면 이제 어느 하늘을 바라보며 그녀를 떠올려야 할 것인지.

청년이 깊은 한숨을 쉬며 돌아가려는데 어둠 속에서 한 줄기 빛이 걸어 들어오고 있었다. 그는 자신의 눈을 믿을 수가 없었다. 그녀였다.

정말 쇼우죠란 말인가. 그녀를 처음 만났을 때처럼 차가운 겨울바람이 그들의 뺨을 스쳤다. 그녀는 4년이라는 시간 동안 더욱 아름답게 성장해 있었다.

"쇼우죠…… 드디어 와 줬구나."

소년은 어느새 준수한 청년이 되었다. 하지만 그녀를 따뜻하게 바라보던 그 눈빛은 변하지 않고 그대로였다. 오늘 밤이 지나면 전혀 다른 인생을 살아가야 할 그들이었다.

"여기서 날 기다렸던 거야?"

"내가 말하지 않았니? 초승달이 뜨면 항상 이리로 오겠다고 했던 말. 난 약속한 말은 지키는 사람이야."

"나 사실 할 말이 있어. 나는 너와 전혀 어울리지 않는 사람이야."

"아무 말도 하지 마. 그런 말 듣고 싶지 않으니까."

"나는 며칠 후면 정식으로 게이샤가 될 거야. 평범한 여자로 니 앞에 서는 건 어쩌면 오늘이 마지막이 될지도 몰라."

그의 심장에 무거운 바윗돌이 하나 내려앉았다.

"지금까지 이름이 없었어. 내 이름은 그냥 쇼우죠(소녀). 아무 뜻 없이 사람들이 그냥 그렇게 나를 불렀지. 이제는 나도 내 이름을 갖고 싶어. 그 이름 니가 지어 주지 않을래?"

"하루카."

"하루카. 예쁜 이름이다."

"봄의 향기라는 뜻이야. 너는 봄꽃처럼 나를 설레게 하니까. 내 이름은 사토. 사토 코이치야. 내 이름을 잊지 마."

사토 코이치는 하루카를 말없이 끌어안았다. 그의 넓은 가슴 안으로 가녀린 그녀가 쏙 들어왔다. 두 사람의 심장이 고장 난 듯 뛰고 있었다. 코이치의 얼굴이 서서히 내려왔다. 그녀의 눈에서는 어느새 눈물이 흐르고 있었다. 달빛 아래서 두 사람의 입술이 애처롭게 만났다.

오늘 밤이 지나면 서로 다른 길을 가야겠지만 이 순간만큼은 게이샤가 아닌 코이치의 하루카이고 싶었다.

"코이치, 이제 다시는 나를 기다리지 마. 이곳으로 너를 보러 오는 일은 없을 거야."

"하루카, 나한테 시간을 줘. 어른들을 설득하겠어. 그러니까 그런 잔인한 말은 하지 마."

"나는 화려하게 살 거야. 가장 화려한 별이 되어서 네 앞에 나타날 거야. 나를 지켜봐 줘."

사토 코이치는 알 듯 모를 듯 한 말을 남기고 총총히 돌아서는 그녀를 멍하니 바라봤다.

그리고 정확히 이틀 후 나가타초(국회의사당이 있는 곳)의 불은 꺼져도 카미시치켄 쿠모의 불은 꺼지지 않는다는 그 쿠모에서는 어느 아름다운 게이샤의 데뷔식이 열렸다. 이 데뷔식을 위해서 쿠모의 주인인 다카하시는 도쿄의 유력 인사들을 대거 초청했다.

'이 아이로 인해 우리 쿠모는 도쿄뿐만 아니라 일본 전역에 최고의 요정으로 이름을 떨칠 것이다.'

그만큼 하루카는 기대가 되는 게이샤였다. 아름다운 용모뿐만 아니라 영특함과 야망을 갖고 있는.

드디어 연회가 시작됐다. 정재계를 주름잡고 있는 수많은 인사들이 속속 자리를 차지했다. 다카하시는 만면에 웃음을 띠며 손님들 앞에 나타났다.

"오늘은 특별히 우리 쿠모의 꽃을 소개해 올리겠습니다."

수많은 눈빛들이 방 안에 마련된 작은 무대 위로 향했다. 무대에는 하얀 창호지를 바른 미닫이문이 굳게 닫혀 있었다. 그때 문 양쪽에서 무릎 꿇고 앉아 있던 나이 든 게이샤 둘이 동시에 미닫이문을 열어젖혔다. 연회장은 순간 찬물을 끼얹은 것처럼 조용해졌다.

살구색 기모노에 핏빛 오비를 맨 하루카가 천천히 고개를 들었다. 게이샤를 상징하는 봉긋한 올림머리 위로 금색으로 빛나는 반달 머리빗과 값진 산호가 촘촘하게 박힌 화려한 머리 장식이 돋보였다. 그녀의 얼굴은 초승달처럼 얄쌍했다. 그리고 그 얼굴에서는 마치 은가루가 뿜어져 나오는 것처럼 치명적인 아름다움이 서려 있었다.

"이렇게 아름다운 미인이 교토에 숨어 있었다니 그저 놀라울 따름입니다. 제 생각에는 오늘 예순 번째 생일을 맞이하신 아사노 의원님에게 저 아이와의 하룻밤을 선물하면 좋을 듯한데 모두들 어떠신지요?"

이 연회를 주도한 백화점 재벌인 요네다가 아사노의 얼굴을 살피며 말을 꺼냈다. 우익계의 거목이라 할 수 있는 아사노 의원은 매우 흡족한 미소를 지었다.

"요네다상. 이 늙은이에게 안 될 말이지요. 허허허……."

하루카는 기름기가 흐르고 검버섯이 피어오른 아사노의 두꺼비 같은 얼굴을 힐끗 바라봤다. 그래 정절 따위 중요하지 않아. 힘 있는 남자를 상대해서 이 지긋지긋한 교토를 벗어나자. 그리고 세상에 내 존재를 알리겠어. 사토 코이치. 부디 나를 잊지 말아 줘.

그때였다. 연회석 가장 끝자리에서 젊은 남자의 목소리가 들려왔다.

"요네다상, 이건 매우 일방적인 결정인 것 같네요. 교토에서는 게이 샤의 데뷔를 이런 식으로 치른단 말입니까? 도쿄와는 판이하게 달라서 좀 당황스럽군요."

사람들의 시선이 일제히 구석 자리에 앉아 있는 한 남자에게로 꽂혔다. 요네다는 속으로 욕지기를 삼켰다.

'시노하라 요시로. 새파랗게 젊은 놈이 감히 내가 아사노 의원을 위해 준비한 연회를 망치려 하다니. 정말 소문대로 겁이 없는 녀석이로군.'

젊은이는 일본 전자업계의 떠오르는 신성, 시노하라 전자의 오너인 시노하라 요시로였다. 아직 20대 후반의 나이인 시노하라 요시로는 뛰어난 사업 수완과 시장을 읽는 앞선 감각을 갖춘 젊은 경영인이었다. 최근 몇 년 사이에 시노하라 전자를 일본이 주목하는 거대 기업으로 일궈 내며 무섭게 상승 가도를 달리고 있는 인물이었다.

요네다는 시노하라가 자신의 막대한 사업 이익이 걸린 이 연회 자리를 혹시라도 망칠까 봐 마음이 조급해졌다.

"시노하라상. 뛰어난 사업 능력뿐만 아니라 훤칠한 외모까지 갖추신 분이 기껏 교토의 어린 게이샤를 탐내다니요. 대시노하라 전자 총수의 체면이 말이 아니게 됐습니다. 허허허……."

연회장에 모인 사람들도 일제히 웃기 시작했다.

"아, 그렇습니까? 그렇다면 정계의 거목이신 아사노 의원님께서는 뭐가 아쉬워서 어린 게이샤를 탐낸단 말입니까? 연세도 지긋하셔서 계집이라면 아쉽지 않게 품어 보셨을 텐데. 저는 도쿄의 룰대로 하겠습니다. 다카하시상."

시노하라 요시로가 문가에 서서 불안한 눈빛을 굴리고 있던 쿠모의 여주인 다카하시를 손짓으로 불렀다. 시노하라는 지체하지 않고 백지 수표 한 장을 다카하시에게 건넸다. 수표를 건네받은 다카하시의 손이 벌벌 떨렸다.

"금액은 저 아름다운 여성이 원하는 만큼. 존경하는 아사노 의원님, 그리고 요네다상 이제 결정하시죠? 백지 수표를 꺼내시겠습니까?"

요네다와 아사노 의원의 얼굴이 동시에 벌겋게 달아올랐다. 요네다 때문에 젊은 시노하라에게 큰 망신을 당한 아사노 의원은 분노의 눈빛으로 요네다를 쏘아봤다.

"패기 넘치는 시노하라 전자의 젊은 총수께서는 역시나 화끈하시군요. 이 요네다가 오늘은 두 손 들었습니다. 하지만 이 빚은 꼭 갚아 드리지요. 허허허……."

시노하라 요시로는 이제 게임이 끝났다는 표정으로 하루카를 바라봤다. 그녀 역시 시노하라를 정면으로 응시했다. 매우 오만하고 감정이라고는 전혀 없어 보이는 냉혹한 눈빛의 젊은 남자는 무척이나 근사한 용모를 갖추고 있었다.

하루카는 이 만남이 그녀의 인생을 완전히 바꾸어 놓으리라고는 이 순간 전혀 짐작하지 못했다.

5

기리시마 계곡의 산들바람

내가 어렸을 때였어. 아버지는 마당에서 군자란을 키우셨지.

그 난은 여간해서는 꽃을 피우지 않았어. 2년에 한 번, 혹은 3년에 한 번.

내 기억 속에 아버지는 늘 그 꽃이 피기만을 기다리시는 분 같았어.

어느 여름날 아침. 나는 무엇에 홀린 듯 일찍 일어났어.

여름 같지 않게 차가운 아침 공기를 느끼며 마당을 거닐고 있는데 군자란 한가운데에 시든 잎이 보였어.

왜 가운데 잎이 단풍색으로 시들었을까.

아버지가 아끼는 난이었기 때문에 나는 서둘러서 그 시든 잎을 뜯어냈지.

그런데. 내 손에 들어온 건 아버지가 그렇게 기다리던 군자란의 꽃잎이었어.

주황빛 꽃이 몇 년 만에 피어났는데 그만 내 손에 사라지고 말았지.

나는 충격에 한동안 움직일 수도 없었어.

군자한 꽃잎은 참 아름다웠어. 그래서 더욱더 너한테 다가가지 못했어. 그때처럼 망쳐 버릴까 봐. 네가 사라져 버릴까 봐 나는 두려웠어.

여름 방학 때 한국으로 돌아갈 거니? 간다면 한국으로 편지를 쓸게. 너에게.

— 사토 켄지

세나는 사토가 간밤에 쓰고 간 듯한 편지를 읽었다.

'어젯밤에 문틈 사이로 편지를 밀어 넣고 갔구나.'

그는 새벽 공기의 스산함 속에서 이 편지를 썼을까. 단정한 사토의 글씨가 가슴을 파고들었다. 그의 편지에 깃든 진한 아픔의 무게가 전해져 오는 듯했다.

세나는 감정을 갈무리하기 위해 학생복지과 다나카와의 미팅 약속을 떠올리며 옷장 문을 열었다. 지난여름 세일할 때 사 두었던 빳빳한 면 소재의 하얀색 미니스커트가 유독 눈에 들어왔다. 이 스커트를 사 놓기만 하고 정작 입어 본 기억은 몇 번 안 됐다. 그래서 오늘은 늘 즐겨 입던 청바지 대신 짧은 스커트를 입기로 마음먹었다.

스커트에 맞춰 위에는 쇄골 뼈를 따라 부드럽게 파인 입술 라인이 돋보이는 흰색 바탕의 네이비색 스트라이프 티셔츠를 입었다. 굉장히 상큼하고 여성스러워 보였다. 숱 많은 머리는 틀어 올려서 집게 핀으로 고정했다. 세나는 거울에 비친 자신의 모습이 오랜만에 마음에 들었다.

무늬 없는 흰색 운동화를 신으며 문틈 아래로 들어온 사토의 편지를 떠올렸다. 비뚤어짐 하나 없는 그의 단정한 글씨가 머릿속에서 떠나지 않았다. 낮인데도 빛 한 점 들어오지 않는 계단을 조심조심 내려가며 발밑을 뚫어져라 응시했다. 편지를 주기 위해 이 계단을 서성였을 사토의 발자국이 아직도 남아 있을 것만 같았다.

학생복지과의 다나카는 일처리가 매우 깔끔한 중년 남성이었다. 특히 외국에서 유학 온 학생들이 도쿄에 잘 적응할 수 있도록 세심하게 배려해 주었다.

세나가 학생복지과에 들어서자 그가 자리에서 일어나며 테이블로 안내했다.

"은상, 어서 와요."

"다나카상. 이렇게 매번 신경 써 주셔서 감사드려요. 일전에 제가 부탁드렸던 일자리에 대해 의논할 게 있다고 하셔서 찾아왔습니다."

세나는 인조 가죽으로 만든 짙은 갈색 소파에 조심스럽게 앉으며 창밖으로 보이는 푸른 잎사귀에 잠시 시선을 던졌다.

"은상에게 꼭 추천해 주고픈 자리가 하나 들어왔어요. 아주 좋은 기회가 될 듯도 한데. 혹시 가고시마란 곳을 들어 봤나요?"

다나카는 벚꽃나무 사이로 노천탕이 보이는 가고시마 안내 리플릿을 세나에게 건넸다.

"아…… 가고시마. 물론 알아요. 규슈 남단의 아름다운 도시 아닌가요?"

"맞아요. 그곳은 온천이 많은 곳이죠. 지금 가고시마현에서 한국인 관광객을 대상으로 통역과 가이드를 해 줄 유학생을 급하게 찾고 있다는군요. 작은 규모의 몇몇 온천은 한국인을 위한 제대로 된 홍보 리플릿도 없어서 애를 먹고 있나 봅니다. 은상이 그 일을 좀 도와줬으면 하는데."

"그런 일이라면 저도 즐거울 것 같아요. 그런데 어떤 온천으로 가야하는 거죠?"

세나는 눈을 반짝이며 가고시마 안내 리플릿을 재빨리 훑어보았다.

"그건 가고시마현 담당 공무원이 안내해 줄 겁니다. 이름난 온천 위주로 가이드를 해 주면 될 것 같아요. 우리 학교 측으로 학생을 추천해 달라는 정식 공문이 들어왔으니 은상의 보수는 물론 그곳에서의 숙박과 경비 일체를 현에서 지원해 줄 겁니다."

"가고시마의 유명한 온천을 두루 가게 된다니 정말 최고의 기회네요. 열심히 해 보겠습니다."

"다음 주에 바로 출발할 수 있겠어요? 그쪽 사정이 조금 급한가 보던데."

다나카는 테이블 위에 있는 탁상용 달력에 짧게 시선을 보낸 후 동의를 구하는 눈빛으로 세나를 바라봤다.

"다음 주라고요? 좀 촉박하긴 해도 큰 무리는 없을 것 같네요. 어차피 이번 학기는 끝났으니까."

"그럼 그곳에 은상이 간다고 전화해 놓겠어요. 자세한 내용은 은상의 메일로 보내 줄게요. 부디 즐거운 여름 방학이 되길."

"정말 감사합니다. 다나카상."

학생복지과에서 나온 세나는 도서관 앞으로 지나가지 않기 위해서 좀 먼 길로 돌아갔다. 켄지와 마주치고 싶지 않았다. 이제 방학이 끝날 때까지 학교에 올 일은 없을 것이다. 왠지 모르게 조금 안심이 되었다.

세나는 마지막으로 구내 서점에 들러서 가고시마 안내 책자를 구입했다. 복잡했던 머리가 한결 맑아진 느낌이었다. 이번 주는 가고시마의 여름을 위해 꼼꼼하게 짐을 싸고 천천히 주변을 정리하면서 보낼 것이다. 새로운 곳에서 특별한 여름을 보낼 생각에 그녀는 가슴이 두근거렸다. 집으로 올라가는 낡고 좁은 3층 계단이 오늘은 그다지 싫지가 않았다.

그녀의 집. 바로 문 앞. 짙은 비둘기색 페인트가 군데군데 벗겨진 거친 현관문에 누군가가 뒷머리를 기댄 채 조용히 앉아 있었다. 맙소사. 사토 켄지였다.

그는 그녀의 발소리에 매우 천천히 고개를 돌렸다. 그의 모습은 며칠 못 보던 사이에 부쩍 수척해져 있었다. 반듯한 눈썹 아래 가로로 기름한 두 눈이 움푹 들어가서 그런지 켄지는 흑백 사진 속 인물처럼 음영이 깊어 보였다. 항상 총기가 흐르던 눈빛이었는데 잠을 통 못 잤는지 두 눈에는 뻘건 실핏줄이 시위하듯 튀어나와 있었다.

그는 세나의 운동화에서부터 천천히 시선을 이동시켰다. 미끈한 종아리에서 한참을 올라가니 하얗고 날렵한 허벅지가 나왔다. 무릎뼈에서 제법 많이 올라간 자리에 흰색 미니스커트가 보였다. 켄지는 군살 하나 없이 매끈하고 하얀 허벅지에 눈이 부시다는 듯 한쪽 눈을 살짝 찡그렸다.

섬세하고 정교한 쇄골 뼈를 따라 입술 라인으로 여성스럽게 파인 티셔츠를 걸친 그의 여왕님은 오늘도 아름다웠다. 켄지는 그녀의 입술에 시선을 고정했다. 다시 그날 밤의 기억이 생생하게 살아났다. 그녀는 결코 소유할 수 없는 여신 같은 모습으로 서 있었다.

"언제부터 이렇게 기다린 거야?"

"……."

"켄지와 무슨 말을 해야 할지 모르겠어."

"……."

그는 말이 없었다.

바깥은 햇살이 저리 뜨거운데도 음지에 자리 잡은 이 건물은 믿기 힘들 정도로 시원했다. 높은 건물에 가려져서 밤이고 낮이고 마냥 어두운 복도. 세나는 옥상으로 올라가는 계단에 앉았다. 맞은편으로 현관문에 머리를 기대고 앉은 켄지의 모습이 보였다. 아니, 기둥에 가려서 켄지의 모습은 딱 절반만 보였다.

그의 왼쪽 눈썹과 왼쪽 눈. 그리고 왼쪽 입술. 반쪽짜리 얼굴의 켄지는 아까처럼 슬퍼 보이지 않았다. 이렇게 보니 그도 아직 소년 같구나.

바깥쪽으로 나 있는 창은 작은 액자만 했다. 어두운 복도. 액자만한 창을 비집고 간신히 들어오는 햇살. 그는 여전히 말이 없었다.

흐르는 정적 속으로 무심히 지나가는 도쿄의 나른한 여름. 세나는 그의 왼쪽 눈썹을 바라보고 있었다. 하지만 켄지의 시선을 잡을 수가 없었다. 그는 뒷머리를 문에 기댄 그 자세로 알 수 없는 어딘가를 응시하고 있었다.

"넌 항상 위태로워 보였어."

그의 반쪽 입술이 움직였다.

"니가 걷고 있는 순간에도 나는 늘 불안했지. 넌 마치 두 발을 땅에 딛고 있지 않은 것처럼 걸었으니까."

"……."

"너는 세상 어디에도 마음을 주지 않고 늘 도망칠 준비를 하며 사는 것 같았어. 어느 날 갑자기 니가 사라져 버릴까 봐. 그런 생각이 드는 날이면 나는 숨도 쉴 수 없을 만큼 불안했지."

단어 하나하나에 담겨 있는 그의 진심이 어두운 복도를 가르며 세나의 가슴으로 와 박혔다.

"내가 그렇게 보였구나."

"어머니는 그러셨어. 아무것도 갖고 싶지 않다고. 매년 생일 때마다 아버지가 뭘 갖고 싶냐고 물어보면 항상 똑같은 대답이었지. 아버지에 대한 기대가 없어서인지 어머니는 그 어떤 선물도 원하지 않으셨어."

그의 반쪽 얼굴에 조금 쓸쓸한 미소가 실렸다.

"……."

"이루 말할 수 없이 쓸쓸한 얼굴로 살아가는 어머니를 보고 자라서였을까. 아무것도 갖고 싶지 않은 듯한 니 얼굴이 내 머릿속에서 항상 떠나지 않았어."

"욕심은 마음을 병들게 해. 내 주변에는 그런 사람들이 많거든."

"방학 때 돌아갈 거니?"

"아니. 안 가."

세나의 가슴 깊은 곳에서 예리한 아픔이 찌르듯이 꿈틀댔다.

"대답이 빨리 나오는구나. 부모님이 기다리실 텐데."

"……."

'그렇지 않아. 아무도 나를 기다리지 않아.'

"왜 안 가는지 물어봐도 돼?"

"아니. 묻지 마."

드디어 그가 세나의 얼굴로 시선을 움직였다. 마치 상처 입은 한 마리 짐승 같은 눈빛으로. 그는 한동안 그저 바라보기만 했다.

"마음을 열지 않는 건 상처받는 게 두려워서?"

"……."

'아마도 너는 상처가 뭔지 모를 거야.'

"내가 너에게 키스를 한 건."

"그 얘긴 하지 말자."

"아니. 해야겠어. 내가 너에게 키스를 한 건 자신이 있어서야. 너한테 상처 주지 않을 자신."

"……."

'내가 너한테 상처를 주겠지.'

둘의 시선이 부딪쳤다. 그의 눈빛이 너무나 소년같이 투명해서 세나는 잠시 당황했다. 어쩌면 그는 한결같이 진심이었는지도.

"방학 때도 일본에 있을 거지? 계속."

"아마도."

"그만 갈게."

그는 조용히 계단을 내려갔다. 그의 모습이 완전히 사라졌다 싶어 세나가 자리에서 일어나려는데 목소리가 들려왔다.

"편지 쓸게. 가끔 이메일 확인해."

어두운 계단을 내려가며 켄지는 세나를 처음 만나던 날을 떠올렸다. 동경대에서의 생활이 시작되는 첫날, 그녀가 강의실 문을 열고 조심스럽게 들어오던 그 순간이 다시금 생생하게 살아났다. 첫 대면은 강렬했고 스무 살의 가슴은 소리도 없이 마구 뛰었다. 사쿠라지마섬에서 얼굴 한가득 맞았던 그 상쾌하고 날아갈 듯한 미풍이 온 가슴으로 밀려들어 오는 느낌을 받았다.

품에 안으면 한 줌도 안 될 것같이 여리여리하고, 조물주가 매우 공들여 빚어 놓았음이 분명한 우아한 이목구비는 도저히 이 세상 사람 같지가 않았다. 갈매기들과 더불어 사쿠라지마섬을 지키는 하늘의 여신 같았다.

온 국민의 존경과 신망을 받고 있는 중의원 사토 코이치가 가장 사랑하는 아들 사토 켄지는 자신의 인생에 처음으로 찾아온 이 감정에 숨이 턱 막히는 것만 같았다.

그는 조금도 지체하지 않았다. 교학부의 인맥을 동원해서 그녀가 수강한 과목을 전부 알아내는 데 성공했다. 그리고 그날 자신이 공들여 선택했던 과목을 모두 포기하고 세나와 최대한 같은 수업을 들을 수 있도록 자신의 시간표를 새로 짰다. 아버지가 알면 바보 같은 짓을 했다고 분명 꾸짖으실 일이었지만 그는 지금 자신이 하는 일에 조금의 후회도 없었다.

어두운 계단을 벗어난 켄지는 쏟아지는 여름 햇살 속에서 잠시 눈을 감았다.

가고시마 중앙역. 지나가는 학생들의 피부가 눈에 띄게 까무잡잡했다. 청명한 하늘, 깨끗한 공기. 태양은 강렬했다. 역 밖으로 나오자 금빛 나는 모래색으로 밝게 탈색한 단발머리의 30대 후반쯤으로 보이는 여자가 활짝 웃으며 세나를 맞이했다.

"혹시 은세나상? 어서 와요. 가고시마에 오신 것을 환영합니다. 마츠다라고 해요."

"안녕하세요. 은세나입니다. 어떻게 저를 알아보셨죠?"

"꼼꼼한 다나카상이 인상착의를 메일로 알려 주셨거든요. 메일에 적혀 있는 것보다 훨씬 미인이네요. 저는 가고시마현에서 관광 업무를 담당하고 있어요. 지금 이곳은 은상의 도움이 절실히 필요하답니다."

"그렇게 말씀해 주시니 어깨가 무거운걸요. 제가 도울 수 있는 거라면 뭐든 도와드리겠습니다."

주차장에 대기하고 있던 흰색 승용차를 타고 마츠다와 이동했다. 차창 밖으로 파란 물감을 풀어 놓은 듯한 가고시마의 하늘이 매우 낮게 낮게 끝없이 펼쳐졌다.

"마츠다상. 지금 가는 곳은 어디죠?"

"기리시마 온천 호텔이 오늘의 목적지예요. 정말 기가 막히게 아름다운 곳이죠. 일단 그곳에 여장을 푼 후, 이 지역 온천의 즐거움에 푹 빠져 보세요."

마츠다는 매우 유쾌한 사람이었다. 짙은 스모키 화장도 그렇고 스스럼없이 말을 건네는 태도도 그렇고 전혀 공무원 같지 않은 소탈한 여성이었다. 역시 이곳에 오길 잘했다. 가고시마의 하늘도 너무 아름답고 사람들도 좋은 것 같아.

자동차로 40분 정도 달리니 기리시마 온천 호텔의 입구가 보였다. 숲으로 둘러싸인 이 유명한 온천장 주위로는 하얀 유황 가스가 마치 무대 위 스모그처럼 피어오르고 있었다. 세나는 그 광경에 놀라 입을 다물 수가 없었다.

"이런 광경 처음 보죠? 이 촌 동네를 떠날 수 없는 이유가 바로 이 온천 때문이에요. 여기 지역은 지반 전체가 거대한 온천대죠. 바위 사이사이에서 유황 가스가 24시간 365일 솟아오른답니다. 삽 들고 땅만 파면 온천인 셈이죠. 삽 하나 줄까요? 하하하……."

정말로 장관이었다. 공중에서 사라질지언정 뜨거운 열정으로 매 순간 피어나는 유황 가스라니.

온천 호텔에 도착하자 지배인이 직접 나와서 정중한 태도로 환대해 주었다. 호텔 식당에서 도미회를 메인으로 한 가이세키 요리를 저녁으로 먹고 나니 장시간 기차 여행의 여독이 풀리는 것 같았다.

마츠다는 노천 온천에서 피로를 풀어야 한다며 세나를 재촉했다.

"은상. 이곳의 계곡 온천을 빨리 보여 주고 싶네요. 무려 여덟 개의 노천탕이 계곡을 따라 이어져 있답니다. 지금은 너무 늦은 시간이라 이미 폐장을 했지만 은상을 위해 지배인에게 특별히 부탁했어요. 하늘에 가득한 별을 보며 야간 온천을 즐기는 기분은 여기 아니면 맛볼 수가 없으니 얼른 서둘러요."

"알겠어요. 마츠다상도 같이 가시는 거죠?"

"이래 봬도 가정이 있는 몸이랍니다. 말단 공무원은 이만 퇴근해야죠. 이곳 직원이 노천탕으로 안내해 줄 테니 어서 따라가요. 나는 내일 아침 일찍 올 테니까 너무 늦잠은 자지 말구요."

세나는 마츠다를 배웅하고 노천탕으로 향했다. 탈의실의 여직원은 유카타 한 벌을 내어 주며 설명을 곁들였다.

"속옷을 모두 탈의하고 이 유카타로 갈아입으시면 됩니다."

"네? 속옷을 모두 벗으라고요?"

"이 유카타가 매우 두꺼운 천이라 괜찮아요. 속옷을 벗고 들어가셔야 온천을 제대로 즐기실 수가 있어요. 여기 오신 손님들은 모두 그렇게 이용을 하시거든요."

"그렇군요. 알겠습니다."

세나는 흰색 바탕에 초록색 세로줄이 산뜻하게 새겨진 유카타로 갈아입었다. 속옷을 모두 벗었지만 유카타의 재질이 매우 톡톡해서 겉으로는 전혀 티 나지 않았다.

계곡으로 난 돌길을 따라 얼마간 내려가니 숲 속에 자리 잡은 노천탕이 모습을 드러냈다. 이미 폐장을 한 시간이라 그곳에는 정말로 아무도 없었다.

깜깜한 밤하늘에는 축제를 즐기러 나온 별들이 저마다의 아름다움을 뽐내고 있었다. 보석을 뿌려 놓은 듯한 별들의 향연. 세나는 숲 속의 옹달샘 같은 노천탕 안으로 살며시 한쪽 발을 담가 보았다.

물은 따뜻했다. 너무 뜨겁지도 차갑지도 않은 가장 기분 좋은 온도였다. 탕 안으로 몸을 담그자 수면 위로 별빛이 쏟아지며 일렁였다. 인공조명 하나 없었지만 탕 안은 별들이 뿜어내는 천연의 조명을 받아 은색 물결을 이루며 환하게 출렁였다.

지상 낙원이 있다면 바로 이곳이겠구나. 세나는 천천히 주위를 둘러보았다. 이제야 어두움에 익숙해져서 주변 광경이 눈에 들어왔다. 계곡을 따라 오솔길이 하나 보였다. 그 길을 따라 총 여덟 개의 크고 작은 노천탕이 옹기종기 모여 있었다.

세나는 다른 곳도 궁금한 마음이 들어 탕 안에서 몸을 일으켰다. 오솔길에 접어드니 〈사슴이 지나다니는 길〉이라는 푯말이 눈에 띄었다. 하긴 깊은 산속에 이런 노천탕이 자리하고 있으니 사슴이 지나다닐 만도 하겠구나.

계곡 온천의 가장 깊은 곳에 제법 큰 노천탕이 은밀하게 숨어 있었다. 삼나무가 빽빽하게 주위를 둘러싸고 있었고 하얀 연기가 신비롭게 피어올랐다.

'하늘의 신이 인간들 몰래 이용하기 위해 만들어 놓은 신들의 노천탕 같구나.'

세나는 조심조심 탕 안으로 들어갔다. 젖은 몸에서 연기가 스멀스멀 올라왔다. 이곳까지 젖은 유카타를 입고 걸어왔기 때문에 제법 한기가 느껴졌다. 목까지 깊이 물에 담그자 따뜻한 온천물이 모든 세포를 두드리는 것 같았다.

그때였다. 저 바위 뒤편에서 누군가가 물결을 일으키며 걸어오고 있었다. 누구지? 분명히 아무도 없을 거라 그랬는데. 갑자기 공포감이 엄습했다. 깊은 산속 한가운데서 사람을 마주친다는 게 이렇게 두려울 줄은 몰랐다. 물결이 일렁이는 쪽을 향해 세나는 새된 소리로 외쳤다.

"여기서 뭐 하시는 거죠? 폐장한 뒤라 입욕 시간은 이미 끝났는데요."

"그러는 너는 여기서 뭐 하고 있는데?"

하느님 맙소사. 시노하라였다. 유카타를 걸친 시노하라 류우지가 바위 뒤편에서 서서히 걸어 나오고 있었다. 때마침 기리시마 계곡에서 불어오는 산들바람이 삼나무 가지를 조용히 흔들었다.

6

치명적인 중독

가고시마 앞바다에서 불어와 기리시마 계곡 사이에 잠시 머무르는 차가운 바람이 뺨을 스쳤다. 제일 큰 사이즈의 집게 핀으로 느슨하게 고정시킨 머리에서 흘러내려 온 머리카락이 촉촉하게 젖은 세나의 뺨 주위로 갈고리 모양을 그리며 붙어 있었다. 세나는 본능적으로 유카타의 앞섶을 추스르며 약간 엉거주춤한 자세로 시노하라를 마주 봤다.

"시노하라? 정말 시노하라 맞아? 너가 왜 여기에 있어?"

그는 대답할 이유가 있냐는 표정으로 세나를 쳐다봤다. 도다이마에 역 뒷골목 노을 속에 있었을 때보다 더 아찔한 모습이로군. 그녀는 유카타가 몹시도 잘 어울렸다. 시노하라는 은빛으로 일렁이는 기리시마 언덕 위 노천탕에서 느긋하게 그녀의 아름다움을 감상했다.

우아하고 가녀린 목선이 V 자로 파진 유카타의 앞섶 사이로 모습을 드러내다가 가슴골 바로 위에서 감질나게 끝을 맺었다. 허리에 감긴 진한 초록색 끈은 잘록한 허리를 강조하고 있었다. 흠뻑 젖은 유카타만 걸친 그녀는 매혹적인 굴곡을 아낌없이 드러내며 아름다운 주변 경관을 압도했다.

그의 시선이 다시 그녀의 얼굴로 향했다. 평소와 달리 느슨하게 올린 머리에서 가는 머리카락들이 올올이 흘러나와 하얀 볼과 섬세한 턱선을 감싸며 어지럽게 물결치고 있었다.

따뜻한 온천의 열기 속에 두 뺨은 발그레하게 물들어 있었고 긴 속눈썹 사이로 채 떨어내지 못한 물방울이 언뜻언뜻 아른거렸다.

화장기 없는 하얀 피부는 희미하게 부서지는 달빛 아래서 상아로 만든 공예품처럼 우아한 빛을 발하고 있었다. 마치 세속에 발 담그고 있는 남자들을 애태우게 하려고 신이 짓궂은 마음을 담아 빚어 놓은 위험한 창조물 같았다.

사토 켄지가 도쿄 밤하늘 아래서 그녀의 몸을 완벽하게 감싸 안던 순간이 떠올랐다. 앞의 키스 장면은 머릿속에서 애써 지워 냈지만 사토의 몸에서 벗어나려고 세나가 발버둥 치던 그 모습은 끝내 지워지지가 않았다. 그의 이성을 순식간에 앗아 가며 둘 사이에 미친 사람처럼 끼어들게 만들었던 그 몸짓.

세나는 자신을 집어삼킬 듯 바라보는 시노하라의 뻔뻔스러운 눈빛이 너무나도 불쾌했다. 갑작스럽게 내린 비처럼 전혀 예기치 못했던 순간에 이루어진 사토와의 키스를 시노하라가 저 눈빛으로 지켜봤던 그날이 불현듯 다시 소환되어 기리시마 계곡의 일렁이는 노천탕 위에서 장면, 장면 영화처럼 펼쳐졌다. 지금도 딱 그때처럼 숲 한가운데서 좋은 구경거리를 발견했다는 표정이었다.

이런 차림으로 저 녀석과 노천탕에 단둘이 있다는 건 말도 안 되는 일이야. 그래. 아쉽지만 내가 떠나 주마. 세나는 유카타 앞섶을 꼼꼼하게 추스르며 탕 밖으로 나가기 위해 몸을 돌렸다.

"야간 온천을 즐기러 온 거라면 굳이 나갈 필요 있어? 내가 그렇게 신경 쓰여? 다른 여자들처럼?"

맙소사. 저 자식이 지금 뭐라고 하는 거지. 신경 쓰이다니. 나를 어떻게 보고. 자기 앞에서 납작 엎드리며 찬양하는 그런 여자들 중 하나라고 생각하는 건가.

그가 던진 한마디가 일본에 온 이후 맞닥뜨렸던 불쾌한 순간들을 무수히 침묵하며 넘어갔던 세나의 견고한 뇌관을 건드렸다. 정확하게.

"하아…… 오만한 건 익히 알고 있었지만 왕자병까지 이리 깊을 줄이야. 그 불치병에는 약도 없다는데 진짜 안타깝다. 넌 니가 되게 멋진 줄 아나 본데 딱 니네 나라에서나 먹힐 스타일이니까 잘난 척하지 마."

"와우. 얌전한 여왕님께서 드디어 숨겨 놓았던 본색을 드러내네. 이런 솔직한 모습 언제든 환영이야. 사토 켄지도 모를 거 같은데. 니가 이런 스타일인지."

그의 입에서 사토의 이름이 튀어나오자 세나의 눈빛이 날카롭게 빛났다.

"숨겨 놓았던 본색? 마치 나를 잘 알겠다는 표정으로 내뱉는 그 건방진 말투나 좀 어떻게 해 봐. 정말 들어 주기 거북하거든. 니가 나에 대해 뭘 알아?"

"물론 너에 대해 잘 모르지. 알고 싶지도 않았고. 그런데 학교에서 보던 모습이랑 너무 달라서 그래."

"어차피 나에 대해 관심 없었잖아. 그냥 쭉 신경 끄길 바래. 나도 너한테 전혀 관심 없으니까."

두 사람의 눈빛이 한 치의 물러섬도 없이 강렬하게 마주쳤다. 시노하라는 그녀가 힘주어서 딱딱 끊어 내뱉은 '너한테 전혀 관심 없다'는 말에 단 하나의 거짓도 없다는 것을 오롯이 느꼈다. 자신이 엉망으로 얻어터지고 KO 패 당한 게임 같아서 씁쓸했다.

세나가 약간 힘이 빠진 듯한 그의 눈빛을 다시 날카롭게 낚아챘다.

"너한테는 별거 아니겠지만 나한테는 이 가고시마 여행이 특별해. 정말 힘들게 얻은 기회거든. 너 때문에 이 아름다운 노천탕의 첫 경험을 망치고 싶지 않아. 그냥 재수 없게 유령 인간 하나 만났다 생각하고 나는 내 시간을 즐길 테니 너도 아무도 없다 생각하고 온천을 즐기다 가. 너랑 길게 말 섞고 싶지 않으니까."

"늘 도도하게 분위기 잡고 다녀서 이렇게 똑 부러진 모습이 숨어 있는 줄 미처 몰랐네. 내숭 떨고 예쁜 척하며 열심히 오묘한 이미지 만드는 여자들을 너무 질리게 봐서 너도 딱 그쪽 부류인 줄 알았거든."

"다시 말해 줄까? 이런 모습이든 저런 모습이든 내 모습이 어떤지 넌 전혀 알 필요 없어."

"오케이. 나는 너와 이렇게 대화하는 쪽이 더 즐거울 것 같지만 니가 원한다면 그렇게 하지. 그런데 학교에서는 왜 항상 말이 없었을까?"

'가슴에 있는 말을 다 내뱉기에는 세상이 그리 관대하지 않으니까!'

서울에서 가짜 여동생들이랑 싸우던 시절이 떠올랐다. 세상을 향해 마음을 닫은 게 먼저였을까. 입술을 닫은 게 먼저였을까. 세나는 그동안 하고 싶었던 말을 속사포같이 쏟아 놓았지만 왠지 한 김 빠진 느낌이 들었다.

시노하라의 오만방자한 콧대를 꺾어 주려고 했던 말이었는데 기가 죽기는커녕 오히려 매우 즐거워하는 표정이잖아. 사이코 변태 같은 자식.

시노하라는 큰 바위에 등을 기대고 가슴 아래까지만 몸을 담근 채 여전히 흥미롭다는 듯한 시선을 그녀에게 보내고 있었다. 세나는 그에게서 최대한 멀찍이 떨어진 곳에 자리를 잡고 앉았다. 따뜻한 온천물에 깊숙이 몸을 담그자 발끝에서부터 몸이 노곤노곤해지는 게 느껴졌다.

기리시마 계곡에 다시금 정적이 찾아들었다. 삼나무 숲 사이로 밤

마실을 나온 작은 산짐승들의 발소리만 간간이 들려올 뿐이었다.

세나는 검은 융단을 친 듯한 밤하늘을 조심스럽게 가르며 한 무리의 은하수가 지나가는 광경에 그만 넋을 잃고 말았다. 세상에. 마치 별들이 거대한 불꽃놀이를 하는 것 같구나. 저것이 바로 은하수인가. 가장 중심에는 포인세티아 잎 같은 붉은빛이 감돌았고, 그 주위로는 파란 꼬마전구를 심어 놓은 것 같았다.

그리고 바깥으로 갈수록 황금 모래 같은 찬란한 빛 가루가 쉴 새 없이 쏟아져 나왔다. 너무나 아름다웠다. 가고시마의 밤하늘. 우주를 유영하는 모든 별들이 서로에게 인사를 건네기 위해 잠시 머무르는 별들의 정류장 같은 하늘이었다.

이렇게 아름다운 밤하늘을 같이 올려다보고 있는 사람이 하필이면 시노하라 류우지라니. 내 인생은 역시나 아이러니의 연속이네.

시노하라는 밤하늘에 온통 마음을 뺏겨 버린 여왕님의 작은 표정 하나라도 놓칠세라 한순간도 눈을 떼지 않고 지켜보고 있었다.

'천진한 어린아이 같군. 자꾸 너의 모습을 나한테 들키지 마라.'

흘러가는 시간이 마냥 지루하다는 듯 그가 무심하게 말을 건넸다.

"세나는 무슨 뜻이야? 한국어로."

"알고 싶어?"

"응."

"세상의 중심은 나."

세나는 진짜인지 아닌지, 알 듯 말 듯 한 말을 흘렸다.

"하하하…… 진짜야? 대단한걸. 그런 이름을 지어 주신 분은 누군데?"

시노하라는 흥미롭다는 표정으로 질문을 이어 나갔다.

"바다의 신."

"바다의 신?"

"내게 기가 막힌 이름을 하사하고 인간 세계로 보내 주셨지. 오만하고 뻔뻔한 인간들을 특히 조심하라고 하시면서."

"하하하…… 그럼 니 진짜 집은 바닷속 왕궁이었네. 대단한 배경을 가졌는걸."

"그러니까 시노하라든 아베(일본 총리)든 어떤 이름 앞에서도 안 꿀려."

말을 마친 세나는 시노하라에게 일말의 관심도 없다는 표정으로 반짝이는 별들만 바라봤다.

"사토 켄지 정도로는 만족이 안 돼? 차기 수상으로 유력시되는 사토 코이치의 아들인데도?"

시노하라는 자신의 입에서 또 사토 켄지의 이름이 튀어나오자 스스로도 놀랐다. 상대는 저 멀리 있는데 우스꽝스런 헛발질만 해 대는 느낌이었다.

"사토의 아버지가 일본의 차기 수상이 되든 말든 그게 나랑 무슨 상관이야. 난 니네 나라 사람이 아닌데. 이 땅에 잠시 머물다 갈 유학생일 뿐이야."

그는 사토의 대단한 배경에는 한 점 관심도 없는 세나의 무심한 태도에 한편으로는 안심이 되면서도 잠시 머물다 갈 사람이라는 말이 삼나무 숲을 가르며 들어오는 서늘한 바람처럼 자신의 가슴을 찌르고 들어오는 것을 느꼈다. 바보 같은 이 헛발질을 거둬들이고 싶은 유치한 감정이 치고 올라와서 마음에도 없는 말들이 계속 튀어나왔다.

"진짜 쿨한데. 일본에서는 사토 같은 남자가 진짜 로또거든. 사토는 자기 아버지처럼 대를 이어 권력의 정점까지 오를 남자라고. 그게 정해진 수순인데 넌 모르는구나. 지금이라도 정신 차리고 사토를 좀 제대로 봐 봐."

세나는 세상이 다 자기 발아래 있는 것처럼 구는 재벌 후계자가 자신을 배경 좋은 일본 남자나 찾으러 온 가난한 한국 유학생쯤으로 치부하는 것 같아서 자존심이 상했다.

"내가 언제 사토와 이어질지 그렇게 궁금해?"

"아니. 하나도 안 궁금해."

시노하라가 짐짓 여유 있는 표정을 지으며 화제를 돌렸다.

"여기 노천탕에도 제각기 이름이 있다는 거 알고 있어?"

"……."

"이곳은 원래 규슈를 주름잡던 사무라이들이 피에 젖은 몸을 씻고 찢긴 상처를 치료하기 위해서 만든 곳이었지. 여기 온천은 유황 성분이 매우 강하거든. 가장 용맹했던 여덟 명의 장수의 이름을 붙여서 이 계곡 깊숙한 곳에 노천탕을 만들었대. 장수가 가지고 있던 영향력에 따라 차지했던 탕의 규모가 달랐지. 지금 우리가 있는 곳은 가장 많은 사람들의 목을 베었던 우두머리의 전용 탕이었어."

"……."

"그런데 그 장수는 입욕을 할 때마다 꼭 이 지역 최고의 미녀를 동반했다고 해. 왜 그랬을까? 그 옛날 이곳에서 그와 미녀가 어떤 시간을 보냈을지 갑자기 궁금해지네."

기가 막혀. 저 변태 자식이 지금 무슨 말을 지껄이고 있는 거지.

"도쿄의 뿌연 하늘 아래서 봤을 때는 몰랐는데 이렇게 가고시마의 달빛 아래서 너를 보니 나름 봐 줄 만한 거 같아. 내가 최고의 미녀를 동반하며 노천욕을 즐겼던 장수가 된 느낌이야."

세나는 도저히 들어 줄 수가 없어서 황급하게 일어섰다.

"그래 너 혼자 실컷 상상 속 미녀를 떠올리며 노천욕이나 즐겨. 나는 이만 갈게."

"마침 잘됐네. 나도 이제 가려던 참이야. 같이 내려가자."

말을 마치자마자 시노하라가 천천히 몸을 일으켰다. 그리고 그녀에게로 성큼성큼 걸어왔다. 그의 유카타는 물에 젖은 채 앞섶이 벌어져서 잘 발달된 상체가 제법 많이 노출돼 있었다.

그의 어머니가 일본 최고의 여배우라고 했던가. 훤칠한 키, 차가운 눈동자, 조각같이 반듯한 이목구비가 달빛 아래에서 더욱 두드러졌다. 남자에게 붙이는 수식어로는 어울리지 않지만 꽤 아름다운 얼굴이었다.

그때였다. 세나는 갑자기 하늘이 땅으로 떨어지고 땅이 하늘로 치솟는 느낌을 받았다. 그녀의 몸이 크게 한 번 왼쪽으로 휘청였다. 시노하라가 본능적인 반사 신경으로 그녀의 왼쪽 팔목을 잡아채 물속으로 고꾸라지려는 그녀를 간신히 일으켰다.

"너 왜 그래?"

억지로 몸이 일으켜 세워진 세나는 그대로 그의 가슴팍에 얼굴을 묻고 쓰러졌다. 정신이 아득해지며 기리시마 계곡에 전구를 켠 듯 밤하늘이 갑자기 환해지는 것 같았다.

"은세나. 정신 차려. 눈을 떠 봐. 어서."

시노하라는 자신의 품 안에서 정신을 잃은 세나를 가까스로 일으켜 세운 후 다급하게 얼굴을 감싸 쥐고 흔들었다. 그녀의 눈동자에서는 아무런 반응이 없었다. 이런…… 유황 가스 중독인 것 같은데. 이를 어쩐다.

"세나. 잘 들어. 너 혹시 저혈압이야? 얼른 대답해야 돼."

그녀가 희미하게 고개를 끄덕였다.

'이럴 수가. 저혈압이라니. 상황이 더 심각해질 수도 있겠네.'

"너 저녁에 뭘 먹었어? 온천 하기 전에 혹시 술을 먹었어?"

그녀는 마치 총상을 입은 한 마리 새처럼 의식이 가물가물해지고 있는 듯했다.

"술…… 한 잔…… 현미로…… 만든……."

'이런 제기랄. 제일 독한 술을 먹었군. 그녀에게 독한 술을 먹이고 아무도 없는 유황 온천에 들여보냈다는 말인가.'

술에 취한 채 야밤에 뿜어져 나오는 대량의 유황 가스를 마시면 저혈압이 있는 사람들에게는 치명적일 수 있었다. 하지만 그녀는 중독에 불을 붙이는 다른 촉매제를 함께 마신 듯했다. 술 한 잔으로 이렇게까지 될 리 없다. 그럼 호텔에 있는 누군가가 그녀에게 무슨 짓을 했단 말인가? 누가? 어떤 이유로. 도대체 왜.

시노하라는 점점 의식이 멀어져 가는 세나를 들쳐 업고 숲길을 따라 전속력으로 뛰기 시작했다. 그녀는 종잇장처럼 가벼웠다. 유황 가스에 중독된 그녀의 뇌세포는 지금 치명적인 공격을 받고 있었다. 살려야 한다. 무슨 수를 써서라도 그녀를 살려야 한다.

그렇게 얼마를 뛰었을까. 기리시마 온천 호텔 로비 천장에 매달려 있는 거대한 샹들리에 불빛이 보이기 시작했다. 시노하라는 회전문을 향해 전속력으로 달려갔다.

"지배인! 지배인! 의사를 불러. 지금 빨리 쿠도상을 불러."

기리시마 온천의 지배인 오쿠다는 의식을 잃은 세나를 들쳐 업고 등장한 맨발의 시노하라를 보고 벌린 입을 다물지 못했다. 이건 또 무슨 일인가. 황태자(최고 VIP를 지칭하는 직원들만의 은어)가 언제 온 거지? 그리고 왜 저 아가씨를 이 시간에 업고. 오쿠다가 사태 파악을 못 해서 잠시 당황하는 사이 시노하라의 서릿발 같은 음성이 다시 터져 나왔다.

"오쿠다상. 내 말 안 들려? 시내에서 의사를 불러오란 말이야. 유황 가스 중독이야. 노천탕에서 의식을 잃은 지 정확히 13분. 아니 14분 30초. 한시가 급해."

오쿠다는 자신의 귀를 의심했다. 유황 가스 중독이라니. 이렇게 의식을 잃을 정도면 굉장히 심각하다는 얘긴데. 하필이면 시노하라 류우지 님이 계실 때 손님에게 이런 사고가 나다니.

오쿠다는 가고시마 최고 호텔의 지배인이라는 긍지를 갖고 살아온 지난 15년간의 만족스러웠던 자신의 인생이 한순간에 연기처럼 사라져 버릴지도 모른다는 생각에 뒷머리가 쭈뼛 서는 느낌을 받았다.

모든 직원들에게 언제나 깍듯한 경어를 쓰는 예의 바르고 이성적인 황태자가 이렇게 반쯤 정신이 나간 얼굴을 한 채 반말로 지시를 한 것도 처음이었다.

오랜 직장 생활로 단련된 사회적인 처세술을 지시하는 그의 우뇌가 긴급하게 돌아가기 시작했다.

'비상사태다. 내 인생에서 가장 시급하게 해결해야 할 미션이 떨어졌다.'

"오오바, 니시노. 빨리 시노하라 님이 데리고 오신 손님을 옮기도록 해."

"이 여자한테 손대지 마. 내가 옮길 테니까. 의사는 내 방으로 불러와."

시노하라는 '의사는 내 방으로' 라는 전대미문의 지시를 받고 적잖이 당황한 지배인 오쿠다에게 당장 의사를 안 불러오면 죽일지도 모른다는 눈빛을 남긴 후 최상층 펜트하우스로 직행하는 전용 엘리베이터 쪽으로 급하게 향했다.

두꺼운 금색 몰딩이 사각 프레임을 따라 둘린 육중한 엘리베이터의 문이 열리자 시노하라 가문의 매화 문양 인장이 음각으로 새겨진 고급스러운 엘리베이터 내부가 드러났다.

황동으로 만든 거대한 돛단배가 측면에 장식된 엘리베이터에는 로비와 펜트하우스로 향하는 버튼 두 개밖에 존재하지 않았다. 이 온천 호텔의 실질적인 소유주인 시노하라 류우지만을 위한 엘리베이터인 셈이었다.

눈 깜짝할 사이 15층 펜트하우스에 당도했다. 그는 방에 들어서자마자 아직까지 의식을 차리지 못한 채 축 늘어져 있는 세나를 자신의 침대 위에 조심스럽게 눕혔다.

흠뻑 젖어 있는 그녀의 유카타를 근심스럽게 쳐다본 후 호출 버튼을 눌러서 VIP 담당 팀장을 급하게 호출했다. 검은색 투피스에 머리를 올백으로 넘겨서 단정하게 하나로 묶은 40대 초반의 야마자키가 긴장된 얼굴로 들어왔다.

"야마자키상. 우선 이 아가씨의 유카타를 벗긴 후 몸의 체온이 떨어지지 않도록 따뜻한 옷으로 갈아입혀 주세요. 몸에 남아 있는 물기를 닦아 주는 것도 잊지 말고."

시노하라는 말을 마치자마자 방 밖으로 나가 버렸다. 노련한 야마자키는 시노하라의 지시에 따라 재빠르게 움직였다. 세상에 이게 무슨 일일까. 연락도 없이 황태자가 불쑥 나타난 것으로도 모자라 이 밤에 아가씨를 들쳐 업고 자신의 펜트하우스로 데려오다니.

오래 살고 볼 일이다. 이 호텔의 모든 직원들이 전부 놀라서 수군거릴 만도 하군. 황태자가 이렇게 당황하는 모습을 보인 것도 처음이었다. 오늘 밤에 보여 준 시노하라의 모든 행동이 평소의 그와는 너무나 다른 모습이어서 야마자키의 머릿속에서는 의문이 꼬리에 꼬리를 물었다.

그녀는 재빨리 세나의 허리끈을 풀어 준 후 두껍고 푹신한 타월로 몸의 물기를 제거했다. 비록 눈을 감고 있었지만 시노하라가 데려온 이 젊은 여성은 몹시 아름다웠다. 그녀의 나신 또한 그리스 신전의 여신상처럼 완벽했다.

야마자키는 메이드가 가져다준 두툼한 타월 소재로 된 하얀색 목욕가운을 조심스럽게 입히고 세나의 젖은 머리를 하나도 남김없이 풀어서 따뜻한 바람으로 말려 주었다. 얼음 여신의 차가운 볼에 조금씩 혈색이 돌아오는 듯했다.

도도하기 이를 데 없는 가고시마 황태자의 심장에도 드디어 뜨거운 피가 돌기 시작하려나. 그녀는 세나의 흑진주처럼 빛나는 머리를 침대 베개 위에 정성스럽게 펼쳐 놓고 최고급 아사로 된 부드러운 이불을 목 부근까지 덮어 주었다.

왠지 모르게 이 낯선 아가씨가 최대한 아름다운 모습으로 시노하라의 침대에 누워 있으면 좋겠다는 생각이 들었다. 야마자키는 만족스럽게 임무를 완수하고 조심스럽게 방을 빠져나왔다.

침실 밖에서는 걱정스러워 미칠 것 같은 표정의 시노하라가 아직도 물기가 뚝뚝 흐르는 유카타를 그대로 입은 채 불안하게 서성이고 있었다. 야마자키는 슬며시 웃음이 나오는 걸 억지로 참았다.

"시노하라 님. 분부하신 일은 모두 마쳤고, 쿠도 선생님은 5분 안에 도착하신답니다. 저는 이만 물러가겠습니다."

"수고했어요. 야마자키상."

야마자키의 정중한 인사를 뒤로하고 시노하라는 총알처럼 침실 안으로 들어갔다. 자신의 편백나무 침대 한가운데에 마치 한 폭의 정물화처럼 그녀가 누워 있었다.

그는 근심 어린 표정으로 세나의 창백한 볼을 살짝 만져 보았다. 다행이었다. 아까보다는 온기가 흐르는 것 같았다. 더 빨리 눈치챘어야 했는데. 자신이 그녀를 노천탕에 붙잡아 놓은 것 같아서 몹시 후회스러웠다. 많이 고통스러운 걸까. 유황 가스 중독. 그것이 그녀의 폐부를 찌르는 고통이 아니기를.

그녀가 아프지 않았으면 좋겠다. 시노하라는 이렇게 빠르게 전개되는 자신의 감정이 낯설었다. 하지만 이 감정이 어떤 건지 굳이 알고 싶지는 않았다.

잘은 모르겠지만 그녀가 지금 고통스럽다면 그 고통이 자신에게도 그대로 전해질 것만 같았다. 그는 하얀 아사 이불 속으로 손을 넣어서 그녀의 작은 손을 부드럽게 잡았다. 그 순간 심장에 미세한 통증이 느껴졌다.

단지 손을 잡았을 뿐인데 심장이 미친 듯이 펌프질을 해 대는 것만 같았다. 아주 오랫동안 얼음처럼 굳어 있던 심장 조직이 저 밑에서부터 조금씩 살아나며 전신으로 뜨거운 피를 공급하는 듯한 기묘한 느낌에 화들짝 놀란 시노하라는 잡은 손을 황급히 놓고 말았다. 마침 방문을 두드리는 소리가 들렸다.

"시노하라 님. 방금 쿠도 선생님이 도착하셨습니다."

머리가 살짝 벗겨진 60대 초반의 쿠도가 급하게 들어왔다. 그는 시노하라와 가볍게 눈인사를 한 후 세나에게로 다가갔다.

"시노하라군. 이 아가씨가 유황 가스에 중독된 환자인가."

"그렇습니다. 의식을 잃은 지 벌써 30분이 넘어가고 있어요. 저혈압이 있고 저녁 식사 중에 소주(현미주)를 한 잔 마셨다고 했습니다. 심각한 상태인 것 같은데 괜찮을까요?"

시노하라를 어렸을 때부터 지켜봐 왔던 실력 있는 의사인 쿠도는 인생의 연륜이 담긴 눈빛으로 꼼꼼하게 세나를 진찰했다. 체온이 걱정스러울 정도로 낮기는 했지만 맥박과 호흡은 모두 정상으로 되돌아오고 있었다. 일종의 쇼크인 것 같았다. 자세한 건 혈액 검사를 해 봐야 알 테지만 가스에 중독되자마자 안전한 곳으로 옮겼기 때문에 위험한 상황은 비켜 나간 듯했다.

쿠도는 조심스럽게 시노하라의 표정을 살폈다. 이 귀여운 아가씨보다 자신이 오래 알아 온 저 준수한 청년의 상태가 더 위태로워 보였다.

쿠도는 유황 가스 중독에 도움이 되는 주사를 투여한 뒤, 맥박과 호흡을 안정시켜 주는 약들을 처방했다. 그리고 처방전을 시노하라에게 건네며 미소 지었다.

"시노하라군. 자네가 근심하는 것보다 이 아가씨의 상태는 훨씬 좋은 것 같네."

"그렇습니까? 그렇다면 정말 다행이네요. 이제 뭐가 더 필요한 거죠?"

"내가 필요한 조치는 다 했네. 단지 걱정되는 문제가 하나 남았군. 저 아가씨의 체온이 여기서 더 떨어지면 정말 큰일이라네. 새벽에 체온이 떨어지지 않도록 꼭 지켜 주게나."

"제가 어떻게 하면 되는 거죠?"

"간단하네. 저 아가씨 곁에 누워서 그냥 따뜻하게 안아 주기만 하면 되네. 나는 이만 가 봐야겠군. 내일 정오쯤 다시 들르도록 하지."

쿠도의 말에 시노하라의 얼굴이 갑자기 붉어졌다. 그는 당황스러워하는 시노하라의 표정을 짐짓 못 본 척하며 방문을 나섰다. 그의 입가에는 미소가 번졌다.

갈색 머리를 나부끼며 가고시마 언덕을 뛰어다니던 열 살 무렵 시노하라 류우지의 모습이 떠올랐다. 그 귀여운 꼬마 녀석이 어느새 저렇게 근사한 청년이 되었다니. 그에게도 사랑의 두근거림을 가르쳐 줄 여성이 드디어 나타난 건가. 쿠도가 만면에 웃음을 지으며 로비로 내려오자 지배인 오쿠다가 근심 어린 표정으로 다가왔다.

"쿠도 선생님. 시노하라 님은 좀 어떠신가요? 아직도 화가 많이 나셨나요?"

"오쿠다 자네는 누구를 걱정하고 있는 겐가? 다행히 아가씨는 괜찮아졌네."

"아…… 그렇군요. 정말 다행이네요. 제가 해야 할 일이 뭐가 있을까요?"

"자네가 할 일? 하나 있지. 오늘 밤에는 펜트하우스 문을 절대로 두드리지 말게나. 나는 이만 가네."

쿠도는 오쿠다가 대기시켜 놓은 승용차를 마다하고 밖으로 나섰다. 이런 날은 산길을 걸어 내려가야 제맛이지. 하늘의 별이 무척이나 아름다운 밤이로군. 내가 이래서 가고시마를 떠날 수가 없다니까.

'류우지, 부디 행복해져라. 누군가를 사랑하는 게 네가 생각하는 것처럼 그렇게 어리석은 일만은 아니다.'

가고시마 크고 작은 병원의 모든 의사들에게 깊은 존경을 받고 있는 쿠도는 매우 흡족한 얼굴로 별들이 안내하는 빛을 따라 시내로 내려갔다.

그 시간 기리시마 온천 호텔 펜트하우스에서는 뜨거운 물에 샤워를 하고 흰색 목욕 가운으로 갈아입은 시노하라 류우지가 와인 한 병을 조심스럽게 잔에 따르고 있었다.

79년산 빈티지 와인. 정말로 어렵게 구한 와인이었다. 빈티지에 따라 가격이 천정부지로 솟는 와인의 세계. 최고의 빈티지라는 이 브랜드의 와인을 힘들게 구하고 기뻐했던 일이 떠올랐다.

사실 이 와인은 처음부터 마시려고 구한 게 아니었다. 단지 소장하고 싶었을 뿐이었다. 시노하라는 이 호사스러운 와인이 지닌 신비한 향을 채 음미하기도 전에 한 잔을 그대로 털어 넣었다.

그리고 다시 한 잔을 따랐다. 늘 세밀하게 톱니를 이루며 돌아가는 이성의 장치가 망가지기를 바라며 또 한 잔을 단숨에 쭉 들이켰다.

쿠도상은 그녀가 저체온이 되지 않도록 밤새 꼭 안아 주라고 했다. 하지만 시노하라는 자꾸만 망설여졌다. 그녀가 몹시 걱정되었지만 한편으로는 그녀 곁에 가서는 안 될 것만 같았다.

자신이 그녀의 인생에 편입되는 것도, 그녀가 자신의 인생에 탑승하는 것도 원하지 않았다. 그녀에게는 사토 켄지와 같은 밝고 따뜻한 남자가 더 어울릴지도. 이런 생각을 하고 있는 자신이 무척이나 우스웠다.

다시 와인 잔 한가득 술을 따랐다. 와인 애호가들이 극찬해 마지않는 이 빈티지 와인을 이렇게 분위기 없이 마셔 대는 것을 본다면 모두가 비웃겠지.

연달아서 세 잔을 마시자 서서히 와인의 기운이 올라왔다. 그는 결심한 듯 자리에서 일어섰다. 포도나무 모티브가 양각으로 조각되어 있는 육중한 삼나무로 된 침실 문을 열자 가장 낮은 조도로 맞춰 놓은 침실 조명등 아래에서 깊은 잠에 빠져 있는 세나의 얼굴이 보였다. 시노하라는 아기처럼 잠들어 있는 그녀의 얼굴을 말없이 지켜보았다.

그는 조심스레 손을 들어 그녀의 매끄러운 볼에 자신의 손등을 살며시 대 보았다. 여전히 서늘한 기운이 남아 있었다. 체온이 아직 되돌아오지 않은 건가. 근심스럽다는 듯 그의 한쪽 눈썹이 살짝 치켜 올라갔다.

그는 이불 한쪽 끝을 조심스럽게 젖히고 그녀 곁으로 자신의 몸을 누였다. 그 상태로 한 10분간 천장만 바라봤다. 내가 지금 뭐 하고 있는 것인지. 하지만 그녀를 따뜻하게 안아 줘야 된다는 쿠도상의 말이 자꾸만 귓가에서 떠나지 않았다.

시노하라는 그녀를 위한 일이라고 스스로에게 되뇌며 세나의 목덜미 뒤로 자신의 긴 팔을 뻗어 넣었다. 그리고 조심스럽게 자신의 품속으로 그녀를 끌어안았다. 그녀의 몸은 정말로 서늘했다.

마치 겨울날 고타츠에 발을 파묻듯 그녀가 시노하라의 가슴속으로 파고들어 왔다. 맙소사. 이 느낌은 또 뭐란 말인가. 그는 이 낯선 느낌으로부터 왠지 도망쳐야 할 것 같은 기분이 들었다. 하지만 그녀는. 자신의 품에 안긴 그녀는. 너무나 사랑스러웠다.

젊고 아름다운 여성의 몸이 역시나 젊은 남성의 육체에 선사하는 지극히 원초적인 자극에 온몸의 감각 세포가 마치 시위하듯 아우성치고 있었다.

몇 해 전, 도쿄 도다이마에역 고서점 거리의 주황빛 노을 아래 서 있던 한 폭의 그림 같았던 그녀에게 연락처를 묻고 싶었지만 그런 감정들을 묻어 버리고 돌아 나왔던 순간이 떠올랐다.

동경대 1학년 교양 수업 시간에 다시 만났을 때도 일부러 외면했었던가. 그건 기억이 나지 않는다. 그냥 그녀와 함께할 수 있었던 많은 시간들을 가고시마 하늘에 유유히 흘러가는 구름을 멀찍이서 바라보듯 무심히 흘려보냈던 것밖에는.

야마다 교수의 수업 시간에 그녀에게 굳이 날카로운 평가를 한 것도 나를 거들떠도 안 본 그 숱한 순간들에 대한 일종의 항의였을까. 그래도 나는 어쩔 수 없는 이끌림으로 비록 잡을 수는 없지만 하늘을 향해 날아가는 풍선을 바라보듯 텅 빈 시선이라도 보냈는데.

그렇게 긴 시간 동안 일부러 외면하고 감정을 차단했던 그녀가 완벽하게 무방비한 상태로 내 품에 안겨 있다니. 기리시마 계곡에 찾아든 깊은 밤의 정취와 그의 가슴속으로 파고든 세나에게서 풍겨 나오는 향긋한 꽃 내음이 견고한 이성을 무너뜨리며 시노하라를 지배하고 있었다.

7
류우지의 언덕

날카로운 이성과 고삐 풀린 감정이 8차선 교차로의 고장 난 신호등 불빛처럼 지그재그 교차하며 그의 머릿속에서 감정의 소용돌이를 일으켰다. 시노하라는 지금까지 살아오면서 이보다 더 혼란스러웠던 순간이 있었는지 떠올려 보았다.

아무리 더듬어 봐도 이렇게 여러 가지 감정이 한꺼번에 분출됐던 기억은 떠오르지 않았다. 자신의 한계치를 알 수 없는 용병의 신분으로 가장 치열한 전쟁터에 홀로 던져진 기분이었다.

그녀를 품에 안고 이렇게 뜬눈으로 밤을 새우며 혼란의 숲길을 거닐다 보면 이 복잡한 감정이 무엇인지 명확해지는 어느 지점에 꼭 다다를 것만 같았다. 그런 두려운 순간을 맞닥뜨릴 것 같다는 생각에 이르자 그는 세나를 감싸 안았던 자신의 오른쪽 팔을 거둬들이기 위해 상반신을 반쯤 일으켰다. 혼란스러운 감정에 더 이상 농락당하지 말고 어서 이 방을 빠져나가자.

그때였다. 그녀의 입에서 조그맣게 흐느끼는 소리가 새어 나왔다.

시노하라는 다시 그녀의 얼굴 위로 근심스러운 눈빛을 가져갔다.

세나의 눈에서 눈물 한 방울이 스며 나왔다. 울고 있구나. 악몽을 꾸는 건가. 어째서 울고 있는 거지. 그는 팔을 미처 다 빼지 못한 엉거주춤하게 불편한 자세로 꼼짝도 안 하고 그녀의 얼굴만을 응시했다.

아까와 달리 작은 흐느낌조차 없이 불시에 밀려 나온 한 줄기 눈물이 다시 세나의 볼을 타고 흘러내렸다. 시노하라는 자유로운 왼손으로 그녀의 눈물을 닦아 주며 다시 침대에 몸을 누였다.

그리고 오른쪽 팔을 더욱 깊게 넣어서 자신의 오른편 가슴 안으로 그녀를 소중하게 데려왔다. 그의 턱 밑으로 그녀의 검은 머리카락이 부드럽게 와 닿았다. 그는 나쁜 것들로부터 지켜 주듯이 그녀의 어깨를 살며시 토닥였다.

그녀를 처음 안았을 때 제멋대로 날뛰던 심장에 평화가 찾아왔다. 그녀의 아름다움에 열렬하게 반응했던 모든 감각 세포들도 침묵했다. 그의 감정은 한 번도 다다르지 못한 심연의 낯선 지점을 통과하고 있었다. 그렇게 얼마의 시간이 흘렀을까. 그녀의 눈물에 허물어지듯 훅 무너지고 만 자신의 감정선이 너무나 명확하게 보였다.

'은세나. 동경대 영문학과의 여왕님. 도도하고 차가운 여왕님도 자는 모습은 아기 같구나. 부디 내 인생 안으로 너무 깊게 들어오지는 말아라.'

그녀는 시노하라의 품속에서 다시 깊은 잠에 빠져드는 것 같았다. 그런 그녀를 품에 안은 그의 마음속에서는 한 번도 가져 보지 못했던 완벽한 평온이 자리 잡고 있었다. 고요한 밤이 되면 잊고 싶던 지난 기억들이 아무 일 없이 평안했던 일상의 장면, 장면 사이를 헤집고 들어와 평범한 날들조차 우울함으로 덧칠해 버리고 마는 천형 같은 불면의 밤을 수없이 보냈던 그였다.

아픈 기억은 종이에 번져 가는 검은 물감처럼 그의 편안한 일상마저 잠식한 채 삶에 대한 냉소와 지독한 회의를 분수처럼 뿜어내며 쉬이 잠들지 못하는 잔인한 밤을 선사했다.

그런 밤이면 차가운 얼음판 위에 두 발 벗고 서 있는 듯한 고통마저 느껴져서 끝내 잠들지 못한 채, 수백 년 전에 굳어 버린 용암처럼 무겁게 천장만 응시하다가 동터 오는 새벽을 숱하게 맞던 그였다.

시노하라는 매우 생소한 온기가 그의 가슴뼈 사이사이로 충만하게 채워지는 것을 느꼈다. 그녀에게서 뿜어져 나오는 취할 것 같은 온기에 의지해서 그도 참으로 오랜만에 달콤하고 깊은 잠에 빠져들었다.

눈이 부셨다. 벌꿀색의 커튼 사이로 아침 햇살이 쏟아져 들어오고 있었다. 세나는 머리에 미세한 통증을 느끼며 잠에서 깨어났다. 그리고…… 건장한 남자의 팔이 자신을 단단하게 휘감고 있는 것을 느꼈다. 벌어진 가운 깃 틈 사이로 보이는 남자의 벗은 가슴이 바로 눈앞에 있었다.

세나는 터져 나오는 신음 소리가 들릴세라 손으로 입을 막고 천천히 고개를 들었다. 그리고 조심스럽게 남자의 얼굴을 확인했다.

'세상에. 하느님 맙소사. 이건 꿈이야. 제발 꿈이어야 해.'

그녀를 꼭 끌어안고 세상모르게 자고 있는 사람은 바로 시노하라 류우지였다.

세나는 번개처럼 내리치는 엄청난 놀라움에 당장이라도 기절할 것만 같았다. 먼저 옷매무새를 확인했다. 가운의 매듭은 고정되어 있었지만 밤새 무슨 일이 일어났는지 도무지 기억이 나지 않았다. 어떻게 된 거지. 내가 왜 이 인간이랑 한 침대에 누워 있는 거지.

아무리 떠올려 보려 해도 그녀의 머릿속은 흰 도화지같이 깨끗했다. 다시 잘 생각해 보자. 어제 노천탕에 갔지. 그리고 거기서 시노하라를 만났어. 그리고…… 그다음엔……. 아무것도 기억이 나지 않

아. 일단 이곳에서 빠져나가자. 이런 차림으로 여기 머물러서는 안 될 것 같아. 기억이 돌아오면 그때 따져 묻자.

세나는 단단하게 자신의 몸을 감고 있는 그의 팔을 조심스럽게 풀고 침대에서 천천히 몸을 일으켰다. 그리고 주위를 둘러봤다. 이 화려한 방은 대체 뭐란 말인가. 침실이 마치 객실 몇 개를 합쳐 놓은 것만 같았다.

그녀가 몸을 돌려서 침대 아래로 발을 디디려는 순간 시노하라가 그녀의 팔목을 움켜잡고 자신의 몸 쪽으로 순식간에 끌어당겼다. 그녀는 그의 가슴 위로 쏟아지듯이 쓰러졌다.

"이봐, 여왕님. 감사 인사도 안 하고 그냥 도망치려는 거야?"

"시노하라. 니가 왜 여기에 있는데? 대체 나한테 무슨 짓을 한 거야?"

"이런, 이런. 여왕님이 아직도 정신을 못 차리셨네. 여기는 내 방이야. 니가 왜 여기에 있는지 궁금해야 하는 게 맞지 않아? 그리고 어제 니가 나한테 한 짓을 한번 생각해 보길 바래."

"지금 이 상황에서 여기가 니 방인지 내 방인지가 중요해?"

세나는 어떤 단어를 선택해야 하나 잠시 망설이다가 어금니를 깨물고 목소리를 낮춘 후 시노하라를 쏘아보며 말을 이어 갔다.

"왜 우리가 이런 차림으로 침대에 함께 있는 건데?"

"글쎄. 확실한 건 내가 억지로 끌고 오지는 않았다는 거야."

시노하라는 자신의 가슴 위에서 결박당한 채 당황해 어쩔 줄 몰라 하는 그녀가 너무나 귀여웠다. 너의 이런 모습을 자꾸 나한테 들키지 말라고 했을 텐데.

세나는 대놓고 이죽대는 시노하라가 너무나 얄미웠다. 능글맞은 자식.

"알았어. 암튼 나는 이 순간 이후로 너를 볼 일이 없을 거야. 그리고 어제 무슨 일이 있었는지 전혀 궁금해하지도 않을 거야. 그럼, 이만

가 볼게."

그녀는 황급하게 말을 마치고 시노하라에게 붙잡힌 손을 빼내려고 했다. 하지만 그는 그녀의 팔목을 움켜쥐고 있는 손에 더욱더 힘을 가했다. 무척이나 재밌다는 듯이.

"시노하라. 넌 재밌을지 몰라도 난 이 상황이 몹시 불편하거든. 당장 이 손 놔줘. 그래도 난 니가 여자에게 최소한의 예의를 지킬 줄 아는 신사라고 생각하니까."

"하하하…… 이제는 별말을 다 듣네. 어제까지만 해도 나를 왕자병에 걸린 오만하고 뻔뻔한 인간이라고 하더니. 하룻밤 자고 났더니 신사로 포장을 해 주네. 도무지 적응이 안 되는데."

"장난 그만해. 너도 이런 장난 불쾌할 것 같은데 이제 그만하시지."

"글쎄. 불쾌할지 유쾌할지는 끝까지 가 봐야 알 것 같은데. 나한테 고맙다고 하면 놔줄게."

"내가 뭘 고마워해야 하는데?"

"아무 기억이 안 나나 본데. 저런, 저런……. 어젯밤에 노천탕에서 나와 즐거운 대화를 나누다가 여왕님이 유황 가스에 중독돼서 쓰러지셨거든. 정말 생각 안 나? 그래서 내가 여왕님을 업고 한달음에 그 험한 산길을 내려왔지. 내 주치의를 불러오고 밤새 너를 간호해 주기까지 했어. 이 정도면 나한테 진심으로 고마워해야 하지 않아?"

세나는 어제의 상황이 드문드문 떠올랐다. 그러니까 이 자식하고 밤새 별일은 없었다는 말이네. 정말로 다행이다. 조금 있으면 마츠다 상이 나를 데리러 올 텐데 이런 모습으로 이 자식 방에 계속 있을 수는 없다. 이를 어쩌지.

세나는 그녀의 두 손을 결박한 채 얼굴을 빤히 쳐다보며 빙글빙글 웃고 있는 그의 얼굴이 몹시도 얄미웠다. 아니, 그의 몸 위로 쓰러진 채 옴짝달싹도 못 하는 그녀의 모습이 너무나 한심스러웠다. 목욕 가운 하나 걸친 자신의 모습을 그가 아래에 누워서 매우 즐겁다는 듯 쳐다보는 이 상황에서 한시라도 빨리 벗어나고 싶었다.

"고맙다고 하면 보내 준다니까. 조금 있으면 지배인 오쿠다가 아침을 갖고 들어올 텐데 이렇게 화끈한 모습으로 지배인을 만나도 괜찮겠어? 나야 별 상관 없지만."

"그 말 진심이지? 고맙다고 하면 보내 준다는 말."

시노하라는 말없이 웃으며 고개를 끄덕였다. 이렇게 다정하게 웃는 시노하라의 얼굴은 처음이었다.

"고마워."

시노하라가 고개를 좌우로 가로저었다.

"내 이름을 부르며 고맙다고 해야지."

"시노하라, 고마워."

그가 다시 단호하게 고개를 좌에서 우로 돌렸다.

"내 이름을 부르라니까."

"시노하라 고맙다고 했잖아! 당장 이 손 놔!"

순간 그의 두 눈에서 웃음기가 단번에 사라졌다. 짙은 눈썹 밑에 자리 잡은 남자다운 두 눈에서는 진지함과 약간의 긴장감마저 뿜어져 나왔다.

"내 이름은 류우지야. 류우지라고 불러."

그를 바라보는 세나의 두 눈 속 검은 동공이 순간 확장됐다. 일본에서는 굉장히 친하거나 애인 사이일 때 성이 아닌 이름으로 부른다는 사실을 모를 리 없는 그녀였다. 게다가 남자가 자신의 이름을 부르라고 하는 건 너한테 특별한 사람이 되고 싶다는 일종의 달콤한 신호 같은 거였다.

"……."

그의 두 눈에 다시 웃음이 서렸다.

"류우지라고 안 하면 절대 이 손 안 놓을 거야."

"……."

좀 있으면 마츠다상이 어제의 소동을 듣고 나를 찾고 난리가 나겠지. 그리고 지배인이 이 방으로 안내할지도. 안 돼, 안 돼. 시노하라 침대에서 이런 모습으로 있는 걸 그녀와 지배인이 본다면 뭐라고 생각할까.

"고마워 류. 우. 지."

'시노하라 이 변태 자식. 나를 놀리는 게 무척이나 재밌나 본데 내가 꼭 후회하게 해 줄 거야.'

그녀의 딸기같이 불그스레한 입술에서 자신의 이름이 나오자 마치 연인에게 고백을 들은 것처럼 시노하라의 가슴이 뛰기 시작했다.

그가 손에 힘을 풀고 잠시 멈칫하는 사이 세나가 탁구공처럼 침대 밖으로 튀어 나갔다. 그녀는 몹시 분한 듯 귀까지 빨개져 있었다.

"시노하라. 다시는 나한테 말 걸지마. 이걸로 우리의 대화는 끝이야."

"왜 그렇게 서둘러서 가려고 하는데? 이 아침에 급한 볼일이라도 있어?"

"웃지 마. 뭐라도 하나 집어 던지기 전에."

"그런데 너 좀 순진한 구석이 있다. 오쿠다든 누구든 아무도 여기 못 들어와. 펜트하우스에 마음대로 들어오는 지배인이 어디 있어? 하하하……."

시노하라 이 개자식. 세나는 그의 장난에 속아서 그가 하라는 대로 했다는 사실에 분노가 치밀어 올랐다. 그녀는 그대로 돌아서서 문으로 향했다.

문 바로 앞 테이블 위에 농구공만 한 장식용 지구본이 있었다. 그녀는 그것을 집어서 그가 누워 있는 침대를 향해 힘껏 던지고 나와 버렸다. 그러나 지구본은 침대 근처에도 가지 못하고 두꺼운 베이지색 카펫 위에서 또르르 굴렀다. 그녀의 등 뒤로 시노하라의 웃음소리가 크게 들려왔다.

침실 문을 열고 밖으로 나오자 참으로 고급스러우면서도 모던하게 꾸며진 공간이 한눈에 들어왔다. 시노하라가 머무는 펜트하우스는 호텔과 오피스텔이 합쳐진 레지던스 같은 곳이었다. 객실 안에 침실, 거실, 주방, 세탁실까지 모두 갖춰진 말 그대로 호텔 같은 집이었다.

이 거실은 모던 인테리어의 거목인 프랑스의 한 디자이너가 시노하라의 까다로운 취향에 맞춰서 디자인한 공간이었다. 디자이너가 사랑하는 오브제인 모카커피색 실크 커튼이 높은 천장에서부터 바닥까지 거실 3면을 빙 돌아가며 둘러쳐 있어서 마치 오페라 극장을 연상케 했다.

검은색 갓을 씌운 군더더기 없는 장스탠드는 바디와 다리까지 전부 모던한 블랙이었는데 실크 커튼 바로 옆에 자리한 사슴 가죽으로 만든 1인용 소파 옆에서 무게감을 더해 주고 있었다.

거실 벽면 한쪽에 걸려 있는 대형 베네치안 거울도 눈에 띄었다. 고기비늘 같은 은빛 색감과 클래식한 커팅감이 돋보이는 베네치안 거울이 공간에 품격을 부여했다.

밝은 베이지톤의 대리석 바닥에는 잉글랜드산 양모 카펫이 깔려 있었고 사슴 가죽 소파 옆에 놓인 다리가 날렵한 4인용 벨벳 소파는 은은한 광택이 도는 짙은 카키색이었다. 소파 주위로는 재밌고 익살스러운 모양의 스툴이 몇 개 놓여 있었다.

이곳에서 가장 눈길을 끄는 것은 천장화였다. 이탈리아 고전 건축 천장화의 모티브를 옮겨 와서 현대적 감각으로 재해석한 천장화가 이곳을 더욱 몽환적인 공간으로 만들고 있었다.

세나는 이 기묘하고 아름다운 천장화에 마음을 빼앗겼다. 사람의 이성을 마비시키는 몽환적이고 환상적인 공간에 사로잡혀 있는 것만 같았다. 진짜 취향 한번 독특하고 고급스럽군. 세나는 등 뒤로 객실 문을 닫으며 이곳은 냉철한 얼음왕자 시노하라 류우지와 너무나 잘 어울리는 공간이라고 생각했다.

그녀는 펜트하우스에서 나와 엘리베이터로 향했다. 엘리베이터 내부는 조금 과한 감이 있게 화려했다. 이 부담스러운 엘리베이터는 뭐지. 버튼도 두 개밖에 없잖아. 아무리 찾아봐도 그녀의 방이 있는 4층으로 향하는 버튼이 없었다.

세나는 도저히 이런 차림으로 로비를 통과할 자신이 없었다. 그래. 그냥 계단으로 내려가자. 그 편이 낫겠어. 세나는 계단으로 내려갔다. 생각보다 시간이 걸렸지만 4층 자신의 방이 보이자 마음이 놓였다. 그런데 그녀의 방문은 살짝 열려 있었다. 누구지?

그녀가 방에 들어서자 VIP 고객 담당 팀장인 야마자키가 그녀를 맞이했다. 그녀 곁에는 제법 덩치가 있는 영리한 눈동자의 낯선 개가 의젓하게 앉아 있었다.

귀에서부터 눈 양쪽과 볼까지는 윤기 있는 검은 털이, 정수리 부근에서 콧잔등을 지나 입까지는 하얀 털로 덮여 있는 이 개는 매우 우아한 귀족견 같은 분위기를 풍기고 있었다. 세나는 짐짓 놀란 눈빛으로 낯선 여자와 갑작스럽게 등장한 개를 번갈아 가며 쳐다봤다.

보랏빛이 감도는 정장 슈트에 한 올도 남기지 않고 뒤로 꼼꼼하게 넘겨 묶은 머리를 한 야마자키는 예의를 갖추어 인사를 하며 살짝 상기된 세나의 얼굴을 주의 깊게 살펴봤다.

호텔 남자 직원들이 그렇게 수군거릴 만도 하군. 흑단 같은 긴 머리를 나부끼며 발그레한 얼굴로 들어오는 그녀는 지난밤보다 훨씬 아름다워 보였다.

기다란 속눈썹에 둘러싸인 검은색 눈동자가 누구냐는 듯 호기심의 빛을 띠고 있었다. 야마자키의 한쪽 가슴에 달린 푸른 열대어 모양의 스와로브스키 브로치가 마침 창으로 들어오는 아침 햇살을 받아 반짝거리자 세나는 눈이 부신 듯 한쪽 눈을 찡그렸다.

"안녕하세요. 은상. 저는 이곳 온천 호텔의 VIP 고객 담당 팀장인 야마자키입니다. 은상에게 전해 드릴 것이 있어서 왔습니다."

"처음 뵙겠습니다. 저한테 전해 주실 게 있으시다니. 그게 뭐죠?"

"시노하라 님께서 블랙잭을 은상 곁에 두라고 하셨습니다. 유황 가스를 맡는 데 선수인 녀석이죠. 은상이 계신 곳에 혹시 유황 가스가 들어오면 이 개가 제일 먼저 알아차릴 겁니다. 이름은 블랙잭이고, 보더콜리 종이랍니다."

세나는 블랙잭에게 손을 내밀었다. 품위 있는 보더콜리는 마치 기다렸다는 듯이 꼬리를 치며 다가왔다. 사람에게 안정감을 주는 그야말로 멋진 개였다.

"세상에. 너무 멋있고 영리해 보여요. 이름이 블랙잭이라고 했나요? 블랙잭. 근사한 이름이다. 그런데 시노하라가 이 개를 저한테 보냈다고요?"

야마자키는 시노하라 전자의 후계자이자 이 온천 호텔의 소유주인 시노하라 류우지에게 존칭을 붙이지 않는 이 당돌한 아가씨의 말투에 놀라며 조심스럽게 대답했다.

"어제 노천탕에서 큰일을 당하셨다고 들었습니다. 이곳의 오너이신 시노하라 님께서 특별히 취하신 안전 조치라고 생각하시면 될 것 같습니다."

"오너라고요? 시노하라가 이곳의 주인이란 말인가요?"

10년이 넘도록 호텔리어로 근무해 온 야마자키는 자신의 일에 매우 자부심이 강한 커리어 우먼이었다. 그리고 시노하라 류우지가 누군가에게 이렇게 마음을 쓰는 사람이 아니라는 것도 잘 알고 있었다.

더군다나 어젯밤에 갑자기 업혀 들어온 이 철없는 아가씨에게 시노하라가 가장 아끼고 사랑하는 유일한 생명체인 블랙잭을 보낸 의미에 대해서도 곰곰이 생각하고 있던 참이었다. 하지만 과연 이 아가씨는 그에 대해 무엇을 알고 있단 말인가.

그렇지만 사려 깊은 그녀는 그 순간에도 자신의 본분을 잊지 않았다. 그녀는 세나에게 실버 프레임이 둘린 방 키를 공손하게 건넸다.

"은상. 지금 머물고 계시는 이 방은 동쪽으로 창이 나 있어서 계곡의 유황 가스가 직접적으로 들어올 수 있는 곳입니다. 직원들을 불러서 저희가 더 안전한 방으로 짐을 옮기겠습니다. 괜찮으시겠습니까?"

"방을 옮기라고요? 그럴 것까지는 없는데. 그래도 이렇게 신경 써주셔서 감사합니다. 짐은 제가 직접 옮겨도 돼요. 얼마 안 되니까요."

야마자키는 정말로 그 방이 어떤 곳인지 모르고 있나 하는 표정으로 잠시 그녀를 바라봤다. 그녀의 눈동자는 아무것도 모르는 천진함으로 반짝거리고 있었다.

"테이블 위에 어제 쿠도 선생님께서 처방해 주신 약을 올려놓았습니다. 그럼 짐을 옮길 직원들을 바로 보내겠습니다. 편히 쉬세요."

"야마자키상. 그런데 이 방은 몇 층이죠? 방 키에 아무 숫자도 안 적혀 있네요."

야마자키는 잠시 난감해졌다. 방금 전에 시노하라가 그녀를 불러서 직접 지시한 다소 황당한 주문이었지만 그녀는 완벽하게 마무리하고 싶었다.

"은상. 그 방은 원래 번호가 없습니다. 아무도 쓰지 못하는 방이죠. 15층 펜트하우스 바로 맞은편 방입니다."

야마자키는 마지막 말을 마친 후 재빨리 밖으로 나왔다. 안에서는 매우 놀란 듯한 음성으로 그녀의 이름을 다급하게 부르는 세나의 목소리가 흘러나왔다. 그녀는 로비를 향해 발걸음을 재촉했다. 3대에 걸쳐 수제구두를 짓는 히토요시의 제일가는 명장에게서 맞춤한 송아지 가죽 구두가 오늘은 몹시 불편하게 느껴졌다.

'황태자님이 다소 어려운 상대를 고르신 것 같네. 올여름 가고시마에서는 꽤나 재밌는 일들이 일어나겠는걸.'

왠지 웃음이 터져 나왔지만 그녀는 이내 투철한 직업 정신으로 무장한 본래의 표정으로 돌아갔다.

야마자키가 바람같이 나가 버리자마자 여종업원 둘이 그녀의 방으로 들이닥쳤다. 그들은 한마디 말도 없이 기계처럼 세나의 짐을 정리했다. 세나는 이 방에 그냥 있겠다고 그녀들을 말렸지만 아무 소용이 없었다. 결국 그녀는 아직 옷가지가 걸려 있는 옷장에서 짧은 반바지와 린넨 소재의 흰색 민소매 블라우스를 급하게 챙겨 욕실로 들어갔다.

시노하라가 이곳의 주인이라니. 게다가 자기 멋대로 내 방을 옮겨? 세나는 아직까지 놀라 두근거리는 마음을 진정시키며 가운을 벗고 욕실 거울에 비친 자신의 모습을 바라봤다. 어제의 소동을 겪고 조금 수척해진 듯했다.

그녀는 재빨리 반바지를 엉덩이에 걸쳤다. 시부야 거리에서 이 바지를 처음 봤을 때는 선명한 빨간색과 허벅지에서도 한참을 올라가는 커팅 라인이 너무 도발적이어서 사기 망설였지만 언젠간 이렇게 섹시하고 아찔한 디자인의 바지를 입고 좋은 곳으로 놀러 갈 날도 올 것이라는 기대감으로 구입했었다.

바지는 그녀에게 맞춘 듯 잘 맞았다. 몸에 많이 붙는 면스판 바지는 동그랗고 탄력 있는 그녀의 힙라인을 그대로 보여 주었다. 바지 아래로는 날씬한 허벅지 선이 그대로 드러났다. 그녀는 좀 과한 게 아닌가 하는 생각을 하며 흰색 블라우스의 단추를 채웠다.

소매 없는 이 블라우스는 까실까실한 린넨 소재라서 뜨거운 가고시마에서 입기 딱이었다. 동그란 플랫칼라는 왠지 모르게 소녀 같은 느낌을 주었다. 블라우스는 몸에 딱 붙는 피팅감으로 잘록한 허리를 강조해 주며 실루엣이 이어지다가 벨트 라인과 맞닿는 곳에서 마무리되었다.

그녀는 평소처럼 머리를 틀어 올리고 싶었지만 머리끈이 하나도 보이지 않았다. 할 수 없이 큰 브러시로 헝클어진 부분만 손질하고 머리를 자연스럽게 풀어 헤친 채로 욕실에서 나왔다.

분주하게 움직이던 직원들은 그녀의 짐을 챙겨서 이미 나간 후였다. 세나는 한숨을 쉬며 흰색 단화에 발을 구겨 넣고 로비로 향했다.

시간은 벌써 10시를 가리키고 있었다.

로비에서는 마츠다와 지배인 오쿠다가 심각한 표정으로 대화를 나누고 있었다. 그녀는 세나를 보자 반색하며 달려왔다.

"은상. 어제 큰일 날 뻔했다면서요. 지금은 괜찮아요? 술을 먹고 그곳에 들어가는 게 아니었는데. 내가 부주의했어요. 정말 미안해요."

"아니에요. 마츠다상. 대단치 않은 현기증이었는걸요. 이곳 직원분들이 도와주셔서 지금은 아무렇지도 않아요."

오쿠다 지배인은 직원분들의 도움이라는 표현에 꽤나 만족스러운 표정을 지었다.

"은상을 업고 내려온 사람이 시노하라 류우지상이었다고 들었어요. 그분 도움이 아니었다면 정말 어쩔 뻔했어요. 아…… 두 분이 같은 학교라서 친분이 있겠군요."

"친분은요. 저랑 전혀 어울리지 않는 높은 세계에 사시는 분이라 친분을 들먹이면 아마 그쪽에서 기분 나빠할 거예요. 그분은 이런 대형 호텔의 주인이고 저는 여름에 아르바이트를 해야 생활이 되는 가난한 유학생인걸요. 오늘은 어디로 가는 거죠?"

마츠다와 오쿠다는 가고시마에서는 물론이고 일본에서 굉장한 영향력이 있는 시노하라 가문의 독자가 보여 준 각별한 배려를 아무렇지 않게 치부하는 대담한 아가씨를 바라보며 그저 놀라서 입만 벌리고 있을 따름이었다.

"은상. 오늘은 타카치호 목장으로 갈 거예요. 온천 관광을 온 한국 관광객들이 가장 많이 들르는 명소 중에 하나랍니다. 아마 은상도 그곳을 보면 반하고 말걸요. 그건 그렇고 은상은 오늘 특히나 예뻐 보이네요. 순진한 가고시마 총각들이 넋을 잃고 바라보겠군요. 하하……."

마츠다와 세나가 로비를 지나가자 모든 직원들의 시선이 세나를 향했다. 정말 독특한 아름다움을 지닌 아가씨로군. 얼음 같은 시노하라

님이 반할 만도 하겠는걸.

타카치호 목장으로 가는 언덕길을 오르면서 세나는 에번리역을 지나 그린게이블즈로 가는 앤의 심정이 된 것 같았다. 가고시마의 뜨거운 태양이 내리쬐는 높은 언덕 위에 자리 잡고 있는 이 목장은 평화롭고 아름다운 곳이었다.

목장 주위로는 드넓은 평원이 끝도 없이 펼쳐져 있었다. 세나는 왕벚꽃나무가 길 양쪽으로 마치 여왕님을 호위하는 기사처럼 도열해 있는 아름다운 진입로를 따라서 뛰기 시작했다. 연푸른색 물감을 풀어 놓은 듯한 하늘은 너무 낮게 내려와 있어서 손을 뻗으면 하얀 구름이 금방이라도 잡힐 것만 같았다.

도쿄에서는 한 번도 느껴 보지 못했던 작열하는 태양이 풀 한 포기, 돌멩이 하나도 차별하지 않고 고르게 은혜를 베풀고 있었다.

마츠다는 달려가는 세나를 향해 큰 소리로 외쳤다.

"은상. 벌써부터 흥분하기는 일러요. 첫날부터 이렇게 좋아하면 곤란하다고요."

"마츠다상. 이곳 경치는 정말 최고예요. 하늘도 너무 파랗고 여기 있는 나무들은 풍경화에서 금방 튀어나온 것 같아요. 이렇게 아름다운 곳이 있다니. 가슴이 터질 것만 같아요."

"이곳이 마음에 든다니 다행이네요. 말단 공무원으로서 보람을 느낍니다."

그때였다. 언덕 아래에서 반가운 개가 굉장한 속도로 달려오고 있었다. 블랙잭이었다. 초원을 질주하는 블랙잭은 호텔에서 봤을 때보다 훨씬 근사해 보였다.

"블랙잭. 너 언제 여기로 온 거야?"

바람처럼 달려온 블랙잭이 세나의 얼굴을 핥았다. 친근하고 사랑스러운 개였다. 블랙잭은 마치 세나가 자신의 주인인 양 그녀 뒤를 조용히 따라왔다.

"은상. 이 목장의 관리인을 좀 찾아보고 올 테니까 여기서 잠시 기다려요."

마츠다는 크로스백을 고쳐 메고 어디론가 총총히 사라졌다. 세나는 목장의 가장 높은 언덕으로 올라가서 주변 경치를 감상했다. 언덕 저 아래에서는 방목해서 키우는 소들이 한가롭게 풀을 뜯고 있었다.

그런데 저 멀리 한 개의 점이 무서운 속도로 언덕을 질주해서 올라오는 게 보였다. 이윽고 그 점은 하나의 형상으로 드러났다.

머리에 흰색 다이아몬드 모양의 점이 박힌 검정말이 흙먼지를 일으키며 달려오고 있었다. 그리고 블랙잭이 그 말을 향해 바람처럼 달려가기 시작했다. 세나는 마치 말발굽에 밟힐 듯이 달려가는 블랙잭을 말리기 위해서 급하게 쫓아 내려갔다. 블랙잭은 순식간에 검은말 옆으로 따라붙었고 그 말을 모는 사람은 전혀 속도를 줄이지 않은 채 내달렸다.

"블랙잭! 위험해. 돌아와."

세나는 블랙잭을 말리려고 초원 아래로 달려 내려갔다. 사랑스러운 개가 다칠까 봐 마음이 조급했는지 그만 부드러운 풀밭에 발이 미끄러지고 말았다. 그녀는 왼쪽 발목이 살짝 꺾인 채 앞으로 넘어졌다.

미친 듯한 속력으로 달려오던 검은말이 흙먼지를 일으키며 넘어진 그녀 곁에 멈춰 섰다. 세나는 말에 탄 사람을 확인하기 위해서 고개를 들었다. 하지만 가고시마의 햇살이 너무 눈부셔서 눈을 제대로 뜰 수가 없었다.

"은세나 너 괜찮아? 목장에 그런 차림으로 온 거야? 오늘은 어떤 남자가 여왕님의 제물인가?"

시노하라 류우지였다. 흰색 승마 바지에 암갈색 승마 재킷을 차려입은 시노하라가 조소를 담은 눈빛으로 쏘아보고 있었다. 검은색 승마 모자는 그의 조각 같은 얼굴을 더욱 돋보이게 했다.

빛나는 갈기를 휘날리는 근육질의 말 위에 당당하게 올라앉은 그의 모습이 너무나 완벽하고 늠름해 보여서 묘한 열등감마저 느껴졌다. 저 말 위의 황태자에게 깜빡 속아서 오늘 아침에 당한 일을 생각하니 갑자기 화가 치솟았다.

세나는 황급히 풀밭에서 일어났다. 대수롭지는 않았지만 풀밭에 넘어지며 급하게 쓸린 상처가 무릎에 남아 있었다. 손가락 한 마디 정도의 상처에서는 피가 새어 나오고 있었다. 시노하라는 그녀의 상처 난 무릎에 약간 화가 난 듯한 시선을 보냈다.

내가 바보 같다고 비웃는 건가. 세나가 무릎에 묻은 흙을 털어 낸 후 목장 쪽을 향해 몸을 돌리려는데 시노하라가 말에서 내려와 성큼성큼 그녀에게로 다가왔다.

"설마 그런 상태로 목장까지 걸어가려는 건 아니겠지?"

세나는 대꾸도 하지 않고 언덕을 올라갔다.

"아직도 화가 안 풀린 거야? 피를 흘리며 목장까지 걸어가겠다고?"

"내 상태가 어때서? 살짝 스친 것뿐이야. 그러니까 너는 그 요란한 말을 타고 가던 길을 가. 나는 내 갈 길을 갈 테니까."

시노하라는 뒤돌아서 걸어가는 그녀의 손목을 낚아챘다. 민소매 옷을 입어서 햇빛에 완전히 노출된 그녀의 어깨는 어느새 벌겋게 익어 있었다.

낮게 내려온 파란 하늘 아래서 둘의 시선이 불꽃을 일으키며 부딪쳤다. 그는 결심한 듯 아무 말 없이 그녀의 손목을 잡고 자신의 말을 향해 걸어갔다.

"이거 놔. 나 혼자 갈 수 있단 말이야."

시노하라는 그녀의 허리를 번쩍 안아서 말에 태웠다. 그리고 그녀 뒤로 단숨에 뛰어올랐다.

"잡아."

말안장에 옆으로 앉혀진 그녀의 눈에는 딱히 잡을 만한 것이 보이지 않았다.

"뭘 잡아? 어딜 잡으라는 거야?"

"빨리 잡아. 떨어진다."

"그냥 내려 주기나 해."

시노하라는 말없이 그녀의 왼쪽 팔을 가져다가 자신의 허리에 감았다. 그 바람에 그녀의 얼굴이 그의 가슴속에 푹 파묻힌 꼴이 되어 버렸다. 그리고 오른손으로는 자신의 승마 재킷을 붙들게 했다.

"꼭 잡아. 전속력으로 달릴 거니까. 플랙은 천천히 달리는 법을 배운 적이 없거든. 플랙, 가자."

그의 신호가 떨어지자마자 플랙은 언덕을 향해 무서운 속도로 달려가기 시작했다. 그는 한 손으로 고삐를 잡고 다른 손으로는 그녀의 허리를 단단하게 감싸서 자신의 몸 쪽으로 꼭 끌어안았다.

타카치호 목장의 최정상까지 단숨에 올라간 시노하라의 명마는 주인의 지시를 받고 반대편 평야를 향해서 질주하기 시작했다. 세나는 그 바람 같은 속력에 놀라서 그의 가슴에 매달린 채 눈을 감았다. 언덕을 지나가는 바람이 거센 소리를 일으키며 귀를 먹먹하게 했다.

그렇게 얼마를 달렸을까.

"세나. 눈을 떠. 얼른. 그리고 앞을 봐 봐."

시노하라의 부드러운 음성이 귓가에 들려왔다. 그녀는 눈을 떠서 앞을 바라봤다. 플랙은 어느새 목장 건너편 가장 높은 언덕의 최정점을 향해 질주하고 있었다.

그때였다. 그녀의 눈앞에 광활한 가고시마 앞바다의 절경이 모습을 드러낸 것은. 파란 잉크를 풀어 놓은 듯한 선명한 하늘 위로 마시멜로 같이 부드러운 구름이 떠 있었고 바로 그 아래 에메랄드빛 바다가 끝도 없이 펼쳐졌다.

"세상에…… 너무나…… 아름답다……. 진짜 굉장해."

시노하라는 말에서 훌쩍 뛰어내린 후 조심스럽게 그녀를 안아서 내려 주었다. 플랙을 따라온 블랙잭도 신이 난 듯 주변을 맴돌았다. 시노하라는 바다가 가장 잘 보이는 언덕에 자리 잡고 있는 평평한 바위 위로 그녀를 이끌었다.

너른 바위 위에 올라선 두 사람의 얼굴로 상쾌한 바닷바람이 한가득 불어왔다. 눈앞의 바다는 신의 축복이었다. 푸른 물결이 끝도 없이 밀려와 바위에 부딪치며 만들어 내는 하얀 물보라가 숨 막히는 장관을 연출하고 있었다. 해안가의 연초록 물빛이 청명한 파랑으로 다시 짙은 청남색으로 깊어지는 수심에 따라 조금씩 다른 빛깔의 옷을 입고 넘실댔다.

저 멀리 수평선을 향해 힘차게 날아가는 한 무리의 갈매기들은 낙원으로 인도하는 길잡이 같았다. 세나의 눈에는 눈물 한 방울이 맺혔다. 자연의 경이로운 모습 앞에서 한없이 숙연해지는 자신을 느꼈다.

그녀의 흑진주같이 까맣고 윤기 나는 머리카락이 바닷바람에 날리면서 시노하라의 얼굴을 부드럽게 스쳤다. 언덕 끝까지 질주하느라 조금 지친 듯한 플랙은 조용히 멈춰 서서 숨을 고르고 있었다.

두 사람은 아무 말도 하지 않고 바다를 바라봤다. 이 순간만큼은 어떤 말도 필요하지 않았다. 시노하라는 이 언덕을 그리고 이 바다를 그녀에게 보여 주고 싶었다. 아무한테도 공개하지 않았던 그만의 언덕이었다. 그가 그녀의 얼굴로 부드러운 시선을 가져갔다. 그녀의 눈에 어른거리는 촉촉한 물기가 그의 차가운 가슴을 적셨다.

"아까 다친 데는 아프지 않아?"

"괜찮아. 그리고 고마워. 이렇게 아름다운 곳을 보여 줘서."

"화는 다 풀린 거야?"

"아니. 하지만 이 순간만큼은 화내고 싶지 않아. 여기는 내가 봤던 그 어떤 바다보다도 아름다우니까. 저 푸른 바닷속으로 그냥 뛰어내렸으면 좋겠다."

세나의 이야기를 들으며 시노하라는 너른 바위 위에 걸터앉았다.

그의 두 눈 가득히 푸른 바다가 일렁이고 있었다. 그는 세나를 보지 않은 채 감정이 담기지 않은 건조한 목소리로 말을 건넸다.

"여왕님. 어쩐지 그 말이 진심처럼 들리네. 사는 게 그렇게 재미없어?"

"……."

시노하라는 시선을 돌려 세나를 바라봤다. 그녀는 입술을 굳게 다물고 있었다.

"너의 그런 표정이 문제야."

"……."

"세상 어떤 것에도 관심 없다는 표정. 사토 같은 남자 앞에서 다른 여자들은 너처럼 행동하지 않아."

시노하라는 다시 수평선 너머로 시선을 돌렸다.

"지금 연애 코칭 하는 거야?"

"아니. 남자들이 너를 눈여겨보는 이유를 알려 주는 거야. 그런 표정을 짓고 있으니까. 특히 사토 같은 스타일은 너에게 빠져들 수밖에 없지."

"그러든 말든 관심 없어."

너무나 익숙한 권태로움이 파도처럼 그녀에게로 밀려왔다.

"하아……. 정말 대책 없는 여왕님이로군. 일본에는 왜 온 거야?"

"죽어도 모르니까."

시노하라는 다시 세나의 얼굴로 시선을 가져갔다. 그리고 그녀를 뚫어지게 쳐다봤다. 말할 수 없을 만치 차가운 눈빛으로.

"여기는 내가 죽는다 해도 못 찾아내는 장소니까."

"그런 말 다시는 하지 마. 내 앞에서. 나한테는 안 통해. 사토한테는 통할지 몰라도."

"무슨 소리야?"

"죽는다는 말을 꺼낼 수 있다는 건 죽을 마음이 없다는 얘기야."

"······."

'죽고 싶다는 말이 아니야. 살아야 할 이유가 딱히 떠오르지 않는다는 거지.'

"그만 목장으로 가자. 더 있다가는 여왕님이 가고시마 앞바다로 뛰어들겠다고 할 것 같아서 안 되겠네."

시노하라는 짧은 휘파람으로 플랙을 불렀다. 그녀를 말에 태우고 자신도 올라탔다. 플랙은 아까보다 더 빠른 속도로 언덕을 내려갔다.

그의 뺨을 스치며 흩날리는 세나의 머리카락이 그녀 가슴속에 새겨진 무수한 상처 같아서 시노하라는 마음이 무거워졌다.

'은세나 자꾸 내 인생 안으로 들어오지 마라.'

광활한 대지에 한가득 피어난 이름 모를 들꽃들이 내뿜는 달콤한 향기가 가고시마 언덕을 감싸고 있었다.

8

시노하라 요시로가 던진 승부수

교토에서 가장 이름난 고급 요정인 쿠모의 특실은 매화꽃 향기가 진하게 피어오르는 뒤뜰에 자리한 돌우물을 바라보고 있었다. 고결한 선비의 그윽한 자태를 연상시키는 기품 있는 매화꽃. 만월의 형상을 본따 만든 둥그런 창호지 문에 푸른색 달빛이 은은하게 스며들었다.

하루카는 목을 꼿꼿이 세운 채 푸른 기운이 스며드는 방문을 응시하고 있었다. 돌우물 앞에서 눈을 감았던 그녀의 어머니 미에가 시퍼런 달빛을 가르고 지금이라도 이 문을 열고 들어올 것만 같았다. 내 아기 쇼우죠. 너는 나처럼 살면 안 된다. 미에의 음성이 귓가에 들려왔다.

'엄마. 나는 이제 쇼우죠가 아니야. 엄마의 딸 쇼우죠는 죽었어. 오늘부로.'

돌우물 주위는 어둡고 축축해서 어린아이 심장 모양의 애기괭이밥 같은 키 낮은 음지 식물만 한가득했다. 엄마는 몹시 추웠을 거야. 엄마도 마지막 순간에는 나를 떠올렸을까. 험한 세상에 혼자 남게 될 어린 딸 쇼우죠를. 외톨이로 살게 될 나를.

미에가 눈을 감는 최후의 순간까지 어린 딸에 대한 기도를 올리던 그 우물 앞. 쿠모 최고의 손님을 위해 마련된 운치 있는 특실에서 그녀의 마음은 산산이 조각나고 있었다.

시노하라 요시로는 작약 향이 배어 나오는 나비 모양의 촛대 위에서 촛불이 일렁이는 것을 물끄러미 바라보고 있었다. 방 안은 영악한 다카하시가 주방 일꾼들을 닦달해서 금방 튀겨 낸 오동나무 소반 위의 가지튀김 접시에서 풍겨 나오는 뜨끈한 기름 냄새와 알 수 없는 슬픔으로 꽉 들어찼다. 그는 숨이 막혔다.

시노하라 요시로가 하늘에서 뚝 따 온 듯한 둥그런 달 모양의 창호지 문을 천천히 열었다. 그 순간 달빛이 쏟아져 들어와서 연보라색 비단 이불이 갈치 비늘을 입힌 것처럼 반짝였다.

그가 문을 열자 하루카의 두 눈에는 오로지 돌우물만 보였다. 엄마의 돌우물이 두 눈에 한가득 차서 그녀는 눈을 감았다. 시꺼먼 돌우물이 엄마의 영혼을 싣고 주위를 압도하며 그녀를 향해 빠른 속도로 성큼성큼 다가오는 것만 같았다.

그녀의 볼 근육이 미세하게 떨렸다. 길고 가녀린 목이 앞으로 혹 꺾였다.

"문을…… 문을 닫아 주세요. 어서……."

드디어 참았던 눈물이 쏟아졌다. 미에는 자신의 딸이 게이샤가 되지 않기를 바라는 마음에서 아름다운 딸의 얼굴에 비단 천을 덮어 주었다. 어쩌면 자신의 존재가 쇼우죠에게 게이샤라는 운명을 종용할까 봐 죽는 그 순간에도 마음이 편하지 못했으리라.

아름다웠던 엄마가 환하게 웃고 있는 모습이 떠올랐다. 그 위로 쿠모 앞을 서성이던 사토 코이치의 뒷모습이 겹쳐졌다. 소중한 것들은 그렇게 그녀 곁을 떠나갔다.

어쩌면 그 늙고 기름진 두꺼비 같은 사내가 더 나았을지도 모른다.

자신감 넘치는 시노하라 요시로의 준수한 용모가 그녀를 더욱 서럽게 했다. 어차피 하룻밤 노리개로 버려질 몸이라면 철저하게 짓밟히는 쪽이 더 나을지도.

시노하라 요시로는 문을 닫았다. 방 안에는 그새 차가운 기운이 스며들었다. 그가 백지 수표를 건네고 얻은 어린 게이샤는 서럽게 울고 있었다. 그는 촛대가 가장 잘 보이는 곳에 등을 기대고 앉았다. 소리 내지 않고 눈물만 쏟아 내는 그녀의 아픈 울음은 한동안 지속되었다.

"천하의 나쁜 놈이 되어 버린 기분이군. 뭐가 그렇게 서럽지?"

"……."

"처음부터 이럴 생각은 아니었어. 요네다 그 뱀 같은 인간이 설치는 꼴이 보기 싫어서 한 방 먹여 준 것뿐이야. 얼굴에 검버섯이 가득한 아사노 영감보다 내가 낫지 않나?"

"……."

"교토 게이샤의 심장은 후지산 정상의 눈꽃보다 차갑다더니 그런가 보군. 나도 계집을 품지 못해서 안달 난 사람은 아니야. 네가 몹시도 아름다운 건 사실이지만 강제로 어떻게 할 생각은 없어."

하루카는 그제서야 눈물을 거두고 시노하라를 바라봤다. 그는 위태롭게 가물거리는 노오란 촛불을 응시하고 있었다. 하얀 셔츠의 단추를 두 개 정도 풀고 벽에 몸을 기대고 앉아 있는 그의 옆모습이 왠지 고독해 보였다.

"교토는 참 아름다운 곳이야. 도쿄에서는 차 한 잔 여유롭게 마실 시간이 없었어. 늘 무언가에 쫓기듯이 바쁘게 살았지. 매화꽃이 만발한 이곳은 오래전에 시간이 멈추어 버린 고대의 정원 같아."

"제겐 엄마의 무덤일 뿐이에요."

"……."

"엄마는 저 시꺼먼 돌우물 앞에서 숨을 거뒀어요. 하나 있는 딸이 자기처럼 게이샤가 될까 봐 두려워하며."

시노하라 요시로는 눈을 감았다. 그녀가 뱉은 말들이 비수처럼 그의 가슴 한가운데에 깊숙이 박혔다.

"저를 데려가 주세요."

예상치 못한 말에 시노하라 요시로는 그녀 쪽으로 시선을 돌렸다. 하루카는 뭔가 큰 결심을 한 듯 무릎 위에 놓인 두 주먹을 그러쥐고 있었다.

"뭐라고?"

"데려가 주세요. 도쿄로. 이곳을 떠나고 싶어요."

"재밌는 여자로군."

"부탁이에요. 당신의 여자로 살라면 그렇게 살 수도 있어요."

"내가 어떤 사람인 줄 알고 이런 말을 쉽게 하는 거지? 용기 한번 가상하군."

"상관없어요. 그림자처럼 죽은 듯이. 그렇게 살게요. 이곳에서 벗어나게만 해 주세요."

하루카는 떨리는 손으로 자신의 무명 자리옷의 매듭을 풀었다. 시노하라는 다시 촛대로 시선을 옮겼다. 그의 이마가 갑자기 어두워졌다.

"하지 마. 오늘 밤에는 아무것도 할 필요가 없어."

"당신을 기쁘게……."

"그만. 더 이상 아무 말도 하지 마."

하루카는 불안한 눈빛으로 그를 바라봤다. 그는 미동도 하지 않은 채 촛불만 응시하고 있었다. 아니, 까불거리는 촛불을 보고 있는 건지 흘러내린 촛농이 켜켜이 내려앉은 촛자루를 보고 있는 건지 구분이 안 되는 어두운 눈빛이었다.

결국 그렇게 하루카는 이불 위에서, 시노하라는 그녀에게서 조금 떨어진 문 바로 앞 벽에 뒷머리를 기댄 채로 그들은 하얗게 밤을 지새웠다.

어느덧 동쪽 창에서부터 태양의 붉은 기가 서서히 스며들고 있었다. 그녀는 절망스러웠다. 결국 그에게서 어떤 약속도 얻어 내지 못한채 아침을 맞이하고야 만 것이다. 그녀는 간밤의 모습 그대로 자세를 조금도 흐트러뜨리지 않은 채 묵직한 석고상처럼 앉아 있는 그를 바라봤다.

"어제 제가 괜한 말로 심기를 불편하게 해 드렸다면 죄송합니다. 모두 잊으세요."

"......."

"다카하시상에게 지불하셨던 그 수표는 어떻게 해서든 제가 받아 드리겠어요. 제 빚으로 돌려놓겠다고 하면 다카하시상도 선선히 내어 드릴 겁니다."

시노하라 요시로는 새벽 미명 아래 그녀의 얼굴이 불그스레한 단풍색에서 황금 들녘의 금빛으로 서서히 물들어 가는 것을 숨죽이고 바라봤다. 이제 마지막까지 고집스럽게 머물던 푸르스름한 새벽의 기운이 완전히 물러갔다. 눈부신 아침 햇살 속에 오도카니 앉아 있는 하루카는 흐트러진 기색 하나 없이 정갈한 모습이었다. 한숨도 자지 못했건만 그녀에게서는 피곤한 기색이 보이지 않았다.

"지금 뭐라고 했지? 그 수표를 어쩌겠다고?"

"제가 해 드린 게 없으니까요. 이것도 일종의 거래인데 억울하실 것 같아서요."

단 한 번의 동작으로 그가 이불 위까지 다가왔다. 그는 하루카의 어깨를 움켜쥐었다.

"남자의 자존심을 묘하게 자극하는군. 제법인데. 자, 이제 뭘 해 볼까?"

그녀는 처분을 기다린다는 듯이 눈을 감았다. 눈 밑 여린 살이 가볍게 떨렸다. 분홍 입술을 앙다문 모습은 마치 포탄이 쏟아지는 최전방에 홀로 남겨진 어린 병사처럼 보였다.

"이거야 원. 너무나 용감한 아가씨네. 하하하……. 진짜 간만에 웃어 보는군. 하하하……."

시노하라는 그녀의 어깨를 놓아주고 자리에서 일어섰다. 한쪽 구석에 아무렇게나 던져 놓았던 자신의 양복 상의를 집어 들고 팔을 꿰었다. 도쿄 최고의 수제 양복 장인이 지어 준 고급 원단의 상의는 그의 몸에서 주름 한 점 없이 매끈한 자태를 뽐냈다. 한잠도 자지 않은 그의 눈 밑은 조금 어두웠지만 몸을 따라 부드럽게 흐르는 슈트를 걸친 모습은 도쿄에서 가장 주목받는 시노하라 전자의 젊은 경영인답게 당당하고 근사했다.

밖으로 나온 시노하라는 주저하지 않고 다카하시가 머무는 중앙 정원을 향해 걸어갔다. 막 머리 장식을 마친 늙은 게이샤는 일하는 것들을 밀치고 거침없이 들어오는 시노하라 요시로를 놀란 눈빛으로 쳐다보고 있었다.

"다카하시상. 좋은 아침입니다. 자리에서 일어나셨다면 실례 좀 해도 될까요?"

"시노하라 님. 이 늙은이는 원래 아침잠이 없답니다. 이미 들어오셨으니 앉으시지요."

"단도직입적으로 말하겠습니다. 하루카를 제게 주시죠."

다카하시는 순간적으로 숨을 들이켰다. 시노하라 전자의 주인이 막 데뷔한 교토의 게이샤와 고작 하룻밤을 보낸 것으로 이리 큰 욕심을 부리다니. 이 바닥에서는 흔치 않은 일이었다.

늙은 여우 같은 다카하시는 머릿속으로 숨 가쁘게 주판알을 튕겼다. 그 어미를 통해 그랬듯이 아름다운 하루카를 데리고 있으면서 쿠모를 일본 최고의 요정으로 꾸려 가는 것과 이 애송이 사업가에게서 돈을 한 번에 왕창 뜯어내는 것 중에 어떤 것이 자신에게 더 이득일지 헤아려 보았다. 답은 매우 빨리 나왔다. 역시나 제 어미의 미모를 능가하는 일본 최고의 보석이 될 하루카를 이렇게 보내는 게 그녀에게는 큰 손해임에 분명했다.

"시노하라 님. 교토에서는 게이샤를 물건처럼 거래하지 않는 답니다. 도쿄에서는 어떨지 몰라도 여기는 교토인걸요. 이 손으로 하루카를 그 애의 어미에게서 직접 받아 냈죠. 그 아이는 제 핏줄이나 다름없습니다."

순간 시노하라의 잘생긴 눈이 날카롭게 빛났다.

"오호라. 그러셨군요. 그래서 핏줄 같은 아이를 늙은 두꺼비의 하룻밤 노리개로 넘기려고 하셨습니까? 다카하시 님의 자녀 사랑은 참으로 각별하군요."

다카하시는 시노하라의 빈정거림에 분노가 솟아올랐다. 헤아릴 수 없이 많은 정재계 인사들과 다양한 친분을 맺고 있는 쿠모의 주인인 그녀에게는 콧대 높기로 유명한 교토의 중의원들조차 함부로 하지 못하건만. 건방진 놈 같으니라고. 어디 두고 보자.

"어제 수표에 세 장 더."

"역시 도쿄 출신의 젊은 경영인은 다르시군요. 이리 바로 흥정부터 하시려 하다니. 밖에 누구 없느냐? 이 신사분을 어서 뫼시고 나가거라."

"어제 수표에 열 장 더."

다카하시는 자신의 귀를 의심했다. 시노하라 요시로가 제시한 엄청난 금액에 늙은 심장이 움찔움찔 속절없이 조여 왔다. 그녀는 탄력을 잃고 힘없이 처진 눈에서 진물처럼 흐르는 물기를 닦으며 마른침을 삼켰다. 시노하라는 자리에서 일어섰다.

"거래는 성사된 것 같군요. 이제 쓰시지요."

다카하시는 모르겠다는 표정으로 그를 응시했다.

"하루카에 대한 모든 권리를 포기한다는 각서."

쿠모의 여주인은 이 젊은이의 주도면밀함에 혀를 내둘렀다. 그녀는 백자개가 화려하게 수놓아진 문갑에서 하얀 종이와 펜을 가지고 왔다. 그가 불러 준 대로 힘들게 글자를 써 내려갔다. 이 종이 한 장으로 손에 쥐게 될 엄청난 금액에 검버섯이 핀 늙은 손마디가 속절없이 떨려 왔다. 그녀는 혹시라도 젊은이의 마음이 바뀔세라 서둘러 자신의 도장을 눌렀다.

"다 썼습니다. 확인해 보시지요."

"추가하실 내용이 있습니다. 그녀의 어머니가 교토에서 어떤 일을 했는지 철저하게 비밀에 부치겠다는 것과 하루카는 쿠모의 게이샤가 아니었다는 말도 써넣으시죠."

다카하시는 그럴 이유가 있냐는 듯이 바라봤다.

"엄밀하게 따지면 그녀는 게이샤가 아닙니다. 어제 데뷔식을 치렀지만 간밤에 제가 정식으로 머리를 올려 주진 않았거든요. 무슨 말인지 아시겠습니까?"

"지금 무슨 말씀을 하시는 건지 이 늙은이는 도저히 모르겠습니다."

"하루카는 쿠모에서 허드렛일을 하는 아가씨였다는 겁니다. 게이샤가 아니라."

젊은이의 눈빛은 승리의 기쁨으로 반짝이고 있었다. 바로 그때였다. 이 준수하게 생긴 젊은이와 매우 손해 보는 거래를 했다는 느낌이 순간적으로 다카하시의 머리를 스치고 지나갔다. 수표 열 장이 아니라 삼십 장을 불렀어도 시노하라 전자의 경영자는 선뜻 내주었으리라. 아차 싶었다. 지금이라도 이 거래를 없던 것으로 하고 싶었다. 하루카를 손에 쥐고 있으면 더 큰 이익을 취할 수 있을 터인데.

다카하시는 지금까지 살아오면서 거래에서만큼은 절대로 손해를 본 적이 없었다. 시노하라 전자의 젊은 총수가 제시한 그 금액은 그녀 일생 최대의 베팅이 분명했다. 하지만 그의 능수능란한 두뇌플레이에 그녀가 철저하게 농락당한 느낌이었다. 하루카의 과거를 모조리 지우고 그는 과연 무엇을 얻어 내려는 것인가. 생각할수록 속이 쓰려 왔다.

다카하시는 부들부들 떨리는 손으로 그가 요구한 마지막 한 글자까지 완성했다. 이로써 구렁이가 백 마리쯤 들어 있는 교토 요정의 늙은 여주인과 일본의 온 국민이 주목하는 젊은 총수하고의 거래는 깔끔하게 끝이 났다.

미에의 딸 쇼우죠는 교토에서의 암울한 과거를 완벽하게 청산하고 이제 다카하시의 손을 벗어나게 되었다. 시노하라 요시로는 매우 흡족한 표정으로 각서를 손에 넣었다. 그는 방문을 닫기 전 그녀를 향해 마지막 한마디를 남기는 것을 잊지 않았다.

"앞으로는 입 조심하셔야 할 겁니다. 다카하시상의 일거수일투족을 지켜보는 눈과 귀를 심어 놓을 테니. 시노하라 전자는 일본 최고의 기업이 될 것이고, 하루카는 당신이 도저히 바라볼 수도 없는 위치에 올라서게 될 거라는 사실만 기억하시죠."

그가 남긴 단어 하나하나가 다카하시의 늙은 심장에 비수가 되어 박혔다. 오사카의 포악한 야쿠자가 지껄이는 어떤 협박보다도 더 무섭게 들려왔다.

시노하라 요시로는 둥근 달의 형상을 한 창호지 문을 천천히 열었다. 하루카는 은은한 겨자색이 감도는 단정한 기모노 차림으로 잠자리를 말끔하게 정리한 다다미방에 조용히 앉아 있었다.

"가자."

하루카는 말없이 그를 응시했다.

"교토의 겨울 아침은 무척이나 춥군. 빨리 따뜻한 곳으로 가서 점심을 먹어야겠어."

"무슨 말씀이신지."

"아무것도 챙기지 말고 그대로 일어나서 나를 따라와. 여기를 떠날 거야."

"정말인가요? 어디로?"

"도쿄. 도쿄로 함께 가자."

하루카는 벌떡 일어났다. 그가 하는 말이 동굴에서 흘러나오는 깊은 울림처럼 윙윙대는 진동을 안고 들려왔다. 내가 지금 꿈을 꾸고 있는 것인가.

"기…… 기다려 주세요. 잠시만. 엄마의 유품만 챙겨서 나올게요."

하루카는 자신의 방을 향해 전속력으로 달려갔다. 옷장 속 깊이 넣어 두었던 몇 안 되는 엄마의 유품들을 파란 비단 보자기에 재빨리 챙겨 넣었다. 그의 말대로 다른 물건들은 아무것도 가져가지 않기로 했다.

유품을 담은 보자기를 가슴에 품고 문을 나서기 전 단출하기 그지없는 그녀의 방을 마지막으로 천천히 둘러봤다. 다시는 돌아오지 않으리라. 이곳에서의 기억은 모두 잊을 것이다. 하지만 사토 코이치. 그에 대한 기억이 새삼 그녀의 가슴을 아프게 했다.

그녀도 그에 대한 소문을 들었다. 올봄 도쿄에 있는 대학으로 진학한다고 했던가. 그가 있는 도쿄로 나도 가게 되는구나. 아니다. 그에 대한 그리움으로 마음이 약해져서는 안 된다. 교토도, 엄마도, 요정 쿠모도, 사토 코이치도 당분간은 잊자. 그 앞에 당당하게 나타날 수 있을 때까지 약한 마음을 가져서는 안 된다.

그녀는 마지막으로 미에가 생을 마감한 우물가에 섰다. 군데군데 이끼들이 푸르게 끼어 있는 돌우물을 가만히 쓸어 보았다.

'엄마. 나는 떠나요. 엄마를 여기에 두고 가서 미안해. 부디 나를 지켜봐 줘요.'

시노하라 요시로는 그녀의 모습을 눈에 넣을 듯이 바라보고 있었다. 그는 자신이 하려고 하는 이 미친 짓에 웃음이 나왔다. 그를 아는 사람들이 본다면 정말 코웃음을 칠 일이었다. 하지만 그녀를 혼자 여기에 두고 떠난다면 평생 후회할 것만 같았다.

이제 모든 인사를 마쳤는지 그녀가 그에게로 걸어왔다. 시노하라는 다정한 눈빛을 보냈다.

"더 인사할 사람은 없어?"

"없어요. 이제 떠나기만 하면 돼요."

"어머니는 어디에 묻혀 계시지?"

하루카의 눈빛이 바람 속에 핀 제비꽃처럼 흔들리고 그녀의 음성은 초가을 잠자리의 날갯짓처럼 가볍게 떨렸다.

"요정 뒷산 볕조차 들지 않는 응달에. 비석도 없이."

그가 말없이 손을 내밀었다. 하루카는 잠시 망설이다가 그의 손을 잡았다. 크고 남자다운 손이었다. 쿠모의 대문 앞에는 그의 수행비서와 운전기사가 차에 시동을 걸어 놓은 채 긴장된 표정으로 대기하고 있었다. 그는 손짓으로 비서를 불렀다.

"자네는 남아서 할 일이 있네. 이 요정 뒷산에 비석 없는 묘가 하나 있을 걸세. 자네는 그분의 묘지를 이장하는 일을 마무리하고 와야겠어. 이장할 곳은 도쿄에서 가장 가깝고 볕이 잘 드는 공원묘지로 알아보도록 해. 지금 당장."

지시를 받은 그의 수행비서는 지체하지 않고 움직였다.

시노하라는 운전기사를 제지하며 자신이 직접 뒷좌석 문을 열어 주었다. 하루카는 붉은 등이 달린 쿠모의 대문을 뚫어지게 응시하며 차에 올랐다. 그는 부드럽게 문을 닫아 주고 나서 반대편 문으로 차에 탔다.

그가 기사에게 신호를 보내자 검은색 고급 세단이 소리도 없이 출발했다. 쿠모 앞을 지나 대로변으로 진입하는 큰길로 들어서자 커다란 전봇대 앞에 서 있는 한 남자가 보였다. 하루카는 신음이 터져 나오는 자신의 입을 틀어막았다. 사토 코이치였다.

그는 그녀를 보지 못한 듯했다. 무언가 가슴에 할 말이 많은 사람처럼 슬픈 눈으로 카미시치켄의 하늘을 바라보고 있었다. 하루카의 볼을 타고 한 줄기 눈물이 흘러내렸다.

'사랑하는 사토. 나는 당분간 네 앞에 나타나지 않을 거야. 하지만

내가 사랑하는 사람은 오직 너뿐이야 사토 코이치.'

　속도를 올리기 시작한 시노하라 요시로의 차는 어느새 사토를 작은 점으로 만들어 놓았다. 하루카는 그의 마지막 모습을 마치 심장에 새기려는 듯 그가 보이지 않을 때까지 창에 바짝 붙어서 바라보았다.

　시노하라 요시로는 차에 타자마자 어떤 젊은 남자에게서 시선을 거두지 못하는 그녀의 모습을 말없이 지켜보고 있었다. 그의 눈빛에는 어떤 감정도 담겨 있지 않았다.

　검은 세단은 드디어 카미시치켄의 요정 거리를 완전히 벗어났다. 시야를 가리던 큼직한 요정 건물들이 사라지자 화사한 햇살이 차창을 통해 쏟아져 들어왔다. 하루카는 눈이 부셔 얼굴을 찡그렸다. 그 곁에서 시노하라는 생각에 잠긴 듯이 반듯한 눈썹 아래 자리한 두 눈을 감았다. 차는 교토를 벗어나 도쿄의 하늘을 향해 전속력으로 질주했다.

9

하늘과 가장 가까운 방

혹시 클럽 로즈를 기억하니? 학교에서 곧장 내려와 너의 집으로 가는 그 작은 골목. 선술집들이 모여 있는 거리에서 빨갛고 파란 네온사인으로 번쩍이던 그 로즈 말이야.

나는 요즘 습관처럼 그 길을 걷곤 해. 메마른 아스팔트 사이에서 네 발자국을 찾을 수는 없지만 네가 매일같이 바쁜 걸음으로 지나다녔던 그 길 위에서 나는 왠지 모를 위안을 받아.

어제 나는 로즈의 간판 앞에서 한동안 서 있었어. ROSE의 글씨가 이상하게 어그러져 보였거든. R 자에 불이 들어오지 않더라. 글자 하나가 숨죽이고 나니 정말 기묘한 간판이 되어 버렸지.

클럽 로즈는 폐업을 앞둔 듯했어. 나는 그 앞에서 잠시 이런 생각을 해 봤지. 첫 글자의 네온이 꺼진 게 먼저였을까. 사장이 폐업을 결정한 게 먼저였을까. 로즈는 그렇게 사라지겠지.

클럽 로즈는 사람들의 시선을 잡기 위해 첫 글자를 죽여서 다소 기괴하게 점멸하는 네온사인으로 그 거리를 지나다니는 모든 이들에게 마지막 작별 인사를 보내는 것 같았어. 아무도 눈여겨보지 않는 작별 편지를 보내는 거라고 나는 생각했지.

나는 이 땅에서 사라지는 모든 것들은 나름의 방법으로 마지막 인사를 할 거라고 믿어. 그래서 쇠잔하게 사그라지는 것들은 내게 잔잔한 슬픔을 일으키지.

네가 없는 그 골목에서 나는 너의 몫까지 작별 인사를 해 주었어. 도쿄로 돌아왔을 때 익숙했던 로즈가 사라졌다 해도 슬퍼하지 마. 네가 지을 작은 한숨조차 나는 마음이 쓰이니까.

가고시마의 하늘은 물론 아름답겠지. 그 하늘을 그 바다를 바라보는 것만으로도 너는 행복할 거야. 그런 생각으로 나는 네가 없는 도쿄의 희뿌연 하늘을 걷고 있어. 네가 행복할 것이라고. 그 축복 같은 아름다움 속에서 너의 영혼은 오랜만에 쉼을 얻고 있을 거라 생각하면 나는…… . 나는…… .

— 사토 켄지

추신: GLAY의 《백만 번의 키스》라는 노래만 듣고 있어.
이런 내가 바보 같겠지.

사토는 노트북 앞에서 한동안 메일 창만 바라보고 있었다. 보내기 버튼을 누르는 게 망설여졌다. 그는 잠시 눈을 감고 생각에 잠겼다. 눈을 떠도 감아도 떠오르는 얼굴은 오직 하나. 사토는 보내기 버튼을 클릭하고 노트북을 천천히 닫았다.

"켄지. 이번 여름에는 어찌할 셈이니?"

도쿄의 중심에서 살짝 벗어난 외곽. 아직도 전통 양식이 살아 있는 고풍스러운 집 정원에서 일본 국민들의 신망을 한 몸에 받고 있는 사토 코이치 의원이 아들 켄지에게 말을 건네고 있었다.

정원 한쪽에 있는 작은 연못에서 비단 잉어들에게 먹이를 주고 있던 켄지는 아버지 쪽으로 고개를 돌렸다. 크림색 면바지에 자잘한 체크무늬가 그려진 핑크색 남방을 입고 있는 켄지는 코이치의 젊은 시절을 연상케 했다. 젊은 코이치처럼 준수하고 반듯한 켄지가 낮은 목소리로 대답했다.

"후루사토에 가야죠. 올해도 어김없이."

후루사토는 사쿠라지마에 있는 아름다운 료칸(여관)이었다. 사토 집안의 남자들은 여름이 되면 후루사토에서 휴가를 보낸다. 집안 대대로 내려오던 여름휴가의 전통이었던 것이 이제는 정치 명문가의 남자들이 한자리에 모여서 결속을 다지는 일종의 의식처럼 되어 버렸다.

낙엽색 유카타를 입고 마루에서 신문을 보고 있던 코이치는 정원으로 내려섰다.

"요즘 무슨 고민이 있니?"

켄지는 단정한 눈빛으로 아버지를 바라봤다.

"아니요. 그런 거 없습니다."

"학교는 어떠냐? 여자 친구는 있고?"

코이치는 인자한 얼굴로 아들의 표정을 살폈다. 그리고 순간적으로 켄지의 표정이 살짝 굳는 것을 놓치지 않았다.

"여자 친구는 없지만 마음에 두고 있는 사람은 있어요."

코이치 의원은 말없이 연못 안에서 헤엄치고 있는 비단 잉어들을 바라봤다.

'그렇구나. 켄지도 이제 한 여자를 가슴에 새긴다는 게 어떤 것인지 아는 나이가 되었구나.'

사토 코이치는 짧게나마 자신의 아들인 켄지만큼은 아픈 사랑의 격랑에 휩쓸리지 않기를 기원했다.

켄지는 2층에 있는 자신의 방으로 올라가 침대에 드러누웠다. 세나의 집 앞에서 나눴던 그 키스의 감촉이 다시금 생생하게 살아났다. 그녀는 연락 한 자락도 없이 떠나 버렸다. 알 수 없는 불안감이 자꾸 고개를 치켜들었다. 세나는 맑은 계곡물 속에서 노니는 작은 물고기 같았다. 손에 잡힐 듯 잡히지 않는.

'올여름도 사쿠라지마에서 보내겠구나. 세나는 가고시마에 있다고 했지.'

켄지는 책상 위 텅 빈 공간에 걸려 있는 일본 지도에 시선을 고정했다. 사쿠라지마섬 바로 앞에 있는 가고시마가 한눈에 들어왔다. 그의 마음은 이미 가고시마를 향해 달려가고 있었다.

하늘은 여전히 눈부셨다. 강한 발톱을 가진 검은 매 한 마리가 적막을 깨뜨리며 창공으로 날아갔다.

세나를 꼭 끌어안고 말을 타고 있는 시노하라의 심장은 조금 불규칙하게 뛰고 있었다. 사방은 고요했고 저 아래 초원에서 나른하게 울어 대는 소 울음소리만 간간이 들려왔다.

"목장에 거의 다 온 것 같다."

시노하라는 말에서 먼저 내린 후 세나의 두 눈에 시선을 고정한 채 가볍게 안아서 내려 주었다. 그의 눈빛에서는 어떤 감정도 읽을 수가 없었다.

세나의 다리 쪽으로 그의 시선이 갔다. 대수롭지 않은 상처였으나 아직도 피가 조금씩 배어 나오고 있었다. 시노하라는 한쪽 무릎을 꿇고 자신의 재킷 호주머니에서 베이지색 손수건을 꺼내 상처 난 곳을 조심스럽게 동여맸다.

그는 세나의 날씬하고 하얀 허벅지가 그대로 드러나는 짧은 반바지를 보며 마음에 안 든다는 듯한 눈빛을 보냈다.

"지배인한테 들어 보니 가고시마에 아르바이트하러 왔다며. 목장에 일하러 온 거 아니었어? 여기에서 일하기에는 옷이 좀 많이 불편해 보이는데."

묘하게 비꼬는 시노하라의 말투가 조금 거슬렸다. 내가 누구 때문에 아침에 허겁지겁 아무 옷이나 걸치고 나왔는데.

"나한테 물어보지도 않고 왜 니 마음대로 내 방을 옮기라고 지시한 거야? 아침에 내 방으로 호텔 직원들이 들이닥쳐서 내 짐을 싹 다 가져갔다고. 그 상황에서 옷을 고르고 말고 할 틈이 있었겠어?"

시노하라는 잠시 생각에 잠긴 표정으로 미간을 살짝 찌푸렸다.

"위험하니까. 그 방에 있는 게 위험해서 옮겨야 한다고 야마자키상이 잘 설명해 줬을 텐데."

"유황 가스가 설마 호텔방까지 뚫고 들어올 리 없잖아. 난 낮에는 일하고 밤에 와서 겨우 잠만 잘 거야. 그냥 내 방에 그대로 있을게. 호텔에 돌아가면 직원들에게 내 짐들 다시 가져다 달라고 부탁할 거야."

시노하라가 다소 어이가 없다는 표정으로 그녀를 바라봤다.

"단순히 유황 가스 때문에 니가 쓰러진 줄 아나 본데……. 여왕님, 참 단순하구나."

"그게 무슨 말이야?"

"이걸 뭐라고 설명해야 하나. 그러니까 누군가가 너한테. 어떤 의도를 가지고 뭔가를 먹인 거 같아."

"나한테 누가? 왜?"

'내가 그 이유를 설명해 줄까? 이 거지 같은 정치판에 너가 사토 켄지가 열중하는 여자로 등장했으니까. 게다가 넌 한국인 유학생. 사토의 어마어마한 배경을 전혀 모르나 본데. 넌 지금 태풍의 핵 안으로 들어왔다고 은세나. 그것만으로도 진짜 위험하단 말이다.'

시노하라의 머릿속으로 일순 많은 생각들이 섬광처럼 지나갔다. 그녀에게 얽힌 사람이 왜 하필 사토 켄지인지. 그는 최대한 진실을 감추고 그녀가 놀라지 않을 만한 단어들을 재빠르게 골라냈다.

"세상에 어떤 불만을 가진 사이코인지, 너한테 어떤 원한을 가진 사람인지는 내가 알 수 없어. 암튼 내 호텔에서 그런 불미스러운 사고가 또 생기면 총책임자인 내가 곤란해지지 않겠어? 내 말대로 안전한 곳에 머무는 게 너를 위해서도 좋을 거야."

"설명이 부족해. 일본에서 나를 해칠 사람이 있을 리 없거든."

시노하라는 그녀의 시선을 피해 먼 곳을 바라보며 중얼거리듯이 말했다.

"여왕님 주변으로 사건 사고가 끊이지 않는 어떤 검은 운명이 그림자처럼 따라다니나 보지."

"니 말이 맞아. 내 인생 자체가 비극의 연속이었어. 그래서 그딴 운명 따위 별로 두렵지 않아. 그러니까 너도 나한테 신경 꺼."

두 사람의 눈빛이 허공에서 날카롭게 부딪쳤다. 시노하라는 그녀의 두 눈을 정면으로 바라봤다. 그의 한쪽 입꼬리가 못마땅한 듯 서서히 올라갔다. 그는 세나가 도쿄에서 늘 보아 왔던 그 오만한 표정으로 그녀의 얼굴을 뚫어지게 쳐다보고 있었다. 순간 그의 검은 눈동자 사이로 알 수 없는 감정이 섬광처럼 지나갔다.

"누군가가 배려와 호의를 베풀면 고맙게 받을 줄 아는 아주 기본적이고 평범한 매너를 이번 여름에 익혀 보는 건 어때?"

말을 뱉듯이 마치고 나자 시노하라는 주저함 없이 자신의 말 위로 올라탔다. 그리고 플랙의 고삐를 당겨 쥐고 바람같이 질주하기 시작했다.

'완벽한 배경을 가진 너는 세상에 두려울 게 없겠지. 하지만 알아 둬. 세상에 기대하는 게 없는 나도 너와 마찬가지로 별로 두려울 게 없다는 것을.'

세나는 한참을 기다렸을 마츠다를 떠올리며 목장에 딸려 있는 작은 사무실로 급하게 들어갔다.

"은상, 어디 있었어요? 얼마나 찾아다녔는지 알아요?"

"마츠다상, 너무 죄송해요. 목장이 무척 아름다워서 이곳저곳 구경

한다는 것이 그만······."

세나는 차마 시노하라와 함께 말을 타고 가고시마 바다를 보고 왔다고 말할 수가 없었다.

"무릎은 어쩌다가 그렇게 됐어요? 어깨는 거의 화상 수준으로 익었네요. 어린 아가씨가 왜 이렇게 겁이 없을까. 혼자서 돌아다니기에는 이곳이 너무 야생스럽다고 생각 안 해요?"

마츠다는 역시나 쾌활하고 재밌는 사람이었다. 세나는 자신을 걱정해 주는 마츠다가 너무 고마웠다.

타카치호 목장의 관리인인 카토는 얼굴이 검게 그을린 전형적인 가고시마 남자였다. 그는 60대 중반이라는 나이가 믿기지 않을 정도로 건강해 보였다.

카토는 사무실 안으로 들어오는 세나의 모습을 유심히 지켜봤다. 윤기가 흐르는 길고 검은 머리, 하얀 얼굴에 가지런히 들어간 섬세한 이목구비. 그리고 가늘고 늘씬한 팔다리. 그의 얼굴이 순간적으로 어두워졌다.

예순의 나이가 훌쩍 지나자 그에게는 뭔가를 희미하게 예감하는 새로운 감각 기관이 생긴 것만 같았다. 이 언덕을 펄펄 날아다녔을 때는 결코 소유할 수 없었던 지혜의 눈이랄까. 눈빛이 마냥 선한 짐승들과 이 언덕에서만 살아온 카토였다. 그는 세나를 보자마자 가슴이 찌릿해지는 알 수 없는 아픔을 느꼈다. 저 아이로 인해 몹시도 괴로운 일이 생겨날 것만 같았다.

'비극을 몰고 오는 눈물의 여신 같구나. 저런 아름다움은 늘 슬픔을 일으키지. 나도 늙은 것인가. 괜한 걱정에 사로잡히는 걸 보니.'

카토는 얼른 밝은 낯빛으로 바꾸고 세나를 향해 반갑게 걸어갔다.

"어서 오세요. 정말 많이 기다렸습니다. 나는 이 목장을 지키는 늙은이랍니다."

"은상, 여기 계신 영감님은 이 방대한 목장의 관리인이신 카토상이에요. 가고시마의 보물 같은 분이랍니다."

"안녕하세요. 처음 뵙겠습니다. 은세나라고 합니다."

"마츠다한테 얘기 많이 들었습니다. 마츠다는 아직 철이 없어서 늘 나를 영감이라고 놀리지만 저 언덕 아래에서 풀을 뜯고 있는 소 한 마리쯤은 거뜬히 들고 뛸 수 있을 만큼 건강하지요. 허허허……."

"은상이 이해해요. 우리 영감님은 이제 곧 일흔을 바라보시는 분이라 노인성 치매 증상이 간간이 나타나는 매우 힘든 시기를 보내고 계시답니다."

"마츠다, 네 녀석이 토마토 우유를 마시겠다고 젖소들의 여물통에 으깬 토마토를 한 드럼통이나 부어 놔서 소들이 이틀 동안 내리 설사만 하다 죽을 뻔한 그 옛날의 에피소드가 갑자기 떠오르는 걸 보니 내가 치매이긴 한가 보구나. 허허허……."

"언제 적 이야긴데 아직까지 하고 계셔."

허물없이 농담을 주고받는 두 사람을 지켜보고 있자니 세나는 자꾸 웃음이 터져 나왔다. 자애로워 보이는 카토도 늘 장난기가 넘치는 마츠다도 세나에게는 가고시마에서 알게 된 소중한 인연이었다. 도쿄에서는 늘 마음 한구석이 쓸쓸했는데 가고시마에 오니 계속 웃을 일만 생기는 것 같았다.

카토는 세나에게 목장 구석구석을 보여 줬다.

"우리 목장에는 많은 동물들이 있답니다. 가장 인기가 많은 곳은 역시나 소들이 있는 축사지요."

"카토상, 말씀 편하게 하세요. 제가 손녀뻘인걸요. 그리고 저를 세나라고 불러 주세요. 그래 주시면 제가 훨씬 편할 것 같아요."

그는 세나를 다시 한번 유심히 바라봤다. 귀엽고 사랑스러운 아가씨였다.

"세나 양 그러면 이 늙은이가 편하게 말을 놓도록 하지. 우리 목장에서는 관광객들이 직접 우유를 짜는 체험을 해 볼 수가 있어. 치즈 만드는 과정도 있고. 굉장히 재밌는 관광거리들이 많은데 한국어로 된 홍보 책자가 없어서 늘 고민이었지. 가고시마에 머무는 동안 우리 목장에 종종 들러서 홍보 책자를 만드는 일을 좀 도와주게나."

"그런 거라면 자신 있어요. 이렇게 아름다운 목장에 놀러 온 한국인들이 볼 안내 책자라면 더욱 책임감을 갖고 만들어야겠네요."

세나에게서는 타고난 아름다움 그 이상의 특별한 매력이 느껴졌다.

'좋은 아이로군. 그런데 자꾸 걱정스러운 마음이 드는 건 왜인지.'

카토의 안내로 타카치호 목장을 샅샅이 구경하고 나니 어느새 날이 저물고 있었다.

"자 이제 우리 목장이 자랑하는 최고의 저녁 식사를 하러 갑시다."

카토는 매우 자신 있다는 표정으로 세나와 마츠다를 식당으로 안내했다. 식당 안에 들어서자 목장의 일꾼들도 마침 저녁 식사를 하고 있었다. 하나같이 뜨거운 태양빛에 검게 그을린 건강한 모습이었다.

그들은 하얗고 늘씬한 팔다리를 과감하게 드러낸 채 식당 안으로 들어오는 세나의 모습을 홀린 듯이 바라봤다. 시골 목장에 웬 여신의 강림인가 하는 얼굴들이었다.

카토는 목장 청년들의 시선을 감지하며 세나에게 살짝 속삭였다.

"세나 양, 다음에 올 때는 좀 긴 옷을 입고 오길 부탁하네. 이곳 총각들로 말할 것 같으면 뺀질거리는 도쿄 놈들하고는 근본부터가 다른 녀석들이라서 말이야. 세냐 양 같은 미인의 등장만으로도 촌놈들의 심장이 어떻게 될지 나도 장담 못 하거든. 하하하……."

세나는 그 말을 듣는 순간 얼굴이 빨개졌다. 자신의 짧은 반바지와 민소매 블라우스가 몹시도 민망했다. 목장에 일을 하러 온 게 맞냐고 했던 시노하라의 빈정거림이 떠올랐다.

카토는 고장의 명물인 흑소로 만든 스테이크를 저녁 식사로 내왔다. 최상급의 안심을 결을 살려 두껍지 않게 잘라 낸 후 가고시마의 천연 소금과 후추를 살짝 뿌려 높은 온도에서 구워 낸 스테이크는 이전까지 경험하지 못했던 기가 막힌 맛이었다.

한입 베어 물자 고기의 고소한 맛이 입 안 가득 퍼졌다. 몇 번 씹지 않았는데도 고기가 결대로 찢어져서 스르르 녹는 느낌이었다. 발사믹 소스를 뿌려서 구운 송이버섯과 곁들여 먹으니 그 맛이 더욱 일품이었다. 세나의 감탄사를 들으며 카토는 몹시도 만족한 표정을 지었다.

타카치호 목장에서 만족스러운 식사를 마치고 나오니 어느새 목장의 언덕 위로 밤하늘이 넓게 자리 잡고 있었다. 마츠다는 자신의 차로 세나가 묵고 있는 온천 호텔까지 안전하게 에스코트해 주었다.

마츠다를 보내고 로비로 들어서자 지배인 오쿠다가 부리나케 달려왔다. 그는 속이 바짝 탄다는 듯이 입을 열었다.

"은상, 숙소가 바뀐 것은 알고 계시죠? 저희 호텔 최고의 귀빈이시니 특별히 제가 방 앞까지 모시겠습니다. 가시죠."

세나는 오쿠다의 달라진 태도가 조금 의아했지만 그 방이 시노하라의 방 바로 맞은편이라 했던 야마자키의 말이 떠올라서 왠지 그와 동행하는 편이 나을 것 같았다. 그녀는 조금 머뭇거리는 발걸음으로 오쿠다의 뒤를 따라갔다.

지배인은 일반 객실 손님이 가지 않는 특별한 길로 그녀를 안내했다. 그리고 펜트하우스 전용 엘리베이터의 버튼을 눌렀다. 엘리베이터는 단숨에 15층까지 그녀를 이끌었다.

엘리베이터 문이 열리자 시노하라의 방이 가장 먼저 보였다. 오쿠다는 무척 조심스러운 발걸음으로 그 앞을 지나갔다.

그 방의 맞은편, 정확히 11시 방향으로 삼나무 결이 그대로 드러나 있는 고색창연한 문이 보였다. 그 문 앞에서 오쿠다는 멈춰 섰다. 그가 신중하게 열쇠를 끼워 넣고 천천히 돌리자 '찰칵' 소리를 내며 육중한 나무 문이 열렸다. 지배인은 자신이 이 문을 열어서 몹시 영광이라는 듯한 영업용 미소를 그녀에게 보냈다.

"은상, 필요한 물건은 야마자키가 다 구비해서 넣어 놓았습니다. 혹시라도 부족한 게 있으시면 바로 저를 불러 주세요. 대기하고 있다가 언제라도 달려오겠습니다."

오쿠다는 세나에게 은색 프레임의 키를 공손하게 건넨 후 발꿈치를 들고 조심조심 사라졌다. 그녀는 잠시 멍하니 서 있다가 열린 문 사이로 살며시 들어갔다. 이 방의 분위기는 시노하라의 방과 매우 달랐다. 누구를 위해 꾸며 놓은 방인지는 몰라도 연한 크림색과 은은한 핑크색이 주조를 이룬 벽지가 사랑스러운 느낌을 주었다.

침실, 거실, 욕실이 완벽하게 분리되어 있는 시노하라의 방보다는 훨씬 작은 규모였지만 널찍한 객실 한쪽에는 하얀색 바디의 침대가 있었고, 그 옆으로 기리시마 계곡이 한눈에 보이는 거대한 창이 자리 잡고 있었다. 바깥의 절경이 한눈에 보이도록 특별히 설계한 전면 통유리 창에는 가벼운 공단 느낌의 은색 레이스 커튼이 드리워져 있었다.

창 아래 놓인 킹사이즈의 침대에는 사랑스러운 로코코풍의 장식이 가미되어 있었다. 그리스의 신전처럼 네 개의 기둥이 있었고 그 기둥이 끝나는 곳에 지붕을 씌운 것처럼 흰색 실크 캐노피가 둘러쳐져 있었다. 공주님의 침대를 연상케 하는 캐노피 침대를 세나는 신기한 듯 바라봤다. 침대 발치까지 내려오는 캐노피 자락을 들추고 들어가야 잠을 잘 수 있는 구조였다.

보드라운 사파이어블루 아사 원단에 광택 나는 은사가 믹스돼 있는 청아한 느낌의 침구가 방금 세팅된 듯 주름 한 점 없이 펼쳐져 있었다. 침대 앞에는 올리브그린색 벨벳 소파가 시선을 끌었다. 시노하라의 공간이 굉장히 모던하고 세련된 느낌을 주었다면 이 방은 매우 우아하고 여성스러웠다.

방 안의 가구들은 연베이지색이 살짝 도는 이태리 크랙 가구였다. 세나는 특유의 구불구불한 모티브들이 등나무 넝쿨처럼 가구를 감싸고 있는 고급 크랙 가구에 감탄의 시선을 보냈다.

객실 천장에는 화려한 이집트산 크리스털을 하나하나 금줄에 정교하게 연결한 3단 샹들리에가 번쩍이고 있었다. 세나는 이 방이 주는 왠지 모를 중압감에 눌리는 듯한 기분이 들었다.

침대를 지나 안쪽 깊숙한 곳에 욕실이 있었다. 욕실 문을 열자 그곳은 별천지였다. 욕실 천장과 삼면이 모두 유리로 되어 있었다.

'세상에. 이곳은 또 뭐야.'

욕실 천장의 유리를 통해 별빛이 그대로 쏟아져 들어왔다. 가고시마 앞바다가 보이는 동쪽 창으로는 커다란 자쿠지가 놓여 있었다. 태양이 뜨는 아침에는 바다를 보면서, 깜깜한 밤이 되면 별빛 속에서 느긋하게 목욕을 즐길 수 있도록 만들어 놓은 최고의 욕실이었다.

자쿠지 안에서는 직원들이 미리 받아 놓은 따뜻한 온천물이 하얀 김을 내뿜고 있었다. 세나는 뭔가에 끌리듯이 자쿠지 쪽으로 걸어갔다. 그리고 땀에 젖은 옷을 모두 벗어 버리고 조심스럽게 물속에 몸을 담갔다.

사람의 몸무게가 자쿠지에 실리자 바닥 아래 노오란 간접 조명에 자동으로 불이 들어왔다. 욕실 벽면의 할로겐 조명등까지 부드러운 미색으로 켜지자 실내 분위기는 더욱 환상적으로 변했다.

자쿠지에 달린 스테인리스 재질의 스위치를 누르자 사방의 홀에서 기포와 함께 거품 입욕제가 흘러나왔다. 자쿠지 안이 금세 하얀 거품으로 가득 찼다.

기분을 노곤하게 만드는 은은한 장미 향이 코끝을 감쌌다. 온몸의 피로가 스르르 풀렸다. 그녀는 자쿠지에 느긋하게 뒷머리를 기대고 눈을 감은 채 뭉친 근육을 두드리는 기분 좋은 공기방울의 움직임에 몸을 맡겼다.

살며시 눈을 떠서 유리로 된 천장을 바라보니 기리시마 계곡을 지키는 하얀 별무리가 바로 머리 위를 지나가고 있었다. 세나는 몸이 붕

뜨는 기분을 느꼈다. 이곳은 하늘과 별을 좋아하는 누군가를 위해서 특별히 만들어 놓은 공간 같았다.

'아…… 신선놀음이 따로 없구나. 내일 아침에 눈을 못 떠도 억울하지 않을 것 같아.'

그때였다. 갑자기 욕실 문이 열렸다. 세나는 깜짝 놀라서 자쿠지 안으로 몸을 깊이 집어넣었다.

"누…… 누구세요?"

"새로운 방이 아무리 마음에 들어도 그렇지. 문도 안 잠그고 목욕부터 하는 건 너무하잖아? 바로 앞이 내 방인데 문 열어 놓고 유혹이라도 하겠다는 거야? 이건 뭐 너무 노골적이어서 오히려 내 쪽에서 당황스러워."

욕실 안은 어두웠지만 시노하라의 날렵한 실루엣은 그대로 드러났다.

"너…… 너…… 왜 여기에 있는 거야? 당장 나가지 않으면 소리 지를 거야."

"어떤 정신 나간 여왕님이 친히 던지신 은밀한 초대장을 받아 들고 나름 고민하다 들어왔는데 갑자기 얼굴색을 바꾸시는 건가?"

시노하라는 재밌다는 표정으로 자쿠지를 향해 천천히 걸어오고 있었다.

"자…… 잠깐……. 거기 멈춰. 시노하라, 문단속 못 한 건 내 실수였어. 절대 너를 초대하려고 했던 게 아니야. 그…… 그러니 그만 나가 줘. 부탁이야."

시노하라는 묘한 웃음을 띤 얼굴로 다가와서는 자쿠지 턱에 걸터앉았다. 세나는 거품들이 자신의 벗은 몸을 가려 주고 있는지 확인한 후 얼굴만 내놓고 물속으로 쏙 들어갔다.

"무척 재밌네. 여왕님과의 대화는 언제나 즐겁단 말이야. 그러니까 내 방 앞에서 문을 활짝 열어 놓고 요란하게 거품 소리를 내며 목욕을 즐기신 게 초대가 아니라 실수였다고?”

“시노하라상, 이제 알았으면 얼른 나가 줘. 부탁할게.”

“시노하라상이라……. 여왕님의 말투가 갑자기 공손해졌는걸. 그런
데 나는 그 호칭이 영 마음에 안 든단 말이야. 아침에 그랬던 것처럼
류우지라고 불러 봐. 그럼 나가 줄게.”

세나는 기가 막혔다. 류우지라니. 밉살스러운 변태 자식.

“시노하라 정말 나한테 류우지라고 불리고 싶어? 오히려 기분 나쁠
것 같은데.”

“싫어? 그럼 나도 이 자쿠지 안으로 들어갈까?”

그는 마치 자쿠지 안으로 들어올 듯이 몸을 숙였다.

“아니야. 아니야. 할게, 할게. 류. 우. 지. 이제 얼른 나가.”

“아직 안 됐는데. 나는 이 말이 무척이나 듣고 싶거든. 류우지 이렇
게 좋은 방을 내게 마련해 줘서 고마워.”

세나는 능글맞게 웃고 있는 시노하라의 얼굴에 뭐라도 던지고 싶었
다.

“그 말은 도저히 못 하겠는데.”

“감사의 인사를 하는 게 이 나라의 예의라고 말하지 않았어? 내가
이 안으로 들어가서 다른 방법으로 감사의 인사를 받을 수도 있는데.
사실 나는 그 방법이 더 마음에 들거든.”

“류. 우. 지. 나한테는 도저히 어울리지 않는 이토록 거창하고 대단
하고 화려한 방에 머물도록 허락해 줘서 정말정말 감사해. 나 지금 너
무 행복해서 죽기 일보 직전이야. 됐냐? 류. 우. 지.”

시노하라는 허리가 끊어질듯이 웃어 대기 시작했다. 세나는 창피하
고 분해서 목까지 빨개진 상태였다. 미친 듯이 웃고 있는 그가 너무나
도 얄미웠다.

“하하하……. 여왕님은 항상 마지막 순간에 발을 빼시는군. 이 은밀
한 초대를 기꺼이 받아들일 생각이었는데 아쉬운걸. 나가서 기다리고

있을게. 천천히 하고 나와."

그는 걸터앉았던 자리에서 일어나 빨갛게 달아오른 세나의 얼굴에 노골적인 시선을 던진 후 욕실 문을 닫고 나갔다.

'기가 막혀. 나가서 기다린다고? 자기 방에나 갈 것이지 왜 기다린 다는 거야?'

세나는 샤워기로 재빨리 거품을 씻은 후 바디 타월로 물기를 닦아 냈다. 욕실 캐비닛에는 원피스 모양의 흰색 실내복이 하나 걸려 있었 다. 타월 소재로 된 이 실내복은 어깨선이 타원형으로 넓게 파인 귀여 운 캡 소매 원피스였다.

세나는 재빨리 속옷을 입고 머리에서부터 원피스를 걸쳤다. 원피스 는 무릎 선에서 살짝 올라가는 적당한 길이였고, 둥그런 네크라인을 따라 자잘한 주름이 잡혀 있어서 신축성이 좋았다.

젖은 머리를 말리고 싶었지만 드라이어가 보이지 않았다. 어쩔 수 없이 뚝뚝 떨어지는 물기만 살짝 눌러서 닦고 욕실 밖으로 나왔다. 시 노하라는 벨벳 소파에 깊숙이 앉아서 와인 잔에 든 보랏빛 액체를 마 시고 있었다.

'하아……. 저 여유로운 자세는 뭐란 말인가.'

시노하라는 욕실 문을 열고 천천히 걸어 나오는 세나를 바라봤다. 뜨거운 물에 막 목욕을 마치고 나온 그녀의 모습은 너무나 자극적이 었다.

'오늘 밤에는 역시나 오는 게 아니었는데.'

따뜻한 물로 인해 불그레한 두 뺨과 촉촉하게 젖은 모습이 얼마나 매력적인지. 호텔의 은은한 불빛 아래에서 발갛게 상기된 채 젖은 머 리를 풀고 나오는 그녀를 보자 시노하라의 견고한 이성이 털실처럼 엉키기 시작했다.

"왜 나를 기다리고 있는 건데?"

"내가 했던 말 잊었어? 항상 곁에 두라고 했었는데."

"누구를 곁에 두라는 거야?"

"휘익!"

그가 날카롭게 휘파람을 불자 살짝 열린 문 사이로 블랙잭이 뛰어 들어 왔다.

"블랙잭! 너 왔구나. 다시 보니 반갑다."

세나는 꼬리를 치며 한걸음에 달려온 블랙잭의 머리를 다정하게 쓰다듬어 주었다.

"가기 전에 한 가지만 더."

시노하라는 크리스털로 된 투명한 얼음통을 들고 세나에게로 다가왔다. 그녀는 살짝 경계하는 눈빛으로 바라봤다.

"옷 좀 내려 봐."

"옷을 내리라니?"

"그 어깨 말이야. 햇빛에 화상을 입은 어깨에 당장 냉찜질을 하지 않으면 내일 아침에 무척이나 고통스러울 거야."

"그 정도라면 내가 직접 할 수 있어. 그러니 신경 쓰지 말고 그만 가."

시노하라는 꼼짝도 하지 않고 세나를 쏘아봤다. 역시나 차가운 표정이었지만 뭔가 묻고 싶은 게 있다는 듯한 눈빛이었다.

"내가 남자로 느껴지나 보네. 그런 거야?"

세나는 입술을 꽉 깨물었다.

'하아…… 절대 아니거든요. 부모 잘 만난 황태자님.'

그녀는 오기가 생겨서 보란 듯이 원피스의 캡 소매 한쪽을 천천히 내렸다. 할로겐 조명 아래에서 그녀의 하얀 목선과 빨갛게 익은 동그란 어깨가 아찔하게 드러났다. 시노하라는 순간적으로 숨이 막혀 왔다. 그녀의 주저함 없는 눈빛이 더욱 그의 마음을 흔들었다.

그는 얼음물에 적신 하얀 천을 그녀의 드러난 어깨로 가져가서 살짝 올려 주었다. 두 사람 사이에는 팽팽한 긴장감이 감돌았다. 세나는 시노하라의 차가운 눈빛을 전혀 피하지 않고 마주 보고 있었다. 그녀는 마치 그를 묘하게 고문하고 있는 이 상황을 즐기고 있는 것만 같았다.

그의 눈빛이 강하게 빛을 발하는 순간, 세나는 나머지 어깨의 캡 소매도 아래로 내렸다. 이제 그녀의 섬세하고 우아한 양쪽 어깨가 모두 드러났다. 무척이나 매혹적인 모습이었다.

"너 남자를 자극하는 못된 취미가 있나 본데 그러다 진짜 후회한다."

"너야말로 후회할걸? 유치한 장난은 사양할게."

"유치한 장난?"

"장난치고 싶거든 블랙잭이랑 해. 나는 내버려 두고. 너랑 친해지고 싶은 마음이 별로 없거든 내가."

시노하라는 한동안 말없이 바라보기만 하다가 그녀의 어깨 아래에 걸쳐진 옷자락을 조심스럽게 올려 주었다. 그녀의 동그란 어깨에 스치는 그의 손길이 미세하게 떨렸다.

"너와 장난칠 마음은 조금도 없어. 단지 조심하라는 거야. 여기는 낯선 땅이니까. 한국에서 오신 도도한 여왕님."

시노하라는 그대로 몸을 돌려서 빠른 걸음으로 사라졌다. 세나는 그의 방문이 닫히는 소리가 들릴 때까지 움직이지 않고 서 있었다.

밀려드는 파도에 갑작스럽게 두 발이 젖은 것처럼 한꺼번에 피로가 몰려왔다. 어서 침대 속에 몸을 묻고 싶다는 생각밖에 들지 않았다.

그녀는 캐노피가 쳐져 있는 침대로 걸어갔다. 하얀 실크 휘장을 들치고 청결한 이불 속으로 지친 몸을 누였다. 새의 가슴 깃털로 가득 채운 베개는 폭신했고 고급 아사 이불은 보드라웠다. 침대를 둘러싸고 있는 실크 캐노피 때문에 잠자리는 굉장히 아늑한 느낌을 주었다.

방으로 돌아온 시노하라는 온더락 잔에 얼음을 세 조각 넣고 옥수수와 호밀로 만든 짙은 호박색의 버번위스키를 천천히 따랐다. 그는 독한 위스키를 단숨에 들이켰다.

어떤 감정에 사로잡혀서 마시는 독한 술은 금세 취기를 불러왔다. 그녀에게 신경을 세우고 있는 자신의 감정에 화가 났다. 그는 비틀거리는 걸음으로 창가로 갔다. 밖은 고요하고 계곡을 덮고 있는 밤의 장막은 자연의 모든 아름다움을 무섭게 차단하고 있었다.

깊은 굴속 같은 어두움을 바라보고 있자니 몸서리쳐질 정도로 쓸쓸한 기분이 들었다. 그리고 생각하고 싶지 않던 그 기억들이 호박색 위스키가 느슨하게 풀어 준 이성 사이사이를 비집고 까만 밤이 주는 엄숙함 속에서 하나하나 되살아났다.

14년 전, 시노하라 요시로의 도쿄 저택, 시노하라 류우지 8세.

새까만 광택이 도는 그 방의 소파는 언제나 검은색 바둑알을 떠올리게 했다. 방을 한가득 채우고 있는 거대한 책상 위에는 흔들리는 추의 힘으로 타원을 그리며 회전하는 금속 장식품이 놓여 있었다. 검은색 바둑알과 회전축. 이 방에서는 오로지 두 가지만 생각하면 된다.

류우지는 자신의 손을 잡고 있는 엄마의 손이 점점 차갑게 식어 가고 있는 것을 느꼈다. 엄마도 긴장하고 있구나.

죽음 같은 침묵을 깨뜨리고 시노하라 요시로가 드디어 입을 열었다.

'류우지를 보내야겠어.'

하루카의 눈 밑이 파르르 떨렸다. 이런 날이 기어이 오고야 마는구나.

'저도 가겠어요. 류우지는 아직 여덟 살이에요.'

요시로는 아들의 얼굴을 보고 있지 않았다.

'딱 좋은 나이지. 약해 빠진 도쿄 남자로 키우지 않을 거야. 류우지를 강한 상속자로 만들겠어.'

회전축을 보고 있던 어린 류우지는 가벼운 현기증을 느꼈다. 일정한 패턴으로 돌아가는 금속 오브제가 다른 차원의 세상으로 이끄는 길잡이 같았다. 이상한 나라의 앨리스에 나오는 흰토끼처럼.

'아직 엄마 손길이 필요해요.'

요시로가 이 방에 들어온 뒤 처음으로 하루카의 얼굴을 향해 시선을 가져갔다. 그의 눈빛은 창가에 드리워진 두꺼운 커튼도 가를 듯이 날카로웠다.

'당신이 그런 말을 할 자격이 있나?'

류우지는 지금 전해져 오는 이 미세한 떨림이 잡고 있는 엄마 손에서 느껴지는 떨림인지 자신의 내부에서 진동하는 떨림인지 갑자기 궁금해졌다.

'부탁이에요. 제발 류우지를 곁에 두게 해 줘요.'

'시노하라 류우지. 출발은 다음 주다. 너도 가고시마 남자로 크는 거야. 아빠처럼.'

요시로는 할 말을 모두 마쳤다는 듯 창가로 걸어갔다. 하루카는 그의 뒷모습을 보며 모든 것이 끝났다는 것을 직감했다. 그의 건장한 두 어깨에서는 한번 뱉은 말을 결코 돌리는 법이 없는 요시로의 칼 같은 성정이 풍겨 나왔다. 가늘게 떨고 있는 하루카도 어린 류우지도 도저히 거역할 수 없는.

하루카는 류우지의 손을 잡고 그 방에서 나왔다.

'류우지. 잘 들으렴. 엄마도 엄마 없이 너무 외롭게 컸어. 하지만 엄마의 마음속에는……. 항상……. 항상…….'

하루카의 입에서는 더 이상 제대로 된 말이 한 음절도 나오지 않았다. 머릿속에는 할 말이 가득했지만 말이 되어 나오지 않았다. 대신 그녀의 눈에서 눈물이 흘러내렸다. 음절로 발화되지 못한 그녀의 안타까움이 눈물로 터져 나오고 있었다.

'엄마. 울지 마. 시노하라 가문의 남자들은 뼛속부터 가고시마 남자라고 들었어. 나도 그렇게 강한 남자가 될 거야.'

세상에. 류우지. 벌써 다 컸구나. 이제는 엄마를 위로해 주는구나.

'엄마가 보고 싶으면 어떻게 할 거니?'
'그건 문제도 아니야. 엄마가 예전에 나왔던 영화를 몇 편이나 갖고

있는걸. 그걸 보면 되지. 엄마는 더 이상 TV에 나오지 않으니까.'

하루카는 말없이 어린 아들을 가슴에 꼭 끌어안았다. 미안하다 류우지. 엄마가 미안해.

류우지가 떠나는 날, 아침부터 비가 내렸다. 아직 바람이 차가운 3월의 도쿄. 먹구름이 심상치가 않았다. 마치 하늘을 집어삼킬 듯한 기세로 시꺼먼 구름이 몰려오고 있었다. 점점 거세지는 빗줄기가 세차게 하루카의 가슴을 때렸다.

짧은 반바지 차림의 류우지는 정원 구석에서 오랫동안 쪼그리고 앉아 있었다. 태어난 지 두 달밖에 안 된 강아지들을 두고 가자니 가슴이 아팠다. 시노하라 요시로가 애지중지하는 보더콜리가 낳은 세 마리의 강아지들이었다. 그중에서도 유독 류우지를 따르는 가장 늦게 태어난 막내가 그의 냄새를 맡고 아장아장 걸어왔다.

이제 너희들을 돌봐 줄 수가 없게 됐어. 하지만 도쿄를 완전히 떠나는 건 아니니까. 건강하게 크고들 있어라 강아지들아. 류우지는 강아지들이 혹시라도 비에 젖을까 봐 커다란 우산을 들고 아늑하게 만들어 놓은 개집 입구를 지키고 있었다.

'아. 이제는 진짜 가야겠다. 아직 이름도 지어 주지 못했는데. 나는 이만 갈게. 안녕.'

비에 젖은 류우지의 갈색 머리가 그의 하얀 얼굴에 젖은 습자지처럼 달라붙어 있었다. 아이는 아쉬움이 남는 듯 계속 뒤를 돌아봤다.

아이의 짐은 생각보다 많지 않았다. 짐 정리를 마친 하루카가 핏기가 하나도 없는 얼굴로 드디어 모습을 드러냈다. 그녀의 눈에 짧은 반바지 차림의 류우지가 들어왔다. 세상에. 아이의 바지가. 이렇게 추운 날씨에.

'누가 이렇게 옷을 입혔어요? 이런 날씨에 반바지라니. 제정신이에요? 어서 긴바지를 가지고 와요. 지금 당장.'

그녀는 잠시 이성을 잃은 듯했다. 일하는 사람들이 바쁘게 집 안으로 뛰어 들어갔다. 시노하라 요시로가 이를 제지하며 입을 열었다.

'가고시마야. 거기는 가고시마라고. 도쿄처럼 춥지 않은 곳이니 괜찮아.'

류우지는 약간 시무룩한 표정으로 차에 올랐다. 먼 길을 혼자 가야 한다고 생각하니 왠지 기분이 가라앉는 느낌이었다. 그때 차창으로 하루카가 다가왔다.

'잠깐만 기다려라 류우지.'

그녀는 우산도 쓰지 않고 어디론가 급하게 뛰어갔다. 기사는 차에 시동을 건 채 출발 지시만을 기다리고 있었다. 요시로는 생각에 잠긴 듯 먹구름이 잔뜩 낀 하늘을 바라봤다. 그가 기사에게 출발 신호를 보내려는 순간, 하루카가 달려왔다.

'류우지. 어서 창문을 내려.'

하루카는 자신의 캐시미어 카디건으로 포근하게 감싼 무언가를 류우지에게 건네주었다. 그건 보더콜리가 낳은 강아지였다. 류우지를 가장 따르는 막내 강아지가 까만 눈을 뜨고 소년을 바라보고 있었다.

'엄마. 이 강아지를 정말 가져가도 돼요?'

시무룩했던 류우지의 눈빛이 순식간에 기쁨으로 반짝였다.

'물론이지. 이름은 엄마가 지었다. 블랙잭. 너는 외롭지 않을 거야. 어서 가거라 류우지.'

차가 서서히 출발했다. 류우지는 뒷좌석에서 강아지를 꼭 끌어안은 채 점점 작아지는 엄마의 모습을 바라봤다. 강아지는 소년과 헤어지지 않아서 매우 안도했다는 듯 류우지의 뺨을 핥았다. 카디건에 싸인 강아지에게서 엄마의 냄새가 났다.

'블랙잭. 나랑 같이 가는 거야. 가고시마로. 거기는 항상 파란 하늘과 강렬한 태양이 있대. 엄마랑 떨어져서 너도 슬프겠지만 내가 너를 외롭지 않게 지켜 줄게.'

그로부터 3년이 흘렀다. 열한 살이 된 시노하라 류우지는 부드러운 갈색 머리를 나부끼며 바다가 보이는 그의 언덕에 앉아 있었다. 하얗게 부서지는 파도가 그의 눈동자에 가득 담겼다가 이내 사라졌다. 곁에는 그의 분신인 블랙잭이 강렬하게 내리쬐는 태양빛 아래에서 한가롭게 낮잠을 자고 있었다. 블랙잭은 3년 사이 이 일대에서 가장 빠른 발과 영리한 머리를 가진 의젓한 목장견으로 성장했다.

파도 소리가 그의 귀에 간간이 들려왔다. 엄마는 오지 않았다. 단 한 번도. 그동안 소년의 얼굴은 가고시마의 태양 속에 구릿빛으로 그을렸고 가늘었던 뼈대는 더욱 굵어졌다. 거친 목장 사내들 속에서 부대끼며 하루하루 가고시마 남자로 자라나고 있었다.

'가자. 블랙잭. 단숨에 뛰어 내려갈 테니까 번개처럼 따라와야 해.'

소년이 자신의 말에 훌쩍 올라탔다. 늘어지게 자고 있던 블랙잭이 콧김을 내뿜으며 달릴 준비를 했다. 류우지의 말이 부드러운 언덕의 흙을 깊게 파면서 달려 나가자 블랙잭이 환상적인 움직임으로 뒤쫓기 시작했다.

류우지는 말과 완벽하게 혼연일체가 된 모습이었다. 소년의 상체는 리드미컬한 말의 움직임에 따라 유연하게 반응했다. 류우지는 믿을 수 없는 속도로 말을 타고 질주했다. 갈색 머리를 흩날리는 소년과 그의 말 그리고 블랙잭. 그들은 이미 가고시마의 일부가 되어 있었다.

세나는 아침 햇살이 은색의 커튼을 통과하는 산뜻한 느낌에 눈을 떴다. 그녀는 푹 자고 일어난 개운한 기분으로 침대 아래에 놓인 슬리퍼에 발을 넣었다. 블랙잭이 반갑다는 듯이 꼬리를 치며 달려왔다. 밤새 블랙잭이 곁에 있었다고 생각하니 그녀는 매우 뿌듯했다. 영리하고 충성스러운 블랙잭 때문에 이제는 혼자 있어도 외롭지 않았다.

그녀는 블랙잭과 반갑게 인사를 나눈 후 뭔가에 홀린 듯이 창가로 걸어갔다. 바깥의 경치는 탄성을 자아내게 했다. 기리시마 계곡은 물론 가고시마 앞바다까지 한눈에 들어왔다. 하늘은 청명했고 전면 통유리 창으로 거침없이 쏟아져 들어오는 가고시마의 절경에 숨이 멎었다.

'이 방에는 대체 어떤 비밀이 숨어 있는 거지? 그야말로 놀라움의 연속이로군.'

창을 열자 근사한 테라스가 나왔다. 세나는 두근거리는 마음으로 한 발을 내디뎠다. 테라스 난간에 몸을 기대고 숲 속의 향기를 가슴 깊이 들이마셨다. 아침 바람이 상쾌하게 볼을 스치고 지나갔다.

세나는 오늘 특별한 일정이 있는지 핸드폰 메시지를 확인했다. 마츠다에게서는 어떤 연락도 없었다.

'오늘은 자유롭게 쉴 수 있는 건가.'

다시 방으로 들어가 크랙 옷장을 열었다. 야마자키가 넣어 놓은 듯한 여러 벌의 옷이 걸려 있었다. 대부분이 고가의 명품 브랜드였다.

그녀는 이곳에 오기 전 도쿄에서 새로 구입한 남색 원피스를 집어 들었다. 셔츠칼라로 처리된 목 부분은 단정한 느낌이었고 허리 라인을 금속 버클이 달린 벨트로 조여 주는 벨티드 스타일의 원피스라 매우 활동적인 분위기를 풍겼다.

옷을 입고 거울을 보며 세나는 아차 싶었다. 원피스는 생각했던 것보다 훨씬 몸에 착 달라붙는 스타일이었다. 목에서부터 종아리 위까지 단추로 채우게 돼 있었고 허리와 골반의 경계선을 극명하게 드러내는 벨티드 원피스라 굉장히 섹시한 느낌이었다. 일전에 민소매로 외출했다가 곤혹을 치렀기 때문에 그녀는 자신의 흰색 칠부 소매 카디건을 챙겨서 입었다.

마지막으로 긴 머리를 꽁꽁 틀어서 올릴까 하다가 검은 머리가 자연스럽게 등허리께에서 찰랑거리도록 빗질을 하고 밖으로 나왔다. 블랙잭이 꼬리를 치며 쫓아왔다.

세나는 시노하라의 방 앞에 서서 안의 소리에 귀를 기울였다. 그의 방에서는 어떤 소리도 들리지 않았다.

'블랙잭을 혼자 두고 갈 수는 없잖아. 어쨌든 그는 블랙잭의 주인이니까.'

세나는 혹시나 싶어서 살며시 문손잡이를 돌렸다. 예상외로 문은 잠겨 있지 않았다. 조심스럽게 열린 문틈 사이로 블랙잭을 들여보내며 그녀는 방 안을 살펴봤다. 거실 테이블 밑에 쓰러져 있는 사람의 모습이 희끄무레하게 보였다. 시노하라 류우지였다.

그녀는 놀란 가슴을 안고 소리 없이 안으로 들어갔다. 거실 바닥에는 위스키병들이 어지럽게 굴러다니고 있었고 그 옆에는 흰색 나이트 가운을 입은 그가 엉망으로 취한 채 잠들어 있었다.

하룻밤 사이에 그는 무척이나 초췌한 모습이었다. 세나는 그를 소파 위로 옮겨 주고 싶었다. 그의 양쪽 겨드랑이에 손을 넣어서 힘껏 일으켰다. 하지만 역부족이었다. 그는 꿈쩍도 하지 않았다. 그 뒤에 이어진 몇 번의 시도도 허사로 돌아갔다. 할 수 없이 그녀는 소파 위 푹신한 쿠션을 가져다가 그의 머리를 받쳐 주었다. 그는 몹시도 괴로운 듯 무언가를 중얼거렸다.

"히로미…… 안 돼……. 안 돼……."

'히로미? 시노하라의 애인인가?'

그의 입에서 낯선 여자의 이름이 흘러나왔다. 그녀는 그의 얼굴을 가만히 쳐다봤다. 까칠하게 자란 수염, 짙은 눈썹 아래 기다란 속눈썹, 술에 취해 여자의 이름을 중얼거리는 그의 모습에서는 다소 위험한 분위기가 풍겨 나왔다.

세나는 소파 위에 있는 양모로 된 블랭킷을 그의 몸에 덮어 주고 천천히 일어섰다.

'이렇게 아쉬울 거 하나 없는 잘난 황태자에게 여자가 없을 리 없지.'

그의 무의식을 지배하는 히로미라는 여자가 그녀에게 묘한 감정을 불러일으켰다.

'꿈속에서도 못 잊는 여자가 있으면서 자기를 류우지라고 부르라느니 어쩌니 하면서 느끼한 작업 멘트를 날린 건가. 참 남자들이란.'

세나의 마음속 깊은 곳에서 세상에 대한 냉소가 다시금 피어올랐다.

블랙잭은 신음하는 주인 곁에서 매우 걱정스럽다는 듯 턱을 괴고 엎드려 있었다. 그의 방문을 닫고 나오면서 세나는 다시 한번 방 안에 시선을 주었다. 넓은 거실에 아무렇게나 누워 있는 시노하라와 그 곁을 지키는 블랙잭의 모습이 세상에서 뚝 떨어져 나온 것처럼 쓸쓸해 보였다.

지배인 오쿠다는 아침부터 정신이 번쩍 들었다. 지금 그의 눈앞에 서 있는 예의 바른 청년이 자신을 사토라고 소개했기 때문이었다.

'사토? 혹시 내가 알고 있는 그 사토인가? 사토 코이치 할 때의 그 사토라면……'

조직의 상황 변화에 발 빠르게 대처하며 지배인 자리를 지켜 온 영악한 오쿠다의 머릿속에서는 이 순간 많은 생각이 교차하고 있었다.

'이 청년은 시노하라 님이 각별하게 신경을 쓰고 있는 은세나 양을 찾아온 남자 손님이다. 시노하라 님을 생각한다면 함부로 그녀에 대한 정보를 건네줄 수 없다. 하지만 사토 가문의 아들이 맞는다면 상황은 또 달라진다. 차기 일본 수상으로 거론되는 사토 코이치가 아니던 가.'

사토 켄지는 약삭빠르게 주판알을 튕기고 있는 오쿠다를 보고 있자니 부아가 치밀어 올랐다. 이러다가 세나를 만나지 못하고 사쿠라지 마로 돌아가야 할 것만 같아서 초조해졌다.

"오쿠다 지배인님. 투숙객 중에 은세나 양이 있는지 없는지 확인해 주시는 게 그리도 어려운 문제인가요?"

사토는 오쿠다의 얼굴을 정면으로 응시하며 부드럽지만 엄격한 음성으로 단어를 하나하나 또박또박 끊어서 물어봤다. 일본 최고의 달변가라는 칭송을 받고 있는 코이치 의원의 아들답게 그의 어조에는 정치인 집안의 자손으로 당연하게 물려받은 특유의 카리스마가 담겨 있었다.

오쿠다는 당황스러웠다. 젊은 청년의 영리해 보이는 이마에는 이미 불쾌한 감정이 새겨져 있었다.

"그러니까 한국에서 오신 특별한 손님을 찾는 것이라면 맞습니다. 저희 호텔 VIP 손님이죠. 그래서 그분에 관한 정보는 더 이상 말씀드리기 곤란합니다. 투숙객들의 프라이버시를 최대한 보호해 드리는 것이 저희들의 의무이기 때문이죠."

오쿠다는 가슴을 무겁게 짓누르는 시노하라와 사토의 이름 사이에서 절묘하게 균형을 잡고 있는 자신의 대답에 매우 만족스럽다는 듯이 웃으며 말했다.

사토가 단 한 번의 추가 공격으로 오쿠다의 콧대를 꺾어 버리려는 순간, 세나가 로비에 모습을 드러냈다. 사토는 당당한 걸음으로 그녀에게 다가갔다. 마침 객실 점검을 마치고 내려온 야마자키가 몹시 불안한 표정으로 둘의 모습을 지켜봤다. 자신의 남다른 센스가 오늘만큼은 달갑지가 않았다.

'저 지적이면서도 근사한 청년은 누구지? 시노하라 님과는 몹시 다른 분위기인데……'

그때 오쿠다가 야마자키 쪽으로 한걸음에 달려와서는 흥미진진하다는 듯이 내뱉었다.

"야마자키, 저 청년이 누군지 알아? 사토야. 자신을 사토라고 소개했다고. 감이 와?"

그녀는 잘못 들은 게 아닌지 다시 한번 오쿠다의 얼굴을 뚫어지게 바라봤다. 오쿠다는 맞는다는 듯이 고개를 끄덕였다. 순식간에 야마자키의 얼굴이 흙빛으로 변했다.

'사토라니. 말도 안 돼. 하느님 맙소사. 이제 이를 어쩐다.'

야마자키는 흔들리는 눈빛으로 호텔 로비 천장에 낮게 드리워진 샹들리에를 바라봤다.

세나는 자신의 눈을 의심했다. 로비를 가로질러서 당당하게 걸어오고 있는 사람은 사토 켄지였다. 그가 어떻게 여기까지 왔을까.

"너무한 거 아니야? 나한테 연락 한 통 없이 이런 곳에 숨어 버리다니."

"켄지. 너야말로 어떻게 된 거야? 여기는 어쩐 일이야?"

"가자. 얼른 여기서 나가자. 나랑 갈 데가 있어."

"어디를 가려는 건데?"

"이럴 시간이 없어. 가면서 얘기해 줄게."

세나는 켄지의 손에 이끌려서 호텔을 빠져나갔다. 밖에는 익숙한 차가 대기하고 있었다. 그는 세나를 위해 조수석 문을 열어 주었다. 그녀가 자리에 앉자 부드럽게 문을 닫고 운전석으로 걸어갔다.

차에 올라탄 켄지는 매우 활기차 보였다. 익숙한 좌석의 느낌, 한결같은 시트러스 향, 친근한 켄지의 옆모습. 세나는 그의 차 안에서 오랜만에 안도감을 느꼈다.

그가 민첩한 동작으로 차에 시동을 걸며 세나를 바라봤다. 그의 눈빛은 따뜻하고 안온했다.

"켄지. 내가 있는 곳을 어떻게 알고 온 거야? 아까는 많이 놀랐어."

"너 남자를 참 모르는구나. 좋아하는 여자가 있는 곳을 알아내는 것쯤은 아무것도 아니야."

"……."

"너는 그 자리에 가만히 있기만 하면 돼. 다가가는 건 내 쪽일 테니."

"나는 아직 누군가의 마음을 받아들일 준비가 안 돼 있어."

"다행이네. 지금 너의 마음을 차지하고 있는 사람이 없다는 뜻이니까. 나도 괜찮은 남자라는 걸 보여 주고 싶어. 그뿐이야."

세나는 도쿄의 허름한 미술관에서 철사로 된 난해한 구조물을 봤을 때처럼 머릿속이 복잡해졌다. 그날의 키스 이후로 켄지는 달라졌다. 그와 단둘이 있을 때면 예전처럼 편하지만은 않았다. 남자와 여자 사이에서 피어나는 알 수 없는 야릇한 긴장감이 형성되어 버리니까.

그녀가 이런저런 생각에 잠긴 사이 켄지의 차가 높은 비탈길에 자리 잡고 있는 자그마한 휴게소로 들어갔다.

"다 왔어. 내리자."

"여기가 어디야?"

"기리시마 휴게소."

그는 아까처럼 그녀의 문을 열어 주었다. 지대가 높아서인지 여름인데도 제법 강한 산바람이 뺨을 스쳤다. 갑작스러운 바람 탓에 그녀의 하얀 카디건이 마치 깃발처럼 나부끼고 길게 풀어 헤친 머리는 가고시마 앞바다의 파도처럼 검은 물결을 일으키며 일렁였다.

휴게소에서 몇 발자국 걸어가자 4차선 도로가 나왔다. 켄지는 그녀를 향해 자신의 오른손을 내밀었다.

세나는 약간 망설였다. 그 순간, 켄지가 그 마음을 눈치챘다는 듯이 망설이는 그녀의 손을 잡고 뛰기 시작했다. 단숨에 그들은 4차선 도로를 건너갔다.

니스칠이 벗겨진 고동색 나무 울타리 너머로 가고시마 바다가 보였다.

"세나. 저 앞에 산이 보이지?"

"응. 낮은 산이 하나 보이네."

세나는 푸른 바다 너머로 보이는 야트막한 산에 시선을 보냈다.

"저 산 이름이 뭔지 알아?"

"모르겠는데."

"한국이야. 세나의 조국 한국."

"아…… 정말? 정말 산 이름이 한국이야?"

세나는 믿기지 않는다는 듯 목소리를 높였다.

"맞아. 몰랐지?"

"왜 한국이야?"

"이유는 나도 몰라. 언제부터인지는 몰라도 여기 사람들은 저 산을 한국이라고 부르고 있어. 한국이라는 나라가 너처럼 아름다워서인가? 하하하……."

켄지는 쑥스러운 마음을 웃음소리에 실어 보내듯 소리 내어 웃었다.

"엉터리 같은 설명인데."

"저 멀리 낮은 언덕 같은 게 보여?"

켄지의 손이 더 먼 곳을 가리켰다.

"응. 아주 선명하게 보여."

"이곳에서는 1년 365일 중에 단 5일 정도만 저곳을 볼 수가 있어. 바다에서 올라오는 물안개 때문이야. 그러니까 오늘은 그 5일 중에 하루인 매우 특별한 날이지. 우리가 지금 얼마나 운이 좋은 건지 너는 모를 거야. 한국산과 저곳을 동시에 보게 되다니."

켄지의 얼굴에 흥분이 서렸다.

"정말이야? 너가 그렇다니 굉장히 특별한 느낌이 들어."

"이곳에 전해 내려오는 이야기가 있어. 두 남녀가 기리시마 휴게소에서 저곳을 보면 사랑이 이루어진다는."

켄지는 매우 진지한 눈빛으로 세나를 바라봤다. 그의 두근거리는 심장 소리가 들리는 것 같았다.

"거짓말. 그런 말은 처음 들어 보는데. 저곳이 어딘데 그러는 거야."

"사쿠라지마."

"뭐? 다시 한번 말해 봐."

"사쿠라지마섬이야. 해마다 여름이면 내가 머무는 곳이지."

"정말 사쿠라지마야? 거리가 제법 있는데 여기서 보인단 말이야?"

"그러니까 특별한 날이라고 했잖아. 이곳에 해마다 왔지만 사쿠라지마를 본 건 오늘이 처음이야. 전설에 의하면 이곳에서 저 섬을 같이 본 두 사람은 절대 헤어지지 못한대. 사쿠라지마를 지키는 신이 두 사람을 이어 주니까."

이 말을 하면서 켄지는 귀까지 빨개졌다.

다시 바닷바람이 불어왔다. 그녀의 머리가 검은 비단 천처럼 나부꼈다. 도쿄에서는 늘 머리를 틀어 올리고 다녔는데. 이런 세나의 모습은 새롭구나. 자연스럽게 출렁이는 그녀의 머리가 그의 가슴을 어지럽게 했다.

세나는 둘 사이에 형성된 기묘한 공기가 어색해서 저 멀리 보이는 사쿠라지마만 하염없이 바라봤다. 하얀 솜털 구름이 그들의 머리 위로 내려앉았다. 켄지가 작은 목소리로 노래를 흥얼거리기 시작했다.

"We could fly, you and I. On a cloud, kissing, kissing."

켄지가 흥얼대는 노래의 가사가 날카롭게 가슴을 파고들었다. 세나는 도쿄에서 그와 키스를 나누었던 기억이 떠올랐다. 그녀는 행여 그 생각을 들킬세라 애써 아무렇지 않은 척했다.

"Bliss의 《Kissing》이라는 노래야."

"사쿠라지마에는 언제까지 있을 거야?"

세나는 서둘러 화제를 바꿨다.

"여름 내내."

"그렇구나."

"니가 한국인 관광객을 대상으로 본격적인 온천 가이드를 시작하면 나도 따라다녀야겠다."

켄지는 즐거운 소풍을 앞둔 아이 같은 얼굴로 말했다.

"그럼 한국말로 너를 비웃어 줄 거야."

"간단한 한국말은 나도 알아들을 수 있다는 걸 너는 모르지? 너 몰래 꽤 오랫동안 한국어 공부를 했거든. 내가 공부 머리는 좀 되잖아? 그동안 숨기느라 매우 혼났지. 하하하……."

"니가 절대 못 알아듣는 말로만 놀릴 수도 있어."

"나는 관광 온 한국 사람들이 다 알아듣는 능숙한 한국어로 가이드 아가씨에게 사랑 고백을 할 수도 있어."

숨길 수 없는 열정과 아직 해소되지 않은 불안이 그가 뱉은 말 안에 고스란히 담겨 있었다.

"……."

"나한테 기회를 줘. 나 정도면 꽤 괜찮은 남자야. 중고등학교 시절에 얼마나 많은 여자들이 편지를 들고 나를 기다렸는데. 하하……."

"학창 시절에 인기 많았다고 자랑하는 거야?"

"어. 너한테 뭐든 어필하고 싶어. 니 앞에서 서면 내가 너무 초라해지거든."

"무슨 소리야. 동경대 최고의 지성 사토 켄지 입에서 나올 말이 아니야 그건. 내가 뭐라고."

그녀의 말투에서는 낮은 자존감에서 기인한 겸손이 아닌 한 발자국 멀찍이 떨어져서 세상을 관조하는 느긋함이 느껴졌다.

"너는 아주 특별한 사람이지. 세상에 너보다 예쁜 여자는 많겠지만 너같이 투명한 여자는 없거든."

"내가 투명해?"

"매우 투명해. 아……. 도통 관심이 없구나. 아……. 아무 욕심이 없구나. 아……. 진짜 바라는 게 없구나. 하하하……."

"그게 뭐가 특별해?"

"엄청난 매력이지. 내가 채워 줄 수 있으니까."

"……."

"투명하리만치 텅 빈 니 마음을 내가 채워 주고 싶다고. 나같이 따뜻하고 안정적인 남자가 너한테는 어울려."

자신감 있게 말했지만 켄지 스스로도 알고 있었다. 상황을 유리하게 끌어갈 적절한 말들이 아니라는 것을.

"네 곁에서 어쩌면 상처만 줄지도 몰라."

켄지의 단정한 눈빛에 일순 진한 슬픔이 서렸다.

"너 진짜 바보구나. 니가 멀어지는 게 나한테는 진짜 상처야. 내 옆에 니가 있으면 난 아무것도 두렵지 않아. 정말 두려운 건 너를 잃는 거지."

"……."

'이게 남자가 할 수 있는 가장 진지하고 처절한 고백이란 걸 과연 너가 알까? 나는 있잖아 세나야. 너만 있으면 돼. 너의 슬픔도 냉소도 내겐 절대 상처가 안 돼. 내 따뜻한 사랑으로 다 품어 줄 거니까. 영악한 계산을 할 줄 모르는 투명한 너가 얼마나 좋은 사람인지 누구보다도 내가 잘 알고 있으니까.'

세나는 한동안 숨을 쉬지 않았다. 머릿속에 떠오르는 단어들 중 어떤 말을 고를까 생각하다가 하얀 구름을 향해 조용히 숨을 내쉬었다. 그녀는 자신이 그어 놓은 선 밖으로 나간 적이 없었다. 부디 나의 인생에서 더 이상 아무런 일도 일어나지 않기를.

세나의 무심한 눈빛 사이로 푸른 물결이 유장하게 흘러갔다. 다케오 두부집의 노렌처럼 짙푸른 하늘은 고요했고 사토 켄지의 눈빛은 한없이 따뜻했다.

11
사쿠라지마의 여름밤

사쿠라지마에서 가장 오래된 료칸인 후루사토에서는 일본의 정재계를 주름잡고 있는 거물급 인사들이 대거 참여하는 큰 규모의 파티가 치밀하게 준비되고 있었다.

사토 치즈코는 후루사토의 안주인이 보내 준 파티 참석 예정자 명단을 확인하며 살짝 흥분되는 감정을 누르기 위해 맑게 우린 히토요시산 냉녹차를 천천히 들이켰다. 집권당 총재 선거를 앞둔 중요한 시점이라 나가타쵸(총리 관저가 있는 곳)에 입성하게 될 신임 총리에 대한 기대를 갖고 있는 사람들은 하나도 빠짐없이 참석자 명단에 이름을 올린 듯했다.

'드디어 기회가 왔구나. 코이치에게도 켄지에게도.'

치즈코는 아들 켄지를 빛나는 정치 무대에 데뷔시킬 수 있는 절호의 기회가 찾아왔다고 생각했다. 무엇보다도 이즈미가의 장녀 미카와 켄지의 약혼을 멋지게 발표할 수 있는 자리가 될 것이라는 기대감으로 그녀는 한껏 부풀어 올랐다.

이번에 이즈미가와 혼담을 성사시키면 남편 사토 코이치는 나가타쵸로 직행하는 가장 **빠른** 열차에 탑승하게 될 것이다. 이즈미 의원이 이번 선거에서 사토의 손을 들어 준다면 코이치가 집권당 총재(일본에서는 집권당 대표가 총리가 됨)가 되는 것은 불을 보듯이 **뻔**했다. 여론의 향배는 이미 사토 코이치 쪽으로 기운 상황에서 이즈미 의원이 까다로운 보수층의 표를 가져와 쐐기만 박아 준다면야.

치즈코는 사쿠라지마의 푸른 하늘을 바라봤다. 남편을 총리로 만들기 위해 인내하며 살았던 지난 세월들이 빛바랜 흑백 영화처럼 그녀의 머릿속으로 지나갔다. 일본 최고의 정치 명문가라고 칭송받는 사토가의 명예를 지키기 위해 눈물을 삼키며 살아온 세월이었다. 그녀의 집착에 가까운 열정이 없었다면 코이치는 아마도 오래전에 정치 무대에서 밀려났을 것이다.

사토 켄지. 이제 우리 아들 차례로구나. 치즈코는 자신의 눈가에 고인 이 눈물은 소금기를 가득 담은 사쿠라지마의 강한 바람 때문이라고 스스로에게 타일렀다.

바야흐로 가고시마의 여름은 이제껏 세나가 한 번도 본 적이 없었던 강렬한 태양 아래에서 슬슬 본색을 드러낼 채비를 했다. 대단한 폭염이 며칠 동안이나 지속되었다. 세포 하나하나를 찌르는 듯한 가고시마의 태양에 그녀의 여린 피부는 한동안 몸살을 앓았다. 세나는 마치 열대 지방에 온 것 같은 기분을 느꼈다. 가고시마의 진짜 여름이 시작된 것이었다.

세나는 타카치호 목장 사무실에서 한국어로 된 홍보 리플릿을 만드는 작업에 열중하고 있었다. 목장의 하루는 쉴 새 없이 밀려드는 관광객들로 눈코 뜰 새 없이 지나갔다. 오전 시간에는 홍보 리플릿을 만드는 작업을 하다가 오후가 되면 단체로 오는 관광객들에게 목장을 안내하는 일을 하며 하루를 보냈다. 익숙하지 않은 일이라 몸은 고됐지만 도쿄에 있을 때보다 한층 건강해진 느낌이었다.

기리시마 휴게소에 다녀온 이후로 켄지에게서는 연락이 없었다. 세나는 그의 소식이 조금 궁금했지만 목장에서의 하루하루가 워낙 숨가빠서 그녀의 여름은 바닥에 한꺼번에 떨어진 작은 동전을 줍듯이 그렇게 정신없이 흘러가고 있었다.

벌써 며칠째 시노하라 류우지도 얼굴을 보이지 않았다. 블랙잭만 그녀에게 남겨 놓은 채 그는 어디론가 사라지고 없었다. 세나는 매일 아침 블랙잭을 마츠다의 차에 태워서 목장으로 함께 넘어왔다. 영리한 보더콜리는 자기 세상을 만난 듯 목장 곳곳을 뛰어다녔다.

사무실에서 장부를 살펴보던 목장지기 카토가 어디론가 다시 뛰어나가는 블랙잭에게 소리를 쳤다.

"블랙잭. 갓 태어난 염소 새끼들한테 너무 짓궂은 장난을 쳐서는 안 된다."

"카토상. 블랙잭은 마치 목장에서 자란 목장견 같아요."

"목장견이고말고. 그것도 최고의 목장견이지."

"시노하라의 개가 어떻게 목장견으로 자랐을까요?"

카토는 주름진 눈 밑을 닦으며 들여다보고 있던 장부에서 눈을 들었다. 어린 류우지의 이야기를. 이 오래된 이야기를 어떻게 꺼내야 할지 판단이 서질 않았다. 역시나 내가 오래 살았나 보군. 그는 두꺼운 입술을 굳게 다물었다. 잠시 침묵이 흘렀다.

"시노하라는. 그러니까 류우지는 목장에서 자랐지. 도쿄로 다시 돌아간 게 열다섯이었던가. 여섯이었던가."

자꾸 깜빡이는 그의 두 눈에 말로 표현하기 힘든 어떤 복잡한 심경이 담겨 있는 듯했다.

"……."

"꼬맹이일 때 이곳에 와서 쭉 목장에서 컸어. 거친 일꾼들 틈에서 어린 시절을 보낸 녀석이라 그야말로 사내 중에 사내지."

"그랬었군요. 몰랐어요. 전혀."

"세나 양도 조심해야 할 거야. 류우지는 도쿄의 말랑말랑한 녀석들이랑은 근본적으로 다르거든. 열정적인 가고시마 남자지. 하하하……."

마치 자신의 손자를 자랑하듯 그의 말투에서 류우지를 향한 애정이 배어 나왔다.

"……."

"그 녀석이 수작을 걸어와도 함부로 곁을 주지 말라고. 가고시마는 젊은 청춘 남녀들의 눈을 한순간에 멀게 하는 마력을 지닌 땅이니까."

"우리 영감님. 아침부터 치매 기운이 살짝 오르시나 보네. 은상 앞에서 이 무슨 주책없는 소리예요?"

마츠다가 활기찬 목소리로 말하며 들어왔다.

"마츠다. 네 녀석이 던지는 헛소리보다 이 늙은이의 주절거림이 세나 양에게는 더 도움이 될 거야."

"은상. 시노하라상은 이곳 목장에서 좀 특별한 경영자 수업을 받았어요. 그게 시노하라 가문 남자들의 전통이죠. 우리가 생각하기에는 좀 잔인한 방법이지만."

"잔인한 방법이라뇨?"

마츠다는 살짝 한숨을 쉬었다.

"그러니까. 여덟 살 때 혼자 이곳으로 왔어요. 그렇게 7년을 목장에서 보냈죠. 참 대단한 집안이에요. 시노하라는."

세나는 도저히 믿을 수가 없다는 표정으로 카토를 바라봤다.

"그러니까 류우지는 보통 사내가 아니라는 거야. 남들은 상상할 수도 없는 어린 시절을 보냈으니."

"그래도 그렇게 비극적인 생활은 아니었어요. 여기 계시는 이 영감님과 가고시마에서 가장 훌륭한 의사 선생님이신 쿠도상이 그를 아버지처럼 돌봐 주셨으니."

"마츠다. 나는 영감님이고 쿠도는 훌륭한 선생님이냐?"

"당연하죠. 영감님이 아무리 목장에서 시노하라 류우지를 살뜰하게 돌봤다고 해도 그에게는 쿠도 선생님이 진짜 마음의 스승일걸요. 하하하······."

세나는 시노하라가 도쿄에서 봤을 때와는 조금 다른 느낌이었던 이유를 어렴풋이 이해할 수가 있었다.

목장에서의 일을 마치고 숙소로 돌아갈 시간이 되었다. 마츠다는 살짝 흥분이 된다는 듯 내일의 일정에 대해 설명하기 시작했다.

"은상. 내일부터 온천 가이드를 해 줘야 할 것 같아요. 바로 사쿠라지마의 온천부터. 가고시마 앞바다보다 더 근사한 풍경을 볼 수 있답니다."

"사쿠라지마요? 갑자기 거기는 왜······."

세나는 여름 내내 사쿠라지마에서 머물 예정이라고 했던 켄지의 말을 불현듯 떠올렸다.

"후루사토 료칸(여관)의 주인이 은상을 정식으로 초대했어요. 말로는 가이드 해 줄 한국인 유학생이 꼭 필요하다고 했지만 내 느낌으로는 다른 이유도 있는 것 같아요."

"다른 이유라뇨?"

"동경대에서 한국 유학생이 왔다는 소문이 가고시마는 물론이고 사쿠라지마까지 퍼졌거든요. 실은 그곳의 안주인이 한국인이에요. 한국에서 온 동경대 유학생인 은상을 보고 싶어 하는 것 같아요. 그곳은 정말 대단한 료칸이죠. 사쿠라지마를 대표하는."

"료칸의 안주인이 한국분이로군요. 그런데 후루사토가 그렇게 유명한 곳인가요?"

"하하하······. 은상이 모르는 게 당연해요. 그곳은 정재계를 대표하는 거물급 인사들의 후계자들이 정식으로 사교계에 신고식을 하는 데 뷔 무대가 펼쳐지는 곳이라고나 할까요? 게다가 올여름에는 후루사토에서 대단한 파티가 열릴 계획이죠. 일본에서 내로라하는 가문의 자제들은 내일 죄다 후루사토에 모일 거예요. 아……. 생각만 해도 가슴이 떨리네요."

마츠다는 축제를 앞둔 사춘기 소녀처럼 잔뜩 들뜬 표정으로 후루사토를 떠올렸다.

"마츠다상. 그런 자리라면 저는 별로 가고 싶지가 않아요."

"무슨 소리예요? 이렇게 좋은 구경을 할 기회도 흔치 않다고요. 게다가 그곳 안주인이 은상을 꼭 보고 싶어 하세요. 후루사토 료칸의 인장이 찍힌 정식 초대장도 왔다니까요. 나도 동행할 테니까 내일 아침에 일찍 출발해요."

다음 날 아침, 가고시마의 하늘은 눈이 부시게 화창했다. 그녀는 객실 탁자에 놓인 달력에 무심한 시선을 보냈다. 갑자기 머릿속으로 하얀빛이 한 점 들어왔다. 잊고 있었다. 정말 까맣게 잊고 있었다. 오늘이 어떤 날인지. 다시 한번 달력의 날짜를 확인하고 그녀는 쓸쓸하게 웃었다.

어쨌든 오늘 사쿠라지마에 가는구나. 기리시마 휴게소에서 켄지와 함께 봤던 그 사쿠라지마. 명문가 자제들이 참석하는 파티 따위는 궁금하지 않아. 하지만 활화산이 존재하는 신비로운 사쿠라지마섬은 꼭 한 번 가 보고 싶었던 곳이었다.

세나는 가장 활동하기 편한 옷으로 갈아입었다. 늘 입던 청바지에 하늘색 티셔츠를 걸치고 고무줄로 머리를 질끈 묶은 뒤 객실 문을 열었다. 문을 열자 맞은편에 위치한 시노하라의 방이 보였다. 그의 방은 여전히 깊은 침묵 속에 잠겨 있었다. 시노하라는 어제도 들어오지 않았나 보네. 블랙잭을 카토상에게 맡기고 오길 잘했어.

'시노하라의 방 맞은편에 머무는 것은 왠지 모르게 불편해.'

마츠다는 내내 상기된 표정이었다. 그녀는 졸업무도회에 참석하는 여고생처럼 마냥 들떠 있었다.

"은상. 오늘의 의상은 참 그러네요."

"왜요?"

"진짜로 스물두 살 아가씨가 맞나 싶다니까. 그래도 파티에 초대받았는데 청바지에 티셔츠가 뭐예요. 일본에서 제일 멋진 남자들은 오늘 죄다 몰려올 텐데 흥분도 안 돼요?"

"마츠다상. 제가 왜 흥분을 하겠어요? 어차피 사는 세계가 다른걸요. 그리고 한국과 일본이라는 넘기 힘든 장벽이 있다는 것도 잘 알고 있답니다."

세나는 심드렁한 얼굴로 마츠다를 바라봤다.

"은상은 낭만을 모르네요. 하지만 잊지 말아요. 은상이 후루사토 파티장에 등장하는 순간 모든 게임은 끝난다는 걸요. 내로라하는 집안의 아가씨들이 모두 은상의 들러리가 되는 걸 보겠네요. 하하……."

"말씀만이라도 감사해요. 그나저나 기리시마 온천 호텔에는 언제까지 머물러야 하는 거죠?"

"타카치호 목장 리플릿 작업이 끝날 때까지는 거기 있어야 돼요. 시노하라상이 불편하지 않도록 많이 배려해 주고 있죠?"

"아…… 네. 하지만 다른 곳에서 머문다면 마음이 더 편할 것 같아요."

"그래요? 그럼 우리 과장님께 한번 이야기해 볼게요. 안 그래도 현에서 지급되는 은상의 숙박비를 시노하라상이 안 받겠다고 하더군요. 두 분이 동문이니까. 그런 배려를 해 주는구나 생각하고 있었죠."

"저는 그렇게 거창한 숙소가 아니라면 어디든지 괜찮아요."

"하하하……. 걱정 말아요. 가고시마에서 그렇게 거창한 숙소는 오로지 그곳밖에 없으니까요."

마츠다는 사쿠라지마로 직행하는 페리를 타기 위해 선착장으로 차를 몰았다.

"은상. 저기서 차들이 기다리고 있는 게 보이죠? 배가 도착하면 저 다리를 건너서 바로 배에 오를 거예요."

"차를 타고 이대로요?"

"맞아요. 배의 가장 아래층은 대형 주차장 같은 공간이에요. 대부분 자신이 몰고 온 차를 타고 이 바다를 건넌답니다."

"아······. 차들이 배에 오르기 시작했어요."

"그럼 우리도 가 볼까요? 드디어 사쿠라지마에 입성하는군요."

마츠다의 차는 가볍게 배에 올랐다. 그녀의 말대로 대형 주차장 같은 곳에 차를 주차시킨 후 그들은 전망을 보기 위해 배의 갑판 위로 올라갔다. 탁 트인 파란 하늘이 끝도 없이 펼쳐졌다. 사쿠라지마로 향하는 페리는 물살을 가르며 바다 위를 건너고 있었다. 세나는 갑판 위에 올라서서 사방을 둘러봤다.

그녀는 눈을 가늘게 뜨고 천천히 한 바퀴를 돌았다. 세상에. 수평선이. 수평선이 완벽하게 모습을 드러냈다. 그녀는 망망대해 한가운데에 서 있었다. 그럴 수만 있다면. 정말로 그것이 가능하다면 허허롭게 흘러가는 저 물결 속에 자신의 모든 번뇌와 근심을 내려놓고 싶었다.

그녀는 처음으로 자신이 그어 놓은 선 밖으로 나가고 싶다는 생각을 했다. 비록 그녀에게 쓰라린 상처만 주었던 세상이었지만. 많이도 아니고 딱 한 발만. 정말 딱 한 발만 세상 속으로 나아가고 싶다는 생각을 하며 세나는 하늘을 향해 눈을 감았다. 잘게 구긴 금종이처럼 반짝이는 태양이 그녀의 얼굴 위에서 바스라졌다.

후루사토는 바다와 가장 가까운 비탈에 세워진 유서 깊은 료칸이었다. 그녀들이 도착하자 종업원은 초대장을 꼼꼼하게 확인한 뒤 두 사람을 들여보내 주었다. 안으로 들어서자 료칸 내부는 오늘 밤에 성대하게 치러질 파티 준비가 한창이었다.

잠시 후 개량 한복을 입은 50대 여성이 우아한 걸음으로 다가왔다.

"어서 와요, 마츠다상. 드디어 기다리던 손님이 오셨군요."

"여전히 아름다우시네요. 김상, 이쪽은 은세나상이에요. 은상, 이분이 후루사토의 안주인이신 김연희상이랍니다."

"처음 뵙겠습니다. 은세나라고 합니다."

"반가워요. 정말 궁금했어요. 한국에서 온 유학생이라고 해서. 그런데 너무나 앳돼 보이는 아가씨네요. 혹시 나이가?"

"스물두 살이에요."

"세상에나. 너무나 좋은 나이로군요. 이렇게 반가울 수가. 사쿠라지마에서 동경대에 다니는 한국 여학생을 다 만나다니."

김연희는 반갑기도 하고 대견하기도 한 마음에 세나의 두 손을 덥석 잡았다.

"김상, 나이는 어려도 무척이나 강단 있는 아가씨랍니다. 제가 매일 놀라고 있지요. 하하하······."

"여기는 파티 준비로 몹시 분주하니까 우리는 좀 조용한 곳을 찾아 들어가기로 해요. 이리로."

후루사토의 안주인은 연회가 치러질 중앙 정원을 지나 자신의 개인 응접실로 그들을 안내했다. 세나는 김연희를 따라가며 이 거대한 료칸을 감싸고 있는 묘한 열기에 주목했다. 파티장에 장식으로 쓰일 갖가지 빛깔의 생화들이 열을 지어 들어오고 있었고, 연회에 올라갈 크리스털 잔들과 은쟁반들을 실어 나르는 사람들로 곳곳이 북적이고 있었다. 오늘 밤에 벌어질 파티에 대한 기대감과 알 수 없는 흥분이 가벼운 차림으로 이 무대에 입성한 그녀에게까지 느껴졌다.

'정말 엄청난 규모의 연회가 열릴 모양이네. 얼마나 대단한 파티를 벌이기에 이렇게들 난리인 건지.'

김연희는 그녀에게서 오래전에 떠나온 고국의 향기를 맡고 싶은 듯했다.

"나는 가족들이 가장 그리워요. 한국에 있는 동생들. 그리고 팔순의 노모. 처음에 일본에 왔을 때는 얼마나 울었던지. 엄마가 보고 싶을 때마다 사쿠라지마에서 가장 높은 전망대에 올라가 한국 쪽 하늘을 바라보며 하염없이 울곤 했죠. 하지만 이 나이가 됐는데도 고국에 대한 그리움은 줄어들지 않네요."

'그렇군요. 누군가가 그립다는 건 많이 가슴 아픈 느낌이겠네요. 그렇겠죠.'

"은상은 대단해요. 홀로 하는 유학 생활이 외롭지 않아요? 나는 늘 위로해 주는 남편이 곁에 있어도 힘들던데."

"네. 그렇죠. 하지만 다른 생각을 할 틈이 거의 없어요."

"김상. 이 아가씨는 사랑의 낭만과 설렘을 모르는 건조한 얼음공주님이랍니다. 하하하……. 오늘 밤에 후루사토 파티의 여왕으로 화려하게 데뷔시켜 보는 건 어떨까요? 사랑의 두근거림을 거부하는 청춘이라니. 도도하고 아름다운 한국의 여왕님이 일본 도련님들을 얼마나 설레게 할지 한번 지켜볼까요?"

마츠다는 생각만으로도 즐거운지 만면에 웃음이 넘쳤다.

"오호……. 마츠다상. 그것참 매력적인 제안이네요. 게다가 은상은 수재들만 간다는 동경대에 재학 중인 자랑스러운 한국 아가씨이니 내가 막 자랑하고 싶네요. 하하하……."

"아니에요. 저는 오늘 조용한 자리에서 사쿠라지마의 여름밤을 즐기고 싶어요."

묘하게 흘러가는 분위기에 세나의 눈썹이 살짝 일그러졌다.

"그건 안 될 말이에요. 오늘은 후루사토에서 선사하는 최고의 밤을 즐겨야 해요. 그것도 아주 시끌벅적하게. 안 그래요 마츠다상?"

"그럼요, 그럼요. 아…… 오늘 밤 너무나 기대되네요. 사쿠라지마의 특별한 여름밤이라니. 그나저나 도련님들이 몰려오기 전에 여왕님이 입고 계신 이 겸손한 의상을 좀 손봐야 하지 않을까요?"

"하하하…… 그 문제라면 걱정 말아요. 은상을 완벽하게 변신시켜 줄 만반의 준비가 갖춰져 있죠. 여기는 바로 후루사토니까."

그 시간 가고시마 중앙병원의 원장인 쿠도는 자신이 받은 한 장의 서류 앞에서 잠시 할 말을 잃어 버렸다. 이럴 수가. 가장 우려했던 일이 벌어지고 말았군. 류우지. 이를 어쩌면 좋으냐. 쿠도는 세나의 혈액검사 결과가 나와 있는 서류를 서랍 속에 집어넣고 다시 생각에 잠겼다.

먹물을 뿌려 놓은 듯한 하늘에 반짝이는 별들이 무서운 속도로 쏟아져 나오기 시작했다. 모든 별들이 사쿠라지마의 하늘에서 집결하기로 약속한 것만 같았다. 어디에서 왔는지조차 알 수 없는 수많은 별들이 무리를 지어 하늘을 수놓았다.

후루사토 료칸의 주차장은 이미 만원이었다. 고급 승용차들이 질서정연하게 셀 수도 없이 늘어서 있었다. 주차장의 상황만 보아도 오늘 파티가 얼마나 대단한 규모인지 짐작할 수가 있었다.

세나는 마츠다의 눈을 피해서 료칸 밖으로 나왔다. 깜깜한 주차장 계단에 주저앉아 잠시 신발을 벗고 높은 하이힐 속에서 숨죽이고 있던 발가락들을 주물러 주었다.

파티장 안에서 들려오는 웅장한 음악이 그녀의 가슴을 짓눌렀다. 모든 게 어색하고 어색하고 또 어색했다. 지금 입고 있는 이 치렁치렁

한 드레스도, 그녀를 평소와는 전혀 다른 얼굴로 변신시켜 놓은 화장
도. 8센티미터가 넘는 아찔한 하이힐마저 너무나 낯설어서 세나는 어
두운 계단에 앉아 겨우 숨을 쉬고 있었다.

"혹시 길을 잃으셨나요? 그런 거라면 제가 파티장까지 에스코트를
해 드리죠."

머리 위에서 낯선 남자의 목소리가 들려왔다. 고개를 들어 올려다
보자 그녀의 눈앞에 한 남자가 서 있었다. 주변이 어두워서 얼굴이 자
세히 보이지는 않았지만 남자는 파티에 초대된 손님인 듯했다. 헤어
젤을 발라 단정하게 넘긴 머리, 운동선수처럼 탄탄하게 벌어진 어깨,
남성미 넘치는 턱. 남자는 턱시도에 나비넥타이를 갖춘 완벽한 차림
새를 하고 있었다.

"아니에요. 저는 일행을 기다리는 중이었어요."

세나는 당황스러웠다. 서둘러 하이힐에 발을 집어넣고 어색하게 일
어섰다.

남자의 시선이 그녀의 움직임을 그대로 따라왔다.

"파트너를 기다리시나요? 이 어두운 주차장 계단에서?"

"아니요. 저는 혼자 왔어요. 아…… 그러니까 이곳에 초대를 받고.
아…… 그냥 먼저 가세요."

그녀 자신도 분명하게 느꼈다. 지금 횡설수설하고 있다는 것을. 남
자의 눈빛은 이제 호기심으로 반짝였다. 쉽게 물러서지 않을 듯한 분
위기였다.

"숙녀분이 혼자 계시기에는 이곳은 조금 위험한 것 같군요. 가시죠.
밝은 데까지만 모셔다드릴게요."

남자의 말에도, 시선에도 빈틈이라곤 전혀 찾아볼 수가 없었다. 세
나는 일단 밖으로 나가서 혼자 있을 다른 곳을 찾아보기로 했다.

그녀가 계단에 올라서자 남자가 세나의 팔꿈치를 가볍게 잡아 주었
다. 그녀는 마다하고 싶었지만 그의 행동이 너무나 자연스러워서 뭐

라 거절의 말을 할 수가 없었다. 그냥 이 낯선 세계에 속한 남자들이 으레 차리는 예의인 것 같았다.

계단을 오르는 동안 남자는 한마디도 하지 않았다. 세나 역시 별다른 말을 건네지 않은 채 묵묵히 계단을 올랐다.

갑자기 밝은 빛이 쏟아져 들어왔다. 화려한 조명이 불을 밝히고 있는 후루사토 료칸의 입구가 보이기 시작했다. 어두운 곳에 있다가 나온 세나는 잠시 아찔한 현기증을 느꼈다. 다행히 팔꿈치를 잡고 있던 남자는 그녀의 몸이 순간 중심을 잃는 것을 놓치지 않았다. 세나는 어지러움이 가라앉기를 기다리며 잠깐 동안 눈을 감았다.

그런 그녀의 모습을 밝은 불빛 아래에서 바라보는 남자의 시선이 점점 놀라움으로 변했다.

세나는 가녀린 어깨와 섬세한 쇄골 라인이 완전히 노출된 튜브톱 스타일의 사랑스러운 핑크색 드레스를 입고 있었다. 별처럼 반짝이는 스팽글 비즈가 가슴 상단에서부터 허리선까지 섬세하게 박혀 있었고, 깨끗한 도비 실크 원단이 몸매의 굴곡을 따라 풍성한 주름을 잡으며 드레이핑 되다가 허리에서 골반으로 이어지는 곳부터는 머메이드라인으로 떨어졌다.

실키한 핑크색 원단이 허리와 힙라인을 타이트하게 잡아 주다가 무릎에서부터 인어 꼬리처럼 퍼져 나가는 여성미가 극대화된 드레스였다.

웨이브를 넣은 긴 머리는 자연스럽게 말아 올려서 가느다란 실핀들로 고정시키고, 복숭아색 산호 장식을 꽂았다. 마치 무도회에 갓 데뷔한 사랑스러운 공주님 같은 모습이었다.

컬링된 속눈썹에 꼼꼼하게 바른 마스카라와 자연스럽게 그린 아이라인 덕분에 평소보다 훨씬 눈매가 깊어졌고, 흰 피부를 더욱 투명하게 밝혀 주는 코랄색 립스틱이 그녀에게 화사함을 더해 주고 있었다.

후루사토 료칸 안주인의 특별한 배려로 실크 드레스와 파티 메이크업으로 한껏 치장한 그녀는 몹시도 아름다웠다. 남자는 한동안 눈이 부시다는 듯 그녀를 바라봤다.

"괜찮으세요? 실례가 안 된다면 제가 안까지 동행해 드리고 싶은데요."

"아니에요. 정말 괜찮아요. 어서 들어가세요."

세나는 눈을 떴다. 그리고 부드럽지만 단호한 어조로 거절했다. 남자는 잠시 실망한 눈빛을 보냈다.

"정식으로 소개하죠. 제 이름은 마쓰자카. 마쓰자카 료스케입니다."

남자는 마쓰자카라는 자신의 이름에 악센트를 두었다. 일본에서 꽤나 유명한 집안의 아들인 것 같았지만 그녀가 알 턱이 없었다.

세나는 잠시 고민했다. 낯선 남자의 정중한 인사가 조금 부담스러웠다.

"저는 은세나라고 해요."

마쓰자카의 눈빛에 다시 한번 호기심이 담겼다.

"한국분이시군요."

"네."

그는 세나의 딱딱 끊어 내는 말투에 다소 당황한 것처럼 보였다. 자신의 이름을 들어 본 적이 없냐는 듯한 시선이 다시 한번 그녀에게 전해졌다. 세나는 이제 가벼운 편두통마저 느꼈다.

"그럼, 이따가 뵙죠. 파티장 안에서."

마쓰자카는 격식을 갖춘 인사를 한 뒤 안으로 사라졌다. 세나는 그의 뒷모습을 보지 않았다. 그녀의 시선은 빛나는 별이 수놓고 있는 사쿠라지마의 밤하늘에 고정돼 있었다.

"은상, 거기서 뭐 해요? 파티가 시작됐어요. 얼른 들어와요."

마츠다의 목소리가 가까이서 들려왔다. 젠장. 들켜 버리고 말았구나. 세나는 바닥에 살짝 끌리는 드레스 자락을 붙잡고 마츠다에게로 걸어갔다. 야외 파티장은 이 료칸의 중앙 정원에 넓게 자리 잡고 있었다. 사쿠라지마를 둘러싼 바다를 배경으로 규모를 짐작할 수 없을 만큼 넓게 펼쳐져 있는 파티장을 보고 그녀는 숨을 죽였다.

눈부시게 하얀 천을 씌운 둥그런 테이블들 사이로 웨이터들이 분주하게 칵테일 잔을 나르고 있었다. 가운데 마련된 무대 위에서는 규모가 큰 관현악단이 아름다운 선율을 연주하며 이 자리에 모인 근사한 손님들을 매혹적인 밤의 열기 속으로 이끌고 있었다.

마츠다는 한가득 차려 놓은 음식들이 있는 테이블을 발견했는지 어느새 사라지고 없었다. 세나는 사람들의 눈에 띄지 않는 곳으로 가기 위해 주위를 둘러봤다. 그때였다. 누군가가 그녀의 앞을 가로막았다.

"결국 혼자서 들어오셨네요. 발은 괜찮아요?"

방금 전 주차장 계단에서 만났던 마쓰자카 료스케였다. 세나는 그에게서 벗어날 말들을 재빨리 생각해 보았다. 하지만 똑똑한 답변이 떠오르지 않았다.

"파트너가 없으시다면……."

"마쓰자카, 번지수가 틀렸는데. 이 숙녀분은 내 파트너야."

세나와 마쓰자카는 소리가 나는 쪽으로 고개를 돌렸다. 사토 켄지였다. 흰색 턱시도를 말끔하게 차려입은 사토가 지나가는 웨이터의 쟁반 위에 들고 있던 칵테일 잔을 내려놓으며 걸어오고 있었다.

'이 파티의 주인공 사토 켄지가 등장하셨군. 정말 사토의 파트너인가? 이즈미 미카가 아니고? 이즈미 미카를 제친 대단한 아가씨네.'

"사토, 오랜만이야. 이 숙녀분이 주차장에서 길을 잃으셔서 내가 에스코트해 주었지."

"그럼, 고맙다는 인사를 해야겠네. 이 숙녀분은 내가 모셔 갈게. 가자, 세나."

켄지가 세나의 어깨에 가볍게 손을 두르고 조금 한적한 곳으로 그녀를 데려갔다. 세나는 낯선 곳에서 그의 얼굴을 보니 몹시도 반가웠다.

"켄지, 너도 여기 있었구나. 어쩐지 그럴 것 같았어."

사토는 아름다운 모습으로 자신의 앞에 서 있는 세나를 찬찬히 바라봤다. 그는 손에 닿지 않는 저 너머 강가에 걸린 한 조각의 무지개를 바라보듯 감탄의 눈빛을 보냈다. 그녀의 모습은 어느 늦은 오후에 잠깐 뜨고 곧 사라지는 무지개처럼 아름다웠다.

사토는 걱정스러운 얼굴을 하고 다시 현실로 돌아왔다.

"너 여기에 어떻게 왔어?

"아…… 가고시마현에서 근무하는 마츠다상이 초대장을 줘서."

"가고시마현 공무원이 어떻게 후루사토 파티의 초대장을 구할 수 있었을까?"

"여기 안주인이 한국분이라 나를 보고 싶다고 했어."

켄지의 눈빛이 더욱 어두워졌다.

"잘 들어 세나. 뭔가 이상한 일이 일어나고 있는 것 같아. 얼마 전에 시노하라 류우지가 보낸 메일을 받았어. 기리시마 온천에서 너한테 안 좋은 일이 있었다면서?"

그는 몹시도 할 말이 많은 듯했다.

"맞아. 누군가가 어떤 의도를 갖고 이 가고시마에서 나한테 접근하는 것 같다고 했어. 하지만 나는 짚이는 데가 전혀 없거든."

사토의 눈썹이 걱정으로 일그러졌다.

"가고시마에서의 여름 일자리를 주선한 게 혹시 시노하라야?"

"아니야."

"그럼 누구야?"

"학생복지과 다나카상이……."

"다나카상이? 그가 이런 자리를 추천해 줬단 말이야? 나는 이런 아르바이트 자리를 들어 본 적도 없어."

"가고시마현에서 모든 경비를 지원해 주는 일자리라고 했어."

그의 눈빛이 날카롭게 반짝였다.

"자세한 건 내가 알아볼게. 세나, 내 말 잘 들어. 조심해야 돼. 예감이 좋지 않아. 후루사토 파티에 네가 오다니. 누군가가 계획하지 않고서는 일어날 수 없는 일이야."

세나는 갑자기 밀려드는 의문에 알 수 없는 두려움을 느꼈다. 깊이를 가늠할 수 없는 늪에 빠진 기분이었다.

"일부러 이런 일을 계획할 사람은 없어."

"아무도 믿지 마. 네 주변 사람들을. 그리고 오늘 어떤 일이 일어난다고 해도 놀라지 말고."

"어떤 일?"

켄지는 쓸쓸하게 웃었다. 그리고 알 수 없는 말을 남겼다.

"내가 사토 켄지이기 때문에 일어나는 일."

"……."

"우리 여왕님 오늘 너무 예쁘네. 다른 남자들이 너를 볼까 봐 두렵다."

"켄지, 여기서 뭐 하고 있는 거니?"

그때 은회색 기모노를 입은 우아한 중년 여성이 켄지에게 알은척을 하며 다가왔다. 그의 이마가 갑자기 어두워졌다.

"어머니. 마침 잘 오셨어요. 소개해 드리고 싶은 사람이 있어요. 이쪽은 은세나 양이에요. 함께 영문학과에 다니는."

'어머니? 켄지의 어머니란 말인가?'

중년 여성이 보내는 날렵한 시선이 세나에게로 쏟아졌다. 그녀는 예의 바르게 고개를 숙였다.

"은세나 양이라고 했나요? 혹시 한국인?"

"네. 처음 뵙겠습니다. 한국에서 온 은세나라고 합니다."

치즈코의 시선은 더 이상 그녀에게 머물러 있지 않았다. 짧은 순간이었지만, 세나는 자신을 밀어내는 그녀의 차가운 눈빛을 느낄 수 있었다.

'아…… 이런 눈빛. 걱정 마세요. 사토 가문의 이름에 탑승하고 싶은 마음은 전혀 없으니.'

"미카가 아까부터 기다리고 있다. 그녀에게 실례를 범하지 말거라."

"어머니, 오늘 제 파트너는……."

"사토 켄지, 아버지도 오셨다. 오늘 이 자리에."

켄지는 숨이 막혀 왔다. 어머니, 이제 제 차례인가요. 그런가요.

"은세나 양, 반가웠어요. 좋은 시간 보내길 바래요."

"어머니, 저는 이즈미 미카와……."

"사토. 오늘이 얼마나 중요한 날인지 알고 있겠지?"

세나는 하늘을 바라봤다. 쏟아질듯 반짝이는 별들이 그녀에게 신호를 보내고 있었다. 어서 이 자리에서 빠져나오라고. 그녀가 몸을 돌려 이 난처한 상황에서 벗어나려는 순간 누군가가 그녀의 허리를 감싸 안고 자신 쪽으로 끌어당겼다.

"안녕, 여왕님. 내가 좀 늦었지?"

시노하라 류우지였다. 그는 올 블랙 슈트로 완벽하게 차려입고, 까맣게 그을린 피부를 돋보이게 하는 눈부시도록 하얀 셔츠 위에 광택이 도는 나비넥타이를 매고 있었다. 평소에는 자연스럽게 흐트러뜨린 숱 많은 머리를 뒤로 깔끔하게 넘긴 신사다운 모습이었다.

시노하라는 사토 치즈코에게 가볍게 목례를 한 후 세나를 데리고 자연스럽게 그 자리에서 벗어났다. 켄지의 시선이 집요하게 두 사람을 따라왔다.

"시노하라. 너도 이 파티에 초대받은 거야?"

"유감스럽게도 초대를 받았지. 그런데 여왕님은 항상 의외의 자리에 나타나네."

그는 밝은 조명 아래서 그녀를 찬찬히 훑어봤다. 파티장의 조명을 받고 있는 그녀의 섬세한 어깨 라인과 가슴부터 촘촘히 박혀 있는 스팽글 비즈가 눈이 부시게 빛났다. 허리부터 골반까지 드라마틱하게 라인이 내려오는 연분홍색 머메이드 스타일의 실크 드레스가 그녀의 몸매를 아찔하게 드러내 주고 있었다. 우아하게 틀어 올린 머리에서는 산호 장식이 달린 머리핀이 반짝였다. 사랑스러운 실크 드레스를 입고 완벽한 메이크업을 한 그녀의 모습은 이 파티장 안의 모든 여자들을 압도하고 있었다.

"여왕님, 오늘은 정말 남자들을 매혹시키려고 작정하고 온 사람 같은데?"

"아무 말도 하지 마. 나도 무척이나 어색하니까."

"며칠 동안 못 본 사이 너무 달라져서 하마터면 못 알아볼 뻔했어."

"그러게. 못 알아보는 편이 더 나았을지도. 발이 아파서 어디 앉아야 할 것 같아."

시노하라는 사람이 별로 없는 테이블로 그녀를 이끌었다. 세나는 간신히 의자를 빼고 기운 없이 주저앉았다. 몸이 편해지자 켄지의 어머니가 그녀에게 던졌던 차가운 눈빛이 다시 떠올랐다. 그리고 사람들을 조심하라고 했던 켄지의 말도 귓가에서 떠나지 않았다. 한번 의식하기 시작하니 그녀에게 일어났던 이상한 일들이 하나둘 머릿속에 떠오르기 시작했다.

세나는 테이블 위에 있는 양주병으로 손을 가져갔다. 작은 양주잔에 연갈색 액체를 따라서 단숨에 마셨다. 그녀의 맞은편에 앉은 시노하라가 그 모습을 서늘한 눈빛으로 지켜보고 있었다.

독한 액체가 식도를 태울 듯 맹렬한 자극을 남기며 그녀의 안으로 흘러들어 갔다. 빈속에 마신 독한 술이 그녀에게 알 수 없는 분노의 감정을 불러일으켰다. 세나는 망설이지 않고 한 잔을 더 따랐다. 역시나 한 번에 삼켜 버렸다. 시노하라는 자세를 고쳐 앉으며 뚫어질 듯이 그녀의 얼굴을 바라봤다.

"이게 누구신가. 시노하라 류우지. 참으로 오랜만에 불러 보는 이름이야."

마쓰자카 료스케가 자신의 술잔을 들고 합석했다. 두 남자 사이에서 순간 불꽃이 일었다. 시노하라는 팔짱을 낀 자세로 그를 노려봤다.

"이 숙녀분은 사토의 파트너였던 것 같은데?"

"마쓰자카, 그냥 조용히 사라져라."

"시노하라, 얼굴 좋아 보인다. 그런데 내가 한 말 벌써 잊었어? 넌 절대 행복해져서는 안 된다는 말."

"입 다물어."

"히로미가 누구 때문에 그렇게 됐는데."

세나는 테이블 밑으로 불끈 쥔 시노하라의 주먹이 바들바들 떨리고 있는 것을 보았다. 두 남자는 당장이라도 주먹질을 할 것처럼 긴장된 상황을 연출하고 있었다. 그러거나 말거나 신경 쓰지 않고 자신의 술잔에 이번에는 잔이 넘치도록 술을 따랐다.

"누가 될지는 모르지만 이 싸움의 승자를 위하여, 건배!"

그녀는 술잔을 들고 두 남자를 차례로 바라본 후 망설임 없이 잔을 비웠다.

'세 잔째.'

시노하라는 그녀가 마신 술잔을 속으로 세고 있었다. 마쓰자카 료스케는 그녀가 잠시 해제시킨 긴장 상태가 머쓱했는지 말없이 자신의 술잔을 입으로 가져갔다. 세나는 다시 자기 잔에 가득 술을 따랐다. 시노하라가 그녀를 말리려는 순간 사토 켄지가 다가왔다.

"은세나, 지금 뭐 하는 거야?"

사토가 불안한 눈빛으로 그녀를 바라봤다.

"뭘 하긴. 술을 마시고 있지. 파티에 왔으니까."

그는 시노하라와 마쓰자카에게 차가운 시선을 보냈다. 참으로 못마땅한 조합이었다.

"너 많이 마신 것 같다. 그만 마셔."

사토가 그녀의 술잔을 빼앗으며 자리에 앉았다.

"아니. 나는 오늘 술을 마셔야겠어. 그러니까 말리지 마."

세나는 사토 앞에 놓인 자신의 잔을 도로 가져와서 그대로 털어 넣었다. 사토, 시노하라, 마쓰자카의 눈빛이 동시에 번득였다.

'네 잔째.'

시노하라는 다시 속으로 그녀가 마신 술잔을 셌다.

"너 무슨 일 있어? 왜 그러는 거야?"

사토는 속이 타들어 가고 있었다.

"오늘은 특별한 날이거든."

세 남자의 시선이 그녀의 얼굴로 향했다.

"그냥 매우 특별한 날이야."

취기가 오른 세나와 세 남자는 전혀 눈치채지 못했지만 파티에 모인 아가씨들은 질투 어린 눈빛으로 이들의 테이블을 주목하고 있었다. 시노하라 전자의 후계자 시노하라 류우지, 사토 코이치 의원의 아들 사토 켄지, 도쿄 중앙병원 원장의 아들 마쓰자카 료스케가 다 같이 모여 한 여자를 둘러싸고 있는 이 기묘한 광경을 도저히 그냥 지나칠 수가 없었다.

동경대, 게이오대의 별들이 모두 참석한 사쿠라지마의 여름밤 파티는 그렇게 깊어 가고 있었다.

"은세나. 너를 후루사토 파티에서 보게 될 줄이야. 멋진 남자들 틈에 섞여서 뭐 하나 했어. 정말 혼자 보기 아까운 장면이네. 사람들 시선 끄는 데 타고난 재주가 있는 것 같아. 너란 아이는."

검은색 드레스를 입은 이즈미 미카가 붉은색 액체가 조금 담긴 와인 잔을 들고 서 있었다. 세나는 들고 있던 술잔을 테이블 위에 천천히 내려놓았다. 그래. 이즈미. 너도 대단한 가문의 딸이니 이쯤에서 등장해 줘야겠지. 하지만 오늘 밤은 너를 상대하고 싶지 않아. 부디 나를 내버려 둬.

갑작스러운 이즈미의 등장에 마쓰자카는 좀처럼 화를 내지 않는 사토의 눈빛이 서서히 어두워지는 것을 흥미롭게 관찰하고 있었다.

'드디어 사토를 둘러싼 여인들의 대격돌인가. 사토 켄지라. 여자들이 탐낼 만한 대단한 이름이긴 하지. 검은 드레스는 사토에게 목을 매고 있고, 핑크 드레스는……. 아무 관심도 없는 표정인데. 사토 혼자서 열중하고 있는 핑크 드레스라. 점점 재밌게 되어 가네. 그래, 동경대에서 내가 인정하는 최고의 남자는 사토 켄지다. 하지만 이번 승부는 이즈미에게 불리하게 돌아갈 것 같은데 왠지.'

"이즈미. 세나는 지금 취했어. 못 본 척하고 그만 돌아가."

사토가 입을 열었다. 자신의 감정을 최대한 억제하고 있는 듯한 말투였다. 단어 사이사이에서 절제된 그의 호흡이 느껴졌다. 그는 초조하게 자신의 턱을 문지르며 세나를 바라보고 있었다. 그녀의 모든 행동에 온 신경을 집중하고 있는 게 느껴졌다. 세나에 대한 걱정으로 그의 신경 줄은 끊어지기 일보 직전이었다.

명석한 마쓰자카 료스케의 두뇌는 그동안 조각조각 흘려들었던 정보들과 이 흥미로운 상황 속에 드러난 인물들의 표정을 섬세하게 캐치해서 타당한 결과 값을 내기 위해 기민하게 돌아가기 시작했다.

'시노하라와 사토가 여학생 하나를 두고 수업 시간에 뜨겁게 한판 붙었다더니. 바로 소문으로만 들었던 그 여왕님이로군. 그나저나 사토 자식, 남자의 순정을 다 건 듯한 표정인데.'

"못 본 척? 이렇게 공개된 자리에서 독한 술을 내리 마시며 예의 바른 신사들의 관심을 한 몸에 받고 계신 저 아리따운 숙녀분을 어떻게 못 본 척하란 거지?"

순간, 세나의 눈빛이 날카롭게 빛났다. 그래, 오늘은 내가 너를 상대해 주마. 그동안 할 말이 없어서 가만히 있었던 건 아니었으니까.

"이즈미상. 내가 한 잔 줄까? 내가 주는 술을 한 잔 받아도 될 것 같은데."

이즈미는 불쾌하다는 듯이 세나를 노려봤다. 은세나, 너 진짜로 망신당하고 싶구나.

"좋아. 네가 주는 술 받을게. 하지만 이유는 알아야겠어."

"이유? 그게 궁금해? 말해 줄까?"

드디어 참고 있던 사토가 자리에서 일어섰다. 그는 몹시도 위험해 보였다. 세나를 차갑게 노려보고 있던 이즈미의 팔을 붙잡고 사토가 그 자리를 떠나려고 했다.

"잠깐, 기다려 켄지. 끼어들지 마. 지금 이즈미와 대화 중이니까."

독한 술을 연거푸 네 잔이나 마셨지만 그녀에게서는 조금도 취한 기색이 보이지 않았다.

사토가 몸을 돌려서 세나를 바라봤다. 그의 영민한 눈동자에 커다란 슬픔이 고여 있었다.

'사토 켄지가 저런 표정을 짓다니. 동경대 최고의 지성 사토 켄지가.'

마쓰자카는 술잔 대신 물컵을 집어 들었다. 차가운 물 한 잔으로 정신을 가다듬고 싶었다.

"이즈미. 오늘은 내 생일이야. 아무도 기억하지 않는."

순간, 세 남자의 얼굴에서 표정이 사라졌다. 사토가 다시 자리에 앉았다.

"세나. 네 생일은 여름이 아니잖아. 가을로 기억하는데."

"그래. 가을이지. 결혼 생활을 유지할지 말지 다투기에 바빴던 무책임한 부모 대신 할머니가 흐린 기억을 더듬어 대충 신고한 가짜 생일이 가을이었지. 그런데 진짜 생일은 오늘이야. 최고의 배경을 갖고 태어난 귀하신 가문의 자제들에게는 이게 무슨 소린가 싶겠지만 나는 너희들이랑은 다르게 살았거든. 조금 드라마틱하게 산 내 인생에 대해 더 이야기해 줄 수도 있지만 오늘은 여기까지 할게. 심약한 너희들이 충격을 받으면 안 되니까. 이런 초라한 배경을 갖고 귀한 집안의 자제들이 노는 후루사토 파티에 앉아 있는 내가 물론 거슬리겠지."

이 말을 마친 세나의 눈빛이 갑자기 달라졌다. 급하게 마신 알코올 탓이었을까. 그녀는 다른 인생에 끼어들지 않기 위해 의식적으로 연습한 특유의 심드렁한 표정을 지우고 진짜 얼굴을 드러내기 시작했다. 니들 나를 좀 우습게 보면서 참 아무렇지 않게 시비를 거는데 나 그렇게 만만한 사람 아니거든.

"그런데 나는 정말로 니들한테 아무 관심도 없어. 누구도 기억하지 않는 내 스물두 살 생일을 자축하기 위해 술을 마셨을 뿐이야. 내 인생을 위해 내가 술 한잔 사 준다는 마음으로. 그동안 쉽지 않은 일도 많았지만 은세나 참 잘해 왔다고. 일본에서도 혼자 꿋꿋하게 잘 살고 있다고 내 인생을 격려해 주기 위해 축배를 든 거야. 그런데 왜 이렇게 몰려들 와서 간섭인 건데? 니들끼리 싸움을 하든 연애를 하든 맘대로 해. 안 말린다니까. 나한테 피해를 끼치고 무례하게 구는 건 내가 아니라 너희들이야."

세나는 이제껏 한 번도 보인 적이 없던 아주 당당한 표정으로 네 사람을 차례차례 보기 시작했다. 시노하라 류우지, 마쓰자카 료스케, 사토 켄지 마지막으로 이즈미 미카에게까지 단 한 점도 흔들림 없는 눈빛을 보냈다.

"내가 니네 나라 말로 아주 쉽게 설명해 줬는데 잘 알아들었지? 그러니까 나를 내버려 둬."

'와. 은세나. 성격 대단한데. 사토랑 시노하라같이 자기 잘난 맛에 살던 놈들이 애가 탈 만하네. 두 녀석 모두 자신들에게 웃어 주고 맞춰 주는 여자들한테 둘러싸여 살았을 텐데. 사토 켄지가 남자의 자존심을 다 던지고 달려들었던 이유가 있었구나. 소문대로 동경대 여왕님이 맞네. 그런데 사토든 시노하라든 저 도도한 여왕님한테 쉽지 않겠는걸. 어디 한 군데 비집고 들어갈 틈이 안 보이네. 하하하……'

마쓰자카 료스케는 싸늘한 표정으로 자신의 할 말을 당당하게 내던지는 세나에게서 뭐라 표현하기 어려운 매력을 느꼈다.

사토는 눈을 감았다. 그의 심장은 갈가리 찢어지고 있었다. 이즈미는 세나의 일격에 기가 눌린 채 아무 말도 못 하고 분한 표정으로 세나를 노려봤다.

그 순간, 시노하라가 세나 앞에 있던 술병을 단숨에 집어 들었다. 그는 자신의 앞에 네 개의 양주잔을 가져다 놓고 빠른 속도로 잔을 채웠다.

"후루사토의 지루한 파티에 오신 여왕님의 성공적인 데뷔를 위하여, 건배."

단숨에 털어 넣고 바로 옆에 있는 잔을 집어 들었다.

"대단한 배경을 가진 인간들 앞에서도 당당한 여왕님의 용기를 위하여, 건배."

연거푸 술을 마시는 시노하라를 사토와 마쓰자카는 황당한 눈빛으로 쳐다보고 있었다.

"한 남자의 뜨거운 순정을 거부하는 여왕님의 차가운 심장을 위하여, 건배."

시노하라는 세 번째 잔도 단숨에 털어 넣고 마지막 잔을 들었다.

"마지막으로. 아무도 기억하지 않는 여왕님의 스물두 번째 생일을 위하여, 건배!"

그는 세나가 마신 독한 양주 네 잔을 빠른 속도로 마신 후 자리에서 일어섰다. 그러고는 세나의 손목을 잡고 그녀를 가볍게 일으켜 세운 중앙 무대로 성큼성큼 걸어갔다.

"시노하라, 너 취했어? 지금 어디 가는 거야?"

"생일 파티 하러."

"무슨 소리야?"

"왈츠 스텝 밟을 줄 알아?"

"나 그만 돌아갈래."

"스텝은 몰라도 돼. 내가 리드해 줄 테니까 나만 따라와."

무대 위에서는 왈츠 음악이 흘러나왔다. 조금 슬프고 아름다운 쇼스타코비치의 왈츠. 그들은 어느새 무대 한가운데 올라가 있었다.

사람들의 시선이 무대 위로 모였다. 세나는 시노하라를 똑바로 바라봤다. 이제 도망치기는 틀린 것 같았다. 주름 하나 없는 검은색 턱시도에 나비넥타이를 맨 그의 모습은 근사했다. 그가 세나의 허리에 손을 감고는 긴장한 표정의 그녀를 보며 속삭였다.

"사람들한테 보여 줘야지. 동경대 여왕님의 화려한 데뷔 무대를. 긴장하지 마. 자, 간다."

적당히 오른 알코올 기운 탓에 그녀는 다소 나른한 기분이었다. 고등학교 무용 시간 때 배웠던 왈츠 스텝을 머리에 떠올리려는 순간 시노하라의 몸이 부드럽게 움직이기 시작했다. 유려한 왈츠 선율에 맞춰서 두 사람의 몸이 하나의 원을 그리며 돌아갔다.

파티장에 참석한 사람들은 시노하라 전자의 후계자 시노하라 류우지의 파트너로 등장한 매혹적인 여성을 흥미롭다는 듯 바라보고 있었다. 쇼스타코비치의 왈츠 선율에 맞춰 춤추는 두 사람의 모습은 사쿠라지마를 지키는 여신이 한여름 밤의 파티를 축하하기 위해 순식간에 만들어 낸 아름다운 신기루처럼 사람들에게 다가왔다.

시노하라는 그녀의 얼굴에 시선을 집중했다. 세나는 지금 이 순간 자신 앞에 서 있는 사람이 몹시도 낯설었다. 그동안 알고 있었던 시노하라가 아닌 것 같았다. 그가 전혀 다른 사람처럼 느껴졌다.

"여왕님, 제법 추는걸. 어지럽지는 않아?"

"그 정도로 약하지 않아."

"과연 그럴까? 점점 힘들어질 텐데."

"너나 걱정해. 무척이나 빨리 마셨으니까."

"우리 여왕님은 이 짧은 시간에 마쓰자카 료스케까지 사로잡은 건가?"

"……?"

"사토야 그렇다 쳐도 무대 밖에서 마쓰자카마저 감탄스러운 눈빛으로 여왕님을 바라보고 있네."

그들을 중심으로 춤추는 사람들이 점점 늘어나기 시작했다. 시노하라는 세나의 몸이 조금씩 힘들어하는 것을 느낄 수 있었다. 술기운이 올라오고 있군. 그는 그녀의 허리를 단단하게 감싸서 자신의 몸 쪽으로 끌어당겼다.

세나는 자신의 이마 바로 위에서 그의 호흡이 느껴져 조금 당황스러웠다.

"더 이상은 안 되겠어. 나 좀 어지러운 것 같아."

시노하라는 그녀의 표정을 조심스럽게 살피며 무대 밖으로 이끌고 나갔다. 그들이 무대 위에서 사라지자 사토와 마쓰자카가 동시에 자리에서 일어났다.

'시노하라 자식, 번개 같은 선공을 펼치고 있군. 사토가 꽤나 위태로워 보이는데 오늘 밤은.'

마쓰자카가 잠시 생각에 잠긴 사이, 사토 켄지가 순식간에 튀어 나갔다. 그는 두 사람이 사라진 그림자를 따라서 정신없이 달려갔다.

'아……. 사토. 한발 늦은 것 같다. 하지만 시노하라는 절대 여자한테 먼저 손 내밀 녀석이 아니니 안심해라. 후루사토에 오길 잘한 것 같다. 한국에서 유학 온 얼음같이 차가운 여학생 한 명으로 인해 동경대 캠퍼스가 떠들썩하다더니 소문대로 매력이 넘치네.'

시노하라는 후루사토 료칸의 노천탕으로 가는 지름길로 세나를 이끌었다. 하이힐을 신은 그녀의 발이 몹시도 불편해 보였다. 길고 어두운 계단이 등장했다. 여기서부터는 계단을 따라 한참을 내려가야 했다. 그는 세나의 팔꿈치를 살짝 잡아 주었다. 취기가 올라오는지 그녀의 뺨은 조금 상기돼 있었다.

"괜찮아? 술이 센 것 같지는 않은데."

"아니야. 괜찮아. 단지 신발이 불편할 뿐이야."

"그럼 벗어. 이 계단만 내려가면 노천탕이야. 사람들은 대부분 맨발로 다니지."

세나는 잠시 망설이다가 높은 힐에서 내려왔다. 발이 편해지자 기분이 한결 나아졌다. 시노하라는 하이힐을 손에 들고 조심스럽게 내려오는 그녀를 불안하다는 듯이 쳐다봤다.

"그렇게 거추장스러운 드레스를 질질 끌면서 내려갈 수 있겠어? 나한테 업힐래?"

세나는 그의 두 눈을 빤히 쳐다봤다. 진심인 것 같았다.

"아니. 혼자 내려갈 수 있어."

"전에도 내가 너를 업고 산길을 뛰었었지."

"내 기억 속에는 전혀 존재하지 않는 일이라서."

"내 머릿속에는 여왕님의 몸무게까지 선명하게 각인되었지."

세나는 바로 옆에서 팔꿈치를 잡고 있던 시노하라의 손을 슬며시 치웠다. 그가 장난스럽게 웃으며 자신의 손을 치우려는 세나의 손을 잡았다. 그녀는 순간 당황해서 중심을 잃었다. 시노하라는 휘청하고 흔들리는 그녀의 허리를 재빨리 감싸서 중심을 잡아 주었다.

"이 손 놔."

"오해하지 마. 잡고 싶어서 잡은 게 아니니까. 계단 아래까지만 잡아 줄게."

"사양하겠어."

"네가 이러다 계단에서 넘어지기라도 하면 그 책임은 온전히 내 몫이잖아. 내가 너를 또 업었으면 좋겠어?"

그제야 세나가 그의 손을 밀어 내던 팔을 거두었다. 시노하라는 그녀의 손을 잡고 어두운 계단 아래로 천천히 내려갔다.

"그런데 왜 이렇게 어두운 곳으로 가는 거야? 난 조용한 곳에 앉아서 쉬고 싶은데."

"여왕님, 자꾸 이상한 분위기로 나를 몰아가지 마. 조용한 곳에서 쉬게 해 주려고 가는 거니까."

어느덧 길고 좁은 계단이 끝나고 돌로 이루어진 입구가 보였다. 두 사람은 살짝 허리를 굽혀서 입구를 통과했다. 시노하라가 꼭 잡고 있던 그녀의 손을 놓아주었다.

세나의 눈에는 아직 이곳의 모습이 선명하게 들어오지 않았다. 그곳은 무척이나 어두웠다.

"조금만 기다려. 어둠에 익숙해지면 이제 환상적인 광경이 드러날 테니까."

그때였다. 심술궂은 밤의 장막이 비밀스럽게 가려 놓았던 이곳의 아름다움이 서서히 드러나기 시작했다. 큼직한 돌이 달빛 아래 줄지어 늘어서 있었다. 그녀는 돌을 따라 조심스럽게 걸어갔다. 그녀의 벗은 발로 따스한 온기가 전해졌다. 따뜻한 기운을 내뿜고 있는 커다란 돌이라니.

둥그렇게 줄지어 있는 돌길을 따라 걸을수록 이상한 기운이 전해졌다. 일정한 간격으로 자리 잡고 있는 돌들은 무언가를 감싸고 있었다. 뭐지? 그것은 커다란 동굴의 입구였다. 바닷가에 동굴이 있다니. 이상하다. 까만 입을 벌리고 있는 커다란 동굴이 점점 그녀에게 빠른 속도로 다가왔다. 아니. 그녀의 눈앞에서 거대한 실체를 드러냈다.

'아…… 노천탕이구나.'

따스한 온기를 내뿜고 있는 돌들이 감싸고 있었던 것은 거대한 노천탕이었다. 검은 물의 표면 위로 변덕스러운 바닷바람이 잠시 머물다 갈 때마다 커다란 동심원을 그리며 물결이 일렁였다. 별빛에 의지해서 바라보는 후루사토의 노천탕은 신비로운 마법의 거울 같았다.

그것도 잠시, 세나는 심장이 세차게 조여 오는 것을 느꼈다. 노천탕 안에 이상한 것이 자리 잡고 있었다. 따뜻하게 올라오는 물의 기운을 온몸으로 느끼며 그녀는 기묘한 형상에게로 다가갔다.

그녀는 자신의 눈을 의심했다. 그것은 둘레를 짐작할 수도 없을 만큼 웅장한 나무였다. 수령이 수백 년은 족히 됐을 법한 거대한 나무 한 그루가 뜨거운 온천물에 뿌리를 박고 서 있었다. 그것은 정말로 존귀한 생명력. 너무나 강인한 인내력의 결정체 같았다. 세나는 무엇에 홀린 듯 나무를 향해 걸어갔다.

그녀는 조심스럽게 무릎을 꿇고 노천탕의 물에 손을 넣어 보았다. 물은 따뜻했다. 무척이나. 물에서는 하얀 김이 끝도 없이 올라왔다. 다시 한번 온천물에 뿌리를 내리고 있는 나무를 바라봤다. 어떻게 이럴 수가 있지.

시노하라가 그녀 곁으로 천천히 다가왔다.

"후루사토가 사쿠라지마를 대표하는 료칸이 될 수 있었지. 이 나무로 인해. 어떤 학자도 이 비밀을 풀어내지 못했어. 뜨거운 온천물에 뿌리를 내리고 수백 년 넘게 버텨 온 이 나무의 생명력이 어디에서부터 왔는지."

"무엇이었을까. 이런 뜨거운 고통 속에서도 나무를 살게 한 힘은."

"글쎄. 혹시 저것이 아니었을까."

시노하라는 무심한 눈빛으로 앞을 가리켰다. 바다가 있었다. 노천탕 바로 앞에 바다가 끝도 없이 펼쳐져 있었다. 바다와 가장 가까운 비탈에 세워진 후루사토. 이곳은 바다를 바라보며 노천욕을 할 수 있도록 만든 곳이었다.

세나는 바다에서 들려오는 소리를 듣기 위해 눈을 감았다. 해변의 큰 바위들을 거침없이 치고 가는 파도 소리가 선명하게 들려왔다.

"나무의 고통을 잊게 해 주었던 것은 바다의 위로가 아니었을까."

시노하라는 세나를 보지 않고 말했다. 그녀가 다시 눈을 떴다.

신묘하고 상서로운 밤의 기운이 두 사람을 감싸고 있었다. 달빛은 푸르스름했다. 바로 눈앞에 보이는 바다도 푸르스름하고 시노하라 류우지의 얼굴도 푸른 물빛을 띠고 있었다.

'나무의 고통을 잊게 해 주는 바다의 위로라.'

세나는 가슴 밑바닥에서부터 왠지 모르게 조금씩 눈물이 차오르는 것 같았다. 세상을 향해 꽁꽁 잠가 버렸던 마음의 빗장이 조금씩 풀리는 기분이었다. 자신 안의 슬픔에 급급해 주변을 찬찬히 보지 못했던 내면의 상처받은 어린 자아를 거울같이 투명하게 일렁이는 물의 표면 위에서 마주 본 느낌이었다.

'나도 인생의 어느 지점에서 주저앉아 있는 내면의 나를 일으켜 세워 줄 축복 같은 위로를 만날 수 있을까.'

세나는 다시 한번 이 환상적인 주변 광경들을 눈에 넣을 듯이 바라봤다. 마치 낯선 우주 공간에 발을 들여놓은 기분이었다. 왜 이렇게 주변이 파랗게 보일까. 이 신비한 밤의 기운은 뭘까. 사쿠라지마는 참으로 독특한 기운이 흐르는 섬이로구나. 이제야 급하게 마신 술의 기운이 선명하게 느껴졌다.

시노하라는 바다를 감상하라고 이곳 안주인이 만들어 놓은 돌 의자에 세나를 앉혔다. 그녀는 조금 추워 보였다. 서늘한 밤기운이 그녀의 가녀린 어깨 위로 스멀스멀 내려앉고 있었다. 그는 자신의 재킷을 벗어서 세나의 드러난 어깨를 감싸 주었다. 그런 뒤 나비넥타이마저 벗어 던지고 갑갑했던 흰색 드레스셔츠의 단추 두 개를 연이어서 풀었다.

그는 노천탕 옆에 있는 식수대에서 흘러나오는 천연 약수를 작은 컵에 받아 왔다.

"술은 그렇게 빨리 마시는 게 아니야. 이 물 마셔."

세나는 컵에 담긴 물을 천천히 마셨다. 울렁거리는 속이 조금 진정되는 것 같았다. 시선을 올려 그를 바라보았다. 시노하라는 바다를 향해 서 있었다. 그의 하얀 드레스셔츠가 퍼런빛으로 물들었다.

"하루 빨리 이곳을 벗어나는 게 좋을 것 같아."

시노하라의 얼굴에 근심이 서리는 걸 세나는 놓치지 않았다.

"……?"

"오늘 쿠도 선생님으로부터 전화를 받았어. 네가 유황 가스에 중독되어 쓰러졌던 날, 선생님은 네 혈액 샘플을 가져가셨지. 그 결과가 나왔어."

"어떤 결과가 나왔는데?"

세나는 결과라는 단어를 뱉을 때 자신이 몹시 긴장하고 있다는 걸 느꼈다.

"누군가가 네가 먹은 음식에 유황 가스와 반응하는 촉매제를 넣은 것 같아. 너를 위험에 빠뜨리려고."

시노하라는 세나가 놀라지 않도록 최대한 부드러운 말투로 힘든 단어들을 꺼내 놓았다.

"누가 그런 짓을?"

"가고시마로 너를 부른 사람이겠지."

시노하라가 걱정스러운 눈빛으로 그녀를 바라봤다. 세나의 얼굴은 하얗게 질려 있었다.

"내 방 앞으로 숙소를 옮기라고 했던 이유도 혹시나 해서였어. 우리 호텔까지 찾아와서 네가 먹을 음식에 무언가를 넣었다면 대단히 치밀하게 움직이는 사람임에 틀림없어. 생각보다 큰 힘을 갖고 있는 사람일지도 몰라."

"나를 무슨 목적으로 해치려고 하는 건데?"

그는 천천히 그녀가 앉아 있는 자리로 걸어왔다. 그리고 허리를 굽혀서 그녀의 얼굴 가까이에 자신의 얼굴을 내렸다. 세나의 바로 눈앞에서 그의 눈동자가 빛나고 있었다.

"잘 들어. 사토 켄지와 관련된 사람일 수도 있고. 또 다른 누군가일 수도 있고."

'사토와 관련된 사람이라면. 그래, 사토 가문은 일본에서 대단한 집안이니까. 게다가 사토는 나를……'

"사토 코이치 의원은 집권당 총재 선거를 앞두고 있어. 지금 너는 폭풍 한가운데 서 있는 건지도 몰라."

"사토 말고 또 다른 누군가는?"

"어쩌면 나와 관련된 사람일 수도."

그는 침착하게 보이도록 자신의 목소리를 컨트롤했다.

"무슨 소리야?"

"너 때문이 아니야. 나 때문이지."

"……?"

"내가 너를……. 그러니까 너를……."

시노하라는 더 이상 말을 이을 수 없다는 듯 입술을 깨물었다.

"……."

"하지만 걱정 마. 너를 곤경에 빠뜨릴 일은 하지 않을 테니."

"……."

'알 수 없는 말들만 하는구나.'

"……."

'나는 멈출 수 있어. 너에게로 향하는 이 감정들을.'

"……."

'네 얼굴이 바다색이랑 똑같아. 너는 이 세상 사람이 아닌 것 같아.'

"……."

'나는 행복하지 않아도 돼. 하지만 여왕님은 행복해져라.'

"……."

'그런 눈빛으로 나를 보지 마. 아까 마신 술 때문에 나는 지금 어지러워. 하지만 네 눈빛이 나를 더욱 어지럽게 해.'

"……."

'너에게 키스하지 않을 거야. 네 입술에 키스하고 싶은 충동을 억누르는 게 죽을 만큼 힘들지만. 나는 여기서 멈출 거야.'

시노하라는 눈에 담을 듯 바라보고 있던 그녀의 얼굴 위에서 천천히 시선을 돌렸다. 굽혔던 허리를 펴고 푸른 바다를 향해 차가운 눈빛을 보냈다.

세나는 그의 넓은 등을 바라봤다. 그의 하얀 셔츠가 푸른빛을 띤 깃발처럼 펄럭였다. 그녀의 온 얼굴로 바닷바람이 거세게 밀려왔다. 가고시마 언덕에서 불던 바람과는 다르구나. 사쿠라지마를 감싸는 바람은 왠지 모르게 쓸쓸해. 그녀는 하늘로 시선을 가져갔다. 어마어마한 숫자의 별들이 한가득 떠 있었지만 푸르스름하고 신묘한 후루사토의 밤기운을 이기지 못하는 듯했다.

13
규슈의 외로운 태양

　도쿄 사립중고등학교 고등부, 시노하라 류우지 2학년, 시노하라 히로미 2학년.

　'너희들 들었어? 류우지 말이야.'

　짧게 숏컷을 친 여학생이 화장실 거울 앞에서 얼굴을 매만지고 있는 두 소녀에게 속삭거렸다.

　'류우지? 꺄악! 류우지에 관련된 우와사(소문)가 또 뜬 거야? 류우지사마와 관련된 스토리는 도쿄 인근 모든 여학생들의 최대 관심사라니까. 이번 비련의 여주인공은 또 누구야? 어떤 청순한 여학생이 류우지사마에게 고백했다가 비참하게 거절당한 거지?'

　동그란 안경을 낀 여학생이 궁금해 죽겠다는 얼굴로 커트 머리를 향해 대답을 재촉했다.

'그게 아니라니깐. 이번엔 그렇게 말랑말랑한 스토리가 아니라고. 히로미 말이야. 류우지의 사촌 히로미.'

커트 머리가 소리를 낮추며 주위를 살폈다.

'히로미? 그 청순한 내숭녀 히로미? 도쿄 사립중고등학교 모든 남학생들의 여신인 히로미가 왜?'

커다란 리본핀을 단 소녀가 눈을 동그랗게 뜨며 커트 머리에게 바싹 다가왔다.

'그 어여쁜 공주님께서 실은 류우지를 마음속에 두고 있다는 쇼킹한 사실을 니들은 알고 있었어?'
'뭐야? 말도 안 돼. 대시노하라 전자의 공주님과 왕자님이잖아. 둘은 사촌지간이라고. 아니지. 히로미의 아버지 시노하라 잇페이가 사고로 갑작스럽게 죽자 형 대신 회사를 차지하기 위해 요시로 회장이 히로미를 자신의 호적에 급하게 넣었으니까 둘은 남매지간인가?'

동그란 안경이 슬픈 얼굴로 독백을 하듯 수다를 이어 나갔다.

'역시 너희들은 정보에 둔하구나. 사실은 두 사람이 피가 한 방울도 섞이지 않은 남남이라는 소문이 은밀하게 돌고 있다고. 류우지가 시노하라 요시로의 친아들이 아니라는 소문 못 들었어? 법적으로는 남매이되 실은 남매가 아닌 애달픈 연인들의 러브스토린가? 하하……'

커트 머리가 엄청난 비밀을 터뜨리듯 다시 목소리를 낮췄다.

'꺄악! 이게 사실이라면 정말 쇼킹한걸. 도쿄 사립중고등학교 최고의 인기 남녀가 금단의 사랑으로 고통받고 있다니. 우리의 류우지사마를 결국 그의 사촌에게 뺏기는 것인가. 내 가슴은 지금 찢어지고 있어. 시노하라의 진짜 아버지는 누구란 말인가? 하하하……'

한편 시노하라 히로미는 화장실 안에서 자신의 이름을 들먹이며 수다를 떨고 있는 동급생들의 이야기에 귀를 기울이고 있었다. 차마 문을 열고 나갈 수가 없었다. 그녀의 하얀 볼 위로 눈물이 흘렀다. 그토록 잔인했던 4월은 그렇게 시작되고 있었다.

더러운 근친상간의 주인공, 도쿄 사립학교 최고의 걸레 히로미짱.

히로미는 다리가 후들거렸다. 누군가가 그녀의 책상 위에 검정색 매직으로 갈겨 놓은 한 글자 한 글자가 바늘처럼 그녀의 심장을 찌르며 날카롭게 파고들었다. 그녀가 몸을 덜덜 떨며 자리에 앉자 여기저기서 키득키득 웃는 소리가 들려왔다.

'그만들 해. 이런 장난 너무 유치하지 않아?'

일본에서 첫손에 꼽히는 도쿄 중앙병원 원장의 아들인 마쓰자카 료스케가 여학생들을 노려보며 의자에서 벌떡 일어났다.

'마쓰자카. 히로미를 오랜 세월 동안 짝사랑해 온 건 알겠는데 지금 마쓰자카의 여신님은 금단의 사랑에 흠뻑 빠져 있단 말이지.'

교실 곳곳에서 환호성이 터져 나왔다. 히로미는 가늘게 떨리는 손으로 소지품을 챙겨서 가방에 집어넣었다. 그리고 교실 문을 향해 걸어갔다.

'히로미짱, 진짜로 찔리는 게 있는 거 아니야?'

교실 문을 열고 나가는 그녀를 향해 누군가가 날카롭게 외쳤다. 교실 복도는 지리할 정도로 고요했다. 히로미는 천천히 계단을 밟았다. 1층까지 내려가는 시간이 몹시도 길게만 느껴졌다.

마쓰자카는 주먹을 불끈 쥐고 시노하라 류우지의 교실로 향했다.
'시노하라. 그게 만약 사실이라면 네놈을 죽여 버리고 말 거다.'
교실 앞에 도착한 마쓰자카가 교실 문을 벌컥 열었다. 시노하라는 맨 뒷줄 창가에 앉아서 만개한 벚꽃나무를 바라보고 있었다. 까무잡잡한 얼굴, 조각상처럼 완벽한 이목구비, 차가운 눈빛의 시노하라는 도쿄 최고의 미남이라는 소리를 들을 만도 했다.

'시노하라. 당장 밖으로 나와.'

학생들은 모두 놀란 눈으로 마쓰자카를 쳐다봤다. 마쓰자카 료스케. 도쿄 사립중고등학교에서 전교 1등을 놓치지 않는 수재 중의 수재였다. 일본 최고의 심장 전문의이자 도쿄 중앙병원의 원장인 아버지의 명성을 이어 갈 탄탄한 미래가 보장되어 있는 그였다.

시노하라 류우지가 여학생들의 관심을 한 몸에 받는 이 학교 최고의 별이라면, 마쓰자카 료스케는 조금은 소심하고 내성적인 여학생들이 그의 이름을 가슴에 품고 남몰래 동경하는 등대 같은 존재였다.

운동을 많이 해서 상체 근육이 특히나 발달한 마쓰자카 료스케의

남자다운 외형과 달리 매우 섬세하게 자리 잡은 검은 눈동자가 화르
륵 불타올랐다.

어디서나 주목받는 도도하고 차가운 시노하라에게 여학생들의 은
근한 동경을 받고 있는 모범생 마쓰자카가 도전장을 내민 셈이었다.
모두가 이 일촉즉발의 상황을 지켜보며 숨죽이고 있었다.

'시노하라 류우지. 내 말 안 들려? 당장 나오라니까.'

그제서야 시노하라가 마쓰자카에게 무심한 눈빛을 보냈다. 무척이
나 귀찮다는 표정이었다. 학생들은 이 흥미진진한 도발이 어떤 식으
로 흘러갈지 궁금해 죽겠다는 얼굴로 그 둘을 번갈아 가며 주시하고
있었다.

드디어 시노하라가 자리에서 천천히 일어섰다. 명문사립학교 교복
이 무척이나 잘 어울리는 긴 다리로 마쓰자카를 향해 걸어갔다. 자신
에게 다가오는 시노하라를 확인한 마쓰자카는 교실을 빠져나가 성큼
성큼 옥상 쪽으로 향했다. 바깥은 4월의 태양이 따뜻하게 내리쬐고 있
었다.

'무슨 일?'
'너…… 너……. 오늘 히로미에게 무슨 일이 있었는지 알아?'
'히로미?'
'왜 너희 둘이 그렇고 그런 사이라는 말도 안 되는 소문이 떠도는 거
야?'

마쓰자카의 한쪽 눈썹이 긴장으로 꿈틀거렸다.

'너와 상관없잖아. 신경 꺼. 그만 간다.'

'시노하라 이 자식. 신경을 끄라니. 히로미가 오늘 여학생들에게 어떤 일을 당했는데. 바로 너 때문이란 말이야. 히로미가 고통받고 있는데 보고만 있을 거냐?'

'무척이나 한가해 보이네. 이 학교 전교 1등이 맞는지 궁금해. 나는 누구의 일에도 신경 쓰지 않아. 그게 설사 히로미라 해도.'

마쓰자카는 시노하라의 턱을 향해 그대로 주먹을 날렸다. 시노하라는 예상 못 했던 일격을 받고 비틀거리며 몇 걸음 뒤로 물러났다.

'쓰레기 같은 놈. 너는 남자도 아니야.'

시노하라를 향한 끝없는 분노로 마쓰자카의 몸이 떨려 왔다. 면도날에 갈가리 찢긴 캔버스 천 같은 얼굴을 하고 교실을 나서던 히로미의 얼굴이 떠올라서 도저히 마음이 진정되지가 않았다.

시노하라는 옥상에 드러누운 채로 하늘에 떠가는 하얀 구름을 바라봤다. 평화로워 보였다. 저 하늘은. 몹시도. 그는 차라리 흘러가는 구름이었으면. 목적지도 없이 떠도는 바람이었으면 좋겠다고 생각했다.

히로미는 집으로 돌아가지 않았다. 어느덧 날이 저물고 있었다. 그녀는 도쿄 도청의 전망대가 보이는 한 건물의 옥상에서 영롱하게 반짝이는 도시의 불빛들을 바라보고 있었다. 저 멀리 보이는 후지산 위로 하얀 연기가 피어올랐다.

'저 연기처럼 사라져 버렸으면.'

발자국 소리도 없이 들어온 시노하라가 건조한 음성으로 말을 건넸다.

'또 여기 있는 거야? 이제 지겨울 때도 됐는데.'

'류우지. 내가 여기 있는 걸 어떻게 알고.'

히로미의 얼굴이 반가움으로 빛났다.

'뻔하잖아. 들었어. 오늘 학교에서 있었던 일.'
'……'

시노하라는 옥상 난간에 붙어 있는 히로미 곁으로 성큼성큼 걸어왔다.

'그런 녀석들이 하는 말에 신경 쓰지 마.'
'……'
'나는 신경 쓰지 않을 거야. 그러니까 히로미도……'
'만약 우리가 사촌도 뭐도 아니라면……'

히로미는 알 수 없는 감정을 담아 시노하라를 바라봤다.

'절대 그럴 일은 없어. 그딴 소문 난 믿지 않아.'

시노하라의 얼굴에 금세 불편한 기색이 실렸다.

'니가 가고시마에서 도쿄로 오던 날을 난 아직도 기억해. 언제부터인지 몰라도 너가 어쩌면 우리 집안사람이 아닐지도 모른다는 생각을 했어. 너한테는 참 미안한 얘기지만.'
'그런 얘기를 참 쉽게도 하는구나.'

그의 얼굴이 순간적으로 일그러졌다.

'절대로 쉽게 하는 게 아니야. 내 마음을 한 번쯤은 솔직하게 말하고 싶어.'

히로미는 울고 있었다. 아름답고 청아한 눈물이 그녀의 볼을 타고 흘러내렸다.

'너한테는 너무 고통스러운 일이겠지만 작은아버지가 널 보는 눈빛이 차가울 때마다 나는 조금씩 설레었어. 어쩌면 널 향한 내 마음을 허락받을 수도 있다는 기대감에.'

'그 기대감을 무너뜨려서 정말 미안한데. 내 아버지는 누가 뭐래도 요시로 회장님이야. 그 사실은 절대 바뀌지 않아. 설령 내가 시노하라 집안의 아들이 아니라 해도 너랑 엮이고 싶은 마음은 조금도 없어.'

시노하라는 흔들리지 않는 목소리로 또박또박 해야 할 말을 뱉었다.

'그렇구나. 니 마음은 그렇구나.'

'나는 마치 버려진 것처럼 가고시마에 혼자 떨어져서 살았으니까. 내가 이 집안 사람이 아닐 수도 있다는 눈으로 나를 봤다면 그런 감정이 생길 수도 있었겠지. 하지만 아버지가 나를 아들로 보지 않은 순간은 단한 번도 없었어. 설령 우리가 남남이라 해도 사람들 입에 오르내릴 만한 흥미로운 스토리를 제공해 줄 마음은 조금도 없어. 그러니까 호르몬의 장난 때문에 생긴 사춘기 감정에서 벗어나길 바래.'

'류우지, 나는…… 너를…….'

'말하지 마. 더 이상 아무 말도 하지 마. 이런 고백이 나한테 상처가 될 거란 생각은 안 해? 시노하라 히로미 잘 들어. 난 시노하라 류우지야.

달콤한 연애는 말이야. 오로지 너만 바라보는 마쓰자카 료스케 같은 남자랑 하는 거야.'

시노하라 류우지는 그대로 돌아서서 계단을 내려갔다. 그의 발자국 소리가 큰 울림이 되어 그녀의 가슴을 후벼 팠다.

히로미는 저 멀리 보이는 후지산의 연기처럼 이 자리에서 한 줄기 연기가 되어 사라진다 해도 한 점의 후회도 없을 것만 같았다.

거대한 파도가 검은 허리를 들썩이며 자신에게로 밀려올 때마다 사토의 심장은 어딘가로 떨려 나가고 있었다. 세나는 어디로 갔을까. 시노하라는 그녀에게 어떤 마음으로 접근하는 것일까.

그녀의 생일, 나가타쵸의 불빛, 후루사토의 파티장, 이즈미의 차가운 미소, 세나에게 닥친 위험, 갈수록 숨통을 조여 오는 사토라는 이름. 그리고 권력욕에 사로잡힌 어머니. 아……. 어머니. 그는 숨이 막혀 왔다. 갖가지 생각들이 시간차를 두지 않고 그의 머릿속을 공격하고 있었다.

그는 얼굴을 감싸며 해변에 무릎을 꿇었다. 모래 바닥에 이마를 대자 까슬까슬한 모래가 이마의 살갗을 비집고 들어오는 게 느껴졌다. 그의 검은 뒷머리가 바닷바람에 빈 봉지처럼 나부꼈다. 파르란 초승달이 그의 고독한 등 위로 희미한 빛을 뿌렸다.

'너는 어디에 있는 거니. 네게 무슨 일이 생긴다면 나는……. 절대 용서 안 할 거야. 내 전부를 걸고 너를 지킬 거야. 사쿠라지마 여신의 이름을 걸고 맹세할게.'

사람들의 발길이 닿지 않는 곳에 마련된 별도의 야외 공간에서는 사토 코이치 부부와 이즈미 의원이 얼굴을 마주하고 있었다. 이즈미

의원은 매우 만족스러운 얼굴로 차게 식힌 전통 소주를 홀짝거렸다. 그런 그를 바라보며 사토 코이치는 그가 오늘 쓰고 나온 가면은 몇 번째 가면일지 잠시 생각해 보았다.

사토 코이치는 초승달이 높이 뜬 사쿠라지마의 밤하늘을 똑바로 바라볼 수가 없었다. 언제나 선명한 논리로 무장돼 있는 그의 머릿속이 잠시 흐려졌다. 그때 그의 아내 치즈코가 지금이라는 듯이 눈짓으로 신호를 보냈다. 코이치는 짐짓 못 본 척 묵살하며 다른 테이블로 시선을 돌렸다.

늙은 개의 늘어진 턱살처럼 탄력을 잃은 이즈미의 입 주변 근육이 움직이기 시작했다.

"사토 켄지군이 보이지 않는군요. 오늘의 주인공이 어디에 갔을까요?"

"의원님, 켄지는 오랜만에 옛 친구인 마쓰자카군을 만나서 할 이야기가 많을 거예요."

치즈코는 기다렸다는 듯이 준비해 두었던 대사를 뱉었다.

"마쓰자카군이라고요? 사토군은 도쿄 중앙병원의 자제하고도 친분이 있었군요. 마쓰자카는 게이오 대학에서 수학하고 있지 않나요?"

"맞습니다. 켄지와 마쓰자카는 중학교 때부터 도쿄 연합 펜싱클럽에서 함께 운동을 했죠. 학교는 달랐지만."

이즈미는 마쓰자카라는 이름에 다시 한번 군침을 삼켰다. 사토가는 역시나 다르군. 이 뜻하지 않았던 인연에 그는 호기심을 드러냈다.

"미카를 게이오 대학으로 보낼 걸 그랬군요. 사토군과 마쓰자카군이 친분이 있는 줄 알았다면. 먼저 간 제 처가 마쓰자카 집안 남성들의 꼿꼿한 품성을 몹시도 존경했지요. 허허허……."

치즈코는 소리 나지 않게 마른침을 삼켰다. 저 능구렁이 같은 인간에게 또 다른 꿍꿍이속이 있는 것인가. 아니다. 잠시 떠보는 것이겠지.

"이 무슨 섭섭한 말씀이신지. 미카와 켄지의 특별한 우정은 마쓰자카도 잘 알고 있답니다."

"이제 그 특별한 우정을 단 하나의 인연으로 진행시켜 볼까요?"

치즈코는 자신의 귀를 의심했다. 이즈미 의원이 먼저 아이들의 혼담에 대해 언급할 줄이야. 그녀는 큰 산을 넘은 것처럼 숨이 가빠졌다. 나가타쵸 총리 관저의 정연한 잔디밭이 그녀의 눈앞에 푸르게 펼쳐지고 있었다.

"저희 쪽에서는 이미 오래전부터 기다리고 있었습니다."

치즈코가 들뜬 감정을 억누르며 차분하게 대답했다.

"사토 의원님, 이제 저와 함께 슬슬 시동을 걸어 볼까요. 일본의 심장부에 사토 가문의 깃발을 꽂아야지요. 올가을에."

"존경하는 이즈미 의원님, 저는 민의를 따를 뿐입니다. 제 그릇의 크기를 국민의 대표들이 판단해 주시겠지요. 그리고 아이들의 혼담은 이렇게 비밀스럽게 진행할 문제가 아닌 것 같습니다."

그 순간 이즈미 의원이 쓰고 있던 오늘의 가면이 순식간에 벗겨졌다. 찰나였지만 소스라치도록 무서운 얼굴이 드러났다. 그의 정치적 자존심이 무너지는 순간이었다.

치즈코는 테이블 밑으로 덜덜 떨리는 두 손을 간신히 모아 쥐었다. 그녀의 두 눈에서 모든 반짝임이 순식간에 사라졌다. 사토 코이치는 숨을 고른 후 두 사람의 얼굴을 차례대로 훑어보았다. 그런 뒤 결심했다는 듯이 마지막 일갈을 던졌다.

"저는 제 아들 켄지의 의견을 전적으로 존중하겠습니다. 이건 그 아이들의 일생이 걸린 문제니까요."

말을 마친 후 코이치는 하늘에 애처롭게 걸려 있는 초승달을 바라봤다. 후루사토에 도착해서 처음으로 올려다본 하늘이었다. 모든 일을 망쳐 버린 코이치를 보며 치즈코가 입술을 깨물었다. 용서하지 않으리라. 절대로.

세나에게 급작스러운 편두통이 찾아왔다. 산호 장식 머리핀으로 촘촘하게 틀어 올린 머리카락이 두피를 야무지게 끌어당기는 통에 그녀의 두피가 고통스럽다는 듯 비명을 질러 대고 있었다. 그녀는 관자놀이를 누르며 고개를 숙였다. 날카로운 핀의 발톱이 머리 사이사이를 쑤셔 대고 있었다.

시노하라가 고통과 싸우고 있는 그녀에게로 다가왔다.

"왜 그래? 속이 불편해?"

"아니. 그런 게 아니야."

"네가 아까 마신 술은 딱 네 잔까지가 한계인 독한 술이야. 그래서 내가 술잔을 세고 있었어."

"그렇다면 내가 술이 센가 보네."

"내가 보기에는 대단한 정신력으로 버티고 있는 것 같은데."

"머리가 아파서 그래. 날카로운 핀 때문에."

시노하라는 그녀의 틀어 올린 머리 위로 시선을 가져갔다. 수십 개의 핀들이 촘촘하게 박혀 있었다. 정말 굉장한 개수로군. 그는 망설이지 않고 자신의 기다란 손가락으로 세나의 두피를 압박하고 있던 머리핀들을 뽑아내기 시작했다.

"지금 뭐 하는 거야?"

"뭐 하러 참아? 고통을."

"내가 할게. 하지 마."

"이 많은 핀들을 다 찾지도 못할 것 같은데. 내 앞에서는 스타일이 좀 망가져도 괜찮지 않아? 이미 이런저런 다양한 모습을 넘치도록 본 것 같은데."

'아…… 시노하라 류우지. 너란 남자를 정말 모르겠다. 하지만 이번에는 네 말이 맞는 것 같아.'

세나는 두 손으로 얼굴을 감싼 채 머리가 핀들의 공격으로부터 벗어나길 기다렸다. 시노하라의 손길이 머리 곳곳을 스치자 바짝 조여 있던 그녀의 두피가 노곤노곤하게 풀리기 시작했다. 긴장하고 있던 양쪽 어깨까지 시원해지는 기분이었다.

그녀는 자신의 어깨 위로 후드득 쏟아지는 기다란 머리카락의 무게를 온전히 느꼈다.

"여왕님, 이제 좀 괜찮아졌어?"

임무를 마친 시노하라는 고개를 숙이고 있던 그녀의 턱을 살짝 치켜들었다. 풍성하고 검은 머리카락이 약간 구불거리며 그녀의 하얀 얼굴을 감싸고 있었다.

'아기 같은 얼굴이네.'

"한결 편해졌어. 역시나 이런 거창한 치장은 나한테 맞지 않아."

세나는 자신의 턱에 닿아 있는 그의 손을 의식하며 자리에서 일어났다. 언제부터였을까. 시노하라와 이렇게 편하게 이야기를 나누게 된 것은.

"아까 왈츠를 출 때는 정말 여왕님 같았는데 지금은 목장에서 말들을 돌보는 시골 아가씨 같아."

"……."

"얼굴의 화장은 다 지워지고, 하이힐도 벗어 던지고. 이제 머리까지 풀어 헤쳤네. 파티장의 사람들이 본다면 실망하겠어."

세나는 말없이 그의 재킷을 돌려주고는 노천탕을 향해 걸어갔다. 그녀는 평평한 돌 위에 자리를 잡고 앉았다. 드레스 자락을 무릎 위까지 걷고 탕 안에 발을 집어넣었다. 하루 종일 날렵한 구두 안에서 시달렸던 두 발을 따뜻한 물속에 담그자 뼈 마디마디까지 느슨하게 풀리며 시원해지는 느낌이 들었다. 쓸쓸한 내 생일도, 가고시마로 나를 이끈 사람도 잠시만 잊자. 이 순간만큼은.

시노하라는 꿈을 꾸듯이 그녀를 바라봤다. 하얀 종아리를 드러낸 채 온천물에 발을 담그고 있는 그녀의 옆모습은 한 폭의 그림처럼 신비로웠다.

"이런 모습은 조금 곤란한데."

"부러우면 너도 발을 담그든가."

따뜻한 온천물이 주는 회복 효과 때문인지 그녀는 다소 나른해진 얼굴로 시노하라를 바라봤다. 그녀의 나른한 얼굴을 응시하며 그는 신발을 벗고 물 안으로 들어가기 시작했다.

"정말 어떻게 설명을 해 줘야 될지 모르겠네."

그가 세나가 앉은 평평한 돌 옆에 자리를 잡았다.

"그 말 별로 듣고 싶지 않아."

"넌 진짜로 남자를 모르는구나."

"작업 멘트 날리지 마."

"하하하……. 그런 유머 감각은 어디서 배웠어?"

시노하라는 진짜 궁금하다는 듯 세나를 바라봤다.

"……."

"이런 야심한 시간에 그렇게 허전한 드레스 차림으로 다리까지 드러내면 남자는 깊은 고민에 빠지지."

그의 시선이 하얗게 드러난 어깨 쪽으로 다가왔다.

"……."

"이 숙녀분이 내게 뭘 원하시나."

"하아……. 기가 막혀서 말이 안 나와."

세나는 어이없다는 표정으로 그에게서 자신의 몸을 조금 떨어뜨려 놓았다.

"이 자리에 내가 아니라 마쓰자카 료스케가 있었다면 정말 볼만했겠는걸."

시노하라는 세나의 시선을 잡아챈 후 몸을 움직여서 다시 둘 사이의 거리를 좁혔다.

"……."

"동경대 여왕님이 나에게 초대장을 날리시는 건가? 매 순간 두뇌

회전을 하며 분석하기 좋아하는 그 자식은 무지하게 고민했을 거야. 하하하⋯⋯."

"나를 놀리기 위해 숨 쉬고 있는 사람 같아. 너는."

"날이 밝는 대로 이곳을 벗어나자."

그의 눈빛이 갑자기 진지해졌다.

"무슨 소리야?"

"우리 쪽에서도 의외의 액션을 한번 취해 줘야지. 저쪽에서 어떻게 반응하나 살펴볼 겸."

"나는 후루사토의 안주인을 도와야 하는데."

세나는 자신에게 호의와 친절을 베풀어 준 김연희의 얼굴을 떠올렸다.

"아직도 그 말도 안 되는 아르바이트 타령이야? 너를 가고시마로 오게 한 사람이 누군지 궁금하지 않아?"

"궁금해. 몹시도."

"일단 내가 자신 있게 맞설 수 있는 진정한 홈그라운드로 그들을 끌어들여야겠어. 가고시마는 그들에게 유리한 땅이니까."

"진정한 홈그라운드? 거기가 어딘데?"

"구마모토. 규슈의 요새 같은 곳이지."

시노하라가 앉아 있던 돌 위에서 천천히 몸을 일으켰다.

"⋯⋯?"

"어쨌든 모든 일의 시작은 내 호텔에서 비롯됐으니 내가 널 도와줄게. 후루사토 파티장까지 널 불러들였다면 상대는 대단한 영향력을 갖고 있는 사람일 거야."

자리에서 일어나려는 세나를 향해 그가 조건 반사적으로 자신의 손을 내밀었다. 세나는 드레스 차림으로 물속에 있는 자신의 보행을 도와주기 위해 뻗은 게 분명해 보이는 시노하라의 손을 잡을지 말지 잠시 망설이다가 그의 손을 잡았다. 시노하라는 그녀가 편안하게 일어나도록 자연스럽게 에스코트를 했다.

"시노하라. 나를 위해 그렇게 애쓸 필요는 없어."

"부담은 갖지 마. 도쿄 여자애들 사이에서는 한때 이런 말이 유행했었지. 교토의 빛나는 지성 사토 켄지, 도쿄의 의로운 양심 마쓰자카 료스케, 규슈의 외로운 태양 시노하라 류우지. 하하하……."

"지금 무슨 소리를 하는 거야?"

"그러니까 여기는 규슈(가고시마, 구마모토, 후쿠오카를 포함한 남부 지역)잖아. 규슈에서 은세나를 도와줄 사람은 내가 적격이라는 말이지."

"나는 무조건 도망가야 하는 거야?"

"아니. 너를 위험에 빠뜨리려 하는 사람들의 심장에 칼을 꽂아 주려는 거야. 이 시노하라 류우지가."

그가 온천 밖으로 수월하게 나올 수 있도록 그녀의 드레스 자락을 살짝 들어 주었다.

"니가 왜 이 일에 나서려고 하는 건데?"

"기리시마 온천 호텔의 주인으로서 일말의 책임을 느끼거든."

'너를 잃지 않기 위해서야.'

"……."

"사토 켄지도 가만있지는 않을 거야. 아마 자신의 모든 것을 걸고 너를 지키려고 하겠지."

"켄지에게 더 이상 신세를 질 수는 없어."

"사토에게는 미안하지만 규슈에서는 내가 널 지켜 줄게. 만약 교토로 가게 되면 반드시 사토를 찾아가. 그 땅에서는 사토가 날아다닐 테니. 그리고 보니 여왕님은 어디를 가도 안전할 것 같은데. 하하하……."

"구마모토에서 뭘 할 건데?"

"배수의 진을 쳐야지. 어떤 적들인지 내 앞마당에서 느긋하게 살펴볼 거야."

"내가 갑자기 사라지면 가고시마현 공무원인 마츠다상이 곤란해질 지도 몰라."

"그건 걱정하지 않아도 될 것 같은데."

"어째서?"

"사토에게 온천 호텔에서 있었던 일을 메일로 보냈으니까. 아마도 사토가 가고시마에서 너와 접촉한 모든 사람들을 확실하게 파헤칠 거야."

'네게는 치밀하고 용의주도한 사토 켄지가 있잖아. 뭔가 석연치 않은 점이 발견되면 아마도 그 녀석이 가고시마현을 통째로 날려 버릴 거야. 총리 관저 입성을 바로 목전에 두고 있는 사토 코이치의 아들이니. 지금 일본에서 사토 켄지를 분노케 하면 어떤 일들이 일어나려나. 집안의 힘까지 업은 똑똑한 사토 켄지가 너를 위해 어떤 일까지 할 수 있을지 너는 짐작조차 못 할 거야. 아마도.'

"도쿄로 돌아갈까?"

"구마모토까지 그들이 따라오는지 보고 결정하자. 너의 여름 방학은 지금부터 시작인 것 같다."

시노하라는 자신의 재킷을 그녀의 어깨 위에 다시 걸쳐 주었다. 곧 있으면 날이 밝겠구나. 일단 안전한 곳으로 세나를 데리고 가자. 최고 권력자의 탄생을 가리는 선거를 앞둔 여름이라 후루사토의 밤은 그 어느 때보다도 치열한 열기에 휩싸인 것 같네. 어쩐지 평생 잊히지 않을 특별한 여름이 될 것 같다. 올여름은.

마츠다상.

개인적인 사정으로 잠시 가고시마를 떠나게 되었습니다. 죄송해요. 모든 게 다 죄송해요. 지금은 이 말씀밖에 드릴 수가 없네요.

일이 잘 마무리되면 가고시마로. 다시 가고시마로 돌아와서 인사드리겠습니다. 베풀어 주셨던 호의는 정말로 감사했어요. 진심으로.

— 은세나 드림

마츠다는 세나가 자신의 방에 곱게 벗어 놓은 드레스 위에 남겨 두고 간 편지를 읽고 있었다. 하얀 종이에 세 번 접은 자국이 선명하게 남아 있는 단정한 편지. 옷과 구두뿐 아니라 수많은 머리핀 한 개조차 빠뜨리지 않고 편지 옆에 놔두고 간 은세나.

'일이 어떻게 되어 가는 거지. 그녀를 데려간 사람은 누굴까? 흐음…….'

미간에 선명하게 자리 잡은 세로 주름을 만지며 그녀는 골똘히 생각에 잠겼다.

마쓰자카 료스케는 해 뜨기 바로 직전의 새벽 기운 속에서 해변을 걷고 있었다. 서서히 동이 터 오는 사쿠라지마의 일출을 보기 위해 후루사토에 온 건지도. 아……. 오늘은 물안개가 짙게 내려앉았구나. 왠지 아쉬운걸. 마쓰자카는 아무도 밟지 않은 모래사장에 마치 도장을 찍은 듯 자신의 발자국이 선명하게 찍히는 것을 보며 흐뭇하게 웃었다.

그는 고요함 속에서 사색을 즐길 수 있는 동터 오기 전의 아침 시간을 몹시도 좋아했다. 사쿠라지마의 아름다운 아침은 마쓰자카 료스케가 열어 주는군. 그때 그의 시야에 어떤 형체가 드러났다. 아무도 없는 바닷가에 한 남자가 우두커니 앉아 있었다.

'이런. 누가 이 아침부터 선수를 친 거지? 아……. 왠지 낯익은 실루엣인데.'

"어이! 사토. 사토 켄지. 명상의 시간인가?"

켄지는 마쓰자카의 부름에도 고개를 돌리지 않고 바다만 바라보고 있었다. 그는 이곳에서 밤을 지새운 듯 머리가 헝클어져 있었고 드레스셔츠 단추 두 개를 풀어 헤친 어제와 같은 하얀 턱시도 차림 그대로였다. 마쓰자카는 대충 이해할 것 같다는 표정으로 그의 곁에 앉았다.

"어젯밤 파티에서 불꽃놀이가 없기에 대충 짐작은 했다."

"……."

"나는 이번 파티의 주인공인 사토 켄지 군과 이즈미 미카 양의 약혼이 정식으로 선포되고 파바박 터지는 후루사토의 불꽃놀이를 기대하고 있었거든. 하하하……. 왜 매년 그러잖아. 후루사토에서의 약혼 발표와 바로 이어지는 불꽃놀이."

마쓰자카는 애써 밝은 표정을 지으며 켄지를 바라봤다.

"……."

"이런 상심한 얼굴은 사토답지 않아. 교토 사람들이 지금 네 모습을 본다면 사쿠라지마로 당장 날아올 거야. 어찌 됐든 나가타쵸(총리 관저가 있는 곳)는 교토의 자랑 사토 가문이 접수하게 될 테니까. 네가 이즈미와 약혼을 하든 말든 그것과는 관계없이. 도쿄 토박이인 나도 사토 코이치 의원님을 존경하니까."

"그녀가 사라진 것 같아. 시노하라 자식이랑."

켄지는 모든 걸 다 잃은 얼굴이었다.

"하아⋯⋯. 미치겠네."

"어디로 갔을까⋯⋯."

"동경대도 참 암울하다. 사토와 시노하라가 한국에서 온 여왕님을 사이에 두고 뜨겁게 맞붙고 있다니."

마쓰자카는 고개를 좌우로 흔들며 물결치는 바다를 바라봤다.

"그 자식은⋯⋯. 그 자식은 아직 아니야."

"흐음⋯⋯. 아니겠지. 시노하라는 절대 여자한테 마음을 쉽게 줄 녀석이 아니긴 한데."

'사토 켄지, 여왕님의 눈동자에 건배하며 미친놈처럼 양주 네 잔을 스트레이트로 마시던 그 자식 눈빛 너도 봤잖아. 내 눈엔 니네 둘 다 은세나한테 완전 빠져 있는 거 같은데. 흐음⋯⋯.'

"세나가 위험에 빠진 것 같아. 자꾸 이상한 일들이 벌어지고 있어."

"위험에 빠지다니?"

"기리시마에 있는 시노하라 소유의 온천 호텔에 잠입한 누군가가 그녀의 음식에 치명적인 약물을 집어넣었어. 유황 가스 중독을 일으키는."

켄지의 얼굴이 근심으로 일그러졌다. 마쓰자카도 미간에 주름을 잡으며 심상치 않다는 표정으로 켄지를 바라봤다.

"진짜야? 그게 사실이라면 정말로 악질인데."

"그녀를 후루사토 파티에 불러들인 것도 그렇고. 안갯속을 걷고 있는 것 같아."

"사토 가문의 고고한 정치적 생명력을 끊어 놓고 싶어 하는 정적들이 더 많을까? 대시노하라 전자에 치명적인 흠집을 내서 회사가 고꾸라지기를 바라는 경제적인 이권에 얽혀 있는 적들이 더 많을까? 게다가 사토 가문은 나가타쵸 입성을 눈앞에 두고 있는 매우 중요한 시점이고. 암튼 여왕님이 불쌍하게 됐네. 이상한 놈들 사이에 끼어서 위험한 상황에 놓이게 됐으니.

학창 시절 내내 수재 소리를 듣던 명석한 마쓰자카 료스케는 형편없이 부족한 정보를 조합해 상황을 재빠르게 해석했다.

"그런데 왜 하필 가고시마로 불러들였을까. 왜……."

"그건 나도 궁금해. 어쨌든 시노하라가 은세나를 데려갔다면 일단 마음은 놔도 될 거야."

"……?"

"그 자식은 규슈의 외로운 태양이니까. 구마모토 아니면 미야자키로 갔겠지. 자신의 홈그라운드로."

마쓰자카는 하얀 자갈을 주워서 바다를 향해 길게 던졌다.

"구마모토와 미야자키라."

"자기네 호텔에서 일어난 일이니 책임감을 갖고 도와줄 거야. 게다가 은세나는 같은 과 동기고. 그리고…… 어제 너도 봤잖아? 시노하라도 은세나한테 안 좋은 일이 생기면 가만있지 않을 기세던데. 적들이 누가 됐든 시노하라 자식은 규슈에서 펄펄 날아다니는 놈이니 걱정은 안 해도 될 거야."

"그 자식이 이 일에 적극적으로 끼어드는 게 난 마음에 걸려."

켄지가 두 손으로 자신의 얼굴을 문지르며 고개를 숙였다.

"사토와 시노하라라. 누가 들어도 부담스러운 이름이다. 둘이 동시에 참가하는 게임이라면 감정이 깊어지기 전에 한쪽은 이 게임에서 발을 빼야 해. 그것이 여왕님을 위한 최선의 길이야."

한시도 자신의 두뇌를 쉬게 두지 않아 판단이 빠른 마쓰자카 료스케는 이번에도 자신이 타당한 결론에 이르지 않았냐는 눈빛으로 사토를 바라봤다.

"……."

"폭풍 앞에 선 청춘들이네. 여왕님의 심장은 아직 차갑기만 한 것 같은데. 하하하……."

시노하라와 세나는 사쿠라지마에서 가고시마로 향해 가는 페리에 올랐다. 아직 동이 트지 않은 이른 시간이라 페리 안에는 사람이 거의 없었다. 그는 배 2층에 있는 선장실로 직행했다.

"선장님. 오늘도 위로 좀 올라갈게요."

"아이고. 시노하라 님. 이른 시간에 사쿠라지마에는 어쩐 일로. 허허허……."

"지루한 후루사토 파티 때문이죠."

"그러시군요. 어제부터 대단했었죠. 이 페리에 어찌나 엄청난 분들이 타시던지."

"그럼 저는 위로 올라갑니다."

"네네. 일출 감상 잘하세요."

시노하라는 문밖에 서 있던 세나에게 손짓을 했다. 사쿠라지마에 오던 날 입었던 청바지에 하늘색 티셔츠를 걸친 수수한 차림의 그녀가 발소리를 내지 않고 들어갔다.

"시노하라 님. 숙녀분과 동행하셨군요. 이런 장면은 또 처음이네요. 허허허……."

"저희 집 운전기사의 딸이 방학을 해서 놀러 왔거든요. 선장님께 인사해라 아야코."

"처…… 처음 뵙겠습니다."

"그러시군요. 얼른 올라가세요."

세나는 싱글싱글 웃고 있는 시노하라를 노려보며 페리의 맨 꼭대기로 올라가는 계단을 밟았다. 계단은 끝도 없이 이어졌다. 이렇게 높이 올라가도 되나 싶을 정도로 한참을 올라가야 했다.

먼저 올라가 있던 그가 손을 내밀어 주었다.

"아야코쨩, 어서 올라와."

"운전기사의 딸이라고?"

"신분 노출은 절대 금지야. 앞으로는 적당한 위장술이 필요하지."

"위장술로 생각해 낸 게 너희 집 운전기사 딸이야?"

"갑자기 말하려니 생각이 안 나서. 애인이라고 할 수는 없잖아."

시노하라는 그 말을 하며 세나의 얼굴을 똑바로 응시했다. 장난기가 조금 가신 눈빛이었다.

"그래, 고마워. 운전기사의 딸이 훨씬 낫다."

그는 마지막 계단을 오르는 그녀의 손목을 잡고 가볍게 끌어 올렸다. 선장실 위에 있는 이 공간은 두 사람이 겨우 올라설 수 있는 전망대 같은 곳이었다. 선장이 수시로 올라가서 변덕스러운 파도의 상태를 살펴보기 위해 만들어 놓은 공간임에 분명했다.

하지만 그곳은 너무나 좁고 위태로워 발을 딛고 서 있기조차 힘들어 보였다. 고소공포증이 있는 사람이라면 엄두도 못 낼 높이였다. 망망대해 위에 우뚝 솟아 있는 가파른 전망대는 세나에게 두려움을 불러일으켰다.

그녀는 약간의 현기증을 느끼며 철로 만든 발판 위로 조심스럽게 올라섰다. 전망대는 동그란 원형이었다. 반짝이는 은색 스테인리스로 만든 봉이 유려한 곡선을 그리며 지지대 겸 손잡이 역할을 하고 있었다. 시선을 내리자 그 밑은 아찔한 바다였다. 조금이라도 발을 헛디디면 깊고 푸른 물속으로 풍덩 **빠질** 것만 같았다.

먼저 올라가 있던 시노하라가 그녀의 어깨를 부드럽게 감싸 안으며 자신 쪽으로 끌어당겼다.

"오해는 하지 마. 여왕님이 여기서 중심을 잃고 떨어진다고 해도 바닷속으로 뛰어들 자신은 없거든. 스킨십이 아니라 내가 고생하지 않기 위해 보험을 드는 거야."

"여기 손잡이만 잘 잡고 있으면 괜찮을 것 같거든."

세나는 어깨를 감싸고 있는 그에게서 벗어나기 위해 몸을 움직였다.

"그냥 가만히 있어. 확 끌어안는다."

그의 눈빛이 갑자기 진지해졌다. 마침 엄청난 세기의 바람이 전망대의 발판을 뒤흔들 정도의 기세로 불어왔다. 순간 두 사람의 몸이 크게 휘청거렸다. 시노하라는 그녀의 허리를 끌어안고 재빨리 중심을 잡았다.

"세상에 이렇게 세찬 바람도 있다니."

"내 말이 맞지? 좀 불쾌하더라도 잠시만 참아. 후회하지 않을 테니."

그가 아무 말 없이 한 손으로 세나의 두 눈을 가렸다. 부드러운 눈꺼풀을 덮는 따뜻한 온기. 그녀의 검은 머리카락이 시노하라의 턱선을 지나 귓불까지 침범하며 나부꼈다. 그는 세나의 눈을 가린 채 그녀가 바람에 흔들리지 않도록 뒤에서 부드럽게 감싸 안았다. 세나는 귓전을 스치는 강렬한 바람 소리에 귀가 먹먹해지는 기분을 느꼈다.

"지금이야. 저쪽을 봐."

시노하라가 그녀의 눈을 덮고 있던 자신의 손을 살며시 내렸다. 세나는 조심스럽게 눈을 떴다. 그녀의 눈에 들어온 것은 영혼을 태울 듯한 강한 빛이었다. 황금으로 된 반사판을 바로 눈앞에서 흔드는 것만 같았다.

상상을 초월하는 강한 빛에 세나가 흠칫 놀라서 눈을 감자 시노하라가 다시 눈을 가려 주었다.

"여왕님이 태양을 마주 보지 못하는구나. 얼음나라 여왕님이라 그런가. 태양 앞에서 눈도 뜨지 못하네. 반대편 하늘부터 봐야겠다. 이제 다시 천천히 눈을 떠 봐."

그는 세나의 몸을 태양의 반대 방향으로 살짝 돌려 준 후에 그녀의 두 눈을 가리고 있던 자신의 손을 천천히 내렸다. 그녀에게 보이는 것은 아련한 주황빛에 싸여 서서히 물러가는 보랏빛 하늘의 끝자락이었다. 어젯밤 그토록 푸르스름한 기운을 내뿜던 밤의 여신이 마지막 인사를 하는구나. 멀어져 가는 하늘은 밤의 여신이 입고 있는 보랏빛 드레스 자락처럼 처연했다.

"은세나, 지금이야. 무서워하지 말고 동쪽 하늘을 바라봐."

세나는 떨리는 마음으로 동쪽 하늘을 향해 천천히 고개를 돌렸다.

구름과 맞닿을 듯 높이 솟아 있는 망루 위에서 바라보는 하늘은 손을 내밀면 잡힐 듯이 가까웠다. 보랏빛 하늘은 맑은 파란색으로 점점 변해 갔다. 그 파란색 하늘은 그녀의 시선이 옮겨 감에 따라 조금씩 다른 색을 덧입었다.

충만한 황금색의 물결이 서서히 밀려들어 왔다. 아까 느꼈던 그 강렬한 빛의 기운이 다시 한번 맹위를 떨칠 준비를 하고 있었다. 세나는 담대하게 빛의 중심을 바라봤다. 태양이었다. 어둠을 뚫고 방금 떠오른 태양이 당당하게 빛을 발하고 있었다.

태양은 너무 가까이에 있었다. 말도 안 되게 가까운 태양과의 거리를 느끼며 세나는 얼마나 높은 곳에 올라와 있는지 그제야 실감을 했다. 강렬하고 장엄한 일출이었다.

"이제 정식으로 인사를 할게. 저게 바로 규슈의 태양이야. 너무 강렬해서 마주 보기조차 힘든. 규슈에 온 걸 진심으로 환영해."

시노하라의 목소리가 세나의 귓가에서 부드럽게 맴돌았다.

"규슈의 외로운 태양 시노하라 류우지. 반가워. 나는 세상의 중심이야."

"시작부터 기를 죽이는구나. 세상의 중심은 나. 은세나. 멋진 이름 기억할게."

"이렇게 기억에 남는 일출은 처음 보는 것 같아."

"규슈의 태양을 가까이에서 본 소감은?"

"절대 외로워 보이지 않아. 혼자 이 넓은 바다 위에 떠 있는데도 대단한 영향력을 발휘하고 있으니까. 당당하고 근사해. 기댈 곳이 아무데도 없어도 슬퍼 보이지 않네."

장엄한 일출 앞에서 그녀의 목소리가 살짝 떨렸다.

"마치 너처럼. 의지할 사람이 아무도 없어도 항상 꿋꿋한."

"……."

"잊지 마. 넌 생각보다 강한 사람이야."

"……."

'고마워. 그렇게 말해 줘서. 니 말이 왠지 따뜻한 위로로 다가와.'

"근사한 남자들의 호의에도 무관심할 따름이고."

"나를 또 놀리고 싶은 거야?"

"혹시 남자가 싫은 거야? 하하하……."

"누구나 마음속에는 상처가 있기 마련이야."

"……!"

"나는 요란스럽게 살고 싶지 않아. 행복하기만 한 인생은 없는 거니까. 내 슬픔을 드러내며 상대방의 인생까지 뒤흔들고 싶지는 않아."

세나는 규슈의 태양 아래서 자신의 속마음을 꺼내 놓았다.

"……!"

"사람들이 얼음나라 여왕님이라는 말로 나를 은근히 비꼬는 것도 알고 있어. 하지만 나는 휘몰아치는 감정의 폭풍이 가져오는 쓸쓸함의 끝을 보면서 자랐다고나 할까. 사람들은 마치 남들과 다른 특별한 것이 있는 것처럼 끊임없이 자신을 포장하지. 그렇지만 결국에는 지극히 이기적인 판단을 하고 자신에게 유리한 결정을 하도록 만들어진

게 인간이라는 걸 나는 일찍 깨달았어. 그 무엇보다도 자기 자신이 최우선일 정도로 이기적인 게 인간의 본질이지."

철제 구조물인 전망대가 세찬 바닷바람에 크게 출렁이자 시노하라가 등 뒤에서 세나를 단단한 팔로 꽉 끌어안았다.

"세상에 대한 기대가 전혀 없다는 말로 들려."

그와의 거리가 가까워지자 마치 귓속말로 속삭이고 있는 듯한 느낌을 받았다.

"내가 기대하지 않아도 세상은 잘 굴러가니까. 나 하나쯤 방관자로 머물러도 상관은 없어."

"아니. 상관이 있을 것 같은데."

"……?"

"누군가에게 줄 수 있는 기회마저 닫지는 마."

"기회?"

"너에게 변하지 않는 마음을 바칠 사람이 있을지도 모르니까."

"……."

세나는 지금 이 순간 바로 등 뒤에서 느껴지는 심장의 두근거림은 혼자만의 착각이라고 생각했다. 하늘 위로 높이 솟아오른 규슈의 태양은 바다의 수분을 모두 말리려는 듯 뜨겁게 타오르고 있었다.

"블랙잭, 나 왔어. 함께 가자."

시노하라는 가고시마에 도착하자마자 타카치호 목장으로 달려갔다. 그를 발견한 블랙잭이 땅바닥에서 그의 입술까지 단번에 뛰어올라 얼굴을 정신없이 핥았다. 시노하라는 그런 블랙잭을 그대로 안고 초원을 몇 바퀴 함께 뒹굴며 뜨거운 인사를 나누었다.

"아니, 이거 원. 누가 개고 누가 사람인지. 어떻게 니들은 만날 때마다 이렇게 매번 요란스럽냐. 하하하……."

목장 관리인 카토는 단추를 풀어 헤친 턱시도 차림으로 등장한 시노하라와 무척 피곤해 보이는 세나를 번갈아 가며 바라봤다.

"영감님, 목장의 지프차를 빌려야겠는데요. 어디 좀 다녀올 데가 있어서요."

"류우지. 그 몰골은 뭐냐? 네 녀석 차는 어디에다 두고 내 고물차를 빌려 가겠다는 건데?"

"제 차는 지금 후루사토 료칸의 주차장에 있어요. 지금은 길게 말씀을 못 드려요. 은상이랑 같이 가니까 그렇게만 알고 계세요."

카토는 차 열쇠를 건네주며 걱정스러운 눈빛을 보냈다.

"뭐라고? 은상이랑 같이 간다고? 리플릿 만드는 일이 아직 남았는데."

"카토상, 정말 죄송해요. 그 일은 금방 다녀와서 제가 꼭 마무리 지을게요."

"도대체 이게 무슨 일인지. 이른 아침에 귀신 같은 얼굴로 찾아와서는."

"영감님, 차 잘 쓸게요. 블랙잭, 어서 차에 타라."

블랙잭이 꼬리를 치며 뒷좌석으로 단번에 뛰어올랐다.

"류우지, 어디로 가는 거냐?"

시노하라는 카토에게 답하려는 세나를 재빨리 차에 태웠다.

"그건 비밀이에요. 밀월여행의 행선지를 밝힐 수는 없으니까요. 하하하……."

"밀월여행이라고? 세나 양, 그 엉큼한 녀석을 조심해야 해. 허허허……."

점점 작아지는 카토를 뒤로하고 그들은 목장을 떠났다. 블랙잭은 꼬리를 치면서 운전하는 시노하라와 세나에게 번갈아 가며 자꾸 달려들었다.

"야야……. 블랙잭 이 녀석. 뒷좌석에 가만히 있어야지. 보더콜리의 위엄을 보여 주지는 못할망정 이게 무슨 촐싹대는 행동이야."

"블랙잭, 잘 지냈니? 아……. 너무 보고 싶었어."

세나는 앞좌석으로 거의 넘어온 블랙잭을 사랑스럽다는 듯이 쓰다듬었다.

"개한테는 무척이나 친절하네."

"그건 내가 하고 싶은 말이야. 블랙잭이랑 있을 때 너는 정말 딴사람 같아. 그리고 블랙잭은 그냥 개가 아니야. 내 마음을 너무 잘 알아주는 친구 같아."

"이런, 이런. 블랙잭을 너에게 붙여 주는 게 아니었는데. 하하하……."

그들의 차는 빠르게 가고시마를 벗어나 구마모토로 향했다.

"다시 한번 말씀드릴까요? 동경대 학생복지과 다나카상에게로 보낸 서류를 확인하고 싶다고 했습니다."

사토 켄지는 가고시마현청 관광업무과에서 30대 초반의 남성과 날선 독대를 하고 있었다. 이곳 공무원인 남성의 얼굴에는 난처한 기색이 역력했다.

"이런 종류의 공문서는 합당한 이유 없이 열람시켜 드릴 수가 없습니다. 게다가 담당자도 자리를 비운 상태라 어쩔 수가 없네요. 죄송합니다."

"아, 그렇습니까? 지금 합당한 이유라고 하셨나요? 도대체 마츠다상은 어디 계시죠?"

"사토상, 지금 담당자인 마츠다상이 휴가를 내고 자리를 비운 상태라 정확한 답변을 드릴 수가 없네요. 죄송합니다."

"잘 알겠습니다. 그럼 저는 제 동경대 동료이자 한국에서 유학 온 여학생을 이곳으로 불러들인 가고시마현에서 주선한 석연치 않은 여름 일자리의 진실을 밝히기 위해 나름대로의 행동을 취하겠습니다. 그 일 자리로 인해 저의 동료는 목숨이 위태로워질 뻔했죠. 이 사실을 일간 지 기자들에게 제보하겠습니다. 자세한 내막은 언론에서 밝혀 주겠네 요. 그럼, 기사에서 함께 확인하는 걸로 알고 이만 돌아가겠습니다."

"잠시만요. 잠시만요. 사······ 사토상, 기다리세요."

남성의 얼굴은 금세 하얗게 질리고 말았다. 가고시마현이 불미스러 운 일로 언론의 주목을 받아서는 안 된다. 게다가 이 민원의 제기자는 조만간 일본의 총리가 될 사토 코이치의 아들이 아닌가. 누가 사토가 의 남자 아니랄까 봐 어린 녀석이 제법이네.

그는 자신의 자리로 돌아와 어딘가로 전화를 걸었다. 그런 뒤 서류 함에서 한 장의 서류를 들고 사토에게로 다가왔다.

"확인하시죠. 규정을 위반하면서까지 보여 드리는 겁니다."

켄지는 천천히 서류를 훑어보았다. 속에서 욕지기가 나왔다.

'제기랄. 완벽하군. 진짜로 이런 공문을 보냈단 말인가? 흠잡을 데 가 없어.'

그는 서류를 꼼꼼하게 검토한 후 남성에게 돌려주었다. 공무원의 얼굴에는 득의양양한 미소가 번졌다.

가고시마현청의 계단에 앉아서 사토 켄지는 깊은 생각에 잠겼다.

'오늘 밝혀진 것은 단 하나다. 가고시마현 하나쯤은 완벽하게 주무 르는 존재라는 것. 세나에게 덫을 놓은 상대는 치밀하게 움직이는 거 대한 존재란 말인가. 내가 맞닥뜨릴 진실은 과연 무엇일까. 지금까지 의 일들은 일종의 경고인가. 아니면 본격적인 게임의 시작인가. 세나 를 위험에 빠뜨려서 그들이 얻으려고 하는 것은 과연 무엇일까. 알 수 없다. 그녀는 한국에서 온 가난한 유학생일 뿐인데.'

켄지는 어떤 실마리를 잡아 보려는 듯 먼 곳에 있는 건물 맨 꼭대기 층으로 시선을 던졌다. 아무리 생각해 봐도 명확하게 떠오르는 것이 없었다. 그는 다시 서류 봉투를 꽉 움켜쥐었다.

'어째서 완벽한 공문서까지 준비하며 자신들의 실체를 감추려 하는 것인지. 내가 밝혀 주고야 말 것이다. 하지만 그 위험이 나로 인해 비롯된 것이라면. 그렇다면 나는 어찌해야 하는가. 시노하라 류우지, 규슈에서는 네 도움이 필요할 것 같다. 부디 세나를 안전하게 지켜 다오. 규슈에서 더 이상 아무 일도 일어나지 않도록. 선거가 끝나면 이 폭풍도 지나가겠지. 사토 가문의 장자로서 응당 걸어야 할 정치인의 길을 포기한다 해도 나는 상관없어. 너에게로 향하는 이 마음을 접지 않을 거야. 내 모든 것을 걸고 보이지 않는 적들로부터 너를 지켜 줄 거야. 상대가 누가 됐든 너를 해치려 한다면 그건 바로 내 심장에 칼을 꽂는 것이니까.'

그들이 구마모토에 도착했을 때는 사방에 어둠이 내려앉아 있었다. 세나는 조금 지친 듯 말이 없었다. 시노하라는 마을에서 한참 떨어진 산속으로 차를 몰았다.

"다 왔어. 내 앞마당에 온 걸 환영해."

"여기가 어디야?"

"히토요시. 구마모토 남부에 있는 작은 도시야."

"히토요시라. 처음 와 보는 곳이야. 그런데 왜 이렇게 산속으로 들어온 거야?"

"일단 우리도 매복을 해야지."

"매복이라니?"

"하하하……. 농담이야. 차에서 내리자."

주위는 빛 한 점 없이 깜깜했다. 세나는 으스스한 한기가 스며드는 것을 느꼈다.

'이곳은 어딜까?'

"여기는 매우 조용한 곳이야. 유령사라는 절이지."

"유령사?"

"놀라지 마. 이름만 유령사야. 들어가자."

시노하라는 매우 익숙한 듯이 안으로 들어갔다. 그곳은 규모가 제법 큰 절이었는데 절이라기보다는 고즈넉한 료칸 같은 분위기를 풍기고 있었다.

"주지 스님은 주무실 거야. 그러니까 편하게 움직여도 돼."

"이런 절을 어떻게 알고 있는 거야?"

"규슈는 내 손바닥 안이야. 나도 나름 파란만장한 소년기를 거쳤거든."

세나는 더 이상 묻지 않았다. 그는 좁고 긴 내부 복도를 따라서 거침없이 걸어갔다. 복도 양옆으로는 미닫이문으로 여닫는 방들이 마주보고 있었다. 시노하라는 가장 구석진 곳에 자리 잡고 있는 방의 문을 열었다. 내부가 무척 넓은 방이었는데 얇은 미닫이문을 중심으로 두 곳으로 나뉘어져 있었다.

"우리가 묵을 곳이야. 너는 저 안쪽에 나는 바깥쪽에. 미닫이문을 사이에 두고 있지만 네게 무슨 일이 생기면 내가 제일 먼저 달려들어갈 수 있는 곳이지."

"저기……. 블랙잭을 내가 데리고 자도 돼?"

"왜? 무서워? 내가 옆에서 자 줄 수도 있는데. 그때처럼 아무 짓도 안 하고."

세나는 시노하라의 방에 있던 커다란 편백나무 침대가 떠올라서 갑자기 얼굴이 붉어졌다.

"아니야. 난 블랙잭만 있으면 돼."

"하하하……. 알았어. 방에 딸려 있는 욕실에서 씻고 나와. 나는 주지 스님 주방에 훔쳐 먹을 게 좀 있나 찾아보고 있을 테니까."

그는 마치 자기 집인 것처럼 익숙하게 문을 닫고 나갔다. 세나는 나무로 된 욕조에 뜨거운 물을 한가득 받은 후 조심스럽게 들어가서 눈을 감았다.

한잠도 자지 않고 히토요시까지 달려오다니. 갑자기 너무나 많은 일들이 벌어지고 있었다. 여기는 구마모토 남쪽의 히토요시. 또 어떤 일들이 기다리고 있는 건지. 시노하라 류우지와 단둘이 유령사까지 오게 되다니. 세나는 은하수가 흘러가던 기리시마 계곡의 그 아름다운 밤하늘을 다시 한번 보고 싶었다.

따뜻한 물에 잠긴 발가락 끝에서부터 나른한 졸음이 몰려왔다. 그냥 이대로 잠들었으면. 히토요시의 고즈넉한 밤은 이렇게 시작되고 있었다.

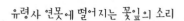

"여왕님, 방에 가져다 놓은 유카타로 갈아입고 어서 나와. 블랙잭, 너도."

'아…… 깜빡 잠이 들었나 보다. 피곤해. 힘든 하루였어.'

세나는 둥그런 나무 욕조에서 힘들게 몸을 일으켰다. 방으로 들어 가자 정갈하게 개어 놓은 이불 옆에 소박한 무늬의 유카타 한 벌이 놓여 있었다. 흰색 바탕에 파란 줄무늬가 들어간 평범한 유카타에서는 강한 햇볕에 바짝 말린 면 이불에서 나는 상쾌한 향이 느껴졌다. 깨끗한 옷으로 갈아입자 몸이 더 나른해졌다.

주방에서는 구수한 된장국 냄새가 풍겨 나왔다. 시노하라는 청바지에 목이 약간 늘어난 갈색 반팔 티셔츠를 입고 분주하게 움직이며 음식을 만들었다. 블랙잭은 기대에 찬 눈으로 가스레인지의 파란 불꽃을 주시하고 있었다.

"왔어? 일단 먹자. 오늘의 메뉴는 구마모토 최고의 된장으로 끓인 두부된장국과 녹차밥이야."

"굉장히 근사한 냄새가 나는데. 황태자님(기리시마 온천 호텔 직원들이 시노하라를 부르는 은어)이 요리도 하시는 줄은 몰랐어."

"규슈에서 생존하기 위해서는 요리가 기본이지. 여왕님(차갑고 도도한 얼음나라 여왕님이라고 동경대에서 붙은 별명)이 만들어 주는 한국 요리도 기대할게."

"이런. 나는 요리를 할 줄 모르는데."

"누가 해 주는 밥만 받아먹었다면 나름 괜찮은 청소년기를 보냈네."

세나는 시노하라의 얼굴을 빤히 쳐다봤다. 청바지에 티셔츠를 입은 그는 확실히 편해 보였다. 아니, 히토요시에 온 이후로 그의 얼굴에는 생기가 넘쳐흘렀다.

"밥이 특이해."

"녹차밥이야. 히토요시산 어린 녹차는 찾는 사람이 워낙 많아서 이맘때가 되면 돈 주고 구하고 싶어도 못 구할 정도로 인기가 많아. 내가 여왕님을 위해 히토요시산 귀한 녹차로 지은 밥이니 맛있게 먹어."

"여기가 녹차 산지인 줄은 몰랐어. 녹차를 가지고 밥도 하는구나."

"여왕님의 입맛에 맞아야 할 텐데."

향이 강하지 않은 녹차를 우린 물로 밥을 다소 꼬들꼬들하게 짓다가 마지막으로 뜸을 들이기 전에 어린 녹차잎을 한 꼬집 정도 넣으면 기름진 쌀과 담백하고 향긋하게 어우러지는 녹차밥이 완성된다.

세나는 녹찻물이 살짝 배어든 밥을 떠서 입 안으로 가져간 후 여러 차례 음미하듯이 씹었다.

"어때?"

"오……. 식감이 굉장히 쫄깃한데. 씹을수록 고소하고 향긋해."

"다행이네. 여왕님 입에 맞아서. 누구를 위해 밥을 해 주는 건 처음인데 이런 기분이구나."

시노하라는 굉장히 즐거운 얼굴로 세나가 밥을 먹는 모습을 빤히 쳐다보며 또 어떤 감탄의 말이 나오려나 기대하는 표정이었다. 세나는 더 이상 대꾸하지 않고 조용히 밥을 먹었다. 오랜만에 느껴 보는 평화롭고 고요한 시간이었다.

주위에 인가라고는 찾아볼 수 없는 유령사는 쓸쓸할 정도로 조용했다.

"밥도 먹었으니 이제 유령사를 한번 구경해 볼까? 나가자."

"특별히 구경할 게 없어 보이는데. 그냥 자고 싶어."

"많이 피곤해? 그럼 연못만 보고 자."

"연못?"

"따라와."

시노하라는 주방 뒤로 나 있는 작은 문을 향해 걸어갔다. 바깥으로 바로 연결되는 문이었다. 칠흑 같은 어둠이 무겁게 내려앉은 유령사. 잘 손질된 폭신한 잔디가 부드럽게 발에 밟혔다. 조금 걸어가자 잔디가 벗겨져서 군데군데 붉은 흙이 드러난 내리막길이 나왔다.

"잡아. 내 손. 길이 미끄러워."

물기를 흠뻑 머금은 부드러운 흙길은 몹시도 미끄러웠다. 어느새 그의 손이 세나의 손을 꼭 잡고 있었다. 그녀는 시노하라의 도움으로 내리막길을 수월하게 내려갔다. 그에게는 모든 게 다 익숙해 보였다. 이 가파른 내리막길도. 이 낯선 공기도.

"조심해. 바로 앞이 연못이야."

'아…… 연못이었구나. 무척이나 크고 아름다운 연못이로구나.'

세나는 그에게 잡혀 있는 손을 슬쩍 빼며 연못 가까이로 걸어갔다. 달빛 아래서 유령사의 연못이 서서히 모습을 드러냈다. 큰 바위, 하늘하늘 하게 피어 있는 꽃, 그리고 잘 손질된 키 작은 나무들, 다시 이어지는 흰 무리의 꽃. 이게 뭘까. 너무 완벽해. 마치 누가 일부러 만들어 놓은 연못처럼 물, 나무, 꽃, 돌이 아름다운 조화를 이루고 있구나.

"구마모토에서 가장 아름다운 연못이야. 유령사의 연못은 600년 동안이나 정성 들여 가꾼 연못이지."

"600년? 그렇게 오래된 연못이야?"

"여기 주지 스님들이 대대로 이 연못을 가꾸셨어."

세나는 흰 꽃무리에 둘러싸여 있는 평평한 바위에 앉았다. 하얀 달빛이 잔잔한 물의 표면에 숨도 쉬지 않고 머물러 있었다. 연못 위로 섬세하게 부서지는 달빛. 이 연못을 바라보고 있자니 졸음이 몰려왔다. 이상하게 스르르 맥이 풀렸다.

"여기를 어떻게 이렇게 잘 알아?"

"어렸을 때 잠시 여기서 살았거든."

시노하라의 목소리에 쓸쓸함이 묻어 나왔다.

'여기서? 가고시마의 목장이 아니고?'

"아주 오래전 얘긴데. 나는 가고시마 목장에서 어린 시절을 보냈어. 도쿄를 떠나 가고시마 목장에 도착했던 그 첫날을 잊을 수가 없지."

'네 이야기는 이미 들었어. 외로웠던 어린 시절이었겠구나.'

"여덟 살에 엄마랑 떨어져서 새끼였던 블랙잭이랑 단둘이 목장으로 왔는데 도착한 첫날부터 난 잠을 자지 못했어. 그렇게 며칠 동안이나. 아니, 밤에 잠을 잘 수가 없었지."

세나는 달빛이 비치는 그의 옆모습을 바라봤다.

"……."

"태어난 지 두 달밖에 안 돼서 엄마 젖도 못 뗀 블랙잭이 먹지도 않고 계속 토하기만 했거든."

"……."

"나는 뜬눈으로 밤을 새우고 어린 블랙잭은 계속 아프고. 지금도 궁금해. 내가 잠을 자지 못해서 블랙잭도 아팠던 건지, 블랙잭이 아파서 내가 잠을 자지 못했던 건지."

위태롭던 그 시절의 어린 블랙잭이 눈앞에 떠오르기라도 하는 듯 그의 목소리가 가늘게 떨렸다.

'이런 이야기를 듣는 게 마음이 아파. 왜 내 마음도 이렇게 아픈 걸까.'

"목장의 어른들은 고심 끝에 나와 블랙잭을 이곳 유령사로 보냈어."

'그랬었구나.'

"그런데 참 이상하지. 가고시마에서는 무려 5일 동안이나 잠들지 못했었거든. 그런데 이곳으로 오자마자 저 연못을 보며 잠이 들었어. 바로."

세나는 고개를 돌려서 그의 얼굴을 다시 한번 찬찬히 바라봤다. 그의 시선은 연못에 깊이 잠겨 있는 달그림자를 좇고 있었다. 그의 얼굴이 조명을 받은 것처럼 투명하고 하얗게 빛났다. 시노하라의 옆모습이 너무나 고독해 보였다.

"유령사 본당의 큰 유리를 통해 이 연못을 그대로 볼 수가 있었어. 나는 그 본당에 누워서 연못에 내려앉는 모든 소리를 들었지. 흰 꽃잎이 물 위로 떨어지는 소리, 나뭇잎이 바람에 날리는 소리, 새들이 나뭇가지를 흔들고 날아가는 소리. 그 소리들이 어린 내 귀에 세밀하게 들려왔지. 그리고 끝을 알 수 없는 잠의 나락으로 빠져들었어."

"너무 슬픈 이야기처럼 들려."

"아니야. 유령사는 그만큼 나에게 특별한 곳이야. 잠 못 이루던 내게 평안을 주었지."

"블랙잭도 여기서 건강해진 거야?"

"맞아. 나는 무려 이틀 동안이나 내리 잠을 잤어. 자고 일어나서 연못으로 나와 보니 어떤 정신 나간 강아지가 굉장한 속도로 뛰어다니고 있었지."

"블랙잭이 유령사를 바람처럼 뛰어다니는 모습을 보고 어린 류우지는 정말 기뻤겠구나."

그가 세나 쪽으로 천천히 고개를 돌렸다.

"사토는 이즈미와 절대로 약혼하지 않을 거야."

"……!"

"그 녀석에게 너무 상처를 주지 마."

"그런 얘기라면 하고 싶지 않아."

"너를 있는 그대로 사랑해 줄 남자가 없을 것 같아? 언제까지 그렇게 마음의 문을 꼭 닫고 살 건데?"

"하아……. 부탁이야. 제발 나를 잘 아는 것처럼 그렇게 말하지 마. 나는 이만 들어가서 잘래."

세나는 자리에서 일어섰다. 미끄러운 언덕길을 넘어지지 않고 제법 잘 올라갔다. 잔디를 밟으려는 순간 시노하라가 거칠게 손목을 낚아챘다. 둘 사이가 긴밀하게 좁아졌다.

"무슨 짓이야?"

"사토 켄지도 성에 안 차면 대체 어떤 이름이면 되겠어?"

"자꾸 무례하게 굴지 마."

"남자들 애태우는 게 그렇게 좋아?"

연못가에서 봤던 그 고독한 얼굴이 아니었다.

"시노하라. 말조심해. 애태운 적 없어. 그러고 싶지도 않고."

"나는 어때?"

"……!"

"사토 켄지가 부족하다면 시노하라 류우지는 어떠냐고?"

"더 이상 할 말 없어. 이거 놔."

그는 세나의 양 손목을 잡고 자신의 몸 쪽으로 더욱더 가깝게 끌어당겼다. 두 사람은 얼굴이 닿을 듯이 가까워졌다. 팽팽한 긴장감이 유령사의 연못을 집어삼킬 듯이 흘렀다.

'네가 차라리 사토의 여자였으면 좋겠다.'

'내 인생이 잠잠하게 흘러가도록 내버려 둬. 부탁이야.'

세나는 이런 승강이가 의미 없다는 듯 그를 쏘아봤다.

'너를 여기로 데려오는 게 아니었어. 자꾸만 헛된 꿈을 꾸게 돼.'

'이 여름은 곧 끝날 거야. 다시 내 일상으로 돌아가겠지.'

세나는 잡힌 손을 빼기 위해 힘을 주었지만 역부족이었다.

'내 앞에서 그런 얼굴로 있지 마. 차라리 너를 외롭게 내버려 두지 않을 남자한테 가라. 사토 켄지든 마쓰자카 료스케든.'

'누구에게도 내 인생을 맡기지는 않을 거야. 그게 내가 살아가는 방법이야.'

시노하라가 잡고 있던 손을 풀어 주었다. 아주 짧은 순간이었지만 그의 눈빛이 슬퍼 보였다. 세나는 한동안 자리에서 움직일 수가 없었다. 심장이 빠르게 뛰었다. 연못 주위의 흰 꽃들이 한 덩어리가 되어 그녀에게로 달려드는 기분이었다.

시노하라는 마치 연못에 들어갈 듯이 가까이 걸어가고 있었다. 마른 나뭇가지를 밟는 그의 발소리가 그녀의 심장을 두드렸다. 뭘까. 이 감정은. 약간은 허탈하고 조금은 쓸쓸한 감정이 밀려들었다. 세나는 안으로 발길을 돌렸다. 그도 그녀도 서로의 뒷모습을 바라보지 않았다. 유령사에 다시 죽음 같은 적막이 찾아들었다.

"선생님, 그러니까 목숨을 위협하기 위해서가 아니었단 말입니까?"

마쓰자카 료스케는 가고시마 중앙병원의 쿠도 선생 앞에서 잠시 할 말을 잃었다.

"그렇다네. 딱 의식을 잃을 정도의 양만 넣었지."

"이해가 안 되는군요. 도대체 왜 그랬을까요. 은상에 대해 개인적인 원한을 갖고 있는 사람일까요?"

"그렇다면 왜 의식을 잃을 정도의 양만 넣었겠나. 그대로 숨통을 끊어 놨겠지."

"기리시마 온천 호텔에서 그럴 일을 할 만한 사람은 누가 있나요?"

쿠도는 잠시 눈을 감았다. 몹시 고통스럽다는 표정이었다.

"딱 셋이 있지."

"그게 누구죠?"

마쓰자카의 눈빛이 날카롭게 빛났다.

"오쿠다 지배인, 야마자키 팀장, 그리고 마츠다."

"잘 알겠습니다. 저는 이만 일어나야 할 것 같아요."

문을 향해 걸어가는 마쓰자카를 향해 쿠도가 입을 열었다.

"마쓰자카군, 자네 아직도 류우지를 원망하고 있나?"

"······!"

마쓰자카는 충격을 받은 듯 잠시 멈춰 섰다가 쿠도를 향해 천천히 몸을 돌렸다.

"그건 말이야. 류우지의 잘못이 아니었네. 그러니까 이제 그만 류우지를 놓아주게. 죄책감의 굴레에서. 그도 행복할 권리가 있지 않나?"

"쿠도 선생님. 그 굴레는 타인이 씌운 게 아닙니다. 시노하라 스스로 자신을 결박한 마음의 굴레일 뿐이죠."

"마쓰자카군. 그 녀석이 어떻게 살아왔는지 자네도 잘 알고 있지 않은가."

"자기 자신밖에 모르는 철저하게 이기적인 녀석이죠. 앞으로도 그렇게 살아갈 것이 분명하구요. 시간 내 주셔서 감사드립니다. 선생님께서 도쿄에 오시면 제가 좋은 곳에서 한번 모시고 싶습니다. 그럼, 다음에 뵙겠습니다."

그는 깍듯하게 인사한 후 쿠도의 방에서 나왔다. 기리시마 온천 호텔 3인방을 조사해 봐야겠군.

마쓰자카는 병원 주차장에 세워 놓은 자신의 차에 올라 시동을 걸며 잠시 생각해 봤다. 사토 켄지와의 우정을 위해 은세나를 돕고 싶은 건지, 아니면 개인적인 호기심으로 이러는 건지. 어찌 됐든 알 수 없는 위험에 빠진 숙녀를 돕는 것은 신사의 도리니까.

그는 생각을 멈추고 기리시마 온천 호텔을 향해 차를 몰았다. 시내 중앙의 교차로에서 제법 긴 신호에 걸린 틈을 타 켄지에게 전화를 했다.

"사토, 나야. 쿠도 선생님을 만나고 온천 호텔로 가는 길이야. 흥미로운 사실을 알아냈어."

— 마쓰자카, 지금 당장 이리로 와. 온천 호텔로는 가지 말고. 어서.

"무슨 일이야? 거기가 어딘데?"

— 기리시마 신궁이야.

"기리시마 신궁? 알았어. 바로 갈게."

기리시마 신궁은 일본에서 몇 손가락 안에 꼽힐 정도로 규모가 큰 신사였다. 뜨거운 가고시마의 여름. 사토는 비 오듯 쏟아지는 땀에도 아랑곳없이 오로지 한곳에만 시선을 집중하고 있었다. 그의 얼굴에 미소가 번졌다. 엉킨 실타래가 서서히 풀리는 것 같았다.

"사토, 갑자기 왜 여기로 부른 거야?"

마쓰자카는 신궁 뜰 안에서 생각에 잠겨 있는 켄지를 향해 성큼성큼 걸어 들어갔다.

"마쓰자카, 어서 와. 겨우 실마리를 잡은 것 같아."

"그게 뭔데?"

마쓰자카의 두 눈이 날카롭게 빛났다.

"나는 세나와 접촉한 사람 중에 수상해 보이는 사람들의 과거를 밝힐 방법을 찾고 있었지. 그러다 생각해 낸 것이 신사에 올리는 기도문이었어."

"신사에 올리는 기도문?"

"그래. 여긴 개인의 사연을 신에게 일일이 고하는 가고시마잖아. 이 신사에 매년 1월 1일마다 사람들이 바치는 기도문을 모조리 찾아서 읽었어."

"기도문을 모두 다 읽었다고? 엄청나게 방대한 양일 텐데. 그게 어떻게 가능해?"

켄지는 신당으로 들어가기 전 촘촘한 간격으로 짜여 있는 커다란 나무 칸막이에 히라가나순으로 이름들이 있고 그 안에 빼곡하게 꽂혀 있는 기도문들을 손으로 가리켰다.

"오호……. 의심 가는 사람들의 기도문만 찾아봤구나! 대단한걸. 역시 교토의 지성 사토 켄지야. 쓸 만한 게 나온 거야?"

"엄청난 양의 기도문 중에서 수상한 것을 하나 발견했지."

"정말?"

마쓰자카는 켄지 쪽으로 한 걸음 더 바싹 다가갔다.

"가고시마와 전혀 상관없는 지역을 위한 구구절절한 기도문이었어."

"거기가 어딘데?"

"교토. 카미시치켄."

"카미시치켄? 거기는 교토의 대표적인 하나미치(게이샤가 있는 요정 거리)잖아."

"맞아. 기리시마 온천 호텔의 누군가가 몇 년째 카미시치켄의 안녕을 위한 기도문을 올렸어."

"가고시마 사람이 올리는 카미시치켄을 위한 기도문이라. 정말로 수상한데. 그게 누구야?"

켄지의 영민한 눈빛이 기쁨으로 반짝였다. 승리에 찬 미소였다.

"야마자키. 기리시마 온천 호텔의 VIP 고객 팀장이야."

"야마자키가 교토와 관련이 돼 있단 말이지. 거기는 사토 켄지의 본거지인데. 야마자키가 임자를 제대로 만났네. 이제 어떻게 할 거야?"

마쓰자카는 앞으로 펼쳐질 일들이 자못 기대된다는 듯 켄지를 바라봤다.

"일단 지켜봐야지. 규슈에서 어떤 일이 일어나는지. 만약 거기에서도 세나에게 안 좋은 일이 생기면 그때는 교토로 갈 거야. 누가 뒤에서 이런 일을 조종하고 있는지 밝혀내고야 말겠어."

"사토. 하지만 조심해야 돼. 사토 코이치 의원님의 선거를 앞두고 있는 시점이야. 너의 움직임 하나하나를 수많은 눈들이 주목하고 있다는 것을 잊지 마."

"그건 상관없어. 다른 사람의 이목 따위는 신경 쓰지 않아."

켄지의 음성에 단호함이 실렸다.

"……!"

"내게는 오직 세나만이 중요해. 만약 나와 관련된 사람이라고 해도 절대 용서하지 않을 거야."

"사토 켄지. 사나이의 순정을 여왕님에게 모두 바쳤구나. 그녀가 네게 그 정도의 의미인 줄은 몰랐다."

마쓰자카는 자신의 모든 걸 내건 남자의 눈빛을 하고 있는 친구의 얼굴을 걱정스럽게 바라봤다.

"쿠도 선생님을 만난 일은 어떻게 됐어?"

"나도 흥미로운 사실을 알아냈어. 은상에게 넣은 약물이 치명적인 수준은 아니었다는 거지."

"……?"

"딱 의식을 잃을 만큼의 양."

켄지의 두 눈에 순식간에 분노가 서렸다.

"그들의 의도는 뭘까? 목숨을 위협하려고 했던 게 아니라면. 도대체 어떤 의도로."

"의도가 어찌 됐든 곧 밝혀지겠지. 교토의 지성, 규슈의 태양, 도쿄의 양심이 덤벼드는 일이니. 하하하……."

"마쓰자카, 나를 도와줄 거지? 앞으로 네 도움이 필요할 것 같아."

"물론이지. 도쿄 펜싱클럽의 이름을 걸고 너를 도와주겠어. 그나저나 시노하라는 잘하고 있나? 원체 속을 알 수 없는 녀석이라."

시노하라 류우지. 켄지는 저 멀리서 알 수 없는 불안감이 밀려드는 것을 느꼈다. 왜 시노하라 자식을 떠올릴 때마다 묵직한 불안감이 엄습하는 것일까. 세나. 잠시만 기다려 줘. 곧 너를 도우러 갈 테니.

은은한 향냄새가 방 안을 감돌았다. 어디서 흘러들어 오는 것일까 이 향 내음은. 아까는 무척이나 졸렸는데 지금은 잠기운이 싹 가신 듯했다. 세나는 얇은 이불을 목까지 덮었다. 가는 발목에서부터 어깨뼈까지 으스스한 한기가 느껴졌다. 시노하라는 아직도 연못에 있는 건가. 새벽이슬이 내릴 시간인데. 후루사토에서부터 잠을 자지 못해서 무척이나 힘들 텐데. 내가 지금 그를 걱정하고 있다니. 모르겠다. 머릿속이 복잡해.

그때, 미닫이문이 열리는 소리가 들렸다. 세나는 본능적으로 발치에서 자고 있는 블랙잭을 확인했다. 시노하라가 들어왔나? 아니면 혹시……. 잠시 기다려 보았지만 그의 방에서는 이불을 펴는 소리가 들리지 않고 정적만이 감돌았다. 얇은 미닫이문을 열고 확인하고 싶었지만 아까의 다툼이 떠올라서 용기가 나지 않았다.

시노하라는 방으로 들어와 그녀와 자신과의 공간을 정확하게 나누고 있는 미닫이문을 바라봤다. 그는 문이 가장 잘 보이는 벽에 뒷머리를 기대고 앉았다. 그리고 뚫어질 듯이 정면을 응시했다. 파란 달빛에 그녀의 그림자가 비쳤다. 반듯하게 누워서 자고 있구나.

그는 주방에서 챙겨 온 구마모토 소주를 유리잔에 가득 따랐다. 얼음으로 희석하지 않은 독한 소주를 한 모금 목으로 넘겼다. 그녀와의 거리는 정확히 세 걸음 하고도 반. 둘 사이에 놓인 것은 창호지를 바른 얇은 문 하나뿐이었다.

'저 문을 열고 들어가서 잠자는 얼굴을 들여다보고 싶은 어리석은 생각.'

속으로 중얼거리며 술 한 모금을 넘겼다.

'그녀의 입술에 키스하고 싶은 뜨거운 욕망.'

다시 술 한 모금을 천천히 넘겼다.

'그녀를 품에 안고 따뜻하고 편안한 아침을 맞고 싶은 헛된 욕심.'

또 한 모금의 술이 그의 식도를 타고 넘어갔다. 술 한 모금에 마음속 어지러운 생각들을 하나씩 부려 놓고 번민이 없는 몸속 어딘가로 억지로 넘기려는 듯.

세나는 자리에서 일어나 앉았다. 너무나 조용한 저쪽 상황이 몹시도 불안했다.

"시노하라, 들어온 거야?"

아무런 대답이 없었다. 그녀는 자고 있는 블랙잭을 다시 한번 확인했다.

"왜 대답을 안 해?"

시노하라는 술잔을 든 채로 그녀의 그림자를 응시하고 있었다.

'더 이상 부르지 말고 부디 그냥 자라. 나는 오늘 좀 위험한 것 같다.'

"이 문을 열 거야. 네가 맞는지 확인해야겠어. 지금 문 연다."

'열지 마. 오늘은 내게로 오지 마. 은세나, 내 자제력이 어느 정도인지 나도 알 수가 없다.'

세나는 조심스럽게 미닫이문을 열었다. 방 안은 깜깜했다. 시노하라의 모습은 어디에도 보이지 않았다. 싸늘한 두려움이 엄습했다. 그녀는 조심스럽게 문턱을 넘어갔다.

시노하라는 어둠 속에서 한 발 한 발 자신에게로 걸어오는 세나의 모습을 보고 있었다. 그는 가만히 술잔을 내려놓았다.

"방에 들어왔으면 대답을 해 줘."

그 순간, 누군가가 그녀의 손목을 잡고 확 끌어당겼다. 세나는 남자의 무릎 위로 그대로 주저앉고 말았다. 그녀를 잡아당긴 사람은 시노하라였다. 그의 눈빛은 몹시도 불안해 보였다.

"대답을 안 해서 넌 줄 몰랐어. 미안해. 내가 방해했다면. 그만 갈게."

그의 무릎 위에서 일어나려는 그녀를 그가 강하게 제지했다.

"그냥 있어."

세나는 불안해졌다.

"술 마셨구나. 이러지 마."

"아까 내가 했던 질문에 네가 답을 할 차례야."

장난기라고는 조금도 찾아볼 수 없는 진지한 눈빛이었다.

"……?"

"시노하라 류우지면 만족하겠냐는 내 질문에 대한 너의 답을 듣고 싶어."

"그게 왜 궁금하지?"

"몹시도 중요한 문제거든. 오늘 밤 나에게는."

그의 시선이 세나의 빨간 입술로 내려왔다.

"……?"

"여왕님의 답변에 따라서 내 행동을 결정할 거니까."

"무슨 소리야."

"내 이름이 여왕님에게 만족을 준다면. 키스할 거야. 너에게."

"……!"

"자, 대답해. 네 차례야."

어둠 속에서 그의 눈빛이 강렬하게 빛나고 있었다. 지금까지 봤던 모습 중에서 가장 진지한 얼굴이었다. 그는 자신의 팔로 그녀를 꽉 끌어안은 채 도망갈 틈도 주지 않고 그녀의 얼굴만 뚫어질 듯이 바라보고 있었다. 두 사람의 얼굴이 너무나 가까웠다.

"일본 여자애들한테는 시노하라 류우지가 규슈의 외로운 태양인지 몰라도 내게는 아니야."

"진심이야?"

"물론."

그의 눈빛에 서린 진지한 열기가 서서히 실망의 빛으로 바뀌어 갔다.

"다시는 저 문을 열고 내게로 오지 마. 남자는 위험한 동물이야. 특히나 이런 밤에는."

"충고 고마워. 앞으로는 그럴 일 없을 거야."

시노하라는 세나를 가두었던 팔에 힘을 풀었다. 두 사람은 거의 같은 속도로 일어났다. 그는 마지막으로 그녀의 얼굴에 차가운 눈빛을 보낸 후 방문을 열고 나가 버렸다. 본당에서 퍼져 나온 진한 향 내음이 열린 문 사이로 스멀스멀 들어왔다. 그가 나가고 난 텅 빈 공간에는 매캐한 향내만이 진동했다.

세나는 눈으로 그의 뒷모습을 좇았다. 시노하라의 갈색 셔츠가 보이지 않을 때까지 그녀는 그의 쓸쓸한 등에서 시선을 떼지 못했다. 어린 류우지를 잠들게 했던 그 소리가. 흰 꽃잎이 연못에 내려앉는 그 소리가 세나의 귓가에도 들려오는 것만 같았다. 유령사의 밤은 아픈 숨소리를 남긴 채 새벽을 향해 흘러가고 있었다.

16
모모치해변

세나는 무릎까지 빠지는 눈 쌓인 길을 헤매고 있었다. 어둠 속에서 시리도록 푸른빛을 띠고 있는 차가운 눈. 길은 보이지 않았다. 눈길을 헤치며 한참을 가고 또 가도 언제나 그 자리였다. 새끼발가락에서부터 무릎뼈까지 소스라치게 시려 왔다. 그 서슬 퍼런 냉기가 온몸을 관통하는 기분을 느끼며 그녀는 눈을 떴다. 꿈이었다. 세나는 그 꿈이 너무나 추워서 동그랗게 둘둘 만 이불 속으로 작은 몸뚱아리를 집어넣었다.

그녀의 기척을 느꼈는지 블랙잭이 머리맡으로 다가와 베개 옆에 모로 누웠다. 세나는 손을 뻗어 블랙잭의 검은 털을 쓰다듬었다. 영리한 개는 자신의 따뜻한 온기를 말없이 나눠 주고 있었다. 고맙다 블랙잭. 세나는 다시 서서히 잠에 빠져들었다. 아침의 기운을 느끼며.

"아니, 이게 무슨 일이야? 류우지. 네놈이 돌아온 거냐?"

미닫이문이 드르륵 열리는 소리에 세나는 깜짝 놀라 일어나 앉았다. 블랙잭이 소리가 난 쪽을 향해 꼬리를 치며 달려갔다. 그녀의 눈앞에는 훤칠한 키와 넉넉한 풍채를 가진 40대 중후반으로 보이는 여성이 놀란 표정으로 서 있었다.

"아이쿠야. 실례했어요."

여자는 황급하게 문을 닫았다. 하지만 문은 이내 다시 열렸다.

"아가씨, 하나만 물읍시다. 혹시 시노하라 류우지랑 같이 왔나요?"

세나는 유카타의 앞섶을 추스르며 조심스럽게 대답했다.

"네. 맞아요."

"아하! 그래요? 알겠어요. 네네……. 하하하……. 블랙잭 오랜만이
다. 하하하……."

"……?"

"하하하……. 블랙잭 이 정신 나간 강아지 새끼야, 네 주인이 드디
어 정신을 차렸구나."

"저는 은세나라고 합니다. 누구신지……."

세나는 자리에서 일어섰다. 이런 차림으로 낯선 여자와 인사를 나
눈다는 게 몹시도 어색했지만.

"이 다 쓰러져 가는 절간에서 스님들 밥해 주고 있는 스즈키라고 해
요. 류우지가 이렇게 귀여운 아가씨를 데리고 오다니. 그런데 이 자식
은 어디를 갔는지 도통 안 보이네."

세나는 시노하라를 편하게 부르는 여인의 거친 입담에서 왠지 모를
안도감을 느꼈다.

"일단 옷을 갈아입고 어서 나와요. 뭘 좀 먹어야죠."

"스즈키상, 죄송하지만 옷을 좀 사고 싶은데요. 근처에 살 만한 곳
이 있을까요?"

세나는 자신이 입고 온 땀에 젖은 티셔츠와 청바지를 떠올리며 조
심스럽게 물었다.

"아하……. 그런 거라면 걱정 말아요. 우리 딸아이의 옷장에서 입을
만한 걸로 가져다줄 테니까. 그 싸가지 없는 계집애는 오사카에서 학
교를 다니고 있는데 여름 방학에도 히토요시로는 안 온다네요. 지 엄

마는 이 무덤 같은 절간에서 까다로운 영감님에게 밥해 주며 이렇게 고생하고 있는데. 딸이란 것들은 다 그렇죠. 잠시만 기다려요."

스즈키는 대단한 입심을 보여 준 후 어디론가 사라졌다. 세나는 잠시 얼이 빠진 표정으로 서 있었다. 시노하라의 방은 텅 비어 있었다. 잠을 잔 흔적조차 없었다. 그는 밤새 들어오지 않은 듯했다.

세나는 잠자리를 정리하고 찬물에 세수를 했다. 히토요시의 쨍한 햇볕이 욕실 창문을 통해 강하게 들어오고 있었다. 무더운 하루가 될 것 같았다.

스즈키의 발걸음은 날아갈 듯 가벼웠다. 류우지가 애인을 데려오다니. 그 엉큼한 자식이 저 귀여운 아가씨를 새벽에 몰래 데려와서 깊은 방에 숨겨 놓은 것인가. 하하하……. 한 쌍의 예쁜 원앙새처럼 잘 어울리는 커플이구나. 빌어먹을 시노하라 집안. 어린것을 머나먼 곳에 보내 놓고 들여다보지도 않았던 잔인한 인간들. 류우지야, 이제 행복을 찾아서 날아가라. 저 구마강에서 자유롭게 날아다니는 새처럼. 에이고. 주책맞게 눈물이 다 나려 하네.

"이걸 입으라고요?"

세나는 스즈키가 가져다준 옷을 받아 들고 난감하다는 표정을 지었다.

"이 옷이 뭐 어때서? 히토요시의 날씨에는 이렇게 시원한 원피스가 딱이지."

"그래도 이 옷은 너무……. 그러니까 이런 산속에서 입기에는 너무 여성스럽고 많이 불편해 보이는데요."

세나의 설명에도 스즈키는 물러서지 않겠다는 완고한 얼굴로 문 앞을 지키고 있었다.

"세나 양, 내가 도무지 싸가지를 찾아보려야 찾아볼 수가 없는 우리 딸년에게 이 옷을 입혀서 구마모토에서 나름 잘나가는 총각한테 선을 보이려고 했었거든. 그 남자는 직장이 탄탄한 은행원이었는데. 허우대도 멀쩡해, 연봉도 많아. 그런데 이년이 미꾸라지처럼 요리조리 빠져나가는 거야. 아이고. 말도 마. 오사카에 숨겨 놓은 애인이 있었다는 걸 이 미련한 에미는 뒤늦게야 알았지. 그 계집애가 골격은 엄마를 닮지 않아서 몸매는 나름 봐 줄 만하거든. 얼굴은 개구리 상이지만. 하하하……. 암튼 임자를 못 만난 좋은 옷이니 일단 입고 나와요. 나는 류우지 녀석을 찾아볼 테니까."

세나는 문을 닫고 나가는 스즈키의 뒷모습을 바라봤다. 그녀는 할 수 없다는 표정으로 머리에서부터 원피스를 입었다. 무릎 선에서 간당간당하게 떨어지는 새하얀색 원피스. 라운드로 깊게 파인 목둘레에는 자잘한 레이스 장식이 달려 있었다. 민소매에 가까운 짧은 소매도 망사 느낌의 얇은 레이스로 처리되어 있어서 굉장히 청순하고 여성스러워 보이는 원피스였다. 마치 첫 데이트를 앞둔 시골 아가씨가 정성스럽게 고른 듯한 귀여운 옷으로 그녀의 흑진주처럼 윤기 나는 검은 머리와 하얀 얼굴을 돋보이게 해 주었다.

세나는 긴 머리를 가지런히 빗어 내린 후 방문을 열었다. 사람의 흔적이 전혀 보이지 않는 시노하라의 방. 그 방에 깔린 다다미를 밟자니 가슴에 묘한 통증이 느껴졌다. 그는 어디에서 잤을까.

스즈키와 세나는 느긋하게 점심 식사를 마친 후 연못가에 앉아서 향기로운 차를 마시고 있었다. 얼굴에 와 닿는 오후 햇살을 기분 좋게 받으면서. 벌써 점심시간이 훌쩍 지났건만 시노하라는 얼굴조차 보이지 않았다.

"옷이 아주 임자를 만났네, 만났어. 아가씨한테 아주 딱이야. 하하하……."

세나는 말없이 웃기만 했다. 좋은 분이로구나. 스즈키상은. 그때 유령사 입구로 들어오는 시노하라의 갈색 머리가 보였다. 세나는 얼른 시선을 연못으로 돌렸다. 그의 얼굴을 바라보는 게 갑자기 불편해졌다. 심장이 조금 불규칙하게 뛰기 시작했다.

"류우지. 이 녀석. 이 나쁜 녀석. 이게 몇 년 만이냐? 도쿄의 공기가 그렇게 좋더냐?"

스즈키가 시노하라를 향해 반갑게 걸어갔다.

"두목, 잘 지냈어? 그 목소리는 여전하네. 두목은 늙지도 않나 봐."

시노하라는 만면에 웃음을 지으며 성큼성큼 걸어오는 스즈키를 격하게 끌어안았다. 둘 사이에 잠시 침묵이 흘렀다. 그들은 마치 오랜만에 만난 엄마와 아들처럼 한동안 서로의 등을 부둥켜안고 있었다.

스즈키의 거친 손이 류우지의 조각 같은 얼굴을 매만졌다.

"어째 살이 좀 빠졌다. 이제 늠름한 청년이 다 되었네. 네 녀석이 벌써 동경대 3학년이냐?"

"맞아 두목. 기억력도 여전하네. 주지 스님은 안 계셔?"

"말도 마라. 그 영감님은 지금 후쿠오카에 계셔. 무슨 모임에 초대를 받았다나 뭐라나."

"그래서 주지 스님이 안 보이셨군."

"이 녀석아. 애인을 데려왔으면 나한테 바로 신고를 했어야지. 깊숙한 방에 숨겨 놓고 어디를 갔었던 거야?"

시노하라는 그제서야 세나에게로 시선을 돌렸다. 세나는 그의 시선이 자신의 드러난 쇄골 주변과 왼쪽 어깨에 와서 닿는 것을 느꼈다. 너무나 여성스러운 새하얀 원피스를 입고 햇빛 속에 앉아 있는 자신의 모습이 왠지 부끄러웠다. 그녀는 연못 위로 흔들리는 시선을 던진 채 죽은 듯이 앉아 있었다.

"두목, 애인 아니야. 그런 사이로 오해했던 거야?"

시노하라의 입에서 나오는 단어들이 그녀의 가슴에 와서 박혔다.

"애인이 아니라니? 아무 사이도 아닌데 여기까지 데려왔단 말이냐?

씨도 안 먹히는 거짓말일랑은 집어치워 이 녀석아."

"은상은 영문학과에 다니는 내 동료야. 한국에서 유학 온. 사정이 있어서 데려왔어. 괜찮지? 며칠 신세 져도?"

스즈키의 얼굴에 금세 실망한 기색이 감돌았다.

"내 원 참. 며칠이든 몇 달이든 네 녀석이 있겠다면 있어야지. 그래도 네놈의 말은 반만 믿으련다. 차를 내올 테니 너도 여기 앉아서 볕이나 좀 쬐고 있어."

스즈키가 안으로 사라지자 둘 사이에 어색한 침묵이 흘렀다. 시노하라는 세나가 앉아 있는 바위를 향해 걸어왔다. 그는 그녀의 옆에 앉지 않고 조금 떨어진 곳에 자리 잡았다. 두 사람 사이에는 바위 하나가 놓여 있었다.

"잘 잤어?"

세나를 보지 않고 그가 말을 건넸다.

"응."

"두목이 그 원피스를 입혔나 보네. 자기 혼자 기대감에 들떠서."

"……."

"두목이 한 말에 너무 신경 쓰지 마. 스즈키상은 히토요시에서 가장 배짱이 두둑한 여장부야. 착각도 잘하고 뭐든 자기 맘대로 해석하지. 어린 시절부터 내 두목은 그랬으니까."

"……."

시노하라가 그녀 쪽으로 고개를 돌렸다. 여성스럽게 드러난 목선과 가느다랗고 길쭉한 하얀 팔이 그의 가슴을 흔들었다. 가녀린 팔뚝과 하얀 목덜미. 어젯밤 자신의 무릎 위에서 느꼈던 그녀의 가냘프고 싸늘한 감촉이 그대로 느껴지는 것 같아서 그는 잠시 눈을 감았다. 둘 사이에 다시 깊은 침묵이 흘렀다.

'애인이 아니라고? 나쁜 놈의 자식. 저 심상치 않은 공기는 도대체 뭐고. 류우지 녀석이 지랑 똑같은 아가씨를 만났나 보네. 지 맘속에 있는 걸 표현도 못 하고. 자존심은 세고. 상처받는 건 또 두렵고. 하이 구야. 어쩜 저렇게 비슷한 청춘 남녀가 만났을꼬. 숙맥 둘이 연못가에 앉아서 하루 종일 저러고 있겠구만. 쯔쯔······.'

스즈키는 유령사의 커다란 나무 유리창으로 보이는 두 사람을 모습을 보며 혀를 찼다.

"류우지! 세나 양을 데리고 얼른 들어와. 너 점심 안 먹었지? 어서 와서 가지튀김이라도 먹어라."

스즈키는 쭈뼛쭈뼛하게 들어온 두 사람을 식탁에 앉히고 재빠른 손놀림으로 먹을 것들을 차리기 시작했다.

"도쿄 것들은 영 인정머리가 없다니까. 길거리에는 성냥갑 같은 건물에서 쏟아져 나온 인간들이 숨도 쉬지 않고 걸어 다니지. 표정도 없고, 부딪쳐도 눈 하나 깜짝도 안 해. 그놈의 지하철은 어찌나 복잡한지. 나는 바람 소리 들리고 사시사철 조용한 히토요시가 좋아."

스즈키는 하얀 사기 접시에 가지튀김을 담아 주며 끝도 없이 주절거렸다. 시노하라와 세나는 얼굴에 미소를 지으며 묵묵히 듣고만 있었다.

"동경대에서는 두 사람 중에 누가 더 공부를 잘해? 누가 더 머리가 좋은 거냐?"

"하하하······ 두목. 진짜 못 들어 주겠다 더 이상은."

"한국에서 유학 온 똑똑한 세나 양이 공부를 잘하는지, 저 능글능글한 류우지 녀석이 잘하는지 나는 진짜로 궁금하단 말이야. 대학에서도 성적순으로 교실 뒤에 이름을 쫙 붙여 놓는 거 맞지? 내가 비록 대학 문턱에도 못 갔지만 대학이나 고등학교나 비슷하지 않겠어. 성적이 젤 중요하지 뭐가 중요하겠냐고. 류우지 니 녀석 이름이 세나 양보다 위야 아래야?"

세나도 내내 참고 있던 웃음이 터졌는지 어깨를 들썩이기 시작했다.

"두목, 부탁이야. 그냥 조용히 식사를 하면 안 될까? 바이런의 시를 분석하는 것 빼고는 세나가 나보다 잘해. 됐지?"

스즈키는 아직 할 말이 남았다는 듯 입술을 움직이다가 그만두었다. 세나는 야마다 교수의 밥맛 떨어지는 얼굴을 떠올리며 시노하라를 살짝 노려봤다.

"그래도 동경대라니. 세나 양은 정말 대단해. 내 딸이 동경대에 들어갔으면 얼마나 좋았을까. 공부 잘하는 자식은 부모의 자랑이자 기쁨이지. 하하하……."

'모든 엄마가 스즈키상 같지는 않아요.'

세나는 슬픔이 담긴 듯한 미소를 지었다. 줄곧 세나에게서 시선을 떼지 않고 있었던 시노하라는 그녀의 표정에 스치는 한 조각의 쓸쓸함을 놓치지 않았다.

"두목, 세나는 동경대의 여왕님이야. 모든 남학생들이 그녀를 흠모하지."

"그러니까 잘하란 말이다. 이 머저리 같은 녀석아."

스즈키는 시노하라의 등짝을 커다란 손바닥으로 철썩 때린 후 마실 것을 준비하러 주방으로 들어갔다. 둘이 남겨지자 다시 어색한 침묵이 흘렀다.

"류우지. 히토요시에 친구를 데려왔으면 구경을 시켜 줘야지. 종일 이러고 있을 거냐?"

스즈키가 얼음 몇 조각을 넣은 오렌지주스가 담긴 유리컵을 식탁 위에 내려놓으며 말했다. 시노하라는 잠시 곤란한 표정을 지었다.

"나는 너를 이렇게 예의 없는 남자로 키우지 않았다. 어서 아가씨를 데리고 나가."

"두목, 어디로 가란 말이야?"

"어디긴 어디냐? 모모치해변이지. 바보 같은 녀석. 암튼 남자들이란 하나하나 가르쳐 주지 않으면 제대로 하는 일이 없다니까."

그가 세나를 향해 조심스럽게 입을 열었다.

"갈래? 모모치해변에."

스즈키가 세나를 향해 당연히 가야지 뭘 고민하냐는 매서운 눈빛을 보냈다. 세나는 조그맣게 한숨을 쉬며 대답했다.

"그래, 방에서 걸칠 겉옷을 가지고 나올게."

스즈키는 세나가 방으로 사라지는 뒷모습을 보며 시노하라의 옆구리를 팔꿈치로 슬쩍 찔렀다.

"류우지, 네 녀석한테 넘치는 아가씨도 있구나. 세상에."

"두목, 평가가 너무 후한 거 아니야?"

"호락호락해 보이지는 않는다만 남자답게 돌진하는 거야. 네놈도 그렇게 후진 인상은 아니니까. 너 정도면 어디 가서 절대 빠지지 않아. 좀 멍청해서 그렇지. 하하하……."

세나는 방으로 들어가기 전, 너무나 행복하게 웃고 있는 두 사람을 말없이 쳐다봤다. 둘 사이에 형성된 완벽에 가까운 유대감이 왠지 부러웠다. 스즈키는 류우지에게 엄마 이상의 존재인 것 같았다.

스즈키는 흐뭇한 표정으로 외출 준비를 마친 두 사람을 번갈아 보며 스테인리스로 된 보냉병을 시노하라에게 건네주었다.

"두목, 이게 뭐야?"

"뭐긴 뭐냐? 어젯밤부터 우려서 차게 식혀 놓은 히토요시산 냉녹차지. 갈증 나면 마셔라."

"이렇게까지 신경 안 써도 돼. 이제 나는 어린애가 아니라고."

"네놈이 아무리 폼을 잡아도 내 눈에는 아직 어린애야. 모모치까지 가려면 두 시간은 운전해야겠네. 얼른 출발하렴."

두 사람은 말없이 차를 주차해 놓은 입구 쪽 공터를 향해 걸었다. 유령사 입구에 우뚝 서 있는 상수리나무의 날렵한 잎사귀. 어른 남자 손바닥 길이만 한 초록색 잎사귀가 너무나 싱그러워 보였다. 세나는 그 잎을 만져 보기 위해 팔을 뻗었다. 손이 닿지 않았다.

"잎사귀를 만져 보고 싶어? 하나 따 줄까?"

시노하라가 다가오며 물었다.

"아니야. 따지는 마. 그냥 둬."

세나는 그가 상수리나무 잎을 상하게 할까 봐 급하게 손목을 잡아 당겼다. 시노하라는 자신의 손목을 잡고 있는 세나의 하얀 손을 바라 봤다. 그녀가 당황해서 잡았던 손목을 급하게 놓았다.

상수리나무 잎사귀를 뚫고 들어오는 히토요시의 여름 햇살이 잠시 잠깐 얽혔던 둘의 손목을 사각 프레임으로 비추었다. 바짝 마른 나뭇가지를 밟는 그녀의 발소리가 그의 심장에 전해졌다. 여름, 히토요시의 뜨거운 여름. 쏟아져 들어오는 햇빛, 유령사의 설레는 여름.

시노하라가 조수석으로 걸어가 차 문을 열어 주었다. 세나는 하얀 볼을 타고 흘러내려 온 검은 머리칼을 쓸어 넘기며 차에 올랐다. 그가 차에 오르기 전 날카롭게 휘파람을 불자 블랙잭이 바람처럼 달려왔다.

"블랙잭, 어서 타. 모모치에 갈 거야. 오랜만에."

세나와 블랙잭을 태우고 떠나는 그리운 해변으로의 여행. 지금 이 순간만큼은 아무것도 부족한 게 없다고 생각했다. 시노하라 류우지. 내 인생도 조금은 괜찮은 것 같다. 아니, 무엇도 부럽지 않다.

저 멀리 보이는 후쿠오카 돔에 반사되어 해변으로 쏟아지는 강렬한 햇빛이 모래사장을 금빛으로 수놓고 있었다. 사람들의 발길이 뜸한 모모치해변의 서쪽. 잔잔하게 밀려오는 파도가 서늘한 바람을 데려왔다. 세나는 차에서 내려 해변까지 천천히 걸어갔다. 단화 사이로 부드럽게 흘러들어 오는 따뜻한 모래의 감촉. 걸을 때마다 발이 폭폭 빠지는 해변은 스펀지케이크처럼 폭신했다.

시노하라가 눈짓을 보내자 블랙잭이 뛰기 시작했다. 둘은 무서운 속도로 모래사장을 질주했다. 엄마 품을 떠나온 후 이 해변에서 뛰어놀았을 어린 시노하라와 강아지 블랙잭. 그들을 달래 주던 모모치해변에 인사라도 하는 것처럼 둘은 달리고 또 달렸다. 해변은 드넓었다. 금빛 모래사장이 끝도 없이 펼쳐져 있었다.

세나는 잉크색 물결이 잔잔한 파도를 일으키며 하얗게 부서지는 것을 바라봤다. 하늘에는 새털구름이 낮게 깔려 있었다. 규슈의 바다. 멀리서 불어오는 상쾌한 바닷바람이 달콤하게 얼굴에 와 닿았다. 좋구나. 규슈의 바다도. 규슈의 하늘도. 그리고 규슈의 태양도.

"블랙잭, 너도 늙었구나. 열네 살인데 벌써부터 영감 티가 나. 하하하……."

해변에 드러누워 숨을 헐떡이는 블랙잭을 보며 시노하라가 웃기 시작했다.

"여왕님. 이제부터 쇼타임이야."

"쇼타임이라니?"

"기대해. 블랙잭, 세나에게 최고로 멋진 모습을 보여 주자. 블랙잭, 받아!"

시노하라가 창공을 향해 초록색 원반을 높이 던졌다. 그런데 블랙잭은 뛰지 않고 하품만 했다.

"아하하하…… 뭐야. 이게 무슨 쇼야. 하하하……."

그의 잘생긴 얼굴에 당황하는 빛이 서렸다.

"야! 블랙잭! 너 이러기야?"

"하하하…… 무슨 개그 콤비도 아니고. 내가 블랙잭과의 호흡을 보여 주겠어."

세나는 모래를 털고 일어나 땅에 떨어진 원반을 집어 들었다. 블랙잭과 눈을 맞춘 후 바다를 향해 힘껏 던졌다. 그 순간, 블랙잭이 번개같은 속도로 튀어 나갔다. 바닷물을 가르며 높게 비상한 블랙잭이 초록색 원반을 멋지게 낚아챘다. 최고의 목장견 보더콜리의 실력을 유감없이 보여 주는 참으로 그림 같은 모습이었다.

"아아아악! 블랙잭 잘했어. 봤지? 시노하라. 봤지? 하하하……."

시노하라는 망연자실한 표정으로 세나를 바라봤다. 그녀는 신이 나서 블랙잭에게로 뛰어갔다. 둘의 세리머니가 이어졌다.

"시노하라, 블랙잭은 이제부터 내 개야. 불만 없지? 하하하……."

표정을 지운 그가 성큼성큼 다가가 환하게 웃고 있는 그녀를 번쩍 안아 들고 바다를 향해 걸어갔다.

"왜 그래? 이건 내 잘못이 아니야. 시노하라 너도 봤잖아."

바닷물이 그의 종아리까지 차오르는 곳에서 그가 멈춰 섰다. 안고 있던 높이를 확 낮추자 그녀는 그의 목에 팔을 감았다. 파란 바닷물이 바로 등 아래서 출렁이고 있었다.

"이대로 떨어뜨릴 거야."

"하지 마. 빠뜨리지 마. 갈아입을 옷도 안 가져왔단 말이야."

세나는 그의 목을 감은 팔에 더욱더 힘을 주었다.

"류우지라고 불러."

"……?"

"시노하라라고 부르지 마. 내 이름 몰라? 류. 우. 지."

그가 안고 있던 높이를 좀 더 낮추었다. 길게 풀어 헤친 그녀의 머리카락이 바닷물에 젖기 시작했다. 세나는 바닷물에 빠지지 않기 위해 그의 품속으로 최대한 파고들었다. 그녀의 입술이 그의 왼쪽 귓불에 거의 닿아 있었다. 그때, 얇은 원피스를 입은 등 부분에서 차가운 바닷물이 느껴졌다.

"류우지. 빠뜨리지 마."

그녀가 귓가에 대고 재빨리 속삭였다. 그 순간 그의 얼굴이 환희로 빛나기 시작했다. 그는 뭐라 말로 할 수 없는 표정을 지었다.

시노하라는 바다에서 나와 반짝이는 모래사장에 그녀를 조심스럽게 내려놓았다. 세나는 규슈의 강렬한 태양이 얼굴에 내리꽂히는 것을 느끼고 눈을 감았다. 너무 눈이 부셔서 도저히 감은 눈을 뜰 수가 없었다.

그런데 어느 순간 반짝이는 태양이 서서히 가려졌다. 세나는 조심스럽게 눈을 떴다. 시노하라가 해변에 앉아 있는 그녀 앞으로 천천히 허리를 숙이며 다가오고 있었다. 그는 그녀와 눈높이를 맞추기 위해 한쪽 무릎을 꿇고 자세를 낮추었다. 그의 까만 눈동자가 바로 눈앞에서 일렁였다. 그의 눈빛은 진지함을 넘어 어떤 간절함마저 담고 있었다.

"딱 한 번만 말할 거니까 잘 들어."

"……."

"너를 좋아해."

"……."

"이렇게 눈부신 너를 힘들게 할까 봐 두려웠어. 그래서 내 인생으로 널 끌어들이지 않으려고 니가 상상도 못 할 만큼 미친놈처럼 발버둥쳤어. 내가 얼마나 안간힘을 썼는지 넌 짐작조차 못 할 거야. 그런데 너에게로 흘러가는 내 마음이 내 빈약한 의지를 이겼어. 약속할게. 규슈의 태양처럼 결코 변하지 않을 진실된 마음이야. 이제 너가 가져."

떨림과 고백의 순간들로 뭉쳐서 그 자체로 발광하는 청춘의 시간이 두 사람 사이를 가로지르며 숨 막히게 흘러가고 있었다.

"은세나, 내 세상의 중심. 나의 여왕님."

모모치해변의 따뜻한 모래가 세나의 손가락 사이사이로 파고들어 왔다. 금빛 모래사장에 반사되어 찬란한 빛을 발하는 햇살과 짭조름한 바다 냄새를 싣고 해변에서 불어오는 바람.

그리고 세나의 마음속 심연 끝까지 내려와 영혼을 두드리는 시노하라 류우지의 뜨거운 고백과 오롯이 진실함만을 담은 눈빛. 유령사의 다다미방에 웅크린 채 꿈속에서 추운 어딘가를 헤매고 있을 때 베개 가까이로 다가와 걱정스럽게 자신을 쳐다보던 블랙잭의 까만 두 눈이 떠올랐다. 어떤 욕심도 계산도 담지 않은 순전한 동물의 눈빛. 시노하라 류우지는 바로 그 눈빛으로 그녀를 바라보고 있었다.

"여왕님, 내 고백에 대한 답은 여기 모모치에서 주지 마. 답은 구마강에서 받을게."

"……?"

"규슈 남자들은 모모치해변(연인의 해변)에서 고백을 하고 답은 구마강에서 받거든. 지금 출발하면 시간이 딱 좋네."

"시간이 좋다니? 구마강은 또 어딘데?"

"니가 예스를 하든 노를 하든 내가 상처받지 않을 장소거든 거기는."

"블랙잭! 가자. 구마강으로."

"시노하라 쪽에서는 아직도 연락이 없어?"

마쓰자카는 아리무라 용암 전망대에서 생각에 잠겨 있는 켄지를 보며 입을 열었다. 그들은 사쿠라지마에서 세나의 소식을 기다리고 있었다.

"아직은."

"구마모토야 미야자키야? 그 자식이 여왕님을 데려간 곳은?"

"구마모토."

켄지는 화산섬 사쿠라지마를 상징하는 미나미다케산의 분화구에서 뿜어져 나오는 하얀 구름 기둥 같은 분연을 바라봤다.

"그렇군. 왜 하필 구마모토지?"

"그곳에서 한 몇 년 어린 시절을 보냈으니까."

"사카모토 료마(드라마틱한 인생을 살았던 에도 시대의 무사) 같은 자식이야. 그냥 이대로 기다리고만 있을 거야?"

"……."

"나는 여왕님이 불안해. 왠지."

"……!"

"시노하라는 뭐랄까. 좀 위태로워 보이잖아. 마음속에 뭐가 있는지 자기 속을 도통 드러내지도 않고. 게다가 아버지를 닮아서 결단력 하나는 끝내주지. 그런 자식이 마음먹고 돌진하면 무섭거든. 원하는 건 어떻게든 손에 넣는 스타일이니까. 이런저런 상황을 고려하고 상대를 배려하느라 번번이 최고의 타이밍을 놓치는 너와 나랑은 다른 부류잖아. 안 그래?"

"……."

두 사람의 시선은 아리무라 용암 전망대에서 정면으로 보이는 마나미다케산의 연기 구름에 고정돼 있었다. 1914년 엄청난 양의 용암 분출 이후 지금까지도 활화산으로 가스와 연기를 내뿜고 있는 저 미나미다케산의 분화구를 보기 위해 사람들은 1년 내내 사쿠라지마를 찾고 있다. 언제 용암이 터져 나올지 모르는 위험한 활화산 옆에서 아무렇지 않게 살아가는 섬사람들의 일상이 관광 자원이 된 것이다.

켄지는 하얀 연기 구름을 보며 좀처럼 자신의 속마음을 드러내지 않는 시노하라의 서늘한 얼굴을 떠올렸다. 분명 그는 경쟁자로 두기에는 껄끄럽고 위험한 존재였다.

"여자들한테 한없이 친절한 스타일도 아니고. 도쿄 사립중고등학교에서도 '난 관심 없는데'로 일관하던 규슈의 외로운 태양 류우지사마였지. 그런 점이 여자들의 마음을 흔드는 게 아닌가 싶다. 사토 켄지하고는 확실히 다른 스타일이지."

"그만해."

"나는 시노하라 자식이 여왕님에게 먼저 다가갈 거라고는 생각 안해. 걔가 무슨 연애에 관심이 있겠냐. 적당히 무관심한 표정으로 살다가 시노하라 전자의 자본 총액을 늘려 줄 이해타산이 맞는 기업 하나골라 그 아버지가 아들의 결혼으로 최고의 딜을 하겠지. 하지만 사람의 마음은 모르는 거니까. 만약 시노하라가 세나에게 작정하고 덤벼들면 너는 빠지는 게 좋을 거야."

"……."

"그때 내가 했던 말 기억하고 있지? 둘 다 죽자고 뛰어드는 위험한 사랑 게임은 꿈도 꾸지 마. 수상한 사람이 교토와 관련돼 있다는 사실만으로도 느낌이 안 좋으니까. 암튼 둘 중에 하나는 발을 빼는 거다.

여왕님의 마음이 정해지면."

"마쓰자카, 네 충고는 고마운데 시노하라와 그녀를 관련지어서 말하지 마. 부탁이야."

마쓰자카는 켄지의 옆모습을 바라봤다. 그는 몹시도 불안해 보였다.

'사토 켄지. 어쩌다 이렇게 된 거냐. 솔직히 말하자면 네가 먼저 발을 빼길 바라는 게 내 진심이야. 시노하라 자식 때문에 상처받고 무너지는 사람을 더 이상은 보고 싶지 않으니까. 사랑 때문에 무너지기에는 네가 너무 아깝다. 사토 켄지.'

구마강에 도착하자 시뻘겋게 온 대지를 태우던 해가 서서히 넘어가고 있었다. 그들은 오는 내내 단 한 마디도 하지 않았다. 강가로 내려가기 전 뚝방 옆 빈터에 차를 세우고 두 사람은 강을 향해 걸어갔다. 서서히 넘어가는 여름 햇살이 제법 뜨거웠다.

야트막한 언덕 아래로 드디어 구마강이 모습을 드러냈다. 그 옆으로 나룻배와 자질구레한 낚시 장비를 대여해 주는 빛바랜 푸른색 천막 안에서 한 노인이 날카로운 낚싯바늘을 꼼꼼하게 손질하고 있었다. 노인 옆에 한가롭게 누워 있던 검은색 래브라도 리트리버 한 마리가 블랙잭을 보자 반갑다는 듯이 달려 나왔다. 보더콜리와 래브라도 리트리버는 자신들의 놀이터가 있는 듯 구마강 뚝방 길을 따라 어디론가 달려갔다.

"이게 누구야. 류우지구나. 구마강에 블랙잭이랑 류우지가 같이 왔구나. 아이구야……. 귀여운 여자 손님도 같이 오셨네. 허허허……."

"영감님, 잘 지내셨어요. 오늘은 나룻배 띄워도 되는 날씨죠?"

"물살이 어떤지는 니가 나보다 잘 알겠지. 근데 오늘은 블랙잭을 태

우고 나가지는 마. 그 녀석도 이제 나이가 많아서 예전처럼 힘차게 헤
엄치지는 못할 테니."

"네. 영감님. 블랙잭은 이미 친구 따라 놀러 갔나 보네요. 여기 잠깐
만 있어. 물살을 보고 올 테니까."

류우지는 세나를 안심시킨 후 매우 익숙하다는 듯 강가로 내려갔
다. 그는 주의 깊게 물살의 세기와 물길의 방향을 살핀 후 지천으로
피어 있는 잡초들의 대공을 훑어 강물을 향해 한 움큼의 푸른 잎들을
던졌다. 푸른 잎들은 작은 회오리를 일으킨 뒤 하류를 향해 완만한 곡
선을 그리며 흘러갔다. 잎들이 완전히 시야에서 사라질 때까지 류우
지는 긴장을 늦추지 않았다.

드디어 그가 세나가 서 있는 언덕을 향해 빠른 걸음으로 다가왔다.

"배를 띄울 수 있겠어. 물살이 완만한 것 같아. 내 손 잡아."

그가 손을 내밀었다. 제법 가파른 내리막길이었다. 이 아래로는 사
람이 잘 안 다니는지 다져진 길이 보이지 않았다. 드문드문 드러난 흙
과 무성한 잡초들이 온 언덕을 뒤덮고 있었다. 세나는 그의 손을 조심
스럽게 잡았다. 순간 두 사람의 시선이 구마강의 햇살 아래서 짜릿하
게 얽혔다.

그가 앞장서서 언덕 아래로 내려가기 시작했다. 그는 줄기가 억센
잡초들을 자신의 발로 밟으며 그녀에게 길을 만들어 주었다. 가까워
진 거리가 두 사람 모두에게 묘한 두근거림을 일으켰다.

강 바로 옆에 나룻배 한 척이 묶여 있는 것이 보였다. 언덕 아래에
서 배까지는 물이 스며들어 있는 질척한 진흙길이 제법 길게 이어져
있었다. 류우지는 잠시 난처한 표정으로 그녀가 신고 있는 하얀 단화
를 바라봤다.

"그 신발로는 배까지 힘들겠는데. 이 방법밖에 없으니까 양해해
줘."

그가 그녀를 가볍게 안아 들었다. 너무 순식간에 벌어진 일이라 세

나는 아무 말도 하지 못했다. 그는 묶여 있는 나룻배까지 성큼성큼 걸어갔다. 두 사람의 머리 위로 강바람이 불어왔다.

그녀를 배 위에 올려 주고 그는 묶인 줄을 풀었다. 힘차게 한 번 배를 민 후 재빠른 동작으로 뱃머리에 몸을 실었다. 구마강에 띄운 한 척의 나룻배가 서서히 움직이기 시작했다.

그들은 좁은 배 위에서 마주 보고 앉아 있었다. 세나는 그의 얼굴을 길게 쳐다볼 수가 없었다. 그녀는 시선을 내려 청바지에 하얀 반팔 티셔츠를 입고 노를 젓는 류우지의 팔뚝에 드러난 힘줄을 보았다. 남자다움이 느껴지는 힘줄이었다.

그는 짧은 레이스 소매 위로 드러난 그녀의 하얀 팔이 점점 가늘어지며 기다란 손가락으로 이어지는 매혹적인 실루엣을 보고 있었다. 제법 깊은 강 한가운데로 그들은 접어들었다. 류우지는 잠시 노 젓는 손을 멈추고 주위를 둘러봤다. 구마강에서 느낄 수 있는 완벽한 고요함과 나른함이 그들을 찾아왔다.

"바로 옆에 있는 바위는 원숭이바위."

"왜?"

"잘 보면 원숭이 얼굴이니까."

"잘 모르겠는데."

다시 배가 구불구불한 강줄기를 따라 흘러갔다.

"저 바위는 용머리바위."

"그렇구나."

"그런데 너 말이야. 그 하얀 원피스가 굉장히 잘 어울려. 이렇게 가까이서 보니까 특산품 대회 출전한 아가씨 같아. 미스 히토요시 같달까. 이곳 특산품은 된장인데 그 원피스에 된장 항아리를 들고 띠 하나 매면 딱일 것 같아. 하하하……."

그의 말에 세나는 갑자기 웃음이 터지고 말았다. 그녀는 숨이 넘어갈 듯이 웃기 시작했다. 한번 터진 웃음은 쉬이 그치지 않았다. 류우지는 웃는 포인트가 참 신기하다는 듯 세나의 얼굴을 바라봤다. 그의 얼굴에도 웃음이 번지기 시작했다.

"미스 히토요시라고? 하하하……. 나도 이 레이스 달린 새하얀 원피스를 입으면서 무척이나 간지러웠어. 결혼식장에 가는 새신부도 아니고. 목둘레에도 레이스, 어깨 쪽에도 레이스. 하하하……."

"이렇게 활짝 웃는 모습은 처음인데. 여왕님 웃으니까 진짜 예쁘네."

그녀의 웃는 얼굴이 그의 심장을 괴롭혔다.

"자꾸만 된장 항아리를 들고 있는 내 모습이 머릿속에 그려져서 그래. 생각만 해도 너무 웃기잖아."

"다른 남자들 앞에서는 이렇게 웃지 마."

류우지의 얼굴에 웃음기가 사라졌다.

"……?"

"네가 의도하지 않았던 곤란한 상황이 연출될지도 모르니까."

"무슨 소리야?"

"남자는 자기 앞에서 행복하게 웃고 있는 여자를 보면 마음이 흔들리지. 자신의 모든 것을 걸고 싶어지거든. 그녀의 웃음을 지켜 주기 위해."

"……!"

다시 어색한 침묵이 흘렀다. 류우지는 그녀의 얼굴을 똑바로 응시하고 있었다. 세나는 배 아래로 갖가지 모양을 일으키며 갈라지는 강물을 바라봤다. 봐도 봐도 질리지 않는 광경이었다. 자신을 태울 듯한 그의 뜨거운 시선이 고스란히 느껴져서 도저히 앞을 바라볼 수가 없었다. 흔들리는 시선을 깊이깊이 묻을 수 있는 강물이 있어서 몹시도 다행이었다.

어느덧 해가 저물고 있었다. 황금색 노을이 구마강을 천천히 덮기 시작했다. 그녀의 하얀 원피스가 음영이 깊게 들어간 짙은 오렌지색으로 물들어 가는 것을 보며 류우지가 입을 열었다.

"내가 손을 잡아 줄 테니 내 쪽으로 천천히 건너와 볼래?"

"왜?"

"규슈의 태양이 지는 모습을 봐야 하니까. 지금 네 뒤로 장엄하게 넘어가고 있거든."

세나는 천천히 일어났다. 그녀가 안전하게 넘어오도록 그가 팔꿈치를 잡아 주었다. 좁은 자리에 두 사람이 가깝게 앉았다. 류우지는 자신의 오른팔을 그녀의 등 뒤로 돌려서 세나가 등을 기댈 수 있도록 받쳐 주었다.

물살이 갑자기 빨라졌다. 류우지 쪽으로 배의 중심이 흔들리면서 세나는 그의 가슴팍에 안기다시피 빨려 들어갔다. 두 사람의 몸이 거센 물살에 휘청거렸다. 류우지가 나룻배의 나무 바닥을 짚고 있던 오른손으로 그녀의 허리를 감아서 자신의 가슴 쪽으로 단단하게 끌어안았다. 두 사람의 두근거리는 심장 소리가 서로에게 정확하게 들리기 시작했다.

그녀를 감싸 안은 팔을 풀지 않은 채 그가 속삭였다.

"저기야. 눈을 들어서 바로 네 앞에 펼쳐진 하늘을 봐. 규슈의 태양이 지고 있어."

세나는 그가 가리킨 곳을 향해 얼굴을 들었다. 새빨간 태양이 금빛으로 물든 구름의 호위를 받으며 구마강 깊은 물줄기 아래로 천천히 가라앉고 있었다.

"규슈의 태양이 오늘은 어쩐지 고독해 보이네. 지는 태양은 역시나 쓸쓸해."

"규슈의 태양이 자신의 모든 걸 내려놓고 세상의 중심 속으로 잠겨 들어가는 게 보이지? 넌 지금 태양의 완벽한 굴복을 보고 있는 거야."

"……."

"이제 니가 답을 줄 차례야."

바로 그때, 거센 서풍이 배 안으로 밀려들어 왔다. 그녀의 검은 머리가 구마강의 바람을 맞으며 부채처럼 펼쳐졌다. 펄럭이는 그녀의 머리카락이 그의 오른쪽 뺨과 목을 자극했다. 모든 세포의 감각을 일깨우는 짜릿한 자극이었다. 세나의 허리를 감고 있던 그의 오른쪽 팔에 서서히 힘이 들어가기 시작했다.

"규슈의 남자들은 모모치해변에서 고백을 하고 구마강 나룻배에서 답을 받아. 답은 매우 간단해. 여자가 남자의 키스를 피하면 No, 피하지 않으면 Yes!"

류우지가 세나의 검은 눈동자를 한동안 바라보다가 그녀에게로 천천히 고개를 숙였다. 그녀의 입술에 살짝 입을 맞추고 입술을 떼었다. 두 사람은 감전된 것처럼 서로를 바라봤다.

이제 그가 두 팔로 그녀의 몸을 완벽하게 감싸 안았다. 다시 그의 입술이 다가왔다. 세나는 하얀 티셔츠에 가려진 그의 단단한 가슴을 살짝 밀었다. 두려웠다. 그와의 키스가. 그녀의 입술 앞에서 그의 얼굴이 멈췄다.

"날 밀어내지 마. 제발. 저 지는 태양처럼 너한테 굴복하고 있잖아. 나를 이제 구원해 줘. 여왕님."

그가 다시 고개를 숙였다. 입술이 마주 닿자 두 사람이 동시에 눈을 감았다. 그가 세나의 등을 다시 한번 서서히 감싸 안았다. 그는 자신의 두 손바닥을 통해 주로 베갯잇에 쓰이는 부드러운 모슬린 천의 감촉 아래로 섬세한 등의 곡선을 그대로 느꼈다.

그의 입술이 부드럽게 그녀의 아랫입술을 감쌌다 뗀 후 다시 윗입술을 살짝 쓸었다. 그는 가느다랗게 눈을 뜨고 그녀의 눈꺼풀이 파르르 떨고 있는 모습을 사랑스럽게 바라봤다. 여왕님 떨고 있구나. 내가 얼마나 너한테 키스하고 싶었는지 모를 거야.

"두려워하지 마. 내가 천천히 리드할게. 넌 그냥 따라만 와."

그의 손이 등허리를 부드럽게 쓸어 올리며 그녀의 하얀 목덜미를 향해 올라왔다. 그의 두 번째, 세 번째 손가락이 둥글고 깊게 파진 원피스 네크라인의 자잘한 꽃잎 같은 레이스를 따라 그녀의 하얀 목선을 섬세하게 어루만지며 천천히 움직였다. 가녀린 목을 어루만지던 두 손이 그녀의 두 뺨을 감쌌다. 꽃잎같이 연약한 그녀의 입술에 몇 번의 부드러운 입맞춤이 살며시 이어졌다.

그의 손이 조심스럽게 훑고 올라왔던 가녀린 목선의 기억과 그의 손바닥이 지금 느끼고 있는 그녀의 보드라운 두 뺨과 그의 입술이 마주한 모찌같이 말캉한 입술의 감촉이 한 번에 어우러지며 그의 이성의 끈을 뚝 하고 끊어 버렸다. 오랫동안 감정을 다스렸던 류우지가 세나의 허리를 감싸 안으며 자신의 무릎 위로 순식간에 안아 올린 후 그녀가 절대 도망갈 수 없는 자세로 단번에 바꿔 버렸다.

그의 품 안에 완벽하게 갇혀 버린 그녀가 마치 항의하듯 순간적으로 입술을 벌리고 그의 가슴에 자신의 손바닥을 갖다 댔다. 그 순간 그녀의 살짝 벌어진 입술 사이로 그의 혀가 부드럽게 들어왔다. 그녀는 흠칫 놀라서 본능적으로 등을 뒤로 빼려 했지만 강철 같은 그의 두 팔에 이미 갇힌 뒤였다.

세나의 달콤한 향기와 품 안에 쏙 들어오는 가녀리고 섬세한 골격이 류우지를 맹렬하게 자극하며 더욱 깊은 욕망의 터널 안으로 휘몰아 갔다. 그의 키스는 더욱 깊어졌다. 그는 절대 물러서지 않을 기세로 깊은 키스를 이어 갔다.

세나는 자신의 영혼을 송두리째 빨아들일 거 같은 류우지의 격정적인 키스에 넋이 나갈 것만 같았다. 숨도 못 쉬게 이어지던 키스가 끝나는가 싶더니 그가 그녀의 귀에 입술을 대고 숨을 몰아쉬며 속삭였다.

"나를 가져. 나는 여왕님 꺼야."

그가 다시 세나의 두 뺨을 감싸며 그녀의 얼굴 각도를 부드럽게 틀어 준 후 입을 맞추었다. 그의 혀가 다시 살며시 들어왔다. 도망 다니던 그녀의 혀를 한 번에 빨아들인 후에 그녀의 처분을 기다리는 듯 가만히 멈추었다.

세나는 뜨거운 열기에 이끌려 그의 혀에 살짝 자신의 혀를 갖다 댔다. 그가 기다렸다는 듯 천천히 키스를 돌려주었다. 그는 어디에 둘지 몰라 하던 세나의 두 팔을 자신의 목 뒤로 가져가서 목을 끌어안게 했다. 두 사람의 몸은 종이 한 장의 틈도 없이 가까워졌다.

이번에는 세나가 용기를 내서 그의 목을 끌어안은 채 자신이 받은 대로 서툰 키스를 돌려보냈다. 류우지는 그 순간 마음 깊은 곳에서 자신을 옭아매고 있었던 쇠줄같이 차갑고 단단한 줄이 단번에 끊어지는 것을 느꼈다. 드디어 누가 먼저랄 것도 없고 일방적이랄 것도 없는 두 사람의 마음이 온전히 하나가 된 완벽한 키스가 뜨겁게 이어졌다.

나룻배는 방향을 잃고 흘러가기 시작했다. 약간 거세진 물살이 세나를 그의 품속으로 자꾸만 떠밀었다. 그녀는 너무 숨이 차서 그의 목을 감았던 손을 풀어 어깨 위에 올려놓았다. 그녀의 손이 살포시 닿자 류우지의 두 어깨가 가늘게 떨렸다.

두 사람은 도저히 헤어 나올 수 없는 열기 속으로 빠져들어 갔다. 그의 입술이 그녀의 날렵한 턱선을 타고 목덜미로 내려왔다. 그가 마음을 어지럽히던 하얀 목에 자신의 입술을 대었다 뗀 후 뭔가 생각에 잠긴 듯 그녀에게 속삭였다.

"자국이 남을지도 몰라. 이 하얀 목에."

"⋯⋯?"

"태양이 남긴 붉은 화상 자국. 내 여자라고 낙인찍고 싶어."

그는 말을 마치자마자 그녀의 하얀 목으로 입술을 가져갔다. 검붉은 키스마크가 새겨질 때까지 자신의 입술을 떼지 않았다.

그가 그녀의 목에 키스마크를 새기는 동안 세나는 낯설고 어지러운 감각이 발끝에서부터 척추뼈를 타고 올라오는 것을 느꼈다. 그 생경한 감각이 그녀를 놀라게 했다. 세나는 그의 품에서 도망가기 위해 살짝 몸을 비틀었다. 단단하게 힘이 들어가 있는 그의 손은 그녀를 놔주지 않았다.

유령사 연못의 흰 꽃잎처럼 하얀 목덜미에 머물러 있던 류우지의 입술이 다시 그녀의 입술을 찾아 올라왔다. 구마강의 물살처럼 격정적인 키스가 다시 이어졌다. 두 사람의 귀에는 구마강을 지나가는 바람의 소리도, 뱃전을 급하게 두드리는 강물의 소리도 들려오지 않았다. 오로지 서로의 숨소리만 들려올 뿐이었다.

드디어 영원의 끝으로 치닫던 키스가 끝나고 두 사람은 서로의 얼굴을 바라봤다. 그녀는 쉬지 못했던 숨을 몰아쉬고 있었다. 류우지는 세나를 꼭 끌어안았다. 그녀의 오른쪽 귀가 정확히 그의 가슴에 와 닿았다. 그의 심장 소리가 너무나 크게 들려왔다. 류우지는 그녀의 어깨가 가늘게 떨리고 있는 것을 느꼈다.

규슈의 태양은 이제 완벽하게 자취를 감추었다. 강 아래에서부터 흘러온 초콜릿색 어둠이 아직 흥분을 삭이지 못한 그들의 등 위로 고요하게 내려앉기 시작했다. 류우지는 바람에 나부끼는 그녀의 머리카락을 쓸어 주며 동그란 이마에 부드럽게 입을 맞췄다. 구마강이 두 사람에게 선물한 잊을 수 없는 밤이 그렇게 소리도 없이 찾아왔다.

"……."

'내가 널 끌어들였어. 내 인생 안으로.'

"……."

'난 두려워. 이 낯선 감정이 두렵기만 해.'

"……."

세나는 자신의 감정이 너무나 낯선 어느 지점을 향해 치닫는 것을 느꼈다.

'네 무심한 눈빛에서 내 모습을 봤는지도. 그래서 너에게 다가갈 수가 없었어.'

"……."

'이제 나는 세상 밖으로 나가도 되는 거지?'

"……."

'너에게 상처를 줄까 봐. 나는 그게 가장 두려워. 하지만 너를 놓치고 싶지 않아. 누구에게도 보내고 싶지 않아. 그게 내 진심이야.'

구마강에서 유령사로 오는 산길은 흙바닥에 산 바위에서 떨려 내려온 아이 주먹만 한 돌들이 아무렇게나 박혀 있는 비좁은 시골길이었다. 가고시마 타카치호 목장의 카토 영감에게서 빌린 지프차가 모난 돌들을 밟고 지날 때마다 세나의 상체가 앞뒤로 크게 흔들렸다. 그럴 때마다 류우지가 약간 걱정스러운 눈빛을 보냈다.

둘 사이에는 계속 어색한 정적만이 흘렀다. 세나는 류우지의 얼굴을 차마 볼 수가 없었다. 낮에 둘이 유령사를 나올 때와는 전혀 다른 분위기가 생겨 버렸다. 류우지도 그녀의 얼굴을 바로 보지 못하고 어깨쯤으로 일부러 시선을 깎아서 보냈다.

"다 왔어. 내리자."

세나는 목소리가 이상하게 나올까 봐 그냥 고개만 끄덕이며 차 문을 열었다. 낮보다 확실히 싸늘해진 산 공기가 얇은 레이스 사이로 파고들어 왔다. 드러난 팔 위로 오스스 소름이 돋기 시작했다. 세나는 한기가 느껴지는 팔을 손바닥으로 쓸어내렸다. 류우지가 걱정스럽다는 듯이 다가왔다.

"추워?"

"아니. 괜찮아."

세나는 자신의 목소리가 낯설었다. 평소와 다름없는 자신의 목소리임이 분명한데도 어색하게 느껴졌다. 그녀는 여전히 류우지의 얼굴을 바라보지 못했다.

"저기……. 그 상태로는 곤란할 것 같은데."

그의 목소리가 약간 떨렸다.

"그 상태라니?"

그의 두 번째, 세 번째 손가락이 약간 머뭇거리며 그녀의 하얀 목에 와 닿았다.

"아파?"

세나는 자신의 목에 와 닿는 손가락의 느낌에 흠칫 놀라 고개를 움츠렸다.

"아프다니?"

그녀가 고개를 들어 그와 눈을 마주했다. 그는 매우 곤란한 표정으로 그녀를 바라보고 있었다.

"그러니까 네 목에 키스마크. 너무 잘 보이는데."

순간 두 사람의 얼굴이 동시에 빨개졌다. 아까 구마강 나룻배 위에서 나눴던 뜨거운 키스의 감촉이 유령사 상수리나무 아래 서 있는 두 사람에게 오롯이 살아나고 있었다. 세나는 자신의 숨소리가 이상하게 들릴까 신경을 쓰며 조심스럽게 호흡을 했다.

류우지는 차로 돌아가 하늘색 손수건을 하나 가지고 왔다. 두 사람의 거리가 다시 좁혀졌다. 그가 약간 떨리는 손으로 그녀의 목에 손수건을 감아 주었다. 검붉은 키스마크가 절묘하게 가려졌다.

그녀는 두 사람 사이에 흐르는 두근거리는 공기에 숨이 막혀 황급히 유령사 입구 쪽으로 걸음을 떼었다. 하지만 얼마 가지 못하고 어둠 속에서 손이 잡히고 말았다.

"내 고민은 이제 끝났어. 절대 흔들리지 않아."

"……."

"우리 둘에게는 참 특별한 여름이네. 규슈 어떤 것 같아?"

"도쿄보다 좋아. 사람들도 따뜻하고. 아름다운 곳도 많고."

그가 약간 떨리는 목소리로 물었다.

"규슈의 태양은 어때? 마음에 들어?"

"강렬해."

"……?"

"너무 강렬해서 머릿속에서 떠나지 않아. 계속 생각이 나. 눈을 감아도 눈을 떠도."

류우지는 그녀를 품속에 꼭 끌어안았다. 그의 심장이 고장 난 것처럼 뛰기 시작했다. 그가 그녀의 입술을 찾아 얼굴을 내렸다.

"안 돼."

세나가 그의 가슴에 숨기듯이 얼굴을 파묻었다.

"왜?"

그때 어두워진 유령사 앞뜰에서 생선구이에 쓸 숯불을 기다란 쇠집게로 다독이고 있던 스즈키가 두 사람을 보며 빠른 걸음으로 걸어왔다.

'류우지 저놈의 자식. 저 귀여운 아가씨가 애인이 아니라더니. 모모치해변으로 내가 보내길 잘했네, 잘했어. 하하하……'

"류우지, 왜 이렇게 늦었냐. 어서 와서 밥부터 먹자."

"두목, 오늘 메뉴는 뭐야?"

"그냥 이 두목이 차려 주면 주는 대로 먹는 거지. 머리가 좀 굵어졌다고 나한테 반찬 타령을 하는 거냐? 하하하……."

세 사람은 모서리가 닳아서 반질반질해진 느릅나무 상 앞에 앉아서 식사를 했다. 숯불에 구운 은어 냄새가 기분 좋게 식욕을 자극했다.

"세나 양. 이것 좀 먹어 봐요. 이 고장은 아유노사토(은어의 고향)라고 불리거든. 구마강에서 은어가 지천으로 잡혀서."

"가시가 많아. 조심해서 먹어."

'류우지 녀석. 이 귀여운 아가씨에게 꽤나 신경을 쓰고 있구나.'

"참 맛있어요. 진짜 맛있네요. 이 생선 요리."

그녀의 긍정적인 평가에 스즈키의 얼굴에는 웃음이 한가득 피어올랐다.

"입맛에 맞는다니 다행이네. 많이 들어요."

"두목이 할 줄 아는 요리는 생선을 찌고, 굽는 게 전부거든. 여기서 더 이상을 기대하면 안 돼. 딱 여기까지야."

"오호라. 한번 해보자는 거지? 자…… 무슨 이야기부터 시작해 볼까. 우리 동경대 여왕님 세나 양에게 네 녀석이 얼마나 덜떨어지고 바보 같은 어린 시절을 보냈는지 죄다 공개할 마음의 준비가 되어 있는 데. 세나 양, 무슨 이야기부터 들어 볼래요? 웃긴 거? 아니면 더러운 거?"

류우지는 몹시 당황한 얼굴로 스즈키를 바라봤다.

"두목, 왜 그래? 도쿄에서도 늘 두목이 해 준 요리가 그리웠어."

"당연히 그래야지. 세나 양, 이 녀석에 대해 궁금한 게 있으면 뭐든지 물어봐요. 내가 아주 최대한 자세한 것까지 쓸데없이 기억해서 일일이 답해 줄 테니. 하하하……."

따뜻한 마음으로 먹는 저녁 식사였다. 이런 분위기에서 밥을 먹을 수도 있구나. 스즈키 앞에서 어린애처럼 꼼짝 못 하는 류우지가 귀엽게 느껴졌다.

세나는 밥을 먹은 후 그릇들을 챙겼다. 설거지를 하기 위해 개수대의 물을 틀자 류우지가 다가왔다.

"설거지는 내가 할게."

"아니야. 그릇이 몇 개 되지도 않는걸. 그냥 내가 할게."

세제의 거품으로 그릇을 닦고 있는 그녀의 손을 그가 슬며시 잡았다. 세나는 당황스러워 조그맣게 속삭였다.

"이러지 마. 스즈키상이 뒤에 있어."

"괜찮아. 안 보여."

손을 잡고 있는 사람도 빼내려는 사람도 절대 물러설 수 없다는 듯한 치의 양보가 없었다.

"왜 이래? 얼른 이 손 놔."

세나는 그의 손이 거품에 미끈거리는 틈을 타서 재빨리 손을 뺐다. 하지만 완전히 도망가지 못하고 이내 다시 잡히고 말았다. 거품이 만들어 내는 매끈한 감촉 속에서 그녀의 하얗고 가느다란 손가락 사이사이를 그의 손가락이 묘하게 자극했다.

스즈키는 주방 싱크대 앞에 나란히 서서 투닥대는 두 사람의 모습을 흐뭇하게 지켜봤다. 류우지의 늠름한 뒷모습도, 하얀 원피스 밑으로 드러난 세나의 늘씬한 종아리도 마냥 예쁘게 보였다.

'영문학과 동료라고? 하이구야. 차라리 귀신을 속여라. 나쁜 놈의 자식. 그래, 눈부시게 푸르른 청춘 아니냐. 많이 사랑하고 많이 행복해져라. 인생에서 다시는 안 올 가장 눈부신 시절이다.'

"류우지, 나는 먼저 가서 잔다. 세나 양도 잘 자요."

그녀는 커다란 목소리로 밤 인사를 남기고 안채를 향해 사라졌다.

단둘이 남게 되자 다시 묘한 긴장감이 감돌았다. 그가 조금 진지한 눈빛으로 그녀를 바라봤다. 류우지가 멈칫한 사이 세나는 흐르는 물에 세제의 거품을 씻고 주방을 빠져나왔다. 그의 옆에 서 있기만 해도 영혼을 태울 것 같았던 구마강 노을 속 키스의 느낌이 발바닥을 타고 스멀스멀 올라왔다.

세나가 류우지의 방을 지나서 자신의 방으로 가기 위해 얇은 미닫이문을 열려는 순간 류우지가 오른팔을 뻗어서 열리는 문을 다시 천천히 닫았다.

"왜 이렇게 황급히 도망가는 건데?"

목덜미에서 그의 숨결이 느껴졌다.

"피…… 피곤해서. 자야 할 것 같아."

세나는 뒤를 돌아보지 않은 채 최대한 차분한 목소리로 대답했다. 그의 오른손은 여전히 문을 잡고 있었고 자유로운 왼손은 그녀의 동그란 어깨를 어루만지며 천천히 내려오고 있었다. 세나의 등에 조용히 소름이 돋았다.

가는 팔목에서 잠시 멈추었던 그의 손이 세나의 손목을 그러쥔 채 자신을 향해 돌려세웠다. 그녀의 몸이 부드럽게 돌아갔다. 어둠 속에서 두 사람은 처음으로 가깝게 마주 봤다. 한동안 그녀의 얼굴에 뚫어질듯 시선을 주던 류우지가 잡고 있던 손을 물끄러미 바라보다 손등에 부드럽게 입을 맞추었다.

"잘 자. 세나야."

그가 오른손으로 미닫이문을 조용히 열어 주었다. 세나는 열린 문 사이로 황급히 몸을 숨긴 후 문을 닫았다. 닫힌 문에 등을 기댄 채 그대로 주저앉았다.

어두운 방. 얇은 미닫이문을 사이에 두고 두 사람이 등을 기댄 채 앉아 있었다. 유령사의 밤. 낯선 감정들이 심연의 골짜기로 켜켜이 쌓이는 밤. 입으로 채 발화되지 못한 가슴속 뜨거운 단어들이 다다미의 얇은 골 사이사이로 조용히 내려앉는 밤. 뜨거운 키스로 확인한 서로의 감정이 떨리는 두려움 속에서 가느다란 연기로 피어오르는 밤. 그들은 문을 사이에 두고 등을 맞댄 채 벽에 걸린 그림처럼 꼼짝도 하지 않았다.

류우지는 가만히 눈을 감았다. 구마강의 출렁이는 물결에 떠밀려 자신의 품 안으로 속절없이 파고들어 오던 그녀의 부드러운 촉감을 기억하고 있는 가슴 근육이 움찔댔다.

그들의 머릿속에는 구마강 황금빛 노을이 거대한 배경처럼 일렁이며 그 위로 황홀했던 키스의 장면, 장면이 강물처럼 흘러갔다. 유령사 연못 위로 하얀 꽃잎이 포물선을 그리며 내려앉았다.

타아앙! 타아앙!

저녁을 준비하며 주방에서 생선을 손질하고 있던 스즈키는 숲에서 들려오는 공기총 소리에 흠칫 놀라 귀를 기울였다. 그녀는 허리에 아무렇게나 둘러맨 앞치마에 급하게 손을 닦고 유령사 본당 유리창으로 보이는 한결 푸르러진 상수리나무 잎사귀들 너머로 한없이 울창하기만 한 수풀을 주의 깊게 바라봤다.

'꿩 사냥의 계절이 돌아왔군. 또 얼마나 많은 사냥꾼들이 몰려오

려나.'

그녀는 소금에 절인 은어를 냉장고에 집어넣으며 한쪽 팔에 오스스 소름이 돋는 것을 느꼈다. 냉장고의 한기 때문인가. 왠지 모를 불길한 기운이 팔을 타고 올라와 관자놀이 부분에 쩡한 고통을 주며 머물렀다. 스즈키는 갑작스럽게 찾아온 편두통을 느끼며 주방 식탁 의자에 조심스럽게 앉았다.

'아…… 머리야. 왜 이러지. 왜 이렇게 안 좋은 기분이 드는 걸까. 나도 늙었나 보네. 매년 듣는 총소리에 심장이 떨리는 걸 보면. 시내에 먹을거리를 사러 간 이 아이들은 많이 늦으려나.'

스즈키는 불길함으로 흐릿해진 눈 주위를 연신 문지르며 주방 벽에 걸린 까만 벽시계를 쳐다봤다. 숯처럼 새카만 벽시계마저 섬뜩해서 그녀는 얼른 눈을 돌렸다.

시내에서 간단하게 장을 봐 온 류우지는 유령사 입구 상수리나무 아래에 차를 주차한 후 다정한 눈빛으로 세나를 바라봤다.

"다 왔어. 여왕님."

"스즈키상이 기다리고 있을 거야. 얼른 들어가자."

그때 둔탁한 총소리가 유령사의 고요함을 가르고 지나갔다.

타아앙! 타아앙!

류우지의 표정이 잠시 굳어졌다. 세나는 그 총소리에 왠지 모르게 가슴 언저리가 서늘해져 오는 것을 느꼈다. 그가 차 문을 열고 용수철처럼 밖으로 튀어 나갔다. 세나도 조심스럽게 차에서 내렸다.

"세나, 안에 먼저 들어가 있어."

"이 총소리는 뭐지?"

"꿩 사냥이 시작된 것 같아. 여름이면 어김없이 들려오는 소리야. 걱정하지 말고 들어가."

"알았어. 곧 들어올 거지?"

류우지는 세나의 두 어깨를 잡고 부드럽게 속삭였다.

"당연하지. 절 주변을 한 바퀴만 돌아보고 들어갈게. 걱정하지 마. 블랙잭, 세나랑 들어가라."

그는 유령사로 들어가는 둘의 그림자가 완전히 사라질 때까지 시선을 고정하고 있었다. 다시 총소리가 들려왔다.

타아앙!

류우지는 해가 저물고 있는 서쪽 하늘을 바라봤다. 여름이면 어김없이 들려오던 익숙한 공기총 소리였지만 이상하게 그 소리에 가슴이 뛰었다. 그는 절 주변을 샅샅이 살피며 걸어갔다. 애써 불길한 느낌을 떨치며 숲을 향해 날카로운 시선을 던졌다.

블랙잭은 안으로 들어서자마자 연못을 향해 달려 나갔다. 어디서 왔는지는 모르지만 못 보던 들고양이 한 마리가 연못 바위 위에 웅크리고 앉아 있었다. 블랙잭은 마치 오랜 친구를 만난 것처럼 반갑게 뛰어갔다.

세나는 블랙잭을 안으로 데리고 들어가야겠다는 생각에 다급하게 블랙잭의 뒤를 쫓았다.

"블랙잭! 어서 들어가자. 친구하고는 내일 놀아. 얼른."

류우지의 보더콜리는 말을 듣지 않았다. 들고양이를 쫓아서 연못 주위로 원을 그리며 돌기 시작했다. 세나는 계속 블랙잭의 이름을 부르며 그의 뛰는 모습을 시선으로 쫓았다. 하지만 하얀 꽃나무들이 블랙잭의 모습을 가리고 있어서 거침없이 뛰어가는 블랙잭의 등허리가 보였다 안 보였다를 반복했다.

크게 점프를 할 때마다 블랙잭의 검은 털이 시선에 들어왔다가 이내 꽃나무들 사이로 다시 사라졌다. 유령사 연못을 빙 둘러서 하얀 꽃과 블랙잭이 마치 카드섹션을 하는 것처럼 보였다. 카드섹션의 카드처럼 검은색 카드가 펼쳐졌다 하얀색 카드가 펼쳐지기를 쉼 없이 반

복했다. 세나는 블랙잭의 검은색 등이 뛰어오르기를 기다리며 검은색
을 눈으로 좇는 일에 집중했다. 검은색, 하얀색, 검은색, 하얀색, 검은
색, 하얀색. 검은색······.

탕!

'하얀색, 하얀색, 하얀색, 하얀색!'

류우지는 낯선 총소리에 심장이 떨어지는 듯한 충격을 받았다. 익
숙하게 들었던 공기총 소리가 아니었다. 유령사 안에서 생전 처음 듣
는 날카로운 총소리가 들려왔다. 그는 갈색 머리카락이 올올이 서는
것을 느꼈다.

'제기랄. 아니야. 아니야. 아니야.'

그는 터질 것 같은 심장 박동을 느끼며 유령사 안으로 미친 듯이 달
려갔다.

"아아아악!"

세나의 날카로운 비명 소리가 터져 나왔다. 순간 류우지는 자신의
모든 것이 무너져 내리는 기분을 느꼈다. 유령사 연못 흙바닥에 주저
앉아 있는 그녀의 뒷모습이 보였다. 참을 수 없는 분노가 치솟아 올랐
다.

"세나야! 괜찮아? 다쳤어? 너 괜찮은 거야?"

세나의 두 눈에서 걷잡을 수 없는 눈물이 흐르고 있었다. 그녀가 겨
우 입술을 달싹였다.

"류우지. 블랙잭이······. 블랙잭이······."

세나는 제대로 나오지 않는 목소리로 겨우 몇 단어들을 내뱉었다.
그녀의 하얀 볼 위로 눈물만 흘러내렸다. 류우지는 숨을 죽이고 정면
을 향해 날카로운 시선을 보냈다. 그의 얼굴에서는 순식간에 모든 표
정이 사라졌다. 소름이 끼치도록 무서운 얼굴이었다. 세나는 이렇게
낯선 그의 얼굴에 두려움마저 느꼈다.

류우지는 블랙잭이 쓰러져 있는 하얀 꽃나무를 향해 천천히 걸어갔다. 그는 결코 서두르지 않았다. 마치 죽어 가는 자식의 마지막 얼굴을 확인하러 가는 아버지와 같은 모습이었다. 그녀도 후들거리는 다리를 억지로 세워 블랙잭에게로 다가갔다.

블랙잭은 거친 숨을 몰아쉬고 있었다. 벌써 죽음의 그림자가 다가온 듯했다. 본인도 그 사실을 알고 있다는 듯 가여운 생명이 처연한 눈빛으로 최후의 숨을 몰아쉬고 있었다. 거친 숨을 내쉴 때마다 가슴팍에서 붉은 피가 울컥울컥 솟아 나왔다. 그때마다 블랙잭은 몹시도 괴로운 듯 뜨거운 콧김을 뿜어냈다. 힘겨운 신음 소리와 함께.

세나는 한 생명이 떠나가는 장면을 목도하는 게 처음이었다. 진동하는 피비린내. 그녀는 충격에 금방이라도 기절할 것만 같았다.

콸콸 쏟아져 나오는 피를 보며 세나는 자신의 치마 밑단을 급하게 찢어서 블랙잭의 구멍 난 심장을 틀어막았다. 어떻게든 막아 보고 싶었다. 그녀의 조각난 옷자락은 금방 피투성이가 됐다.

'안 돼. 죽지 마! 블랙잭, 죽지 마!'

총소리에 놀란 스즈키도 달려 나왔다. 그녀는 충격에 빠져 망연하게 서 있는 류우지를 제치고 달려가 블랙잭의 상처를 꼼꼼하게 살폈다.

"이럴 수가. 이럴 수가. 강력한 사냥총이야. 그 총알이 블랙잭의 심장을 관통했어."

스즈키는 온몸을 부들부들 떨며 그 자리에 주저앉았다.

"가망이 없어. 류우지…… 아이고오…… 류우지…… 어쩌면 좋으니. 블랙잭을 어쩌면 좋아. 오…… 신이시여……."

스즈키가 큰 소리로 통곡을 하기 시작했다.

"스즈키상, 블랙잭이 죽는 거예요? 오. 하느님. 제발. 제발. 안 돼요. 안 돼."

세나도 울부짖으며 무너지기 시작했다.

"류우지가……. 류우지가 블랙잭을 편안히 보내 줄 수 있도록……. 블랙잭에게 마지막 인사를 할 거야……. 류우지와 블랙잭만의 시간을 줘야 해. 이제 우리가 비켜 줘야 해. 어서……."

스즈키는 절규하는 세나를 부축하다시피 해 데리고 갔다.

류우지는 블랙잭의 눈을 바라봤다. 그의 곁에 늘 함께 있었던 사랑스러운 생명이었다. 가장 친한 친구였던 블랙잭.

블랙잭은 태어나서 지금까지 한시도 떨어져 본 적이 없었던 류우지를 보자 흐려져 가는 시선을 가까스로 맞추려고 덜덜 떨며 고개를 살짝 들었다. 꺼져 가는 생명의 끝자락에서 가장 사랑하는 류우지에게 블랙잭은 그만의 방법으로 마지막 인사를 하려는 듯했다.

류우지는 천천히 다가가서 블랙잭 앞에 무릎을 꿇고 생명이 꺼져 가는 순간에도 류우지에게 시선을 고정하기 위해 가느다랗게 떨고 있는 분신 같은 블랙잭에게 지그시 눈을 맞춰 줬다. 한 손에 쏙 들어왔던 아주 어린 새끼였을 때부터 함께했던 너무나 소중한 강아지. 그만의 강아지. 외로웠던 지난날들을 위로해 주었던 소중한 친구. 엄마의 카디건에 폭 싸인 새끼 블랙잭을 품에 안고 함께 도쿄를 떠나오던 날이 생생하게 떠올랐다.

그는 이제 다리를 뻗고 블랙잭이 쓰러져 있는 나무에 기대어 앉아 호흡이 가빠진 블랙잭을 자신의 무릎 위에 소중하게 올려놓았다. 자신의 넓은 가슴 안으로 그 가여운 생명을 폭 감싸 안고 고개를 숙인 채 천천히 감겨 가고 있는 블랙잭의 두 눈에 입을 맞추며 마지막 인사를 건네기 시작했다.

"블랙잭 사랑한다. 그리고 너무너무 고마웠어. 내 작은 강아지 블랙잭. 너로 인해 나는 정말 행복했다. 너를 이렇게 보내서 정말 미안해. 미안해. 미안해. 내 소중한 강아지. 미안해. 이제 고통 없는 곳으로 가렴. 편안히 가. 사랑해. 사랑해. 사랑해. 영원히 잊지 않을게. 너를 내

가슴속에서 영원히 기억하고 사랑할 거야. 편안히 가렴. 내 소중한 블랙잭. 넌 내 인생의 유일한 위로였고 축복이었다."

마지막으로 류우지가 블랙잭을 꼭 끌어안은 채 귀에 대고 읊조리듯 사랑한다고 편안히 가란 말을 마치자 충직한 개는 주인의 뜻을 알겠다는 듯 가쁜 숨을 한 번 몰아쉰 후 눈을 감았다. 14년을 함께했던 류우지의 품 안에서.

뒤이어 온몸이 찢긴 것처럼 울부짖는 류우지의 처절한 울음소리가 들렸다. 세나는 그 울음소리가 마치 자신의 심장을 뚫고 들어오는 듯했다. 가슴을 조여 오는 통증에 금방이라도 숨이 멈출 것만 같았다. 너무나 큰 고통이 찾아왔다. 가고시마에서 그녀가 가장 먼저 마음을 주었던 사랑스러운 개. 블랙잭의 심장을 관통했을 누군가의 총알. 그는 실수하지 않고 정확히 블랙잭의 숨통을 겨냥했을 것이다.

류우지가 눈을 감은 블랙잭을 안고 천천히 걸어왔다. 눈물로 범벅이 된 그의 얼굴은 까맣게 죽어 있었다. 죽은 눈빛. 소중한 존재를 허무하게 보내 버린 한 남자의 아픔이 담겨 있는 눈빛이었다.

울어서 얼굴이 엉망이 된 스즈키에게 블랙잭의 시신을 조심스럽게 넘겨주고 그는 절 밖을 향해 걸어갔다. 마치 죽기로 작정한 사람처럼. 세나는 그의 뒤를 따라갔다. 그를 도저히 혼자 둘 수가 없었다. 그 슬픈 어깨에 손을 얹고 블랙잭을 보낸 아픔을 같이 달래고 싶었다.

오래된 상수리나무 아래에 류우지가 앉아 있었다. 달빛이 마치 은가루처럼 그에게 닿아서 부서졌다. 세나는 아무 말 없이 다가갔다. 지독히도 슬퍼 보이는 시노하라 류우지. 블랙잭을 짧게 만났던 나도 이리 가슴이 찢어지는데 그의 슬픔은 말로 표현할 수가 없겠지. 그녀는 그의 곁에 조심스럽게 앉았다. 어떤 말로 이 남자를 위로해 줄 수가 있을까.

"류우지. 블랙잭도 알고 있었을 거야. 류우지의 마음을."

다시 눈물이 터져 나왔다. 경쾌하게 짖으며 꼬리를 치던 블랙잭의 모습이 떠올랐다.

"혼자 있고 싶어."

"곁에 있어 줄게. 니가 너무 슬퍼 보여서 도저히 두고 갈 수가 없어."

"……."

하늘에는 별이 가득했지만 눈물에 아롱져 마치 흔들리는 조명처럼 희뿌옇게 보였다.

"소중한 걸 잃는다는 게 어떤 기분인지 나도 조금은 알아. 나도 소중한 사람들을 내 마음속에서 떠나보냈었지. 아프지 않다고 되뇌었지만 사실은 많이 아팠어. 그때 제대로 아파하지 못해서 이런 사람이 됐나 봐. 상처받을까 봐 늘 두려워하는 삶을 살았어."

"……."

"블랙잭은 행복했을 거야. 류우지와 늘 함께였으니까. 자신을 정말로 소중하게 아껴 주는. 류우지는 블랙잭에게 항상 충만한 사랑을 줬으니까. 블랙잭은 정말 너와의 삶이 행복으로 가득했을 거야."

"……."

류우지는 천천히 그녀에게로 시선을 돌렸다. 눈물에 젖어 있는 슬프디슬픈 얼굴. 세나는 하늘이 무너져 내린 듯한 슬픔에 잠겨 있는 그의 얼굴로 손을 뻗어 두 손으로 얼굴을 감싸고 자신의 품으로 가만히 데려왔다.

숲에서부터 바람이 불어왔다. 바람 속에는 매캐한 탄약 냄새가 섞여 있었다. 꿩 사냥이 시작되던 날, 류우지의 분신 같았던 블랙잭이 목숨을 잃었다. 그는 세나의 품속에서 눈을 감고 다시 뜨거운 눈물을 흘리기 시작했다. 세나는 망가진 인형 같은 그를 꼭 끌어안고 그의 갈색 머리 위로 자신의 얼굴을 숙였다. 그의 머리카락 사이사이로 세나의 뜨거운 눈물이 쏟아져 내렸다.

블랙잭이 한 방의 총성에 떠나간 날, 두 사람은 서로의 온기에 의지해 하얀 꽃잎 한 점 흩날리지 않는 죽음 같은 유령사의 밤을 견디고 있었다.

"학교…… 다녀왔습니다."

"컷! 다시!"

"학교 다녀……왔습니다."

"컷! 젠장. 20분간 휴식. 조감독 일몰 시간 체크해."

야마자키 료는 등받이 없이 날렵한 스텐으로 된 두 다리로만 버티고 있는 감독 전용 의자에서 힘차게 일어났다. 지난달 생일 이후로 이제 마흔이 된 그녀는 다른 감독들과는 달리 꼿꼿한 긴장감을 늦추지 않기 위해 등받이 없는 의자만 고집했다.

그레이로 탈색한 짧게 자른 커트 머리에 검은 뿔테 안경을 쓰고, 네이비톤의 슬림핏 바지에 세상 편해 보이는 쪼리를 신은 그녀는 170센티미터가 훌쩍 넘는 호리호리한 체격이었다.

영리함을 넘어 매서운 기운까지 풍기는 가느다란 눈으로 어마어마한 포스를 뿜으며 드라마 촬영장을 총괄하는 그녀가 신경질적으로 일어나자 그녀의 무릎에서 후지TV 창사 특집극 《오후의 햇살》이라고 적힌 대본이 땅바닥으로 툭 하고 떨어졌다. 촬영장의 모든 스텝들이 그녀의 표정을 살피며 일순 긴장하기 시작했다.

야마자키 료. 방송계에 몸담고 있는 사람이라면 그녀의 빛나는 재능에 대한 막연한 질투의 감정이 서서히 감탄이 담긴 존경심으로 바뀌는 드라마틱한 감정의 전이를 누구나 한 번쯤은 경험했을 정도로 야마자키 료는 유능한 여자 감독이었다. 손대는 작품마다 경이로운 시청률을 기록하며 승승장구를 해 오던 그녀였지만 후지TV 창사 특집극을 맡은 이후로는 가슴을 짓누르는 부담감으로 몇 달째 잠 못 이루는 새벽을 맞고 있었다.

그녀는 드라마 기획 단계에서부터 남자주인공의 첫사랑을 연기할 신인 여배우를 찾기 위해 골몰해 있었다. 언론은 야마자키 감독이 야심차게 준비하는 차기작에서 누가 남녀 타이틀롤을 맡을 것인지에만 관심을 가졌다. 하지만 그녀는 비록 주연은 아니지만 드라마 전체에 활력을 불어넣을 중요한 역으로 사람들이 전혀 생각지도 못했던 배역을 염두에 두고 있었다. 서늘하고 애달픈 이미지로 구현될 유키야말로 그녀가 이 드라마에 숨겨 놓은 비장의 카드였다.

'이 드라마를 통해 한 명의 별이 탄생할 것이다.'

캐스팅 과정은 고통의 연속이었다. 수많은 매니지먼트사에서 신인이라 하기에는 이미 얼굴이 알려진 노련한 여배우들을 끊임없이 들이밀었다. 도쿄에 있는 그녀의 맨션 앞에 곱게 단장시킨 연예인들을 데리고 와서 진을 치고 있는 매니저들도 심심치 않게 볼 수 있었다. 아름답고 섹시하고 때로는 상큼한 얼굴들이 끝도 없이 그녀에게 인사를 했다. 하지만 그 어떤 마스크도 유키 역으로 다가오지 않았다. 야마자키 감독은 우울해졌다.

후지TV 드라마국의 화이트보드에는 《오후의 햇살》 출연 배우들의 이름이 속속 올라오기 시작했다. 대단한 배우들의 이름이 출연 확정이라는 붉은 글씨와 함께 적히는 것을 보고 드라마국에서는 환호성이 터져 나왔다. 신인 감독들은 도저히 믿을 수 없다는 표정으로 존경심마저 담아 야마자키를 바라봤다. 그들이 머릿속에서 늘 꿈꿔 왔던 드림팀이 야마자키 료라는 이름 아래 역대 최강 라인업을 자랑하는 화려한 캐스팅으로 윤곽을 드러냈던 것이었다.

조연까지 라인업이 완료된 이후에도 유키 역 자리는 여전히 공란이었다. 이제 야마자키 감독이 이번 드라마에서 승부수로 띄울 역은 유키라는 것이 방송국 안에서도 정설로 굳어졌다. 그것은 의심할 여지가 없는 사실이었다. 매번 그녀의 드라마에서는 의외의 배역이 키플레이어 역할을 하며 드라마에 생명을 불어넣었던 것이다. 그 역을 맡은 배우는 시청자들의 가슴에 지울 수 없는 이름으로 각인되었다. 드라마가 끝나기도 전에 스타 탄생을 알리는 성급한 기사들이 연예 신문을 장식하곤 했었다.

야마자키는 자신의 널찍한 거실 소파에 한 잔의 술을 들고 멍하니 앉아 있었다. 그녀는 잭콕(잭다니엘과 콜라를 섞은 술)을 한 모금 마셨다. 위스키가 편하게 입에 감기기 시작한 건 언제부터였을까. 고급스러워진 자신의 취향에 갑자기 웃음이 나왔다. 쌉싸름하고 달콤한 액체가 식도를 타고 넘어갔다.

담뱃갑의 비닐을 천천히 벗겨 낸 후 한 개비를 꺼내서 입에 물었다. 어렵게 끊었던 담배를 다시 피우게 될 줄이야. 몽글몽글 올라가는 하얀 연기를 바라보며 그녀는 다시 깊은 생각에 잠겼다.

더 이상 캐스팅을 미루는 건 스스로 자멸하는 길이었다. 이제 첫 촬영 날짜도 얼마 남지 않았는데 벌써 그녀에 대한 안 좋은 뒷말들이 나오고 있었다. 일본에서 내로라하는 수많은 연예기획사 대표들과 캐스팅 문제로 감정이 상하는 일이 수차례 반복되면서 이제 그 피해는 고스란히 그녀가 떠안을 것이라는 걸 그녀는 너무나 잘 알고 있었다. 야마자키는 전화기를 집어 들었다.

"조감독, 나야. 마지막으로 봤던 그 애. 케이스케의 상대역으로 단편 하나 찍었던……."

그때였다. 거실 TV 브라운관으로 CF 한 편이 지나가고 있었다. 광고 속 여자는 하얀 벚꽃비를 맞으며 쓸쓸하게 웃고 있었다. 야마자키의 심장이 다급하게 뛰기 시작했다. 그녀는 거실 유리 테이블 위에 아무렇지 않게 담배를 비벼 끈 후 화면 앞으로 바싹 다가갔다. 못 보던 신인이었다. 처음으로 보는 해사한 얼굴이었다. 신인 배우를 기가 막히게 발굴하는 야마자키의 동물적인 감각이 살아나고 있었다.

'그녀다. 웃고 있지만 쓸쓸한 마스크. 드디어 유키를 찾았다!'

그녀는 전화기를 고쳐 쥐었다. 조감독은 다행히 전화를 끊지 않고 기다리고 있었다.

"조감독, 유키 역을 찾았어! 찾았다고!"

— 그러니까 아까 말씀하셨던 대로 미호 양의 소속사에 연락을 하겠습니다.

"바보. 아니야. 잘못 짚었어. 시노하라 전자 광고프로모션팀으로 연락해."

— 시노하라 전자요? 갑자기 거기는 왜?

"지금 온에어 중인 시노하라 전자의 기업 이미지 광고 메인 모델이 누군지 알아봐. 그리고 내일 당장 내 앞으로 데리고 와. 어서 움직여. 어서."

야마자키 앞에 앉은 하루카는 말이 없었다. 다른 여배우들처럼 호들갑스럽게 기쁨을 표하지도 않았다. 그녀는 이것이 마치 자신에게 계획된 인생의 시나리오인 것처럼 담담하게 받아들이고 있었다. 마치 그럴 줄 알았다는 표정이었다.

야마자키는 그녀의 나이답지 않은 진중함이 마음에 들었다. 실제로 보니 기대 이상이었다. 대본 속의 유키가 현실 세계로 걸어 나온 것처럼 슬픔이 어린 얼굴에서부터 가녀린 몸매까지 완벽했다.

오디션장에서 그녀가 유키의 대사를 제법 자연스럽게 읽어 내는 것을 보고 조감독은 들뜬 마음에 땀에 젖은 두 손바닥을 연신 비벼댔다. 오디션장에 모인 주요 스태프들의 머릿속에서는 새로운 별의 탄생을 확신하는 이 바닥의 예감이 짜릿하게 지나가고 있었다.

야마자키가 대본을 건네주며 입을 열었다.

"다음 주부터 바로 촬영에 들어갈 건데 괜찮겠어요?"

"네. 하지만 연기를 해 본 적이 없어요."

"그거라면 걱정 말아요."

스태프들은 천하의 야마자키 료가 연출인데 무슨 걱정이냐는 얼굴로 시선을 교환했다.

"감독님, 한 가지만 더요."

"뭐죠?"

"저는 소속사가 없어요, 아직."

조감독이 이 순간에 끼어들려고 하는 걸 야마자키가 나서지 말라는 듯이 손을 들어 막았다.

"그런데?"

"도쿄에 온 지 얼마 안 돼서 어떤 지인의 집에서 신세를 지고 있어요."

"그래서?"

"그러니까…… 방송국에서…… 여기는 넓으니까……."

야마자키의 이마에 깊은 주름이 새겨졌다.

"방송국에서 묵고 싶다는 얘긴가? 맞아요?"

"네. 염치는 없지만. 그렇게만 해 주신다면 좋겠어요. 첫 드라마를 정말로 잘 찍고 싶거든요."

야마자키가 자신의 앞에 놓인 커피 잔을 집어 들었다. 촬영장 막내 스태프가 일부러 미지근하게 식혀서 건네준 그녀만의 커피였다. 그녀는 몽롱하게 긴장이 풀어지는 느낌이 싫어서 커피도 꼭 한 김 식혀서 마셨다. 식어 빠진 커피를 한 모금 입에 머금었다가 목으로 천천히 넘겼다. 진한 카페인이 혈관에 녹아들어 가는 느낌이 전해졌다.

그녀는 메모지에 몇 글자를 휘갈겼다. 그리고 하루카에게 건넸다.

"조감독이 이곳으로 짐을 옮겨 줄 거예요. 여기서 머물도록 해요."

"여기가 어디죠?"

"방송국과 가장 가까운 곳. 바로 우리 집."

스태프들의 얼굴에 놀라움이 자리 잡았다. 모두 믿을 수 없다는 표정이었다. 철의 여인 야마자키가 처음 보는 신인 여배우에게 보이는 파격적인 호의 앞에서 다들 숨을 죽였다.

하루카는 자신의 외투 주머니에 메모지를 소중하게 넣었다. 그녀의 얼굴에 미소가 번졌다.

"감사합니다. 감독님. 요리와 청소는 제가 맡아서 할게요."

시노하라 요시로는 차가운 눈빛으로 하루카를 바라보고 있었다. 자신이 얻어 준 오피스텔에서 나가겠다는 그녀를. 하루카가 이곳에 머무는 동안 그는 단 한 번도 오지 않았었다. 그녀에게 숨겨 놓은 정부의 역할을 기대했던 것도 아니었다. 하지만 이렇게 갑자기 떠나겠다는 그녀가 조금은 야속했다.

"갈 곳은 정했나?"

"네."

"어디로?"

"이번에 시작하게 될 드라마의 감독님 아파트로 가게 됐어요."

"하아……. 전개가 빠르시군."

시노하라 요시로의 이마에 다 알겠다는 듯한 표정이 스쳐 지나갔다. 하루카는 몹시 기분이 상했다.

"여자 감독님이세요. 야마자키 료."

"야마자키 료?"

시노하라가 잠시 생각에 잠긴 사이 그녀가 가방을 들고 출입문 쪽으로 등을 돌렸다. 신발 앞에서 하루카는 허리를 숙였다.

"감사했습니다. 시노하라상. 이 신세는 반드시 갚겠어요. 반드시."

현관문이 열렸다. 하루카는 문 앞에서 대기하고 있던 차에 올랐다. 시노하라는 거실 창을 통해서 그녀가 떠나가는 마지막 모습을 지켜봤다. 그녀의 등에서는 아쉬움이 단 한 조각도 느껴지지 않았다.

그녀를 태운 차는 더 이상 보이지 않았지만 시노하라는 창가를 떠날 수가 없었다. 그의 어깨 위로 짙은 아쉬움이 깊은 가을 끝자락에서 속절없이 쌓이는 낙엽처럼 소리 없이 내려앉았다.

야마자키의 넓은 맨션에 도착한 하루카는 맨 먼저 주방으로 들어갔다. 집은 깔끔하고 현대적이었다. 하지만 여자 혼자 사는 집치고는 너무나 휑뎅그렁했다. 음식은 전혀 안 해 먹는지 개수대는 깨끗했다. 냉장고를 열어 보니 낯익은 교토 식재료가 보였다. 냉동실에는 갖가지 식재료들이 꽝꽝 언 채로 아무렇게나 쑤셔 박혀 있었다.

'이건 교토에서 먹는 음식들인데. 이상하다. 그래도 무척이나 반가운걸.'

하루카는 재료들을 훑어본 후 바로 요리에 들어갔다. 붉은 고구마로 색을 내고 속에 돼지고기를 다져 넣은 교토식 만두와 대게 다리를 푸짐하게 넣어 은근하게 끓인 정통 교토 우동을 만든 후 그녀는 만족스럽게 웃었다.

야마자키는 집에 들어서자마자 매우 익숙한 냄새가 후각을 자극하는 것을 느꼈다. 그녀의 식탁 위에는 교토식 요리가 한 상 차려져 있었다. 그 곁에서 하루카가 공손하게 허리를 굽혔다. 야마자키의 이마에 곤란하다는 주름이 새겨졌다.

"이럴 필요 없는데. 저녁은 원래 안 먹어. 안 먹은 지 오래야. 보통은 이거 하나로 끝내거든."

그녀가 손에 들고 있던 과일주스를 흔들었다.

"감독님, 힘든 일 하시는데 그렇게 드시면 안 되죠."

하루카가 환하게 웃으며 식탁 의자를 빼 주었다. 야마자키는 할 수 없다는 표정으로 어색하게 의자에 앉았다. 그녀의 맨션이었지만 왠지 주객이 전도된 느낌이었다.

넉넉하게 넣은 대게 육수로 끓인 구수한 교토식 우동. 그녀는 뭔가에 홀린 듯이 작은 그릇에 국물을 덜어서 후루룩 마셨다. 엄마의 우동. 교토에서 엄마가 끓여 주던 그 우동 맛이었다. 카미시치켄 요정 거리에서 거나하게 취한 사람들에게 우동을 끓여 팔던 내 어머니. 게이샤 퇴물이었던 어머니는 지긋지긋한 카미시치켄을 떠나지 못하고 후미진 골목 한 언저리에서 우동을 팔며 두 딸들을 공부시켰다.

야마자키는 교토에서 여학교에 다니고 있는 나이 차이 많이 나는 여동생을 떠올렸다. 부끄러운 내 어머니. 아니, 세상에서 가장 존경하는 내 어머니. 그녀는 갑자기 목이 메어 왔다. 굵은 면발이 목에 걸려서 넘어가지가 않았다. 혹시 눈에 고인 눈물이 후드득 떨어질까 봐 그녀는 고개를 들어 노오란 식탁 조명등을 뚫어지게 바라봤다. 도쿄에서 느끼는 교토의 밤이 그렇게 깊어 가고 있었다.

"어떻게 이런 요리를 하지? 고향이 혹시 교토?"

"네. 맞아요. 카미시치켄 출신이죠."

'카. 미. 시. 치. 켄.'

야마자키는 날카로운 무언가가 가슴속 어느 부분을 치고 들어오는 것을 느꼈다.

"실망하셨나요? 제 배경에. 하지만 저는 부끄럽지 않아요."

'카미시치켄!'

"엄마는 게이샤였어요. 아주 유명한. 저는 요정 부엌에서 허드렛일을 도왔고요. 고마운 사람의 도움으로 그곳을 벗어나게 됐죠. 꼭 성공해서 자랑스러운 딸이 되고 싶어요."

게이샤의 딸이 연출자로 성공하기까지 감내해야 했던 혹독한 시간들이 몇 개의 인상적인 장면들과 함께 떠올랐다.

"자랑스러운 딸?"

"네. 제 힘으로 성공해서 엄마의 딸이 이렇게 당당하게 살고 있다는 것을 보여 드릴 거예요. 하늘에서 지켜보고 계실 엄마에게."

"남자였나? 도쿄로 올 때 남자의 도움을 받은 건가?"

"네."

하루카는 잠시 망설이며 대답했다. 야마자키의 표정이 어두워졌다.

"거래 조건은?"

야마자키는 바지 주머니에 있는 담뱃갑을 만지작거렸다.

"……?"

"그 사람이 요정에서 빼내 줄 때 뭔가 조건이 있었을 거 아니야?"

"그런 건 없었어요. 그 사람이 원하는 대로 해 줄 용의는 있었지만 그는 아무것도 원하지 않았어요."

"그래? 흥미롭군. 한 가지만 기억해."

"어떤?"

하루카는 야마자키가 손에 들고 있는 불붙이지 않은 하얀 담배 개비에 시선을 보냈다.

"이 바닥에서는 첫째도 몸조심, 둘째도 몸조심이야."

"아……."

"카미시치켄은 아무것도 아니지. 하하하……."

"……."

"일단 네게 호의를 갖고 접근하는 남자들에게 절대 틈을 주지 마. 동료 배우가 됐든. 방송국 관계자가 됐든. 광고주가 됐든."

드디어 야마자키가 보라색 라이터를 꺼내 담배에 불을 붙였다. 그녀는 꺼내기 어려운 말들을 하얀 담배 연기 사이사이에 넣어 되도록 쉽게 내뱉었다.

"네."

"최고의 자리에 오를 때까지 이것만 명심해. 채 뜨기도 전에 바닥에 처박히는 수가 있으니까."

"네. 명심할게요."

"그리고 제대로 해."

"……?"

"연기 말이야. 이번에 제대로 하지 않으면 다음 작품은 기대할 수도 없을 거야."

야마자키는 재떨이로 쓸 만한 그릇을 찾기 위해 자리에서 일어나 두리번거렸다. 하루카가 주방 상부 장에서 아무 무늬가 없는 유리로 된 컵받침을 꺼내 말없이 건네주었다.

"……."

"이 세계에서 기회는 오직 한 번뿐이야. 두 번은 주어지지 않지. 너도 알겠지만 배우 하겠다는 재능 있는 아가씨들도 넘쳐 나고 너보다 비교할 수 없이 예쁜 애들도 수두룩해."

"네. 잘 알고 있어요."

"네게 온 단 한 번의 기회. 꼭 잡아서 네 꿈을 이루길 바래. 하늘에 계신 어머님도 기뻐하실 거야."

야마자키는 당분간 담배를 끊는 게 힘들 것 같다는 생각을 하며 유리 컵받침에 담배를 비벼 껐다.

"감사합니다. 감독님."

"나한테도 너보다 어린 여동생이 하나 있어. 여학교를 졸업하면 도쿄에 있는 대학으로 진학시킬 거야.”

“네. 그렇군요.”

“이 바닥에서 오래 살아남고 싶으면 너도 공부해. 학교에 가지 않고도 얼마든지 졸업장은 딸 수 있으니까.”

그날 이후로 야마자키의 연기 특훈이 시작되었다. 하루카는 신인치고는 세심하게 감정을 표출하는 연기 감각이 꽤 훌륭했다. 문제는 여학생 연기였다. 그녀는 교복만 입혀 놓으면 바로 굳어 버렸다. 어색하고 어색하고 또 어색했다. ‘학교 다녀왔습니다’ 라는 한 줄 대사에 막혀 몇 시간째 같은 대사만 반복하고 있었다.

스태프들의 인내심도 슬슬 바닥을 드러냈다. 신경질적으로 감독석에서 일어난 야마자키는 스튜디오 뒤쪽으로 걸어갔다. 드라마 세트장을 칠한 페인트 특유의 톡 쏘는 냄새가 코를 자극했다. 합판으로 된 대형 가림막 뒤에서 그녀는 담배를 꺼내 물었다.

‘젠장. 젠장. 젠장.’

해가 지기 전에 오늘 찍어야 할 신이 아직 세 신이나 남아 있었다. 계속 엔지를 내는 하루카를 보며 낮게 욕설을 지껄이던 성격 급한 촬영 감독의 얼굴이 떠올랐다. 하루카가 이 벽을 넘지 못한다면. 만약 이 단계를 넘지 못한다면.

그때 조연급 여배우들의 목소리가 들려왔다. 무대 뒤편 어딘가에 그녀들이 모여 있는 듯했다.

“너희들도 봤지? 그 어색한 학교 다녀왔습니다. 하하하…….”

야마자키는 목소리만으로 어떤 역할을 하는 배우인지 얼굴을 떠올렸다. 그녀는 이 상황에서 인기척을 하며 나가야 되나 잠시 고민스러웠다.

“손까지 바들바들 떨더라. 그 대사가 왜 그렇게 안 될까?”

“왜 안 되긴. 학교 문턱도 밟지 못했으니까 안 되는 거지.”

“오, 정말? 하루카 그 계집애가 그렇게 무식한 배경을 가졌단 말이야? 하하하…….”

“교토 게이샤 출신이라는 말도 있어. 왠지 분위기가 색다르잖아.”

교토 게이샤라는 말에 야마자키는 담배를 든 자신의 손이 가늘게 떨리는 것을 바라봤다.

“놀랍군 놀라워. 야마자키 감독은 뭣 때문에 그런 계집애를 유키 역으로 캐스팅한 걸까?”

“왜긴 왜야. 야마자키 감독도 늙은 게이샤의 딸이라던데. 교토 요정 딸들의 반란인가? 의기투합인가? 하하하…….”

야마자키는 자신이 직접 캐스팅한 여배우들의 얼굴과 소속사를 천천히 머릿속으로 떠올렸다. 그녀는 어설픈 관용과 어쭙잖은 용서가 오히려 독이 되어 돌아온다는 것을 너무나 잘 알고 있었다.

“암튼 웃긴다. 저 아이가 저렇게 망쳐 버리면 아무리 후지TV 특집극이라고 해도 시청률은 장담할 수 없겠는걸. 유키의 비중은 처음보다 늘어났는데 초반부터 이렇게 막혀 버리다니.”

“야마자키의 성공 스토리도 잘하면 이 작품으로 종을 칠 것 같은데. 그동안 너무 잘나갔었지. 교토 촌년이 도쿄의 방송계를 홀라당 접수했으니. 하하하…….”

야마자키는 피우던 담배를 힘차게 던져 버렸다. 그리고 소리가 나는 쪽으로 한 치의 망설임도 없이 성큼성큼 걸어갔다. 그녀가 들어서자 소품 상자 위에 앉아 있던 네댓 명의 조연급 여배우들이 용수철이 튀어 오르듯 동시에 자리에서 일어났다. 그녀들은 마치 귀신을 본 것 같은 얼굴이었다.

“이봐, 너희들. 앞으로는 연기를 미친 듯이 잘해야 할 거야. 아니. 아주 미친 듯이 잘하는 걸로도 부족해. 죽을 듯이 해야 돼. 그렇지 않으면 니들 배역은 드라마 방영 중에 하나하나 없어질 테니까.”

야마자키 감독과 하루카를 신랄하게 씹어 대던 여배우들은 자신들이 쌓아 온 배우로서의 커리어가 이제 모두 끝났다는 생각에 마음 한

축이 와르르 무너지는 것을 느꼈다.

"앞으로 야마자키 료가 연출하는 드라마 엔딩 타이틀에는 너희들 이름이 절대 올라가지 않을 거야. 다른 감독들에게도 너희들이 얼마나 쓰레기인지 알려 주고 싶지만 그건 좀 더 고민할게. 암튼 확실한 건 니들이 아무리 잘나가는 소속사를 가졌다고 해도 이 드라마가 너희들의 마지막 작품이 될 거라는 사실이지. 그러니까 마지막 작품, 후회가 남지 않도록 똑바로들 해."

자신의 말을 모두 내뱉은 야마자키가 찬바람을 일으키며 스튜디오를 향해 걸어갔다. 아름다운 20대 여배우들은 파랗게 질린 채 누구 하나 입을 여는 사람이 없었다. 함부로 입을 놀린 죄로 영화로웠던 연예계 생활을 짧게 마감해야 할지도 모른다는 두려움이 여배우들에게 엄습해 왔다. 어쩌면 그녀의 말이 현실이 될지도 모른다. 그녀는 야마자키 료니까. 손대는 작품마다 자신이 세운 최고 시청률 기록을 스스로 갈아 치우는 일본에서 가장 최고라 인정받는 야마자키 료 감독이니까.

야마자키는 하루카를 데리고 방송국에 딸린 작은 공원으로 나갔다. 계속되는 촬영에 그녀는 조금 지쳐 보였다.

"네가 그 대사를 넘지 못하면 다른 사람으로 교체할 수밖에 없어."

"……!"

"아직 촬영 초반이라 다른 배우로 교체한다고 해도 전혀 지장이 되지 않아. 너 하나로 전체 촬영 스케줄이 밀리는 것보다 그 길이 더 낫다고 생각할 거야 사람들은. 내 생각도 마찬가지고."

야마자키는 연기가 처음인 하루카에게 감독으로서 너무 많은 것을 요구해야 하는 현실에 가슴이 아팠지만 하루카가 치열한 이 바닥에 들어온 이상 어설픈 위로보다는 냉혹한 이 세계의 생리를 제대로 알려 주는 게 그녀의 연기 인생에 더 도움이 될 거라고 스스로를 다잡았다.

"할…… 할 수 있어요."

"그 대사가 왜 안 되는 거야? 뭐가 문제야?"

"모르겠어요. 교복만 입으면 갑자기 몸이 굳어져요. 한 번도. 단 한 번도 학교에 간 적이 없으니까요."

하루카는 질끈 눈을 감고 고개를 숙였다.

"그랬군. 바로 그게 문제였군."

"감독님, 잘하고 싶어요. 어쩌면 좋죠?"

하루카의 눈에 이슬이 맺혔다. 야마자키는 잠시 생각에 잠기더니 얼마간의 시간이 지난 후 입을 열었다.

"너 교토에 있었을 때 가장 좋았던 기억이 뭐야?"

"좋았던 기억?"

"그래, 아름다운 추억이면 더 좋고."

"은각사에 가서 자주 기도했었어요. 슬플 때도 기쁠 때도. 항상 은각사에 갔죠. 아주 인상이 선한 소년도 만났었고."

야마자키는 어떤 실마리를 잡은 기분이었다.

"은각사. 좋아. 거길 가면 어떤 기분이었지?"

"그곳은 늘 따뜻했어요. 한겨울에 가도 왠지 따스한 기운이 느껴졌죠. 요정에서는 느낄 수 없는 엄숙하고 조용한 느낌. 잔잔하고 아름다운 연못이 늘 저를 위로해 줬어요."

하루카는 사토 코이치와의 아름다웠던 추억을 떠올렸다.

"바로 그거야. 교복을 입을 때마다 은각사에서 받았던 그 평화로운 느낌을 떠올리도록 해. 유키는 남자주인공을 만나서 참으로 행복했던 학창 시절을 보냈지."

그 순간 풀리지 않는 실타래로 엉클어져 있던 하루카의 머릿속이 환하게 밝아졌다. 길을 잃고 마구 헤매던 미로에서 돌파구를 찾은 기분이었다. 은각사를 기억하자. 울고 있던 나를 달래 주었던 코이치를 떠올리자.

다시 현장 카메라에 빨간 불이 켜졌다. 교복을 입은 하루카가 세트장으로 들어왔다. 그녀의 얼굴에는 생기가 넘쳐흘렀다.

"학교 다녀왔습니다!"

야마자키는 팔에 소름이 돋는 것을 느꼈다.

'넘었구나. 드디어 이 벽을 넘었어. 장하다 하루카.'

침울했던 현장 분위기가 갑자기 밝아졌다. 그녀는 더 이상 두려움에 떨던 신인 배우 하루카가 아니었다. 가슴 떨리는 첫사랑에 행복해하는 유키였다.

《오후의 햇살》 첫 회가 방영되고 그다음 날. 후지TV 드라마국 안으로 시청률 담당 직원이 상기된 얼굴을 한 채 등장했다. 모든 감독들이 그의 손에 들려 있는 하얀 대자보를 주목하고 있었다.

드디어 전지 크기의 대형 시청률표가 드라마국 출입문에 게시되었다. 전 직원의 시선이 시청률표로 향했다. 《오후의 햇살》 35.6프로! 후지TV 드라마 역사상 첫 방송 시청률 최고 기록이었다. 드라마국 전체에 환호성이 울려 퍼졌다.

야마자키 료는 믿을 수 없다는 표정으로 자리에서 일어섰다. 《오후의 햇살》 35.6프로! 그녀는 속으로 경이로운 시청률을 중얼거렸다. 사람들이 모두 몰려들어 그녀의 어깨를 두드렸다. 아무 소리도 들려오지 않았다. 카미시치켄의 두 딸이 후지TV의 역사를 새롭게 쓴 날이었다.

그 이후로도 《오후의 햇살》은 계속 승승장구했다. 야마자키가 예견한 대로 하루카의 순수한 미소와 청초한 연기는 시청자들의 마음을 완벽하게 사로잡았다. 드라마가 채 끝나기도 전에 그녀는 일본에서 가장 주목받는 신인 배우가 되어 있었다.

마지막 촬영을 마치던 날. 하루카는 하늘색 스카프를 반으로 접어 오드리 헵번처럼 머리에 쓰고 턱에서 매듭을 묶었다. 그런 뒤 큰 선글라스로 얼굴을 가리고 야마자키의 맨션을 나섰다.

그녀는 동경대 앞에서 누군가를 하염없이 기다렸다. 4월의 도쿄. 벚꽃이 아름답게 흩날리고 있었다. 볼에 와 닿는 벚꽃의 부드러운 스침에 그녀의 가슴이 떨려 왔다.

'사토 코이치. 내가 왔어. 드디어 너를 만나러 내가 왔어.'

그렇게 얼마를 기다렸을까. 낯익은 어깨가 그녀의 시선 안으로 들어왔다. 낯익은 사토의 어깨. 그는 긴 다리를 힘차게 뻗으며 교정을 나오고 있었다. 부드럽고 지적인 눈매가 그녀의 심장을 두드렸다.

하루카는 선글라스를 벗지 않았다. 그냥 그 자리에 서서 사토를 응시했다. 그 순간 사토 코이치의 두 발이 땅에 붙은 듯 떨어지지 않았다. 두 사람은 약간의 거리를 둔 채 서로를 바라봤다.

연분홍색 벚꽃이 감미로운 선율에 맞춰 춤을 추듯이 날리고 있었다. 사토는 그 꽃잎 사이로 보이는 하루카의 날렵한 턱선을 조용히 시선으로 따라갔다. 오른쪽 이마에 아직도 희미하게 실금처럼 남아 있는 볼록한 상처가 가슴에 와 박혔다. 교토에서 못된 사내 녀석들이 던진 돌에 맞아서 물처럼 피를 쏟던 하루카.

주위의 모든 풍경이 그들을 중심으로 잠시 정지되었다. 4월의 대학 캠퍼스에는 활기찬 젊음의 기운이 넘쳐 났지만, 사토 코이치와 하루카는 오직 둘 사이에 흐르는 뜨거운 전율만을 감지할 뿐이었다.

드디어 그가 걸어왔다. 그의 발걸음은 다소 조심스러웠지만 기쁨에 들떠 있었다. 따뜻한 햇살을 받은 그녀의 하늘색 실크 스카프가 물고기 비늘처럼 반짝였다.

"환영해. 도쿄에 온 것을."

"대학 입학 축하해. 축하가 너무 늦었지만."

"드라마 잘 봤어. 모두 보고 있었어."

"내 드라마를 코이치가 봐 줬다니 기뻐. 네 앞에 당당하게 나타날 수 있는 날만 꿈꿨나 봐."

"바보. 내 마음속에서 널 잊은 적은 단 한 순간도 없었어. 우린 늘 함께였지. 보고 싶었다. 하루카."

꼭 1년 6개월 만의 재회였다. 사토 코이치는 하루카를 꼭 끌어안았다. 은각사에서 시작됐던 서로에 대한 마음은 더욱더 깊어져 있었다.

스즈키는 흰 꽃이 만발해 있는 유령사의 연못 언저리에 블랙잭을 곱게 묻어 주었다. 붉은 흙으로 마무리한 동그란 무덤은 너무나도 작았다. 블랙잭이 사람들에게 남기고 간 추억과 사랑의 자리는 한없이 크고 깊었지만 그의 몸이 묻힌 공간은 무척이나 협소해서 스즈키는 붉은 흙을 자꾸만 매만졌다. 포실하고 윤기 있는 흙이 마치 블랙잭의 튼튼한 등허리 털이라도 되는 것처럼 그녀는 흙을 되풀이해서 두드렸다.

그녀가 굵은 눈물을 훔치며 입을 열었다.

"류우지, 너무 슬퍼하지 말아라. 이 녀석은 살 만큼 살았으니까. 블랙잭에게 주어진 명이 여기까지였는지도."

류우지는 연못 위로 비치는 하얀 달만 바라보고 있었다. 그는 블랙잭의 무덤 곁으로 다가오지 않았다. 무덤을 등지고 앉아 있는 그의 등이 너무나 슬퍼 보였다.

세나가 류우지 곁으로 다가가려 하자 스즈키가 조심스레 만류했다.

"세나 양. 오늘은 그냥 혼자 있게 내버려 둬. 둘만의 추억이 너무나 많아서 류우지에게도 시간이 필요할 거야. 블랙잭을 보내 줘야 하니까."

세나와 스즈키는 그를 남겨 두고 안으로 들어갔다. 너무나 힘든 하루였다. 세나는 이불도 깔지 않고 그대로 방에 몸을 누였다. 날카로운 총소리가 귓가에서 계속 맴돌았다.

'왜 자꾸 안 좋은 일들이 일어나는 걸까? 류우지와 관련된 어떤 사람들이 그에게 시련을 주는 걸까? 왜. 도대체 왜.'

새벽이 깊도록 류우지는 돌아오지 않았다. 설핏 잠이 들었던 그녀는 미닫이문이 열리는 소리에 잠에서 깼다. 그가 돌아왔구나. 발자국 소리가 들렸다. 그러나 곧 그의 방은 다시 잠잠해졌다.

세나는 낮은 테이블 위의 스탠드를 켰다. 부드러운 크림색 조명이 방 안을 비추었다. 그녀가 중문을 열자 벽에 등을 기댄 채 앉아 있는 류우지의 얼굴이 보였다. 그의 얼굴을 보니 다시 눈물이 차올랐다.

세나는 그를 향해 걸어갔다.

"류우지. 괜찮아?"

그는 두 손으로 자신의 얼굴을 문질렀다.

"응. 내 걱정은 하지 마. 오늘 많이 놀랐을 텐데 어서 자."

세나는 그의 곁에 앉았다.

"같이 있고 싶어."

"……."

"오늘 밤은 같이 있어 주고 싶어."

류우지가 그녀에게로 시선을 돌렸다.

"난……. 처음에 네가 다친 줄 알았어. 네가 잘못된 줄 알고 숨도 쉴 수가 없었지."

"……."

"세나, 잘 들어."

뭔가를 결심한 듯 그의 눈동자가 날카롭게 빛났다.

"……?"

"너를 노리는 게 아닌 것 같아."

"무슨 소리야?"

세나는 어두운 먹구름이 몰려오는 것을 느꼈다.

"오늘 일로 확신을 갖게 됐어. 그들이 노리는 건 네가 아니야. 바로 나지."

"류우지, 너를 노리다니……."

류우지는 세나와 눈을 맞추기 위해 그녀의 두 어깨를 부드럽게 감싸 쥐었다.

"도쿄로 돌아가. 네가 있을 가장 안전한 곳은 한 군데밖에 없어."

"가장 안전한 곳?"

"항상 사람이 많은 곳. 네가 혼자 있어도 안전한 곳은 그곳뿐인 것 같아."

"거기가 어딘데?"

류우지는 잠시 숨을 고른 후 그녀가 안심할 수 있도록 불안하고 슬픈 감정을 자신의 얼굴에서 단번에 지워 냈다.

"마쓰자카 료스케. 그의 아버지가 운영하는 도쿄 중앙병원."

"싫어. 너를 두고 나 혼자 가지 않을 거야."

"내 말 잘 들어. 나랑 있으면 네가 위험해져. 내가 모든 진실을 밝혀 낸 후 도쿄로 너를 데리러 갈 거야. 반드시."

"류우지. 같이 있고 싶어."

"세나, 잠시만 떨어져 있는 거야. 나도 널 보내고 싶지 않아. 하지만 이러다가 너마저 잘못되면……."

그는 세나를 꼭 끌어안았다. 사랑하는 블랙잭을 영원히 떠나보낸 그 밤. 이제 그가 지켜야 할 건 오로지 하나였다. 빼앗긴 유년 시절, 박탈당했던 엄마의 품, 그리고 블랙잭. 류우지는 고통스러운 기억들이 무거운 납덩이처럼 한꺼번에 머리 위로 내려앉는 기분을 느꼈다. 지켜야 할 것이 분명해지자 그의 생각은 더욱더 명료해졌다.

'세나를 마쓰자카에게 부탁하자. 그는 정직하고 의로운 성품을 지닌 남자다. 불의 앞에 당당하게 맞설 용기도 지녔고. 무엇보다도 도쿄에서 마쓰자카 아버지의 병원을 쉽게 건드릴 사람은 없을 테니. 마쓰자카 료스케. 잠시 동안만 네게 세나를 부탁한다. 나는 그동안 차마 바라볼 수 없었던 무거운 진실과 대면해야겠다. 더 이상은 물러서지 않을 거야.'

세나는 그의 곁을 떠나는 게 싫었다. 규슈의 외로운 태양을 떠나 차가운 도쿄로 돌아가는 게 두려웠다. 무엇보다도 류우지를 혼자 남겨놓고 가야 하는 게 안타까웠다. 이제 그의 곁에는 블랙잭도 없는데.

'다시 만날 수 있겠지? 지금의 헤어짐은 잠깐일 거야.'

세나는 슬픈 감정을 가까스로 억눌렀다.

'아프지 마. 머리카락 하나도 다치지 말고. 곧 갈게.'

류우지는 소중한 것들을 다시는 **빼앗기지** 않겠다고 다짐했다.

마쓰자카 료스케는 히토요시로 차를 몰고 있었다. 아침 뉴스를 전하는 남자 아나운서의 나른한 목소리가 오늘따라 그의 신경을 거슬리게 했다. 그는 소리가 나오는 곳의 전원 버튼을 눌러서 꺼 버렸다.

시노하라에게 한 통의 메일을 받은 후 그의 신경은 예민해져 있었다.

구마모토에서 결국 안 좋은 일이 일어났다. 최대한 빨리 이곳으로 와 줬으면 해. 부탁이야. — 시노하라 류우지

무슨 일일까. 시노하라의 앞마당까지 접근했다는 말인가. 혹시 여왕님이 다친 걸까? 그렇다면 곤란하게 됐네. 사토 켄지가 알면 가만있지 않을 텐데. 그런데 왜 나를 긴급하게 호출하는 것일까. 시노하라가 내게 부탁할 일은 없을 텐데.

우뚝 솟은 히토요시 성터가 보이기 시작했다. 마쓰자카는 빈터에 주차를 한 후 상쾌한 아침 공기를 들이마셨다. 구마강과 무네가와강을 바라보고 있는 히토요시 석벽 위에 쓸쓸하게 서 있는 시노하라가 보였다. 마쓰자카는 석벽 위로 성큼성큼 올라갔다.

"시노하라. 무슨 일이야? 나를 다 보자 하고."

"와 줘서 고마워."

그가 마쓰자카를 향해 몸을 돌렸다. 그의 갈색 머리가 바람에 날렸다. 규슈의 고독한 태양은 조금 수척해 보였다.

"구마모토에서 생긴 안 좋은 일이란 게 뭐지? 혹시 여왕님이 다친 거야?"

"아니. 그건 아니야."

마쓰자카는 속으로 안도의 숨을 쉬었다. 그녀가 다치지 않았다니 정말 다행이군.

"그럼 무슨 일이야?"

시노하라의 눈이 어두워졌다. 잠시 망설이다 그가 입을 열었다.

"꿩 사냥이 시작되던 날. 누군가가 강력한 사냥총으로 내 개를 쐈어. 유령사 연못에서. 세나는 바로 그 옆에 있었지."

마쓰자카는 놀란 입을 다물지 못했다. 시노하라의 개라면. 늘 함께 다니던 그 보더콜리를 쐈단 말인가. 이럴 수가. 이럴 수가.

"나와 함께 있는 것도, 사토와 있는 것도 그녀에게는 위험해져 버렸어. 지금으로서는 이 방법밖에 떠오르지 않아. 그녀는 도쿄에 있는 게 가장 안전할 것 같아."

"도쿄? 여왕님을 혼자 도쿄로 보내겠다고?"

"아니. 혼자 보내지 않을 거야. 도쿄 중앙병원 24시간 병동에 그녀를 있게 해 줘. 잠시 동안만. 부탁이다. 마쓰자카."

'이 자식 정말로 진지하게 부탁하는군.'

"항상 사람들의 눈이 지켜보는 곳. 어떤 누구도 함부로 움직일 수 없는 곳은 마쓰자카 쇼헤이 원장님이 계시는 도쿄 중앙병원밖에 없어. 그곳 24시간 병동에서 그녀가 환자들을 도울 수 있도록 일자리를 마련해 줘."

시노하라는 간절한 마음을 담아 그에게 힘든 부탁을 했다.

"이거 참, 머리 아프게 됐네. 사토 켄지가 알면 가만있지 않을 텐데?"

"사토라……. 사토도 주변 상황이 복잡한 건 마찬가지야. 올가을 선거를 앞두고 있잖아. 사토 코이치 의원님이."

마쓰자카는 세나가 무척이나 어려운 상황에 직면하고 있음을 확실하게 깨달았다.

"잘난 녀석들 틈에 끼어서 여왕님이 억울하게 고생하고 있네. 한 가지만 물어보자."

"뭔데?"

"너도 진심인 거냐? 그녀한테?"

마쓰자카는 그의 얼굴에서 정답을 찾기 위해 날카로운 눈빛을 보냈다.

"내 대답이 궁금해?"

"그래."

"내 마음을 이 자리에서 너한테 알리고 싶진 않아."

'이미 네 대답은 나온 것 같다. 사토 켄지와 똑같은 표정으로 내게 부탁을 하고 있으니. 한심한 녀석들.'

"유령사에 가면 그녀가 기다리고 있을 거야. 되도록 빨리 움직여 줘."

시노하라는 마쓰자카의 눈빛이 부드럽게 풀린 것을 보고 자신의 부탁을 수락했다는 것을 직감적으로 알 수 있었다.

"너는? 같이 안 갈 거냐?"

"나는 처리할 일이 있어서."

"시노하라, 이거 하나는 알아 둬라. 너를 보고 도와주는 게 아니라는 걸. 사토 켄지와의 우정 때문에 이 부탁에 응하는 거야."

"고마워. 마쓰자카."

시노하라가 자신의 오른손을 내밀었다. 마쓰자카는 잠시 고민하다가 그의 손을 잡고 짧게 흔들었다. 구마강과 무네가와강이 만나는 지류에 자리 잡은 히토요시 석벽 위로 아유(은어)의 냄새가 강바람을 타고 흘러왔다. 게이오대학 의학부 3학년 마쓰자카 료스케는 그 비릿한 강바람 사이를 비집고 도쿄 중앙병원의 알싸한 소독약 냄새가 풍겨오는 것만 같았다.

마쓰자카 료스케는 평균치보다 훨씬 넓고 기다랗게 자란 상수리나무의 푸른 잎사귀를 신기하다는 듯이 바라봤다. 유령사로 들어가는 입구 앞에 차를 대고 그는 20분째 차 안에서 움직이지 않은 채 푸른 잎사귀만 바라보고 있었다. 도쿄보다 훨씬 생장이 빠른 나뭇잎도 기이했고 시노하라의 부탁으로 이곳까지 차를 몰고 온 자기 자신도 기이하기는 마찬가지였다.

'왜 내 안의 깊은 곳에서는 저 안으로 들어가지 말라는 울림이 터져 나오는 걸까. 여기서 차를 돌려서 그대로 돌아간다면. 나는 비겁한 남자가 되는 건가. 은세나를 아버지의 병원으로 데리고 가는 이 결정에 대해 먼 훗날 마쓰자카 료스케는 후회하려나. 아니면 정말 잘한 결정이었다고 되뇌이려나. 시노하라의 부탁이 영 내키지 않았다면 아까 히토요시 석벽 위에서 거절하는 게 맞았겠지. 일단 여왕님을 도쿄로 데려가자.'

그가 결심했다는 듯 차 문을 열고 두 발을 땅에 디뎠다. 때마침 도

요새 한 마리가 요란한 소리를 내며 그의 머리 위로 지나갔다.

마쓰자카는 손바닥만 한 나뭇잎 사이사이를 뚫고 절묘하게 들어오는 히토요시의 아침 햇살에 감탄 어린 시선을 보냈다. 동이 트기 전 첫 발자국을 남기고 싶은 곳이네. 유령사라. 고요하고 아름답구나.

그는 풀 한 포기도 놓치지 않고 따뜻한 시선을 보내며 안으로 들어갔다. 몇 발자국 더 걸어가자 한 폭의 수채화 같은 연못이 그의 앞을 가로막았다.

'와우……. 멋지구나. 흰 꽃들에 둘러싸여 있는 수정같이 맑은 연못이라니.'

마쓰자카는 연못의 아름다움에 완전히 압도당했다. 저 연못 한가운데 파란 달이 뜨면 기가 막히겠구나. 흰 꽃잎들이 유려한 곡선을 그리며 연못 위로 떨어지고 잠자리 몇 마리가 연못 주위로 낮게 날고 있었다. 그 모습을 보고 있자니 온몸의 긴장이 스르르 풀리기 시작했다. 급기야 스멀스멀 잠기운까지 다가왔다.

그가 바위에 앉는 것과 동시에 반대편에서 누군가가 일어났다. 히토요시의 강렬한 아침 햇살이 그의 시야를 방해했다. 분명 사람의 움직임이 있었지만 햇살이 정면으로 그의 얼굴을 비추고 있어서 누구인지 확인할 수가 없었다. 그가 눈을 찡그리고 있는 사이 그쪽에서 움직이기 시작했다. 결코 빠르지도 느리지도 않은 속도로 상대방은 다가왔다.

"기다리고 있었어요. 마쓰자카상."

마쓰자카는 그 목소리에 반사적으로 바위에서 일어났다. 다소 야윈 듯한 여왕님이었다. 그녀의 얼굴에는 어떤 표정도 담겨 있지 않았다. 무심하고 아무렇지도 않은 얼굴. 하지만 그의 눈에는 그녀의 감춰진 눈물 자국이 보였다. 그것도 매우 선명하게.

'왜 눈물 자국이 보이는 걸까. 아무렇지 않은 얼굴에 감춰져 있는 깊은 슬픔이 느껴지는군.'

"다시 뵙게 됐군요. 그간의 이야기는 간단하게 들었습니다. 시노하라한테서."

그의 입에서 시노하라의 이름이 나오자 그녀의 왼쪽 어깨가 살짝 움찔했다.

"그는 같이 오지 않았나요?"

마쓰자카는 그녀의 표정을 읽을까 하다가 이내 관두고 대답에 집중했다.

"네. 저 혼자 왔습니다."

세나의 입술이 뭔가를 더 묻고 싶다는 듯이 움직거렸지만 그녀는 끝내 입을 다물었다.

"은상, 바로 출발해야 할 것 같은데요."

"네. 모든 준비는 마쳤어요. 잠시만요."

세나는 몸을 돌려 연못 어딘가를 향해 걸어갔다. 흰 꽃들이 너울대는 중심으로 그녀는 들어갔다. 마쓰자카도 조심스럽게 따라갔다. 붉은 흙이 보이는 작은 둔덕 앞에서 그녀는 쪼그리고 앉았다. 뭘까. 아…… 무덤이로구나. 시노하라가 기르던 그 보더콜리의 무덤인가. 그녀의 하얀 손이 붉은 흙으로 물들어 있었다. 이미 아까 전부터 이 흙무덤을 매만지고 있었구나.

블랙잭을 남겨 두고 가는 게 마음이 아픈 듯 세나는 조용히 눈물을 흘렸다. 마쓰자카는 붉은 흙에 눈물방울이 떨어져 흙알갱이들이 짙은 갈색의 점으로 번지는 것을 바라보았다. 그는 그 갈색의 점들에게서 왠지 모를 연민을 느꼈다.

생명력을 갖고 있는 존재들의 만남과 헤어짐. 의도하지 않았는데 어느새 서로의 가슴에 아픔이 되어 버린 이름들. 블랙잭의 무덤 위로 쓸쓸하게 번져 가는 갈색의 점들이 이미 많은 말들을 해 주고 있었다.

세나의 뒤에 서 있던 그가 옆으로 다가와 앉았다.

"인사할 시간이 더 필요하신가요?"

"아…… 아니에요. 아니에요."

"제가 어떻게 해 드리면 되죠?"

세나가 눈물을 닦고 마쓰자카를 바라봤다. 블랙잭의 무덤가에서 울었던 시간들이 조금 쑥스럽게 느껴졌다.

"죄송해요. 죄송합니다. 흉한 모습을 보여 드렸네요."

"아직 정리해야 될 게 남으셨다면 굳이 서두르지 않아도……."

"블랙잭은. 그러니까 이곳이 아니라 가고시마 목장에서 정말 행복하게 뛰놀던 녀석이었거든요. 이곳이 너무 쓸쓸해서. 블랙잭을 혼자 두고 가는 게 마음이 아파서……."

마쓰자카는 한동안 생각에 잠겼다. 잠시 후 그가 재킷 안주머니에서 남색 체크무늬 손수건을 꺼내 크게 펼쳤다. 의아한 눈빛으로 바라보는 세나 옆에서 그는 붉은 흙들을 조심스럽게 모아 손수건에 옮겨 담았다. 흙들이 빠져나가지 않도록 단단하게 매듭을 지은 후 그가 일어섰다.

"가시죠. 가고시마로."

"……?"

"이 녀석이 가장 행복하게 뛰어놀았다는 그 언덕에 이 흙을 뿌려 주는 게 어떨까요? 그러면 마음이 좀 편해지실 것 같은데."

"아…… 감사합니다. 정말 감사해요. 하지만 가고시마까지는 거리가 좀 있는데 괜찮을까요?"

"상관없습니다. 어차피 가고시마 공항에서 도쿄 공항로 갈 생각이니까요."

세나의 표정이 한결 밝아졌다. 그녀는 스즈키에게 작별 인사를 하기 위해 안으로 들어갔다. 블랙잭을 보낸 이후로 스즈키의 목소리에서는 예전과 같은 생생한 힘이 사라진 듯했다.

"세나 양, 도쿄로 잘 돌아가. 빠른 시일 내에 다시 만났으면 좋겠네. 많이 보고 싶을 거야."

"저도요. 벌써부터 이곳이 그리워지는걸요. 히토요시가, 유령사가. 그리고 구마강이."

스즈키는 일부러 천천히 멀어지는 세나의 뒷모습을 바라보지 않았다. 이 나이가 되어서도 떠나가는 사람의 뒷모습을 보지 못하다니. 물일을 많이 해서 두꺼워진 자신의 손마디를 바라보며 스즈키는 쓸쓸하게 웃었다.

'류우지를 너무 혼자 있게 하지 마. 그렇게 행복해 보이는 그 녀석의 모습은 처음이었으니까.'

드디어 마쓰자카의 차가 부드럽게 출발했다. 유령사가, 길게 자란 상수리나무 잎사귀가 점점 멀어져 갔다. 세나는 창문을 끝까지 내리고 이곳의 향기를 가슴 깊이 들이마셨다.

차는 구마강을 따라 쭉 뻗은 도로로 접어들었다. 오렌지빛 석양으로 아름답게 물들었던 구마강. 거친 물살에 흔들리며 속절없이 파고들 수밖에 없었던 류우지의 품속. 그리고 뜨거웠던 키스. 유장하게 흐르는 구마강의 푸른 물결이 그녀의 눈앞에서 아프게 흘러갔다. 더 같이 있고 싶었어. 시노하라 류우지. 규슈의 외로운 태양.

'한쪽 눈이 시리구나. 바람 때문인가. 아마 바람 때문일 거야.'

그녀가 재빨리 한쪽 눈에서 흘러내리는 눈물을 훔치는 것을 마쓰자카는 못 본 척했다. 여왕님이 무슨 생각을 하고 있는지 굳이 궁금해하지 않기로 했다. 그는 오로지 한 가지만 생각했다. 먼 훗날, 그녀를 돕기로 결심했던 오늘을 과연 후회하게 될 것인지 아닌지.

타카치호 목장에 도착한 후, 세나는 한참을 걸어 류우지의 언덕으로 올라갔다. 언덕 아래로 여름 햇살을 받아 한껏 생생해진 풀들로 뒤덮여 있는 드넓은 평야가 나타났다. 블랙잭이 힘껏 뛰어오르던 푸른 초원이 너무 아파서 그녀는 차마 바라볼 수가 없었다.

마쓰자카는 들고 있던 손수건을 그녀에게 건네주었다. 세나는 블랙잭의 무덤에서 가져온 붉은 흙을 가고시마 바다가 가장 잘 보이는 비탈길을 따라 조심스럽게 뿌려 주었다. 타카치호 목장을 지키던 최고의 목장견 블랙잭이 그가 가장 사랑하고 그를 가장 사랑했던 류우지의 언덕 위로 돌아온 순간이었다.

'블랙잭, 너와 류우지가 가장 사랑하던 곳이야. 기쁘니? 가고시마 앞바다를 마음껏 바라보게 되어서 기쁘지? 너와 류우지는 이곳에 앉아서 떠나온 도쿄의 하늘을 그리워했겠지. 조금이라도 네게 위로가 되었으면 좋겠구나. 블랙잭, 이곳에서 편히 쉬어라.'

마쓰자카는 그녀와 조금 떨어진 곳에 서서 기가 막힌 풍경들을 감상했다. 멋지다는 말로는 턱없이 부족한 절경이었다. 그는 시선을 돌려 그녀를 바라보았다. 그녀는 가져온 붉은 흙을 다 뿌린 후 평평한 바위 위에 앉아 부서지는 하얀 파도를 눈에 담고 있었다. 그녀의 검은 머리카락이 깃발처럼 나부꼈다. 하얀 얼굴 위에 그림처럼 박혀 있는 그녀의 검은 눈동자에는 커다란 슬픔이 깃들어 있었다.

세나는 목장 사무실에서 목장 관리인 카토와 인사를 나누었다. 그녀가 어렵게 블랙잭의 이야기를 꺼내자 카토는 충격으로 한동안 말을 잇지 못했다.

"블랙잭이 죽었다니. 진짜야? 정말 블랙잭이 간 게 맞아? 신이시여. 어쩌다가…… 류우지가…… 류우지가 너무 상심이 클 텐데 그 녀석은 어디 있는 거야?"

"블랙잭을 해친 사람들에 대해 알아볼 게 있다고 했어요."

"그렇구나……. 그런데 류우지는 분명히 블랙잭을 거기 혼자 두고 싶어 하지 않을 거야. 내가 당장 유령사의 스즈키한테 가서 우리 둘이 블랙잭을 잘 수습해 줄게. 블랙잭을 화장해서 뼛가루의 반은 여기 가고시마 류우지의 언덕에 뿌려 주고, 나머지 반은 항아리에 넣어서 류우지에게 줄 거야. 암만, 반드시 그렇게 해야지. 블랙잭은 이 언덕과 바다를 가장 사랑하던 녀석이었으니. 죽어서도 류우지의 언덕에 민들레 홀씨처럼 나부끼다가 저 아름다운 가고시마 바다를 자유롭게 유영하고 싶을 테니까. 그리고 류우지 곁에 있고 싶을 거야 우리 블랙잭은."

세나가 조용히 눈물을 흘렸다.

"카토상 정말 감사합니다. 진짜 감사해요. 꼭 그렇게 해 주세요. 블랙잭 영혼의 반은 가고시마에, 반은 류우지에게. 마음이 한결 좋네요. 그리고 카토상. 부탁이 하나 더 있어요. 혹시 블랙잭이 남긴 새끼들은 없나요?"

"블랙잭이 남긴 새끼들이라. 있지. 있고말고. 이부스키에 블랙잭의 피를 이어받은 목장견들이 있어."

"이부스키요? 아……. 다행이에요. 정말 다행이네요. 류우지에게 블랙잭의 피를 이어받은 강아지를 선물해 주고 싶었는데. 카토상. 자세히 알아봐 주세요. 그리고 류우지에게 한 마리만. 한 마리만 데려와 주시면 안 될까요?"

"그래. 알았어. 그건 내가 알아볼게. 블랙잭의 피를 이어받은 것들은 이부스키의 검은 모래사장을 지키고 있지. 걱정하지 마. 내가 꼭 블랙잭이랑 똑같이 생긴 놈을 찾아서 류우지에게 안겨 줄 테니까. 내가 약속할게."

"감사합니다. 카토상. 전 이제 한결 가벼워진 마음으로 떠날 수 있게 됐어요. 정말 제가 얼마나 감사한 마음을 갖고 있는지 모르실 거예요. 감사해요. 진심으로."

블랙잭의 피를 이어받은 강아지를 류우지에게 데려다 달라는 세나를 보며 마쓰자카는 모호했던 불안감이 선명해지는 것을 느꼈다.

'어쩌냐. 사토 켄지. 아무래도 네가 확실하게 진 것 같다. 이번 게임의 승자는 시노하라 류우지네. 역시 내 예감이 맞았어. 시노하라가 작정하고 덤벼들면 뭔들 못 하겠어. 지독히도 운 좋은 자식.'

세나와 마쓰자카는 슬픈 눈을 한 카토에게 공손하게 인사를 하고 공항으로 향하는 택시에 몸을 실었다. 공항 청사로 들어가기 전 세나는 마치 이별을 고하듯 가고시마의 뜨거운 태양을 천천히 바라봤다.

두 사람을 실은 비행기가 가고시마 하늘 위로 날아올랐다. 세나는 하얀 구름 사이로 보이는 파란 하늘을 바라보고 있었다.

'안녕, 가고시마. 안녕, 히토요시. 그리고…… 그리고…… 벌써부터 그리워. 규슈의 태양.'

시노하라는 기리시마 온천 호텔의 계단을 오르고 있었다. 말쑥한 검은색 정장 차림의 그가 로비에 들어서자 오쿠다 지배인이 부산스럽게 달려 나왔다.

"시노하라 님. 그동안 연락이 없으셔서 걱정하고 있었습니다."

"야마자키 팀장을 내 방으로 호출해 줘요. 지금 당장."

그는 망설이지 않고 펜트하우스로 직행하는 전용 엘리베이터 앞으로 걸어갔다. 호텔 직원들은 긴장한 표정으로 그의 일거수일투족을 주시하고 있었다. 오쿠다 지배인은 재빨리 야마자키를 호출하는 버튼을 눌렀다.

시노하라는 깨끗하게 정리되어 있는 자신의 방으로 들어갔다. 방 안에는 무거운 침묵이 감돌고 있었다. 그는 냉장고에서 차가운 물병을 꺼내서 유리잔에 천천히 따른 뒤 물컵을 들고 소파 위에 앉았다. 머리가 쨍할 정도로 차갑게 느껴지는 물이 식도를 타고 내려가는 순간, 노크 소리가 들려왔다.

"들어와요."

단정한 차림을 한 야마자키가 긴장된 표정으로 들어왔다.

"부르셨습니까?"

"앉아요."

그가 눈으로 의자를 가리켰다. 야마자키는 약간 주저하며 그의 맞은편 스툴 위에 앉았다.

"무슨 일이신지……."

"거짓말할 생각은 하지 마. 세나를 부른 게 누구지? 린 이모."

"……!"

"야마자키 린. 이모 이름도 오랜만에 불러 보네. 내가 알고 싶은 건 딱 하나야. 은세나를 이곳으로 부른 사람이 누군지."

"시노하라상. 뭔가 오해를……."

"시노하라상이라니. 그런 격식 차린 호칭은 집어치우고 그냥 류우지라고 불러. 예전처럼."

야마자키는 잠시 고민하다가 결심했다는 듯이 입을 열었다.

"류우지. 나는 알고 있는 게 없어. 정말이야."

"내가 이번 여름을 가고시마에서 보낼 거란 걸 아는 사람은 몇 안 돼. 이모를 포함해서. 그런데 마치 누가 짜 놓은 각본을 따라 움직이듯이 그녀가 이곳으로 왔어. 그리고 노천탕에서 사고를 당했지."

"류우지. 나는 하루카 언니의 부탁으로 이곳에 온 사람이야. 십수년 전에. 네가 도쿄를 떠나 이곳으로 오게 된 날. 하루카 언니는 죽으려고 작정한 사람 같았지. 언니 대신 너를 곁에서 돌봐 주겠다고 나는 결심했었어."

"이모. 블랙잭이 죽었어. 사냥총에 맞아서."

야마자키는 심장이 떨어지는 충격을 받았다. 블랙잭이 죽다니. 이럴 수가.

"세상에. 누가. 누가 그런 짓을 한 거야. 블랙잭이 죽다니. 안돼……."

시노하라는 다시 물컵을 집어 들었다. 야마자키의 눈에서 한 줄기 눈물이 흘렀다. 그의 머릿속이 다시 복잡해지기 시작했다.

"엄마도 아니면. 남은 사람은 한 명이네."

"……?"

"시노하라 요시로. 아버지."

그 말을 내뱉는 그의 눈빛이 서늘하게 번득였다.

'시노하라 요시로? 류우지 그와는 맞서지 말아라. 제발.'

야마자키는 드디어 전쟁의 서막이 시작되는 것을 느꼈다.

"지금 도쿄에 계시지? 아버지는?"

"류우지. 어떻게 할 작정이냐? 아버지하고는 절대 맞서선 안 돼."

"아니. 그동안 속으로만 궁금해했던 것들을 물어보겠어. 참으로 궁금했던 게 많았었지."

"그러지 마. 엄마를 생각해서라도."

야마자키는 블랙잭을 잃은 시노하라에게 이 말이 얼마나 가당치 않게 들릴지 잘 알고 있었다.

"엄마를 생각하라고? 그동안 엄마를 생각해서 몹시도 부당한 것들을 묵묵히 견뎌 냈어. 하지만 더 이상은 참지 않을 거야. 내가 소중하게 생각하는 것들을 누군가가 위협하고 있어. 어떤 이유에서 그러는지 밝혀내겠어. 지킬 거야. 내가 사랑하는 사람들을. 내 손으로."

"류우지. 신중하게 행동해야 돼. 내 말 무슨 뜻인지 알지?"

그녀는 금방이라도 큰일을 낼 것 같은 시노하라를 애타는 눈빛으로 바라봤다.

"이모, 나와 함께 도쿄로 돌아가자. 료 감독님도 이모를 많이 보고 싶어 하실 거야."

"나보고 도쿄로 돌아가라고? 나는 이제 가고시마가 너무 좋구나. 진심이야."

"부탁이야. 이제는 엄마 곁에 있어 줘. 그동안 이모의 도움을 무척이나 많이 받았지만. 나는 이제 이모의 보살핌이 필요 없어. 그러니 엄마를 부탁해."

야마자키는 시노하라의 준수한 눈매를 응시했다. 정말로 잘 자랐구

나. 시노하라 류우지. 하루카 언니가 진심으로 너를 자랑스러워하겠구나.

"도쿄로는 언제 갈 거니? 나도 준비할게."

"언제라도. 이모의 준비가 끝나는 대로."

시노하라는 빙그레 웃으며 물컵에 담겨 있는 나머지 물을 다 털어 넣었다.

사토 켄지는 후루사토 료칸에서 마쓰자카가 보낸 메일을 읽고 있었다. 그는 벌써 세 번째 그 메일을 집중해서 읽는 중이었다.

'세나가 도쿄로 가는구나. 도쿄 중앙병원이라. 마쓰자카 료스케와 함께 세나가……'

그는 벽에 붙어 있는 일정표를 바라봤다. 사토 치즈코가 만들어 놓은 켄지의 스케줄이었다. 그녀의 아들에게 도움이 될 만한 사람들로 엄선해 식사 약속을 잡아 놓은 치즈코의 야심이 드러나는 일정표였다. 켄지는 그 종이를 잡아채서 갈기갈기 찢어 버렸다. 그러곤 크기가 줄어든 종잇조각들을 미련 없이 쓰레기통에 쓸어 넣었다.

그는 욕실로 가서 차가운 물에 세수를 했다. 왼쪽 팔목 안쪽의 굵은 동맥이 파르르 떨리는 것을 느꼈다. 거울에 비친 자신의 얼굴을 바라봤다. 사쿠라지마의 날것 같은 태양에 약간 그을려 있었다. 수건으로 뚝뚝 떨어지는 물기를 닦고 욕실 바닥에 깔려 있는 조각 마루 위에 주저앉았다. 그의 영리한 이마에 잠시 주름이 새겨졌다. 많은 생각들이 그의 머릿속에서 치열한 전투를 벌이고 있었다.

'구마모토에서 결국 안 좋은 일이 일어나고 말았다. 교토로 가서 지금까지 드러난 실마리를 추적해야 하나? 아니면……. 아니면…….'

그는 욕실 벽에 등을 완전히 기댔다. 고통스럽기까지 한 고민의 시간을 보낸 후 그가 일어섰다. 켄지는 옷장에서 가장 단정한 옷으로 갈아입은 후 메모지를 집어 들었다. 그는 몇 줄의 글을 남긴 후 료칸 밖으로 나왔다. 차에 시동을 걸고 페리 선착장을 향해 차를 몰았다. 노란 안전모(활화산 지역이라 아이들은 안전모를 쓰고 다님)를 쓰고 등교하는 초등학생들이 보였다. 그 선명한 노란색이 그의 마음에 더욱 확신을 안겨 주었다.

잠시 후 사토 켄지는 가고시마 공항에 들어섰다. 티켓 발매 창구에서 상냥한 미소의 항공사 여직원이 그를 맞이했다.

"표를 구매하시겠습니까?"

그는 잠시 망설이다가 대답했다.

"네. 가장 빠른 항공편으로. 도쿄 하네다 공항."

사토 치즈코는 켄지가 남겨 놓고 간 메모지를 손에 쥔 채 망연자실하게 서 있었다.

> 어머니, 먼저 도쿄로 돌아갑니다. 제가 드리고 싶은 말은……. 죄송해요. 이제 어머니를 위한 인생을 사셨으면 합니다. 저도 제 인생을 살기로 마음먹었으니까요. 앞으로는.

마쓰자카 료스케의 아버지가 운영하고 있는 도쿄 중앙병원은 도쿄의 중심부에 우뚝 서 있었다. 세나는 열십자로 뻗어 있는 웬만한 대학 캠퍼스 크기의 이 종합병원을 무심한 눈빛으로 바라봤다. 그녀가 예상했던 것보다 훨씬 큰 규모의 병원이었다.

마쓰자카는 최근 들어 새로 증축한 게 분명해 보이는 신관 건물을 지나 본관으로 그녀를 안내했다. 병원의 직원으로 보이는 사람들이 끊임없이 그에게 인사를 건넸다. 마쓰자카는 매우 예의 바르게 그들의 인사에 일일이 응대를 해 주었다. 하지만 세나에게 꽂히는 사람들의 호기심 어린 시선들이 그를 조금 불편하게 했다. 그는 혹시라도 그녀가 불쾌하게 생각하지 않을까 싶어 조심스럽게 낯빛을 살폈다. 세나는 처음 들어올 때와 똑같은 표정이었다.

'의외의 모습을 계속 보여 주는군. 생각보다 강심장인데.'

본관 2층에 있는 휴게실은 사람들이 거의 드나들지 않는 조용한 곳이었다. 그는 가장 안쪽 자리로 그녀를 인도한 뒤 폭신폭신한 연베이지색의 소파를 권했다.

"음료는 뭘로?"

"그냥 물이면 돼요."

"잠시만 기다려요."

그가 상의를 벗어 자신의 의자에 걸쳐 놓은 후 병원 내 매점을 향해 몸을 움직였다. 세나는 굳이 차나 커피를 권하지 않는 그가 고마웠다. 마쓰자카는 결코 두 번 묻지도, 뭘 하라고 권하지도 않는 의사 표현이 비교적 간결한 남자였다. 그렇다고 하면 그러냐고 받아들이는 그의 태도 때문에 같이 있는 시간이 조금은 편하게 느껴졌다.

작은 생수 한 병과 콜라 한 캔을 들고 그가 다가왔다. 세나 앞에 생수병을 놓아 준 후 마쓰자카는 자리에 앉았다. 두 사람은 조용히 앞에 놓인 음료만 바라보고 있었다.

마쓰자카가 먼저 입을 열었다.

"저는 원장님 방에 다녀올게요. 잠시만 혼자 있을 수 있겠어요?"

"그럼요. 어서 다녀오세요."

"무슨 일이 생기면 저기 보이는 직원이 도와줄 거예요. 내가 부탁을 해 놨거든요."

그는 검은 양복을 입고 있는 건장한 체격의 병원 보안 요원을 가리켰다. 그와 눈이 마주치자 큰 키의 남자가 가볍게 묵례를 했다. 세나는 여러모로 배려를 해 주는 마쓰자카에게 미안한 마음이 들었다. 그에게 자꾸만 신세를 지는 것 같아서 마음이 좋지가 않았다.

"마쓰자카상. 면목이 없네요. 정말로. 하지만 이렇게까지 신경 써 주지 않으셔도 돼요. 원장님께도 폐가 된다면 동경대 근처에 있는 저희 집으로 돌아가면 되니까 너무 무리는 하지 말아 주세요."

마쓰자카는 그녀의 얼굴을 똑바로 응시했다. 그리고 다시 한번 생각했다. 먼 훗날 오늘 이 결정을 후회하게 될 것인지 아닌지. 그는 자리에서 천천히 일어섰다. 그리고 자신의 재킷을 입으며 그녀를 향해 빙긋 웃었다.

"과연 폐가 될까요? 그럴 일은 없을 것 같은데요. 그럼, 잠시 뒤에 뵙겠습니다."

마쓰자카는 휴게실을 나서며 밖에 서 있는 보안 요원에게 다시 뭔가를 지시하는 듯했다. 건장한 체격의 남자는 연신 고개를 주억거리며 그의 말을 귀담아듣고 있었다. 휴게실 유리를 통해 세나를 한 번 바라본 후 그는 곧장 엘리베이터로 향했다.

세나는 의자 옆에 있는 큰 통유리 창으로 보이는 1층 로비에 시선을 보냈다. 그제서야 솔솔 풍겨 오는 병원 특유의 소독약 냄새가 그녀에게도 느껴졌다.

7층에 내린 마쓰자카는 그의 얼굴을 보자마자 바로 자리에서 일어나는 비서 여직원에게 짧게 묵례를 했다. 센스 있는 여비서는 원장님이 안에 계시다는 눈빛을 보냈다. 무슨 예약이 필요하겠는가. 이 병원 원장의 하나밖에 없는 아들이자 장차 이 병원을 물려받을 마쓰자카 료스케가 아버지를 뵙겠다고 찾아왔는데.

그는 가볍게 노크를 한 후 방으로 들어갔다. 마쓰자카 쇼헤이는 어디에도 보이지 않았다. 산더미 같은 책들과 자료들로 뒤범벅이 되어 있는 그의 책상만이 커다랗게 시야에 들어왔다. 료스케는 매우 익숙하다는 듯이 검은 가죽 소파 뒤로 걸어갔다. 아니나 다를까. 하얀 가운을 벗어 던진 이 병원의 원장은 신발을 벗은 채로 바닥에 털썩 주저앉아 엑스레이 필름들을 늘어놓고 뭔가를 중얼거리고 있었다.

"아버지, 저 왔어요."

"오냐. 홋카이도에는 잘 갔다 왔냐?"

"홋카이도라뇨? 후루사토에 다녀오는 길인데요."

"홋카이도나 후루사토나. 머저리들이 모여 있기는 마찬가지지. 어쩐 일이냐?"

그는 아들의 얼굴은 보지도 않은 채 여전히 필름들만 바라보고 있었다.

"무슨 필름인데요?"

"네놈이 본다고 알 턱이 있냐? 그래도 한번 봐라. 30년 동안 줄창 담배만 피워 댄 어떤 한심한 작자의 폐 사진인데. 암세포의 뿌리가 너무 깊을뿐더러 사이즈도 망했다. 뇌로 전이되지 않았어야 할 텐데. 열어 보면 테니스공만 할 것 같은데. 우리 병원 머저리들이 잘 수술할수 있을까?"

마쓰자카는 필름을 집어서 엑스레이 필름을 판독하는 라이트 보드에 조심스럽게 끼웠다.

"흠…… 위치가 좋지 않네요, 확실히. 사이즈도 심상치 않고. 이 병원 머저리들이라고 하면 나름 일본 최고의 수술팀 아닌가요?"

"그저 자기들을 추켜세워 주는 기사 한 줄 한 줄에 우쭐대는 얼간이들일 뿐이지. 그러는 네놈은 홋카이도에서 무슨 일이 있었기에 이리로 직행을 한 거냐?"

마쓰자카는 후루사토를 계속 홋카이도라고 하는 쇼헤이 원장의 무심함에 고개를 흔들었다.

"실은 부탁드릴 게 있어요. 아버지."

"부탁이라니? 여자와 사고를 친 거라면 네 엄마와 조용히 이야기를 하고, 돈 사고를 친 거라면 나는 지금부터 네 아버지가 아니다."

쇼헤이 원장은 아들의 부탁에 전혀 관심이 없는 표정이었다.

"하하하……. 아버지. 그런 게 아니에요."

마쓰자카 쇼헤이는 그제서야 아들의 얼굴로 시선을 가져갔다. 대형 병원 원장치고는 조금 익살스럽게 생긴 얼굴이었다.

"그런 게 아니라면 부탁이라는 단어를 굳이 쓸 필요도 없을 텐데. 일단 들어나 보자."

"저희 병원 24시간 병동에 일자리를 하나 마련해 주실 수 있으세요?"

"인사 청탁을 하러 온 거냐? 망할 놈의 자식. 그런 시건방진 청탁거리를 내게 들이밀 생각이라면 당장 저 문을 열고 꺼져."

쇼헤이 원장은 실망했다는 표정으로 아들의 얼굴을 노려봤다.

"아버지. 인사 청탁이 아니에요. 동경대 영문학과에 재학 중인 한국인 유학생이 있어요. 사토 켄지의 친구죠. 조금 안 좋은 일들을 겪어서 잠시만 머물러 있을 장소가 필요해요."

"사토 코이치 의원의 아들인 켄지의 친구가 잠시 머물러 있을 장소가 필요하다고? 그게 왜 하필 우리 병원이냐?"

그는 흥미롭다는 듯 눈을 반짝였다.

"우리 병원이 가장 안전하니까요. 더 자세한 말씀은 못 드려요. 야간 병동에서 환자들을 돌보는 일이라면 얼마든지 할 수 있을 거예요. 사실 그곳은 자원봉사자들의 도움으로 돌아가고 있잖아요."

"그럼 자원봉사를 신청해서 들어오면 되겠구나."

쇼헤이 원장은 대수롭지 않다는 듯이 말하고는 다시 여러 장의 필름이 놓인 바닥으로 시선을 고정했다.

"안 돼요. 일한 만큼 수당도 주셔야 해요. 그리고 그녀가 머무는 기간 동안 안전하게 잘 수 있는 숙소도 필요합니다. 아버지."

쇼헤이 원장의 익살스러운 눈에 장난기가 담기며 갑자기 커다래졌다.

"그녀라고? 사토 켄지의 친구가 여자냐?"

"네."

"일본 최고의 신랑감 사토 켄지의 여자를 머저리 같은 마쓰자카 료스케가 몰래 빼돌리려는 거라면 무조건 오케이지. 나는 그런 배신이 난무하는 스토리가 참 끌린단 말이야. 스릴도 있고. 하하하……."

대단히 흥미로운 사건을 만났다는 듯 웃음을 터뜨리는 그의 얼굴은 만담 개그를 주로 하는 원로 코미디언 같았다.

"아버지. 그런 게 아니에요. 그럼 허락하신 걸로 알고 가 볼게요."

"대신 조건이 있다."

"뭔데요?"

"네놈도 여름 방학 동안 24시간 병동에서 무보수로 뛰어 줘야겠다. 의사 수급이 어렵거든. 거래란 게 주고받는 맛이 있어야지."

마쓰자카는 잠시 고민했다. 남은 여름 방학을 이곳에서 보낸다고 해도 그리 억울할 것 같지가 않았다. 이상하게도.

"알겠습니다, 원장님. 비록 정식 의사는 아니지만 잡다한 일에 저를 마음껏 쓰세요."

"나중에 힘들다고 징징대지나 말아라."

마쓰자카 료스케는 한결 밝은 얼굴로 원장실 문을 열었다. 그가 문을 닫으며 쇼헤이를 향해 외쳤다.

"원장님, 그 환자 말이에요. 사이즈는 상관없어요. 다른 장기들이 너무나 깨끗해서 암 덩어리만 떼어 내면 금방 회복할 수 있을 겁니다. 이렇게 생생한 장기를 갖고 있는 사람이라면 삶의 의지도 대단할 것 같은데요. 그러니까 너무 걱정하지 마세요."

마쓰자카 쇼헤이는 아들 료스케의 대답이 만족스럽다는 듯이 너털웃음을 터뜨렸다. 그는 다시 환자의 필름으로 시선을 돌렸다.

'이봐. 들었지? 인간은 쉽게 가지 않아. 절대로. 그러니까 당신도

살란 말이야. 이 몹쓸 놈의 암 덩어리는 우리가 제거해 줄 테니까 부디 생을 포기하지는 마.'

마쓰자카는 엘리베이터에 타자마자 평소에는 잘 누르지 않는 닫힘 버튼을 재빨리 누르고 잠시 멈칫했다. 마치 첫 데이트를 앞두고 있는 순진한 고등학생처럼 서두르네. 그러나 그는 사뭇 들뜬 것 같은 이 기분에 대한 고민 따위는 하지 않기로 했다. 그녀에게 모든 것을 걸겠다던 사토 켄지를 생각하자. 켄지는 정말 괜찮은 녀석이니까.

그리고 시노하라 류우지. 그가 사랑 앞에서 어떤 모습을 보여 줄지 생각은 안 해 봤지만 히토요시성에서 은세나를 부탁하던 그의 눈빛은 정말로 진지했는데.

이런 생각을 하고 있는 자신이 조금 한심하게 느껴지는 순간 엘리베이터의 문이 열렸다. 세나는 마지막으로 봤을 때와 똑같은 자세로 앉아 있었다. 영화의 필름이 정지된 채로 앞에 펼쳐진 것 같았다. 아까의 장면과 지금의 장면을 그대로 잇는다면 그 사이에 엄연하게 존재하고 있는 시간의 흐름 따위는 아무도 눈치채지 못하겠다는 생각이 들었다.

1층 로비에 시선을 둔 채 깊은 생각에 잠겨 있는 그녀의 시간을 방해한다는 약간의 죄책감마저 느끼며 마쓰자카는 안으로 들어섰다.

"오래는 아니었죠?"

"아…… 오셨어요. 금방 오셨네요."

세나는 그다지 반가워하지도, 젊은 남성 앞에서 여성들이 의식적으로 짓는 꾸며 낸 미소도 담지 않은 채 짧게만 반응했다. 마쓰자카는 호들갑스런 호의라고는 전혀 찾을 수 없는 그녀의 무표정한 얼굴이 이상하게 편하게 느껴졌다. 근사한 배경을 가진 남자들 앞에서 으레껏 보내는 싸구려 과자 포장지같이 겉만 번드르르한 미소에 그동안 질려 있었던 걸까 생각하면서 그는 자리에 앉았다.

"원장님과 얘기는 잘됐습니다. 24시간 병동에서 환자들을 돌보는 일인데 괜찮겠어요? 쉽지는 않을 겁니다."

"몸이 힘든 건 상관없어요. 하지만 전문적인 의료 지식이 없는데. 조금 염려스럽네요."

"병원에서 자원봉사자들이 하고 있는 일이라고 생각하시면 돼요. 병원 생활에 불편을 호소하는 환자들을 돕는 일이죠. 그들의 애환을 들어 주는 일이라는 게 더 맞겠네요."

마쓰자카는 표정의 변화 없이 고개를 끄덕이는 세나를 바라봤다. 자신의 이야기에 지하철 매표소에서 표를 끊듯 이렇게 무덤덤한 태도로 일관하는 여자가 또 있었던가. 켄지는 이런 모습에 끌렸던 걸까.

"어쨌든 마쓰자카상에게 폐를 끼치게 됐습니다. 오래 머물지는 않을 거예요. 저도 이 일이 빨리 정리되길 진심으로 바라니까요."

그는 굳게 다물린 그녀의 체리빛 입술에 시선을 보냈다. 그녀의 마지막 한마디가 왼쪽 갈비뼈 부근에 뻐근한 섭섭함을 남긴 채 지나갔다. 이건 가고시마에서의 모든 일정을 포기한 채 그녀를 데리고 도쿄로 날아온 내 자신 스스로에게 느끼는 섭섭함일 것이다.

"계시는 동안 마음 편하게 생활하세요."

잠시 후, 마쓰자카는 원장의 전화를 받고 급하게 그녀가 머물 숙소를 마련해 준 사무처 직원의 얼굴을 매우 난처하다는 듯이 바라보고 있었다. 그의 시선이 다시 허술한 방으로 향했다. 그 방은 중환자실 레지던트 숙소로 마련된 공간 중 하나였다. 간단한 철제 침대 한 개와 옷장이 들어가 있는 비좁기 그지없는 잠자리였다.

그는 쇠붙이 잠금쇠가 하나 달려 있는 낡은 문손잡이를 돌려 보며 한숨을 쉬었다.

"마쓰자카상, 24시간 병동에는 이런 공간밖에 없어요. 잘 아시잖아요."

"아무리 그렇다고 해도 이 방은 아닌 것 같네요. 다른 방을 알아봐 주세요. 부탁드립니다."

사무처 직원의 얼굴에 곤란하다는 기색이 역력히 드러났다. 그 누구도 특별 대우를 하지 않는다는 게 이 병원의 불문율이자 마쓰자카 쇼헤이의 병원 운영 방침이었다.

그런 업무 환경에 익숙해 있는 그녀에게 오늘 내려온 지시는 도저히 이해가 되지 않는 이상한 주문이었다. 자원봉사자가 묵을 안전하고 편안한 공간이라니. 그녀는 멀쩡한 방들을 벌써 세 번째 퇴짜 놓고 있는 마쓰자카에게 몹시 화가 났다. 아무리 원장의 아들이라고 해도 이건 너무하지 않은가.

"원장님의 지시를 받고 저희가 찾은 방은 이 방이 최선입니다. 더 이상의 요구는 무리네요. 그럼, 이만 가 보겠습니다."

마쓰자카는 냉정하게 돌아서는 사무처 직원의 뒷모습을 보고만 있었다. 사실 그녀의 말이 모두 맞았다. 여기는 병원이지 특급 호텔이 아니지 않은가.

그가 직원과 실랑이를 벌이는 모습을 가만히 지켜보고 있던 세나가 드디어 입을 열었다.

"마쓰자카상, 저는 이 방이 마음에 들어요. 계속 직원분을 힘들게 하시면 제가 화를 낼지도 몰라요."

세나는 신을 벗고 방으로 들어갔다. 침대에 걸터앉으니 조그만 창밖으로 병원의 정원이 한눈에 보였다. 그녀가 살고 있는 옥탑방보다 훨씬 전망이 좋은 그렇게 나쁘지 않은 방이었다.

마쓰자카는 여전히 허술한 잠금쇠를 살피며 말했다.

"이렇게 하면 어떨까요? 병원에서 멀지 않은 곳에 저희 집이 있어요."

세나는 그의 얼굴을 빤히 응시했다.

"그런데요?"

"거기가 여기보다 훨씬 아늑하고 안전할 것 같은데."

마쓰자카는 어떤 말이 나올지 몰라 약간 긴장된 얼굴로 그녀를 바라봤다. 그녀가 침대에서 일어났다. 그리고 자신의 가방을 집어 들었다.

"돌아가겠어요. 동경대 근처에 있는 제 자취방으로. 비켜 주세요."

그는 문을 가로막았다. 의외의 반응에 약간 놀라면서.

"그렇게 불쾌하셨나요? 제가 드린 제안이?"

"네. 많이요. 사실 이 상황들이 잘 이해가 안 돼요. 저는 어떤 위험인지도 모르는데 그 위험을 피해 어디로 가라고 하면 가야 되는 사람인가요? 24시간 내내 사람들이 움직이는 이 병원의 의사 숙소마저도 안심하고 있을 수 없다고 하면 도쿄에서 제가 있을 곳은 한 군데도 없는 셈이에요. 이곳도 위험해서 마쓰자카상의 집으로 피해 있어야 한다면 이번 방학에는 한국으로 돌아가는 편이 낫겠네요. 그렇게 친한 사이도 아닌데 집에 머물라고 권하는 건 일본에서도 예의가 아닌 걸로 알고 있는데. 아닌가요?"

그는 처음으로 긴 문장을 다다다 내뱉는 세나의 얼굴을 유심히 바라봤다. 군더더기 없이 자신이 하고 싶은 말을 거침없이 말하는 그녀에게는 분명히 오묘한 매력이 있었다. 그녀를 돕고자 했을 뿐인데 비난을 받는 이 상황이 억울할 만도 했지만 마쓰자카는 화가 나지 않았다. 전혀.

"미안합니다. 제가 생각이 짧았네요. 피곤할 텐데 일단 쉬세요. 잠시 후에 다시 오겠습니다."

그는 짧게 고개를 숙인 후 문을 닫고 밖으로 나왔다. 관리실 직원을 찾아가서 세나가 묵을 방의 잠금쇠를 튼튼한 것으로 교체해 달라고 거듭 당부한 후 휴게실 의자에 앉았다.

그는 등받이에 허리를 기대고 앉아 자신이 할 수 있는 일과 해서는 안 되는 일의 경계를 생각해 보았다. 타인과의 관계에서 지켜야 할 선을 넘지 않고 적당한 친근함을 유지했던 자신의 균형 감각이 잠시 흔들렸던 이유에 대해서는 생각하지 않기로 했다. 그는 머릿속에 정연하고 반듯한 선을 하나 그었다. 이 선을 넘지는 말자. 마쓰자카 료스케.

'아까는 선을 넘었구나. 분명히.'

마쓰자카는 가고시마 목장에서 목장 관리인에게 블랙잭의 피를 이어받은 강아지를 구해 줄 것을 부탁하던 은세나의 얼굴을 떠올렸다. 블랙잭과 은세나의 긴밀해 보이는 정서적 유대의 시발점은 시노하라에게 생겨 버린 특별한 감정이 먼저였을까, 아니면 그 개가 은세나에게 각별하게 다가와 시노하라에게 마음이 흘러갔을까.

그는 항상 주변을 차분하게 살피는 사람이었다. 어떤 문제를 맞닥뜨렸을 때 매번 그를 명쾌한 결론에 도달하게 하는 가장 큰 동력은 작은 힌트도 쉽게 지나치지 않는 세심한 관찰이었다. 작은 관찰이 모아지고 모아지면 시간이 지나 지혜로운 판단력으로 되돌아온다는 것을 그는 숱하게 경험했다.

이제는 몸에 완벽하게 익어 버린 자세하게 주변을 관찰하는 습관은 현재에 집중하는 그의 의지가 되었고, 미래를 추론하는 명석한 사고력의 자양분이 되었다. 하지만 과거의 기억을 채 끌어올 틈을 주지 않고 오로지 현실에만 집중하고자 하는 그의 의지도 때론 불가항력으로 무너지는 순간이 있었다. 그에게는 시노하라의 존재가 그랬다.

떠올리고 싶지 않고, 떠올릴 틈도 없이 밀어내 버린 과거의 시간들은 그의 이름과 대면하는 순간, 공장 작업대 위에서 컨베이어 벨트가 자동적으로 돌아가듯 장면, 장면이 쉴 새 없이 그의 머릿속에서 재생되었다. 그럴 때마다 그는 마치 저주에 사로잡혀 대형 회전목마 앞에 강제로 끌려온 것만 같았다. 슬프고, 안타깝고 때론 애잔한 갖가지 기억들이 질주하는 회전목마처럼 바로 눈앞에서 펼쳐지며 마치 얼굴을 덮칠 듯이 그에게로 한꺼번에 밀려왔다.

마쓰자카 료스케 1학년, 시노하라 히로미 1학년, 도쿄 사립중고등학교 수학여행.

수학여행 마지막 날, 도쿄 사립중고등학교 고등부 1학년 학생들은 작은 후지산이라 불리는 다이센산 등반을 앞두고 있었다. 인솔 교사는 여학생들을 먼저 올려 보낸 후 얼마간의 시간을 두고 남학생들을 출발시켰다. 어려서부터 아버지를 따라 산에 곧잘 올라 다녔던 마쓰자카는 다른 학생들보다 훨씬 빠른 속도로 산을 올라갔다.

산의 신선한 아침 공기가 그의 폐를 충만하게 채웠다. 약간 그을린 숯 냄새와 뺨에 와 닿는 촉촉한 산의 습기가 무척이나 만족스러웠다. 대체로 완만했던 오르막길이 가파른 돌길로 바뀌었다. 뾰족하고 덩치가 제법 큰 바위들을 지나자 산 정상에서부터 맑은 물이 졸졸 흘러내려 오는 자그마한 계곡이 등장했다.

마쓰자카는 계곡으로 내려가는 비탈길에서 우뚝 멈춰 섰다. 누군가가 계곡 바위 위에 앉아서 흘러내려 가는 물을 하염없이 바라보고 있었다. 시노하라 히로미였다.

그는 동급생들이 그녀를 입에 올리며 수군대는 게 싫어 일부러 쳐다보지 않으려고 했던 히로미를 깊은 숲 한가운데서 마주치자 난감해지고 말았다. 언제부터였을까. 남학생들이 그녀에 대해 말하는 게 참을 수 없이 싫었던 것은.

마쓰자카는 히로미와의 첫 만남을 떠올렸다.

중학교 교복을 입고 도쿄 사립중고등학교에 등교하던 첫날. 마쓰자카는 정말로 이른 시간에 교정에 발을 디뎠다. 아무도 밟지 않은 길을 걸어 보고 싶다는 열망이 그를 학교로 이끌었다.

운동장의 자잘하고 고운 흙을 기분 좋게 밟으며 지나가다 등나무 벤치에 이르러 마쓰자카는 소스라치게 놀라고 말았다. 한 소녀가 벤치에 앉아서 귀에 이어폰을 꽂고 음악을 듣고 있었다. 광택이 나는 검정색 에나멜 책가방이 옆에서 반짝거렸다. 어떤 음악인지는 몰라도 소녀는 정말로 행복해 보였다.

그가 옆에 있었건만 소녀는 알아채지 못한 채 어떤 생각에 골몰해 있었다. 그녀의 검은색 눈동자에서 놀랍도록 생생한 열망 같은 것이 느껴졌다. 건강하고 생동감 있는 에너지라고 료스케는 생각했다. 그 파릇파릇하고 순수한 눈빛이 머릿속에서 지워지지가 않았다.

그동안 멀찍이 서서 바라보기만 했던 히로미를 이런 곳에서 마주칠 줄이야. 그녀가 남학생들의 입에 오르내리는 게 싫었다. 예쁘다고 거론되는 것도 싫었고 몸매가 어쩌고 하면서 사내아이들의 지저분한 농담거리로 올라오는 것도 싫었다. 그녀와 친밀한 관계로 발전하고 싶다는 마음 따위는 가져 본 적도 없었다.

히로미를 바라보는 것조차 왠지 모르게 죄스러웠다. 비 내리는 도쿄의 정갈한 보도블록을 걷다가 어느 날 문득 이 나른하고 습한 도쿄의 공기를 그녀도 같이 들이마실 거라는 생각만으로도 충분히 행복할 수 있다고 믿었던 마쓰자카 료스케였다.

그는 그녀와 마주치지 않기 위해 굳이 다른 길을 찾아서 빙 돌아 간다는 게 얼마나 우스운 일인지 곰곰이 생각했다. 심호흡을 깊게 한 후 히로미가 앉아 있는 계곡을 향해 천천히 비탈길을 내려갔다.

히로미가 발소리를 듣고 그를 바라봤다. 료스케는 어떤 말을 꺼내야 할지 머릿속으로 적당한 단어들을 고르고 있었다. 17년을 살아오면서 이렇게 고민스러운 적이 있었던가 돌이켜 봤다. 멋진 말을 하기위한 고민이 아니라 어떻게 하면 자신이 떨고 있다는 것을 숨길 수 있을까 진지하게 생각하고 또 생각했다.

'내가 너무 빨리 올라왔나? 아니면 네가 뒤쳐진 건가?'
'둘 다겠지. 숨을 헐떡이며 올라가는 게 너무 재미없고 지루해서 쉬고있었어.'

료스케의 머릿속이 하얘졌다. 더 이상 할 말이 떠오르지 않았다. 이런 젠장. 그는 주변을 둘러봤다. 사방은 죽은 듯이 적막하고 고요했다. 깊은 산속에 히로미를 혼자 남겨 놓고 도저히 갈 수가 없었다. 그녀가 걱정이 됐다. 그렇다고 곁에 있자니 깊은 마취에서 막 깨어난 사람처럼 사고가 둔해져서 딱히 할 말이 생각나지 않았다.

'지난번 중간고사 문제가 좀 어려웠었지?'

이런 머저리. 료스케는 속으로 자기 자신을 저주하고 있었다. 겨우내뱉은 말이 고작 이딴 말이라니. 나는 세상에서 가장 바보 같은 놈이로구나. 그는 스스로를 자책하며 히로미가 앉아 있는 바로 옆 바위에자리를 잡았다.

'전교 1등 입에서 나올 말이 아닌데. 좀 웃겨. 네 말이.'
'미안해. 그런 뜻으로 한 말이 아니었는데.'

그와 히로미의 대화는 방향을 잃어버린 난파선처럼 산기슭을 공허하게 떠돌고 있었다. 그는 왜 그렇게 빨리 이 산을 올라왔을까 자신을 원망했다. 왜 내뱉는 말마다 이렇게 바보스러울까 스스로에게 되묻고 있었다.

어색한 침묵을 먼저 깬 쪽은 히로미였다.

'얼마 전에 이런 책을 읽었어. 속물인 아버지 밑에서 너무나 섬세하고 남다른 아들이 태어났지. 순수한 감수성과 빛나는 재능을 지녔지만 아무도 그의 내면을 이해해 주지 않았어. 맑은 날이면 몇 시간이고 숲 속에 누워서 새들이 지저귀는 소리를 들으며 위안을 얻곤 했지. 하지만 그의 영혼 깊은 곳은 서서히 병들어 가고 있었어. 그는 왜 절망에서 벗어나지 못했을까?'

'그는 일종의 허상을 보며 현실의 비루함에서 탈출하고 싶었겠지. 세상을 아름답고 순수하게만 보고 싶었던 게 아니었을까. 실체보다 과장된 아름다움으로. 그 허상이 벗겨지고 추악한 실체를 목도하면서부터 그의 내면은 고독해졌을 것 같은데. 한스 기벤라트는 자신을 옥죄어 오는 위선적인 권위가 역겨웠을 거야.'

히로미가 료스케의 얼굴을 빤히 바라봤다. 둘의 시선이 처음으로 마주쳤다. 먼저 시선을 돌린 쪽은 료스케였다. 숲의 차가운 공기에 상기되어 있는 그녀의 발그레한 볼은 크리스마스 케이크처럼 달콤했다. 료스케는 그녀의 아름다움을 그대로 마음에 담은 게 죄스러웠다.

'마쓰자카도 헤르만 헤세를 좋아해?'

'인간의 내면을 잘 그려 내는 작가니까.'

'한스가 왜 쓸쓸히 죽어야 했는지 이해가 되지 않아. 그가 마지막까지 느꼈던 고통스러운 불안감은 무엇이었을까?'

'자신의 진심이 끝끝내 통하지 않을 거라는 깨달음이었겠지. 그의 아버지는 한스의 내면을 절대로 이해할 수 없는 지극히 속물스럽고 엄격한 인간이었으니까.'

히로미가 바위 위에서 단번에 일어났다. 료스케는 그녀의 상체가 위험하게 흔들리는 것을 보고 반사적으로 따라 일어섰다. 히로미는 좀 화가 난 것 같은 얼굴이었다. 그는 그녀가 무엇 때문에 화를 내고 있는 건지 도무지 알 수가 없었다. 역시 이 산을 빨리 올라오는 게 아니었는데.

히로미가 계곡을 가로지르는 징검다리 앞에 섰다. 그녀는 드문드문 걸쳐져 있는 미끄러운 바위들을 위태롭게 밟아 가고 있었다. 료스케는 걱정스럽게 지켜보며 그녀 뒤를 바짝 따라갔다.

그녀의 하얀색 운동화가 푸른 이끼를 밟아 균형을 잃는 순간, 료스케가 히로미의 팔목을 잡고 자신 쪽으로 끌어당겼다. 히로미가 안기다시피 그의 품 안으로 들어왔다. 그 모든 건 너무나 순식간에 일어난 일이었다.

료스케는 자신의 손이 그녀의 동그란 어깨를 감싸고 있다는 사실에 놀라서 숨을 쉴 수가 없었다. 부드럽고 가느다란 히로미의 몸이 자신의 하늘색 셔츠에 와 닿는 느낌 때문에 심장이 미친 듯이 뛰기 시작했다.

료스케는 얼른 히로미의 몸을 떼어 놓고 얼굴을 붉혔다. 이 숲 속에 자신을 숨길 수 있는 문이 하나 있다면 그게 지옥으로 향하는 문이라고 해도 열고 들어갈 수 있을 것만 같았다.

'미안해. 네가 계곡으로 빠질까 봐 그랬어. 정말로 미안해.'
'자꾸 미안하다고 하지 마. 그 정도는 나도 아니까. 네가 어떤 마음으로 그랬는지.'

'바위가 많이 미끄러워. 위험해 보여. 네가 안전하게 건너도록 도와주고 싶은데. 괜찮겠어?'

히로미가 말없이 고개를 끄덕였다. 료스케가 자신의 손을 내밀자 히로미의 작고 하얀 손이 그의 손바닥 위에 흰 꽃잎처럼 가볍게 올라왔다. 료스케는 여자 손이 이렇게 작다는 데에 놀라고 있었다. 그는 자신의 커다란 손에 작은 공깃돌처럼 들어오는 히로미의 손을 어떤 세기로 잡아야 하나 고민스러웠다.

단지 손을 잡았을 뿐인데 자신이 그녀에게 매우 각별한 존재라도 된 것 같은 착각에 빠졌다. 그건 너무나 달콤하고 가슴 떨리는 착각이었다. 그는 눈앞에 이제 얼마 남지 않은 바위들이 아쉬웠다. 계곡을 가로지르는 징검다리가 몹시도 짧게만 느껴졌다. 료스케는 먼 훗날 다이센산을 제일 먼저 올라왔던 이날을 후회할까 생각해 봤다. 절대로. 후회하지 않을 것이다.

그녀를 안전한 비탈길에 내려 주고 손을 놓아주었다. 그녀의 작고 하얀 손이 오래된 흑백 필름의 영상처럼 천천히 사라져 갔다. 그에게는 자신의 영혼과도 맞바꿀 수 있을 것 같은 소중한 시간이, 그녀에게는 그저 숲 속의 징검다리를 누군가와 건넜던 기억에도 남지 않을 평범한 시간으로 그렇게 흘러갔다. 두 사람에게 전혀 다른 파장을 남긴 채.

또다시 고민스러운 선택의 시간이 그들을 기다리고 있었다. 이제 제법 가파른 바윗길을 올라가야 했다. 마쓰자카 쇼헤이의 아들 료스케는 더 이상 고민하는 건 바보 중의 바보라고 스스로에게 결론을 내렸다.

'같이 올라가자. 이미 여자애들은 정상까지 올라갔을 것 같은데.'
'그러자. 한심하게 생긴 바윗길이네.'

두 사람은 나란히 산을 올랐다. 료스케는 오래전부터 히로미를 바라보고 있었다는 고백을 해야 할지 그냥 이 산을 떠도는 매캐한 숲 향기에 실어서 자신의 마음을 흘려보내야 할지 생각하고 있었다. 그가 읽었던 책 속에서는 멋진 고백의 언어들이 난무했지만 막상 이런 순간을 맞자 어떤 글귀도 도움이 되지 않았다. 그녀에 대한 자신의 마음이 간단한 게 아니었다는 사실만 무거운 깨달음으로 다가올 뿐이었다.

그는 이 예기치 않은 만남이 신이 계획해 놓은 운명의 범주 안에 들어가는지, 아니면 단순한 우연인지도 고민해 보았다. 그녀는 나와의 만남을 대수롭지 않게 생각할 것이다. 이런 그녀를 곁에 두고 혼자서 무수한 가지를 치며 뻗어 나가는 생각을 하고 있다는 게 조금 창피했지만 도저히 생각을 멈출 수가 없었다.

드디어 다이센 정상부로 올라가는 마지막 오르막길이 나왔다. 허리 위치에서 굵은 로프가 안전띠처럼 길게 이어져 있었다. 히로미는 그 로프를 잡고 천천히 오르막길에 접어들었다. 료스케는 그녀와 좀 거리를 두며 걸어갔다.

로프를 잡고 있는 히로미의 하얗고 가는 손목이 그의 시선을 끌었다. 통학 버스에서 지겹도록 보아 온 게 여학생들의 손목이었건만 료스케는 자신의 심장이 왜 이렇게 빨리 뛰는지 알 수가 없었다. 숨을 들이마실 때마다 코로 들어오는 너도밤나무 숲의 알싸한 향기와 파란 핏줄이 보이는 가는 손목의 영상이 뒤섞여 그에게 가벼운 현기증마저 일으키고 있었다.

'얘들아, 저기 마쓰자카 료스케 아니야?'

'어디어디? 카메라 꺼내. 빨리빨리.'

'마쓰자카의 인기는 수학여행에서 입증이 되는 구나. 그런데 시노하라 히로미와 같이 올라오잖아? 맞지?'

'정말? 진짜네. 저건 또 무슨 상황이야?'

'시노하라! 마쓰자카! 둘이 뭐 하는 거야? 산속에서 데이트 중이신가? 하하하……'

마쓰자카는 이미 정상에 도착해 아래를 내려다보며 떠들고 있는 1학년 여학생들을 바라봤다. 그는 난감하다는 듯이 아직은 소년티가 고스란히 남아 있는 자신의 턱을 문질렀다.

마쓰자카는 난처한 상황에 다시 한번 직면했음을 인지하고 있었다. 히로미는 아무렇지 않은 표정이었다. 당황한 기운이 하나도 없는 그녀의 무표정한 얼굴이 그를 더욱 걱정스럽게 했다.

히로미가 먼저 올라가고 료스케가 뒤를 이어 정상에 발을 디뎠다. 막상 그들이 올라오자 자기들끼리 떠들썩했던 여학생들은 약속이라도 한 듯이 조용해졌다. 히로미는 벤치에 앉아서 숨을 고르고 있었다. 그녀의 데면데면한 표정 앞에서 어느 누구도 그들을 놀릴 수가 없었다.

료스케는 바위 위에 올라서서 산 아래 경치를 바라봤다. 그의 눈에는 어떤 풍경도 들어오지 않았다. 자신의 마음을 한 자락도 표현하지 못했다는 안타까움만 산 정상에 깃드는 바람과 더불어 그의 주변을 맴돌았다.

그로부터 1년 후, 시노하라 히로미 2학년, 마쓰자카 료스케 2학년, 시노하라 류우지 2학년.

그날은 개교기념일이었다. 벚꽃이 아름답게 흩날리는 4월의 마지막 날. 참으로 아름다운 봄날 아침이었다. 료스케는 아버지의 심부름으로 서재에서 책 한 권을 집어 들고 도쿄 중앙병원의 회전문을 통과하고 있었다. 아버지에게 급하게 전달해야 할 책이었다.

료스케는 한 편의 시처럼 설레는 감흥을 일으키며 춤추듯이 날리는 벚꽃들에 취해 약간 몽롱한 기분으로 병원에 들어섰다. 눈부신 햇살이 부드럽게 어깨에 와 닿았다. 응급실 앞을 지나가기 전까지만 해도 그는 보기 드물게 근사한 아침이라고 생각하고 있었다.

그때 구급 대원에 의해 환자 한 명이 실려 오는 게 보였다. 곧이어 응급실 의사들이 환자를 침대에 옮긴 채 무서운 속도로 내달리기 시작했다. 환자의 가족으로 보이는 사람들이 그 뒤를 쫓고 있었다.

료스케는 방금 자신의 곁을 스쳐 지나간 환자의 가족 중 한 사람이 시노하라 류우지와 너무나 닮은 사람이란 게 우스웠다. 그럴 리가 없잖아. 시노하라 류우지일 리가 없잖아. 그러면 실려 온 사람이 혹시······. 혹시······. 아니야. 아닐 거야. 그의 마음과는 상관없이 그의 두 다리가 놀라운 속도로 뛰어가기 시작했다.

그는 앞뒤 생각하지도 않고 응급실 안으로 달려들어 갔다. 방금 침대에 실려 온 사람은 시노하라 히로미였다.

'호흡과 맥박이 정지된 채로 발견됐어요. 스스로 목을 맨 상태로.'
'CPR. 준비. 200줄 차지.'
'차지 됐습니다.'
'물러서. 샷! 250줄 차지.'
'됐습니다.'
'물러서. 샷! 300줄 차지.'

피가 마르고 뼈가 타는 시간들이 그렇게 긴박하게 흘러갔다. 응급의가 제세동기로 그녀의 심장에 수차례 강력한 전기 충격을 주어도 히로미의 멈춰 버린 심장은 다시 뛰지 않았다.

'선생님. 더 이상의 시도는 의미가 없어요. 이제 선고하시죠.'
'사망 시간은 10시 04분 25초.'

시노하라 류우지와 마쓰자카 료스케는 차가운 병원 복도에 주저앉아 있었다. 복도 창으로부터 봄 햇살이 쏟아져 들어왔다. 그 영롱한 빛이 마치 날카로운 면도날처럼 두 사람의 몸과 마음을 헤집었다.

마쓰자카는 시노하라를 쏘아봤다. 그는 납득할 만한 답을 듣지 않고서는 이 잔인한 봄을 절대로 용서하지 않겠노라 다짐하고 있었다. 시노하라는 지옥의 끝자락까지 다녀온 사람처럼 넋이 나간 얼굴이었다.

'시노하라. 너 뭐야. 히로미가 왜! 왜! 왜!'

마쓰자카가 그의 멱살을 움켜잡았다.

'······.'

'그때 그 일과 관계있지? 너희들에 대한 그 소문 말이야. 맞아?'

시노하라는 초점을 잃은 눈빛으로 어디를 보는지 알 수 없는 곳을 바라보고 있었다. 어떤 감정도 담기지 않은 텅 빈 눈빛으로.

'······.'

'지켜 줬어야지. 네 녀석이 어떻게든 막았어야지. 네놈이 진짜 남자라면 이렇게 되지 않도록 무슨 수를 써서라도 지켰어야 했다.'

'······.'

'시노하라. 잘 들어. 너는 절대 행복해지지 말아라.'

'······.'

'나도 행복해지지 않을 테니까. 히로미가 외롭게 갔으니. 나도······. 나도······.'

마쓰자카의 눈에서 눈물이 흘러내렸다. 너무나 큰 고통이 그의 마음을 짓눌렀다.

'걱정 마. 나도 그런 인생은 꿈도 꾸지 않아.'
'너는 여자를 사랑할 자격이 없는 놈이야. 잊지 말아라.'

도쿄 중앙병원의 차가운 복도. 두 사람은 그렇게 히로미를 떠나보
냈다.

시노하라 류우지와 마쓰자카 료스케는 이 슬픔을 어떻게 추스르며
살아가야 할지 도저히 알 수가 없었다. 열여덟의 류우지와 료스케가
어떤 얼굴을 하고 살아가야 할지 알려 주는 사람은 단 한 명도 없었
다.

하지만 빛도 없이 온기도 없이 사랑도 없이 그냥 그렇게 살아야겠
다고 두 사람은 스스로에게 다짐하고 있었다.

세나는 침대 위로 쓰러지듯이 몸을 누였다. 방 입구 쪽에 걸려 있는
동그란 벽시계의 검정 시곗바늘은 저녁 6시를 가리키고 있었다. 벌써
시간이 이렇게 됐구나. 그녀는 자신의 신경이 날카롭게 곤두서 있는
것을 느꼈다. 그렇게까지 화낼 일은 아니었는데 마쓰자카상에게. 가
고시마를 떠나온 이후 그녀를 우울하게 하고 때로는 불쾌하게 했던
여러 가지 상황들에 대한 복잡한 감정들이 한순간에 폭발해 버렸는지
도.

이 낯선 병동을 떠다니는 알싸한 소독약 냄새가 그녀의 목을 타고
내려가 척추뼈 사이를 휘감으며 지나갔다. 숨을 들이마실 때마다 차
가운 기운이 몸 구석구석으로 스며들었다. 가고시마의 뜨거운 햇살이
그리웠다. 모모치해변의 바람도. 구마강의 노을도. 류우지의 언덕도.

그러고 보니 추억이 많구나.

그녀는 침대에서 몸을 일으켰다. 바깥으로 나가자 하얀 형광등 조명 때문에 잠시 눈이 부셨다. 저녁이 되자 급한 환자들이 몰려드는지 병동의 사람들이 분주하게 움직이고 있었다. 세나는 그 분주함에 이끌려 간호사실로 들어갔다. 풀색 상의에 하얀 바지를 입고 있는 고참으로 보이는 간호사가 환자들의 차트를 보고 있었다.

"안녕하세요. 이곳 병동에서 일하게 된 자원봉사자 은세나라고 합니다."

"아. 그래요? 일단 이 조끼를 입어요."

그녀는 자신과 비슷한 색상의 풀색 조끼를 건네주었다. 그녀의 시선은 여전히 차트에 박혀 있었다.

"저는 어디로 가면 되죠?"

"바닥의 노란 선을 따라서 응급소아과로 가면 돼요. 그 조끼를 입고 있으면 사람들이 할 일을 알려 줄 거예요. 부디 행운을 빌어요."

세나는 고참 간호사가 마지막에 갖다 붙인 행운을 빈다는 말에 잠시 의아했지만 풀색 조끼를 입고 노란 화살표를 따라서 걸어갔다. 5분 정도 걸어가자 고막을 찢을 듯한 아이들의 울음소리가 들려왔다.

그녀는 그곳에 발을 들여놓은 지 30분도 채 되지 않아 행운을 빈다는 말이 무슨 뜻이었는지 깨달았다. 도쿄 중앙병원의 응급소아과는 상상을 초월하는 곳이었다. 세나는 왜 자신의 손이 네 개가 아니라 두 개인지 진지하게 묻고 있었다.

"이 환자를 23호실로 안내해 줘요."

"네."

"그 전에 접수창구에 길게 늘어서 있는 줄을 두 줄이 되도록 좌우로 분리해 주고요."

"네."

"저쪽 휴게실에 도시락이 있으니까 저녁으로 먹어요. 최대한 빨리."

"알겠습니다."

세나는 정신없이 움직였다. 어린 환자가 누워 있는 침대를 끌고 소아 전용 병동인 23호실에 들어서자 어떤 남자가 환자들의 차트를 열어 보고 있었다. 50대 중후반으로 보이는 남자는 흰색과 검정색이 교차하는 바둑판무늬 바지를 발목이 보이도록 두 번 접어 입고 콧잔등에는 은색 돋보기를 걸치고 있었다.

깡뚱하게 올라온 바지 아랫단으로 가늘지도 두껍지도 않은 발목이 보였다. 목에는 '시레토코 국립공원'이라는 고딕체 글씨가 선명하게 새겨진 촌스러운 진분홍색 타월을 두르고 있었다.

세나는 이 우스꽝스러운 차림을 한 남자가 환자들의 차트를 마음대로 뒤적이는 것을 보고는 기겁을 했다.

"잠시만요. 그 차트에 손대시면 안 돼요."

남자는 바둑판무늬 바지와는 도통 어울리지 않는 연두색 하와이안 셔츠 주머니에서 볼펜을 꺼내 차트에 빨간색으로 표시를 했다. 그에게는 세나의 말이 전혀 들리지 않는 듯했다.

세나는 그의 뻔뻔한 태도에 화가 났다. 아무리 봐도 그는 전혀 의사처럼 보이지 않았다. 그녀는 그의 손에서 차트를 빼앗았다. 그제서야 남자가 세나를 쳐다봤다. 황당하다는 듯이.

"아저씨, 차트는 의료진만 볼 수 있어요. 병원 관계자가 아니면 당장 나가 주세요."

"누구신가? 혹시 새로 들어온 자원봉사자?"

남자는 그녀가 입고 있는 풀색 조끼와 얼굴을 번갈아 가며 살폈다. 그의 입가에 언뜻 미소가 번졌다.

"네. 자원봉사자 맞아요. 그러는 아저씨는 누구시죠? 하와이안셔츠 상."

"하와이안셔츠상? 와하하하……. 좋은 이름이야. 순발력 있는 아가 씨로군. 마음에 들어. 그나저나 그 차트를 마저 보면 안 될까? 머저리들이 실수를 좀 한 것 같은데. 나는 지금 머저리들에게 죽음의 메시지를 띄우는 중이었거든."

세나는 단호한 표정을 지으며 차트를 뒤로 숨겼다.

"안 됩니다. 절대로."

"아주 근성이 있는 젊은이로군. 일단 저녁 전이면 휴게실로 가서 맛대가리 없는 도시락이나 먹읍시다. 사토 켄지의 친구라고 했나?"

갑자기 숨이 턱하고 막혔다. 이분이 혹시. 혹시. 마쓰자카상의 아버지? 그렇다면 이 병원의 원장님?

"혹시…… 저기 혹시……."

바둑판무늬 바지가 휙 하고 병실 밖으로 나갔다. 그는 세나가 병실 안에 가만히 있자 안 따라오고 뭐 하냐는 눈빛을 보냈다.

이 병동 분위기하고는 도저히 어울리지 않는 다소 과한 디자인의 하와이안셔츠가 복도를 지나가자 여기저기서 사람들이 고개를 숙였다. 그는 오른손을 귀 옆에서 짧게 흔들며 귀찮다는 듯이 인사에 답을 했다.

사람들 사이에 섞여드니 우스꽝스러운 복장의 그에게서 왠지 모를 포스가 느껴졌다. 그녀는 도쿄 중앙병원 원장과의 이 갑작스러운 대면에 당황했다. 그에게 무례를 범한 것 같아서 아까의 행동이 후회스럽기까지 했다.

"이봐, 풀색 조끼. 안 오고 뭐 하나? 밥 먹으러 가자니까. 벌써 9시라고."

마쓰자카 쇼헤이는 진분홍색 타월로 이마의 땀을 닦으며 크게 소리를 쳤다. 세나는 재빨리 움직였다.

휴게실에는 도시락 몇 개가 놓여 있을 뿐 아무도 없었다. 병원 사람들은 이미 식사를 마친 듯했다. 하긴 벌써 9시가 넘었으니.

원장은 자리를 잡고 앉아 그녀에게 도시락을 건넸다. 익살스럽게 생긴 그의 얼굴은 무척이나 인자해 보였다. 과하게 느껴졌던 하와이 안셔츠의 야자수 모티브가 그에게 제법 잘 어울렸다.

세나는 공손하게 허리를 숙이고 정식으로 인사를 했다.

"아까는 실례가 많았습니다. 은세나라고 합니다. 마쓰자카 원장님."

그는 진분홍색 타월 끝을 만지며 고개를 저었다.

"원장님이라니. 하와이안셔츠상이 더 마음에 드는데. 일단 앉아요."

"네."

세나는 그가 건네준 도시락의 투명한 커버를 조심스럽게 벗겼다.

"동경대 영문학과에 다닌다고 했나?"

"네."

"학생 식당 옆 연못에 살고 있는 그 미친 오리들은 잘 있나? 와하하하……."

쇼헤이 원장은 마치 자신이 키우던 강아지를 떠올리듯 인자한 표정을 지었다.

"아……. 오리들이요. 잘 있어요."

"대대손손 잘 살고 있구만. 과자 부스러기 얻어먹을라고 아직도 사람이 뜨면 우우 소리를 내며 몰려오나?"

"네. 하하하……. 맞아요. 여전히 걔들은 과자에 목숨을 걸고 있어요. 원장님도 동경대에서 공부하셨나 봐요."

세나는 처음보다는 한결 편해진 얼굴로 그를 바라봤다.

"그랬지. 온갖 머저리들과 떠버리들이랑 공부를 했었지. 대단한 녀석들이 참 많았었는데 이제 와서 생각나는 건 그놈의 미친 오리들뿐이라니. 어서 듭시다. 620엔 도시락이라 집어 먹을 건 별로 없겠지만 동경대 학생 식당의 문어 튀김보다는 맛있을 게야. 하하하……."

세나는 마쓰자카 쇼헤이와의 식사가 무척이나 즐거웠다. 그가 대형 병원 원장이라는 게 믿겨지지가 않았다. 쇼헤이는 그런 사람이었다. 그는 높은 사회적 지위가 자연스럽게 부여하는 누군가에게 대접을 받고 싶다는 권위 의식도, 사람들이 절절매며 고개를 숙이는 지극히 형식적인 예의도 마다한 채 그저 자유롭게 살아가길 원했다. 의료계에서도 약간은 별종으로 취급하는 지극히 소탈한 인간이었다.

세나는 동경대에서 영미 시 수업을 담당하고 있는 야마다 교수를 떠올렸다. 목을 빳빳하게 세운 채 머리에서부터 발끝까지 스스로가 직접 부여한 낯부끄러운 권위로 자신을 가득 채우고 있는 야마다 교수에 비한다면 마쓰자카 쇼헤이 원장이야말로 사람들에게서 존경을 이끌어 내는 사람이 아닐까 생각했다. 어쩌면 존경을 받을 만한 훌륭한 인격을 갖추고 있는 건지도.

"사토군은 정말로 좋은 젊은이지. 우리 료스케하고 어렸을 때부터 같은 클럽에서 활동했었거든. 도쿄 펜싱클럽이라고. 이름마저도 어처구니없는 클럽이었지. 머저리 자녀들의 놀이터라고나 할까. 허허허……."

"그랬었군요."

"그 애들이 펜싱하는 걸 한 번도 못 봤나?"

"네."

"이런, 이런. 두 사람은 우스꽝스러운 그 클럽에서 나름 에이스였지. 우리 마누라가 료스케에게 진짜 멋있는 친구들을 만나게 해 줘야 한다고 부득부득 우겨서 그 클럽에 집어넣었거든. 나는 그런 사교 모임이라면 질색을 하는 사람이라 마음에 안 들었지만. 우리 마누라가 한번 고집을 부리면 무섭거든."

세나는 조용히 웃고만 있었다.

"료스케에게 그랬지. 그 클럽에 가거들랑 너는 무조건 운동만 해라. 머리 텅 빈 계집애들을 만나고 다닐 생각이라면 발도 들여놓지 말거

라. 하하하…… 그런데 그 사교클럽에 진짜 운동만 하러 온 녀석이 하나 더 있었지. 그 녀석이 바로 사토 켄지야. 집안 배경을 들이밀면서 인근 여학교 클럽 애들이랑 놀려고 온 녀석들이 대부분이었는데 료스케하고 켄지만 죽어라 펜싱을 배웠지. 정식으로 붙으면 켄지가 더 잘할 거야. 켄지는 절대로 지는 법이 없으니까. 세나 양이 남자 하나는 잘 골랐네. 사토 켄지는 진짜로 근사한 녀석이거든."

"원장님. 저는 켄지와 사귀는 사이가 아니에요. 그냥 친구죠."

마쓰자카 원장은 분주하게 움직이던 젓가락질을 멈추고 세나의 얼굴을 빤히 바라봤다. 약간 못 믿겠다는 표정이 그의 얼굴을 스치고 지나갔다.

"아…… 정말인가?"

"네."

마쓰자카 쇼헤이는 그녀가 사토 켄지의 약혼녀가 아니라면 왜 료스케가 그녀를 병원으로 데려와 생전 안 하던 부탁까지 했을까 잠시 생각해 보았다. 히로미가 죽은 이후로는 어떤 여자도 거들떠보지 않던 료스케였다. 히로미에 대한 아픈 기억 때문에 아들이 여자에 대한 모든 관심을 끊어 버리고 사는 게 아닐까 늘 걱정하던 쇼헤이는 이상하게 들뜨는 기분을 느꼈다.

"음…… 좋아, 좋아. 나는 사실 이런 스토리가 더 맘에 들어. 사토군도 훌륭하지만 말이야. 우리 료스케도 꽤 쓸 만한 녀석이거든. 내 아들이라서가 아니라 남자로 딱 봤을 때 료스케는 운동을 오래 해서 몸이 참 좋은……."

"아버지. 여기서 뭐 하세요?"

마쓰자카 료스케가 휴게실 문을 밀면서 성큼성큼 들어왔다. 그는 의사 가운을 입고 있었다. 주름 하나 없이 다려진 흰색 가운이 그에게 매우 잘 어울렸다.

"아버지라니. 원장님이라고 하라니까. 이 바보 같은 녀석아."

"은상, 저희 아버지하고 벌써 인사를 나누셨군요. 어떤 말씀을 하셔도 한 귀로 듣고 그냥 흘려버리시면 됩니다."

"오셨어요. 원장님 덕분에 즐겁게 식사를 했어요. 식사 안 하셨으면 어서 오세요."

"그래, 이 무보수 돌팔이야. 너도 여기 앉아서 다 식어 빠진 도시락이나 먹어라."

마쓰자카는 세나 옆에 앉아 그녀가 건네주는 도시락을 받아 들었다. 쇼헤이는 나란히 앉아 있는 둘의 모습을 흐뭇하게 지켜보고 있었다.

"그런데 세나 양은 어디서 일본어를 배웠기에 그렇게 자연스럽게 하는 건가? 시부야 거리에서 혀 짧은 소리로 앵앵거리는 고등학생들보다 훨씬 정확하게 일본어를 구사하는군. 나도 이참에 세나 양한테서 한국어를 한번 배워 볼까? 허허허……."

"원장님, 은상을 괴롭히는 건 안 돼요."

"괴롭히다니? 내가 일자리까지 줬는데 그것도 안 되냐?"

"네. 안 됩니다. 그리고 아까 심장외과 의사들이 원장님을 찾고 있던데요. 차주 수술에 관한 회의가 있는 날이 아닌가요?"

쇼헤이는 재빨리 팔목에 감겨 있는 시계를 쳐다봤다. 순간, 그의 눈이 종지만큼 커다래졌다. 그는 허둥대며 자리에서 일어났다.

"이 망할 놈의 자식이. 그걸 이제야 얘기해 주다니. 료스케, 두고 보자. 세나 양 다음에 또 봅시다. 나는 이만 바빠서."

원장은 하와이안셔츠 자락을 펄럭이며 놀라운 속도로 뛰어나갔다. 바둑판무늬 바지가 병원 복도에 어지러운 영상을 만들어 내다가 이내 사라졌다. 세나는 순식간에 사라진 쇼헤이 원장의 뒷모습을 놀랍다는 듯이 바라보고 있었다.

"일이 힘들죠? 생각보다."

"네. 쉽지는 않네요."

세나는 너무 솔직하게 대답했나 싶어서 멋쩍게 웃었다.

마쓰자카는 그녀가 웃는 모습은 처음 보는구나 속으로 생각했다. 토란조림을 입에 넣으며 머릿속에 선명하게 새겨 넣었던 넘지 말아야 할 선을 다시 한번 떠올렸다. 그는 도시락을 들고 그녀의 옆자리에서 일어나 맞은편 자리로 옮겨 앉았다.

"그러게. 당신이 데리고 있었으면 이런 일은 없었을 거야."

"아키가 교통사고 난 것도 내 탓이야? 애를 맡았으면 좀 더 책임감 있게 돌봤어야지. 아빠라는 작자가 할 소리야 그게?"

건널목에서 가벼운 교통사고를 당해 실려 온 아키는 열 살 된 여자아이였다. 아이는 응급처지를 받고 난 후 약 기운에 취해서 잠들어 있었다. 잠든 아이 옆에서 험악한 얼굴로 다투고 있는 사람들은 아이의 부모로 보였다.

세나는 보호자가 큰 소리로 싸우는 통에 편안히 쉴 수가 없다는 어떤 환자의 전화를 받고 병실로 들어섰다. 6인실 병실에서 다른 환자들은 아랑곳하지도 않고 다투고 있는 환자 보호자라니. 세나는 그들이 다투는 소리를 귀담아듣고 있었다. 대화 내용이 그녀의 가슴을 세차게 두드렸다.

"아키가 퇴원하면 당신이 데려가도록 해."

"웃기고 있네. 사랑도 자식도 포기할 수가 없다면서? 자신이 내뱉은 말에 책임을 져야지."

"양육비는 내가 보내 줄 테니까 엄마로서 최소한의 도리는 해. 나는 이만 가 봐야겠어."

"참 비겁하다. 못났다. 젊은 여자랑 살려니까 자식마저 짐스럽나 보지?"

세나는 도저히 참을 수가 없었다.

"이봐요. 지금 다친 아이 곁에서 뭐 하고 있는 거죠? 부모로서 할 소린가요? 아이가 듣고 있을지도 모르는데. 해도 해도 너무하네요."

단발머리에 흰색 스커트를 입고 있던 여자가 불쾌하다는 듯이 미간을 찌푸렸다.

"아가씨가 끼어들 일이 아니잖아요. 남의 가정사에."

여자가 말하고 있는 사이 남자가 바람처럼 나가 버렸다. 단발머리가 병실 밖으로 급하게 쫓아 나갔다. 남자는 이미 사라진 뒤였다. 여자는 병실 밖에 놓여 있는 등받이 없는 검정색 장의자 위에 털썩 주저앉았다. 세나는 황망하게 앉아 있는 그녀 앞으로 다가갔다.

"아이 앞에서 그렇게 싸우지 말아요, 제발. 나는 맡기 싫다, 네가 맡아라. 이렇게 다투는 모습을 꼭 보여야겠어요? 부모라면 아이에게 그런 상처는 주지 말아야죠."

단발머리는 핸드백에서 얄쌍한 담배 한 개비를 꺼내 입에 물었다. 그녀가 천천히 뿜어내는 하얀 연기 사이로 복도에 붙어 있는 '금연' 이라는 붉은 글씨의 아크릴판이 선명하게 보였다.

"이봐요. 아가씨. 부모라면 무조건 아이를 위해서 자기 인생을 접어야 하나요?"

"……."

"부모인 죄로 모든 걸 참고 꾸역꾸역 구질구질하게 살아야 되냐고요?"

여자는 무척이나 할 말이 많은 듯한 얼굴이었다.

"내 말은……."

"어쩌다 보니까 세월에 밀려서 엄마가 되었지만 나도 인생의 정답을 모르기는 마찬가지야. 나도 우리 엄마가 왜 그렇게 틀린 소리를 자주 했는지 지금에서야 희미하게 깨닫고 있어요. 어른이 되었다고 해서, 엄마가 되었다고 해서 모두 정답만 갖고 있는 건 아니란 말이에요."

단발머리는 자신이 뱉은 말에 스스로 위안을 받은 표정으로 세나를 바라봤다.

"아이는 무슨 죄죠? 이리저리 떠밀리며 살아야 하는 아이의 상처에 대해서는 생각해 보셨나요?"

"난 내 딸이 언젠가는 나를 이해해 줄 거라 믿어요. 왜 부모들이 그렇게 싸웠어야 했는지. 왜 각자의 인생을 찾았는지."

그녀의 입에서 나온 이해라는 단어가 세나의 역린을 건드렸다. 이해할 수 없는 상황을 만들어 놓고 어린 자식이 이해하길 바라는 건 한국이나 일본이나 똑같다는 생각에 세나는 몸이 떨려 왔다.

"이해라고 했어요? 무슨 이해요? 나는 지금도 우리 부모라는 사람들을 이해할 수가 없는데. 당신 딸이 부모라는 사람들이랑 엮이는 게 싫어서 머나먼 곳으로 떠나온 나처럼 살기를 바라나요? 아무도 모르는 곳에서 조용히 죽고 싶다고 바라는 인생을 살도록 만들 건가요?"

세나는 왼쪽 관자놀이가 위험하게 뛰고 있는 것을 느꼈다. 알 수 없는 분노가 대동맥을 타고 머리 위쪽으로 자꾸만 치솟아 올라왔다. 심장이 고장 난 듯이 펌프질을 해 대고 있었다. 그녀의 눈가에 어느새 눈물이 번졌다.

세나는 등을 돌려서 복도를 향해 걸어갔다. 단발머리가 돌아서는 그녀를 향해 마지막 말을 남겼다.

"기회는 줘 봤어요? 당신에게 뭔가를 말하고 싶어 하는 부모들에게. 귀를 닫고 마음마저 꽉 닫은 건 당신 쪽이 아니었는지 생각해 봐요. 자식을 포기하는 부모는 없으니까."

복도 코너를 돌자 벽에 기대 서 있는 마쓰자카가 보였다. 그녀가 나눈 대화를 모두 들은 듯했다. 세나는 그의 눈을 쳐다보지 않고 바로 계단으로 내려갔다. 그녀는 그 길로 곧장 병원 1층까지 단숨에 내달렸다.

밤이었지만 병원의 로비는 낮처럼 밝았다. 주위는 이렇게 밝고 환한데 그녀 주위에만 어둠이 내려앉은 것처럼 깜깜했다. 세상과 완벽하게 분리되어 있는 것 같은 기분을 느끼며 그녀는 회전문을 열고 병원 밖으로 나왔다.

하늘에서는 마침 가는 빗줄기가 내리고 있었다. 비 내리는 도쿄의 밤. 어디론가 가고 싶은데 딱히 갈 만한 데가 떠오르지 않았다. 갈 데도 없는데 이곳이 아닌 다른 곳에서 답답한 마음을 내려놓고 싶은 자기 자신이 딱하게 느껴졌다. 갈 데도 없는데.

"첫날부터 너무 일을 많이 하는 것 같네요. 오늘은 이만 퇴근하시죠."

마쓰자카였다. 하얀 가운을 벗어 던지고 흰색 셔츠에 얇은 네이비색 여름 재킷을 걸친 그가 어느새 옆에 서 있었다.

"……."

"기분이 울적하다면 오다이바가 좋겠군요. 가시죠. 제가 안내해 드릴게요."

"오다이바요? 거기는 왜?"

"레인보우 브릿지를 건너 볼래요? 유리카모메를 타고."

"유리카모메(운전사 없이 운행하는 일종의 모노레일)……."

그들은 심바시에서 오다이바로 가는 모노레일에 올랐다. 도쿄에 와서 오다이바를 아직도 안 가 봤다는 생각에 씁쓸한 마음이 들었다. 동경대 근처를 빼고는 특별히 가 봤던 곳이 없는 것 같구나.

유리카모메의 좌석은 마주 보고 앉는 4인 좌석이었다. 늦은 시간이라 타고 있는 사람은 몇 명 되지 않았다. 마쓰자카는 오른쪽 창가 자리를 권했다. 그녀의 옆자리에 앉자니 너무 위험한 선택인 것 같고, 앞자리에 앉자니 무릎이 맞닿을 것 같아서 대각선 자리에 앉았다.

도심 상공을 달리는 유리카모메를 타고 그들은 도쿄의 촉촉한 야경을 바라보았다. 노란 할로겐 조명들이 빛나고 있는 패션의 거리를 벗어나자 약속한 듯이 하얀 형광등 불빛을 내보내고 있는 다케시바역 주변의 오피스가 나타났다. 퇴근하지 않고 일하고 있는 샐러리맨들이 끊임없이 들어오는 팩시밀리 앞에서 하얀 종이를 받아 내고 있었다. 밤의 도쿄는 여전히 분주하게 돌아가고 있었다.

이렇게 같은 듯 다른 공간에서 완벽하게 다른 사람들의 인생이 숨가쁘게 이어진다는 건 어찌 보면 참으로 경이로운 일이 아닌가. 하얀 형광등 아래서 넥타이를 옆으로 비틀어 푼 채 기계에서 쏟아져 나오는 서류 뭉치를 읽어 내는 저 남자도 하룻밤 안에는 다 풀어낼 수 없는 인생의 이야기들을 가슴속에 담고 있겠지. 내가 알 수 없는 숱하게 많은 그들의 인생이, 다케시바역을 지나가는 수많은 그녀들의 아픔이 하늘에서 내려오는 수만 개의 빗방울처럼 이 하룻밤 사이에도 얼마나 많은 추억의 자락들을 남기려나.

비에 젖은 도쿄의 밤거리를 하늘에서 바라보며 그녀는 마치 이 세상에 몸담고 있는 사람이 아닌 것 같은 착각에 빠졌다.

드디어 유리카모메가 그 유명한 레인보우 브릿지를 향해 달려가고 있었다.

"저쪽에 도쿄타워가 보이네요."

마쓰자카가 가리킨 방향에서 화려한 불빛으로 갈아입은 도쿄타워가 빛나고 있었다. 커다란 두 개의 말굽을 엎어 놓은 것 같은 기둥이 받치고 있는 레인보우 브릿지가 도쿄타워를 배경으로 서서히 모습을 드러냈다. 다리를 따라 크리스마스트리를 감고 있는 기다란 전선처럼 살짝 주황빛을 띠고 있는 살구색 알전구가 끝도 없이 반짝거렸다. 그 전구의 불빛들은 방금 화장을 끝마친 청신한 스무 살의 볼처럼 생기가 넘쳐흘렀다.

고운 조명 속에 빛나고 있는 다리는 '이렇게 예쁜 나를 봐 주지 않을 건가요?' 라고 말하는 듯했다. 물기를 머금은 노랗고 파란 불빛들이 오다이바의 하늘을 아름답게 수놓고 있었다.

거대한 기둥을 따라서 무지갯빛 조명들이 차례로 빛을 내뿜기 시작했다. 화려한 조명을 이고 있는 레인보우 브릿지는 아름답지만 한편으로는 슬퍼 보였다. 형형색색의 불빛들이 그녀의 가슴에 아프게 스며들어 왔다.

"인생에도 여러 가지의 빛깔들이 있죠. 저 다리 위의 조명처럼."

마쓰자카의 낮게 깔린 목소리가 음악처럼 들려왔다.

'내게 조언이나 충고를 하고 싶은 건가요.'

"이렇게 다채로운 빛깔을 지니고 있는 인생을 다 이해할 필요가 있을까요?"

세나는 그의 한마디가 부모에 대한 원망이라는 해묵은 그물에 포섭되어 버린 영혼의 어느 지점을 건드리고 지나가는 것을 느꼈다.

"저는 다른 사람의 인생에 대해 평가를 아끼는 편입니다. 만약 신이 우리 인간들의 인생을 저 어디 높은 곳에서 내려다본다면 도저히 이해할 수 없는 그들의 인생이나, 나름 정직하고 반듯하게 살고 있는 제 인생이나 저 다리 위를 밝히는 전구들처럼 그저 다른 색깔을 띠고 있는 한 점의 불빛으로 보이지 않을까요?"

인생을 염세적이고 회의적으로 관조하느라 어떤 본질에 닿지 못했던 세나에게 정서적으로 완전히 다른 배색을 띤 감정의 파도가 몰려왔다.

"이런 말을 하고 있는 절 용서하세요. 지금은 은상의 부모님이 도저히 이해가 안 되겠지만 세월이 흐른 후에는 거짓말처럼 이해가 되는 순간을 맞게 될지도 모르잖아요."

마쓰자카는 그녀의 얼굴을 똑바로 응시했다.

"만약 그런 순간이 온다면 미움으로 일관했던 지난 시간들이 후회스럽지 않을까요. 그렇게 되지 않기를 바래요. 지금 당신은 너무나 근사하고 당당하게 자랐으니까요. 동경대 여왕님."

세나는 다시 창밖으로 시선을 돌렸다. 한국에 있는 엄마, 아빠의 얼굴이 갑자기 떠올랐다. 너무나 오랫동안 잊고 있었던 얼굴이었다. 화려한 조명들이 뿌옇게 번져서 보이기 시작했다. 눈물이 나왔다. 바보

같이 울고 있었다. 부모님에게서 온 편지와 소포들을 독하게 돌려보냈던 시간들이 머릿속으로 아프게 지나갔다.

'마음을 닫은 건 나였는지도. 고집스럽게 귀를 막고 살았던 것은 어쩌면 나였는지도.'

마쓰자카는 그녀의 눈물을 보고 잠시 할 말을 잃고 말았다. 그녀가 불편해할까 봐 반대편 창으로 얼굴을 돌렸다.

'그녀의 눈물을 곁에서 바라볼 수 있는 건 사토 켄지겠지. 볼에 흐르는 눈물을 닦아 줄 수 있는 건 시노하라 류우지인가? 나는…… 마쓰자카 료스케는 반대편 창으로 얼굴을 돌려야 하는 거겠지. 이게 내가 넘지 말아야 할 반듯한 선일 테니까.'

그는 자신의 손을 외투 주머니에 집어넣었다. 유리카모메가 레인보우 브릿지를 놀라운 속도로 통과하고 있었다.

그의 왼쪽 어깨 위에도 그녀의 오른쪽 뺨 위에도 노란 불빛이 아른거렸다. 그 다양한 빛깔의 불빛을 받아 내고 나니 세나는 한 번도 밟아 보지 못했던 미지의 어느 영역에 발을 들여놓은 기분이 들었다. 내 자신의 고통뿐만이 아니라 남의 고통도 오롯이 보이는 그런 세계. 그녀는 자신이 조금 성장해 있는 것을 느꼈다.

다리는 이제 엽서 크기로 작아져 있었다. 곧이어 레인보우 브릿지는 우표 크기로 줄어들었지만 세나는 어두운 터널 속을 통과해 조금 밝은 세상으로 걸어 나온 느낌이었다.

"마쓰자카상, 고마워요. 가슴에 와닿는 충고였어요."

"꼭 기억해요. 난해한 인생들을 만날 때마다. 레인보우 브릿지의 불빛을."

검은색 세단 한 대가 명품 브랜드들이 쇼윈도 전면에 시즌 상품을 내건 채 도도한 빛을 발하고 있는 긴자의 중심가로 미끄러지듯이 진입했다. 긴자의 명소 소니 빌딩을 무색하게 만든 시노하라 전자의 신사옥 지상 주차장에 세단의 앞머리 번호판이 보이자 남색 모자를 깊게 눌러쓴 주차 요원이 급하게 달려 나왔다.

말쑥한 정장 차림의 남자가 키를 꽂아 둔 채로 운전석 문을 열었다. 먼지 하나 없이 반들반들하게 광택이 나는 검은색 구두가 기분 좋은 마찰음을 내며 대리석 바닥을 디뎠다.

제비 날개처럼 파르란 광택이 감도는 짙은 네이비색 정장을 입은 젊은 남자는 타이 대신 상의 포켓에 모노톤의 행커치프를 꽂았다. 누가 봐도 최대한 격식을 갖춘 차림이었다. 잘 빗어 넘긴 갈색 머리카락은 성큼성큼 걷는 남자의 보행에도 전혀 흔들림이 없었다.

그가 회전문을 통과해 로비 안으로 들어서자 마치 특급 호텔의 안내데스크처럼 크림색 대리석으로 마감한 높은 테이블 뒤로 붉은 조끼에 검은색 타이스링을 매고 있는 두 명의 여직원과 한 명의 남직원이 솟아오르듯 동시에 일어섰다. 로비의 보안을 담당하는 팀장급 남자 직원에게 남자는 짧게 묵례를 했다.

승무원 머리처럼 얇은 머리 망에 긴 머리를 돌돌 말아 넣고 올백으로 빗어 넘긴 두 명의 여직원들은 남자의 완벽한 슈트핏을 눈부시다는 듯이 쳐다봤다. 남자는 곧장 엘리베이터로 향했다. 남자 팀장이 급하게 키폰(임원 비서실 직통 전화)을 눌렀다.

"시노하라 류우지 님이 오셨습니다. 29층 비서실 대기 바랍니다."

시노하라는 수화기를 붙들고 있는 로비 직원을 향해 손가락 세 개를 폈다. 정확하게. 직원은 잠시 당황한 채로 머뭇거리다가 집게손가락으로 키폰의 가장 첫 번째 번호를 눌렀다.

"시노하라 류우지 님이 지금 회장님실로 올라가고 계십니다. 30층 비서실 대기 바랍니다."

고속으로 올라가는 엘리베이터는 30층 회장실까지 한 번도 쉬지 않고 단숨에 올라갔다. 매화 문양이 음각으로 새겨져 있는 화려한 엘리베이터의 문이 열리자 비서실의 직원들이 모두 일어나 있었다. 40대 초반의 노련한 비서실장이 양복 상의 단추를 잠그며 그에게 다가왔다.

"어서 오세요. 지금 회장님께서는 중요한 회의를……."

시노하라는 한쪽 손을 가볍게 들며 그의 말을 막았다. 더 이상 듣고 싶은 말이 없다는 표정으로 비서실 앞을 지나쳐 갔다. 비서실의 여직원들은 어찌해야 할지 모르겠다는 얼굴로 비서실장만 바라보고 있었다.

"시노하라상, 회장님께서는 미리 약속하지 않은 손님은 만나지 않으십니다."

순간, 시노하라 류우지의 얼굴에 날카로운 미소가 번졌다. 비서실장은 아차 싶은 얼굴로 짧게 고개를 숙였다.

"손님이라고 하셨나요?"

"실수였습니다. 용서하십시오."

"이 방에 음료는 필요 없습니다. 내가 들어가고 나면 아무도 들이지 마세요. 절대로."

시노하라는 금세 미소를 지운 채 싸늘한 표정으로 비서실장을 쏘아 봤다. 시작부터 게임이 되지 않을 게 분명했던 두 남자의 기 싸움은 이렇게 끝나 버리고 말았다.

그는 회장실 문을 가볍게 두 번 두드린 후 문을 열었다. 쌉싸래한 허브 향과 광택이 나게 무두질을 한 물소 가죽 소파의 생가죽 냄새가 섞여 코로 스며들어 왔다. 오랜만에 맡아 보는 아버지의 향기였다.

시노하라 요시로 회장은 자신의 책상 앞 회전의자에 깊게 몸을 묻은 채 조간신문을 보고 있었다. 방 한쪽 면 전체를 차지하고 있을 정도로 커다랗게 보이는 그의 책상 위에는 회전하는 금속 오브제가 변함없이 놓여 있었다.

요시로 회장은 신문의 활자들에서 시선을 떼어 낸 후 류우지를 바라봤다.

"저 왔습니다. 회장님."

류우지가 격식을 갖춰서 인사를 했다. 요시로 회장은 턱으로 검은색 가죽 소파를 가리켰다.

"어쩐 일이냐. 전화 한 통도 없이."

류우지는 오른쪽 소파 첫 번째 자리에 앉았다. 요시로 회장도 자신의 회전의자에서 천천히 몸을 일으켜 테이블이 있는 소파로 천천히 걸어 나왔다. 오랜만에 만난 부자 사이에 심상치 않은 공기가 흘렀다.

"여쭈어보고 싶은 게 있어서 왔습니다. 딱 세 가지 질문이 있는데 답해 주셨으면 합니다."

요시로 회장은 약간의 분노가 서린 류우지의 얼굴을 보고는 눈을 감았다. 그는 소파에 등을 기댄 채 조용히 앉아 있었다.

"첫째, 블랙잭을 죽이라고 지시하신 사람이 회장님인가요?"

요시로 회장의 왼쪽 눈썹이 꿈틀거렸다.

"둘째, 은세나를 위험에 빠뜨린 사람도 회장님인가요?"

그는 표 나지 않게 호흡을 가다듬고 류우지가 뱉은 말들을 머릿속에 새겼다.

"셋째, 제가 회장님의 친아들이 맞나요?"

요시로 회장은 내부 장기 어딘가로부터 시작된 날카로운 통증이 등줄기를 타고 목까지 올라오는 것을 느꼈다. 류우지, 이제 나한테 맞설 정도로 성장한 것이냐.

그는 자신이 고통받았던 것만큼 고통을 주고 싶었던 지난 세월들에 대해 어떤 후회를 남기려나 잠시 생각해 보았다. 뒤틀려지고 구부러지고 때론 깨진 유리조각처럼 날카로워진 인생의 쓸쓸한 파편들을 그러모아야 할지, 처절한 상태로 그냥 남겨 두어야 할지 아직 판단이 서지 않았다.

뜨겁게 목을 타고 내려가는 향긋한 차 한 잔이 간절했다. 지금으로서는 한 모금의 차가 그를 구원해 줄 수 있을 것만 같았다.

"류우지, 오늘은 이만 돌아가거라. 그 질문에 대한 답은 곧 해 주겠다."

시노하라 류우지는 쓸쓸하게 웃었다. 그저 웃음밖에는 나지 않았다.

"회장님, 마지막으로 한 가지만 더 묻겠습니다."

요시로 회장은 감았던 눈을 뜨고 류우지의 얼굴을 바라봤다.

"행복하신가요? 이렇게 회장님 뜻대로 살아온 본인의 인생이 만족스러우신가요?"

류우지는 자리에서 일어났다. 요시로 회장은 내부에서 가파르게 치고 올라오는 극렬한 통증을 다시 한번 느꼈다. 그는 잠시 자신의 가슴 한복판을 그러쥐었다.

류우지는 문을 향해 뚜벅뚜벅 걸어갔다.

"더 이상 소중한 것들을 당신에게 빼앗기지 않겠습니다. 이건 경고입니다. 제가 드리는."

하루카. 류우지는 네 아들이로구나, 역시나. 요정 쿠모에서 그 누구보다 용감하고 흐트러짐이 없었던 하루카를 닮았어. 잘 자라 주었군. 기대 이상으로. 지난(至難)했던 세월들에 대해 이제 당신과 내가 마무리를 지어야 할 때가 온 것 같은데. 당신은 어떤 결론을 내리려나. 나는 그게 가장 궁금해.

도쿄 중앙병원 응급소아과에서의 5일째 아침이 시작되었다. '똑. 똑. 똑.' 정확하게 세 번의 노크 소리가 들려왔다. 세나는 침대에서 일어나 문으로 걸어갔다. 오른쪽 검지 두 번째 마디를 구부려서 문을 세 번 두드렸다. 밤새 아무 일 없었다는 일종의 신호였다.

그녀가 이 방에 머물기로 한 그날 밤, 마쓰자카도 자신의 짐을 챙겨서 그녀의 옆방으로 옮겨 왔다. 정신없이 돌아가는 이 병동에서 자신의 여름 방학을 바치기로 한 이상 여기서 머무는 것이 그에게도 확실히 편했다.

세나는 옷을 챙겨 입고 밖으로 나갔다. 화장실 세면대에서 간단하게 세수를 한 후 휴게실로 걸어갔다. 굉장히 피곤해 보이는 마쓰자카가 그녀를 맞이했다.

"은상, 좋은 아침입니다. 많이 힘드시죠?"

"정말로 힘드네요. 왜 갈수록 힘이 들까요."

그녀는 휴게실 소파에 깊숙하게 몸을 묻고 뒷머리를 기댔다.

"있어도 있어도 적응이 안 되는 곳이 병원이죠."

"여기서 멀쩡한 채로 살아서 나갈 수 있을까요?"

세나는 진짜로 궁금하다는 표정으로 마쓰자카를 바라봤다.

"하하하……. 이런 일자리라서 죄송하네요."

"원장님의 계략이 느껴져요. 제가 들어온 날 자원봉사자 여럿이 단체로 휴가를 가더군요."

마쓰자카는 세나의 위트 섞인 말에 자꾸 웃음이 나왔다.

"이런. 하지만 원래 돌아가면서 휴가를 가요."

"마쓰자카상, 위로의 말을 전하고 싶네요. 평생 이 병원에서 보내실 거죠? 부디 끝까지 생존하셔야 해요. 저는 곧 떠나겠지만 마쓰자카상을 생각하니 가슴이 아프네요."

세나는 이곳에 온 이후로 부쩍 말이 많아진 느낌이었다. 하루 종일 아픈 아이들의 보호자들에게 검사실로 가는 길을 설명해 주고, 병실에서 불편함이 없도록 살뜰하게 보살펴 주다 보니 이제 누구를 봐도 이런저런 이야기들이 자연스럽게 술술 흘러나올 지경이었다.

"하하하……. 위로의 말이네요. 정말로."

"왜 병원에 오면 사람들은 날카로워질까요? 왜 한시도 참지 못하고 자신의 순서가 밀리고 있다거나, 의료진들의 관심을 받지 못하고 있다고 생각할까요?"

세나는 하루에도 몇 번씩이나 받는 순서에 대한 불만을 담은 컴플레인들을 떠올렸다.

"출구에 대한 갈망이죠."

"출구에 대한 갈망?"

그는 알 듯 말 듯 한 얼굴로 자신을 바라보는 세나를 향해 정답 설명을 하듯 천천히 말을 이어 나갔다.

"이 공간에 들어오는 순간부터 사람들은 출구의 문을 열고 어서 빨리 나가기를 소원하죠. 로비의 문은 가장 잘 보이는 곳에 위치해 있지만 누구나 그 문을 열고 건강하게 나갈 수는 없으니까요. 어서 이 질병과의 싸움에서 승리해서 저 회전문을 열고 나가고 싶다는 갈망이 조급함을 부르는 게 아닐까요?"

"항상 느끼는 거지만 말씀을 참 잘하세요."

"은상은 유머러스하죠. 매번 느끼는 거지만."

"마쓰자카, 세나의 유머 감각을 벌써 알아차렸다니. 놀라운걸."

두 사람은 소리가 난 쪽으로 동시에 고개를 돌렸다. 환하게 웃고 있는 남자는 사토 켄지였다. 마쓰자카가 자리에서 일어나 켄지를 향해 손을 내밀었다.

"사토 켄지, 오랜만이야. 기다리고 있었다."

"좋아 보이네. 마쓰자카가 애쓰고 있다는 얘기는 전해 들었어."

켄지는 세나를 바라봤다. 약간 마른 듯한 그녀를 보고 있자니 안쓰러움이 밀려왔다. 내가 어떤 마음으로 이곳에 왔는지 그녀는 알고 있을까.

"켄지. 잘 지냈어? 나는 보다시피 병원 밥을 축내면서 잘 있었어."

"원장님께서 너무 심하게 일을 시키신 거 아니야? 너 무척 힘들어 보여."

"은상이 일을 많이 하긴 했지. 내가 켄지한테 미안하다고 말해야 하는 분위긴데?"

"무슨 소리야. 진짜 고맙게 생각하고 있어. 세나를 도와줘서."

"마쓰자카상에게도 원장님께도 정말 많은 도움을 받고 있어. 켄지, 내 걱정은 하지 않아도 돼."

풀색 상의를 입은 24시간 병동 간호사가 세나를 급하게 찾았다.

"은상, 오늘 일반병동으로 이동하는 환자들이 얼마나 되는지 파악해 주세요. 지금요."

"네. 바로 갈게요."

켄지는 놀랍다는 표정으로 세나를 바라봤다. 마쓰자카는 조금 미안했는지 자신의 턱을 만지고 있었다.

"켄지, 봤지? 내가 얼마나 중요한 일을 하고 있는지. 마쓰자카상,

오늘도 아무 일 없이 생존해서 다시 만나길 바래요. 그럼, 저는 이만."

세나가 풀색 조끼를 입고 병동으로 빠르게 달려갔다. 켄지는 그녀의 뒤에 대고 소리쳤다.

"세나, 아침은 먹고 일해야지. 기다리고 있을게. 얼른 갔다 와."

"과연 그녀가 다시 올 수 있을까? 하하하……."

"마쓰자카, 자원봉사 자리라더니 너무 힘든 포지션을 준 거 아니야?"

"도쿄 중앙병원이 어떤 곳인지 몰라서 그래? 이 병원의 원장님은 나에게도 무보수 풀타임 잡을 안겨 줬지. 너도 원장님 시야에서 괜히 어물거리다가는 어떤 조끼가 입혀질지 몰라."

"원장님은 여전하시구나. 오랜만에 왔는데 인사드려야겠다. 같이 가자."

"오케이. 무척 반가워하실 거야."

쇼헤이는 원장실 바닥에 신문지를 펴 놓고 주저앉아 작은 맥가이버 칼로 밤을 깎고 있었다. 켄지는 이럴 줄 알았다는 얼굴로 마쓰자카의 얼굴을 바라봤다. 마쓰자카는 이분은 늘 이렇다는 표정을 그에게 되돌려 보냈다. 이상할 것도 특별할 것도 없는 마쓰자카 쇼헤이의 일상의 모습 중 하나였다.

"이런, 염병할 밤껍질 같으니라고. 이것들이 왜 이렇게 생고무처럼 들러붙어 있는 거야. 염병, 염병."

"원장님, 저 왔어요. 사토 켄지 인사드립니다."

"어라? 이게 누구야? 교토 최고의 머저리 코이치의 아들놈이 납셨네. 허허허……. 어서 와라. 이 망할 놈아. 동경대 들어가더니 이제 마쓰자카하고는 영 틀어진 것이냐? 게이오도 훌륭하다고."

"원장님, 건강하셨죠? 또 밤껍질 까고 계시네요. 수술 준비 하시나 봐요?"

"이제 다 늙어서 수술이고 나발이고. 손에 감각이 점점 무뎌져서 밤 껍질도 잘 못 까겠다. 허허허……."

쇼헤이 원장은 바닥에 펴 놓았던 신문지를 대충 접어서 한쪽 구석으로 치웠다.

"거기 어디 앉아라들. 책들은 치워 버리고."

켄지는 미소 띤 얼굴로 소파에 가득 놓여 있는 책과 신문지 뭉텅이를 살짝 치우며 자리에 앉았다. 마쓰자카는 선 채로 아버지의 얼굴을 바라봤다.

"아버지, 차는 뭘로 준비할까요?"

"웃긴 놈의 자식. 까분다, 또. 코이치의 아들놈이 왔는데 차는 이 몸이 손수 준비해야지. 너희들 꼼짝 말고 여기서 기다려라. 내가 금방 가서 기가 막힌 차를 만들어 올 테니."

"원장님, 이번에는 특별히 새 찻잔에다 부탁드립니다. 지난번처럼 립스틱 자국이 묻어 있는 찻잔은 곤란합니다. 하하하……."

"코이치의 아들놈 아니랄까 봐 역시나 깔끔을 떠는구나. 와하하하……. 에잇, 나쁜 놈의 자식."

쇼헤이 원장은 바둑판무늬 바지 자락을 날리며 문을 열고 사라졌다.

"원장님은 항상 유쾌하시구나. 세월이 가도 변하지 않으시네. 나는 원장님의 이런 한결같은 소탈함이 존경스러워. 진심으로. 이게 바로 도쿄에서 칭송받는 마쓰자카 집안 남성들의 매력인가 봐."

"아버지에 비하면 나는 한참 멀었지. 마쓰자카 집안 남성들에서 나는 빼 줘라 부디."

"무슨 소리야. 마쓰자카 료스케야말로 내가 진심으로 신뢰할 수 있는 몇 안 되는 친구인걸."

마쓰자카는 그의 말에 깊숙이 숨겨져 있는 또 다른 의미가 있을까 곰곰이 생각해 보았다. 또 다른 의미 따위가 있을 리는 만무했다. 켄지는 저의를 숨긴 채 의뭉스러운 말을 던지는 사람이 아니었다.

하지만 마쓰자카는 자꾸 그의 말에서 뭔가를 발견해 내고 싶었다. 그에게 해 주고 싶은 말들이 하나둘 아타미해안 위를 떠다니는 부표처럼 떠올랐다.

마쓰자카는 어떤 말들을 그에게 해 주고 싶어 하는 자신의 진심이 무엇인지 문득 궁금해졌다. 그런 물음표들이 자꾸 그와의 대화에 몰입할 수 없도록 방해를 했다. 그는 오른손을 펴서 자신의 두 눈을 문질렀다. 그에게 해 주고 싶은 말들이 머릿속에서 엉키기 시작했다.

켄지에게 나는 어떤 말을 해 주어야 하나. 시노하라의 장검이 금속 동의(펜싱 경기복의 득점 포인트)에 유효하게 들어간 것 같다고. 전기심판기의 유효 램프를 정확하게 켠 사람은 시노하라라고. 여왕님의 마음이 정해진 것 같으니 이제 그만 너는 피스트(펜싱 코트)에서 내려오라고.

그때 쇼헤이가 나무 쟁반을 들고 떠들썩하게 등장했다.

"구수한 차가 왔다. 켄지는 날이 갈수록 멋있어지는 것 같구나. 동경대에서도 정신 나간 여자애들이 사토, 사토 노래를 부르며 쫓아다니겠지? 허허허……."

"그럴 리가요. 도쿄의 여자들은 훌륭하신 마쓰자카 원장님의 며느리가 되고 싶어서 료스케의 뒷모습만 하염없이 바라보고 있지요."

"뭐야. 와하하하……. 켄지는 사람을 기분 좋게 하는 말을 참으로 잘하는구나. 네 녀석은 누군가에게 아첨을 해도 절대 비굴하게 보이지는 않을 게야. 그러고 보니 동경대에는 시노하라 류우지도 있지 않냐? 외모와 허우대로 치자면 네놈들이 밀리겠구나. 그 녀석도 이제는 청년이 되었겠네. 눈빛이 참 괜찮은 놈이었는데."

쇼헤이 원장의 입에서 시노하라 류우지의 이름이 튀어나오자 방의 공기가 묘하게 바뀌었다. 두 사람은 순간적으로 입을 다물었다. 류우지라는 이름이 주는 날 선 긴장감이 켄지의 입술을 메마르게 하고, 료스케의 심장을 자극했다.

쇼헤이 원장이 둥그런 찻주전자를 기울이자 찻잔에 연한 주황색 액체가 고요하게 담겼다. 구수하고 푸근한 향이 방 안을 감돌았다.

"세나 양은 사토의 애인이 아니라면서? 아주 똑똑하고 매력적인 아가씨던데."

뜻하지 않게 직접적으로 치고 들어오는 쇼헤이 원장의 두 번째 공격으로 두 사람은 약간의 충격을 받은 듯했다. 켄지의 귀에서는 바람 소리가 들려왔다. 그는 창문이 열려 있는지 확인하기 위해 슬쩍 원장실 창문을 바라봤다. 굳게 닫힌 창밖으로 먹이를 찾아 날아가는 비둘기들이 보였다.

"아버지, 그녀가 누구의 애인인지 아닌지가 중요한가요?"

"그럼 니들 나이에 괜찮고 매력 있는 아가씨를 앞에 놔두고 아이구야, 당신 참으로 멋지구료 손뼉 치면서 주변을 뱅뱅 맴도는 게 정상인 게냐. 아니면 남자답게 덤벼들어서 확 낚아채는 게 맞는 게냐. 바보같은 놈들. 이래서 도쿄 녀석들이 물렁하다는 소릴 듣는 게야."

"원장님 말씀이 맞습니다. 제가 남자답게 돌진하려고 시동을 걸고 있지요."

"그러니까 켄지 놈은 시동을 거는 중이고, 료스케는 켄지가 가열차게 달려 나가도록 연료를 부어 주려고 기름통을 든 채 뻘쭘하게 서 있는 형국인 것이냐? 못난 놈들. 허허허……."

켄지의 얼굴에 불편한 기색이 번지기 시작했다. 마쓰자카는 켄지의 미묘한 표정 변화를 놓치지 않았다.

"아버지, 교토의 지성 사토가 달려 나가는데 안 될 일이 있겠어요."

쇼헤이 원장은 료스케의 얼굴을 바라봤다. 그는 아들의 얼굴에서 왠지 모를 쓸쓸함이 읽히는 것이 자신이 살아온 짧지 않은 세월들이 선사하는 예리한 시선 탓인지, 료스케가 아들이기 때문에 알 수 있는 아버지로서의 혜안인지 잠시 생각해 보았다. 그 어느 쪽이 됐든 쇼헤이는 켄지를 위해 기름통을 들고 있겠다는 아들이 안쓰러웠다.

그 순간 마쓰자카 부자의 눈이 마주쳤다. 료스케에게서 그때의 얼굴을 다시 볼 수 있을까. 생에 대한 감출 수 없는 환희로 빛났던 료스케의 얼굴을.

"잇짱, 입을 벌려. 이건 약이 아니야. 정말 맛있는 시럽이거든. 눈 깜짝할 사이에 넘어간다. 착하지. 아가. 아— 해 봐."

세나는 약을 먹지 않으려고 버티고 있는 다섯 살 된 꼬마 녀석과 몇 십 분째 씨름 중이었다. 맞벌이로 바쁜 아이의 부모 대신에 자원봉사자들이 돌아가면서 이 고집 센 남자아이를 돌보고 있었다. 소아 당뇨 때문에 몇 차례 입원과 퇴원을 반복했던 아이는 약이라고 하면 질색팔색을 했다. 세나도 슬슬 지쳐 오기 시작했다.

"그래. 너도 먹기 싫겠지. 색깔도 왜 이리 요상한지. 좀 이상하긴 해. 하지만 잇짱이 이 약을 먹지 않으면 나쁜 검댕이들을 물리칠 잇짱의 기사들이 힘을 못 쓴단 말이야."

"나쁜 검댕이? 마쿠로 쿠로스케(이웃집 토토로에 나오는 숯검댕이 캐릭터) 같은 거?"

세나가 시럽이 든 스푼을 들고 다시 바짝 다가앉았다.

"맞아. 마쿠로 쿠로스케. 걔들을 팡팡 때려잡아야지. 안 그래?"

"마쿠로 쿠로스케는 무지 귀여운 애들인데. 걔들을 죽이지 마."

아이는 다시 입을 굳게 다물었다. 세나는 맥이 풀려 버렸다. 그때 누군가가 그녀의 손에서 약 스푼을 받아 들었다.

"어이, 꼬마야. 저길 봐."

아이는 순진하게 손가락이 가리키는 곳을 멍하니 바라봤다. 순식간에 약 스푼이 아이의 입 속으로 들어갔다 나왔다. 모든 상황이 간단하게 종료됐다. 뒤늦게 속은 걸 안 꼬마 녀석이 울듯이 입가를 샐룩거렸다.

"설마 울려고 그러는 건 아니지? 예쁜 누나 앞에서 울면 바보가 되는 건데. 하하하……."

"켄지. 와……. 대단해. 이렇게 간단한 방법이 있었구나. 나는 바본가 봐."

"검댕이들을 물리칠 기사라니. 무슨 가당치도 않은 소리야. 이런 상황에서는 그저 스피드가 중요하지. 재빨리 치고 빠지는. 하하하……."

켄지는 대단한 일을 해냈다는 듯이 만족스럽게 웃었다. 하지만 아이 앞에서 약 스푼을 들고 다정하게 말을 건네던 세나의 모습을 좀 더 바라보지 못한 게 조금은 아쉽게 느껴졌다. 그녀가 무릎을 구부린 채 아이의 시선에 키를 맞추고 약을 먹이려고 했던 그 장면이 그의 가슴에 잊을 수 없는 한 장의 그림처럼 새겨졌다.

고집부리는 아이가 있고, 밝은 햇살이 있고, 그녀가 있는 그런 날들이. 사토 켄지의 멀지 않은 미래에 그런 날들이 과연 올 수 있을까 생각해 보았다. 혼자서 고독하게 달려 나가는 이 감정이 때로는 그를 우스운 지경으로 몰고 갔지만, 그녀로 인해 행복했던 순간이 더 많았음을 그는 인정할 수밖에 없었다. 이렇게 행복한 미래를 꿈꿀 수 있다는 것에 그는 진심으로 감사하고 있었다. 아이가 있고, 햇살이 있고, 그녀가 있는 그런 날들을 꿈꿀 수 있다는 것에.

마쓰자카 료스케는 소아병동에서 다정하게 이야기를 나누는 두 사람을 바라봤다. 켄지에게서 느껴지는 진심이 그에게까지 전해지고 있었다. 남자가 한 여자에게 품은 진실된 마음이 선사하는 묘한 울림이 파동이 되어 밀려오고 있다고 마쓰자카는 생각했다.

자신이 신뢰하고 지지하는 친구가 행복하게 웃고 있는 것을 바라보고 있자니 가슴 한쪽이 저릿해지는 아픔이 서서히 밀려왔다. 사토 켄지 너는 어떤 모습으로 피스트(펜싱 코트)에서 내려올 거니. 부디 너무 많이 아파하지는 말아라.

오다이바로 향하던 유리카모메에서 흘렸던 세나의 눈물을 그는 너무나 생생하게 기억하고 있었다. 결국 시린 두 가슴을 기대고 살아가야 하는 게 신의 뜻이라면. 정말로 그것이 외로운 인생을 살아가는 인간에게 선물로 주는 신의 축복이라면. 사랑이 그런 것이라면. 사토가 세나의 사랑이 되어도 좋을 텐데. 사토 켄지는 잔잔한 호수와 같은 남자니까. 고통의 끝자락을 밟아 보지 않은 안온한 남자니까. 자신의 감정에 충실하고 사랑을 위해 모든 걸 포기할 수 있는 순수한 남자니까.

히로미와 세나에게서 어떤 공통점을 발견해 내려고 했던 순간도 몇 번 있었음을 그는 인정했다. 하지만 세나는 아주 다른 바탕의 인간이라고 그는 생각했다. 그녀는 다소 불안하지만 곧은 걸음으로 자신의 인생을 걸어가는 사람이었다.

자신의 인생에 대한 물음표 따위는 지워 버린 듯했다. 아주 오래전에. 어떤 매듭이 풀리지 않으면 풀리지 않은 채로. 집착스러운 질문을 던지지 않는 모습이 그는 마음에 들었다. 나이답지 않게 좀처럼 내면을 드러내지 않지만, 감정을 고요하게 다스리는 건 그만큼 삶에 대한 진지한 고뇌와 성찰의 시간들이 가져다준 선물일 것이라고 그는 생각했다.

도쿄 중앙병원 앞뜰에 놓인 벤치 위로 화창한 하늘이 소리도 없이 다가와 내려앉았다. 오랜만에 얼굴을 드러낸 맑은 도쿄의 하늘. 세나와 켄지는 등받이가 활 모양으로 휘어져 있는 나무 벤치 위에 나란히 앉아 있었다. 그 곁에는 마쓰자카가 벤치 바로 옆, 영국의 가스등 같은 운치 있는 램프가 달린 가로등에 두 어깨를 기댄 채 서 있었다.

켄지는 사쿠라지마의 후루사토 파티장에서 턱시도와 드레스 차림으로 함께했던 그날 밤을 떠올리고 있었다. 그 기억 속 세 사람이 지금 함께 있는 게 분명했지만 마치 다른 사람인 것처럼 느껴졌다. 철저하게 사토 코이치 의원의 아들로서 살아야 했던 후루사토보다 도쿄의 햇살 아래 앉아 있는 사토 켄지가 더 근사하다고 생각했다.

한때는 분명히 그의 가슴을 벅차게 했던 가문의 이름이 편의점 도시락을 싸고 있는 얇은 셀로판 비닐이 벗겨지듯이 그에게서 떨어져 나간 것을 느꼈다. 그런 느낌이 그에게는 매우 생소했지만 켄지는 마치 모든 것을 미리 예견하고 있었던 사람처럼 편안하게 받아들였다. 신뢰할 수 있는 친구가 있고, 세나가 있는 이 풍경이야말로 그가 몹시도 원하던 삶이었음을 그는 인정할 수밖에 없었다.

"료스케, 오늘 에비스 가든에 가는 건 어떨까? 세나도 오후부터는 오프 아니야?"

"에비스 가든?"

마쓰자카는 여자들이 좋아할 만한 아름다운 산책길과 맛있는 베이커리 숍들을 머릿속에 떠올렸다. 병원에서 계속 힘들었던 세나가 숨을 돌릴 수 있는 좋은 장소라고 생각했다. 자신이 그들의 외출에 동반할 이유가 없다는 것도 그는 정확하게 알고 있었다.

"은상과 함께 다녀와. 좋은 생각이네."

세나가 마쓰자카의 얼굴을 바라봤다. 그녀의 표정을 읽지 않으려고 그는 고개를 숙였다.

켄지는 그녀를 불편하게 하는 게임을 할 생각은 없었다.

"세나. 네가 마쓰자카에게 근사한 데서 커피를 사는 게 어때? 줄곧 신세를 졌으니."

"함께 가기로 해요. 제게도 기회를 주세요. 마쓰자카상."

마쓰자카는 발 아래 돋아난 클로버들을 바라보고 있었다. 그는 천천히 숨을 내쉬었다. 숨이 빠져나간 자리로 그녀가 남긴 말이 가슴 한가득 들어왔다. '제게도 기회를 주세요.'라는 말에 다른 의미를 부여하는 자신이 한심했지만 딛고 있던 자리에 구멍이 뚫려서 두 발이 밑으로 한 뼘쯤 빠진 느낌이었다.

'그런 기회를 정말로 드려도 될까요. 제 몫이 아닌 게 분명한 것 같은 기회를.'

그는 눈을 들 수가 없었다. 켄지에게도 세나에게도 자신의 생각을 들키고 싶지 않았다. 중차대한 감정은 결코 아니었다. 단지 오다이바로 가는 유리카모메에서 그녀의 눈물을 닦아 줄 수 없었던 것에 대한 아쉬움이었다. 그런 감정이 특별한 것이라고 누군가가 말해 준다면 그는 깊은 침묵으로 일관하리라고 생각했다.

그가 고개를 들었다. 반듯한 켄지의 옆모습이 보였다. 그 옆으로 세나의 검은 머리카락이 부드럽게 흩날리고 있었다. 굳이 거절할 이유는 없었다. 마다하고 싶지도 않았다.

"이따가 7시쯤에 출발하는 걸로 하죠. 저도 일을 마무리해야 하니까요."

세나가 희미하게 웃은 것 같기도 하고 아닌 것 같기도 했다.

"그럼 세나가 사 주는 커피를 기대하겠어."

세 사람은 파란 하늘을 바라봤다. 비 온 뒤에 등장한 맑은 하늘. 오랜만에 느껴 보는 평온한 공기였다. 그 평온한 공기가 한 사람에게는 설레고 행복한 감정을, 누군가에게는 가져서는 안 되는 기대를, 어느 누구에게는 진한 그리움을 실어 보냈다.

"세나가 원했던 일상이 지하철을 타고 도쿄 곳곳을 돌아다니는 일이었다니. 료스케, 동경대 여왕님의 소박한 꿈에 대해 어떻게 생각해?"

마쓰자카 료스케는 전차 밖으로 보이는 '스파이스'라는 오렌지색 돈가스 전문점의 간판을 바라보고 있었다. 전차가 다시 움직이자 이번에는 'BANTAN'이라는 굵은 고딕체로 쓰인 붉은 간판이 보였다. 그곳은 어떤 곳일까 잠시 생각했다.

도쿄가 놀라움으로 가득 차 있는 마법 상자 같은 곳은 아니었다. 결코. 하지만 오늘 외출은 그에게 특별한 감상을 불러일으켰다. 일상적이고 소소한 것들이 갑자기 궁금하게 느껴졌다. 그는 '제게 기회를 주세요, 마쓰자카상.'이라고 나직하게 말했던 그녀의 목소리를 떠올렸다. 그녀의 발음은 자연스러웠지만 억양은 다소 귀엽게 느껴졌다.

그녀는 4인용 좌석과 서 있는 승객을 완벽하게 분리하고 있는 쇠와 탄탄한 PVC 소재로 된 공간에 양 어깨를 기댄 채 창밖의 풍경을 바라보고 있었다.

세나는 소매가 없는 다소 두꺼운 조직으로 된 코발트블루빛 원피스를 입고 있었는데 깨끗한 무릎과 청아한 종아리가 사람들의 시선을 끌었다.

마쓰자카는 평소에 스타킹을 신지 않은 젊은 여성의 무릎은 단정치 못하다고 생각했었다. 하지만 무릎 위에서 살짝 올라간 길이의 치마를 입어도 그녀는 완벽하리만치 단정해 보였다.

왠지 모르게 기품이 느껴지는 분위기가 그에게 다소 불편하고 낯선 감정을 불러일으켰다. 아침에 마시는 약간 시큼하고 알싸한 토마토주스가 침이 돌지 않는 식도를 타고 넘어가는 꺼끌꺼끌한 느낌이라고 그는 정의했다.

"은상, 시부야 뒷골목을 장식하고 있는 그래피티가 특이하죠?"

"도쿄의 젊은이들이 저 그래피티를 통해 띄우고 싶어 하는 메시지가 있겠죠?"

"메시지라. 그냥 자기 안에 억눌려 있던 감정을 쏟아 내는 게 아닐까요? 지독한 외로움과 끝을 알 수 없는 우울함을 던져 버리고 싶다는 갈망 같은 게 느껴지네요. 저렇게 다 쏟아 버리고 나면 조금은 용서할 수 있을 것 같은 마음이 채워지겠죠. 빈 마음은 채워지기 마련이니까."

세나는 보라색 크레파스로 하얀 도화지를 빈틈없이 칠하고 또 칠했던 그때 일을 떠올리고 있었다. 엄마 집을 나올 때 양문형 냉장고에 붙여 놓았던 세나의 그림. 마쓰자카는 가끔 그녀를 놀라게 했다. 그는 모든 것을 알고 있는 사람처럼 느껴졌다. 세나는 마쓰자카를 정면으로 응시했다. 매우 지적이면서도 다소 우울한 눈빛이 그녀의 시선을 끌었다.

마쓰자카는 토마토주스와 유사한 빛깔의 입술을 바라봤다. 그 붉은 입술로 '료스케'라고 불러 준다면 어떤 느낌일까 상상해 봤다. 두 사람이 동시에 창밖으로 시선을 돌렸다. 하나둘 켜지는 네온사인이 반짝이고 있는 도쿄의 야경이 눈에 들어왔다.

갑자기 이해가 되어 버렸다. 켄지도 시노하라도. 그녀는 가슴속에 다른 세상의 이야기를 지니고 있는 사람처럼 느껴졌다. 그녀가 싸늘한 입술로 자신의 이름을 나직하게 불러 준다면. 미쳤구나 마쓰자카 료스케.

세 사람은 에비스역에서 내렸다. 켄지가 세나와 나란히 걸을 수 있도록 마쓰자카는 한 걸음 뒤에서 걸어갔다. 그는 자신의 자리가 한 걸음 뒤라는 것을 너무나 분명히 알고 있었다. 이런 깨달음은 신이 주시는 것이라고. 가서는 안 될 길을 달려가고 있는 자신의 감정을 되돌려 놓는 신의 배려라고 그는 스스로를 위로했다.

"조금만 더 가면 샹제르망이라는 기가 막힌 베이커리가 있어. 거기서 커피와 빵을 먹자."

켄지는 약간 들뜬 것 같은 목소리로 말했다. 에비스 플레이스 가든의 아름다운 붉은 벽돌 길을 따라 세 사람은 걸어갔다. 데이트 장소로는 그만인 곳이었다.

둥그런 모양의 짙푸른색 지붕이 둘러싸고 있는 스퀘어 가든이 나왔다. 그 옆에 자리 잡고 있는 M백화점의 1층 매장에서 화려한 불빛이 새어 나오고 있었다. 스퀘어 가든의 미끈한 돌계단을 내려갔다. 별 모양으로 맞추어 놓은 대리석 바닥을 딛는 젊은 여성들의 하이힐 굽 소리가 경쾌하게 울리고 있었다.

세나는 핸드볼공만 한 할로겐 조명들이 내뿜는 은은하고 근사한 빛을 황홀하게 바라봤다. 그것은 직원이 켜 놓은 유리 조명에 불과했지만 까만 밤의 공허함을 달래 주는 안개꽃 다발처럼 아름다웠다. 세나는 그 노오란 빛무리 속으로 빨려 들어가는 느낌을 받았다. 저 달콤한 빛무리가 또 다른 세상에서 파견한 전령이라면. 에비스 플레이스 가든은 동화 같은 상상력을 불러일으키는 곳이었다.

사토는 어디론가 달려가는 그녀의 생각을 사진으로 담고 싶었다.

"세나, 저기서 사진을 찍어 줄까? 왠지 기념으로 남겨야 할 것 같은데."

"사진은 별로야. '이제 추억으로 남기겠습니다.' 라고 인정하는 것 같으니까. 그냥 눈에 담아 두고 싶어."

마쓰자카는 자신과 다른 듯하면서도 때때로 매우 비슷한 생각을 하는 그녀의 머릿속이 궁금해졌다. 그런 궁금증이 일어나는 걸 그는 막고 싶지 않았다. 이곳은 어떤 상상을 해도 허용이 되는 에비스니까. 유럽의 도시를 그대로 옮겨 놓은 것 같은 유려한 곡선을 자랑하는 건물들이 영롱한 조명까지 앞세워서 이성을 가로막고 있으니까.

켄지는 프랑스의 성을 그대로 재현해 놓은 프렌치 레스토랑이 있는 건물 앞에서 잠시 망설이고 있었다. 노란빛이 감도는 베이지색 벽돌과 하얀 벽돌의 어울림이 너무나 근사해서 꼭 사진으로 남겨 주고 싶었다. 그는 자신의 카메라를 주머니에서 꺼냈다.

"세나, 그냥 추억으로 남기겠다고 인정하는 게 어떨까? 그 앞에 서 봐."

"아…… 두 사람 내가 찍어 줄게."

마쓰자카가 켄지의 손에서 카메라를 건네받으려고 손을 내밀었다. 켄지가 눈빛으로 그에게 무언가를 말했다. 그 순간 그는 켄지의 마음을 그대로 읽어 버렸다. 세나의 모습을 사진으로 간직하고 싶어 하는구나. 마쓰자카는 싱긋 웃으며 한 걸음 물러섰다.

켄지의 특별한 피사체가 프렌치 레스토랑 앞에서 우아하게 웃었다. 켄지가 카메라의 버튼을 누르는 순간 마쓰자카도 마음속 버튼을 눌렀다. 그는 머릿속에 지울 수 없는 또 하나의 이미지를 새겨 넣었다. 그녀와 친밀한 관계로 발전하고 싶다는 생각 따위는 하지 않았다. 단지 그의 마음이 켄지의 피사체를 저장하라고 말했을 뿐이었다.

갓 구워져 나온 고소한 호밀빵 냄새가 가득한 샹제르망에서 그들은 창가 자리에 앉았다. 켄지는 자신이 바스켓에 담아 온 카레빵을 먹어야 한다고 고집을 부리고 있었다. 세나는 복숭아크림이 들어간 베이비슈에만 눈길을 줬다.

"세나, 카레빵을 안 먹으면 정말 후회할 거야. 여기 카레빵은 찬양해 줘야 할 맛이거든."

"나는 고로케를 별로 좋아 하지 않아."

"아……. 고로케라니. 이건 모양만 고로케지 절대로 고로케가 아니야."

"그러니까 고로케 속에 야채 대신 카레가 들어간 거잖아?"

"료스케. 안 되겠다. 지원 사격 부탁한다."

마쓰자카는 말없이 앞에 놓인 티슈를 이용해 빵을 둘로 나누었다. 그리고 절반을 세나에게 건넸다.

"다 먹을 필요는 없어요. 기대했던 맛이 아니면 그냥 내려놓아도 돼요."

세나는 약간 의심스럽다는 눈빛으로 장난스럽게 웃었다. 켄지는 다소 긴장된 표정으로 그녀를 바라봤다. 세나는 고로케와 흡사한 카레빵을 한입 베어 물고는 조용히 목으로 넘겼다.

"맛있네. 생각보다."

두 남자가 동시에 웃었다. 켄지는 세나의 표정과 말투를 똑같이 흉내 냈다.

"맛있네. 생각보다."

마쓰자카는 도저히 못 참겠다는 듯이 어깨를 들썩이며 웃었다. 세나도 어이없다는 웃음을 지으며 켄지를 바라봤다.

"우리 할머니가 어머니한테 자주 하셨던 말씀이었는데. 교토에서 어머니가 작은 매실로 절임을 만들어서 할머니의 최종 평가를 기다릴 때마다 무표정한 얼굴로 이러셨지. 맛있네, 생각보다. 세나의 시큰둥한 반응에 완전히 길들여진 느낌이야. 하하하…….”

“고로케로 완벽하게 변장한 빵을 들이밀고는 자꾸 먹으라고 하니까 그랬지. 마쓰자카상, 많이 드세요. 도쿄에서 받은 도움은 잊지 않을게요. 정말 감사하게 생각하고 있답니다.”

“겉모습이 확실하게 고로케여도 맛보지 않는 이상은 알 수 없어요. 제가 도움을 드렸는지 제가 도움을 받았는지는 잘 모르겠네요.”

마쓰자카는 속마음을 숨긴 채 약간의 의미만을 담아낸 자신의 답변에 스스로 만족했다.

“전 알 것 같은데요. 제가 도움을 받았어요. 확실하게.”

세나가 표정 없는 입술에 커피 잔을 가져다 댔다. 마쓰자카는 그녀의 억양에서 흘러나오는 어떤 단호함을 느꼈다. 딱딱 끊어지는 특유의 말투가 그의 가슴에 서운한 바람을 일으켰다.

“세나, 도쿄 중앙병원의 24시간 병동은 어때? 힘들게 하는 환자가 많아?”

“마쓰자카상, 켄지에게 입힐 풀색 조끼가 있을까요?”

“아. 그럼요. 얼마든지 있죠.”

“료스케, 난 사양하고 싶어. 진심이야. 지난번에 봤던 두 사람의 피폐했던 모습을 잊을 수가 없어. 하하하…….”

켄지와 세나는 샹제르망의 문을 열고 밖으로 나왔다. 마쓰자카는 두 사람을 먼저 내보냈다.

“먼저 나가 있어. 나는 타르트를 포장해 가려고. 무화과가 듬뿍 들어간 여기 타르트를 원장님께서 무척이나 좋아하시거든.”

그때였다. 금속성 기계의 마찰음이 고막을 찢을 듯이 들려왔다. 근처에 있는 맥주 박물관에서 터져 나오는 소리였다. 굉장한 소음에 놀라 세나가 잠시 휘청거렸다. 켄지는 세나의 고막이 상할 수도 있겠다는 생각이 들어 두 손으로 그녀의 양쪽 귀를 단단하게 틀어막은 채 자신의 품에 꼭 끌어안았다.

소음은 그치지 않고 지속되었다. 세나의 하얀 이마에서 식은땀이 흐르기 시작했다. 기묘한 공포가 엄습했다. 샹제르망의 출입문이 다급하게 열리며 마쓰자카의 손이 두 사람을 가게 안으로 끌어당겼다.

"켄지, 이게 무슨 소리지? 은상, 괜찮아요?"

"료스케, 맥주 박물관 안에서 뭔가 폭발한 것 같은데. 세나, 괜찮아?"

켄지가 자신의 품 안에서 세나를 조심스럽게 떼어 놓으며 말했다. 마쓰자카는 그녀의 이마에서 흘러내리고 있는 식은땀을 주의 깊게 바라봤다.

"은상, 혹시 귀에서 예리한 소리가 들리나요? 조금이라도 불편한 곳이 있으면 말해요."

세나는 천천히 눈을 떴다. 등에서도 차가운 땀이 흐르고 있었다. 기가 약간 빠진 느낌이었지만 특별히 불편한 곳은 없었다.

"괜찮아요. 그냥 좀 놀란 것뿐이에요."

마쓰자카는 핏기가 싹 가신 그녀의 얼굴에서 눈을 떼지 못했다. 켄지는 출입문 밖으로 날렵한 시선을 던진 후 다시 마쓰자카를 바라봤다.

"돌아가는 게 좋겠어. 아무래도."

마쓰자카는 바로 고개를 끄덕였다.

"켄지, 내가 나가서 택시를 잡을까?"

"아니, 사람이 많이 다니는 지하철로 가자. 도쿄 중앙병원까지는 금방이니까."

"오케이."

세 사람은 에비스역까지 걸어오는 내내 말을 하지 않았다. 세나는 차가운 금속이 한데 어그러지는 그 섬뜩한 소리를 곱씹으며 블랙잭을 죽였던 총소리를 떠올렸고, 켄지는 곧 다가오는 선거의 중대함이 자신과 그녀를 위험으로 몰고 가는 건 아닌지 생각했다. 마쓰자카는 그녀의 하얀 이마에서 흘러내리던 식은땀에 담긴 두려움이 안쓰러웠다.

에비스역으로 들어오는 JR 야마노테센에 그들은 올랐다. 바로 그때였다. 어떤 남자가 그들의 뒤를 따라서 급하게 올라탔다. 그리고 순식간에 세나의 팔을 잡아서 끌어내렸다. 너무나 눈 깜짝할 사이에 일어난 일이었다.

하얗게 질린 세나가 속수무책으로 남자에 의해 끌려 나가는 순간, 켄지가 그녀를 다시 데려오려고 빛의 속도로 튀어 나가려 했다. 하지만 그 순간 오랜 펜싱으로 단련된 어마어마한 힘으로 마쓰자카가 켄지의 팔을 붙들어 다시 지하철 안으로 끌어당겼다.

지하철의 문이 천천히 닫혔다. 시노하라 류우지의 얼굴 앞에서. 그는 마쓰자카를 향해 짧게 고개를 숙였다. 쓸쓸하게 웃고 있는 마쓰자카와 황망한 표정의 켄지를 실은 채 JR 야마노테센이 출발했다.

"안녕, 여왕님."

세나는 류우지의 얼굴을 바라봤다. 마치 꿈을 꾸고 있는 것 같았다. 광택이 감도는 네이비색 슈트를 입은 그가 웃고 있었다. 세나는 너무나 아름다운 미소라고 생각했다.

"왜 이제 온 거야. 얼마나 많이 기다렸는데."

"나 없는 사이 멋진 기사들이랑 도쿄 관광을 다니고 있었던 거야? 정말 기다린 거 맞아? 하하하……."

세나는 자신의 손을 꽉 잡고 있는 그의 손을 뿌리치려고 했다.

"안 되겠다. 그 멋진 기사들과 마저 관광을 하는 편이 더 낫겠어."

류우지는 잡고 있던 세나의 손을 끌어당겨서 그대로 안았다.

"보고 싶었어. 여왕님."

세나는 그의 품 안에서 안도감을 느꼈다.

"가자."

"어딜?"

"내가 도쿄를 제대로 보여 주겠어. 고작 온 곳이 에비스 플레이스 가든이라니."

류우지는 기대하라는 듯이 자신만만한 표정을 지었다.

"무척 근사했는데."

"근사하다는 말은 함부로 쓰면 안 돼. 조금만 아껴 두라고."

류우지는 세나의 손을 잡고 지하철 히비야센을 타는 곳으로 걸어갔다. 두 사람은 히비야센에 올랐다. 그는 주변에 사람이 아무도 없는 것처럼 그녀의 얼굴에 시선을 집중하고 있었다.

"여왕님, 원양어선에서 참치 잡고 온 사람 같아. 왜 이렇게 얼굴이 상했어?"

"그러니까 나를 도쿄 중앙병원의 24시간 병동에 보낸 사람이 누구였더라?"

세나는 자신의 눈앞에 그가 있다는 것이 믿기지가 않았다.

"마쓰자카 원장님이 기회는 이때다 하고 일을 시키셨나 보지? 하하하……."

"몸은 힘들었지만 배운 게 제법 많았어."

세나는 자신을 한 계단 훌쩍 성장시켰던 지난 시간들을 떠올렸다.

"여왕님이 이제 좀 철이 드신 건가?"

"내가 너보다 좀 더 성숙하긴 하지."

"진짜로 그렇게 생각해?"

"물론."

"이 자신감은 어디서 나오는 거야 대체. 너보다 예쁘고 매력적인 여자가 내 주위에 얼마나 많은지 모르지?"

"글쎄. 매력적인 남자라면 내 주위에도 많아서 말이지. 내가 잠시 잊고 있었네."

류우지는 그녀의 허리를 감싸 안고 나지막하게 속삭였다.

"너 후회한다. 여기에 사람들도 많은데."

"나한테 키스하면 치한으로 신고할 거야. 진짜로."

"여왕님, 너무 노골적이야. 하하하……. 여기서 키스할 마음 없거든요. 내리자."

그들은 카미야초에서 내렸다. 세나는 류우지가 어디로 데려가는 걸까 조금 궁금해졌다. 마침 역 안으로 단체 관광을 온 것으로 보이는 60대 중후반의 할머니들이 무리를 지어서 천천히 계단을 내려오고 있었다. 류우지가 세나의 귀에 대고 속삭였다.

"그거 알아? 여기서 네가 제일 예뻐."

세나는 주변을 둘러봤다. 주변에는 온통 할머니들뿐이었다.

"왜 맨날 놀려? 날 놀리는 게 그렇게 재밌어?"

"진심이야. 여왕님이 너무 예뻐서 아까부터 해 주고 싶었던 말이었어. 하하……."

두 사람은 역에서 나와 언덕길을 올라갔다. 세나는 자신의 손을 꼭 잡고 있는 류우지의 손이 무척이나 든든하게 느껴졌다. 그 손에서 가고시마의 눈부신 햇살도, 푸른 바다도 고스란히 전해져 왔다. 그는 뼛속까지 뜨거운 가고시마 남자니까.

언덕길을 따라 올라가고 있는데 갑자기 그가 우뚝 멈춰 섰다. 세나는 왜 그러나 싶어서 그를 바라봤다. 류우지가 매우 진지한 얼굴로 말했다.

"지금부터는 내 등에 업혀야 돼."

"왜? 그냥 걸어갈래."

"안 돼. 이 오르막길에서 남자가 자신의 애인을 업고 가지 않으면 두 사람은 저주를 받게 돼."

"그런 게 어딨어?"

"진짜야. 네가 내 등에 업히지 않겠다면 다시 돌아가는 수밖에 없어. 나는 저주가 두렵거든."

류우지는 조금 단호한 얼굴로 말했다. 세나는 그가 또 장난치는가 싶어서 유심히 표정을 살폈다.

"은세나, 빨리 업혀."

이제는 우격다짐으로 자신의 등을 들이댔다. 세나는 못 당하겠다는 얼굴로 그에게 업혔다.

"이번에도 장난이면 알아서 해."

"여왕님, 눈을 감아. 얼른. 절대로 눈을 뜨면 안 돼."

"왜 그래? 눈까지 감아야 해?"

"응. 저주를 피하려면 눈을 뜨면 안 돼."

"알았어. 눈 감을게."

세나는 눈을 감았다. 저주를 피해야 한다며 고집을 부리는 그가 귀여웠다.

"병원에서 힘들었다더니 기리시마에서 업었을 때랑 무게는 비슷한 걸. 하하……."

"목을 조를 거야."

세나는 류우지의 목에 두른 자신의 팔에 조금 힘을 주며 말했다.

"아니야. 사실은 너무 가벼워졌어. 그래서 조금 화가 나려고 해."

"네 등은 참 편하구나. 종종 업혀야겠어."

"얼마든지. 언제든지."

세나는 눈을 꼭 감은 채 그의 넓은 등 위에서 편하게 흔들거리고 있었다. 그의 두 발이 그녀를 대신해서 한 발 한 발 디뎌 가는 인생의 걸음도 그리 나쁘지는 않았다. 아니, 무척이나 따뜻하고 평온했다.

"여왕님 다 왔어. 이제 눈을 떠도 돼."

세나는 조심스럽게 눈을 떴다. 그녀의 눈앞에 주황색 빛이 별처럼 반짝이고 있었다. 류우지는 그녀를 땅에 내려 주었다. 주황색 빛은 거대한 형상을 이루며 위를 향해 끝도 없이 올라가고 있었다.

"류우지, 저게 뭐야?"

"도쿄타워."

"도쿄타워? 진짜?"

엽서의 이미지로만 봤던 도쿄타워를 가까이서 보니 무척이나 낯설게 느껴졌다.

"응."

"아…… 도쿄타워로구나. 아름답다. 근사해."

"근사하다는 말을 아껴 두길 잘했지?"

류우지는 즐거워하는 세나의 얼굴을 보는 것만으로도 행복했다.

"그런데 아까 그 저주는 뭐야?"

"무슨 저주?"

"애인을 업어 주지 않으면 받는다는 그 저주 말이야."

"몰라. 그런 게 어딨어? 하하……."

세나는 류우지를 쏘아봤다.

"또 장난친 거야? 사실대로 말해."

"화내지 마. 여왕님을 업어 주고 싶었는데 안 업힐 게 뻔하니까. 하하……. 빨리 전망대로 올라가자."

"류우지, 날 놀리는 게 재밌지? 그래서 그러는 거지?"

"여왕님이 심하게 잘 속긴 하지. 도도하신 분이 참으로 귀엽단 말이야."

두 사람을 태운 초고속 엘리베이터는 눈 깜짝할 사이에 그들을 전망대로 이끌었다. 많이 늦은 시간이라 도쿄타워에 올라온 관람객들은 평소보다 훨씬 적었다.

사람들이 도쿄의 야경을 제대로 감상하도록 하기 위해 전망대의 불은 모두 꺼져 있었다. 전망대 안은 어두웠고 전망대를 둘러싸고 있는 대형 유리창으로 아름다운 도쿄의 야경이 그대로 쏟아져 들어왔다.

류우지는 근사한 야경이 한눈에 보이는 유리창 앞으로 세나를 이끌었다. 그 옆에는 안내 모니터가 있었다.

"나랑 하나만 내기 하자. 지금부터 네가 짚은 건물들의 이름을 내가 연속해서 다섯 번 정확하게 맞추면 어떤 말을 해도 용서하고 들어줘야 해."

"저렇게 많은 건물들이 있는데 맞출 수 있겠어?"

"그러니까 내기지. 바로 옆에 있는 안내 모니터에서 내가 맞췄는지 틀렸는지 확인할 수가 있어. 시작해."

세나는 맨 왼쪽에 보이는 낮고 커다란 건물을 가리켰다.

"게이오대학."

안내 스크린에서 확인을 하니 그 위치의 건물은 정확하게 게이오대학이었다. 뒤쪽으로 보이는 희미한 건물을 가리켰다.

"랜드마크 타워."

이번에도 류우지가 맞췄다. 바로 앞에 보이는 낮은 불빛을 가리켰다.

"오스트레일리아 대사관."

그의 대답은 거침이 없었다. 그는 역시나 이번에도 정답을 말했다. 세나는 오른쪽에서 하얗게 빛나는 둥그런 천장의 건물을 짚었다. 왠지 이번에는 그가 틀릴 것 같았다.

"아사히TV."

세나는 모니터를 통해 아사히TV를 확인했다. 그녀의 눈이 놀라움으로 빛나기 시작했다. 맨 오른쪽에 우뚝 솟은 건물을 가리켰다.

"이게 마지막이지? 록폰기 힐스."

그녀가 가리킨 다섯 개의 건물을 시노하라가 연속해서 모두 맞추었다. 세나는 그가 무슨 말을 할지 조금 두려워졌다. 류우지는 그녀를 향해 자세를 고쳐 잡고 정면으로 그녀의 얼굴을 응시했다.

"내가 어떤 말을 해도 용서해 줘."

'가슴 아파해야 할 말이라면 하지 말아 줘.'

세나는 불안함으로 가슴이 세차게 뛰는 것을 느꼈다.

"우리는 이미 쉽지 않은 길을 걸어왔고, 우리에게는 앞으로 걸어가야 할 길이 더 많이 남아 있어."

'혹시 그런 말이 하고 싶은 거니? 여기서 그만두자는 말. 그런 거야?'

"우리가 지나왔던 추운 계절을 향해 작별 인사를 한다고 해도 우리를 탓할 사람은 아무도 없을 거야."

류우지의 목소리가 떨리기 시작했다.

"난 이제 작별 인사를 하고 싶어. 너를 외롭게 했던 지난 시간들에게. 나를 고독하게 했던 숱한 날들에게."

세나는 그의 두 눈이 촉촉하게 젖어 드는 것을 바라봤다.

"사랑해. 헤어지지 말자. 다시는."

류우지는 세나의 어깨를 부드럽게 감싸 안았다. 그리고 키스를 했다. 너무도 간절히 꿈꾸던 시간이었다. 세나는 이 순간 왜 눈물이 흐르는지 알 수가 없었다. 두 사람의 키스는 절실하고도 애처로웠다.

그는 자신에게 와 닿는 그녀의 여성스러운 굴곡에 숨이 막혀 왔다. 그의 팔이 그녀를 더욱 세차게 끌어안았다. 그는 입술을 떼고 그녀의 아름다운 눈동자를 바라봤다.

"사랑해, 은세나. 내가 사랑할 수 있도록 항상 내 곁에 머물러 줘."

23
사토 켄지의 시간

"나도 규슈의 태양을 떠나고 싶지 않아. 류우지가 없을 때 너무나 추웠어."

"내가 행복하게 해 줄게. 너도 나를…… 행복하게 해 줘. 나도 이제 행복해지고 싶다. 미안해. 이런 욕심을 갖게 돼서."

류우지의 고백이 그녀의 심장을 세차게 두드렸다. 그가 다시 고개를 숙였다. 세나는 눈앞에 쏟아져 들어오는 도쿄의 야경이 숨 막히도록 아름답다고 생각했다. 도저히 바라볼 수가 없을 정도로. 그녀는 눈을 감고 다시 그의 키스를 받아들였다. 이미 그들은 행복한 연인이었다. 세나는 당당하게 자신의 심장을 요구한 그의 고백을 용서하기로 했다.

요요기역에서 켄지가 튀어 나갔다. 그에 대한 아련한 연민을 담으

며 마쓰자카도 그의 뒤를 따랐다.

켄지의 망막에는 그저 까만 밤의 어두움 속에서 섞여 들어오고 있는 요요기역의 형광등 불빛만 비칠 뿐이었다. 그는 가야 할 곳이 어딘지 모르는 어린아이처럼 멀거니 서 있었다.

마쓰자카는 동경대 교수들의 총애를 한 몸에 받고 있는 숨길 수 없는 그의 특출함에 대해 생각했다. 갑자기 입 안이 마르기 시작했다. 켄지 주위로 커튼이 내려오고 있었다. 모든 공연이 끝났음을 알리는 적갈색의 융단 커튼이 서서히 내려오는구나.

마쓰자카는 켄지에게로 걸어갔다.

"가자. 이 근처에 한 번 갔던 가벼운 분위기의 스낵바(일종의 술집)가 있어."

"……."

마쓰자카는 편의점이 있는 짙은 회색 건물 안으로 들어갔다. 그가 2층에 자리하고 있는 스낵바 '니나'의 문을 열자 카운터 뒷벽에 붙어 있는 거울을 보며 짧고 뻣뻣한 속눈썹에 마스카라를 칠하고 있던 40대 마담이 환하게 웃었다.

칸막이가 있는 자리는 모두 네 곳이었는데 다행히 한 곳에만 손님이 들어차 있었다. 마쓰자카는 가장 구석진 칸막이 자리로 뚜벅뚜벅 걸어갔다. 그의 뒤로 음울한 표정의 켄지가 들어오자 마담은 카운터에서 아예 일어났다.

"전에 한 번 오셨던 손님이었던가? 얼굴이 낯익은 듯하면서도 새롭네요."

"언더록으로 옅게 부탁드립니다."

눈치 빠른 마담은 마쓰자카의 목소리에서 조용히 마시고 싶다는 의중을 읽고는 약간 서운하다는 듯이 웃었다. 그녀는 석류색 치맛자락을 날리며 양주병들이 진열되어 있는 선반으로 걸어갔다. 까치발을 하고 담갈색의 술병을 집어 들며 직원에게 얼음통을 가져오라고 눈짓했다.

"마셔."

켄지는 앞에 놓인 술잔을 한동안 바라보다가 천천히 들이켰다.

"료스케, 아까 나를 잡은 이유는?"

마쓰자카의 잔이 금세 비워졌다. 마담은 재빨리 조금 진하게 만든 언더록을 가져왔다.

"기뻐했으니까."

마쓰자카는 켄지의 눈빛이 날카롭게 변하는 것을 지켜봤다.

"그녀의 눈이 기뻐했으니까. 시노하라의 얼굴을 확인한 순간."

켄지는 눈을 감았다. 더 이상 아무 말도 할 수가 없었다. 몸의 모든 감각이 마비되는 것을 느꼈다.

그는 자신이 한때 집중했었던 학문에 대한 열정이나 타국의 말을 익히며 느꼈던 희열 같은 걸 떠올려 보려 했다. 하지만 무너지는 마음을 진정시킬 수 있는 어떤 감정을 생각해 내려고 해도 속수무책이었다.

마쓰자카는 켄지의 가슴에 새겨질 깊은 상처가 안타까웠다. 아픈 청춘의 자화상 같은 얼굴로 켄지가 무너지고 있었다. 잔인하도록 아픈 청춘의 시간들이 사토 켄지와 마쓰자카 료스케 사이에 놓인 싸구려 위스키 잔 사이로 흘러갔다.

"여왕님의 마음이 정해지면 둘 중에 한 명은 발을 빼야 한다고 했던 내 말. 네가 새겨들었길 바래."

"……"

"사토 켄지. 남자답게 그만 단념해라."

"……"

안주도 없이 급하게 마신 술이 서서히 오르기 시작했다. 마쓰자카는 마담이 가져다준 마른 완두콩을 하나 집어 들고 손에서 굴렸다. 이 술은 켄지를 위로해 주기 위한 술인가 나 스스로를 위로하기 위한 술인가.

레인보우 브릿지의 영롱한 불빛이 그녀의 뺨을 물들이던 그 밤이 떠올랐다. 어떤 기억은 잊고 싶어도 절대로 잊히지가 않았다. 몇 개의 영상이 그의 머릿속을 지겹도록 맴돌고 또 맴돌았다. 내가 그날 밤 그녀의 옆자리에 앉았더라면. 그 눈물을……. 그 깨끗한 눈물을 닦아 주었더라면.

마쓰자카는 이 모든 걸 이성을 잠시 풀어놓은 술기운 탓으로 돌렸다. 헛된 생각들이 떠오르는 건 그저 술기운이 만들어 낸 잠시 동안의 망상이리라.

어디서부터 잘못됐을까. 켄지는 아스라하게 때론 선명하게 떠오르는 기억의 조각들을 하나하나 맞추고 있었다. 하지만 그가 더듬어야 할 기억의 방들이 너무나도 많았다. 도서관의 돌계단에 새겨졌던 웃음도, 도다이마에역 고서점 골목길에 뿌려 놓았던 숱한 발자국도, 아침저녁으로 그녀의 목소리를 듣기 위해 안부를 묻는 것처럼 아무렇지 않게 했던 전화마저도 그를 아프게 했다.

그리고 낡은 3층 건물 앞 노오란 가로등 불빛 아래서의 첫 키스. 그 기억이 마치 어제 일처럼 생생하게 떠올랐다. 추억은 여전히 가슴 떨리고 몸 안의 모든 세포를 깨우듯이 강렬했지만 그의 앞에는 마셔야 할 술잔만이 놓여 있을 뿐이었다.

켄지는 말이 없었다. 마쓰자카는 역시 사토 켄지로구나 생각했다. 그는 테이블 위에 올려져 있는 위스키병을 바라봤다. 두 사람은 꽤 많은 양의 술을 마셨다. 알코올이 켄지를 위로해 줄 것이라는 기대는 단 한 점도 없었다. 몽롱한 취기를 빌어서 충고랍시고 그에게 이런저런 어쭙잖은 조언을 건네고 싶은 마음은 더더욱이나 한 터럭만큼도 없었다. 단지 이 밤을 함께해 주지 않으면 켄지가 감내해야 할 그의 밤이 매우 위태로워 보였다. 그가 견딜 수 없을 것만 같았다.

드디어 켄지가 본격적으로 마시기 시작했다. 마쓰자카는 말리지 않았다. 남자들만의 밤이었다. 큰 상처를 입고 동굴로 기어가듯 들어간 남자들만의 밤.

세나는 거대한 꽃묶음처럼 어우러져 반짝이고 있는 불빛들을 바라
보고 있었다. 도쿄타워에서 내려다보는 야경은 그녀를 또 다른 세계
로 이끌었다. 류우지는 뒤에서 그녀를 감싸 안은 채 그녀가 바라보는
곳을 응시했다. 평화, 안정, 기쁨. 이런 단어들로는 설명할 수 없는 감
정이 두 사람 사이에 조용히 흐르고 있었다.

"아름다워. 추악한 것들을 가려 주는 건 밤의 어두움일까 도시의 불
빛일까?"

"그거 알아? 여왕님의 질문은 항상 나를 긴장하게 해."

"……."

"추악함은 가려지지 않아, 무엇으로도. 단지 사랑하는 네가 있기 때
문에 극복할 수 있는 거야. 너랑 이렇게 함께 있을 수만 있다면 나는
그 어떤 것도 내줄 수가 있고, 어떤 잘못도 용서할 수 있어."

류우지의 말투에서 어떤 비장함마저 느껴졌다.

"어쩐지 조금 심각하게 들리는걸."

"그래? 그렇지 않아."

그는 세나를 안심시키듯 자신의 품속으로 꼭 끌어안았다.

"말 안 해 줄 거야?"

"……."

"이제 그만 고서점 거리로 돌아가고 싶어. 마쓰자카상에게 더 이상
신세 지고 싶지 않아."

"그래. 돌아가도 돼."

세나는 고개를 돌려서 무언가를 확인하듯 그의 얼굴을 바라봤다.

"정말?"

"응."

"다행이다."

"그렇게 좋아?"

"집이니까. 집으로 돌아가는 거니까."

세나는 고서점 거리의 오렌지빛 석양 사이로 느릿느릿하게 걷는 길고양이들을 떠올렸다.

"진짜 집도 아니잖아."

"규슈의 태양은 진짜 집이 어딘지 알아? 가고시마의 목장인가. 히토요시의 유령사? 아니면 도쿄의 어느 곳?"

"하하하…… 그러네. 진짜 집이 어딘지도 모르는 두 명의 바보가 만났네. 하지만 이제는 너랑 있는 곳이 진짜 내 집이지 않을까?"

류우지가 세나를 감싸 안은 팔에 더욱 힘을 주며 그녀의 볼에 살짝 입을 맞추었다.

"괜찮은 거지, 이제는."

"응."

"걱정할 일은 없는 거지."

세나는 그에게 다짐을 받듯 재차 확인했다.

"응."

"대답이 너무 쉽게 나오네."

"쉽게 하는 대답 아닌데."

"상황이 너무 간단하게 정리된 거 같아."

"간단하게 정리되지 않았어. 내가 아까 말했잖아. 너만 있으면 나는 모든 걸 용서할 수 있다고. 그리고 내 사무실이 긴자 거리에 있는 제일 높은 빌딩 29층이야."

이해할 수 없는 그의 말에 세나가 그게 무슨 말이냐는 듯한 표정을 지었다. 류우지가 그런 세나를 귀엽게 바라보며 말을 이었다.

"그 말은 여러 가지를 의미해. 내가 아직 졸업 전이고 이사회를 거치지 않아서 회사에서 공식적인 직함은 없지만, 그래도 내 방은 29층. 그 층에 딸린 보안팀을 내가 마음대로 움직일 수 있다는 의미를 포함해. 이렇게 슈트를 빼입고 긴자에 있는 시노하라 전자 사옥에 들어간다는 건 내가 아버지에게 이제 그만 굴복한다는 일종의 백기 투항이지. 오늘 그 건물에 다녀왔어. 규슈에서 겪었던 이상한 일들에 대해 회장님께 공식적으로 언급했으니까 이제 회장님이 직접 나서실 거야. 그리고 30층 보안팀이 내 주변을 긴밀하게 따라붙을 거고. 나는 29층 보안팀을 이미 너한테 붙였어."

"무슨 말을 하는 건지 잘 모르겠어. 보안팀이라니."

세나는 마치 다른 세계에 있는 듯한 자신의 다정한 연인을 바라봤다.

"내 별장 같은 유령사에서 누군가가 블랙잭을 쏘아 죽였으니까. 그 일에 관련된 사람들을 회장님께서 색출하실 거야. 만약 그분이 진짜로 나를 사랑한다면."

그의 입에서 블랙잭의 이름이 나오자 세나는 고통으로 눈을 감았다.

"내가 아는 회장님은 내 주위로 다가온 위험을 절대 모른 척하지 않아. 내가 잘못되면 회사에 여러 가지로 복잡한 문제가 생기거든. 난 그가 가진 권력의 상징이자, 시노하라 전자의 미래니까. 아마 회장님은 30층 보안팀 중에 가장 뛰어난 사람들을 이미 내 주변에 붙이셨을 거야. 그 말은 나랑 같이 있는 한 너한테 아무 일도 일어나지 않는다는 뜻이지. 그리고 나도 내 직원들을 니 주변에 붙였어."

"그 보안팀은 비서실 사람들이야?"

"맞아. 회사 소속의 경호 인력이지, VIP의 안전을 담당하는."

"29층과 30층의 보안팀이 달라?"

세나는 납득이 될 때까지 차분하게 질문을 이어 나갔다.

"물론 다르지. 30층은 회장님을 그림자처럼 수행하면서 그분이 긴밀하게 만나는 사람들까지 보안 대상에 넣을 정도로 철저하게 회장님 사람들이야. 29층은 내 사람들로 이루어져 있고. 그런데 29층이든, 30층이든 결국엔 기업의 미래인 나한테 줄을 서지 않겠어? 하하하……."

"너가 갑자기 너무 먼 세계에 있는 사람 처럼 느껴져."

'만약 사토 켄지가 너의 바로 옆으로 총알이 날아가는 걸 직접 봤다면, 자기 아버지 이름을 팔아서라도 니 주변으로 경찰특공대뿐만아니라 도쿄 경시청의 광역수사대까지 붙였을 거야, 여왕님.'

류우지는 사토 켄지가 이런 일을 겪었다면 과연 어떻게 나왔을까 떠올리는 자신이 조금 유치하게 느껴졌다.

"이제 좀 마음이 놓여?"

"모르겠어. 지금은 그냥 따뜻하고 편안해."

"내가 뒤에서 너를 꼭 안아 주고 있으니까."

"많이 보고 싶었어. 시노하라 류우지."

"단언컨대 내가 더 많이 널 보고 싶어 했을 거야, 은세나."

두 사람은 도다이마에역에서 내렸다. 동경대로 가는 익숙한 직선도로가 나왔다. 이 길을 류우지의 손을 잡고 걷게 될 줄이야. 인생은 예측할 수 없는 방향으로 흘러가는구나.

"시노하라군, 은상의 발표에 대한 본인의 생각을 말해 보겠나?"

학교 근처에 다다르자 세나가 갑자기 야마다 교수를 흉내 내기 시작했다.

"제가 보기에는 준비 시간이 턱없이 부족했던 것 같습니다."

이번에는 거만하기 짝이 없는 류우지의 목소리를 거의 흡사하게 성대모사 했다.

"그럼 어쩌면 좋지? 은상에게 낙제점을 줘야 하나?"

야마다 교수 특유의 표정까지 따라 하자 류우지가 감탄 어린 얼굴로 세나를 바라봤다.

"아니요, 교수님. 제게 시간을 주시죠."

"시간이라니?"

"제가 여름 방학 동안 은상하고 딱 붙어서 바이런의 작가관에 대해 아주 제대로 파헤쳐 보겠습니다."

자신을 따라 하는 세나의 말투가 너무 능글능글해지자 류우지는 어이없다는 표정을 지었다.

"시노하라군, 혹시 은상에게 사심이 있는 건 아니고?"

"아닙니다. 사심이라뇨? 일단 저렇게 우울한 여자는 제 스타일이 아닙니다. 너무 도도해서 쉽게 다가갈 수도 없고. 저도 나름 동경대에서 도도하기로 유명한 시노하라인데 여자까지 저렇게 도도하면 둘이서 종일 눈싸움할 것도 아니고. 둘이 대체 뭘 하란 말입니까아."

"시노하라군, 자네에게는 필살기인 구마강의 나룻배가 있지 않나. 벌써 잊은 겐가?"

세나의 연기가 이 대목에 이르자 류우지는 아예 허리를 구부리고 웃기 시작했다.

"하하하……. 은세나. 나 정말 웃겨 죽을 것 같아. 너 숨겨 놓은 재주가 진짜 많구나. 하하하……."

그는 눈물을 닦아 가며 웃음을 터뜨렸다. 그녀에게 감탄해 마지않는 눈빛을 보내며.

"너 혹시 야마다의 숨겨 둔 딸 아니야? 완전히 똑같은데. 눈앞에서 안잣슈(일본의 유명한 개그 콤비)를 보는 느낌이야. 하하하……."

"나한테 왜 그렇게 못되게 군거야?"

"난 사실을 말했을 뿐인데. 발표가 어설프긴 했잖아. 그리고 니가 하도 나를 거들떠도 안 보니까. 약 올라서 그랬나 봐. 하하……."

이야기를 나누면서 걷다 보니 어느새 학교 정문이 보였다. 세나가 류우지의 손을 슬며시 놓았다.

"어이, 여왕님. 왜 손을 빼는 거지?"

"학교 앞이니까. 방학이라지만 학생들은 여전히 도서관에서 눈에 불을 켜고 공부하고 있을 거야. 그러니 시노하라 류우지와 손을 잡고 다닐 수는 없지. 내 유학 생활은 소중하니까."

"이런 식이면 나는 영문학과 게시판에 크게 붙여 놓을 거야. 동경대 여왕님 은세나는 제 여자입니다. 시노하라 류우지."

"동경대의 싸늘한 황태자 시노하라 류우지가 한국에서 온 유학생이랑 사랑에 빠지다니. 여학생들이 눈물을 흘리며 산시로연못(동경대의 상징 같은 연못)으로 달려가겠네. 내 이름을 쓴 저주 글을 연못 안에 퐁 던지려고. 아, 생각만 해도 끔찍해. 나는 시노하라 류우지하고는 전혀 상관없는 사이라고 할 거야."

류우지의 팔이 세나의 허리를 감았다. 그리고 번개같이 그녀의 입술에 입을 맞췄다.

"너 나를 잘 모르는구나. 이제 늦었어. 내가 절대 안 놔줄 거야."

"여기는 학교 정문이거든. 빨리 놔줘. 진짜 미쳤나 봐."

류우지는 세나를 꼭 끌어안은 채 놔주지 않았다. 깜깜한 밤이었지만 도서관에서 나오는 몇몇의 학생들이 흥미롭다는 듯이 그들을 바라봤다.

"듣고 싶은 말이 있는데. 짧은 인사말이야."

"사기꾼. 이제 안 속아. 어서 이 손이나 풀어."

세나가 그의 품에서 벗어나기 위해 몸을 비틀었다. 하지만 그럴수록 그는 더욱 강하게 그녀를 끌어안았다.

"이건 데이트를 마치고 여자들이 하는 짧은 인사말인데. 들어 볼래?"

"빨리 말해. 이번에도 장난치는 거면 나 화낼 거야."

류우지가 세나의 눈을 똑바로 바라봤다. 그의 눈빛이 갑자기 진지해졌다.

"우리 집에 들어가서 함께 차를 마실래?"

"하아…… 됐거든요."

"왜? 인사말이라니깐. 다른 뜻을 담고 싶은 거야? 하하……."

"그 말만 해 주면 풀어 줄 거야?"

"물론이지."

세나는 까치발로 서서 그의 귀에 입술을 가져다 댔다.

"사기꾼 아저씨, 우리 집에 들어가서 함께 차를 마실래?"

류우지가 세상에서 가장 행복하다는 얼굴로 웃으며 그녀를 꼭 끌어안고 있던 팔을 풀고 자연스럽게 손을 잡았다.

"그래. 가자."

"가긴 어딜 가?"

세나의 얼굴에 당황스러움이 묻어났다.

"집에 들어가서 차를 마시자며. 그래. 나는 오케이."

"너 진짜 엉큼해."

"뭐가 엉큼해. 그냥 같이 차 마시고 TV도 좀 보면서 편안한 저녁 시간 보내자는 건데. 내가 오늘 차도 놔두고 도쿄 중앙병원에서부터 지하철로 너를 미행하느라 얼마나 힘들었는지 알아?"

류우지가 떼쓰는 어린아이처럼 투덜거렸다.

"그러게 미행을 왜 해. 마쓰자카상에게 나를 부탁한 사람이 너였잖아. 병원에 당당하게 들어오면 되지."

"맘에 걸렸거든."

"……?"

세나는 마음에 걸렸다는 그의 말에 궁금함이 담긴 시선을 보냈다.

"히토요시 석벽 위에서 마쓰자카가 나에게 너에 대한 마음을 물었을 때 대답해 주지 않았던 게. 그래서 그때의 질문에 대한 답을 조금 늦었지만 해 준 거야. 에비스역에 갑자기 뛰어들어 너를 낚아채 오는 것으로. 내가 너한테 얼마나 미쳐 있는지 보여 준 거지. 가고시마 남자들은 도쿄 남자들처럼 낯간지럽게 말로 안 해. 행동으로 보여 주지."

어느 틈에 빨간 신호등이 켜진 건널목 앞까지 이르렀다. 횡단보도 너머로 고서점 골목이 보였다.

"너 잠깐만 여기 있어. 내가 편의점에서 먹을 것 좀 사 올게."

"먹을 걸 왜? 사지 마. 우리 집에 못 들어갈 줄 알아."

세나의 만류에도 류우지는 긴 다리로 성큼성큼 걸어서 금세 편의점 문을 열고 들어갔다. 얼마 후 편의점 밖으로 나온 그가 페트병 녹차와 정어리초밥이 든 도시락과 과자 몇 개가 들어 있는 비닐봉지를 들고 활짝 웃었다.

"아까 빵이랑 커피만 마셔서 너도 배고프지? 저녁은 이걸로 먹자."

"이렇게 니 마음대로 하면 나 화낼 거야."

"우리는 가고시마에서도, 후루사토에서도, 구마모토에서도 항상 같이 뭔가를 먹었어. 유령사에서 두목이 해 준 요리 기억나지? 그런데도 나랑 밥을 먹는 게 그렇게 이상해? 너야말로 뭔가 다른 걸 기대하고 있는 거 아니야?"

결국 세나는 자신이 졌다는 듯 웃었다.

"그래. 가자, 가. 그 정어리초밥 도시락 가서 얼른 먹자."

두 사람은 건널목을 건너서 고서점 거리로 들어섰다. 세나는 클럽 로즈 앞에서 잠시 발을 멈추었다. 불 꺼진 간판. 한때는 호황을 누렸건만 세련된 감각의 술집에 계속 밀리더니 결국에는 아예 영업을 접은 듯했다. 왠지 모르게 쓸쓸한 생각이 들었다.

류우지가 그녀의 얼굴을 주의 깊게 살펴봤다.

"왜 그래?"

"늘 환하게 네온사인을 보내 주던 술집이었는데 문을 닫았나 봐. 간판의 불이 죽어 있네."

"셔터까지 내렸는걸. 섭섭해?"

"응. 내가 너무 오래 집을 비운 느낌이 들어. 항상 인사해 주던 친구가 갑자기 이사를 간 기분이야. 편지 한 장 없이."

"이런. 마음이 너무 여린데. 우리 여왕님이."

"마음을 둘 데가 없는 유학 생활이었으니까. 그래서 집으로 가는 골목길에서 빛나고 있는 간판을 보며 위로를 받았었나 봐. 바보 같지?"

불 꺼진 간판 앞에서 쓸쓸해하는 세나에게 류우지가 안쓰러운 시선을 보냈다. 그는 그녀의 어깨를 다정하게 감싸 안았다.

"아니. 사랑스러워. 갈수록 너에게 빠져들고 있어. 어쩌지?"

"어쩌긴. 야마다 교수의 수업에서 딴 얼굴로 나를 몰아세우지나 말아."

"하하하……. 그 유머 감각은 어디서 배운 거야? 진짜로 궁금해."

"집에 다 왔다."

류우지는 낡은 3층 건물을 바라봤다. 세나가 느꼈을 유학 생활의 고단함이 듬성듬성하게 칠이 벗겨진 낡은 건물을 통해 그대로 전해지는 듯 했다. 세나가 먼저 군데군데 홈이 파인 좁은 계단을 올라갔다. 그도 뒤를 따랐다.

그녀가 자신의 집 현관문을 감회가 새롭다는 듯이 바라봤다. 드디어 집에 왔구나. 그녀는 가방에서 열쇠를 찾아 손에 쥐었다. 그리고 문에 등을 기댄 채 돌아섰다. 복도 천장에 달려 있는 조그만 센서등의 촉이 나갔는지 불이 들어오지 않았다. 복도는 깜깜했다. 작은 창을 통해서 가로등의 불빛만이 가늘게 새어 들어오고 있을 뿐이었다.

"축하해. 내 방에 들어오는 첫 번째 손님이야."

"영광이네요. 여왕님."

"기리시마 온천 호텔의 특실하고는 비교가 안 되게 좁아. 너무 놀라진 말고."

"나는 너만 있으면 헛간도 좋아. 그리도 나도 가고시마 목장에서 말들 틈에 섞여 자란 사람이야. 날 너무 왕자님처럼 보진 말아 줘."

"좋아. 들어가자."

문을 열자 은은한 화장품 냄새와 드라이플라워로 말리고 있는 재스민 한 다발에서 나오는 새콤달콤한 향이 그들을 맞았다. 연보라색 꽃무늬 패드가 깔린 정갈한 침대 밑으로 베이지색 러그가 따뜻한 느낌을 더해 주는 그녀의 방. 침대 옆에는 서랍이 하나 달린 통원목의 협탁이 있고, 그 위에는 도트무늬 갓을 씌운 스탠드가 놓여 있었다.

창가 쪽에는 연하늘색 커튼이 쳐져 있었고, 그 옆 작은 책상의 책꽂이에는 전공책들이 꽂혀 있었다. 책상 옆으로는 작은 주방이 이어져 있었는데 간단하게 요리가 가능한 조리대와 싱크대가 붙어 있고 그 옆에 작은 욕실이 딸려 있는 원룸형 공간이었다.

류우지는 주인의 성격대로 깔끔하게 정리된 방 구석구석을 사랑스럽다는 듯이 바라봤다.

세나는 작은 옷장에서 편하게 입을 옷을 꺼낸 후 전기포트에 생수를 붓고 스위치를 눌렀다. 옷을 갈아입기 위해 욕실로 들어가며 류우지에게 싱크대 아래에 접혀 있는 작은 상을 눈짓으로 가리켰다.

"저 상을 펴 놓고 음식을 올리면 돼. 침대 옆에 작은 TV 보이지? 심심하면 TV 보고 있어. 금방 옷 갈아입고 올게."

"좋아. 이렇게 손님 대접 안 해 주는 거. 아주 맘에 들어. 제가 상을 차리고 있겠습니다. 여왕님."

세나는 살짝 웃으며 욕실로 들어갔다. 코발트블루색 민소매 원피스를 서둘러 벗고, 늘 집에서 입고 있는 그레이색 트레이닝복에 얼른 몸을 넣었다. 그러곤 평소처럼 긴 머리를 돌돌 말아 집게 핀으로 고정시킨 후 욕실 문을 열고 나갔다.

슈트 상의를 벗은 류우지가 침대 앞 러그 위에 편하게 앉아 있었다. 그 앞에 놓인 작은 상 위에 정어리초밥과 녹차가 얌전히 그녀를 기다리고 있었다.

류우지는 편한 트레이닝복 차림으로 나오는 그녀를 귀엽다는 듯 바라봤다.

"아이고오. 누구신가요? 스즈키상의 따님인 줄. 하하하……."

"놀리지 마. 이제 저녁을 먹어 볼까? TV 좀 틀어 봐. 정말 오랫동안 TV를 못 본 느낌이야."

"네, 여왕님. 분부만 내리세요. 제가 상도 차리고, TV도 틀고, 옷도 정리해 드리고 시키는 대로 다 하겠습니다."

그들은 침대 나무 프레임에 기대고 앉아 끝도 없이 웃기는 개그 콤비가 나오는 유명한 개그 프로를 보며 저녁을 먹기 시작했다.

도다이마에역 고서점 골목에 자리 잡은 낡은 3층 건물. 좁은 원룸형 공간에 다정하게 앉은 젊은 연인들 앞에는 TV가 있고, 고소한 정어리초밥이 있고, 서로에게서 느껴지는 따뜻한 온기가 있었다. 늘 마음속으로만 꿈꿔 왔던 따뜻하고 행복하고 사랑스러운 저녁이 이렇게 거짓말처럼 류우지와 세나 앞으로 흘러갔다.

"나도 여기에 편하게 갈아입을 옷을 가져다 놔야겠다. 옷이 너무 불편한데."

"웃기지 마. 그냥 초밥이나 먹어."

세나는 젓가락으로 초밥을 집어서 그의 입에 넣어 주며 입을 틀어막았다.

"밤에는 너 혼자 있기 무섭잖아. 내가 이렇게 저녁마다 있어 주면 안심이 되지 않겠어?"

"무슨 팀을 붙였다며. 그것도 두 팀이나. 도쿄타워에서 니가 한 말 벌써 잊었어? 나 기억력 굉장히 좋거든."

"내가 그 말을 왜 했나 모르겠다. 그냥 하지 말 걸 그랬어. 하하……."

류우지는 세나가 걱정하지 않도록 자신의 보안팀에 대해 자세히 말해 준 걸 후회하듯 웃었다.

"그나저나 집에 오니까 너무 좋다. 비록 좁지만 내 집이 제일 편하네."

"나도 집에 오니까 좋아. 벌써 11시가 넘었는데 오늘 여기서 자고 가면 안 될까? 바닥에 깔려 있는 이 베이지색 러그 위가 너무 아늑해. 여기서 그냥 잘게. 그래도 되지?"

류우지가 그 말을 하며 세나의 허리를 감싸 안고는 자신의 옆으로 가깝게 데려왔다. 혹 가까워진 그의 하얀 셔츠 사이로 은색 줄에 달린 펜던트 같은 것이 그녀의 눈에 들어왔다. 세나는 자신도 모르게 손을 뻗어 동그란 펜던트를 조심스럽게 만졌다.

"블랙잭이야. 카토상이 블랙잭을 화장해서 반은 가고시마 언덕 위에 뿌려 주고 나머지 반은 나에게 보내 줬어. 블랙잭이 없는 게 너무 허전해서, 아직도 믿기지가 않아서 펜던트에 우리 블랙잭을 담았어. 이렇게라도 안 하면 너무 보고 싶어서 죽을 것 같았거든."

세나는 그의 목을 끌어안았다. 카토상이 결국 블랙잭을 이렇게 보내 줬구나, 그에게로. 감사합니다, 카토상. 류우지는 얼마나 블랙잭이 그리울까. 얼마나 보고 싶을까.

그녀의 눈에서 후드득 떨어진 눈물이 그의 하얀 셔츠를 방울방울 적셨다. 류우지는 그녀의 볼 위로 흐르는 눈물을 가만히 닦아 주었다.

"울지 마. 너가 이렇게 울면 나는 무너져. 그래도 오늘 밤은 너와 나 그리고 블랙잭이 한 공간에 있는 것 같아서 나는 행복해. 진심이야."

식사를 마치고 세나는 작은 상에 남아 있는 것들을 주방으로 치운 후 옷장에서 얇은 이불과 낮은 베개를 가져왔다. 그녀는 말없이 그것들을 침대 아래에 펴 주었다. 류우지는 세상에서 가장 행복한 강아지 같은 얼굴로 그녀를 바라봤다.

"오늘은 너무 늦었으니까 침대 밑에서 자."

"네, 여왕님. 근데 기리시마 호텔에서는 내가 너를 내 침대 위에 눕히고 토닥토닥해 주며 재워 준 것 같은데. 바닥이 아니라."

"지금 일어나서 그냥 갈래?"

세나가 단호한 표정을 지으며 손가락으로 문을 가리켰다.

"아니야. 아까부터 이 바닥이 너무 맘에 들었어. 목장에 비하면 천국이지. 잘 자."

방에 불을 끄고 두 사람은 천천히 자리에 누웠다. 세나는 침대 옆 스탠드의 불을 밝힌 후 낮은 목소리로 말을 건넸다.

"근데 그 29층 팀인가가 내 주변을 지킨다면서. 너가 아까 여기 들어오는 것도 봤을 텐데 아침에 나가면 그 사람들이 뭐라고 생각하겠어."

세나가 조금 걱정스럽다는 목소리로 말하자 류우지가 조용히 웃기 시작했다.

"뭘 뭐라고 생각해. 아, 이래서 우리가 여기에 배치된 거구나 하겠지. 황태자의 여자를 우리가 지키는구나. 하하하……."

류우지의 장난스러운 말에 세나는 침대에서 몸을 일으켜 천진난만하게 웃는 그를 살짝 째려보았다.

"우리가 이렇게 만나는 걸 아시면 너네 집에서도 걱정하실 거야."

"너가 아직 우리 집을 잘 모르나 본데. 가고시마 남자들은 사랑에 빠지면 누구도 못 말려. 그걸 제일 잘 아는 사람이 우리 아버지고. 조만간 인사하러 가자."

"일본에 와서 처음 사귄 남자가 넌데. 이렇게 온 바닥에 다 소문이 나도록 연애를 해야 하는 거야? 이러다 내 혼삿길 막히겠어."

세나는 일부러 들으란 듯이 구시렁거리며 다시 침대 위로 몸을 눕혔다.

"내년이면 우린 벌써 졸업이야. 그리고 니 혼삿길은 이미 후루사토 파티장에서 막혔어. 내가 쇼스타코비치 왈츠에 맞춰 너를 무대로 데리고 나갔을 때 그 의미가 뭘 거 같아?"

"……?"

"내 여자라고 소개한 거잖아. 아마 아버지 쪽으로 벌써 너에 대한 정보가 많이 들어갔을 거야. 그러니까 너무 걱정하지 마. 그리고 연애를 많이 못 해 본 게 그렇게 억울해? 하하……."

"조용히 해. 이 사기꾼."

두 사람이 두런두런 다정하게 나누는 대화가 작은 방에 낮게 깔리고, 세나의 침대 옆 작은 스탠드 불빛만이 방 안을 살포시 채웠다. 여덟 살 때 새끼 블랙잭을 안고 도쿄를 떠나야 했던 류우지는 이제야 먼 여행을 마친 기분이었다. 밖에서 받았던 모든 상처가 치유되는 마법 같은 공간. 마음의 짐을 모두 내려놓을 수 있는 따뜻하고 편안한 집에 무사히 돌아온 것에 그는 감사했다.

세나는 침대 밑에서 마치 커다란 대형견처럼 편하게 누워 있는 류우지를 바라봤다. 아, 저 못 말리는 가고시마 남자. 어떻게든 자기 뜻대로 하고야 마는.

새콤달콤한 방의 향기를 가르며 두 사람에게 아늑한 평화가 찾아왔다. 그녀도 비로소 집에 왔음을 실감했다. 몸에 익은 적당히 딱딱한 매트리스의 감촉이 그녀의 등뼈를 편안하게 감싸 안았다. 집에 왔구나. 불을 켜지 않아도 무엇이 어디에 있는지 다 알 수 있는 익숙한 방. 상쾌한 미모사 향이 코끝으로 스며들었다.

갑자기 졸음이 밀려왔다. 세나가 스탠드의 조도를 가장 낮게 맞추자 방은 이내 아늑하고 따스한 분위기로 변했다.

침대 밑에서 류우지의 숨소리가 조그맣게 들려왔다. 그는 정말 자기 집에서 자는 것처럼 세상 편한 얼굴로 자고 있었다.

다마스크 문양 벽지의 곡선을 따라 노오란 조명이 마치 수채화에 덧칠을 하듯 채워졌고 지척에는 그녀에게 온전한 사랑을 주는 든든한 존재가 내뿜는 온기가 푸른 밤의 기운을 저 멀리 몰아내고 있었다. 그녀는 눈을 꼭 감은 채 뭐라 형언할 수 없는 따뜻한 기운 속으로 끝도 없이 침잠해 들어갔다. 두 사람은 마치 푸른 바다에 둥둥 떠 있는 패들 보드 위에 편안하게 누운 것처럼 따뜻하고 평화로운 밤의 자락 속으로 아늑하게 밀려갔다.

켄지는 이곳까지 오는 내내 침묵으로 일관했다. 두 사람은 제법 취했고 내딛는 발걸음도 불안정했다. 마쓰자카는 이곳이 어딘지 알 것만 같았다. 켄지가 말해 주지 않았지만 그는 그냥 알 수 있었다.

낡은 3층 건물 앞에서 켄지가 멈추어 섰다. 맨 꼭대기 방 창문에서 노란 불빛이 희미하게 새어 나오고 있었다. 켄지는 두어 걸음 물러나서 가로등에 몸을 의지했다. 그의 눈빛에 한가득 담긴 그리움을 마쓰자카는 읽을 수 있었다.

이제부터는 온전히 켄지의 시간이었다. 마쓰자카는 세나의 창에서 자신의 시선을 떼어 냈다. 그는 켄지의 시간을 방해하고 싶지 않았다.

어떤 마음은 이렇게 방향을 잃어버리기도 한다는 것을 그는 잘 알고 있었다. 켄지의 몸이 천천히 내려갔다. 차가운 가로등에 몸을 맡긴 채 그는 주저앉았다.

마쓰자카는 친구를 바라봤다. 켄지의 눈빛은 그리움에서 슬픔으로 바뀌고 있었다. 그의 쓰린 마음이 눈빛으로 투영되었다. 그는 남자에게 그것이 어떤 상처인지 자신이 안다는 사실에 화가 났다.

"켄지, 사랑은 다트 게임 같은 거야. 집중해서 던지지만 어쩔 때는 허무하게 빗나가고 말지. 온 마음을 다해서 가운데에 꽂히길 기원하지만 뜻대로 되지 않을 때도 있어. 네 마음이 진실했다면 그것으로 족한 거야."

"나는 아직…… 아직…… 못 한 말이 남았는데……."

"그녀를 근심하게 하는 말이라면 그냥 담아 두는 게 어떨까."

"그냥 담아 두라고……. 그냥 담아 두라고……."

마쓰자카는 켄지를 바라보던 시선을 옮겨 세나의 창문을 정면으로 응시했다.

"세나가 행복하다면. 그게 여왕님의 선택이라면 가슴으로 축복해 주는 게 진짜 남자야."

"세나가 행복하다면……."

"너무 힘든 사랑은……. 부디 힘든 사랑은 하지 말아라. 켄지."

"료스케, 나는 어떤 얼굴로……. 어떤 얼굴로 살아야 하는 거지?"

마쓰자카는 켄지의 곁에 다가가 앉았다. 켄지가 건넨 질문은 그에게도 어려웠다. 그 질문에 대한 답은 자신도 궁금했다.

세나의 방에서 흘러나오는 은은한 불빛이 아름다웠다. 마쓰자카는 그 불빛 속에서 그녀를 떠올리고 있었다. 쉽게 웃지 않는 약간은 싸늘한 얼굴. 스타킹을 신지 않아도 단정해 보이던 정갈한 무릎. 도다이마에역 고서점가 뒷골목에 쓸쓸하게 앉아 있는 이 새벽 시간이 켄지의 시간인지 마쓰자카의 시간인지 이제 그 구분마저도 힘들게 느껴졌다.

켄지가 어떤 얼굴로 살아가야 할지 끝내 답해 주지 못한 채 그들은 도쿄의 새벽 공기를 들이마시고 있었다.

24
천국으로 가는 관문

"그 사람은 언제 오는 거죠? 저는 계속 기다려야 하나요?"

"엔지! 누가 하루카에게 대본을 가져다줘. 어서."

야마자키 료는 또다시 대사 엔지를 낸 하루카에게서 시선을 돌렸다. 현장 스태프 중 한 사람이 감독의 눈치를 보며 재빨리 대본을 들고 하루카에게 달려갔다.

요 몇 달 사이 그녀는 도저히 이해할 수 없는 엔지를 내는 일이 잦아졌다. 갑자기 정신 나간 얼굴로 의미를 알 수 없는 대사를 읊조렸다. 그건 대본의 어느 장에서도 찾아볼 수 없는 대사였다. 그럴 때마다 야마자키 감독은 한쪽 팔에 오스스하게 소름이 돋는 기분을 느꼈다. 최고 출연료를 받는 톱배우의 자리에 오르고서도 하루카는 최근 들어 무척이나 불안정해 보였다.

'하루카. 너는 최고야. 더 이상 네가 올라설 곳은 없어. 그야말로 수직상승했다고. 그런데 왜……'

센스 있는 스태프가 그녀가 틀린 부분을 주황색 형광펜으로 정확하게 명시해서 건네주었다. 그 사람은 이렇게 표시를 해 주지 않으면 하루카가 자신이 어디를 틀렸는지조차 모른다는 사실을 잘 알고 있었다.

하루카는 날렵한 눈초리로 건네받은 대본을 훑었다. 그녀의 오른쪽 이마가 근심으로 찌푸려졌다. 예전에 난 실금 같은 흉터는 두꺼운 메이크업으로 마법같이 가렸지만 그녀가 이마에 주름을 잡자 숨어 있던 그 흉터가 밝은 조명 아래서 튀어나왔다.

하루카 자신도 납득할 수가 없는 실수였다. 그녀는 요즘 몇 개의 화면이 머릿속에서 교차하는 순간을 자주 맞닥뜨렸다. 갑자기 특정한 이미지가 머릿속에서 떠오르면서 엉뚱한 말이 튀어나왔다. 시간과 시간 사이의 어느 지점을 스스로의 의지에 반해 넘나드는 사람처럼 그녀의 행보는 불안하기만 했다.

그녀가 방금 뱉은 대사는 예전에 찍은 영화 속 대사였다. 그녀를 이미 거쳐 간 과거의 이미지와 기억이 현재의 모습으로 위장한 채 감쪽같이 그녀를 기만하고 농락했다.

'내가 왜 이러는 걸까. 도대체 왜.'

"언니, 따뜻한 차를 마시면서 좀 쉬어요."

하루카는 걱정스러운 표정으로 다가온 자신의 매니저 야마자키 린을 바라봤다. 내가 많이 불안해 보이는구나. 한결같은 믿음으로 지켜봐 준 린의 눈에도 내가 이상해 보이겠지. 미안해. 정말 미안해.

우여곡절 끝에 촬영을 마친 야마자키 료 감독은 집에 오자마자 욕조에 물을 받았다. 그녀는 뜨거운 물이 남실대는 욕조에 오랫동안 들어가 있었다.

하루카의 사생활에는 최대한 간섭을 배제했던 야마자키 감독이었다. 그녀는 영화계의 별인 배우 하루카와 사랑을 꿈꾸는 젊은 여인이라는 두 종류의 자아 사이에서 전혀 충돌을 일으키지 않는 영리한 배우였다.

목욕을 마친 야마자키 감독은 하루카의 맨션으로 직행했다. 야마자키 감독의 여동생인 린이 문을 열어 주었다. 그녀는 하루카가 안에서 기다리고 있다는 눈빛을 보냈다.

새로 깐 지 얼마 안 된 것처럼 반짝반짝 빛나는 옥돌색 대리석 바닥이 감독의 시선을 끌었다. 그녀의 고급스러운 맨션의 바닥재는 올 때마다 다른 색깔을 하고 있었다. 배우 하루카는 성공 가도를 달리고 있지만 여인 하루카는 불안한 걸음을 내딛고 있다고 바닥재가 말해 주는 듯했다.

"오셨어요. 감독님. 안 그래도 기다리고 있었어요."

하루카는 따뜻하게 데운 정종을 마시는 중이었다. 비취색 정종 잔 위로 더운 김이 흘러나왔다.

"아직도 구닥다리 술을 먹네. 도쿄 생활이 벌써 몇 년째인데."

"감독님. 미끈한 참치 뱃살을 집어넣는다고 해도 바탕이 바뀌지는 않던걸요. 하하……."

"나도 한잔 줘 봐."

하루카가 술 주전자에서 정종을 따라 그녀에게 건넸다.

"바닥재를 바꿨어요. 옥돌색 대리석으로. 근사하죠?"

"전의 대리석 바닥도 꽤 볼만했어."

야마자키 감독은 지나치게 광이 살아 있는 대리석 바닥에 못마땅한 시선을 보냈다.

"아니에요. 쓸쓸한 색깔이었죠. 죽은 비둘기의 어깻죽지 같은 색깔."

"고급스러운 은회색을 그렇게 표현하는군."

그녀는 데운 정종을 한 모금 마신 후에 맛을 음미하듯 입에 머금었다.

"감독님. 허전해요. 이상하게 자꾸 허전해요."

"욕심을 버려. 하루카."

"욕심이라뇨."

"다 가질 수는 없는 거야. 인생은 한 사람에게 다 몰아주지 않는다고."

"감독님……."

하루카의 눈에 눈물이 맺혔다.

"교토의 그 잘나신 정치 명문가의 아들 때문이지? 니가 이렇게 힘들어하는 이유가."

"……."

"처음부터 어림없는 일이었어. 아…… 하루카. 우리는 이미 알고 있었잖아. 안 그래?"

"감독님…… 배우로서 최고가 되면……. 하늘에 높이 뜬 별이 되면……."

"무슨 순진한 소리야. 그 집안은 자신의 아들을 일본 총리로 만들려는 야심을 가진 가문이라고. 그 준수하고 영특한 교토의 아들이 언젠가는 일본의 심장부에 진출해 주기를 교토 사람들은 염원하지."

야마자키 감독은 안타깝다는 듯이 하루카를 바라봤다.

"감독님…… 대리석 바닥을 뜯어내도 마음의 허전함이 채워지지 않아요."

"하루카. 네가 백날 집구석을 고쳐 봐도 그가 사토 코이치라는 사실에는 변함이 없어."

그때 야마자키 린이 주방으로 들어왔다. 그녀는 뭔가 할 말이 있다는 표정이었다.

"료 언니, 하루카 언니가…… 그 집 사람들을 만난 것 같아요."

야마자키 감독의 얼굴에서 순식간에 표정이 사라졌다. 하루카는 말없이 술잔을 들었다.

"하루카. 너…… 정말이야? 사토가의 사람이라면. 그의 어머니를 만난 거야? 그런 거야?"

하루카의 두 눈에 눈물이 고였다. 그녀는 눈물을 참기 위해서 안간힘을 썼다.

"린. 감독님께 아무 말도 하지 마. 부탁이야. 제발. 제발."

야마자키 감독은 부들부들 떨고 있는 하루카의 왼쪽 손을 바라봤다. 무서운 절망이 이 아이의 영혼을 조금씩 갉아먹고 있었구나. 속물스러운 것들을 견뎌 내기에는 네 영혼이 너무나 맑고 투명한데. 힘들었겠다, 하루카. 왜 진작에 말하지 않았니. 왜. 왜. 왜.

6개월 전. 번호판을 가린 검은 자동차 한 대가 하루카의 맨션 앞에서 몇 시간째 대기하고 있었다. 시동을 꺼뜨리지 않은 채.

야마자키 린이 운전하는 흰색 세단이 주차장으로 진입하려고 하자 두 명의 남자가 차를 막아섰다. 린은 순간적으로 도어의 잠금 버튼을 눌렀다. 정장을 말끔하게 차려입은 남자들은 극성팬으로 보이지는 않았다.

뒷좌석에서 잠시 눈을 붙이고 있던 하루카가 눈을 떴다. 튼실한 남자 옆에서 날카로운 눈매를 하고 있는 검은 양복과 하루카의 눈이 마주쳤다. 익숙한 얼굴이었다.

"린. 먼저 들어가. 내 걱정은 하지 말고."

"언니. 아는 사람이에요? 같이 가요."

"아니야. 내 고향 사람들이야. 쳐다보지 말고 바로 들어가. 알았지?"

"언니……."

"부탁이야. 린. 부탁할게."

린의 근심 어린 표정을 뒤로하고 하루카가 자신의 승용차에서 내렸다. 남자들은 기다렸다는 듯이 그녀를 검은색 세단으로 인도했다. 차의 뒷좌석 창문이 소리도 없이 내려졌다. 알이 굵은 진주 목걸이를 목에 감고 청남색 투피스를 떨쳐입은 귀부인의 면모를 풍기는 싸늘한 얼굴이 그녀를 바라봤다.

"타라."

여인의 목소리는 간결했고 알 수 없는 힘이 서려 있었다. 명령조의 말투에 꽤나 익숙한 세월을 살아온 듯했다.

하루카는 공손하게 허리를 접었다. 여인의 싸늘한 시선은 이미 거둬진 뒤였다. 그녀가 조심스럽게 뒷좌석에 오르자 목적지를 알 수 없는 곳으로 차는 출발했다. 무거운 침묵만이 여인과 하루카 사이에 존재하고 있었다.

검은 세단은 도쿄 외곽의 고풍스러운 주택가로 머리를 틀었다. 전통 양식으로 지은 단아하고 품위 있는 대문 앞에서 차는 멈춰 섰다. 서둘러 차에서 내린 검은 양복이 진주 목걸이 여인 쪽의 문을 먼저 열었다. 그녀는 전혀 서두르지 않고 땅에 천천히 발을 내렸다. 시간차를 두고 기사가 하루카 쪽의 문을 열어 주었다.

"문 앞에서 머뭇거리지 말고 어서 안으로 들어오라고 해. 사람들 눈에 띄지 않게."

진주 목걸이는 검은 양복에게 나직한 목소리로 지시했다. 죄를 지은 사람처럼 하루카의 고개가 자꾸 숙여졌다.

대문 안으로 들어서자 한 폭의 동양화처럼 정갈하고 깨끗하게 가꾸어진 정원이 나왔다. 군데군데 커다란 화강암으로 경계를 둔 중앙 정원은 하얀 자갈로 덮여 있었고 키 작은 소나무와 산다화 옆에는 군자란이 흐드러지게 주황색 꽃을 피우고 있었다.

하루카는 여름에 출시되는 립스틱 광고 촬영을 끝내고 나온 차림 그대로였다. 고고하고 도도해 보이는 군자란 앞에서 스팽글이 주렁주렁 달린 자신의 핑크색 미니 원피스가 무척이나 난해해 보였다. 위엄이 넘쳐흐르는 이 집 마당에서 한 계절을 앞서간 반짝이 원피스를 입고 어깨를 움츠리고 있는 자신의 모습이 굉장히 초라하게 느껴졌다.

하루카는 최대한 발소리를 죽인 채 응접실로 들어섰다. 무슨 나무로 만들었는지 알 수 없는 찻상에는 이미 찻잔이 놓여 있었다. 여인은 비단으로 감싼 1인용 좌식 의자에 앉아서 자신의 자리와 조금 떨어진 손님용 방석이 네 자리라는 듯 눈짓을 보냈다.

일하는 여자가 와서 격자무늬 미닫이문을 좌우로 활짝 열어 놓고 조용히 나갔다. 문이 열리자 정원의 아름다움이 그대로 들어왔다. 눈이 부셨다. 고요한 연못도 그 속에서 노니는 오색빛깔의 물고기들도 평화로워 보였다. 그러나 저들이 누리는 작은 평화가 하루카에게만은 허락되지 않았다. 그녀는 두근거리는 가슴을 진정시키기 힘들었다.

"이곳의 정원수는 태양을 위해 다듬어졌다."

여인이 찻잔을 들고 매서운 눈초리로 나직하게 말했다.

"아침 해가 솟아오르면 정원의 나무들이 일제히 태양을 받드는 형상이 되지. 여기는 아마츠 이와사케(천국으로 가는 관문)다."

알아들을 수 없는 낯선 단어들이 여인의 입에서 쏟아져 나왔다.

"나무 한 그루 풀 한 포기도 예사로 심긴 것이 없다는 말이다. 찻잔을 들어 보아라."

하루카가 덜덜 떨리는 손으로 힘들게 밤색 찻잔을 들었다. 체리색 매니큐어를 칠한 기다란 손톱이 어설프게 찻잔을 감싸자 여인의 얼굴에 가벼운 조소가 담겼다.

"교토 출신이라고 했나?"

"그렇습니다."

찻잔을 든 손보다도 목소리가 더 떨려서 나왔다.

"학교는 어디까지 마쳤지?"

"학교는…… 다니지 못했습니다."

하루카는 죄인이 된 것처럼 고개를 숙였다.

"부모님은?"

"돌…… 돌아가셨습니다."

여인은 어이없다는 듯한 표정을 지었다. 그녀의 얼굴에 서려 있던 조소가 아까보다 한층 더 깊어졌다.

"양친 모두?"

하루카는 입술을 깨물었다. 그녀의 기다란 손톱이 찻잔의 표면을 스치자 가벼운 마찰음이 났다.

"어머니는 돌아가셨고……."

"아버지는?"

"모릅니다."

대답을 하는 순간 하루카에게 죽음과도 같은 절망감이 밀려왔다.

"어머니는 어떤 일을 하셨지?"

"교토에서……. 교토의 쿠모에서……."

"쿠모라면 요정이 아니냐? 맞지?"

하루카의 고개가 다시 숙여졌다.

"네 어머니는 요정 쿠모의 게이샤 미에. 아니냐?"

"맞…… 맞습니다."

"쿠모에서 몸을 팔다 병에 걸려 비참하게 죽은 그 미에가 네 어머니란 말이지."

"흐…… 흐읍……."

하루카의 눈에서 눈물이 터져 나왔다. 엄마가. 사랑하는 엄마가. 이 단정하고 정갈한 공간에서 이렇게 짓밟힐 줄이야. 그녀는 도저히 눈물을 멈출 수가 없었다. 여인의 입에서 아무렇지 않게 흘러나온 '비참하게 죽은'이라는 말이 그녀의 가슴속을 갈가리 찢어 놓았다.

삶에 대한 순수한 열정과 사람들과의 관계 속에서 터득한 지혜의 무게로 간신히 눌러 놨던 그녀의 뇌관이 터지고 말았다. 거리낌 없이 무서운 말들을 내뱉는 냉엄한 표정의 입술 앞에서 그녀는 단 한마디도 할 수가 없었다. 인공적인 미가 충만한 정원이 그녀 옆에서 조용히 웃고 있는 것처럼 보였다. 아늑한 햇살 아래서 하루카의 아픈 지난날들이 낱낱이 파헤쳐지고 잔인하게 조롱당하고 있었다.

"코이치를 잊어라."

"……."

"더 이상 네 얼굴을 볼 이유가 없다."

"……."

"코이치에게는 이미 결혼을 약속한 규수가 있다. 올해 안에 그 규수를 며느리로 맞아들일 생각이다."

"흐……흡……."

하루카는 최대한 소리를 죽여 가며 울었다.

"네가 조금이라도 코이치를 마음에 두었다면 남자의 앞길을 막지 말거라. 큰일을 할 사람이니 너로 인해 웃음거리가 되지 않도록 그만 놓아주란 말이다. 코이치가 정치를 하게 되면 쿠모에서 지냈던 너와 니 어미의 과거가 모든 사람들 입에 오르내릴 거야."

진주 목걸이를 한 여인이 일어섰다. 그녀는 고개를 꼿꼿이 세운 채 응접실을 나갔다. 하루카도 여인을 따라 자리에서 일어나려 했지만 다리에 힘이 풀려 일어설 수가 없었다.

하루카는 미닫이문 밖의 정원을 다시 바라보았다. 아마츠 이와사케. 코이치의 어머니는 이 정원이 천국으로 가는 관문이라고 했다. 정원에서 속닥거리는 소리가 들려왔다. 입술을 깨물고 노력해도 구원받을 수 없는 비천한 존재가 있다고 정연하게 키를 맞춘 나무들과 인공 언덕이 말을 건넸다. 이곳은 너 같은 여자가 발을 들여놓을 수 없는 곳이라고 진홍색 군자란 꽃잎이 소곤거렸다.

그녀는 망연한 얼굴로 사토 코이치의 집을 나왔다. 그때부터였다. 하루카는 하늘색 비단으로 얼굴을 가리고 살았던 유년 시절의 기억에 발목을 붙잡히고 말았다. 그녀의 기억회로는 엉뚱한 시간에 멜로디를 흘려보내는 고장 난 알람 시계처럼 엉클어졌다. 생기가 흐르던 눈빛이 흔들리게 된 것도 이즈음부터였다.

하루카는 지난 수년 동안 완벽한 호흡을 자랑했던 야마자키 료 감독과의 작업에서조차 대사를 기억해 내지 못하는 일이 잦아졌다. 깊이 묻어 두었던 상처는 매일같이 닦아도 어김없이 내려앉는 화장대 위의 뽀얀 먼지처럼 줄기차게 얼굴을 드러냈다.

"하루카, 우리 잠시 교토에 다녀오자. 린, 하루카의 소지품과 옷가지 정도만 챙겨라."

"알았어요 언니. 그런데 촬영 스케줄은?"

"다음 주 방송분까지는 찍어 놨으니까. 어떻게든 구겨 넣어 봐야지."

"감독님. 교토에는 왜요?"

"인생이 정답을 내놓지 않을 때는 고향에 가는 거야. 우리 거기 가서 정답을 찾아보자."

"다음 달에 있을 네 약혼식에 교토의 어른들이 모두 오신다는구나."

"받아들일 수 없습니다."

"차 맛이 좋구나. 네 아버지께도 올려 드려야겠다."

"어머니. 저는 이 결혼을 받아들일 수가 없습니다."

"내년에는 개암나무에 약을 치지 말라고 해야겠다. 너무 요란스럽게 푸릇푸릇하니까 보기가 영 불편하구나. 뭐든 자연스러운 게 좋은 거지."

모자의 대화는 허망하게 깜박이는 고장 난 신호등처럼 의미를 잃은 채 표류하고 있었다.

　　사토 코이치는 어머니에게서 반드시 들어야 할 말들을 떠올렸다. 코이치는 하루카가 왜 자신의 모든 연락에 응답하지 않는지 그 이유를 어머니에게서 듣고 싶었다. 그가 넘어야 할 거대한 산이 바로 앞에 있었다.

　　"어머니. 저는 하루카와……."

　　"시끄럽다. 모자란 놈. 그 아이 이름을 감히 입에 올리다니."

　　"사랑합니다. 그녀를."

　　나츠코의 찻잔이 쿵 소리를 내며 거칠게 내려졌다. 그녀는 노기 서린 눈빛으로 아들을 바라봤다.

　　나츠코는 잠시 숨을 고르며 생각에 잠겼다. 사랑에 혼이 나가 있는 아들의 젊은 심장을 달래 줄 것인지 아니면 그 게이샤 딸년과는 꿈도 꾸지 못하도록 아예 싹을 도려낼 것인지 찬찬히 고민했다.

　　그녀의 이성은 혹독한 훈련을 받으며 단련돼 왔다. 정치 명문가의 명맥을 이어 나가기 위해 비정하게 덮어야 할 것들은 또 얼마나 많았던가. 하지만 신뢰했던 아들이 만난다는 여배우에 관한 이야기를 듣고 그녀는 메마른 흙바닥에 얼굴이 쓸리는 것 같은 배신감을 느꼈다. 가당치도 않은 아이를 들이밀려 했다니. 얄쌍한 얼굴을 한 그 계집은 코이치의 인생에서 신선하고 청아한 입김 같은 것이었으리라. 잠시 아들의 인생을 흔들어 놓고 스쳐 지나가는 입김.

　　결심이 섰다는 듯 나츠코는 다시 찻잔을 집어 들었다.

　　"내가 어떻게 해 주길 바라니?"

　　"인정해 주십시오. 저희들의 사랑을."

　　"그 아이가 바닥까지 내려가는 것을 보고 싶으냐?"

　　코이치는 충격으로 눈을 감았다. 어머니라는 이 거대한 산을 어떻게 넘어야 할지 암담하기만 했다.

"평생 잊을 수 없는 고통 속에서 처절하게 망가지는 모습을 기어이 봐야겠느냐?"

"어머니⋯⋯. 어머니⋯⋯."

"잊지 말아라. 나는 풀 한 포기도 허투루 심는 사람이 아니란 것을."

코이치는 딱딱하게 굳어 버린 만년필의 잉크처럼 심장의 피가 말라 가는 것을 느꼈다. 명예를 지키기 위해서라면. 목적을 이루기 위해서라면 그의 어머니는 어떤 일도 서슴지 않고 할 사람이었다. 어머니가 어떤 사람인지는 그녀의 아들인 자신이 잘 알고 있었다.

그는 결정을 해야만 했다. 하루카가 힘들게 이룩한 톱 여배우의 세계에서 안온하게 머물도록 지켜 줄 것인지, 혹독한 대가를 치르더라도 이 사랑을 포기하지 않고 지난하게 끌고 가야 할 것인지. 은각사에서 시작된 그들의 사랑은 언젠가 한 번은 넘어야 할 거센 파도 앞에 도달한 조각배처럼 위기를 맞고 있었다.

코이치는 우아하게 분을 바른 어머니의 얼굴을 똑바로 응시했다. 어머니가 목숨처럼 지켜야 하는 가문의 명예란 것은 결국 이런 것이었다. 세월이 남긴 주름을 근사하게 감추어 주는 질 좋은 화장품도 미지근한 물 세안에 지워져 버리는 것이 아니던가. 교토 최고의 명문가라는 화려한 껍데기를 벗겨 내면 결국 추악한 욕심이 민낯을 드러내는구나. 헛되고 허망한 가치에 굴종해야 하는 것이 이 집안 아들의 숙명이라면 그는 내던져 버리고 싶었다. 한 점 미련도 없이. 한 조각 아쉬움도 없이.

"지금 이 순간부터 저는 당신의 아들이 아닙니다. 은혜는 가슴에 새기고 이 가문을 위해 축원하겠습니다. 멀리서라도."

나츠코는 당당하게 어깨를 펴고 나가는 코이치의 뒷모습을 바라봤다. 목 깊은 곳에서 녹차의 씁쓰레한 향이 넘어왔다. 어려서부터 유독 동정심이 많고 여린 구석이 있는 아들이었다. 야망과 근성을 심어 주려 했건만 아이의 천성은 냇물에서 들려오는 졸졸거리는 물소리처럼 온화하고 부드러웠다.

유달리 맑은 천성을 지녔지만 가문이 자신에게 거는 기대를 정확히 알고 참으로 반듯하게 자라 준 아들이 나츠코에게는 삶의 이유였다. 그런 아들이 그녀의 심장에 칼을 꽂고 분연히 돌아설 줄이야. 그녀는 천천히 호흡을 가다듬었다. 그리고 자신이 해야 할 일의 순서를 머릿속으로 정리했다. 철저하게 훈련된 그녀의 이성과 냉철한 판단력은 한 치의 틈도 없이 기계처럼 맞물려 돌아갔다.

야마자키 린은 30분 넘게 초인종을 누르고 있는 사람의 얼굴을 확인한 후 말없이 문을 닫으려고 했다. 그는 간신히 열린 문을 다급하게 붙잡았다. 오늘도 하루카를 만나지 못한다면 단 하루도 견딜 수 없을 것만 같았다.

"야마자키상. 도와주세요. 부탁입니다."

"언니는 여기 없어요. 죄송합니다."

"어디에 갔는지만이라도 알려 주세요."

"저도 몰라요. 그만 돌아가시죠."

"저는…… 저는…… 다 버리고 왔습니다."

야마자키는 사토 코이치의 초췌한 얼굴을 바라봤다. 다 버리고 왔다는 그의 말이 냉정하게 돌아서려던 그녀의 발길을 붙잡았다. 하루카 언니가 진정으로 사랑하는 남자. 정말로 이 사람은 언니를 위해서 자기가 가진 모든 것을 버릴 수 있는 남자인가.

"잠깐 들어오세요."

야마자키 린은 사토 코이치가 안으로 들어올 수 있도록 몸을 비켜 주었다. 이 남자에 대한 사랑 때문에 망가져 가는 하루카를 두고 볼 수만은 없었다. 린에게 그녀는 가족이나 마찬가지였다.

사토는 거실 소파에 앉아서 하루카의 흑백 미소가 담긴 대형 액자를 바라보고 있었다. 린이 따뜻한 레몬차가 놓인 쟁반을 들고 주방에서 나왔다.

"드세요."

"고맙습니다. 하루카는 어디에 있죠?"

코이치의 눈빛은 불안하게 흔들렸다.

"그보다 먼저. 몇 달 전에 사토상의 어머니께서 하루카 언니를 찾아오셨어요. 그 사실을 알고 계신가요?"

"네. 운전기사를 통해 얼마 전에야 들었습니다."

"언니는 많이 힘들어했어요. 일상생활이 불가능할 정도로."

린은 이상 행동을 일삼았던 하루카를 떠올리며 입술을 깨물었다.

"하루카가……. 제게는 말하지 않았어요. 연락을 취해도 응답이 없었죠. 저는……. 아……."

"야마자키 감독님이 언니를 데리고 잠시 고향으로 내려갔어요. 언니의 상태가 좋지 않거든요."

"상태가…… 좋지 않다뇨? 그게 무슨 말입니까? 하루카가…… 왜요……."

"저도 잘은 몰라요. 자꾸 이상한 영상이 떠오른다고 해요. 드라마 촬영을 하다가도 혼자만의 망상에 빠져들어요. 아…… 언니를…… 도와주세요."

사토 코이치는 찻잔을 내려놓고 눈을 감았다. 그는 고개를 숙인 채 양손으로 자신의 두 눈을 문질렀다. 하루카에 대한 안타까움에 그의 눈 주위 근육이 가늘게 떨렸다. 이렇게 힘들게 하려고 사랑했던 게 아니었는데. 그는 그녀를 미리 지켜 주지 못했던 지난 시간들을 속으로 저주하고 있었다.

"어서 먹어. 국물을 듬뿍 떴으니까 남기지 말고 마시도록 해."

야마자키 료는 보글보글 끓고 있는 버섯전골 냄비에서 유부주머니와 송이버섯을 담아 하루카에게 건네주었다. 그녀는 식욕이 없는지 조용히 웃으며 젓가락을 쥔 하얀 손을 게으르게 움직였다.

"감독님이 요리하시는 건 처음 봐요."

"이래 봬도 여학교 시절부터 나이 어린 동생 밥해 먹여 가며 살았던 사람이야. 먹을 만할 거다. 도저히 먹어 줄 수 없는 음식 솜씨는 아니거든. 하하……."

야마자키 감독은 다시 하루카의 그릇에 전골 국물을 듬뿍 담아 주었다.

"감독님. 저는요. 이다음에 다시 태어나면 눈부시게 하얀 광목천을 손에 가득 들고 태어날 거예요."

야마자키 감독은 도통 알 수 없는 말을 한다는 표정으로 말없이 그녀의 얼굴을 바라봤다.

"그 천을 들고 감독님이 계신 곳을 찾아가서 앉아 계신 마루를 윤이 나도록 닦고 또 닦으면서 살고 싶어요."

"다음 생에는 우리 집 가정부를 하겠다고?"

"어렸을 때 요정 쿠모에서 일하는 여인네들 중에 나츠라는 아줌마가 있었어요. 기묘한 이야기들을 많이 해 주곤 했었죠. 그분께서 말하기를 마루에서 항상 번쩍번쩍 윤이 나면 그 사람에게는 슬픔을 몰고 오는 신이 절대 깃들지 않는대요. 제 손에 가득 쥐고 있는 하얀 광목천이 다 닳아서 흐들흐들해질 때까지 감독님의 인생을 축복해 드리고 싶어요."

야마자키 료는 갑자기 가슴이 먹먹해졌다. 그녀는 눈물을 떨어뜨리지 않기 위해 천장에 달린 하얀 등을 바라봤다. 사람들은 알려나. 이 아이가 진심을 담아 말할 때마다 얼마나 청아하고 맑은 향기가 퍼져 나오는지. 하루카. 너는 참 좋은 아이다. 부디 사랑의 상처에 무너지지 말거라. 그러기에는 네가 가진 싱그러운 젊음이, 사랑스러운 속내가 너무나 아깝구나.

"하루카, 죽을 것처럼 애달프던 사랑도 세월이 가면 한 장의 그림처럼 잔잔해진다."

야마자키 감독은 사랑 때문에 망가져 가고 있는 하루카의 영혼을 붙들고 싶었다.

"화가는 불같은 열정과 뜨거운 혼을 담아서 캔버스를 채웠겠지만 후대의 사람들은 오묘하고도 신비로운 감상에 잔잔하게 젖어 들 뿐이지."

하루카는 슬픈 표정으로 그녀의 말에 집중했다.

"내 나이가 되면 너도 알게 될 거야. 누구나 열기에 휩싸인 20대를 지난단다. 그 감정이 삶의 전부라고 믿는 어리석음을 범하기도 하지. 네가 가진 전부를. 영혼마저도 대가로 치러야 하는 사랑이라면 그건 지나치게 버거운 거야. 때로는 너무 뜨거운 사랑이 흉측한 상처를 남기기도 해. 네게 독한 쓰라림을 주는 사랑이라면 그건 사랑이 아니다."

결국 하루카가 고통스럽다는 듯 눈을 감았다.

"하루카. 우리는 사토 가문이 어떤 집안인지 잘 알고 있는 사람들이야. 너도 그렇고 나도 그렇지. 우린 교토 출신이니까. 그리고 여기는 교토야. 이제 우리 앞에 다가온 불변의 진리만 기억하자."

야마자키는 잠시 호흡을 가다듬은 후 그녀를 향해 단호한 어조로 말했다.

"교토는 출신을 기억하는 곳이다."

이 말을 하는 야마자키 료의 가슴속에서도 깊은 울림이 터져 나왔다. 비루한 출신에서 벗어나기 위해 죽도록 발버둥 쳤던 전쟁과도 같앉던 자신의 인생이 영화의 필름처럼 되살아났다.

"감독님······."

"도쿄에서 나는 잘나가는 감독이고, 너는 최고의 여배우지만. 이곳 교토에서 우리는 카미시치켄의 딸들일 뿐이지. 더 세월이 흐르면 이런 거지 같은 굴레에서 자유롭게 해방될지 모르겠지만 아직은 아니야. 자기네 장자를 일본의 총리로 만들려는 그 집에서 게이샤의 딸을 며느리로 받아들일 리는 만무해. 그를 잊고 너는 자유롭게 날아가라. 하루카. 그게 최선의 길인 것 같다."

야마자키 감독은 국자를 집어 들고 버섯과 야채를 건져 내어 하루카의 그릇에 담아 주었다.

"감독님. 최고가 되고 싶었어요. 그 사람 앞에 당당하게 서려고."

"이제 네 인생을 살아라. 누구를 위한 삶은 거짓된 인생이야."

"절 바라보던 그분의 눈빛이······ 잊히지가 않아요. 그 집 정원에 있는 돌멩이보다 못한 취급을 받았어요."

그녀가 겪었을 치욕이 자신에게도 고스란히 전해지는 것만 같아서 야마자키 감독은 입술을 깨물었다.

"돌멩이만도 못한 인격을 가졌으니까. 자신들이 지니고 있는 구린 내 때문에 너에게서 풍겨 나오는 아름다운 향기를 맡지 못하는 인간들이다."

"올해 안에 코이치를······ 결혼시킨다고······."

하루카의 두 눈에 눈물이 맺혔다.

"놀랄 일도 아니지. 하루카, 결 좋은 광목천도 자꾸 문질러 빨다 보면 해지기 마련이다. 네 여린 마음을 비벼대는 사람들이야. 결코 좋은 결말을 기대할 수가 없다."

"전 믿어요. 코이치의 말을. 모든 걸 버릴 수 있다고 했던 그이의 말을."

하루카는 자꾸 둘 사이는 끝이라고 말하는 야마자키 감독이 야속하기만 했다.

"그게 그 사람의 꿈이라면 어쩔 것이냐? 너를 얻기 위해 남자가 자신의 꿈도 야망도 모두 던져 버리고 얻는 사랑이 무슨 의미가 있어. 자신에게 축복처럼 주어진 것을 던져 버려야지만 얻는 사랑이라. 두 사람 다 힘들 거야. 그 사람이 자신의 가문을 버리고 진정으로 행복하게 살 수 있을 거라 속단하지는 말아라. 사랑이 무뎌지면 남자는 자신의 핏줄과 근원을 그리워하게 마련이니까."

하루카는 자신 앞에 놓인 그릇에 젓가락을 가져갔다. 송이버섯과 야채를 집어서 한가득 입에 물었다. 윗니와 아랫니가 완벽하게 맞물리지 못하고 자꾸만 엇갈렸다. 그녀의 기다란 속눈썹을 적시며 눈물이 흘러내렸다. 야마자키 감독은 까만 상에 뚝뚝 떨어지는 하루카의 눈물방울을 말없이 바라보고 있었다.

하루카. 지금은 괴롭겠지만 저 은각사 연못에 머무는 바람처럼 인생은 허화롭게 흘러간단다. 바람이 잠시 머물다 가고 나면 우리는 바람의 흔적을 찾을 수조차 없다. 죽을 것처럼 아팠던 오늘의 기억도 희미해질 때가 오겠지. 견뎌라 부디. 많이 아파하지 말고. 빛나는 청춘은. 아름다운 젊음은 이리 치열한 대가를 요구하기도 하지.

시노하라 요시로는 폭풍 한가운데 서 있었다. 그는 누가 뭐라고 해도 시노하라 전자의 젊은 총수였다. 수년 전, 심장 발작이 있은 후 경영 일선에서 물러난 노회장인 아버지를 대신해서 시노하라 전자의 실질적인 최고 경영자 자리를 지켜 왔던 그였다.

위기는 갑작스럽게 그리고 뜻하지 않게 찾아왔다.

외가, 친가를 망라한 유력한 혈족들이 대주주로 있는 시노하라 전자는 그 태생부터 산불처럼 번질 수 있는 논란의 불씨를 안고 출범한 기업이었다. 제법 규모가 큰 출자금으로 이 기업의 토대를 올렸던 혈족으로 얽힌 이사진은 기업의 앞날을 결정짓는 사항 앞에서 중대한 의결권을 행사할 수 있는 힘이 있었다.

시노하라 전자의 이사진은 혈족 기업의 비약적인 성장에 감격스러워했다. 하지만 그들은 자신들의 실리와 명분을 위해 존재하는 사람들이었다.

노회장이 창립기념식 때 천명한 공식적인 경영권 승계 발언은 이사진을 자극했다. 둘째 아들 요시로를 기업의 회장으로 세우려는 노회장과 이를 납득할 수 없는 이사진과의 날카로운 대립이 시작되었던 것이다.

미국에서 공부 중이던 요시로의 형 잇페이는 오랜 유학 생활을 끝마치고 본국으로의 귀국을 앞두고 있었다. 그러나 일본으로 돌아가기 전 마지막으로 떠난 여행길에서 젊은 부부는 불의의 사고로 명을 달리했다. 돌이 갓 지난 어린 딸을 남긴 채.

학문에 뜻을 둔 형을 대신해서 이른 나이에 경영 일선에 참여했던 것은 둘째 아들 요시로였지만 이사진은 장자 승계를 은근히 바라고 있었다. 그들은 시노하라 가문의 장자가 돌아오면 그룹의 후계자로 세우기 위해 자신들의 힘을 모을 생각이었다. 매사에 주도면밀하고 빈틈이 없는 요시로보다 순적하고 온화한 큰아들 잇페이가 더 그들의 구미에 맞았기 때문이었다.

하지만 그들의 등불 같았던 잇페이가 허무하게 사고로 죽어 버렸다. 대주주들은 마지막 카드를 준비했다.

시노하라 전자 본사 대회의실, 대주주들이 참석한 3차 이사회.

"회장님, 저희들의 입장을 먼저 표명하겠습니다."

이사진의 우두머리 격이자 가전산업 부문을 맡고 있는 안자이가 입을 열었다. 노회장은 말없이 고개를 끄덕였다.

"우리 기업은 지금 자동차산업 부문으로의 사업 확장이라는 중요한 시기를 앞두고 있습니다. 이와 같은 때에 시노하라 가문의 장자를 불의의 사고로 잃게 되었다는 건 분명히 불행한 일이 아닐 수 없습니다."

노회장은 장자의 사고 이야기가 나오는 대목에서 눈을 감았다. 시노하라 요시로는 말없이 자신의 앞에 놓인 크리스털 물 잔만 바라보았다. 세밀하게 문양이 들어간 크리스털 잔은 오묘한 빛깔을 내뿜고 있었다. 잘 깎인 유리 표면에 비친 시노하라의 검은 눈동자가 위태롭게 빛났다.

"혈족 기업의 장자 승계가 불발되었다면 이제 모두가 납득할 수 있는 길을 밟아야 하지 않겠습니까."

"본부장, 그 납득할 수 있는 길이 무엇이오?"

노회장이 입을 열었다. 그러나 그의 얇은 눈꺼풀은 여전히 꼭 맞물려 있었다.

"일전에 천명하셨던 것처럼 요시로 사장의 회장 추대는 무립니다. 공격적인 사업 확장을 코앞에 두고 있으니 이제는 전문 경영인 체제로 들어가야지요. 그쪽이 더 명분 있는 선택이 아닙니까. 국민들에게 신망을 얻을 수 있는 절호의 기회입니다."

회의장에 깊은 침묵이 깔렸다. 배석한 이사진들은 마른침을 삼키는 소리가 들릴세라 호흡을 조절했다. 시노하라 요시로의 표정에는 어떤 변화도 없었다.

"그런가? 그럼 전문 경영인 체제로 굳히길 원하는 겐가?"

"아닙니다. 회장님. 시노하라 가문의 장자가 남긴 핏줄. 바로 잇페이의 딸, 히로미가 있지 않습니까. 그 아이가 성인이 되면 그때 다시 논의해 볼 문제입니다."

노회장이 감고 있던 눈을 떴다. 그의 윤기를 잃은 홀쭉한 볼이 노여움으로 인해 파르르 떨렸다. 사업 초기에 친족들의 투자를 받은 것이 이런 식으로 그와 그의 아들의 발목을 잡게 될 줄이야. 은행권의 힘을 빌리지 않았던 지난 과거가 몹시도 후회스러웠다.

인생은 반드시 대가를 요구하는구나. 하루빨리 기반을 닦을 욕심에 쉽게 내쳐 달린 열 보의 잰걸음이 훗날 늙은이의 힘 잃은 두 발목을 이리도 속절없이 옭아맬 줄이야. 요시로는 아직 결혼도 하지 않은 몸이다. 이사진의 의견을 묵살할 명분이 없었다. 명분이.

시노하라 요시로는 안자이 본부장을 정면으로 응시했다. 그의 입가에 미소가 떠올랐다.

'안자이 본부장, 당신은 오늘의 승부수를 띄우며 천국으로 직행하는 티켓을 획득하게 될 것이라고 생각했겠지? 그게 천국행 티켓인지 지옥으로 가는 특급열차 티켓인지는 두고 봅시다.'

시노하라 요시로는 안자이 본부장을 싸늘하게 바라보며 이날의 굴욕을 갚아 줄 자신만의 체스판을 설계하기 시작했다.

3월의 교토. 해질 무렵의 바람이 아직은 차갑게 느껴졌다. 하루카는 은각사 경내 한편에서 쏟아져 나오는 맑은 샘터를 지나 은단풍나무와 참죽나무가 빼곡하게 들어선 산책길로 접어들었다. 바람결에 상큼한 유자 향기와 지렁이가 꿈틀대는 촉촉한 진흙 냄새가 섞여서 흘러들어 왔다. 그녀는 나무 밑동이 제법 굵직한 아름드리 은단풍나무 앞에서 잠시 발을 멈추었다.

요정 쿠모의 대들보와 벽체를 연결하는 나무 기둥들은 모두 새까만 흑색이었다. 요정의 주인인 다카하시가 손님들이 추워할까 봐 연회장에다 구식 난로를 들여놨는데 얼마 지나지 않아 검은 그을음이 연회장 대들보와 기둥에 보기 싫게 들러붙기 시작했다. 그 시꺼면 그을음이 보기 싫어서 다카하시는 일하는 사람을 불러다 검은색 염료로 연회장 기둥을 칠하게 했는데 손님 중 누군가가 쿠모는 기둥마저도 운치가 있다고 감탄을 했다.

다카하시는 와카(일본 고유의 시)를 짓는 한량이 술김에 지껄인 칭찬도 아닌 말에 뛸 듯이 기뻐했다. 지극히 속물스러운 퇴물 게이샤였던 그녀는 밥벌이도 제대로 못하는 삼류 문인(文人)일망정 거나하게 취해서 반들반들한 주둥이로 시 따위를 나불대면 사족을 못 썼다.

그녀는 옆으로 길게 찢어진 눈을 번득이며 지붕마저도 검은색 염료로 새까맣게 칠했다. 요정 쿠모는 카미시치켄 거리에서 흑진주처럼 빛나기 시작했다.

어린 시절 하루카는 거뭇거뭇한 그을음을 그냥 두었더라면 더 좋았을 것이라고 생각했다. 어른들은 조금이라도 눈에 두드러지는 무언가가 있으면 어떤 구실을 붙여서라도 그 특별함을 빼앗았다.

어느 집 아이가 고작 여덟 살의 나이에 하이쿠(일본의 전통시)를 짓는다고 하면 '그 아비는 술주정꾼인데.' 라고 말했다. 누군가가 아무개는 서른인데도 피부가 팽팽하다고 감탄하면 그녀의 안짱다리를 지적하며 박복한 걸음걸이라고 비웃었다. 그런 식으로 어른들은 누군가의 우월한 아름다움과 빛나는 재능을 발견하면 그걸 보지 않으려고 일부러 눈을 가늘게 떴다. 망막을 옆으로 잡아 늘인 왜곡된 시선으로 흠거리를 찾아내고는 좋아했다.

코이치는 그녀를 있는 그대로 인정해 준 사람이었다. '네 엄마가 술을 따랐으니 네 웃음이 그 모양이지.' 라는 말 따위는 한 번도 하지 않았다. 쿠모의 여자들은 그녀에게 아비가 누군지도 모르는 계집의 눈꼬리는 너처럼 생기기 십상이라고 했었다. 하지만 코이치는 4월, 철학의 길(교토를 대표하는 벚꽃 길)에서 처음으로 만난 반가운 꽃봉오리처럼 생기 있는 눈이라고 말해 주었다.

그때였다. 은단풍나무 산책길에 무성하게 돋아난 습기 어린 봄풀들의 일부가 허리를 꺾고 수그러졌다. 그 봄풀들 사이로 길이 제법 잘들어 본래의 광택은 죽지 않았지만, 거친 흙이 묻어 있는 남자의 구두가 보였다.

하루카의 시선은 그냥 그 구두에 머물러 있었다. 땅거미가 내려앉고 있는 이 신산스러운 시간에 구두의 주인이 얼마나 깊은 상념에 잠긴 채 숲길을 거닐고 또 거닐었는지 흙투성이가 된 구두가 말해 주고 있었다. 그래서 하루카는 시선을 들어 구두 주인의 얼굴을 바라볼 자신이 없었다.

"하루카, 업혀라. 진흙길이라 미끄럽다."

사토 코이치가 등을 돌렸다. 참죽나무의 그림자와 코이치의 그림자가 겹쳐져 짙은 음영을 만들어 냈다.

하루카는 수수로 속을 채운 주머니처럼 가벼웠다. 코이치는 그 옛날 사내 녀석들이 던진 돌에 맞아 피를 흘리던 쇼우죠를 떠올렸다. 그녀의 이마에서 흘러내린 피가 자신의 얼굴을 타고 아프게 내려오던 그때. 자신의 정수리를 타고 미끄러지는 뜨거운 액체가 그녀의 피인지 자신의 눈물인지 구분조차 할 수 없었던 그때.

단지 행복하게 지켜 주고 싶었다. 그녀가 살아온 세월이 철저하게 조롱당했을 것을 생각하니 한때는 분명히 자랑스러웠던 자신의 이름에 욕지기가 올라왔다.

뉘엿뉘엿 해가 지는 교토의 산책길은 아름다웠고 지난밤 봄비를 맞아 한껏 물이 오른 풀들이 내뿜는 향기는 매혹적이었다. 하지만 그는 아무런 감흥도 느낄 수가 없다.

코이치의 시야가 자꾸 뿌옇게 흐려졌다. 죽음과도 같은 상념이 그의 가슴에 머물렀고 슬픈 시와 같은 애수가 흰 눈처럼 눈꺼풀 위에 내려앉았다. 이 길이 마무리되는 곳에서 익히 가야 할 바를 알려 주는 이정표가 거짓말처럼 서 있다면. 정말로 누군가가 그들이 어디로 향해 가야 하는지 알려 준다면.

"코이치. 여긴 어떻게 알고 왔어?"

'사실 기다리고 있었나 봐.'

하루카는 자신의 속마음을 차마 말하지 못했다.

"그런 건 중요하지 않아. 왜 말하지 않았어?"

'너는 바보야. 하루카. 진짜로 바보야.'

코이치는 허깨비같이 가벼운 하루카가 공기 중 어딘가로 사라져 버릴 것만 같았다.

"생각나? 나를 업고 학교 양호실로 뛰어들어 갔잖아. 그 학교 정문 옆에 치자꽃밭이 있었던 거지? 달콤한 치자 향기가 났었는데."

'코이치. 아름다웠던 기억이 많았어. 정말로.'

하루카는 그를 영영 보내 줘야 할 시간이 왔다는 것을 잘 알고 있었다.

"나는 죽이고 싶었어. 그 아이들을."

'내 인생에서 가장 슬픈 장면 중 하나였지.'

그는 간신히 터져 나오는 눈물을 삼켰다.

"이제는 꾀가 생겼나 봐. 좋은 배우라고 늘 칭찬만 받아 와서 그런지. 나 이제는 정말로……."

'지금부터 하는 말은 거짓말이야. 평생을 살면서 후회할게.'

하루카는 피눈물을 흘리며 몇 번이나 연습했던 대사를 천천히 말하기 시작했다.

"나는 이제 교토의 아들이 아니야. '더 이상 당신의 아들이 아닙니다' 라고 말해 버렸어."

'우리가 가야 할 길. 그 이정표는 내가 만들어 줄게.'

그녀가 안녕을 고한다는 생각에 그의 눈앞이 캄캄해져 왔다.

"진짜로 무서운 분이셨어. 나는 두려워. 나는…… 나는…… 자신이 없어."

'벌받아야 한다면 받을게. 코이치……. 미안해……. 미안해…….'

코이치는 가쁘게 숨을 들이마셨다. 그의 왼쪽 뒷목에서부터 찌릿하는 느낌과 함께 급하게 머리 쪽을 향해 치고 올라가는 혈액의 흐름이 전해졌다.

"하루카. 미안해. 너를 어머니로부터 지켜 주지 못해서. 앞으로는 그럴 일 없을 거야. 내가 약속할게."

'지금 무슨 말을 하고 있는지 넌 알고 있는 거니? 내가 숨도 쉬지 못하길 바라는구나.'

"엄마의 죽음마저도 조롱하셨어. 날 어떻게든 불행하게 만드실 분이셔."

'이제 나를 잊는 거야. 그리고 당신의 꿈을 이뤄. 내가 담아 두기에는 당신은 너무나 큰 하늘. 사토 코이치. 나는 잊지 않을게. 당신의 이름을.'

하루카가 눈물을 흘렸다. 한번 터진 눈물은 멈출 줄 모르고 끝도 없이 쏟아져 나왔다. 코이치의 얼굴 위로 그녀가 흘린 눈물이 흘러내렸다. 그가 소년이었을 때도 이랬는데. 그의 등에 업혀서 쇼우죠는 붉은 피를 끝도 없이 흘렸는데. 이제는 그녀의 마음에서 흘러나온 피가 눈물이 돼서 내게로 전해지는구나.

"우리 멀리 도망가서 살자. 하루카."

'나한테 죽음 같은 형벌을 주지 마. 부탁이야.'

코이치는 자신이 던질 수 있는 최후의 카드를 던졌다.

"아니. 내가 힘들게 이룬 것들을 포기하고 싶지 않아. 당신을 만나는 게 더 이상 행복하지도 않고. 사토 코이치의 여자란 게 고통스러워. 이제는 아프고 싶지 않다. 정말로."

'이런 거짓말을 한 죄로 나는 행복하게 살지 않을 거야. 약속할게.'

하루카는 지금까지 했던 그 어떤 연기보다 완벽한 연기를 지금 하고 있다는 사실에 소름이 끼쳤다.

"행복하지 않다고…… 행복하지 않다고…… 나와 있는 게 고통스럽다고……."

'이게 너의 진심이니? 행복하지 않다는 말. 남자를 좌절하게 만드는 말이야.'

코이치는 그녀가 행복하지 않다는 말에 사형 선고를 받은 기분이었다.

"이 길이 끝나면 나는 배우 하루카로, 당신은 교토의 아들 사토 코이치로 사는 거야. 나를 위해. 내가 더 이상 아프지 않도록. 당신이 나를 보내 줘."

'엄마. 이 사람의 앞길을 축복해 줘요. 신이시여. 내게 보내 줄 축복이 아직도 남았다면 모두 이 사람에게 부어 주세요.'

"……."

'끝이로구나. 네가 아프다면…… 나는 욕심부릴 수가 없다. 너를 사랑하니까. 내 목숨보다도 너를 사랑하니까.'

산책로의 끝에 이르렀지만 그들이 가야 할 길을 알려 주는 이정표는 어디에도 보이지 않았다. 코이치는 하루카를 내려 주었다. 망막에 가득한 물기 때문에 그녀가 또렷하게 보이지 않았다. 그는 자신이 처음으로 하루카를 품에 안았던 그 밤을 떠올렸다. 서로를 따뜻하게 안았던 수많은 시간들이 선사한 온기는 아직까지 생생하게 살아 있건만 그녀의 눈은 이별을 말하고 있었다.

"하루카. 내가 어떻게 해 주면 좋겠니."

"나를 보내 줘."

"그렇게 해 주면 너는 행복하게 살 수 있겠어?"

"응. 더 이상 조롱거리가 되지 않을 거야. 사랑만 받으며 살 거야."

"그래, 그래. 사랑만 받으며 살아야지. 그래."

코이치의 두 볼에도 눈물이 흘러내렸다. 내가 너를 불행하게 했구나. 하루카 미안하다. 정말로. 이제 널 보내 주마. 하루카를 행복하게 해 주는 세상으로 날아가렴.

"안녕, 코이치. 당신의 앞날을 축원하겠습니다."

"사랑했어. 사랑하고 있고. 앞으로도 사랑하겠습니다. 멀리서. 조용히. 그럼, 안녕."

하루카가 먼저 뒷모습을 보이며 돌아섰다. 교토의 아들은 그대로 주저앉았다.

'너는 내 편이니까.'

쇼우죠가 말했었다.

'잊지 마. 나는 항상 쇼우죠 편이야.'

소년 코이치는 늘 쇼우죠 편이니까.

외롭기만 했던 그녀의 어린 시절이 아프게 다가왔다. 그녀를 힘들게 해서는 안 된다. 사랑이라는 이름으로 부당한 것들을 감내하라고 말한다면 남자가 아니다. 그렇지만 이제 내 사랑은 어느 하늘에 떠나보내야 하는가. 삶이 이토록 고통스러운 것이라면 어머니의 자궁 속에서 머리를 내어 밀고 나오는 모든 생명들에게 위로의 말을 건네고 싶구나. 하루카. 부디 행복해라. 내 몫까지.

그로부터 석 달 후. 주요 일간지들은 부고란 옆에 1단짜리 짤막한 기사로 사토 코이치와 오쿠무라 치즈코의 약혼 기사를 실었다. 보수 우익을 대표하는 오쿠무라 집안과 교토의 지역적 특성을 대변하는 사토 가문의 결합은 호사가들에게 숱한 이야깃거리를 제공했다. 흑백으로 조그맣게 실린 사진 속 코이치의 표정을 두고 사람들은 '어머니의 정치적 야심에 희생된 교토의 아들'이라고 수군댔다.

약혼식장에서 사토 코이치는 삶을 포기한 듯한 얼굴로 카메라 렌즈를 바라봤다. 사람들이 모두 감탄했던 약혼녀의 오색찬란한 기모노가 그에 눈에는 비둘기 날갯죽지 같은 잿빛으로 보였다. 새하얗게 빛나고 있는 린넨 식탁보마저 우울한 회색이었다.

코이치는 자꾸 기침을 했다. 《사랑의 찬가》, 《세레나데》 같은 간지러운 연주곡이 나올 때마다 그는 심장 아래에서부터 뭔가가 울컥 넘어오는 느낌을 견디기 위해 안간힘을 썼다. 하지만 결국 분홍색 볼터치를 한 약혼녀와 샴페인 잔을 어색하게 부딪친 후 바로 화장실로 달려갔다. 토악질이 나왔다. 누런 위액이 넘어올 때까지 속에 있던 것을 모두 다 게워 냈다.

우악스러운 세월이 그를 기다리고 있었다. 그는 지금의 이 심정을 말로써 표현하고 싶었다. 자신의 약혼식장에서 터져 나오는 구역질을 참아야 했던 그의 주위로 많은 단어들이 떠다녔다. 이 단어들로 주어와 술어를 결합시켜 보려 했지만 쉽지가 않았다. 그의 머릿속에 떠오르는 건 오로지 한 문장이었다.

'좋은 사람 만나라. 부디 좋은 사람 만나라.'

우악스러운 세월을 견뎌야 하는 건 나 하나로 족하다. 너의 행복을 기원하며 나는 이 약혼식장에서 제법 멀쩡한 남자로 서 있으련다. 카미시치켄을…… 은각사를…… 교토를…… 그리고 나를…… 잊어라. 우리가 함께했던 그 시간들을 기억하지 말아라. 네 인생이 늘 봄날 같기를. 너무 행복해서 나란 남자는 생각도 나지 않을 만큼 네 삶이 기쁨으로 충만하기를.

너는 사토 코이치의 신선한 공기고, 부드러운 바람이고, 청명한 하늘이니. 내 우울한 허파에 공기가 채워지지 않는 그때까지. 내 외로운 두 뺨에 바람을 느끼지 못하는 그날까지. 내 공허한 눈동자가 하늘에 흘러가는 한 조각 구름을 보지 못하는 생의 마지막 순간까지. 나는 너를 기억하마. 그리고 변하지 않는 마음으로 사랑하마.

교토에 살고 있는 야마자키 료 감독의 노모가 초여름의 뜨거운 햇

살 아래서 가벼운 뇌출혈로 쓰러졌다. 료와 린 자매는 연락을 받자마자 저녁 기차로 급하게 내려갔다.

하루카는 아무도 없는 자신의 맨션에서 정종을 데우고 있었다. 린이 없기 때문에 그녀는 더욱 급하게 술을 데웠다.

매니저인 린이 곁에 없으면 그녀의 손은 다급하게 술병을 찾아 움직였다. 두 병을 마시고 한 병을 마신 것처럼 병을 없애려면 재빨리 손을 움직이는 수밖에 없었다. 며칠 동안 자매는 올라오지 못할 테지만 술병을 집는 하루카의 손은 무언가에 쫓기듯이 불안했다.

따뜻하게 데운 술이 혈액과 섞여 느린 속도로 흐르며 나른한 감각을 가져다주었다. 발가락 끝에서부터 뒷목에 이르기까지 온몸의 긴장이 스르르 풀리기 시작했다. 이제는 술이 들어가지 않으면 이상하게 두 어깨와 목이 뻣뻣하게 굳어져 일상생활이 불편할 정도였다.

그녀는 몽롱한 기분 속에서 사토 코이치의 약혼 기사를 뚫어져라 쳐다봤다. 약혼녀가 입고 있는 기모노가 너무나 아름다웠다. 가슴 아래부터 배까지 통째로 감싸는 철쭉색 오비(허리띠)와 검은 바탕에 화려한 문양이 그려진 후리소데(소매 배래 쪽이 길게 내려오는 예식용 기모노)가 눈부셨다. 장수를 기원하는 학이 오비 아래에서부터 힘차게 날갯짓을 하며 올라갔다. 출세를 염원하는 부채 무늬가 그녀의 어깨를 감싸고 있었다.

교토 사립중학교 담벼락에서 치자꽃 향기를 맡으며 황홀하게 바라보았던 여학생들의 교복이 떠올랐다. 그때도 꼭 이런 기분이었는데. 그의 약혼녀는 잘 배우고 잘 자란 아가씨처럼 보였다. 좋은 가문에서 태어나 귀한 대접을 받고 자랐겠구나.

하루카는 냉장고에서 두 번째 정종병을 가져왔다. 그녀의 손이 조급하게 술을 잔에 따랐다. 마음을 찢는 고통이 그녀의 의식을 지배하기 시작하자 하루카는 몽롱한 술의 기운 속으로 자꾸만 도망치고 싶었다. 두 번째 정종병도 순식간에 비워졌다.

'코이치를…… 죄송합니다. 사토상을 행복하게 해 주세요. 계란과 두부는 좋아하지만 낫토(청국장 같은 발효 음식)는 그다지 좋아하지 않아요. 책을 읽을 때면 가끔 한쪽 눈썹을 찡그리죠. 그 모습이 소년 같아서 저는 자주 훔쳐보곤 했어요. 시를 매우 잘 쓰지만 써 달라고 하면 못 쓴다고 말할 거예요. 그 말에 속지 마세요. 자신의 시를 칭찬해 주면 해맑게 웃습니다. 부디 많이 웃게 해 주세요.'

하루카는 알코올이 자신을 지배하며 이성과 감정의 주인이 되는 것을 느꼈다. 그녀는 이번엔 독한 위스키를 꺼내 들었다.

'그는 잠들기 전에 머리를 만져 주는 것을 좋아해요. 죄송합니다. 죄송합니다. 당신보다 먼저 이런 것들을 알게 되어서 저는 죄송해요. 하지만 그는 너무나 훌륭한 인격을 가진 남자이니 그가 꿈을 이루도록 도와주세요. 큰사람이 되도록 당신이 응원해 주세요. 저는…… 배움도 짧고…… 그에게 견주기에는 출신이 비루해서…… 항상 사토상에게 미안했습니다. 그의 짝이 되어 주셔서 감사합니다. 저는……. 저는…… 두 분의 앞날을 위해 기도하겠습니다……. 하지만 그이가 그립습니다…….'

그녀의 머릿속으로 사토 코이치와 행복했던 시간들이 물결처럼 흘러가기 시작했다. 시간과 시간 사이의 어느 지점을 스스로의 의지에 반해 넘나드는 사람처럼 그녀의 의식은 과거의 행복했던 시절로 날아가고 있었다. 그녀를 거쳐 간 과거의 이미지와 기억은 현재의 모습으로 위장한 채 감쪽같이 그녀를 기만하고 농락했다.

띵동— 띵동—

벨 소리가 시간차를 두고 두 번 울렸다. 하루카는 식탁에 엎드려 있다가 간신히 일어나 비틀거리며 걸어갔다. 현관문의 확대 구멍으로 벨을 누른 사람의 얼굴을 확인했다. 맙소사. 그였다. 사토 코이치였다. 하루카는 서둘러 문을 열었다. 말끔한 정장 차림을 한 코이치가 약간 놀란 눈으로 그녀를 바라보고 있었다. 그에게선 낯선 스킨 냄새가 풍겨 나왔다. 벌써 화장품을 바꿨나.

"어서 와요. 당신. 여긴 어떻게?"

"아……. 미안……. 그냥……. 지나가다가……. 잘 지냈소?"

"보고 싶었어. 정말로."

"……."

하루카가 그의 품에 안겼다. 그는 잠시 고민스러웠지만 두 손으로 그녀의 마른 등허리를 감싸 안았다. 못 본 사이에 그녀의 몸은 몹시 축나 있었다.

알싸한 술 냄새를 풍기며 그녀의 입술이 다가왔다. 그는 그녀의 키스에 반응하지 않았다. 술에 취한 하루카의 이런 행동이 그를 당황스럽게 만들었다.

"안아 줘요. 어서."

하루카가 그의 손을 잡고 침실로 이끌었다. 그는 그녀를 가만히 들어서 침대에 눕혔다. 그리고 목 아래까지 이불을 덮어 주었다.

"취했군. 그만 자."

"내가 싫어졌어? 그렇구나."

"……."

"내가 카미시치켄 출신인 게 마음에 걸렸던 거야. 맞지?"

"……."

하루카가 두 팔로 그의 목을 감싸 안았다. 나긋나긋한 그녀의 몸이 그의 품속으로 들어왔다.

"안아 줘요."

"네가 카미시치켄 출신인 게 걸렸던 적은 단 한 번도 없었어, 하루카."

그는 그녀에게로 서서히 입술을 내렸다. 그리고 그녀를 뜨겁게 안았다. 무척이나 황홀하고 만족스러운 밤이었다.

크림색 커튼 사이로 들어오는 아침 햇살에 그는 눈을 떴다. 고개를 돌려 옆을 바라보니 아직 깊은 잠에서 깨어나지 못하고 있는 하루카가 보였다. 그 모습이 무척이나 사랑스러웠다.

시간을 확인한 후 그는 급하게 자리에서 몸을 일으켰다. 그녀의 동그란 이마에 입을 맞춘 후 옷을 입었다.

간단하게 세면을 하고 나서 까슬하게 자란 턱수염을 쓸어 보았다. 지난밤을 생각하니 입가에서 계속 웃음이 떠나지 않았다. 그는 거울 속에 비친 자신의 얼굴에서 사춘기 소년처럼 야릇한 열기에 휩싸인 스스로를 발견했다. 단정하게 머리를 빗은 후 욕실을 나왔다.

주방으로 가서 냉장고 문을 열고 차가운 우유를 한 잔 따라 마셨다. 그리고 그녀를 위해 계란으로 스크램블을 만든 후 식탁 위에 올려놓았다. 신혼부부놀이를 하는 것 같아서 쑥스러웠지만 그녀를 위해 뭔가를 만들어 주고 싶었다.

그는 곤히 잠들어 있는 하루카의 얼굴을 다정하게 어루만지고 가만히 침실 문을 닫았다. 다시 한번 시간을 체크한 후 서둘러 엘리베이터를 타고 곧장 지하 주차장으로 내려갔다.

야마자키 린은 졸린 눈을 비비며 택시에서 내렸다. 그녀는 계속해서 하품을 했다. 어머니의 뇌출혈이 가벼운 것이라는 의사의 말을 듣고, 료 감독은 혼자 있을 하루카가 걱정스러웠는지 부랴부랴 린을 올려 보냈다. 밤새 기차의 딱딱한 좌석에서 자다 깨기를 반복한 린은 몹시도 피곤했다.

맨션의 입구를 향해 터벅터벅 걸어가는데 검은색 고급차가 그녀 옆에 바짝 붙어서 지나갔다. 그녀는 순간적으로 운전석을 쳐다봤다.

'내가 졸리긴 한가 보다. 왜 내 눈에 저 사람이 시노하라 요시로로 보이지? 잠을 못 잔 탓인지 이젠 헛것이 다 보이네.'

야마자키 린은 다시 한번 크게 하품을 하며 기지개를 켰다.

료는 그녀에게 하루카의 병이 꽤 심각하다고 말했다. 기억력이 갈수록 뒤죽박죽이 되는 것 같다며 하루카에게 정신과 치료를 권해 볼 생각이라고 했었다.

료 언니 말대로 병원에 데려가야겠어. 유명한 배우라 병원은 조심스럽지만 언니를 이대로 둘 수는 없으니까. 전에도 나를 엉뚱한 이름으로 불렀었지. 이러다가 언니가 사람마저도 제대로 알아보지 못하면 어쩌지? 도쿄 중앙병원이라면, 료 언니가 신뢰하는 마쓰자카 쇼헤이 선생님이 있는 그 병원이라면 언니를 은밀하게 치료해 줄지도. 그래도 도쿄에 믿을 수 있는 병원이 있다는 게 다행이다. 참으로.

따끈하게 데운 우유에 떨리는 마음으로 큼직하게 푼 코코아 가루
한 스푼을 집어넣으면 시계 방향으로 가루가 뱅뱅 돌며 우유 속으로
천천히 녹아들어 갔다. 진갈색의 가루가 그렇게 흐린 보라색의 옷으
로 갈아입고 하얀 우유에 스며들어 가는 순간을 보며 어린 류우지는
나른한 평화를 느꼈다. 그건 이제 곧 달콤한 코코아를 먹을 수 있겠다
는 기대감까지 실린 매우 아늑한 평화였다.

창문을 두드리는 음악 같은 빗소리에 류우지는 잠에서 깼다. 얇은
커튼 사이로 들어오는 흐린 아침 햇살이 세나의 보라색 침대 패드에
닿은 뒤 부드럽게 굴절되어 류우지의 얼굴에 낮은 조도의 조명처럼
머물렀다. 햇살을 받아 흐린 보라색으로 변한 침대 패드를 보며 류우
지는 어릴 때 우유 속으로 녹아드는 코코아 가루에서 느꼈던 그 평화
로운 기운을 다시 마주했다.

류우지는 살짝 상체를 일으켜 아직도 깊은 잠에 빠져 있는 세나를
바라봤다. 그녀는 꼭 안고 싶은 몽실몽실한 아기 강아지처럼 몸을 웅

크린 채 자고 있었다. 그는 침대로 살며시 올라가 세나의 곁에 누웠다.

비 내리는 창문을 향해 웅크린 모습으로 자고 있는 그녀를 뒤에서 부드럽게 안으며 까만 머리카락 속으로 얼굴을 묻었다. 코코아 가루가 데운 우유에 녹아들어 가는 것 따위와는 비교도 되지 않는 나른한 기분이 몰려왔다. 그는 자신을 옥죄고 있는 모든 근심 걱정이 이 순간만큼은 연기처럼 사라지는 걸 느꼈다.

세나가 눈을 비비며 일어났다.

"언제 올라왔어? 저 바닥이 좋다면서. 어서 내려가."

"아니야. 아니야. 아니야."

"아니긴 뭐가 아니야?"

"조금만 더 이렇게 있을게. 그냥 이 순간이 너무 좋아서 그래."

세나는 아이처럼 자신에게 매달려 있는 류우지를 보고 있자니 웃음이 터져 나왔다.

"같이 아침 먹자. 내가 집 앞에 있는 일본에서 가장 맛있는 손두부집에서 두부 사 올게."

"두부? 그렇게 맛있는 두부집이 근처에 있어? 아침은 내가 사 올게. 여왕님."

류우지는 세나의 뺨에 가볍게 입을 맞추고 자리에서 일어났다. 무릎과 발목 관절이 마치 부드러운 춤을 추는 듯한 경쾌한 걸음으로 단숨에 계단을 내려갔다.

류우지는 바로 맞은편에 자리한 다케오 두부집에서 새어 나오는 하얀 김을 한동안 바라보고 있었다. 이슬비가 촉촉이 내리는 도쿄의 아침. 하얀 김이 모락모락 피어오르는 거대한 들통을 들고 이 집의 아들인 듯 보이는 건장한 체격의 소년이 분주하게 움직이고 있었다.

희뿌연 콩비지에서 쉴 새 없이 올라오는 고소한 냄새가 좁은 골목길을 가득 채우기 시작했다. 밤새 이 거리에 내려앉았던 어떤 이의 상념도, 누군가의 고독도 이 생동감이 넘쳐흐르는 하얀 연기에 밀려 서서히 물러가는 것 같았다.

다케오 두부집 입구에 짙은 파란색 노렌이 걸렸다. 내리는 비 때문에 천으로 만든 노렌 한쪽이 물기를 머금고 살짝 쭈그러들었다. 아까 들통을 들고 나오던 소년이 쭈그러진 노렌의 한쪽을 톡톡 털어서 다시 폈다. 소년은 노렌이 신경 쓰이는지 안에 들어가서도 계속 시선을 떼지 못했다.

"슈지, 비 오고 바람 부는 날에는 어쩔 수가 없다고. 그냥 둬라."

"아버지, 우리도 저렇게 천으로 된 구식 노렌 말고 좀 더 그럴듯한 걸로 바꿔요."

"네 녀석이 이 가게를 물려받으면 그때 바꾸려무나. 나는 비바람에 쪼그라드는 저 구식 노렌이 좋다. 허허허……."

"그 세월이 대체 언제 와요? 아버지가 백 살까지는 이 가게를 멀쩡히 꾸려 나가실 텐데. 하하……."

류우지는 무심한 듯 다정한 부자의 대화를 귀 기울여 들었다. 지극히 일상적인 것들이 아름답게 다가오는 여름 아침이었다. 세나의 주변에 사는 사람들이라서 그들이 더욱 아름답게 느껴지는 걸까. 아니면 부자의 대화가 너무 다정해서 내 가슴이 이렇게 뻐근한 걸까.

그때 뒤에서 발소리가 들려왔다. 고개를 돌려 바라보니 잠기운이 채 가시지 않은 듯한 뚱한 얼굴로 발가락이 보이는 슬리퍼에 저지 트레이닝 바지를 입은 세나가 있었다.

"계단 아래 서서 멍하니 뭐 해? 내가 사 올게. 넌 그냥 여기 있어."

비가 내리고 있었지만 그녀는 우산도 쓰지 않고 두부집을 향해 후다닥 뛰어갔다.

류우지는 그녀의 아침을 지켜보는 게 행복했다. 이 골목을 감싸고 있는 고소한 두부 냄새도 우산도 쓰지 않은 채 슬리퍼만 신고 다다다 돌진하는 그녀의 뒷모습도 모모치해변에서 밀려오던 그 파도처럼 평화롭게만 느껴졌다.

비닐봉지에 담긴 두부를 건네받은 그녀가 다시 부리나케 달려갈 자세를 취하자 두부집 주인이 검은 우산을 흔들며 쓰고 가라고 권하는 듯했다. 세나는 끝내 그 우산을 사양한 채 빠른 속도로 달려왔다. 그녀의 하늘색 후드 티셔츠 양쪽 어깨 부분이 흠뻑 젖었다.

"올라가서 같이 아침 먹자. 다케오 아저씨네 손두부야."

세나가 비닐봉지를 흔들며 환하게 웃었다. 비 내리는 도쿄의 우울한 공기를 저 멀리 보내 버리는 청명한 웃음이었다. 촉촉한 빗소리가 들렸지만 도다이마에역 고서점 거리는 고소한 두부 내음으로 가득했고, 끈적끈적하고 음습한 공기가 그의 두 뺨에 끈질기게 들러붙었지만 그녀의 웃음은 손두부집 부자의 대화처럼 뭉클한 감정을 선사했다. 류우지는 이 거리가 그에게 구원처럼 느껴졌던 이유를 서서히 깨닫고 있었다.

세나는 작은 상에 김이 모락모락 나는 두부를 썰어서 올리고, 그 옆에는 소금에 절인 배추와 매실장아찌를 그럴싸한 모양새로 담았다. 그녀가 '어서 와서 앉아.'라고 말하자 어쩐지 남편을 기다리고 있던 갓 결혼한 새댁 같은 분위기가 나서 류우지는 알 듯 말 듯 한 쑥스러움을 느꼈다. 마치 그녀와 부부가 된 기분이었다.

세나는 약간 얼굴이 빨개진 채 멍하니 서 있는 그를 잡아끌어 상 앞에 앉혔다. 그에게 젓가락을 쥐여 주며 어서 먹으라고 눈짓을 보냈다.

"왜 그래? 갑자기 딱딱하게 굳어서. 암튼 이상한 사람이야."

"두부가 정말로 맛있네."

류우지는 재빨리 두부로 화제를 돌렸다.

"딴소리는. 얼굴도 약간 빨개진 것 같고. 왜 그래?"

"묻지 마. 아무것도."

"더 궁금해지잖아, 그렇게 말하니까."

세나는 수상하다는 듯 류우지를 바라봤다.

"나 집을 옮겼어. 학교 근처 오피스텔로."

"정말? 학교 근처라면 여기서 가깝겠네?"

"응."

"너무 갑작스럽다."

"그 편이 나을 것 같아서. 아침 먹고 우리 집으로 가자. 누가 널 기다리고 있어."

류우지는 약간 들뜬 얼굴로 세나를 바라봤다.

"누가?"

"만나 보면 알 거야."

류우지의 오피스텔은 동경대 북쪽 방향에 있는 깔끔한 주택가에 자리하고 있었다. 확실히 그녀의 집에서 걸어 다닐 수 있는 가까운 거리였다.

한 우산을 쓰고 물기를 머금고 있는 보도블록을 밟으며 그는 자꾸 세나의 얼굴을 빤히 바라보게 되었다. 그녀와 같은 우산을 쓰고 도쿄의 거리를 걷는 것만으로도 세상을 다 얻은 기분이었다. 이런 소소한 일상이 주는 행복이 아낌없이 이 거리에 쏟아져 내리는 수만 개의 빗방울처럼 그에게도 내려앉았다.

물 빠진 블루진에 하얀 티셔츠, 레몬색 얇은 카디건을 걸친 세나는 극히 평범한 차림이었지만 그의 눈에는 동화책에서 튀어나온 요정처럼 빛나 보였다. 그녀를 바라보고 있으면 비 내리는 도쿄를 감싸고 있는 특유의 우울한 공기마저 산뜻하게 느껴졌다.

"여왕님을 더 빨리 만났다면 좋았을 텐데."

"빨리 만났는데. 못 본 척하던 시간이 길었을 뿐이지."

"내가 가고시마에 처음 가던 날. 그 목장에 네가 있었다면 얼마나 좋았을까."

세나는 그의 말에 갑자기 목이 메어 왔다. 가고시마의 목장, 아름다웠던 류우지의 언덕. 그리고 어린 류우지와 블랙잭이 안식을 얻었던 유령사의 연못. 눈처럼 날리던 하얀 꽃잎들. 그리고 블랙잭. 광활한 초원을 달리던 블랙잭이 그리웠다.

류우지의 외로운 유년 시절이 빗방울 떨어지는 거리 한편에 스크래치 난 옛날 필름을 돌리는 것처럼 펼쳐졌다. 그녀는 가슴이 아려 와 걸음을 멈추고 그의 얼굴을 바라봤다. 아직은 소년티가 어렴풋이 남아 있는 아름다운 얼굴. 두 팔로 그의 등허리를 감싸며 가슴에 얼굴을 가져다 댔다. 그의 품에 쏘옥 안겨 가만히 눈을 감았다.

"류우지, 눈을 감고 빗소리를 들어 봐. 아름다운 음악처럼 들려."

"······."

"미안해. 같이 있어 주지 못해서. 나도 그 시절에 너를 만났더라면 더 좋았을 텐데. 하지만 앞으로는 항상 같이. 언제나 류우지 곁에 있어 줄게."

"······."

더 이상 아무 소리도 들려오지 않았다. 보도블록을 경쾌하게 치고 가는 요란한 빗소리도, 젖은 노면을 급하게 내달리는 차들의 엔진 소리도, 어수선하게 아침을 시작하는 이 도시의 소음도.

그는 처음으로 생각했다. 누군가가 자신을 위해 오랜 시간 기도하지 않았을까. 고독했던 시간은 날카로웠지만 그 순간에도 누군가는 자신을 위해 온 마음으로 축복하고 또 축복해 주었을 것이다. 그 기도가 너무 간절해서 신이 그녀를 자신에게 보내 준 것이라고 믿기로 했다.

두 사람은 신축 오피스텔 안으로 들어가 엘리베이터를 탔다. 새 건물 특유의 냄새가 났다. A—802호. 그가 번호 키를 누르기 전에 세나가 그의 팔을 잡아당겼다.

"나를 기다리고 있는 사람이 있다고 했지? 나 긴장돼."

"긴장하지 마. 안 그래도 되니까. 진짜로 반가울 거야."

"그래? 나 괜찮아 보여?"

"하하하…… 여왕님은 언제나 최고야. 걱정하지 마."

그가 번호 키를 누르고 현관문을 열자 갑자기 믿을 수 없는 일이 벌어졌다. 블랙잭! 블랙잭이 꼬리를 치며 달려 나왔다.

"아…… 류우지…… 아……."

자세히 보니 블랙잭보다 훨씬 덩치가 작은 아주 조그마한 강아지였다. 생김새는 블랙잭과 거의 흡사했지만 아직 발바닥이 보드라운 새끼였다.

"아…… 블랙잭의 새끼로구나. 맞지? 가고시마 목장의 카토상이 이부스키에서 데려오겠다고 했던 바로 그 강아지야. 세상에. 너무너무 귀여워. 블랙잭이랑 똑같이 생겼네!"

강아지는 세나에게 달려들어 정신없이 그녀의 얼굴을 핥았다. 성격이 굉장히 명랑한 녀석이었다. 류우지는 세나의 얼굴에 격렬한 환영 인사를 하고 있는 강아지를 번쩍 안아 올렸다.

"그런데 말이야. 이 녀석은 블랙잭이랑은 영 딴판이야. 너무…… 그러니까 너무 다정해. 틈만 나면 뽀뽀를 하려고 달려든단 말이지. 블랙잭의 새끼의 새끼의 새끼……. 암튼 그 녀석의 핏줄은 확실한데 성격이 망했어. 목장견의 품위도 없이 애완견처럼 애교를 부려. 하하……."

"류우지, 너무나 기뻐. 블랙잭이 살아 돌아온 것 같아서. 카토상이 귀엽고 사랑스러운 강아지를 보내 주셨구나. 너무 행복해서 왠지 눈물이 날 것 같아."

세나는 류우지의 품에 안겨 있는 강아지의 보드라운 털을 쓰다듬으며 그제야 집 안을 둘러보았다. 오피스텔 내부는 널찍하고 깔끔했다. 현관 입구에는 굉장히 커다란 흑백 사진이 걸려 있어 시선을 끌었다. 몹시 아름다운 젊은 여인의 사진이었는데 짙은 눈썹과 섬세한 눈망울이 어쩐지 익숙하게 느껴졌다. 세나는 그 사진을 보자마자 알 수 있었다. 그녀가 류우지의 어머니라는 것을.

믿겨지지 않을 정도로 아름다운 그 여인은 한쪽 어깨선이 드러나는 조직이 굵은 오프 숄더 꽈배기 니트를 입고 있었다. 렌즈를 향해 해맑게 웃고 있었지만 오른쪽 이마 아래부터 왠지 모르게 슬퍼 보이는 인상이었다. 한 번 보면 절대 잊히지 않을 것 같은 청아한 얼굴.

그레이색 러그가 깔린 거실에서는 카모마일 향이 났다. 블랙커피색 가죽 소파와 장스탠드만이 놓여 있는 거실은 어쩐지 휑하게 느껴졌다.

류우지가 주방으로 들어가서 전기포트의 스위치를 눌렀다. 강아지가 그 뒤를 졸졸 따라다니다가 다시 세나 곁으로 왔다. 강아지는 세나와 류우지가 반가운지 집 안 곳곳을 정신없이 뛰어다니고 있었다.

"류우지, 강아지 이름은 지었어?"

"아니. 너가 그 녀석 이름을 지어 줘."

류우지는 커다란 스푼으로 코코아 가루를 떠서 머그잔에 옮기며 세나를 향해 애교를 부리는 강아지를 사랑스럽다는 듯 바라봤다.

"잭슨 어때? 블랙잭의 피를 이어 받은 잭슨!"

"잭슨! 오. 좋아. 너무 마음에 들어. 이 꼬맹이의 이름은 오늘부터 잭슨이다. 하하……."

"잭슨! 이리 오렴. 류우지 옆에서 행복하고 튼튼하게 자라렴."

세나는 맹렬하게 꼬리를 치는 잭슨을 번쩍 안아 들었다.

"제발 블랙잭처럼 용맹하고 멋진 목장견으로 자라 줘라. 잭슨."

류우지는 세나에게 안긴 잭슨을 바라보며 마치 다짐을 받듯 말을 건넸다.

"류우지 나 오후에는 도쿄 중앙병원에 갈 거야. 마쓰자카 쇼헤이 원장님께 다녀오려고 해. 그동안 신세진 것에 대해 감사 인사는 드려야지."

류우지가 코코아가 담긴 커다란 머그잔을 들고 나왔다.

"같이 가자. 내가 데려다줄게."

"나 혼자도 갈 수 있어."

"나도 감사 인사를 드리고 싶거든."

달달하고 부드러운 액체가 식도를 타고 서서히 내려갔다. 세나는 류우지와 잭슨과 함께하는 이 시간을 느긋하게 즐기고 있었다. 지금 이 순간이 너무 소중해서 재깍재깍 울리는 초침 소리조차 안타까웠다.

류우지, 너와 나 사이에 흐르고 있는 이 감정은 뭘까. 어떤 인연으로 우리는 이렇게 마주 보고 있는 것일까. 너는 나와 함께하지 못했던 과거를 아쉬워했지만, 나는 너와 함께하는 지금 이 순간조차 무심하게 흐르고 있는 이 일분일초가 너무나 아쉬워. 시간이 흐르지 않았으면 좋겠어. 그냥 이대로 모든 게 정지했으면 좋겠다.

"현재 임신일 가능성은 있나요?"

"뭐라고요? 다시 한번 말해 주겠어요?"

"임신 찬스요. 약물 치료에 앞서서 기본적으로 체크해야 할 사항이라서요."

도쿄 중앙병원 정신과 교수와의 상담을 앞두고 예비 질문지를 체크하던 젊은 여자 의사가 사무적인 얼굴로 말했다. 하루카는 잠시 넋 나간 표정으로 벽에 걸린 종이 달력을 바라봤다.

갑자기 그녀의 얼굴에 반짝하고 생기가 돌았다. 그녀는 등받이가 없는 동그란 상담 의자에서 급하게 일어섰다. 여의사는 진찰실 문을 열고 나가는 그녀의 뒷모습을 황당하다는 듯이 바라봤다.

진찰실 밖으로 나온 하루카의 가슴속에서는 생의 열기가 끓어오르고 있었다. 그녀는 커다란 선글라스와 마스크로 얼굴을 가렸다. 복도 대기실에 있던 야마자키 린이 그녀를 보자 공 튀어 오르듯이 달려왔다.

"언니, 벌써 끝났어요? 들어간 지 얼마나 됐다고."

"린, 부탁이 있어. 지금부터 내 말 잘 들어."

"이 치료를 언니가 내켜 하지 않았다는 건 잘 알고 있지만 이번만큼은 나도 양보 못 해요. 도망갈 생각이라면 어림없어요."

"린, 그런 게 아니야. 약국에서 테스트기를 사다 줘. 임신테스트기."

"언니…… 언니…… 하루카 언니……."

린은 충격을 받은 듯 핏기 가신 얼굴로 하루카의 이름만 중얼거렸다.

"오…… 린. 사랑하는 린. 제발 나를 그런 눈으로 보지 말아 줘. 나는……. 지금 너무 행복해. 생리가 늦어진 지 오래됐어. 오늘에서야 깨달았다고."

"하루카 언니……. 어쩌려고……. 정말 어쩌려고 그래요."

"만약 임신이라면…… 그 사람의 아이니까 낳을 거야. 정말 사랑하면서 키울 거야."

"언니…… 그 사람이라면…… 사토 코이치……. 맙소사. 지금은 유부남이잖아."

"쉿! 린, 목소리를 낮춰. 제발 나를 이해해 줘."

린은 서둘러 약국으로 걸어갔다. 그녀는 하루카를 신뢰하고 또 사랑했다. 이게 그녀의 선택이고 결정이라면 아무리 야마자키 린이라 해도 어쩌지 못한다는 것을 너무나 잘 알고 있었다.

테스트 결과는 예상한 대로 임신이었다. 그날 밤, 야마자키 료 감독이 소식을 듣고 하루카의 맨션으로 달려왔다. 카미시치켄의 딸들이 한자리에 모여 앉았다.

먼저 입을 연 사람은 하루카였다.

"감독님, 용서해 주세요. 하지만 이 아이는 신의 축복이에요. 꼭 낳겠어요."

"하루카…… 그 집에서 알면 가만히 있지 않을 텐데."

"저 연예계 은퇴할 거예요. 아무도 모르는 곳에 조용히 숨어 살며 이 아이를 기르겠어요."

"언니…… 난 언니가 너무 안쓰러워."

가장 먼저 울음을 터뜨린 사람은 린이었다.

"나랑 같이 찍는 드라마는 다행히도 곧 종영이야. 다음 작품 계약은?"

"없어요. 계약한 건 아무것도 없어요."

"다행이네. 일단 네 생각이 그렇다면 너에게 찾아온 생명인데 아이는 낳아야지. 애아버지한테도 알릴 거지?"

하루카의 눈에 눈물이 맺혔다. 그녀는 조용히 고개를 숙였다.

"감독님, 죄송합니다. 그 사람한테 알리지는 않을 거예요. 어떤 부담도 주고 싶지 않아요."

"하루카……. 너……. 어쩔 셈이냐. 최소한 애아버지는 알고 있어야지."

"안 돼요. 그 사람 앞길을 막는 바윗덩어리가 되지는 않을 거예요. 그냥 조용히 숨어 사는 편이 그 사람에게는 더……."

료 감독은 흐느끼는 두 사람을 말없이 바라봤다. 세상에 이럴 수가. 교토의 아들. 엿 먹으라고 해. 하루카, 그 사람을 정말로 사랑했구나. 남들은 여우같이 사랑을 한다고. 너처럼 미련하게 하지 않아. 이 바보야.

야마자키 료는 속으로 끊임없이 눈물을 흘렸다. 하루카의 결정을 들은 카미시치켄의 딸들은 그저 함께 울어 줄 수밖에 없었다. 사토 코이치의 아이를 가진 하루카는 누구보다도 용기 있는 여성으로 변모해 있었다. 아무도 그녀를 막을 수가 없었다. 배 속의 아이를 지키기 위한 길고도 험난한 싸움이 시작되었다.

"다시 한번 말해 보게나."

"아주 오래전부터 사람을 붙여서 그년의 행동거지를 파악하고 있었습니다. 저는 받아야 할 빚이 있거든요. 하루카 그년에게."

사토 코이치의 어머니인 사토 나츠코는 자신의 응접실에서 늙은 다카하시의 얼굴에 싸늘한 시선을 보내며 천천히 찻잔을 들었다.

"그래서?"

"그년이 아이를 가진 것 같습니다."

"그런데? 키미시치켄 출신 여배우가 아이 가진 게 뭐가 대수라고."

"하루카 년이 최근까지 만난 남자는 이 집의 귀한 아드님이신 사토상이었으니까요. 그게 문제라면 문제겠죠. 허허……."

다카하시의 늙고 탁한 눈동자가 기분 나쁘게 번들거렸다. 사토 나츠코는 요정 쿠모의 주인인 다카하시의 검버섯으로 얼룩진 추잡한 얼굴을 역겹다는 듯이 바라봤다.

"자네 그 늙은 숨통이 당장이라도 끊어지길 바라는가?"

"보험은 이미 들어 놨습니다. 제가 오늘 저녁까지 건강하게 돌아가지 못하면 제 조카인 마츠다가 각 신문사에 최고의 여배우 하루카와 이제 갓 정치계에 입문한 사토상의 스캔들이 소상하게 적힌 편지를 띄울 겁니다. 허허허……."

나츠코는 들고 있던 찻잔을 내려놓고 얼굴에서 표정을 모조리 지워 버렸다. 협상의 순간이 온 것이다.

"바라는 게 뭐지?"

"약소합니다. 제 조카 마츠다를 마님의 심복으로 키워 주시지요. 이미 가정을 이루었고 소녀티가 나는 딸도 하나 있는 건실한 가장입니다. 교토에서 무지랭이로 썩기에는 아까운 녀석이지요. 허허허……."

나츠코는 다카하시의 입 주변에 묻은 하얀 침 거품을 혐오스럽다는 듯 바라봤다.

"나이 먹은 건달을 심복으로 키워 달라니. 지나가는 개가 웃을 일이
로군."

"마님, 앞으로도 손에 피를 묻히실 일이 제법 있을 텐데요? 마츠다
는 귀신같은 놈입니다. 험한 일 처리라면 그 녀석을 따라올 사람이 없
을 겝니다. 손은 번개처럼 빠르고 입은 납덩이처럼 무겁습니다."

세상의 온갖 풍파를 겪을 대로 겪은 다카하시는 온실 속의 화초로
살아온 나츠코 정도야 손쉽게 요리할 자신이 있었다.

"목소리를 낮추게. 원하는 건 그것뿐인가?"

"하루카는 키워 준 은혜도 모르고 절 배신하고 나간 년이죠. 그녀를
고통스럽게. 최대한 고통스럽게 하는 게 제 소원입니다."

"그렇다면 사람을 잘못 찾아왔네. 그 게이샤 딸년의 배 속에 있는
아이가 우리 집 핏줄이라는 확신도 없을뿐더러 설사 그렇다 해도 내
가 상관할 바는 아니니까."

나츠코는 다시 찻잔을 들어 입으로 가져갔다.

"마님, 무척이나 현명하신 줄 알았는데 제가 잘못 알았나 봅니다."

"지금 뭐라고 했나?"

나츠코의 한쪽 눈썹이 분노로 꿈틀거렸다.

"이 집 며느님도 아기를 가졌다고 들었습니다. 참으로 경사가 아닐
수 없지요. 이제 대단한 처가댁의 정치적 후광까지 등에 업은 사토상
의 앞날은 그야말로 탄탄대로. 하지만 그의 숨겨진 여인이 진짜 장자
를 배 속에 가졌다면 그 댁에서도 참으로 기뻐하겠습니다. 하하
하……."

나츠코의 낯빛이 점점 흑색으로 바뀌었다. 찻상 아래에 놓인 그녀
의 왼쪽 주먹이 부들부들 떨렸다.

"그 입을 찢어 버릴 게다. 네년의 조카 놈까지 파묻어 주지. 네 무덤
옆에."

"마님, 세상에는 의외로 이 댁을 지켜보고 있는 눈과 귀가 많이 있습니다. 마님이 참으로 순진한 세월을 살아오신 게지요."

이런 추잡한 논란거리를 주제로 하는 협상 자리에서는 감정 컨트롤에 먼저 실패한 쪽이 반드시 진다는 것을 늙은 다카하시는 누구보다도 잘 알고 있었다.

"간단하게 말하겠다. 마츠다라고 했지. 이번 일을 깔끔하게 처리하면 심복으로 키워 주겠다."

"당연히 그러셔야지요. 잘 생각하셨습니다. 화근은 미리부터 없애는 게 맞지요. 그리고 한 가지만 더 부탁드리겠습니다. 이제 이 늙은이도 교토를 떠나 도쿄로 옮기고 싶습니다. 요정 자리 하나만 알아봐 주시지요. 허허허……."

이제 자신이 늙어 죽을 때까지 저 대단한 사모님을 협박해 무엇이든 뜯어낼 수 있는 필승 카드를 손에 쥐었다는 사실에 다카하시는 숨마저 가빠 왔다.

"도쿄에 요정 자리라. 너무 과한 요구가 아닌가? 그저 하루카를 고통스럽게 해 달라고 하더니만. 결국엔 재물에 뜻이 있었군."

"입 다물고 있는 대가로 그 정도면 약소하지요. 이 집 아드님은 앞으로 일본의 총리가 되실 귀하신 몸이신데. 허허……."

"일단 일을 깔끔하게 마무리 짓고 오게나. 그 후에 약조한 것들을 들어주겠네."

다카하시는 자신의 기모노 소맷자락에서 녹음기를 꺼냈다. 나츠코의 눈앞에서 멈춤 버튼을 누른 후 손톱 크기의 메모리를 꺼내서 꿀꺽 삼켰다.

"지금까지 대화는 다 녹음해 두었습니다. 내일 아침 배설 후 이 메모리를 잘 보관하고 있겠습니다요. 약조한 것들은 지켜 주셔야 합니다. 무슨 일이 있어도."

나츠코는 갑자기 머리 한쪽이 쭈뼛 서는 것을 느꼈다. 생각보다 골치 아픈 인간들과 엮였구나. 예감이 영 좋지 않아. 왠지 더러운 오물로 꽉 들어찬 늪에 빠진 기분이로군. 적당히 써먹고 제거해야 될 쓰레기야. 다카하시는.

마츠다 시게루는 싸구려 모텔에서 나와 하늘을 바라봤다. 남쪽 하늘에서부터 검은 먹장구름이 몰려오고 있었다. 대단한 비가 내리겠구면. 그는 무표정한 얼굴로 중얼거리며 다시 모텔 안으로 들어갔다.

까만 가방에 연장을 챙겨 담았다. 그 가방은 축구부 시절부터 들고 다니던 것이었다. 정말 오래된 가방이었지만 이런 일을 해치우러 나갈 때면 꼭 이 가방이 필요했다. 담대함과 행운을 가져다주는 부적 같은 가방이었다.

얼마 지나지 않아서 엄청난 비가 쏟아져 내리기 시작했다. 시게루는 모텔 벽에 걸린 달력을 바라봤다. 1월이라고 적힌 굵은 글씨 위로 야시시한 비키니 수영복을 입은 금발 머리 여자가 묘하게 웃고 있었다.

비가 오기만을 기다리며 모텔에서 꼬박 닷새를 보낸 그였다. 그는 거울을 보며 낡은 가발을 쓰고 얼굴에 살색 실리콘 덩어리를 붙이며 깊은 주름과 흉터를 만들었다. 약 30분 후 마츠다 시게루는 한쪽 다리를 심하게 저는 장애를 가진 노인으로 완벽하게 변신했다.

너덜너덜 기운 바지를 입고 다리를 질질 끌며 모텔 문을 나서는 그의 뒤통수에 대고 종업원이 욕을 한 바가지 퍼부었다.

"이봐, 늙은이. 다시는 얼씬도 하지 말라고. 언제 저런 거렁뱅이가 기어들어 온 거야?"

그는 고스란히 비를 맞으며 하루카가 매일같이 기도를 하러 드나드는 도심 속 신사 앞으로 걸어갔다. 그 앞에서 한참을 기다리고 또 기다렸다. 마츠다 시게루에게 이런 기다림쯤은 아무것도 아니었다. 그는 어서 일을 해치우고 뜨끈한 유부우동을 먹어야겠다고 생각했다.

그렇게 얼마의 시간이 흘렀을까. 하루카가 운전하는 하얀색 세단의 앞머리가 신사를 향해 들어오고 있었다. 그는 미리 기억해 두었던 차 번호판을 다시 한번 확인한 뒤 연장이 든 검은색 가방을 어루만지며 머릿속으로는 감칠맛 나는 우동 국물을 떠올렸다.

하루카는 신사의 참배객들을 맞이하는 석등 앞에 차를 세웠다. 기도실로 향하는 흙길을 따라 실한 대추나무들이 도열해 있었다. 흙냄새를 실은 남서풍이 지나갈 때마다 굵은 빗방울을 이고 있는 대추나무의 무성한 잎사귀들이 금방이라도 휘어질듯이 출렁거렸다.

그녀는 대추 열매처럼 붉지만 절대로 화려하지 않은 실크 스카프를 둘러쓰고 있었다. 게다가 두 사이즈나 큰 헐렁한 남색 트렌치코트로 몸매를 꽁꽁 감쌌기 때문에 몇 안 되는 참배객들은 그녀가 누구인지 알아보지 못했다.

하루카는 돌 항아리에 담겨 있는 성수에 두 손을 씻고 기도실로 들어갔다. 그녀의 기도는 늘 간단하고도 명료했다. 신을 믿어서 기도를 하는 건지, 기도하는 것 자체가 신앙이 되어 버린 건지 그녀 자신도 알 수가 없었다.

몸 안의 생명이 자랄수록 그녀에게는 조급증 같은 것이 생겨났다. 막연하고도 오묘한 불안감이 차를 마시는 한가로운 시간에도 불쑥불쑥 머리를 들이밀었다. 신사에 다니기 시작한 것은 그 때문이었다. 명상을 하듯 불안한 마음을 다스리고 싶었을 뿐이었는데 이 생명을 위한 기도를 하루라도 거른 날에는 알 수 없는 죄의식에 사로잡혀서 빨간 사과 껍질을 보고도 깜짝깜짝 놀라곤 했다.

야마자키 린은 사과 껍질을 한 번도 끊지 않고 도르륵 깎아서 전시하듯 쟁반에 펼쳐 놓는 걸 좋아했는데 하루카는 그 껍질을 볼 때마다 등골이 오싹해졌다. 빨간 사과 껍질이 지옥의 문을 지키는 뱀의 등허리 같았기 때문이었다.

린에게 이렇게 사과 껍질을 깎지 말아 달라고 몇 번이나 말하고 싶었지만 차마 입 밖으로 내뱉지 못했다. 과일 껍질 따위를 보고도 놀랄 정도면 역시나 정신과 상담이 필요하다는 린의 걱정이 튀어나올까 봐 하루카는 하고 싶은 말을 꾹꾹 눌러 담았다.

기도를 마친 그녀는 부적 판매소로 갔다. 어린아이 손바닥만 한 대추나무 부적을 세 개 사서 기도문을 썼다.

[진정으로 행복한 인생을 살게 하소서 — 나의 아기]

[내게 주실 복이 아직도 남아 있다면 이 사람에게 양보합니다 — 사토 코이치]

[그저 평안한 휴식을 — 미에, 나의 엄마]

빨간 실이 달린 세 개의 부적을 제단 옆에 있는 보관소에 정성스럽게 걸었다. 그제야 하루카의 귓가에 빗소리가 경쾌하게 들려오기 시작했다. 산뜻한 안도감이 가지런한 눈썹 위로 내려왔다. 덕분에 그녀의 얼굴에는 매우 평화로운 빛이 깃들었다.

차에 시동을 걸자 부드러운 진동이 허벅지 아래에서부터 느껴졌다. 하루카는 역시나 오길 잘했다고 생각하며 핸들을 돌렸다. 그때, 기쁨으로 충만한 그녀의 시야에 다소 불편한 그림이 들어왔다. 신사 입구에서 허리를 잔뜩 웅숭그린 채 차가운 비를 고스란히 맞고 있는 한 노인이 하루카의 시선을 단번에 사로잡았다. 그녀는 순간적으로 숨을 흑 하고 들이마셨다.

신이 소수의 인간에게 생명에 대한 동정과 인간에 대한 끝없는 연민을 부여했다면, 살기 어린 분노와 끓어오르는 질투와 소름 끼치는 냉혹함이 판치는 세상에서 선택받은 몇 명에게 그런 애틋한 감정을 선사했다면 그중 하나는 분명히 하루카였다.

그녀는 브레이크를 밟고 창문을 내렸다. 가까이에서 본 그 노인은 더욱 비참한 모습이었다. 아주 추운 겨울날, 꽃도 없고 새도 없는 황량한 교토의 산책로에서 두꺼운 종이 박스에 부적 따위를 담아 놓고 구걸을 하는 노인들보다 더 기가 막힌 몰골을 한 가여운 노인이 다리를 절며 차 옆으로 다가왔다.

노인의 얼굴에는 흉측한 화상 흉터가 깊게 자리하고 있었다. 두 발을 지녔건만 제대로 걷지 못하는 이 장애 노인을 보고 하루카는 가슴이 뭉클해졌다. 누구는 천국으로 가는 관문(사토 나츠코의 정원)에서 미려한 산등성이의 곡선을 바라보며 차를 마시는 안락한 시간에 누군가는 빗속에서 구걸을 하고 있구나.

하루카, 그녀는 복잡한 사고를 하는 인물이 아니었다. 목적 달성을 위해서라면 어떤 부당한 정치적 수단이라도 상관없다는 식의 마키아벨리스트적 얼굴을 지닌 정치인들을 비판하는 날 선 사고 따위는 그녀에게 없었다. 단지 한 노인을 차가운 빗속에 떨게 하는 불평등한 사회 구조가 가슴 아플 뿐이었다. 정갈하게 차를 마시던 그 귀부인은 그녀의 엄마인 미에도, 요정 쿠모에서 자라난 그녀도 사람으로 취급하지 않았으니까.

그녀는 차의 잠금장치를 해제했다. 출신이 비루한 사람들과 한 공간에 있는 것조차 참을 수 없는 귀하신 부류들은 꿈도 꾸지 못할 일이겠지만. 그녀는 마치 보이지는 않지만 엄연히 이 사회에 존재하는 계급의 해제를 단행하듯이 잠금장치를 무력화했다. 그리고 노인을 향해 안으로 들어오라는 신호를 보냈다.

노인이 물기를 뚝뚝 흘리며 하루카의 옆자리에 앉는 순간, 이상하리만치 비굴하게 보이던 표정이 순식간에 사라지는 것이 조금 의아했지만 그녀는 개의치 않고 티슈 상자를 건넸다.

하루카의 차가 인적이 드문 비탈길로 접어들자 마츠다는 곧 주머니에서 짐승의 뼈를 절단하기 위해 만들어진 검은색 자루가 달린 단도를 꺼냈다. 이런 일은 그에게 몹시나 따분한 일이었다. 마누라가 잘 볶아서 건네준 땅콩의 껍질을 비벼서 까는 것만큼이나 간단한 일이기도 했다. 젊은 여자라면 그가 지니고 있는 자루가 뭉툭한 단도의 삼분의 일만 보여 줘도 겁을 집어먹고 눈꺼풀을 바르르 떨기 마련이었으니까.

마츠다가 칼자루를 손에 쥐었을 때 그녀는 '왜?'라는 표정을 지어 보였다. 매우 신선한 반응이라고 그는 생각했다. 그녀는 겁에 질려 벌벌 떨면서 현금이 든 지갑을 핸드백에서 꺼내지 않았다. 그냥 '왜?'라는 표정으로 빤히 바라볼 뿐이었다.

마츠다는 기계적인 표정으로 하루카를 운전석에서 끌어내렸다. 뒷좌석에 옮긴 다음 가죽끈으로 두 손과 양발을 둘둘 결박했다. 이 여자에게 설명을 해 줄 필요는 없었다. 그냥 지시받은 대로 움직이면 그만이었다. 지난 세월 동안 그래 왔듯이. 어서 해치우고 파가 많이 들어간 구수한 유부우동을 먹고 싶을 뿐이었다.

그는 운전석에 앉아서 한 장의 지도를 펼쳤다. 이미 수십 번도 더 확인한 길이었지만 마지막으로 가야 할 목적지를 다시 한번 체크했다. 이런 일을 하기 전에 가장 중요한 것은 디테일이었다. 하나에서부터 열까지 꼼꼼하게 확인해서 어떤 오차도 만들지 않는 것이 성공의 관건이라는 걸 그는 너무나도 잘 알고 있었다.

검문소가 없는 외곽으로 차를 몰고 간 다음, 운전 미숙으로 많은 사람들이 추락사하는 그 국도로 데려가면 된다. 머릿속으로 이런 상황을 구체적으로 진행시키면서 그는 마치 단골 우동집에 걸린 활자 간격이 일정한 메뉴판을 볼 때처럼 정서가 가지런해지는 느낌을 받았다.

하루카는 교토 사립중학교 담장 아래서 맡았던 치자꽃 향기를 떠올렸다. 매혹적이었던 그 향기는 묵직하고 날카로운 돌멩이가 이마를 가격하는 순간 피비린내로 바뀌었지.

인생의 달콤한 향기는 잠시 잠깐 머물다가 흩어지고, 예기치 않았던 공격이 다시 한번 내 삶을 가격하는구나. 이상하게 두렵거나 떨리지가 않았다. 분명히 나쁜 일이 일어나고 있었지만 신이 그녀와 배 속의 아기를 지켜 줄 것만 같았다. 대추나무 부적에 매일같이 새겨 넣은 그 기도문이 헛되게 사그라지진 않을 거라고 그녀는 믿었다.

목적지에 다다르자 그는 갓길에 차를 주차했다. 뒤따르는 차가 없는지 다시 한번 확인하면서. 이미 해는 저물었고 통행량이 거의 없는 외곽 도로에는 무거운 침묵만이 감돌뿐이었다. 마츠다는 운전석 문을 열고 뚜벅뚜벅 걸어 나갔다. 풀숲에 미리 대기시켜 놓은 자신의 지프차 앞머리가 보였다. 여자를 운전석에 앉히고 강철 소재의 바를 장착한 지프의 앞 범퍼로 하얀 세단의 꽁무니를 밀어서 낭떠러지 아래로 추락시키면 이번 일은 마무리된다.

그는 자신의 차 앞에서 눈살을 찌푸렸다. 지프의 타이어가 맥없이 주저앉은 채 그를 기다리고 있었다. 누구지? 불길한 예감이 그의 등허리를 치고 가파르게 올라갔다. 마츠다는 아둔한 머리를 갖고 있었기 때문에 불길한 사태를 뇌에서 정확하게 판단하기까지에는 약간의 시간이 걸렸다.

그가 빗속에서 머뭇거리는 사이 날랜 몸짓의 남자 두 명이 그의 얼굴을 맨바닥에 갈아 버릴 듯이 그대로 땅에 박아 버렸다. 마츠다 시게루는 어둠 속에서 순식간에 제압을 당했다. 그제서야 이 불길한 예감이 무엇이었는지 그의 아둔한 두뇌가 판단하기 시작했다. 역습이었다. 누군가에 의해 그가 역습을 당한 것이었다.

까만 어둠을 가르며 구두 발자국 소리가 들려왔다. 격투기로 다져진 마른 근육을 갖고 있는 남자 둘이 마츠다 시게루를 제압하고 있었고, 또 한 명의 남자가 그에게 다가왔다. 눈앞으로 고급스러운 수제화

와 카키색 트렌치코트 밑자락이 보였다. 딱 거기까지만 시야에 들어왔다.

"다카하시의 개, 마츠다 시게루. 맞지?"

마츠다는 땅에 한쪽 얼굴을 붙인 채 잘 닦인 구두를 바라봤다. 남자의 목소리에는 매서운 분노가 담겨 있었다. 그가 대답하지 않자 그의 목을 누르고 있던 억센 손이 목울대를 조여 왔다.

"그…… 그렇다. 넌 누구냐?"

"다카하시에게 경고를 한 사람이지. 몇 년 전에. 교토에 내 눈과 귀를 항상 붙여 두겠다고 했었는데. 그 늙은 너구리가 내 경고를 무시하고 멍청한 개를 보낼 줄이야. 마츠다 시게루, 이미 수년 전에 지명 수배 된 쓰레기였더군. 네놈이 저지른 일련의 살인 사건과 살인 미수. 그리고 몇 건의 방화. 더러운 꼬리표가 한둘이 아니야. 그 죗값을 묻기 위해 너를 몹시도 만나고 싶어 하는 형사님이 계시더군. 곧 만나게 해 주지. 처리해."

트렌치코트는 하루카가 있는 세단을 향해 걸어갔다. 마츠다는 모든 것이 끝났다는 듯이 눈을 감았다. 이렇게 당할 줄이야. 그가 세운 계획은 하나에서부터 열까지 완벽했었다. 자신보다 더 주도면밀한 놈이 지켜보고 있었다는 사실에 그는 두려움을 느꼈다.

하루카는 손발이 결박당한 채로 뒷좌석에 조용히 누워 밖에서 나는 웅성거리는 소리에 귀를 기울였다. 대화 소리가 제대로 들려오지는 않았지만 더 나쁜 일이 일어나지는 않을 거라고 믿었다. 그녀는 기도를 마치고 나오는 중이었으니까.

시노하라 요시로는 차문을 연 순간, 살의를 느꼈다. 가죽끈에 결박당해 있는 하루카의 모습이 그의 망막에 들어옴과 동시에 그는 마츠다 시게루를 K현경 형사부 수사과에 넘기지 않고 자신의 손으로 끝내야겠다는 생각을 했다. 이 감정은 극도로 감정을 다스려 왔던 시노하라 요시로 인생에 처음으로 찾아온 눈앞이 흐려질 정도로 자제하기 힘든 격한 분노였다.

그는 하루카를 안아 일으킨 다음 가죽끈을 풀어 주었다.

"하루카, 괜찮아? 나한테 지금 한마디만 해. 저 인간을 당장 죽여 버리겠어."

"시노하라상……. 난 괜찮아요. 정말 아무 일도 없었고, 나는 그냥 누워서 이곳까지……."

하루카는 자신의 부른 배를 바라보는 시선을 느꼈다. 그의 눈빛이 어둠 속에서 날카롭게 빛났다.

"혹시……. 홑몸이 아닌 건가?"

그는 차 문을 닫고 그녀 곁에 자리를 잡았다. 마치 상급학교 입학시험의 결과를 기다리는 소년처럼 그의 눈썹이 긴장해 있었다. 그는 교토에 심어 놓은 사람에게서 사토의 아이를 가진 하루카와 이를 교묘하게 이용하려는 다카하시에 관련된 이야기를 전해 듣고도 믿지 않았었다. 그게 사실이 아니길 바랬다.

"맞아요. 조금 부끄럽네요."

하루카는 과도한 관심을 보이는 그의 태도가 조금 어색하게 느껴졌다. 그녀는 트렌치코트 앞섶을 다시 여몄다. 제법 부른 배가 슬며시 감춰졌다.

"아이 아버지는……. 혹시……."

그녀는 요시로를 빤히 바라봤다. 수개월 전, 그는 이상하리만치 자주 연락을 했었다. 하지만 그녀는 그를 피해 왔다. 부른 배를 감추기 위해서 린의 친구가 있는 오사카에 내려가 있느라 자연스럽게 그의 관심에서 벗어났지만 이런 개인적인 질문은 그녀를 당황스럽게 했다.

"그게 왜 궁금하죠? 시노하라상."

약간 날이 선 그녀의 대답에 그는 충격을 받은 듯했다. 그가 자신의 얼굴을 문질렀다. 응수할 적당한 단어가 떠오르지 않는 듯 그의 미간에 깊은 주름이 잡혔다.

"당신과 많은 시간을 보냈던 그 남자인가? 사토 코이치. 아니면 혹시······ 혹시······."

"똑똑히 들어요. 내 인생에서 '혹시' 라는 말은 가당치도 않아요. 생명을 선사해 주고 싶은 남자는 오로지 한 명뿐이라고요."

요시로는 아직까지 자신의 손에 들려 있는 가죽끈을 허망하게 당겨 보았다. 그녀와 꿈 같은 하룻밤을 보낸 후 관계의 시작이라고 믿으며 들떠 있었던 그 며칠이 떠올랐다. 몇 번이나 메시지를 남겼지만 그녀에게서 연락은 오지 않았고 하루카는 급기야 오사카로 훌쩍 떠나 버리고 말았다. 그녀는 갑자기 내린 소나기처럼 다가와, 아침이 오면 사라지는 새벽이슬처럼 증발해 버렸다.

사토 코이치의 생명을 잉태하고 나타난 그녀였지만 그는 아직도 마츠다 시게루를 죽이고 싶었다. 하루카는 그에게 그런 존재였다. 심장에 너무 깊이 박혀서 숨 쉴 때마다 그의 가슴을 찌르는 장침 같은 존재.

요정 쿠모에서 데뷔하던 날, 하루카는 강한 껍질을 열두 겹이나 두르고 있는 외로운 씨앗처럼 보였었다. 갈치 비늘처럼 반짝이는 비단 이불 위에 꼿꼿하게 앉아 있던 그녀가 시꺼먼 돌우물을 보고 하얀 목을 꺾으며 흐느끼던 순간, 그녀는 그의 심장에 그대로 박혀 버렸다.

"하루카, 내 말 잘 들어. 당신도, 배 속의 아이도 위험해."

"그게 무슨 말이에요?"

하루카의 목소리가 두려움으로 미세하게 떨렸다.

"요정 쿠모의 다카하시가 사토 코이치 가문의 사람들에게 아이의 존재를 알린 것 같아."

"아······ 그럴 리가······."

"당신이 쿠모를 떠난 이후에 다카하시에게는 안 좋은 일들만 일어났지. 쿠모의 영광도 사그라들었고. 그 늙은이는 당신을 원망하며 이를 갈아 온 것 같아."

요시로는 지금 상황에 대해 최대한 침착하게 설명을 했다.

"다카하시에게 피해 줄 만한 일은 하지 않았어요."

"결정적으로 이건 돈이 되는 일이지. 당신과 배 속의 아이를 들먹이면서 다카하시는 사토 가문에게서 기생충처럼 돈을 뜯어 낼 생각인 것 같아."

"말도 안 돼……."

하루카는 절망감에 얼굴을 감싸며 고개를 숙였다.

"사토 코이치의 정치 데뷔를 망쳐 버릴 수 있는 대단한 건수를 잡은 거지. 다카하시가 사토의 약점을 잡고 계속 뭔가를 요구하면 뭐든 들어줄 판이야. 지금 상황은."

그녀는 배 속의 생명을 지키듯이 두 손으로 자신의 배를 감쌌다.

"다카하시는 한 몫 단단히 챙기려고 사토 가문과 모종의 거래를 한 것 같아. 당신과 배 속의 아이를 없애 주는 조건으로 말이야. 당신은 지금 거대한 세력과 맞서고 있는 거라고. 그들은 사토 코이치의 정치 행보를 가로막는 화근을 없애기 위해서 어떤 짓이라도 할 거야."

"시노하라상, 나를 도와줘요. 배 속의 아이를 살리고 싶어요. 아이를 지킬 수만 있다면 뭐든 하겠어요."

"그 말 진심인가? 뭐든 하겠다는 말."

하루카는 고개를 끄덕였다.

"방법은 딱 하나야. 내가 이 아이의 아버지가 되는 거지."

요시로는 깊게 심호흡을 했다. 이런 상황에서 갑작스럽게 프러포즈할 마음은 없었다. 하지만 가죽끈에 결박당한 채 쓰러져 있는 그녀를 본 순간 시노하라 요시로는 결심했다. 마츠다 시게루 같은 인간쓰레기들이 그녀를 위험에 빠뜨리지 않도록 지켜 줘야겠다고.

사토 가문을 물러서게 할 단 하나의 길은 하루카를 시노하라 가문의 안주인으로 만드는 것이었다. 요시로는 수년간 자신의 심장을 찌르고 또 찔렀던 이 날카로운 장침을 빼고 싶었다. 하루카가 자신의 여자로 살아 준다면 그의 심장은 더 이상 고통을 느끼지 않고 편안한 숨을 쉴 수 있을 것만 같았다. 그녀를 사랑하기에. 그녀 배 속의 생명도 그녀의 일부이기에. 그는 사랑하겠노라고 다짐했다.

"하루카, 나와 결혼해 주겠소?"

요시로는 차 안에 울려 퍼지는 자신의 목소리가 매우 낯설게 느껴졌다. 굉장히 쑥스러운 감정이 몰려와서 그는 하루카의 얼굴도 제대로 볼 수 없을 지경이었다.

"좋아요. 당신과 결혼하겠어요. 아이가 건강하게 태어나서 행복하게 살 수 있도록 부디 도와줘요. 난 오로지 그것만 바라니까."

하루카의 두 눈에서 눈물이 흘러내렸다. 요시로는 그녀의 손을 잡고 끌어당겨 가슴에 안았다. 바보 같은 하루카. 내 모든 것을 걸고 너희들을 지켜 줄 거야. 그리고 사랑할 거야.

혹독한 겨울을 나기 위해 비축해 놓은 것들을 먹는 두더지처럼 얄 팍한 지식을 소모하며 그렇게 버틸 수는 있을 것이다. 얼음판처럼 매 끄럽게 잘 닦인 병원 복도를 걸으며 마쓰자카 료스케는 아직 맞이하 지 않은 자신의 미래에 대해 생각했다.

그는 자신의 걸음걸이가 썩 마음에 들지 않았다. 보폭은 항상 일정 했고 구두 소리에서는 어떤 열정도 느껴지지 않았다. 그의 지도 교수 는 걷는 것만으로도 알 수 있다고 했었다. 그 사람의 내면이 생에 대 한 환희로 넘쳐 나는지, 아스팔트 위의 나뭇잎처럼 말라 가고 있는지 걷는 것만 봐도 드러난다고.

마쓰자카는 잠시 걸음을 멈추고 환자들이 쉽게 보행하도록 만들어 놓은 진초록색 보행 바를 잡았다. 우레탄으로 만들어서 촉촉한 느낌 마저 주는 그 바를 잡으며 그는 알 수 없는 위로를 받았다.

누군가의 손을 잡고 인생이라는 이름의 복도를 걷는다면 까맣게 죽 어 있던 열정이라는 것이 살아날 수 있을까. 그는 머릿속으로 히로미의 손을 잡고 계곡 물을 건넜던 그때의 수학여행을 떠올렸다.

그녀의 손을 잡고 푸릇푸릇한 이끼가 가득한 징검다리를 건너면서 그는 자신의 팔뚝 관절이 다시는 쓸 수 없을 정도로 굳어 버린 게 아닌가 하는 착각에 빠졌었다. 단지 손을 잡았을 뿐이었는데. 야릇한 긴장과 설렘으로 그의 관절이 아교칠을 한 것처럼 딱딱하게 굳어서 아우성치던 그때. 생에 대한 열망도 벅차오르는 기쁨도 그때 죽어 버린 것이라면.

진초록의 바를 잡고 공허한 눈빛으로 바라본 1층 로비에 사토 켄지의 피사체가 등장했다. 에비스 가든에서 당사자의 허락도 받지 않고 가슴 깊이 새겨 넣었던 단정한 무릎을 지닌 피사체. 마쓰자카는 두 시 방향으로 시선을 돌려야 할지 말지 고민하고 있었다.

그는 잠시 눈을 감았다. 오다이바를 비추던 레인보우 브릿지의 찬란한 불빛. 그녀의 옆자리는 비어 있었다. 이제 굳게 맞물려 있는 눈꺼풀을 억지로 일으켜서 그녀의 옆을 바라본다면. 아직도 비어 있을까. 은세나의 옆자리는.

마쓰자카는 유리카모메에 감돌던 희미한 세제 냄새를 떠올리며 눈을 떴다. 하얀 셔츠를 입은 규슈의 태양. 그는 한 손에 가득 들어오는 우레탄 보행 바를 더욱 꽉 그러쥐었다.

레몬색 카디건을 입은 그녀가 엘리베이터를 향해 걸어갔다. 시노하라 류우지는 로비 의자에 앉아서 시선으로 그녀의 뒷모습을 좇고 있었다. 사면이 통유리로 개방되어 있는 중앙 엘리베이터. 마쓰자카는 그 엘리베이터를 타고 수직으로 올라가는 세나를 바라봤다. 그녀는 로비에 앉아 있는 규슈의 태양에게 미소 짓고 있었고, 마쓰자카는 2층 복도에서 상큼한 기운에 둘러싸인 세나를 쓸쓸하게 주시하고 있었다.

쇼헤이 원장의 병원에 설치되어 있는 중앙 엘리베이터는 유리로 되어 있어서 그녀를 미소 짓게 하고, 그를 쓸쓸하게 만들었다. 그는 스스로에게 말했다. 지금이 그녀 인생에 찾아든 최고의 순간이라면. 자기 안에 죽어 있는 열정을 깨우고 싶은 욕심으로 누군가가 꿈같이 맞고 있는 인생 최고의 순간을 방해해서는 안 되는 것이라고.

"세나 양, 어서 들어와. 마침 잘됐네. 지금 제비뽑기 중이었는데 하나만 골라 주라고."

"마쓰자카 원장님, 잘 지내셨죠? 그런데 제비뽑기라뇨?"

마쓰자카 쇼헤이는 밤색 바지를 둘둘 걷어 올린 차림으로 원장실 바닥에 앉아 있었다. 그의 주변으로는 아무렇게나 잘라 놓은 하얀 인쇄용지가 굴러다녔다.

"그러니까 지금은 말이야. 매우 중요한 순간인 거지. 병원 급식업체를 바꾸는 중이었거든."

"원장님, 이렇게 중요한 결정을 제비뽑기로 하시는 거예요? 어쩜 좋아요. 하하하……."

"다들 머저리들이야. 병원 급식을 한 곳에 계속 맡기면 안 된다고. 채소 납품 업자와 전쟁이를 공급하는 업자들이 자기네 물건 써 달라고 구매부 담당 놈 주위를 어정거리기 마련이니까. 정기적으로 이렇게 제비뽑기를 하면서 바꿔 줘야 비리가 안 생기지. 그런데 이제 병원에는 안 나오는 건가?"

"그동안 신세만 졌습니다. 계속 병원 일을 하고 싶지만 이곳에 머무르는 게 도리어 폐가 될 것 같아서 집으로 돌아가려고 해요."

쇼헤이 원장은 다소 아쉽다는 듯이 세나를 바라봤다. 아들이 집에서 자신의 짐을 챙겨 이 귀여운 아가씨가 묵는 곳으로 달려가던 모습을 떠올렸다. 병원 사람들이 그녀를 두고 혹시라도 수군거릴까 봐 적잖이 신경 쓰던 아들의 속내를 내내 모른 척하고 있던 그였기 때문에 이런 이별의 인사가 결코 달갑지 않았다. 세나가 료스케에게 진지한 마음을 조금이라도 품었다면 이곳에 머무르는 게 폐라고 생각하지 않았을 텐데.

그녀의 마음이 그렇고, 이런 결정을 내렸다면 아쉽지만 보내 줘야 겠구나. 쇼헤이는 따뜻하게 웃었다. 스물두 살 처녀 아이의 마음의 행로는 여름 햇살 속에 잔잔히 흐르는 물길과도 같은 것이니까. 자신의 근원을 찾아 하염없이 흘러가는 물길을 막을 수 없듯이 이 귀여운 아가씨의 마음이 그러하다면 어쩔 수 없으리라. 료스케의 두 눈이 진한 아쉬움으로 더욱 깊어지겠구나.

"세나 양, 인생을 너무 진지하게 살지 말라고. 시험장에 들어가는 학생처럼 잔뜩 긴장하며 살 만큼 우리 인생이 그렇게 대단한 게 아니거든. 먹잇감을 코앞에 둔 맹수처럼 물어뜯을 듯이 살아도 인생은 슬며시 우리를 비웃으며 주름과 질병을 안겨 주지."

쇼헤이 원장은 테이블 앞의 의자로 그녀를 안내하며 직접 차를 준비했다.

"만개한 꽃잎은 떨어지는 걸 두려워하지 않고, 창공을 가로지르는 새들도 날개가 상할까 염려하지 않아. 꽃도 새도 그 순간을 멋들어지게 즐기면서 자신을 당당하게 세상에 내보일 뿐이거든. 인생 앞에서 너무 진지하게 고민도 하지 말고 겁낼 필요도 없어. 어려운 순간이 찾아오면 앞으로는 수월하게 풀릴 일만 남았구나 믿으면 돼."

그는 딸에게 지혜를 알려 주는 아버지처럼 세나에게 진심 어린 조언을 건넸다.

"자, 이 향긋한 잎차를 한번 천천히 마셔 봐. 기분이 한결 좋아질 거야. 거짓말 같지만 힘든 일만 계속되는 인생은 없더라고. 힘들었다가 잘 풀렸다가 그것의 무한반복이야. 어려움 끝에는 반드시 쉴 만한 시간이 주어지지. 사람들과 섞이는 게 두려워서 웅크릴 필요도 없어. 세상에는 많은 머저리들이 있는데 말이야. 그놈들하고 섞여 산다는 건 여간 고단한 일이 아니지. 하지만 아무리 구제불능인 머저리라도 한 가지씩은 대단한 장점을 갖고 있어. 그 장점을 먼저 발견해 주라고. 그러면 인생은 제법 살 만하단 말이지. 허허허……."

세나는 쇼헤이 원장이 만들어 준 향긋한 차를 천천히 마셨다. 마쓰자카 쇼헤이 원장의 애정 어린 조언이 그녀의 목을 타고 가슴 깊숙한 곳으로 들어갔다. 누구에게도 들어 보지 못했던 따뜻하고 지혜로운 충고가 청아한 종소리처럼 공명되고 있었다. 기대하지 않고 들어갔던 영화관에서 생각지도 못했던 뭉클한 화면에 감동을 받은 사람처럼 세나는 먹먹해졌다.

"감사합니다. 원장님. 저는 이 병원에서 너무 많은 걸 배우고 가네요."

"언제든 놀러 와요. 언제든. 이 병원 원장실 문은 늘 열려 있으니까. 혹시 기억하고 싶지 않은 상처가 있다면 말이지. 이 병원 복도에 걸어 놓고 가라고. 액자에 넣어서 여기에 남기고 가. 그러라고 흰 벽에 아무것도 장식하지 않았으니까. 하하하……."

"그 말씀 꼭 기억할게요. 누구를 만나더라도 그 사람의 장점을 먼저 발견하도록……."

세나는 마지막 문장을 완성하지 못한 채 허리를 숙이고 원장실 밖으로 나왔다. 그녀는 엘리베이터를 타지 않고 계단으로 내려갔다. 작은 공간에 들어가자 사방에 벽돌을 차곡차곡 쌓으며 살았던 지난 세월들이 흑백 사진처럼 계단 벽을 따라 펼쳐졌다. 입을 앙다문 채 미움과 분노를 속으로 삭였던 그 시간들을 도쿄 중앙병원의 흰 벽에 걸어 놓으며 세나는 세상을 향해 한 발 한 발 걸어갔다.

마쓰자카 료스케는 3층 병동으로 올라가다가 계단으로 내려오고 있는 세나를 발견했다. 계단 빈 벽은 온통 하얀 페인트라서 네모난 창문으로 들어오는 태양빛은 색의 간섭을 받지 않았다. 날것 같은 빛 아래, 밋밋한 레몬색 카디건이 매우 풍부한 옐로우로 변해서 오묘한 분위기를 자아내고 있었다. 3층 계단을 오르던 마쓰자카는 마치 빛 속에서 누군가가 걸어 내려오는 환영을 본 것 같은 아득한 느낌을 받았다.

그녀와 나 사이의 거리는 얼마큼일까. 그녀는 이 병원에서 함께 보 낸 지난 시간들을 추억할까. 3학년 여름 방학의 다소 힘들었던 짧은 날들로 기억하려나. 너로 인해 설레었던 시간들이 내게는 분명히 존 재했었다. 은세나.

"마쓰자카상, 안 그래도 인사하려고 왔어요. 그동안……."

"신세졌다는 말은 하지 말아요. 이제 안심할 수 있는 상황인가요?"

마쓰자카는 처음으로 그녀의 말을 가로막았다. 어쩌면 무례하게 보 일지도 모르지만 이 순간만큼은 그런 걸 신경 쓰고 싶지 않았다. 시노 하라가 키우던 개를 편안하게 보내 주기 위해 무덤가의 흙을 손수건 에 싸서 가고시마 언덕에 뿌려 준 건 아니었으니까. 예의를 지키고 싶 어서 오다이바로 가던 유리카모메에서 그녀의 옆자리를 비워 둔 건 아니었으니까.

마쓰자카는 남은 계단을 더 올라가서 그녀 앞에 섰다. 올려다보던 시선이 하얀 이마를 내려다보는 눈길로 바뀌었다. 세나는 부쩍 가까 워진 거리를 의식하며 어색하게 웃었다.

"집으로 돌아가도 될 것 같아요. 원장님께 인사드리고 오는 길이었 죠."

수학여행의 마지막 날, 다이센산에 감돌던 매캐한 숯 내음과 알싸 한 너도밤나무 숲의 향기가 흘러들어 오고 있다고 그는 생각했다. 이 병동에서 그런 자연의 향기가 날 이유는 없었지만 그는 약간의 현기 증마저 느꼈다. 2층 복도에서 잡고 있었던 촉촉한 우레탄 소재의 보행 바가 곁에 있다고 생각하며 그는 중심을 잡았다.

"그렇군요. 잘 해결돼서 다행입니다."

"여러 가지로 감사했어요. 마쓰자카상."

"제 이름은 료스케. 안 불러 줘도 되지만 기억은 해 주길 바래요. 은 상의 이름은 어떤 뜻인지 물어봐도 될까요."

"아……. 그럼요. 별 뜻은 없어요. 세상 세, 무성할 나무 나"

여기는 숲의 한가운데로구나. 료스케의 귓가에 새들이 지저귀는 소리가 들려왔다. 그리고 서글픈 감정이 고개를 내밀었다. 이별. 또 한 번의 이별. 정의할 수 없는 감정과 끌림. 네가 빛나는 태양 아래로 가게 돼서 나는 기쁘다. 서글프면서도 한편으로는 안심이 되는 이 미묘한 감정.

"세상에 나무 그림자를 주러 왔군요. 역시나 쉼을 주는 이름이었네요."

"료스케. 료스케상 신세만 지고 갑니다. 그럼 이만."

그녀의 입술에서 '료스케'라는 단어가 발화되는 순간 간신히 지탱하고 있던 그의 감정선이 무너지고 말았다. 마쓰자카는 한 걸음 다가가서 그녀의 어깨를 잡고 아주 짧고 가벼운 포옹을 했다.

"꿈을 발견해요. 그리고 꼭 그 꿈을 이루길. 안녕, 은세나."

호수 표면을 건드리는 잠자리의 날갯짓처럼 가벼운 포옹을 한 후 그는 계단을 올라갔다. 세나는 다소 놀란 눈빛으로 그의 뒷모습을 바라봤다. 그는 끝까지 뒤돌아보지 않았다. 도쿄 중앙병원에 다시 고요함이 찾아왔다. 오전부터 내리던 비는 이미 수 시간 전에 그쳤고 화창하게 갠 파란 하늘이 복도 창을 기웃거렸다.

세나는 1층 로비에서 자신을 기다리고 있던 류우지를 향해 빠른 걸음으로 다가갔다. 그녀의 손에는 이곳에 올 때 가져왔던 작은 배낭이 들려 있었다. 그는 밝게 웃으며 그녀의 손에서 배낭을 건네받았다. 그녀는 류우지의 미소가 너무나 눈부셔서 병원의 음울한 공기와 좀처럼 어울리지 않는다고 생각했다.

"생각보다 빨리 왔네. 인사는 잘 드렸어?"

"응. 원장님께서 너무 좋은 말씀을 해 주셔서 무척 감동받았어."

"그랬구나. 마쓰자카는 만났어? 나도 고맙다는 말을 하고 싶은데."

세나는 잠시 곤혹스러운 표정을 지었다. 아까의 포옹은 남녀 간에 어떤 감정이 담긴 그런 다정한 몸짓은 분명히 아니었다. 어찌 보면 악

수보다 친근한 작별 인사라고 치부할 수도 있지만 그녀는 이상하게 당황하고 있었다.

"방금 만나고 오는 길이야. 류우지, 인사는 다음에. 집에서 쉬고 싶어."

"여왕님이 피곤한가 보네. 집에 데려다줄게."

아침부터 내리던 비는 그쳤고 수련 뿌리에서 올라온 듯한 흙냄새가 바람결에 실려 왔다. 마쓰자카는 병원 입구가 잘 내려다보이는 3층 난간에 서서 자신의 슬픈 마음을 낙관적인 사고의 어느 지점에 안착시키려고 애쓰고 있었다. 숨길 수 없는 아쉬움이 그의 두 눈 위로 내려앉아서 눈을 가늘게 뜰 수밖에 없었다.

시노하라 류우지와 함께 걸어가는 세나의 발걸음은 무척이나 경쾌해 보였다. 그의 지도 교수는 걷는 것만으로도 알 수 있다고 했었다. 그 사람의 내면이 생에 대한 환희로 넘쳐 나는지, 아스팔트 위의 나뭇잎처럼 말라 가고 있는지 걷는 것만 봐도 드러난다고.

더 이상의 위로가 있을 수 있을까. 행복한 기운에 둘러싸여 사라지는 여왕님의 뒷모습을 바라봐 줄 수 있으니. 채 시작도 하지 못한 어리석은 감정을 추스르는 자신에게 이보다 더 큰 위로는 없을 것이라고 생각했다.

'안녕, 사토 켄지의 슬픈 피사체. 까맣게 죽은 줄 알았던 내 심장이 아직은 희미하게나마 살아 있음을 깨닫게 해 준 고마운 존재. 쉼이 필요한 가여운 인생들을 위해 신이 세상에 드리운 아름다운 나무 그림자. 은세나. 행복해라.'

29
축제의 시작

　오랜 시간을 함께해서 힘을 주지 않아도 부드럽게 글씨가 써지는 만년필로 이 편지를 쓰고 있어. 그런데 왜 그럴까. 오늘은 이상하게 힘이 들어간다. 펜을 잡는 것조차 버겁다고 느끼고 있어.

　중고등학교 때 난 마쓰자카와 함께 도쿄 연합 펜싱클럽의 —이름만 그럴듯해— 일원이었지. 고등학교 2학년 여름 방학으로 기억해. 하계수양회란 이름으로 우리 클럽 친구들이랑 시코쿠에 갔었어. 도쿄에서 너무나 먼 그곳으로. 우리는 마치 일탈을 꿈꾸는 소년들처럼 조금은 들뜬 마음으로 짐을 쌌어.

　마쓰자카와 나는 그 펜싱클럽에서 진짜 운동만 하던 재미없는 부류라 마음이 통했던 걸까. 우린 서로에게 꽤 괜찮은 친구였어. 여학교 아이들과의 미팅에나 열을 올리던 한심한 녀석들이 가득한 모임이었지만. 그래도 운동을 하는 펜싱클럽이었기 때문에 나는 클럽 안에서 마쓰자카같이 진중한 남자를 만난 게 참 좋았어. 여학생들과의 미팅 따위에 관심을 두지 않는 그를 보며 확실히 여느 사내하고는 다르다고 생각했지.

가쓰라하마해변은 —나는 말로 표현할 수가 없다. 세나, 그 아름다움을 난 글로 도저히 표현할 수가 없어— 황홀했어. 그 바닷가에서 마쓰자카와 나는 밤마다 맥주를 마셨지. 당시 그에게 어떤 지독한 일이 있었는지 나는 알 수가 없었다. 매사에 진중하던 마쓰자카는 선로를 이탈한 기관차처럼 폭주했어. 그가 얼마나 잔인한 봄을 견디고 시코쿠에 왔는지 나는 나중에야 알게 되었지만.

그가 술을 무섭도록 마셨다는 것만 기억해. 아니. 아주 망가지기로 작정한 사람 같았어. 마지막 날 우리는 눈썹에 차오를 때까지 술을 마신 후 해변으로 걸어갔어. 술이 눈썹에 차오를 때까지라는 표현밖에는 할 수가 없구나. 새벽의 바닷가. 알코올은 젊은 가슴을 뜨겁게 했고, 술로 데워진 심장의 열기가 두 눈에까지 뻗쳐 와서 우리는 눈조차 제대로 뜰 수가 없었어.

해변에 누워서 구슬픈 파도 소리를 들었지. 그 파도 소리는 정말로⋯⋯.

그렇게 얼마간의 시간이 지나갔을까. 심장의 열기가 누그러지자 망막을 떨리게 하던 독한 술기운도 차츰 물러갔지. 누가 먼저랄 것 없이 눈을 뜬 거 같아. 우리는 보고야 말았지. 하늘에서 숨쉬고 있는 모든 별이 우리의 얼굴 위로 쏟아지던 그 기막힌 광경을.

들국화처럼 노랗고 베갯잇처럼 하얗고 바닷물처럼 푸르스름한 별들이 우리에게 인사를 건넸어. 거대하고 아름다운 별들의 집합체. 우리 머리 위에 머물러 있는 그 은하수를 보며 마쓰자카는 눈물을 흘렸지.

그가 며칠 동안 죽을 각오로 위장에 쑤셔 넣었던 그 술이 전부 눈물이 되어 나오는 것이라고 나는 생각했어. 매사에 진중했던 마쓰자카 료스케가 그렇게 피를 토하는 것처럼 우는 것을 보고도 난 그의 고통이 어느 지점에 있는지 짐작조차 할 수 없었지.

세나, 내 영혼은 그 은하수를 유영하는 생명체도 아닌 인간도 아닌 그 무엇이 되고 싶다. 생명체도 아닌 인간도 아닌 그 무엇으로 살고 싶어. 그럼 후회나 미련 따위는 남기지 않고 살 테니까. 변명이나 집착 따위는 필요 없을 테니까. 조금은 과장되고 채 극복하지 못한 감정에 휩쓸려 쓴 이 편지를 너에게 보낼 수 있을지 난 모르겠다.

너의 마음으로 가는 통행증이 번지르르한 화술이나 그럴듯한 조건이라고 생각한 적은 없었어. 신은 네 향기를 맡도록 허락하셨지만 세나의 정원으로 들어가는 통행증을 주지는 않으셨지. 내 책상에 들꽃 향이 흘러나오는 초 한 자루를 켰다. 비록 이 초를 네 방에 켜 주지는 못하겠지만. 이 편지지에 그윽한 향의 미미한 자락이라도 실어 보내고 싶은 마음에서.

지금부터 내가 하는 말은 결코 중요하지도 심각하지도 않은 그저 그런 이야기. 다 마신 음료수 캔을 분리수거함에 던져 넣듯이 그렇게 읽고 지워 버리면 되는 이야기.

넌 낯선 땅의 향기를 머금고 내 앞에 나타났지만 네 눈을 마주 볼 수는 없었지. 아니, 넌 사람들의 얼굴을 쳐다보지 않았어. 약간은 화난 듯한 표정으로 강의실에 들어와서 그저 조용히 있다가 재빨리 사라지곤 했지.

난 궁금했었던 것 같아. 사람과 사람 사이에서 발생하는 아주 근원적인 호기심. 너에게 타국의 바람은 어떤 느낌을 주는지, 가족과 떨어져 사는 기분은 어떤 것인지 난 네 입을 통해 듣고 싶었어. 어쩌다 너와 눈이 마주치면 네 시선은 항상 내 눈이 아닌 다른 곳에 머물렀어. 볼과 콧등 사이라든가, 아래턱과 윗입술 중간이라든가. 넌 좀처럼 나와 눈을 마주치지 않았어.

봄을 맞은 캠퍼스. 신입생이라면 누구나 설레는 만남과 두근대는 사랑을 꿈꾸는 표정으로 생명이 움트는 보드라운 대지를 밟았지. 그

헐지만 넌…… 넌…….

수업이 끝나고 난 뭔가에 홀린 듯이 너의 뒤를 밟았어. 넌 긴자역에서 내렸지. 긴자의 어느 카메라 부속품을 파는 숍에서 네가 잠깐 일했던 그때를 말하고 있는 거야. 명품 매장의 화려한 디스플레이가 행인을 압도하는 그 거리에서 너는 한 장의 흑백 사진처럼, 한산한 미술관의 풍경화처럼 쓸쓸해 보였어.

너를 그 화려한 거리에 혼자 남겨 두고 나는 돌아왔어. 너에게 눈길 한 번 받지 못했던 나였지만. 나란 남자는 그저 네가 볼과 콧등 사이에 무심하게 던지는 시선을 받는 그저 그런 사람 중에 하나이지만. 겨울을 물리친 봄의 승리가 아우성 대는 그 거리에서 여전히 추워 보이는 너를 두고 돌아오기가 나는 미안했어.

지하철역으로 가는 길에 나는 웨스트의 간판을 보았지. 케이크와 차를 파는 웨스트. 행인을 향해 작게 열려 있는 쇼케이스(케이크 진열대) 뒤에서 주문을 받고 있는 직원을 보며 나는 결심했어. 네가 긴자 거리를 다소 추운 얼굴로 지나갈 때 이 거리에 서서 너에게 인사해 주자고. 이게 웨스트에서 내가 아르바이트를 시작했던 이유야. 이건 정말로 바보 같은 고백.

난 웨스트의 화려한 케이크를 진열해 놓은 쇼케이스 뒤에서 너를 기다렸어. 매일같이. 너는 마치 땅을 밟지 않는 사람처럼 무심히 걸어서 내 앞을 지나갔지. 확실히 시선을 끌 만한 케이크를 가져다 놔도 넌 시선을 왼쪽으로 돌리지 않고 그저 땅만 보며 걸어갔어. 그래. 11시 방향이었지. 그쪽으로 고개를 돌리면 내가 있었는데.

난 신제품을 소개하는 작은 칠판에 네가 지나가는 시간이면 항상 인사말을 적어 놓았어. 물론 주인아저씨 몰래 말이야.

『은세나상, 오늘 하루도 웃는 일만 가득하기를 바랍니다.』

『동경대 여왕님, 나쁜 기운은 이곳에 묶어 놓았으니 무조건 행복하세요.』

네가 그 칠판의 글씨를 좀 더 빨리 발견했더라면 우리는 어떻게 됐을까. 아니, 그때 그 거리로 달려 나가서 네 앞길을 가로막고 널 좋아한다고. 우리 이제 그만 사귀자고 고백했더라면.

세나야. 나는 생명체도 아닌 인간도 아닌 그 무엇이 되고 싶다. 진심으로.

— 긴자 웨스트에서 땅만 보고 걷던 그 옛날의 너에게
매일 인사말을 적었던 사토 켄지

세나는 문틈으로 들어온 켄지의 편지를 발견했다. 다케오 두부집에서 아침을 해결하기 위해 신발을 신으려던 그녀는 그대로 주저앉았다.

켄지의 아픔이 고스란히 담겨 있는 단정한 글자들. 그러다 어느 대목에서부터는 활자들이 형편없이 어그러져 있었다. 그 깨어진 규칙성이 마치 켄지의 조각난 영혼 같아서 글씨가 엉망으로 춤추는 구절에서는 숨조차 제대로 쉬기 어려웠다.

긴자 거리에 있던 그 웨스트. 네가 거기서 아르바이트를 시작한 이유가 이런 거였다니. 난 칠판에 적어 놓은 너의 인사말을 단 한 번도 보지 못했어. 뭔가에 들떠 있는 그 거리에 이상한 반감이 들어서 늘 시선을 바닥으로 내리고 다녔으니까. 세상에 묻고 싶은 게 많았는데 숱한 질문들을 가슴에 담아 놓고만 살았거든.

세나는 한참을 그렇게 앉아 있다가 현관문을 열었다. 빈 복도에는 평소와 사뭇 다른 분위기가 감돌았다. 역시나. 옥상으로 올라가는 계단에 허탈하게 앉아 있는 켄지를 발견했다. 그는 문소리에 미동조차 하지 않았다.

그의 표정이 몹시 낯설었다. 지독한 슬픔에 빠진 얼굴도 치명적인 상처를 받은 눈빛도 아니었다. 무척이나 고단했던 여행을 마치고 커다란 짐 가방을 든 채 집 앞에 당도한 사람의 표정이랄까.

세나가 다가가자 그는 황급히 고개를 숙였다.

"세나. 오랜만이야."

그의 목소리가 변함없이 친근해서 그녀는 다소 안심이 되었다.

"켄지……."

"보고 싶어서 왔어. 묻고 싶은 말도 있고."

켄지는 낡은 복도에 점을 하나 만들어서 응시하는 것처럼 이내 시선을 벽으로 돌렸다. 그는 세나를 바라보지 않았다.

"미안해. 미안해. 켄지."

세나는 그가 앉아 있는 계단 바로 옆 복도 바닥에 앉았다. 오늘만큼은 그의 얼굴을 바라보며 대화를 나누고 싶었지만 자꾸 고개를 숙이는 그가 안쓰러워서 서로의 얼굴을 볼 수 없는 곳에 자리를 잡았다.

"그런 말은 하지 마. 부탁이야. 너에게 미안하다는 말을 듣고 싶지는 않아."

"……."

"행복하니? 네가 행복한지 궁금해서 왔어."

세나는 지금 하려는 대답이 그에게 얼마나 잔인한 말이 될지 몰라 잠시 망설이다가 조심스럽게 입을 열었다.

"행복해."

"시노하라가 가져다준 행복이겠지?"

그의 목소리가 너무나 쓸쓸하게 들려왔다.

"그래. 맞아."

"사랑해. 은세나."

켄지는 피를 토하듯 자신의 진심을 내뱉었다.

"아……."

"너를 사랑한다는 말을 너무나 하고 싶었어. 수백 번도 수천 번도 더 참았지만. 결국엔 이 말이 하고 싶었지."

"네가 그런 얼굴을 하고 있는 걸 보니 우리가 하루에 10년씩 늙었으면 좋겠다는 생각이 들어. 우리의 청춘이 너무 아파서. 우리가 이렇게 젊은 게 너무 버거울 때가 있어. 상처받은 켄지의 모습을 보는 게 가슴이 아파."

세나는 생각지도 못했던 일들이 자꾸만 일어나는 이 시간들이 버겁게 느껴졌다.

"사랑해. 네가 상상할 수도 없을 만큼. 사랑에 올인 해 버리는 멍청이는 아닌 줄 알았는데. 난 근본이 쿨한 인간은 못 되는 것 같다."

"류우지에게 향하는 이 감정을 숨길 수도 멈출 수도 없어."

그녀는 솔직하게 자신의 마음을 전달했다. 비록 켄지를 아프게 할 말이지만 지금은 명확하게 선을 그어야 할 순간이라는 걸 잘 알고 있었다.

"사랑한다. 네가 힘들 때 곁에 있어 주지 못해서 가슴이 아팠어. 너를 따뜻하게 사랑해 주고 싶었지. 내가 원한 건 단지 그것뿐이었는데."

"……."

"내게 기회 따위는 이제 없는 건가? 내가 어떻게 해 줬으면 좋겠니."

"이 지독한 여름을 아프지 않게 보낸 후 건강하게 가을과 겨울을 맞이하고 다시 찾아올 봄을 기대하길 바래. 켄지, 네가 건강하고 행복했으면 좋겠어. 사토 켄지는 너무나 좋은 남자니까."

세나는 켄지같이 좋은 친구에게 너무나 큰 상처를 준 것 같아 가슴이 저려 왔다.

"그렇구나. 나한테 바라는 건 겨우 그런 것들. 그럼에도 불구하고 널 사랑해. 나같이 못난 녀석이 네 곁에 있었다는 걸 기억하지 마. 잊어버리길 바래. 내 이름도, 내 얼굴도."

세나는 고개를 돌려서 켄지의 얼굴을 바라봤다. 켄지의 눈에서는 눈물이 흘러내리고 있었다. 언제부터 그는 울고 있었던 걸까. 어쩌면 처음부터 울고 있었는지도. 그래서 그렇게 낯선 표정으로 고개를 숙였는지도.

"난 오늘 가장 근사한 친구를 잃어버리는구나. 맞지?"

"이제 친구로조차 남을 수 없게 되어 버렸어. 그런데 마지막으로 네게 해 주고 싶은 말은 역시나 사랑한다는 거야."

켄지는 자리에서 일어나 계단을 내려갔다. 세나는 양손으로 자신의 두 무릎을 그러모은 후 얼굴을 파묻었다. 어디서부터 잘못됐을까. 어디서부터. 켄지에게 상처를 주고 말았다.

인생의 중요한 일들은 당사자가 눈 감고 있을 때 제멋대로 결정되어 버리곤 한다. 그녀는 인간의 운명을 가지고 희롱하는 신의 장난에 걸려든 것 같다는 생각을 했다. 어딘가로 숨어 버리고 싶은 마음이 슬그머니 고개를 들었다. 켄지의 어그러진 글씨가 조각난 그의 영혼이 아니기를. 부디. 부디.

수많은 생명들이 태어나고 사그라지는 것을 반복하는 인생의 대해(大海)에서 이런 아픔쯤은 푸른 사과의 한 귀퉁이가 벌레의 삭임질로 망가지는 것만큼이나 하찮은 일일지도 모른다. 그렇게 아무것도 아닌 일이다.

켄지는 도다이마에역 고서점 거리를 둥둥 떠다니듯이 걸었다. 뚜렷한 방향감도 없이. 그는 인간이 갖는 이런 마음속 번민을 훌쩍 뛰어넘는 힘이 어딘가에 존재한다면 물리적인 장벽을 넘어서라도 찾아가고 싶었다.

어쩌면 존재하지 않는 그 세계를 그리워하며 켄지는 하늘을 바라봤다. 그녀를 만나고 나오기 전부터 그를 바라보던 파랗고 높은 하늘이 그곳에 있었다. 하지만 특유의 물색 빛깔도 구름의 굴곡도 아까와는 천양지차였다. 그는 역시나 고통의 한복판에 있었다.

가고시마현의 공무원인 마츠다 사요코는 도쿄에 있는 아버지의 납골당을 방문했다.

　마츠다 시게루. 딸에게 한없이 자상하고 언제나 밝은 얼굴로 웃어주던 아버지였다. 크고 작은 전과 기록이 그의 뒤를 따라다녔지만 사요코는 그런 아버지가 결코 부끄럽지 않았다. 지독히도 가난한 주제에 대책 없이 자식들을 생산하는 게 일이었던 부모를 둔 아버지가 선택할 수 있는 인생은 뻔한 것이었으니.

　배고픔에 허덕이는 동생들의 입 속에 밥을 넣어 주기 위해서 열 살 무렵부터 고물을 주워다 팔았던 장남에게 주어진 인생이란 게 어찌 특별할 수 있을까. 돈도 없고 머리도 아둔하고 배움도 짧았지만 강철 같은 주먹과 날랜 다리를 가지고 있던 그의 아버지가 선택할 수 있는 인생의 선택지는 몇이 없었을 것이라고 그녀는 스스로만의 이해법으로 아버지의 거친 인생을 이해하려고 했다.

　야쿠자라고 할 것도 없는 삼류 양아치들 패거리에 들어가 주먹질이나 하고 다니던 마츠다 시게루의 묵은 달력처럼 보잘것없는 인생에도 행운이란 게 찾아왔다. 그의 먼 친척이었던 다카하시가 그를 거둬 준 후 매우 안정된 모양새를 갖춘 새 인생이 그를 찾아왔다. 수더분하게 밥을 먹는 처녀와 결혼도 하고 무엇과도 바꿀 수 없는 귀한 딸도 얻었으니.

　하지만 시노하라 요시로가 K현경 형사부에 그를 넘긴 후 그의 인생은 그대로 막을 내리고 말았다. 안정된 모양새로 찾아온 인생을 지키기 위해서 저질렀던 몇 건의 살인과 방화죄로 인해 그는 종신형을 구형받았다.

　지독한 일은 그 후에 찾아왔다. 교도소에 입소한 후 급속도로 진행된 간암으로 그는 쓸쓸하게 죽고 말았다. 다카하시 할머니는 슬픔에 잠겨 있던 사요코 모녀를 찾아왔다. 그녀는 가고시마에 두 모녀가 기거할 수 있도록 집을 마련해 주었다. 그리고 중학교 교복을 입은 사요코에게 나직한 목소리로 의미심장한 말을 남기는 것도 잊지 않았다.

'사요코, 네 아버지는 교도소에서 치료조차 제대로 받지 못하고 비참하게 죽었다. 시게루를 죽음으로 내몬 건 시노하라 요시로. 잊지 말아라. 그 이름을. 가고시마는 시노하라 가문의 본거지. 거기서 때를 기다리려무나. 세상에서 가장 드라마틱한 복수를 계획했으니까. 우리만 이렇게 소중한 것들을 빼앗기고 당하고만 살 순 없지.'

사요코는 아버지의 이름이 새겨진 납골당의 대리석 명패를 쓰다듬었다. 그녀의 손길이 지나가는 자리마다 세상에서 가장 따뜻했던 어린 시절의 기억이 점멸등처럼 떠올랐다가 사라졌다. 아둔한 머리를 가진 살인자라고 세상은 그를 비난했다. 하지만 사요코에게 마츠다 시게루는 가난과 분투하며 험한 인생을 살다가 쓸쓸하게 세상을 떠난 소중한 아버지였다.

시게루에게 아둔한 판단력을 내려 준 신은 그의 딸인 사요코에게는 영특한 머리를 선사했다. 그렇지만 사물의 한 면밖에 보지 못하는 외골수 같은 기질과 뭐든 자기 좋은 쪽으로 해석해 버리는 단순한 사고는 그녀에게 그대로 대물림되었다. 사요코는 납골당 문을 나서며 속으로 중얼거렸다.

'시노하라 류우지, 사토 켄지, 그리고 은세나. 인생은 매우 불평등하게 전개되지만 어느 순간에 이르면 무섭도록 공평해지지. 그런 순간은 누구에게나 찾아오기 마련이야. 체념하며 살기 바빠서 대부분의 인간들이 유쾌한 기회를 그냥 놓쳐 버리고 말지만.'

이제 곧 맞이하게 될 축제의 시간. 인생이 숨 막히게 공평해지는 그 순간을 상상하며 사요코는 속으로 휘파람을 불었다.

'시노하라 요시로. 당신은 자신의 아들을 지켰다고 생각하겠지. 과연 그럴까. 과연. 히로미를 잃었을 때처럼 다시 한번 절망하게 될 거야. 그런데 이번에는 절망으로 끝나지 않을 것 같단 말이지. 오랜 세월을 숨죽이며 기다려 온 두 가문에 대한 복수. 이제부터 일어나는 모든 일은 그 옛날 네놈이 짓밟아 버린 마츠다 시게루의 서러운 영혼을 위한 감미로운 진혼곡(죽은 이를 위한 노래)이다.'

마츠다 사요코는 인위적인 냄새가 물씬 풍기는 잘 가꿔진 정원 안으로 들어갔다. 헤이안 시대의 주거 양식을 떠올리게 하는 전통적인 미가 살아 있는 저택이었다.

사요코는 흐드러지게 피어 있는 주황색 군자란을 보니 구역질이 치밀어 올랐다.

'온갖 고상한 것들로 정원을 채운다고 추악한 욕심이 가려질까. 한심한 인간들.'

저택 안으로 들어서자 낯이 익은 검은색 정장이 그녀를 맞이했다. 그 남자는 짐짓 모르는 척 누구를 찾아 왔냐는 헛된 질문을 던졌다. 사요코는 그만 '이 집에서 가장 먼저 죽어 없어져야 할 못된 할망구.'라고 답할 뻔했다. 그녀는 호흡을 가다듬은 후 비교적 안정된 목소리로 대답했다.

"가장 어르신을 뵈러 왔습니다."

검은 정장이 그녀를 내실로 안내했다. 사토 나츠코는 기형적으로 작게 자란 배나무 분재 화분 앞에서 미소 짓고 있었다. 사요코는 무릎을 꿇은 뒤 이마를 바닥에 대고 정중한 인사를 올렸다.

"어르신 그동안 평안하셨는지요."

나츠코는 시선을 분재 화분에 그대로 둔 채 건성으로 인사를 받았다.

"그래. 자연은 이리도 즐거움을 주는구나."

"가고시마의 상황을 고하려고 왔습니다."

"목소리를 낮추거라. 미련하고 멍청한 것. 니가 성급하게 그 아이가 기르던 개를 죽였다고 들었다. 시노하라 요시로 회장이 이 사실을 알게 되면 가만있을 것 같아? 자기 후계자의 앞뜰에서 총알이 날아간 걸 알면 그 주도면밀한 요시로가 니 정체를 밝히는 건 시간문제야."

"어르신 그렇지 않습니다. 저는 가장 적절한 타이밍에 살짝 경고를 준 것이었는데 상황이 묘하게 돌아가 버리고……."

나츠코가 그제서야 분재 화분에서 고개를 들었다. 그녀는 사요코의 말을 끝까지 듣지 않고 말허리를 잘랐다.

"어리석은 것 같으니라고. 네놈이 일을 망친 것이라면 용서하지 않겠다. 선거가 코앞이야. 나는 그동안 네 녀석이 꽤 철저하게 일을 하는 놈이라고 믿고 있었다. 시노하라 류우지가 동경대에서 영문학을 전공한다는 말을 듣고 켄지를 설득한 것도 나였으니까."

"그건 우리 쪽에서 매우 잘한 일이었습니다. 두 아이를 한 강의실에서 마주치게 하는 것만으로도 하루카를 꼼짝 없이 압박할 수 있었으니까요. 어르신, 저를 믿어 주십시오. 저희 아버지가 얼마나 비참하게 죽었는지 매일매일 되뇌며 살았습니다. 한 치의 실수도 없이 하겠습니다. 시노하라 류우지가 코이치 의원님의 발목을 잡지 않도록 완벽하게 매장시키겠습니다."

"가고시마의 모든 일은 네놈이 주도한 일이야. 한국인 유학생에게 돈을 주어서 류우지를 유혹하게 한 후 결정적인 약점을 잡겠다고 하지 않았느냐? 그래서 내가 여러 선을 동원해서 가고시마에 그 아이를 보낸 것이고."

사요코는 일부러 숨죽이고 있었다. 그녀의 심장이 기쁨으로 펄떡거려서 그 흥분을 어떻게든 가라앉혀야 했다. 자, 이제부터 축제가 시작된다.

"그런데 켄지 도련님이 관련되고 말았습니다."

사요코의 입에서 금쪽같은 손자인 켄지의 이름이 나오자 나츠코의 가느다란 눈썹이 파르라니 떨렸다.

"그게 무슨 소리냐?"

"제가 시노하라 류우지의 감시자로 붙인 한국인 유학생을 켄지 도련님이 마음에 두고 있는 것 같습니다."

"……!"

나츠코의 심장이 다다미가 깔린 정갈한 바닥 아래로 떨어졌다. 그녀는 일이 어떻게 돌아가는지 판단해야 했다. 가장 중요한 것은 가을에 치러질 코이치의 선거(다수당 총재를 뽑는 전당대회를 의미, 다수당의 총재가 일본의 총리가 됨). 나가타쵸의 심장에 사토가의 깃발을 꽂아야 한다. 내가 평생을 공들여 온 일은 오로지 이것뿐이다.

게이샤의 딸년한테서 나온 천한 씨앗이 혹시라도 이를 망칠까 봐 그녀는 하루카를 주시하고 압박했다. 마츠다 시게루는 아둔했지만 그의 딸인 사요코는 매우 영특해서 그녀에게 모든 일을 주관하게 했건만. 켄지가 관련되었다니. 이럴 수가. 켄지가 왜. 왜. 왜.

"그러니까 여자애 하나를 놓고 켄지와 류우지가……. 그렇다는 말이냐?"

"그런 것 같습니다."

"켄지는 이즈미 의원 댁에…… 이런……. 이런……. 미카와 약혼을 하지 않겠다고 버틴 것이 그런 이유였구먼."

사요코는 속으로 쾌재를 불렀다. 은세나의 존재가 이렇게 쓸모 있게 되었다니. 가고시마에 그녀를 보낼 때도 사실 반신반의했었다. 두 사람의 감정이 어떤 식으로 진행될지는 전혀 예측할 수가 없었으니까. 하지만 신은 마츠다 사요코의 편이었다. 그녀가 계획한 일은 아귀가 척척 맞아떨어졌다.

사토 켄지가 열 올리고 있던 유학생. 그녀와 시노하라 류우지 사이에서 어떤 감정이 생겨난다면. 그건 정말로 성공을 기대할 수 없는 시나리오였다. 사토가의 두 아들이 벌이는 감정의 대립이라. 사요코 자신도 일이 이렇게 흥미진진하게 진행될 줄은 몰랐다. 어디까지나 뜻밖의 수확이었다.

중간에서 사요코가 한 역할은 그리 많지 않았다. 은세나에게 어떤 임무를 부여한 것처럼 사토가의 할망구에게 보고했을 때는 의심을 받을까 봐 목소리 톤이 다소 높아졌지만 다행히 어떤 의심을 받지는 않았다.

나츠코는 시노하라 류우지의 존재가 거대한 정치적 스캔들로 비화될까 봐 전전긍긍했다. 그녀는 어떤 결단을 내려야 할 순간이 다가오고 있음을 직감했다.

하루카. 참으로 질긴 악연이로구나. 다른 사내의 씨앗을 품고 시노하라 전자의 며느리가 되었으면 죽은 듯이 살 것이지. 그 옛날 다카하시가 던진 더러운 제안에 걸려드는 게 아니었는데. 내 일생 단 두 번의 실수. 하나는 마츠다 시게루 손에 그년을 없애지 못한 것. 또 하나는 결국 화근을 없애지 못해서 다카하시와 마츠다 부녀 같은 인생 쓰레기 같은 것들에게 발목을 잡힌 지난 세월이었다.

나츠코는 기형적으로 작은 나뭇잎이 제법 그럴듯하게 달린 분재 화분을 옆으로 밀어 버렸다. 그녀는 의미심장한 눈빛으로 사요코를 바라봤다. 내 인생에서 실수는 두 번으로 족하다.

"자, 이제 상황을 정리해 보자꾸나. 그에 앞서 시노하라 요시로를 절대로 만만하게 보지 말아라."

"명심하겠습니다. 그런데 전 하루카가 코이치 의원님에게 그동안 숨겨 왔던 아들의 존재를……."

"이런, 건방진 것. 네가 감히 내 아들의 이름을 입에 올리다니. 닥치거라. 다카하시의 미련한 개 같으니라고."

사요코는 속으로 욕지기가 나왔다.

"죄송합니다, 어르신. 제가 경솔했습니다. 그런 일은 없어야겠죠.

절대로 일어나서는 안 되는 최악의 경우인지라…….”

“잘 처리해라. 시노하라 류우지가 절대 사토 가문에 똥물을 끼얹어서는 안 돼. 그 아이가 정치적으로 내 아들과 손자를 망가뜨릴 위험한 존재가 되지 않도록 확실하게 추락시켜라. 약점을 잡아서. 확실하게. 사람은 원하는 대로 붙여 주마.”

이제 본격적인 축제가 펼쳐지는구나. 사요코는 자신이 꽤나 높은 자리에 올라서서 위선에 찬 인생들을 굽어보고 있다는 착각에 빠졌다. 품위 있는 군자란으로 가득 채운 정원 따위로 거드름을 피우는 인간들을 실컷 비웃어 주고 싶었다.

아버지가 이런 자신의 모습을 보고 있다면 얼마나 기뻐하실까. 인생은 태어날 때 어떤 부모를 만나느냐에 따라 시작부터 매우 불공평하게 진행되지만 이렇게 숨 막히도록 공평해지는 순간이 있기 마련이다. 살인자의 딸 마츠다 사요코에게도 예외란 있을 수 없지.

세나는 체온계의 온도를 물끄러미 바라봤다. 열이 꽤 높았다. 그래서 그런지 자꾸 눈이 감겼다. 그녀는 영혼이 빛 한 점 들어오지 않는 황량한 광야에 내던져진 기분이었다. 켄지의 편지도 허망한 눈빛도 잊히지가 않았다. 어떤 식으로든 자신에게 벌이 내려질 것만 같았다.

자신이 눈 감고 있는 사이에 제멋대로 결정되어 버린 것이라고 해도. 켄지의 마음이 흐르는 물가에 심긴 이름 모를 들풀처럼 소리 없이 자라난 것이라고 해도. 누군가의 영혼이 조각날 정도로 고통스러워하고 있다면 신은 그 죄를 물을 것만 같았다. 그렇게 알 수 없는 죄책감에 사로잡혀서 세나는 자신의 몸을 침대에서 일으키지도 못한 채 가느다란 숨만 쉬고 있었다.

그녀는 확실히 그런 종류의 인간이 아니었다. 눈가에 파르란 독기를 품고 굳은 땅처럼 강한 마음으로 타인의 번민 따위는 가볍게 넘길 수 있는 모진 인간하고는 거리가 멀었다. 부모가 이기적인 선택을 했을 때 마음껏 소리치지 못했던 것도 그녀의 본바탕이 모질지 못한 탓이 컸다.

인간에 대한 어떤 기대도 없이 사는 것. 그게 그녀가 선택한 삶이었다. 하지만 3학년 여름 방학은 감당 못 할 일들로 채워졌다. 그녀가 처음으로 허락한 특별한 감정이 가장 신실한 친구를 고통의 한복판으로 잔인하게 밀어 넣고 말았다. 누군가의 영혼을 조각내면서 자신의 행복을 찾겠다고 한다면. 그 행복은 과연 얼마나 깊이가 있는 행복인가.

'이 모든 것이 세상과 자연스럽게 손잡는 법을 배우지 못했기 때문이 아닐까. 사랑받지 못해서 사랑하는 것도 서투르고 항상 마음속에서 누군가를 떠나보내야 했기 때문에…….'

비둘기색 페인트가 칠해진 문 앞에서 몇 번이나 초인종을 눌러도 안에서는 기척이 없었다. 시노하라 류우지는 굳게 침묵하고 있는 문 앞에서 미간에 주름을 잡고 생각에 빠졌다. 대답하지 않는 연인의 문. 해가 뉘엿뉘엿 지는 작은 복도 창을 통해 스멀스멀 흘러들어 오는 불길한 예감. 그의 심장이 불규칙하게 뛰기 시작했다.

"은세나! 세나! 문 열어. 대답이라도 해. 이런……. 제기랄."

그는 지체하지 않고 1층 주인집으로 달려갔다. 그 집 현관문의 초인종을 다급하게 눌렀다. 자신의 저녁 시간을 방해받아서 매우 못마땅하다는 기색의 노파가 문틈으로 얼굴의 반만 삐죽 내밀었다.

"무슨 일인가? 젊은이."

"꼭대기 층에 사는 은세나 양의 친구입니다. 안에 있는 건 분명한데 기척이 없어서요. 비상용 키가 있으면 부탁드립니다."

주인 할머니는 이게 무슨 가당찮은 소리냐는 듯이 한숨을 쉬었다.

"그만 가 보게. 낯선 사람에게 키를 내줄 수는 없지. 난 또 무슨 일이라고."

초조함과 불안감으로 뒤범벅되어 있던 류우지의 감정이 그만 분출하고 말았다.

"당장 경찰을 부르겠습니다. 만일 그녀에게 무슨 사고라도 생겼다면. 촌각을 다투는 상황에서 고통스러워하고 있는 중이라면. 세입자의 위험을 전해 듣고도 못 본 척한 주인 할머니의 죄에 대해 증언하겠습니다."

류우지는 키를 건네받자마자 그대로 꼭대기 층을 향해 내달렸다. 몇 개인지도 모르는 계단을 무서운 기세로 뛰어넘었다. 떨리는 손으로 키를 꽂고 순식간에 돌렸다. 새콤달콤한 향이 나는 그녀의 방. 문을 열자마자 보이는 보라색 스프레드가 깔린 침대에 세나가 죽은 듯이 누워 있었다.

그는 재빨리 다가가서 콧김이 나오고 있는지 손가락을 가져다 댔다. 그녀의 가슴은 규칙적으로 숨 쉬고 있었다. 깊은 잠에 빠져 있는 여왕님. 그의 종아리 근육이 이 무거운 긴장과 불안을 견디지 못했다. 류우지는 침대 곁에 그대로 무릎을 꿇었다.

그녀의 작고 하얀 손을 끌어다가 가만히 손에 쥐었다. 이런 감정은 결코 두 번 다시 찾아오지 않을 것이라는 걸 그는 너무나 잘 알고 있었다. 그녀가 있기 때문에 자신의 생이 환희로 넘친다는 것을. 벗은 발로 얼음판 위에 서 있는 것처럼 고독한 인생이었지만 그녀만 곁에 있어 준다면 자신을 아프게 했던 인간들의 죄와 지난 세월들을 다 용서해 주겠노라고 그는 되뇌었다.

야마자키 료 감독은 도쿄 중앙병원으로 들어가는 대형 회전문 앞에
서 담배를 꺼내 입에 물었다. 하루카가 사랑한 교토의 아들은 고아한 빛
을 발하는 크리스털 장식품처럼 살아야 하는 사람이었다. 범인(凡人)들은
세파에 시달리며 마음에 성숙한 물결을 새기지만. 그런 부류의 사람들
은 장인의 손놀림에 의해 각이 만들어지고 빛이 아름답게 굴절되도록
정교하게 다듬은 크리스털처럼 살아야 한다.

신분을 초월한 사랑으로 인한 마음의 굴절을 그 집안에서 용납할
리가 없으니까. 자신의 아들에게 그런 오점을 허용할 사람들이 아니
었는데. 야마자키 감독은 담배에 불을 댕기지 않고 물고만 있었다.

드라마 《오후의 햇살》 오디션 장에서 하루카를 대면했을 때 그녀에
게서 뿜어져 나오던 강인한 에너지를 떠올렸다. 세찬 북풍을 온몸으
로 견디는 어린 소녀. 모진 바람에 대항하며 한 걸음씩 걸어 나가는
동화 속 소녀를 보는 것만 같았는데.

야마자키 감독은 자신이 발버둥 쳤던 지난날도 하루카가 이를 악물

고 새겨 온 거친 족적과 그다지 다르지 않다고 생각했다. 카미시치켄의 딸이라는 핸디캡을 안고 도쿄에서 대단한 성공을 거두기까지 그녀는 남보다 더 오랜 시간을 일에만 매달렸고 작은 성과에 결코 만족하지 않았다. 처음으로 연출을 맡았던 단막극이 경쟁사의 스페셜을 가볍게 누르고 동시간대 1위를 했을 때도 그녀는 축배를 들지 않고 편집실에 혼자 남아 아쉬웠던 장면을 곱씹었다.

인생은 그녀가 하얗게 지새웠던 고민과 노력의 시간을 결코 가볍게 보아 넘기지 않았다. 금전적인 보상에 앞서서 그녀가 받은 선물은 사람이었다. 인생은 그녀에게 능력을 인정해 주는 무리들을 만들어 주었다. 게이샤의 딸이기 때문에, 여자이기 때문에 너의 능력은 여기까지라고 정확하게 뚜껑을 눌러 주던 사람들이 하나둘 열렬한 지지자로 돌아서기 시작했다. 진짜 인생은 그때부터 펼쳐졌다.

주말 황금 시간대 드라마 연출 자리가 그녀에게 주어졌다. 방송국 내에서도 야마자키에게 너무 특혜를 주는 게 아니냐는 불평들이 여름 호숫가를 뒤덮는 잠자리 떼처럼 떠돌아다녔다. 그녀의 능력을 신뢰하는 국장과 아직 입봉도 하지 못한 선배 감독들에게 양보해야 하는 게 더 마땅하다는 부국장의 날카로운 신경 대립이 시작되었다. 급기야는 사람들의 들고 남이 빤한 좁은 드라마국 내에서 국장파와 부국장파로 나뉘어 사사건건 부딪치는 형국으로까지 확대되었다.

야마자키에게는 매 순간이 전쟁이었다. 프로그램의 성공 여부를 떠나서 그녀를 믿어 주었던 사람들에게 보답해 주지 못한다면 그녀 자신이 괴로워서 방송계를 떠나야 할 판이었다. 타고난 창조적 감각과 무서운 노력이 빚어 낸 탄복할 만한 연출력에 사람들의 기대에 보답해 주어야겠다는 근성마저 더해지자 그녀가 연출한 주말 드라마는 타방송국의 간부까지도 팬으로 만들어 버릴 정도로 놀라운 위력을 발휘했다.

인생의 지극한 배려 없이도 그녀는 최고의 자리에 당당하게 올라서

게 되었다. 이젠 누군가를 끌어 줘도 되겠구나 하는 시점에 하루카를 만났다. 성공이란 이름의 달콤한 파티를 숱하게 치른 후 모든 게 나른하고 조금은 심드렁해질 무렵에 하루카가 나타났다. 그녀와 같은 배경을 갖고 있던 하루카. 영혼이 순수하고 성정이 깨끗해서 더욱 가련해 보이던 아이였는데.

야마자키 감독은 동생 린으로부터 하루카가 당한 일을 집에서 듣고는 그녀의 몸을 이루는 모든 숨구멍 하나하나에서 분노의 기운이 세차게 뿜어져 나오는 것을 느꼈다. 거친 분노는 이내 역겨운 기운을 몰고 왔다.

하얀 도자기로 만든 최고급 세면 볼에 목을 꺾고 몇 번이나 헛구역질을 했다. 홑몸도 아닌 아이를……. 자신의 핏줄을 잉태한 아이를……. 무섭구나. 인간들이란 참으로 무서운 존재로구나.

그녀는 연기가 없는 담배를 물끄러미 바라봤다. 내가 그 아이를 지켜 줬어야 했는데. 이런 일을 당하기 전에 미리 손을 썼어야 했는데. 미안하다 하루카.

그녀는 빈 담배에 쓰린 속내를 담아서 휴지통에 던져 넣고 유리 회전문 안으로 힘차게 들어갔다.

"켈리, 어서 와요. 하루카상이 많이 기다렸는데 왜 이제야 왔어."

야마자키 감독이 하루카의 병실에 들어서자 낯익은 얼굴이 활짝 웃었다. 동경대학 영화서클 후배이자 이 병원의 후계자인 마쓰자카 쇼헤이가 그녀를 향해 손을 흔들었다. 그는 귀여운 부인이 있는 30대 초반의 젊은 의사였다. 야마자키 감독보다 나이는 훨씬 어렸지만 그녀가 남보다 워낙 늦은 나이에 대학에 들어갔기 때문에 두 사람은 절친한 선후배로 학창 시절을 보냈다.

"이런 미친…… 켈리라고 부르지 말라고. 이 패배자야."

"선배는 히치콕의 영원한 페르소나 그레이스 켈리를 연상시키지. 히치콕의 음산한 영화에서 매력을 내뿜던 켈리. 하하하……."

하루카는 한 떨기 수선화처럼 가만히 웃고 있었다. 그녀가 그렇게 해맑게 웃고 있는 걸 보니 또다시 부아가 치밀어 올랐다.

"넌 뭐가 좋다고 웃는 거야? 응?"

"켈리, 이분은 환자라고. 부디 거친 말은 자제해 주길 바래. 정중한 단어를 골라서 말하게 해 주는 칩이 있다면 켈리의 뇌 속에 심어 주고 싶다니까."

"패배자, 그만 나가 있어라. 하루카와 할 말이 있으니깐."

"알겠습니다. 카리스마 넘치는 여신님."

"이런. 미친······. 구멍 숭숭 뚫린 그 대가리나 좀 치료받으라고."

벙실벙실 웃으며 마쓰자카 쇼헤이가 나가자 물 주전자를 든 야마자키 린이 들어왔다.

"언니, 왔어요? 왜 이렇게 늦게 온 거야. 정말 무심하다니까."

야마자키 감독은 시무룩한 표정으로 하루카의 얼굴을 살폈다.

"하루카, 괜찮니? 어디 다친 데는 없고?"

그녀는 조금 쓸쓸하게 웃었다.

"그럼요. 다치긴요. 멀쩡한데 시노하라상이 입원을 하지 않으면 안 된다고······."

야마자키는 급한 마음에 말을 끊었다.

"시노하라상이 널 도와줬다고 했지? 어떻게 알고? 그 사람은 대체 너와 무슨 사이냐?"

질문을 우다다 쏟아 내는 야마자키의 옆얼굴을 살짝 흘기며 린이 중간에 끼어들었다.

"언니, 참 성격도 급하긴. 한 가지씩 차근차근 질문하라고. 게다가 하루카 언니는 지금 안정을 취해야 한단 말이야."

"린, 네가 말해 봐라. 난 좀 들어야겠다."

하루카는 린의 손을 잡고 보조 의자에 앉혔다.

"감독님, 린, 실은 할 말이 있어요. 맞아요. 정말 큰일 날 뻔했었죠.

사토의 집안에서는 저를……. 아시잖아요. 아이가 태어나도 늘 불안해하며 살 것 같아요."

"하루카, 그런 거라면 걱정 마. 내가 그놈의 집구석을 아주 끝장내줄 테니까."

"아니요. 전 이제 그 집안과 얽히기 싫어요. 싸우고 싶지도 않고요. 시노하라상이……. 저한테 청혼을 했어요. 아이의 아버지가 되어 준다고. 그래서…… 결혼하려고 해요."

린이 먼저 얼굴을 감싸며 고개를 숙였다. 야마자키 감독은 눈을 가늘게 뜨고 빠르게 이 상황을 정리하고 있었다. 방금 새로 들어온 정보는 너무 충격적이고 놀라워서 민첩하게 구동하는 그녀의 두뇌에도 적잖은 충격을 안겨 주었다.

"시노하라 요시로가 청혼을 했단 말이지? 배 속의 아이까지도 자신의 아이로 받아 주고……."

야마자키 감독은 아직 일어나지 않은 먼 미래를 예측해야 하는 상황에서, 최선의 선택이 무엇이며 그에 따른 구체적인 시나리오가 어떻게 흘러가야 하는지 정확하게 연동이 되는 사람이었다.

'하루카와 아이의 미래를 지켜 줄 가장 안심할 수 있는 견고한 성의 문이 열렸구나.'

그녀는 그동안 방송 일을 하면서 놀랍게 넓혀 온 인맥을 통해서 시노하라 요시로에 대해 가볍게, 때로는 진지하게 전해 들었던 정보를 최대한 끌어모아 뇌의 한 곳에 집중시켰다. 그리고 숱하게 널브러져 있는 단어들을 재빨리 일으켜 세웠다.

비열한, 신뢰할 수 없는, 지극히 속물스러운 같은 껄끄러운 단어들이 다행히 튀어나오지 않았다. 뒤를 이어 솟아올라 오는 단어들은 그리 나쁜 평판이 아니었다. 용의주도한, 대단한 협상가, 정치인들도 함부로 할 수 없는 재력가.

야마자키 료는 하루카의 손을 잡았다.

"잘했다. 하루카. 이게 최선이야. 대신 이제 사토 코이치는 잊어야 한다. 시노하라 요시로 같은 대단한 힘을 가진 사람이 이런 상황에 놓인 너에게 청혼을 했다면. 그 마음은 정말로 진실된 거니까. 그 남자의 사랑을 가볍게 봐서는 절대 안 돼. 내 말을 꼭 명심해!"

린이 눈물을 훔치며 나직하게 속삭였다.

"료 언니, 난 왠지 불안해요. 배 속의 아이까지 사랑해 줄까? 정말로? 언니가 그 사람과 결혼해서 불행해진다면……. 만약 아이가 사랑받지 못한 채 자란다면……. 난 용서하지 않을 거야."

야마자키 감독은 부드럽게 린의 어깨를 두드렸다.

"난 그 사람이 대단한 금액을 지불하고 하루카를 요정 쿠모에서 벗어나게 해 준 후에도 어떤 대가를 바라지 않았다는 사실을 기억하고 있다. 하루카는 오로지 사토 코이치를 사랑했지만 그 사람은 기다려 주었던 거지. 그렇게 누군가를 한결같이. 어떤 것도 바라지 않고 사랑할 수 있는 남자라면 분명히 하루카를 행복하게 해 줄 거야."

하루카는 병실 창밖으로 고개를 돌렸다. 이름 모를 새의 무리가 해 저무는 오렌지빛 하늘을 헤치며 날아가고 있었다. 저 새들은 자신들이 가야 할 곳이 어디인지 분명히 알고 있을까. 저 쉼 없는 고된 날갯짓을 모두 마친 후에 맑은 물이 있고 주린 배를 채워 줄 기름진 대지 위로 내려앉을 수 있을까.

이름을 알 수 없는 아름다운 새들아. 부디 삭풍이 몰아치는 황량한 벌판 위에 가는 두 다리를 내리지 말거라. 고단한 행로를 멈추고 싶은 마음이 무시로 솟아오르더라도 발아래 대지가 메말라 있고 땅이 얼었거든 날갯짓을 멈추지 말아라. 좀 더 힘을 내면 모진 바람으로부터 가늘고 지친 몸뚱이를 보듬어 줄 엄마 품같이 따사로운 초원이 보일 테니. 애처롭고 정겨운 새들아. 부디……. 넉넉하게 볕이 들고 편안하게 안식할 수 있는 곳에 내려앉으렴. 부디…….

시노하라 전자 본사 대회의실, 대주주들이 참석한 4차 이사회.

"오늘 완전히 마무리 지어야 하지 않겠습니까? 안자이 본부장님."

안자이는 자신의 귓가에 대고 속삭이듯이 말하는 무라이의 말을 짐짓 못 들은 척 흘려보냈다. 그의 입김이 축축해 약간 불쾌한 표정을 지었다. 네놈이 그렇게 일러 주지 않아도 오늘은 담판을 지을 생각이다, 무라이.

육중한 나무 문이 열리자 걸음이 다소 불편해 보이는 노회장의 뒤를 따라서 말끔하게 차려입은 시노하라 요시로 사장이 들어왔다. 회의실 참석자들은 자리에서 기립함으로써 노회장에 대한 예를 갖췄다. 이사진들은 안자이 본부장을 향해 의미 있는 눈빛을 보냈다.

"모두들 이렇게 자리해 줘서 감사합니다. 늙은이가 자꾸 오라 해서 미안하오. 허허……."

노회장이 좀처럼 속을 알 수 없는 표정으로 회의실을 휘 둘러본 뒤 입을 열었다.

"오늘 이 자리에 모이라고 한 이유는…… 내가 쓴 약을 복용하는 통에 입이 말라서 목소리가 불편합니다. 사장이 대신 이번 이사회를 진행하도록 하시오."

노회장이 마른입을 축이기 위해서 물컵을 집어 들었다. 이사진들은 짙은 회색 실크 슈트를 입은 시노하라 요시로를 주목했다.

'쇼를 하는구먼. 늙은 영감탱이가. 왠지 예감이 좋지 않아.'

안자이 본부장은 마치 누군가가 뒷머리를 잡아당기는 듯한 느낌을 받아서 하릴없이 뒷목을 쓸어내렸다.

시노하라 요시로 사장이 자리에서 일어섰다. 그는 매우 여유로운 표정으로 참석한 모든 사람들과 일일이 눈을 맞추었다. 그의 신중하고 날카로운 눈빛과 대면한 사람들은 마치 숨겨 둔 죄를 추궁받는 듯한 묘한 느낌을 받았다.

처가 식구를 위해서 임의로 납품 거래처를 바꿨다든지, 광고 선전

비를 다소 과다하게 청구했다든지 하는 껄끄러운 죄목들이 떠올라서 모두들 제 발 저린 도둑 같은 얼굴로 그의 날카로운 눈빛을 제대로 받아 내지 못했다.

요시로는 무서운 사람이었다. 그는 이 짧은 시간 동안 자신이 보낼 수 있는 가장 강력한 경고 메시지를 그저 눈빛으로 날린 후에 준비해 온 원고를 테이블 위에 내려놓았다.

그는 원고를 읽지 않고 확신에 찬 목소리로 입을 열었다.

"오늘 저는 존경하는 회장님과 친애하는 이사님들을 모시고 두 가지의 중대한 발표를 하려고 합니다. 첫째, 돌아가신 시노하라 잇페이 형님의 딸인 시노하라 히로미를 제 양녀로 입적하였음을 발표합니다."

회의실 안이 금세 놀라움으로 술렁거렸다. 안자이 본부장은 어금니를 꽉 깨물었다. 사람들의 시선이 안자이에게 집중됐다. 반격할 말을 빠르게 정리한 후에 안자이가 입술을 열었다.

"그건 불가합니다. 사장님은 아직 결혼하지 않은 미혼의 몸이 아닙니까. 이런 비정상적인 양녀 입적은 인정할 수 없습니다."

시노하라 요시로가 기이한 미소를 지었다. 그의 입술이 한쪽으로 말려 올라가자 약간 퇴폐적이고 위험한 마왕 같은 분위기마저 풍겨 나왔다.

"둘째, 교제하고 있던 아가씨와 이미 서류상으로 부부가 되었음을 여러분들에게 고합니다. 곧 제 아이가 태어날 것 같아서 먼저 혼인신고를 했습니다. 시노하라 전자를 물려받을 아들이기를 기원하고 있지요. 여러분들께서 누구보다도 진심으로 축하해 주시리라고 믿습니다."

안자이는 회의실 천장을 바라봤다. 거대한 먹장구름이 자신을 향해 무서운 속도로 달려오고 있었다. 조카였던 히로미는 양녀로 입적하고, 곧 태어날 자신의 2세까지 언급함으로써 그룹의 후계 구도를 굳혀 버린 요시로의 현란한 플레이에 그는 꼼짝없이 당하고 말았다.

"이참에 외식 사업부를 별도 법인으로 독립시키려고 합니다. 아무래도 외식 사업 쪽에는 좀 더 전문 인력들이 투입되어야 할 것 같고 현재 그룹에서는 그쪽으로까지 역량을 분산시키기가 힘들다는 판단을 했습니다."

안자이 본부장의 얼굴이 점점 흑색으로 변했다.

'시노하라 그룹의 외식 사업부는 실패한 신규 사업으로 판명되어서 어차피 정리하려고 했던 것이었는데. 그 먹다 버린 뼈다귀 같은 사업부를 독립시킨다는 건 또 무슨 말인가. 시노하라 요시로, 도대체 네놈의 꿍꿍이가 무엇이냐?'

"저는 늘 친족으로 구성된 이사진들에게 감사하고 있었습니다. 태동의 시기를 거쳐서 오늘에 이르기까지 여러분들의 헌신이 없었다면 이런 성공은 꿈도 꾸지 못했을 겁니다. 회사 설립 초기에 투자해 주신 그 투자금을 갚는다는 심정으로 외식 사업부를 여러분들에게 이양할 생각입니다."

"요시로 사장, 이건 말도 안 되오. 지금 우리의 투자금을 어차피 망해서 주워 먹을 것도 없는 부실한 외식 사업부로 되갚겠다는 말이오? 도대체 그런 뻔뻔한 생각은 누구의 머리에서 나온 것이오?"

"안자이 본부장님, 흥분을 가라앉히시죠. 저는 우리 외식 사업부가 그렇게 주워 먹을 것도 없는 부실한 골칫덩이라고 생각하지 않습니다. 그 외식 사업부가 가장 먼저 학교 급식 사업을 시작했을 때 식재료 납품처를 결정하셨던 분이 바로 안자이 본부장님 아니었습니까? 다시 한번 꼼꼼하게 세부 내역을 짚어 드릴까요? 부실의 원인이 무엇이었는지 함께 따져 보도록 하지요."

시노하라 요시로는 안자이 본부장과 그를 따르는 무리들에게 냉혹한 시선을 보냈다.

"앞으로 기한을 정하지 않은 무기한 특별 내부 감사를 실시하겠습니다. 전 그룹에 걸쳐서 어떤 계열사도 어떤 사업부도 예외 없이 이 내부 감사를 받아야 할 겁니다. 만약 누군가가 책임져야 하는 검은 구멍이 발견될 시에는 반드시 그 책임을 묻겠습니다. 여러분이 걸핏하면 운운하는 그 잘난 투자금의 몇 배에 해당하는 거대한 재정의 구멍을 당신들이 어떤 식으로 메울지 저는 자못 기대가 되는군요."

무기한 내부 감사는 결국 일어나지 않았다. 안자이 본부장을 주축으로 한 친족 이사진이 외식 사업부를 이양받는 것으로 초기 투자금에 대한 일체의 권리를 포기했기 때문에. 시노하라 그룹의 불안정한 친족 경영은 이로써 막을 내렸고 시노하라 요시로는 이사진이 스스로 포기한 지분을 단독으로 흡수해서 최대 지분을 소유한 그룹 총수로 단번에 등극했다. 어떤 법적인 흠결이나 매스컴을 흥분시킬 만한 더러운 분쟁 한 조각 없이.

시노하라 요시로와 하루카의 결혼식은 가고시마에 있는 기리시마 온천 호텔에서 비공개로 조촐하게 치러질 예정이었다. 주름이 풍성한 드레스로 부풀어 오른 신부의 배는 가릴 수 있다지만 매스컴에 죄다 공개하는 화려한 식을 치른다면 얘깃거리가 나돌아 다닐 게 분명했다.

요시로는 신부 측의 직계 가족이 없어 그녀가 혹시라도 마음에 상처를 받을까 봐 신경이 쓰였다. 아무리 생각해도 그 부분이 가장 마음에 걸렸다.

그는 가고시마로 내려가기 전에 야마자키 료 감독을 찾아갔다. 그녀는 방송국 편집실에서 최종 화면을 체크하고 있었다.

"아, 시노하라상 어서 와요. 이런 곳으로 오라고 해서 정말 미안합니다. 지금 한창 전투 중이라서 내 몰골도 말이 아니고, 도저히 호텔 커피숍 같은 곳에 우아하게 앉아 있을 여유가 없어서 그런 것이니 양해해 주세요."

"별말씀을요. 저야말로 감독님 덕분에 방송국 편집실 구경도 하고 영광입니다."

야마자키 감독은 남자답게 잘생긴 요시로의 얼굴을 예리하게 뜯어봤다. 신인 탤런트를 캐스팅할 때보다 더 신중한 눈빛으로 그가 살아온 세월과 품고 있는 가치관들을 오로지 얼굴에서 풍기는 느낌으로만 날카롭게 가늠해 보았다.

다양한 인생들을 브라운관에 담아내다 보니 이제 얼굴을 보면 선한 가치관을 바탕으로 사고를 확장시켜 나가는 사람인지, 옹졸하고 졸렬한 패러다임 안에서 머무는 사람인지 대충은 판단할 수 있게 되었다.

비뚤어지지 않은 반듯한 입매와 비굴하게 웃을 때 만들어지는 물결 모양의 눈주름이 없는 게 마음에 들었다. 자신이 결행하겠노라고 내지른 말에 있어서는 끝까지 책임을 질 줄 아는 얼굴을 갖고 있는 반듯하고 의지가 강한 사내였다.

"저는 이 오디션에 합격인가요?"

"아……. 하하하……. 미안해요. 미안합니다. 일종의 직업병이죠. 이리로 앉으세요."

"제가 뵙자고 해서 놀라셨죠?"

"아닙니다. 안 그래도 연락드리려고 했어요. 하루카는 제게…… 그러니까 그 아이는 제게……."

그녀는 갑자기 울컥해서 목이 메었다. 젠장. 나도 나이가 드나 보다. 자꾸 마음이 약해지는구나. 그녀는 눈물을 떨어뜨리지 않으려고 천장에 달린 기다란 형광들을 바라봤다.

요시로는 그녀의 이 행동 하나만으로도 하루카가 야마자키 감독에게 어떤 존재였는지 가슴 가득히 알 수가 있었다. 그저 이름을 입에 올리는 것만으로도. 그 사람이 정말 행복하기를 바라는 마음만으로도 눈물이 나는 관계라면 그건 가족이다. 아니, 가족 이상인 것이다.

"알고 있습니다. 가족이라는 거. 하루카는 감독님에게 친여동생이나 마찬가지라는 것을 잘 알고 있습니다."

야마자키 감독은 이제 흐르는 눈물을 굳이 참지 않았다.

"고맙습니다. 그렇게 말해 줘서. 저는 정말로 하루카가 행복하기만을 기도하고 있는 사람입니다. 부디…… 하루카를…… 너무나 마음이 선한 우리 하루카를…… 잘 부탁드립니다."

야마자키 감독은 깊이 고개를 숙였다. 요시로는 약간 허둥댔다. 뛰어난 연출자로 명성이 자자하고 당차기로 소문난 여감독이 그 앞에서 고개를 숙이자 몹시 당황스러웠다.

"감독님, 이러지 마십시오. 저야말로 잘 부탁드립니다. 제가 이렇게 온 것은 다름이 아니라 가고시마에서 식을 올리려고 하는데 문제가 좀 있어서요. 감독님께 의논드리려고 왔습니다."

"문제라뇨? 어떤……."

"신부 측 직계 가족이 없어서 저는 정말로 가슴이 아픕니다. 신부가 홀몸도 아니고요. 감독님과 동생분께서 그녀의 직계 가족석에 앉아 주시면 어떨까 해서 이렇게 찾아왔습니다."

그녀는 놀란 눈빛으로 요시로를 바라봤다.

"그래도 될까요? 그 댁에서 양해해 주신다면 저는 기꺼이. 정말 기꺼이 가족석에 앉겠습니다."

"아…… 다행입니다. 정말로 다행이에요. 이건 저희 집에서 양해하고 말고의 문제가 아닙니다. 제 결혼식이니까요. 그녀와 저를 위한 결혼식이니 당사자들의 판단이 가장 중요하지요. 감독님께서 이렇게 흔쾌히 허락해 주셔서 저는 마음의 짐을 덜었습니다."

"시노하라상, 이렇게 마음을 쓰고 계신 줄은 몰랐습니다. 하루카는 참으로 행복한 아이로군요. 이제 그 아이 걱정은 안 해도 될 것 같네요."

"마지막으로 한 가지만 더요. 결혼 후에도. 앞으로도 영원히. 그녀의 가족으로 남아 주세요. 그녀가 외롭지 않게. 부탁드립니다."

야마자키 감독은 등 뒤에서부터 소름이 돋는 것을 느꼈다. 그녀가 지금껏 살아오면서 이보다 더 감동적이고 가슴이 뭉클했던 순간은 결단코 없었다. 그녀는 속으로 존재조차 희미한 신에게, 어린 시절 허름한 나무집 뒤란으로 고요하게 흐르던 강물에게, 방송국 화단을 지키고 있는 커다란 장식 돌에게마저 감사 기도를 올렸다. 최고 시청률로 짜릿한 성공의 향기를 맡았을 때보다 더한 감동이 그녀를 충만하게 감쌌다.

"시노하라상, 내가 한번 안아 봅시다. 지금 이 순간 이후로 가족이 된 것을 기념하는 포옹을 내가 해 주고 싶어요."

야마자키 료 감독은 시노하라 요시로를 힘차게 안으며 그의 등을 두드렸다. 그녀는 큰 소리로 외치고 싶었다. 비록 많은 철학자들이 사랑의 순수한 본질은 훼손되고 숭고한 가치가 변질되는 시대에 우리는 살고 있노라고 말들 하지만. 사랑이 매번 무릎을 꿇고 패망하는 암담한 미래가 우리를 기다린다고 말하기를 서슴지 않는 냉소적인 그들에게 외치고 싶었다. 오늘. 지금 이 순간. 사랑이 다시 한번 승리했다고. 바로 보나 모로 보나 이건 명백한 사랑의 승리라고.

시노하라 요시로 회장의 도쿄 저택.

요시로 회장은 가슴 깊숙한 곳으로부터 터져 나오는 기침을 가까스로 참기 위해 밭은 숨을 몰아쉬었다. 이 빌어먹을 기침. 최근 들어서는 기침이 한번 터지기 시작하면 좀처럼 멈출 수가 없었다.

그는 놀라운 자제력으로 터져 나오려는 기침을 다스린 채, 짙은 눈썹에 매서운 기운을 모은 후 눈을 감았다. 그가 이런 표정으로 있으면 앞에 있는 상대는 숨을 쉴 수 없을 정도의 위압감을 느끼기 마련이었다.

"내가 알아보란 것에 대한 답은 가져왔나?

요시로 회장은 자신의 서재 의자에 깊숙이 앉아 회장의 책상 맞은편 소파 끝에 겨우 엉덩이를 걸치고 있는 검은 양복을 입은 사내를 향해 천천히 입을 열었다. 아직도 그의 두 눈은 굳게 감겨 있었다.

"예, 회장님. 분부하신 대로 모두 알아봤습니다."

"그래. 좋아. 다 알아봤다고. 누가 하루카가 보낸 그 사랑스러운 블랙잭을 쏴 죽였는지. 누가 감히 내 아들인 류우지를 위협하고 있는지. 지금부터 낱낱이 말해 봐. 하나도 빠뜨리지 말고. 절대 하나도 빠뜨려선 안 돼. 단 하나도."

시노하라 요시로 회장이 의자에 묻혀 있던 자신의 상반신을 꼿꼿하게 세우며 검은 양복을 향해 천천히 눈을 떴다. 그의 두 눈에 섬광처럼 날카로운 빛이 지나갔다.

검은 양복은 그 매서운 눈빛에 침이 마르고 숨이 막혔다. 왜 하필이 냉혹하고 주도면밀한 승부사를 상대로 저쪽에서는 위험한 게임을 시작했을까. 그는 상대방이 안타까울 지경이었다. 요시로 회장의 아들인 시노하라 류우지를 건드리다니. 대체 어떤 대가를 치르려고.

"기리시마 계곡에 머무는 은하수를 볼 수 있게 욕실의 천장은 개방형으로. 하늘과 가장 가까운 방을 만들고 싶네. 하루카에게 지상 최고의 공간을 선물하고 싶어. 최대한 빨리 공사를 진행하게. 머뭇거릴 틈이 없어."

시노하라 요시로는 하루카가 자신의 인생의 이정표이자 삶의 이유가 되어 버린 것을 부인하고 싶지 않았다. 천 길 낭떠러지를 아래에 두고 하늘에 맞닿을 듯이 솟아오른 가파른 두 개의 봉우리. 그 두 개의 봉우리 맨 꼭짓점에 줄을 걸어서 만든 위태로운 외나무다리를 건너듯이 매 순간 긴장하며 살았던 사업가로서의 행보는 결코 쉽지 않았다.

그 위태로운 다리 중간에서 아픈 관절을 접고 가쁜 숨을 내쉬고 싶은 마음도 간절했지만 그의 뒤를 따르는 발걸음이 한둘이 아니었다. 대기업의 총수로서 그가 책임지고 있는 식솔들을 생각하면 한시도 마음 편하게 쉴 수가 없었다.

죽은 잇페이 형의 딸 히로미와 하루카. 그리고 태어날 아이. 타인의 시선으로 보면 왠지 모르게 불편한 조합이었지만 요시로는 크게 신경 쓰지 않았다. 이제야 안정된 가정을 이룰 수 있다는 생각에 하루하루가 봄날이었다.

기시리마 온천 호텔 펜트하우스 맞은편에 하루카만을 위한 방을 선물해 주기 위해서 그는 꽤나 공을 들였다. 가고시마의 기막힌 밤하늘을 보며 기뻐할 그녀를 생각하니 절로 웃음이 나왔다.

그녀를 위한 방이 완벽하게 마무리되자 요시로는 가고시마 지역 신문에 자신의 결혼을 알리는 짧은 광고를 냈다. 가고시마는 물론 사쿠라지마의 유지들도 이 특별한 결혼식을 보기 위해 몰려들었다.

일본의 전자 부문 사업을 이끌고 있는 시노하라 전자의 젊은 총수와 은막의 별 하루카의 결합이라는 팩트도 대단한 흥분거리였지만 신랑은 가고시마가 낳은 자랑이었다. 기리시마 온천 호텔 대연회장은 식이 시작되기 몇 시간 전부터 입추의 여지없이 사람들로 장사진을 이뤘다.

그 넓은 연회장에 빼곡히 들어찬 사람들은 작은 물결처럼 둥실둥실 떠다녔다. 이색적인 결혼식임에는 분명했다. 이런 재벌가의 결혼식에 흔히 있을 법한 일일이 초대장을 확인하는 사람조차도 없었으니. 결혼식 전전날, 지역 신문의 1단짜리 기사로만 소박하게 알렸을 뿐이었는데 응당 참석해야 하는 축제인 것처럼 주민들이 몰려왔다.

주름이 풍성하고 고풍스러운 베일을 쓴 신부의 손을 잡고 신랑이 입장하자 여기저기서 환호성이 터져 나왔다. 꽤나 점잔을 빼는 도쿄식 결혼하고는 분명히 다른 분위기였다.

야마자키 료 감독은 신랑 측, 신부 측 구별 없이 온 주민이 함께하는 이 결혼식을 감격스럽게 지켜봤다. 그녀는 속으로 반성하고 있었다. 그동안 셀 수도 없는 결혼식 장면을 찍었지만 왜 이처럼 자연스럽게 사람들이 열광하고 축제처럼 즐거워하는 화면을 만들어 내지 못했을까. 정말로 아름다운 광경이로구나. 수백 명의 스태프들이 공들인 드라마 보다 더, 아이디어로 번득이는 사람들이 야심차게 덤벼든 영화보다 더.

야마자키 린은 식장의 가장 앞줄, 직계 가족석에서 연신 눈물을 닦아 내고 있었다. 이곳에 모인 사람들은 그녀가 단지 유명한 여배우여서가 아니라 가고시마의 아들이 사랑한 여인이기 때문에 가슴을 열고 축복해 주는 듯했다. 연약한 뿌리를 내리지 못하고 자갈밭과 마른 들판을 떠다니던 하루카. 이제 순례자처럼 고단했던 여정이 끝나는구나. 하루카 언니, 진짜 인생은 지금부터야. 부디 잘 살아야 해.

가고시마 중학교 교복을 입은 마츠다 사요코는 무덤덤한 표정으로 이 화려한 결혼식을 지켜봤다. 그녀는 테이블에 놓인 티라미수를 집어서 입에 쑤셔 넣었다. 사는 형편도 넉넉하고 종아리도 늘씬해서 인기도 많을뿐더러 은행에 근무하는 자상한 아버지까지 있는 친구 집에 놀러 갔을 때도 꼭 이런 기분이었다.

손에 닿을 듯이 펼쳐지는 타인의 행복한 삶. 그걸 관망하고 있자니 목구멍을 넘어가는 달콤한 티라미수가 뻣뻣한 지푸라기처럼 느껴졌다. 부드러운 케이크 생지가 이렇게 가늘고 질긴 섬유소를 포함하고 있었던가. 게다가 상대는 시노하라 요시로. 사요코는 은쟁반에 놓인 초코볼을 집어서 손의 체온으로 살며시 녹였다.

한 주먹 가득 진갈색의 초콜릿이 끈적끈적하게 만져졌다. 눈부시게 하얀 테이블보에 진갈색 액체를 일부러 처발랐다. 하얀 린넨 천이 더러워지자 한결 기분이 나아졌다.

사요코는 다시 한번 숨이 막히게 잘생긴 신랑의 얼굴을 바라봤다. 세상을 다 얻은 듯 히죽히죽 웃기는. 제기랄, 이 요상한 공기는 또 뭐란 말인가. 다들 이 촌구석에 박혀서 온천물이나 팔아먹고 사는 주제에 갑부 결혼식에 몰려와서 아부해 대는 꼴이라니. 자존심도 없는 옷기는 인간들.

하루카는 자쿠지의 공기 방울을 최대한 약하게 설정한 다음 거품 목욕을 즐겼다. 결혼을 해 버렸다. 누군가의 부인이 되었다. 그녀는 기도문을 외우듯 두 문장을 하염없이 중얼거렸다.

유리로 된 돔처럼 생긴 욕실 천장으로 하늘의 별이 그대로 쏟아져 들어왔다. 개중 하나의 별이 유난스럽게 반짝여서 그녀는 속눈썹의 물기를 털어 내며 지그시 바라봤다.

하루카는 별을 향해 속삭였다. 엄마, 사랑하는 엄마. 딸의 결혼식을 보기 위해 오셨군요. 난 무척이나 온화하고 부드러운 분위기 속에서 축복받는 신부가 되었지요. 그런데 '이게 과연 올바른 선택일까?' 라고 몇 번이나 자신에게 물었답니다.

엄마, 신랑은 매우 다정하고 흠잡을 데 없는 사람이랍니다. 하지만 영화의 한 장면 같은 거야. 자꾸 내 옆에 서 있는 그 사람이 작품을 하는 동료인가, 내가 지금 새로운 드라마를 찍고 있는 건 아닌가 이런 착각에 빠졌지. 하루카는 뭐가 현실인지 가상인지 너무나 자주 헷갈려서 등을 옹송그리고 긴장하지 않으면 안 되게 되어 버렸는걸.

엄마, 그러니까 깊고 어두운 구멍이. 나도 모르는 사이 그 구멍이 점점 커지고 있나 봐. 언제부터였을까. 내 안에 구멍이 생겨 버린 건. 나한테 그것만이라도 알려 주고 가요. 엄마가 다른 인생을 살라고 내 얼굴에 하늘색 비단 천을 씌운 그때부터였을까. 교토 사립중학교 담벼락 밑에서 모난 돌에 맞고 피를 한 바가지나 쏟은 그날부터였을까. 아니면…… 아니면…… 코이치 어머니에게 살아온 세월을 깡그리 무시당했던 그날…….

나조차 알 수가 없는 과거의 그 어느 날. 가슴속 깊이 구멍이 생겨 버렸고. 이제는 그 구멍이 내 삶을 지배하게 되어 버렸어요. 엄마가 도와줘요. 부디…… 내 손을 잡아 준 그 고마운 사람에게 상처 주지 않도록.

그리고 난 건강하게 버텨야 해요. 배 속의 아이가 행복하게 자라도록 지켜 줘야 하니까. 엄마 딸은 어쩌다가 이렇게 되어 버렸을까. 어쩌다가…….

하루카의 아들은 어느덧 네 살이 되었다. 직모가 아닌 약간 가느다란 갈색 머리, 선명한 이목구비, 붉은 입술. 요시로는 커 가는 아이에게서 자꾸 자신의 콧날이 읽히고, 검은빛이 선연한 눈썹이 겹쳐지는 것을 신기하게 바라봤다. 하루카의 아들은……. 그녀의 아들은…….

그는 하루에도 몇 번씩이나 아장아장 걸어 다니는 아이의 얼굴을 뚫어지게 바라봤다. 만약 이 아이가 내 아들이 맞는다면 그녀는 왜 내게 이 사실을 숨겼을까. 그래, 내 착각이겠지. 하루카의 혈액형은 AB형, 내 혈액형은 B형. 아이도 B형. 그녀가 분명히 아니라고 한 이상 어차피 이런 조합은 별 의미가 없다지만.

마침 잠에서 깬 류우지가 거실로 나왔다. 요시로는 퇴근길에 사 온 인형을 꺼내서 아이 앞에 내려놓았다. 땀에 살짝 젖은 아이의 갈색 머리가 사랑스럽게 구불거리고 있었다.

요시로는 커다란 손으로 아이의 젖은 머리를 쓸어 준 후 인형 엉덩이에 붙어 있는 스위치를 올렸다.

둥둥둥둥! 통통통!

익살스러운 표정의 토끼가 굉장히 작은 북채를 손에 쥐고 신나게 북을 두드렸다. 아이는 한동안 바라보다 이내 고개를 아빠 쪽으로 돌렸다. 굉장히 맘에 안 든다는 표정으로 입술을 샐쭉거리며.

"류우지, 왜 그러냐? 토끼 인형이 마음에 들지 않니?"

"목에 커다란 북을 매달아 놓고 계속 북을 치라 하는 건 나쁜 거야. 아직 아기 토끼인데. 불쌍해."

순간 요시로의 눈앞에 섬광 같은 것이 번쩍하며 지나갔다. 그 하얀 빛 사이로 까맣게 잊고 있었던 어린 시절의 기억이 한 자락 펼쳐졌다. 빨간 공 위에 올라가 하염없이 공을 굴리는 곰 인형이 안쓰러워 공 위에서 곰을 내려 달라고 화를 냈던 어린 시절. 그의 어머니는 그가 장성한 후에도 그 일을 입에 올리며 놀리곤 했었는데.

요시로는 아이를 번쩍 안아서 무릎 위에 앉혔다. 작고 귀여운 동물들에 대한 남다른 배려와 사랑. 비록 인형일지라도 상대의 고통과 슬픔에 대해 세심하게 반응하는 정서적인 공감대. 이건 분명히 타고나는 성품이었다. 상대의 마음의 소리를 듣고 마음으로 반응하는 뛰어난 공감 능력. 마음을 함께 느끼고 반응하는 것이야말로 요시로가 너무나 잘 알고 있는 자신만이 가지고 있는 성격 특성 중 하나였다.

생명이 느끼는 어떤 고통에 대해 정서적으로 둔감한 사람이 있는 반면 매우 예민하게 공감하는 사람도 있기 마련이다. 시노하라 요시로는 그런 사람이었다. 그 옛날 교토의 요정 쿠모에서 하루카가 추접스러운 늙은이의 하룻밤 노리개로 짓밟히도록 각본이 짜인 그 순간에도 타인의 고통을 오롯이 느끼는 그의 타고난 정서적 공감대가 그의 이성을 압도하며 돌출행동으로 이끌었다. 그게 비록 기업 경영에 도움이 안 되고 음지에서 적을 생산할 수 있다는 리스크를 내포하고 있다 하더라도.

단지 인형일 뿐인데. 북 치는 토끼 인형을 안쓰러워하는 언어적이고 비언어적인 영역을 아우르는 류우지의 예사롭지 않은 공감 반응. 이건 분명히 타고 나는 것이었다.

류우지는 약간 놀란 표정으로 아빠를 바라봤다. 요시로는 갑자기 호흡이 가빠지는 것을 느꼈다. 심장에서 대단한 속도로 펌프질을 해

대는 듯 관자놀이가 울럭울럭 멋대로 뛰놀았다.

아이의 얼굴을 찬찬히 뜯어보았다. 어떤 직관 같은 것이 스멀스멀 솟아나왔다. 병원에서 아이를 처음 본 순간 두개골이 쨍하게 갈라지던 그 느낌. 애써 대수롭지 않게 넘겼던 그 벅찬 느낌이 다시 한번 그의 머리를 강하게 치고 지나갔다.

그는 맑은 눈빛으로 자신을 바라보는 아이를 품에 꼭 안았다. 가녀린 목과 말랑한 두 어깨. 아직도 달콤한 애기 냄새를 지니고 있는 사랑스러운 아이. 요시로는 더 깊게 생각하지 않기로 했다. 앞으로 자신이 해야 될 일만 머릿속으로 떠올렸다. 당장 내가 할 일만 생각하자. 지금 당장은.

도쿄 중앙병원 부원장실.

시노하라 요시로는 흑단처럼 빛나는 검은색 바탕에 자개가 들어간 일반적인 명패가 아니라 탁상 달력 뒷장의 흰 여백에 '부원장/마쓰자카 쇼헤이'라고 손글씨로 쓴 괴상한 명패를 한참이나 들여다보고 있었다. 대단히 재미있는 사람이군.

하지만 그의 마음은 기분 좋게 달궈진 지압 돌 위를 걷는 것처럼 기묘하게 흥분이 되어서 그는 다른 것에 신경을 쓸 여유가 없었다.

자신이 직접 차를 만들어서 대접하겠다던 마쓰자카 쇼헤이는 10분이 지났건만 감감무소식이었다. 말만 부원장실이지 이 방은 책꽂이가 딸린 거대한 책상 하나와 등받이 없는 스툴 몇 개, 그리고 테이블만 덩그러니 놓여 있는 마치 환자 보호자 대기실을 연상케 하는 그저 그런 방이었다.

이윽고 쇼헤이가 쟁반도 없이 찻잔 두 개를 덜렁 들고 등장했다. 그는 한쪽이 너덜너덜하게 해진 레자 슬리퍼를 신은 발로 아무렇게나 문을 닫았다. 요시로는 다시 한번 탁상 달력 뒷장에 자신이 직접 쓴 게 분명한 그 우스꽝스러운 명패를 흘깃 바라봤다.

"많이 기다리셨죠? 깨끗한 찻잔이 없어서 간호사실에서 구걸해 올 수밖에 없었답니다."

"아닙니다. 부원장님께서 손수 차도 만들어 주시고 제가 폐를 끼친 건 아닌지……."

"으하하…… 부원장님이라뇨. 그런 호칭은 역시나 민망하기 이를 데 없습니다. 실은 야 인마, 너, 이렇게 불리는 게 좋지만 다들 그렇게 불러 주지 않더군요. 제가 갑자기 부원장 승진을 한 건 세금을 줄여 보려는 노친네의 꼼수가 아닐는지……."

"제가 오늘 온 용건은 긴히 부탁드릴 일이 있어서입니다. 매우 중요한 일이죠."

요시로는 한없이 늘어지는 쇼헤이의 수다를 틀어막으며 본론부터 꺼내 놓았다. 쇼헤이는 놀랍도록 진지한 얼굴로 요시로를 바라봤다. 헛소리를 늘어놓던 그 사람이 맞나 싶을 정도로 순간 쇼헤이의 눈빛이 영리하게 반짝였다.

"무슨 일이시죠? 말씀해 보세요."

요시로는 오른손으로 다른 손등을 자꾸만 쓸었다. 막상 이야기를 꺼내자니 혀가 뻣뻣해졌는지 초성이 자연스럽게 튀어나오지 않았다.

쇼헤이는 그의 헛된 손놀림을 주의 깊게 바라봤다. 어떤 문제기에 이 대단한 배경을 지닌 남자가 이렇게도 초조해하는 것일까.

얼마간의 시간이 흐른 후 요시로는 결심했다는 듯이 입술을 열었다. 순간 쇼헤이는 자신의 귀를 의심했다. 충격을 받은 듯 그의 동공이 뚜렷하게 커졌다.

"지금 뭐라고 하셨습니까? 친자 확인이라고 하셨나요?"

"그렇습니다. 제 친아들이 맞는지 확인하고 싶습니다."

쇼헤이는 화가 치밀어 올랐다. 제법 남자다운 이마를 갖고 있는 시노하라 전자의 총수라는 사내가 들고 온 용건이 고작 부인의 정절을 의심하며 은밀하게 찔러 넣는 이런 비열한 부탁이라니. 야마자키 료

선배가 각별하게 생각하는 하루카상이 결혼을 잘못했구나. 이런 작자와 맺어지다니.

"시노하라상, 나는 당신에게 몹시 실망했습니다. 부인을 정말로 사랑해서 결혼하신 게 아닌가요? 자신의 친아들인지 아닌지 의심하면서 그 아이를 길러 왔다니…… 비열하군요."

요시로는 쇼헤이의 날 선 비판 때문에 가슴이 저려 오지는 않았다. 만약 류우지가 친아들이라면 이제야 자식을 알아본 아비의 죄를 어찌 용서받을 것인가.

"말할 수 없는 사정이 있습니다. 여태까지 친아들이 아닌 줄 알고 길러 왔다면 제 말을 믿으시겠습니까? 그런데 보면 볼수록 아이가 제 친아들이라는 생각을 떨칠 수가 없습니다. 만약 제 친아들이라면 제가 알고 있어야 하지 않겠습니까? 아이를 위해서라도."

쇼헤이는 자신의 머릿속에서 멋대로 섞여 있는 이 괴상망측한 단어들을 긴급하게 조합했다. 그의 입에서 나온 단어들은 마치 복화술을 쓰는 다른 이의 말처럼 들렸다.

등산을 하다 보면 낮은 가지에 매달려 있는 리본을 손쉽게 발견할수 있다. 뒤따르는 후발대를 인도해 주는 길잡이 리본들. '봄 산악회', '오사카 등산클럽' 같은 글자가 적힌 형형색색의 리본들. 시노하라 요시로는 그에게 하나의 리본을 던졌을 뿐이었다. 정상으로 이르는 길은 불분명하고, 가장 높은 바위에 어떤 진실이 깃들어 있는지 지금은 알 도리가 없었다. 하지만 그 리본을 묶은 그의 손길은 결코 가벼워 보이지 않았다.

쇼헤이는 진실을 찾아 떠나는 이 등반길에 동행해야 할 것 같은 기분을 느꼈다. 그는 긴장으로 굳어진 요시로의 얼굴을 찬찬히 훑어 내렸다. 남자의 망막 안에는 어떤 거짓이나 술수 같은 검은 기운이 담겨 있지 않았다.

쇼헤이는 짧게 한숨을 쉰 뒤 입을 열었다.

"Y염색체 DNA를 분석해서 부계친족확인 검사를 하는 기술이 있습니다. 아직 일반화되진 않았지만 미국에서는 성범죄 같은 강력 범죄의 진범을 잡아내기 위해서 DNA를 분석하는 프로그램을 사용하고 있지요."

"정확도는요? 그 DNA 분석 결과를 어느 정도 믿을 수 있습니까?"

쇼헤이는 눈을 가늘게 떴다. 이것만큼은 의사 가운을 입고 있는 그가 확실하게 말해 줄 수 있는 부분이었다.

"그 검사 결과는 거의 100% 신뢰해도 무방합니다. 간단한 시료를 미국에 보낸다면 친자 확인을 하는 데 무리가 없습니다. 제가 아는 연구소를 연결해 드리도록 하지요."

요시로는 자리에서 일어섰다. 너무 갑작스러운 그의 몸짓에 쇼헤이도 덩달아 엉덩이를 일으켰다. 그는 울 듯 말 듯 한 표정으로 쇼헤이를 바라봤다. 성인 남자가, 그것도 산전수전 다 겪은 대기업 총수가 이런 표정을 짓기까지 그의 고뇌가 얼마나 깊었을지 오롯이 전해져 왔다.

요시로는 쇼헤이의 손을 끌어다가 덥석 잡았다.

"감사합니다. 부원장님. 결과가 어찌 됐든 그 아이는 제 아들이고 저는 지금까지 그래 왔듯이 그 아이를 사랑할 겁니다. 하지만 진짜로 제 아들이라면 저는…… 저는……."

"시노하라상, 어떤 말도 필요 없습니다. 나도 애아버지예요. 마쓰자카 료스케라고. 아주 귀여운 사내아이의 아버지란 말입니다."

쇼헤이는 자신의 책상 한구석에 놓인 해바라기 꽃잎으로 장식된 액자를 그의 앞에 들이밀었다. 요시로는 예의 그 울 듯 말 듯 한 표정으로 작은 액자를 뚫어져라 바라봤다. 분수대 앞에서 류우지 또래의 아이가 환하게 웃고 있었다. 왠지 해사하게 웃고 있는 이 아이가 자신을 위로해 주는 것만 같아서 그는 가슴이 뭉클해졌다.

"이 은혜를 잊지 않겠습니다. 어떤 식으로든……."

"대기업 회장님께서 은혜를 갚는다고 하시니 자못 기대가 되는군요. 심장센터를 하나 지어 주시겠습니까? 하하하……."

쇼헤이는 걱정하지 말라는 듯 요시로의 어깨를 가만히 두드리며 분위기 전환을 위해 실없는 말을 건넸다.

"얼마든지요. 얼마든지……."

"농담입니다. 다음에 만나면 꼭 편하게 불러 주세요. 시노하라상도 그 망할 산시로연못에서 오리한테 먹이를 주며 학교에 다닌 것 같은데. 제가 후배입니다. 하하……."

"아…… 동경대 의학부. 저는 경영학을 공부했지만 교류하는 동문은 별로 없습니다. 그럼, 나중에 뵙겠습니다. 제가 준비해야 할 것들이 있다면 이 연락처로 부탁드립니다."

요시로는 자신의 연락처를 그에게 건넸다.

"그래요. 전화드리지요. 결과가 나오는 데 한 달 정도 소요될 겁니다."

"미국의 병원과 주고받는 모든 서류는 부원장님께서 대신 해 주셨으면 합니다. 이 병원 주소로요. 그 편이 보안상 좋을 것 같습니다."

"문제없습니다. 그런 거라면. 그렇게 하죠."

한 달 후, 도쿄 중앙병원으로 한 통의 서류가 날아들었다. 발신처는 미국의 한 대학병원 연구소였다. 쇼헤이의 전화를 받은 요시로가 나는 듯이 달려왔다.

두 사람은 회색 서류 봉투를 말없이 바라봤다. 매우 수상한 비구름이 네모반듯한 서류의 모양으로 하늘에서 내려온 것만 같았다.

무거운 침묵을 먼저 깬 사람은 요시로였다.

"부원장님, 제 대신 결과를 확인해 주시겠습니까? 부탁드립니다."

"다음에 만날 때는 말을 편하게 하기로 했잖아요, 우리. 먼저 말을 놔요 선배."

"그…… 그래. 자네가 결과를 확인해 주게. 부탁이야."

쇼헤이는 물을 한 컵 들이켰다. 그런 뒤 심호흡을 크게 한 후 서류의 한쪽 귀퉁이를 집어 들었다.

"우리 후딱 해치워 버립시다. 이깟 서류 확인쯤이야."

쇼헤이가 망설이지 않고 한 동작으로 지칼을 봉투 틈새에 찔러 넣었다. 부욱— 경쾌한 소리를 내며 서류 봉투의 아가리가 열렸다.

요시로는 초조한 듯 눈을 감고 있었다. 꼭 감은 그의 눈꺼풀이 마냥 떨렸다. 쇼헤이는 영문으로 작성된 서너 장의 서류를 재빨리 훑으며 휘리릭 넘겼다. 페이지를 넘길 때마다 그의 눈동자가 점점 커졌다. 맨 마지막장 막 줄을 본 후 그가 가느다란 신음 소리를 뱉어 냈다.

"요시로 선배! 류우지는 선배 아들이야. 선배의 친아들이라고. 이 바보 같은 사람아. 하하하……."

요시로는 감은 눈을 뜨지 않은 채 두 손을 그러모았다. 꽉 잡은 손에 어찌나 힘을 주었던지 그의 손가락 관절 마디마디가 새하얘졌다. 왜 인생은 내게 이런 선물을 주었을까. 왜 신은 환희와 절망의 이중주를 들려주는가.

"왜 인생은 내게 이다지도 잔인한 걸까. 왜. 왜. 왜."

그의 감은 두 눈에서 굵은 눈물이 뚝뚝 떨어졌다. 꽉 맞잡은 두 손에 떨어지는 그 눈물은 너무 진중한 의미를 담고 있어서 카펫이 깔린 바닥에 떨어지지 않고 손등에 고이는 것만 같았다.

쇼헤이는 아들을 둔 아버지로서 그가 안쓰러웠다.

"울지 말아요. 기뻐할 일이잖아. 이건 정말로 기뻐할 일이……."

요시로가 그의 말을 가로챘다.

"아이가 태어나던 날 알았더라면…… 아이가 처음으로 아빠라고 불러 주던 날 알았더라면…… 가는 두 다리로 소파 다리를 잡고 온전히 서던 날 알았더라면……. 난…… 난…… 인생을 도둑맞은 기분이야.

누군가가 묵직한 몽둥이로 내 머리를 강타한 뒤 내 소중한 인생을 훔쳐 갔다고."

"어디서부터 일이 꼬여 버렸는지 그 시작점을 찾을 수 있을 거예요. 인생이 잠시 선배를 기만했지만 그 기간은 풀잎에 내려앉은 이슬이 머물렀던 시간만큼이나 짧았다고 생각해요. 기대하지 않았던 아들을 얻었으니 이건 감사해야 할 일이야. 선배가 속으로 지난 세월을 원망하며 번민하지 않기를 바래요. 이제부터 아버지 노릇을 제대로 하면 되니까. 진짜 아버지의 역할을."

요시로는 테이블 위에 놓인 하얀 서류를 집어 들었다. 서류는 명백하게 류우지가 그의 아들이라고 증언하고 있었다.

'류우지, 시노하라 류우지. 내가 네 아버지다. 넌 내 피를 이어받은 친아들. 시노하라 가문의 장자. 가고시마의 아들이다. 이제부터 진짜 인생을 살아 보자. 내 아들이 된 것을 진심으로 환영하고 축복하마. 그렇지만 하루카…… . 아…… . 하루카…… .'

겨울 끝자락에 머물러 있는 찬 공기와 봄바람의 수줍은 미소가 공존하는 아침이었다. 요시로는 방송국 앞뜰에 놓인 통나무 모양의 벤치에서 봄을 향해 달려가는 마지막 겨울 하늘을 쓸쓸한 눈으로 바라보고 있었다. 살포시 봄기운을 담은 겨울 끝자락에 걸려 있는 하늘은 갓 세수한 스무 살 처녀 아이의 얼굴같이 말개서 요시로의 두 눈에 그대로 스며들었다.

야마자키 료 감독은 이른 아침에 불쑥 찾아온 그의 뒷모습에서 독한 회의와 좌절의 그림자를 발견하고 잠시 멍한 표정으로 서 있었다. 전성기를 확실히 넘긴 개그맨처럼 고독해 보이는 남자의 뒷모습이라니. 무슨 일일까.

"시노하라상, 이제는 제법 봄기운이 느껴지네요."

"오셨어요? 전 아직도 겨울의 자락에 머물고 있나 봅니다."

요시로는 희미한 미소를 지으며 자리에서 일어섰다. 재단이 잘되고 나무랄 데 없는 옷감으로 지은 근사한 슈트를 입었지만 그에게서는 부자 특유의 거들먹거리는 아우라가 전혀 느껴지지 않았다. 야마자키 료 감독은 그의 성품을 부각시켜 주는 그만이 가지고 있는 특유의 분위기라고 생각했다.

그녀가 살아오면서 정의한 인간들은 대부분 그 틀 안에서 머물렀다. 부자들은 세 종류가 있었다. 갑자기 획득한 부를 자랑하고 싶어서 몸살이 난 부자, 대대손손 있던 재물이라 다소 권태롭고 거만한 부자, 자신이 꾸역꾸역 모아 놓은 것들을 거지 같은 친척들이나 지인들에게 빼앗길까 봐 애써 부를 숨기는 부자.

그런데 시노하라 요시로는 어느 경우에도 해당되지 않는 독특한 사업가였다. 목표를 향해 무섭게 집중하는 면은 있지만 재물을 끌어모으기 위해 추잡한 게임 판을 마다 않는 탐욕스런 인간은 아니었다. 부자에게서 탐욕을 빼면 저런 인간형이 창출되는 것인가. 야마자키 감독은 자꾸만 곁가지를 내뻗으며 확장하는 생각을 다잡기 위해 외투 주머니에서 담배를 꺼내 들었다. 그런 뒤 불을 붙인 하얗고 빼족한 담배를 요시로에게 건넸다.

"인생의 모든 짐을 지고 가는 고단한 얼굴로 찾아오셨네요."

"맞습니다. 감독님, 너무 많은 생각들을 하다 보니 종국에는 아무것도 판단할 수 없게 되어 버렸습니다. 하루아침에 바보가 돼 버렸죠."

그녀는 요시로가 내뿜는 하얀 담배 연기를 바라봤다. 상념이 붉은 핏줄처럼 들어찬 그의 눈빛이 심상치가 않았다.

"나는 말입니다. 정말로 구제불능인 엄마 밑에서 자랐죠. 술상머리에서 시달린 게이샤들이 속에 든 것을 새벽 내내 게워 내는 소리, 음정도 맞지 않게 불러 재끼는 취객들의 노랫소리가 자장가였고요. 그런데 재밌는 건 가장 역겨운 것들은 또 죄다 방송국에 몰려 있더란 말입니다. 하하하……. 어떤 이야기도 들어 줄 수 있으니 주저하지 말고 해 봐요."

"감독님, 하루카는 절 사랑하지 않는 거죠?"

야마자키는 어린아이를 나무라는 선생님 같은 얼굴로 요시로를 바라봤다. 그는 재기발랄한 후배들 앞에서 철 지난 개그를 구사하며 비웃음을 사는 중년 개그맨같이 뭔가에 잔뜩 움츠린 듯한 모습이었다. 속으로 개그감이 퇴보한 자신을 저주하며 쓴 울음을 삼키는. 근사한 스포트라이트를 후배들에게 양보하고 이제는 그만 무대에서 내려와야 하는 한물간 개그맨.

"이봐요. 참으로 못난 소리를 하고 있는 거 알아요? 하루카는 행복한 주부로 살며 엄마 노릇도 아내 역할도 잘해 내고 있어요. 시노하라 상을 사랑하지 않는다면 절대 그런 얼굴로 살 수 없지요. 여자는 그렇답니다. 자신의 사랑이 얼굴에 드러나는 게 여자란 말입니다."

요시로는 고개를 숙이고 양손으로 벌겋게 충혈된 눈 주변을 문질렀다. 그제야 야마자키는 단지 부인의 사랑과 관심에 아쉬워하는 젊은 남편의 투정이 아니란 것을 알아차렸다. 그에게 불어닥친 바람이 얼마나 사납고 독한 것이었기에 이렇게도 힘들어하고 있는가.

"감독님, 류우지가…. 그 아이가…… 아…… 저는 아이를 볼 때마다 그런 생각이 들었습니다. 혹시 내 아이가 아닐까……."

야마자키는 재빨리 숨을 들이마셨다. 그녀는 머릿속으로 곱상하게 생긴 류우지의 얼굴을 떠올렸다. 아이는 확실히 하루카 쪽을…… 다시 아이의 섬세한 이목구비를 그리듯이 더듬어 보았다. 아니야. 류우지는 역시나 제 엄마를 닮았는데…….

그녀는 슬쩍 요시로의 옆모습을 관찰했다. 그때였다. 아뿔싸…… 한 번도 생각 못 했던 일이어서일까. 아이에게서 요시로의 모습을 찾아볼 생각조차 안 했던 일이라서 그랬을까. 류우지의 곧게 뻗은 콧날과 고집스러워 보이는 코끝이 이상하리만치 요시로를 닮아 있었다. 상황 판단이 비상하게 빠른 야마자키는 마른침을 삼키며 그에게 바짝 다가앉았다.

"그래서요? 친자 확인을 해 봤나요?"

그는 슬픔이 가득한 얼굴로 고개를 끄덕였다.

"결과는요? 아…… 친아들로 확인됐군요. 맞죠?"

요시로는 말없이 고개를 아래위로 주억거렸다. 야마자키는 자신의 얼굴을 감싼 채 무릎 위로 고개를 숙였다. 그녀는 한동안 그 상태로 꼼짝도 하지 않았다. 요시로의 뒷머리를 묵직하게 강타했던 거대한 충격이 야마자키에게로 옮겨 간 듯했다.

이윽고 그녀는 숏컷으로 자른 옆머리를 쓸어 넘기며 꺾었던 척추뼈를 똑바로 세웠다.

"시노하라상, 친자 확인을 의뢰했던 병원이 어딥니까? 신뢰할 만한 곳이었나요?"

"도쿄 중앙병원의 마쓰자카 쇼헤이 부원장이 연결해 준 미국의 한 대학병원 연구소였습니다. 물론 믿을 수 있는 곳입니다."

"마쓰자카가…… 그렇군요. 도쿄에서는 역시 그 병원이 최곱니다. 그가 직접 연결해 준 곳이라니 물어보나 마나군요. 일단…… 갑시다. 나도 마쓰자카 쇼헤이와 상의할 게 있어요. 같이 가서 이 문제를 해결해 봅시다."

요시로는 의욕을 완전히 상실한 얼굴로 야마자키를 바라봤다. 그는 확실히 판단력을 잃은 사람처럼 행동했다. 성큼성큼 주차장으로 걸어가는 그녀의 뒤를 따라오면서도 왜 그 병원에 가야 하는지 묻지 않았다.

새싹을 틔우기 위해 한껏 물기를 저장한 대지는 봄의 기운으로 폭신했지만 그는 두꺼운 얼음장 위를 걷는 심정이었다. 얼마 전까지만 해도 화창했던 하늘은 그새 다른 얼굴을 하고 있었다. 누군가가 잿빛 물감을 칠한 것처럼 머리 위가 어두웠다.

"시노하라상, 일단 내 차로 갑시다. 봄을 재촉하는 소나기가 오려나 보네요. 하늘이 심상치가 않아요."

"그때 하루카상이 치료를 굳이 마다했던 이유가 있었군요. 임신 중이라서 약물 치료가 힘들 거라고 본인이 판단했겠죠. 암튼 야마자키 선배의 말을 종합해 보면 이런 결론에 이를 수 있겠네요."

마쓰자카 쇼헤이는 안타깝다는 시선으로 요시로의 이마 쪽을 바라봤다. 이런 상황에서 그와 눈을 마주치는 게 조금은 힘들었기 때문에.

"그러니까 하루카가 저와의 일을 기억 못 한다는 말씀이로군요. 감독님은 그렇게 생각하신단 말이지요?"

"믿기 어렵겠지만 맞아요. 하루카의 정서가 굉장히 불안정하던 시절이 있었죠. 과거의 기억이 불쑥불쑥 튀어나와 현재의 시점을 맹렬하게 흔들어 놓았으니까요. 자신이 연기해야 하는 대사는 물론이고, 익숙한 사람의 얼굴조차 간간이 착각하는 것을 보며 이건 병이라는 확신이 들어서 이 병원으로 보냈어요. 어쨌든 그때는 이 병이 무엇인지 깊이 들여다볼 상황이 아니었습니다."

"부원장, 이게 가능한 상황인가? 내 상식으로는 도저히 이해가 되지 않아서."

쇼헤이는 자신이 심장 전문의란 게 다행이란 생각이 들면서도, 인간의 마음을 들여다보는 이 분야에 심취해서 상당한 의료 지식을 쌓은 것을 저주하고 있었다.

"물론 내가 연구하는 분야가 심장 쪽이지만. 그래서 얄팍한 지식으로 말을 하자면 충분히 가능한 이야기예요. 사람은 누구나……. 자신이 원하는 바람을 마음속에 품고 있기 마련인데……."

그는 잠시 말을 멈추고 야마자키 쪽을 바라봤다. 과연 이 말을 해도 될지 묻고 있는 듯한 눈빛이었다. 야마자키는 미간을 찡그리며 이제 어쩔 도리가 없다는 표정으로 눈을 감았다. 이 상황에서 상처를 더 받고 덜 받고의 의미가 무슨 소용이람. 그의 심장은 이미 만신창이가 되어 버렸는걸.

"오해는 하지 말고 들어요. 우리의 정신도 일종의 방어기제가 있단 말이지. 도저히 받아들이기 힘든 마음속 상처나 충격적인 상황을 극복하기 위해서 기억을 왜곡하고 재편집하는 것도 일종의 방어기제야. 하루카상이 과거의 환영에 사로잡혔던 것은 이 같은 이유로 설명할 수 있고. 선배를 다른 사람으로 착각한 것은……. 그건 마음속에서 정말로 바라 왔던 일이었기 때문에……. 간절한 바람이 기억회로를 잠시 망가뜨린 거라고 볼 수 있어요."

쇼헤이가 어렵게 말을 마치자 야마자키는 하얀 천장만 소리 없이 바라봤다. 그녀는 속으로 기도하고 있었다. 신이시여. 이 남자가 망가지지 않게……. 부디 망가지지 않게…….

"그러면 괜찮은 건가. 그 병이 그녀의 영혼을 파괴하거나 힘들게 하는 병은 아닌 거지?"

야마자키와 쇼헤이는 놀란 눈으로 그의 얼굴을 바라봤다. 그는 가슴이 갈가리 찢긴 남자의 얼굴이 아니었다.

"지난 결혼 생활 동안 특이할 만한 점이 없었다면 염려하지 않아도 될 거예요. 정리하자면 그녀의 인생에서 가장 힘든 순간에 그런 병이 찾아왔겠죠. 지금 정신적으로 건강하다면 그녀를 정상에 가깝게 되돌려 놓은 것은 선배의 사랑과 안정된 삶이라고 말해 주고 싶네요."

"감독님. 하루카는, 제 아내는 지난 4년 동안 너무나 건강하고 평범하게 살아왔습니다. 과거의 환영이 현실을 괴롭히지 않았고요. 만약 이 사실을 그녀가 알게 된다면…… 저는 두렵습니다. 겨우 되찾은 그녀의 마음속 평화가 송두리째 무너져 버릴까 봐."

야마자키가 그의 어깨를 두드리며 입을 열었다.

"시노하라상, 언제까지 이 사실을 숨길 수는 없어요. 하루카도 알아야죠."

"물론입니다. 아이가 좀 더 크면 제가 직접 말해 주겠습니다. 진실을 알게 됐을 때 그녀가 무너지지 않도록. 정신적으로 건강한 사람이 되면 그때 알려 주고 싶습니다. 제 아내를 지금보다 더욱 신뢰하고 사랑해 주면 언젠가는 마쓰자카 부원장보다 더 유머러스하고 야마자키 감독님보다 더 심지가 굳은 사람이 되지 않을까요. 저는 그때를 기다리고 싶습니다. 암튼 이 사실은 누구의 입을 통해서가 아니라 제가 직접 하루카에게 말할 테니 감독님은 모른 척해 주세요. 부탁드립니다."

요시로를 먼저 보낸 후 쇼헤이와 야마자키는 수술을 받고 회복기를 거치고 있는 환자 같은 표정으로 병원 복도를 거닐었다. 야마자키가 폐부 깊숙이 병원의 공기를 밀어 넣자 쇼헤이가 딱하다는 얼굴로 그녀를 바라봤다.

"켈리, 지금 뭐 하는 거야? 병원 복도에서 왜 심호흡을 하고 그래?"

"소독약 냄새로 니코틴에 찌든 내 폐 속을 소독한다. 이 패배자야."

야마자키는 남동생 대하듯 쇼헤이의 어깨를 툭 쳤다.

"난 오늘 요시로라는 남자 앞에서 확실하게 패배자가 된 기분이야. 사랑의 패배자. 아내의 잘못된 기억마저도 덮어 주고 싶어 하는 남자의 묵직하고 깊은 사랑이라니. 아까 나오려는 눈물을 간신히 참았다고."

쇼헤이는 요시로의 지고지순한 사랑에 완전히 감동했다는 표정으로 야마자키를 바라봤다.

"너 사랑이 뭐라고 생각 하냐?"

"글쎄. 뭘까? 사랑은 누군가가 깊이깊이 숨겨 놓은 보물 같아. 구질구질하고 추잡한 일상 속에서 쉽게 발견할 수 없는 값지고 귀한 게 아닐까."

"사랑은 흔한 거다. 흔하디흔한 것."

야마자키는 병원 복도의 작은 창을 열고 밖으로 얼굴을 내밀었다.

"좀 실망스러운 대답인데?"

"결국 흔한 것이 귀한 것이다. 흔한 것치고 귀하지 않은 게 없더란 말이지. 신이 흔하게 세상에 뿌려 놓은 것들은 죄다 귀한 것들이기 때문에 흔한 거야. 인생의 진리가 땀 흘린 농부에게 결실을 안겨 주는 한 줌의 흙에, 우리 머릿속 번민까지 날려 주는 저 강 너머에서 불어오는 청명한 한 줄기 바람에 깃들어 있듯이."

어딘가에서부터 불어오는 바람에 야마자키의 짧은 머리카락이 휘날렸다.

"켈리가 왜 최고의 감독이 되었는지 알 것 같은데. 선배의 말을 듣다 보면 나도 나이 들수록 후배들의 존경을 받는 그런 사람이 되고 싶어져. 의술이 뛰어난 기계가 아니라 인품이 훌륭한 진짜 인간이 되고 싶다."

쇼헤이는 야마자키 옆으로 가 자신의 얼굴도 창밖으로 내밀었다.

"패배자, 넌 그렇게 될 거야."

"하하…… 입으로는 패배자라고 부르면서 용기를 북돋워 주다니. 눈물 나게 고마워."

그때 사내아이 한 명이 그들을 향해 빠르게 달려왔다.

"아빠, 오랜만입니다."

"아이구야. 료스케. 너 어쩐 일이냐?"

쇼헤이는 활짝 웃으며 아들을 안아 올렸다.

"치과에요."

"그렇구나. 료스케, 인사드려라. 아빠의 선배인 켈리 아줌마다."

"안녕하세요."

"그래, 료스케. 정말 의젓하고 영리하게 생겼구나."

치과 병동의 담당 간호사가 료스케를 데려가기 위해 따라서 달려 나왔다. 아이는 간호사의 손을 잡고 약간 시무룩한 얼굴로 돌아갔다.

"대단히 잘생긴 아들을 두셨구려. 하하하……."

"나를 전혀 안 닮아서 이거 대박으로 성공했구나 늘 감사하고 있다고."

"패배자는 아들을 어떻게 키우려나."

"인간으로. 사람 냄새 나는 진짜 인간으로 키울 거야."

"오…… 매우 기대되는 양육관이야. 어떤 남자로 클지 내가 지켜봐도 돼?"

"왠지 긴장되는걸. 마쓰자카 료스케, 부디 멋진 남자로 자라 줘라. 켈리 앞에서 큰소리친 이 아빠의 체면을 생각해서. 하하하……."

그 이듬해 7월. 나츠코는 아들 코이치를 강하게 조임질했다.

"올해에는 사쿠라지마에 가거라. 해마다 열리는 집안 남자들의 모임에 매년 너만 빠진다는 게 민망하지도 않느냐? 이제 둘러댈 변명거리도 없다."

코이치는 입술을 굳게 다물었다.

"거기를 가지 않겠다면 처가 어른들을 모시고 그림같이 아름다운 곳으로 여름휴가를 가든지. 올여름에는 너희와 동반 여행을 가려고 그 집에서도 작정하신 것 같던데. 네가 사쿠라지마에 가지 않겠다면 내가 사돈어른께 연락하마."

"그러실 필요 없어요. 가겠습니다. 사쿠라지마에."

나츠코는 웃음이 번지는 입 주변을 가리기 위해 찻잔을 치켜들었다. 코이치가 정치인으로서의 입지를 굳건히 다지려면 가문 어른들의 도움은 꼭 필요한 것이지. 물에 겉도는 기름처럼 구는 것을 봐주는 것도 이제는 끝이다.

사랑하는 하루카.

올여름은 가고시마에 있는 기리시마 온천 호텔에서 보냅시다. 당신에게 꼭 하고 싶은 말도 있고, 류우지에게 줄 선물도 있다오. 유럽 출장 일정이 예정보다 길어져서 며칠 늦게 도착할 것 같으니 당신 먼저 애들을 데리고 출발하시오. 그럼, 가고시마에서 봅시다.

　　　　　　　　　　　　　　　　　　　　　— 당신의 요시로

　하루카는 기리시마 온천 호텔 로비에서 린이 건네준 아이스크림을 먹고 있는 히로미와 류우지를 사랑스럽게 바라봤다. 가고시마의 여름은 최절정의 더위를 향해 맹렬하게 질주하고 있었다. 이곳에 도착한 지 벌써 3일이 지났지만 유럽에 간 요시로에게서는 연락이 없었다.

　"언니, 나 애들 데리고 노천탕에 갈 거야. 언니는 시내에 화장품 사러 나간다면서?"

　"그래, 가고시마의 태양에 익어 버린 피부를 진정시켜 주는 스킨을 사지 않으면 안 될 것 같아. 물에서 너무 오래 놀지는 말고. 물놀이 끝나면 간식을 먹이고 애들은 좀 재워야 해."

　"네네. 사모님. 걱정 마시고 시내에나 다녀오시라고요. 올 때 월간지를 좀 사다 줘. 산속에만 박혀 있자니 심심해서 못 견디겠어."

　"알았어. 얘들아, 엄마 갔다가 곧 올 테니까 이모 말 잘 듣고 있어야 한다. 알았지?"

　아이스크림에 정신이 팔린 류우지는 대답하지 않고 고개만 끄덕였다.

　"엄마, 빨리 와야 해. 진짜진짜 빨리 와. 히로미는 엄마가 보고 싶단 말이야."

　병아리색 끈달이 원피스를 입은 히로미가 귀여운 입술로 조잘댔다. 하루카는 그 모습이 너무나 예뻐서 덥석 끌어안고 엉덩이를 토닥여 줬다.

　"아이구, 예쁜 우리 딸. 히로미는 누구 딸?"

　"엄마 딸!"

"그래. 엄마 딸이지. 우리 딸 이렇게 말도 잘 하고. 엄마가 맛있는 거 사 가지고 금방 올게요, 공주님."

"참으로 애틋해. 그 모녀지간. 어찌나 서로 사랑을 하시는지. 옆에서 보고 있자면 눈물이 나온다니깐. 좋겠어, 언니는. 예쁜 딸에, 귀여운 아들에, 언니라고 하면 자다가도 벌떡 일어나는 멋진 남편까지. 아주 삼박자를 완벽하게 갖췄구먼. 하하하……."

하루카는 양팔로 아이들을 안고 행복하게 웃었다.

"그럼, 그럼. 난 너무 좋다. 게다가 내 일이라고 하면 모든 걸 제치고 달려와 주는 료 감독님에, 늘 내 곁에서 나와 있어 주는 소중한 린까지 있으니까. 린, 난 린이 없었으면 어떻게 살았을지. 내가 늘 고마워하는 거 알지? 고맙다 린. 정말 고마워."

린은 왠지 뭉클해져서 애들의 손을 잡고 노천탕을 향해 황급히 등을 돌렸다.

"언니, 그런 말은 하는 게 아니라고. 식구끼리 뭐가 고마워. 외출 잘하고 와."

하루카는 흰색 오픈카를 타고 시내로 나갔다. 결혼과 동시에 연예계를 떠났지만 그녀를 알아보는 사람들이 있기 때문에 머리에는 핑크색 스카프를 쓰고 알이 커다란 선글라스를 착용했다. 백화점이 있는 건물 지하에 차를 주차한 다음 재빨리 화장품 코너로 향했다. 아이들이 기다리고 있을 거란 생각을 하니 마음이 급해졌다.

그녀는 백화점에서 볼일을 본 후 제법 큰 서점을 향해 걸어갔다. 한낮의 태양은 아스팔트마저 녹일 기세였다. 대단한 폭염이 몰아닥친 가고시마 시내는 여느 때보다 한산하고 조용해 행인들의 동선마저 자연스럽게 읽혔다.

사쿠라지마로 넘어가기 전에 잠시 노천카페에서 아이스티를 마시고 있던 사토 코이치는 한눈에 그녀를 알아볼 수 있었다. 협소한 도로를 사이에 두고 두 사람은 반대편 거리에 있었지만 그는 하루카를 알아봤다.

코이치는 카페를 나와 그녀를 따라 걸었다. 간간이 지나가는 차들로 인해 시야가 가려졌지만 워낙 좁은 도로라 그는 하루카를 매우 가깝게 느낄 수 있었다.

햇수로 따지면 6년 만이었다. 그들 사이에 그렇게 오랜 시간이 흘렀다는 게 믿겨지지가 않을 정도로 그녀는 그대로였다.

그의 마음은 은각사 연못에서 하염없이 그녀를 기다리던 그 시절로 달려가고 있었다. 그의 두 발은 꽃비가 내리던 봄날, 동경대 정문으로 하루카가 찾아왔던 그날의 하늘로 날아가고 있었다. 자신이 하루카를 가슴에 묻고 죽은 듯이 살았던 우악스러운 세월이 떠올라 그는 자신의 입을 틀어막고 울음을 삼켰다.

드디어 횡단보도가 나왔다. 보행자 신호가 들어왔지만 그는 멍하니 서 있었다. 쇼윈도에 진열되어 있는 무언가를 열심히 바라보고 있는 하루카. 이편에서 저편으로 길을 건너는 사람들이 모두 사라질 때까지 그는 동상처럼 서 있었다.

신호등의 불이 빨간 불로 바뀌자 그는 번득 정신이 든 사람처럼 횡단보도를 건넜다. 직진하려던 차들이 뒤늦게 길을 건너는 그 앞에서 주춤주춤 멈춰 섰다. 한판 욕을 해 주려고 창문으로 고개를 내밀었던 운전자들은 이 세상 사람 같지 않은 그의 얼굴을 보고 슬며시 운전대를 잡았다.

하루카는 자신의 눈앞에서 거친 숨을 몰아쉬고 있는 코이치를 침착하게 바라봤다. 그녀는 선글라스를 벗었다. 교토 사립중학교 담장 밑을 감돌던 그 향기가. 말할 수 없이 감미로웠던 치자꽃 향기가 바람에 실려 왔다.

그녀는 차분한 시선을 그의 어깨 위로 내렸다. 돌에 맞아 무섭게 피를 쏟던 쇼우쬬를 업고 정신없이 내달렸던 소년 코이치의 어깨. 물기어린 그의 두 눈이, 단정한 입매가, 아직도 청년 같은 그의 이마가 그녀의 눈에 스며들었다.

왜 신은 그녀를 향유하고 사랑하게 했을까. 인생을 함께하지 못하도록 굴레를 씌울 거였으면 사랑하게 하지나 말지. 코이치는 생각했다. 자신은 죄책감에 민감한 심리구조를 가지고 있는 게 분명하다고. 그녀를 지켜 주지 못하고 떠나보내야 했던 시간들 때문에 그는 눈물이 났다.

하루카는 소년 같은 엄숙함을 지니고 있는 코이치의 눈물을 말없이 바라보고 있었다. 삶과 죽음이 마치 한 자리에 올라와 있는 것처럼 느껴졌다. 한 발을 내디디면 삶이 또 한 발을 내디디면 죽음이 그녀를 맞이할 것만 같았다. 하루카는 그렇게 삶과 죽음을 넘나드는 고통을 느끼며 코이치에게로 걸어갔다.

"코이치. 당신. 울지 마."

그의 눈물을 보며 그녀의 눈에도 한 줄기 눈물이 흘러내렸다. 하루카는 요시로와 아이들이 안겨 준 행복이라는 벽돌로 쌓아 올린 견고한 울타리를 무너뜨릴 마음이 결코 없었다. 남편은 그녀에게 바느질 상자에서 얌전하게 머리를 내밀고 있는 색색의 실처럼 다채로운 빛깔의 행복을 안겨 줬다.

등골에 땀이 차는 여름이면 밑단에 자잘한 프릴이 달린 순백색 린넨 커튼으로 창을 꾸미고, 포근한 이불 속이 마냥 그리운 계절이 오면 코코아색 커버로 거실 소파에 표정을 만들어 주며 살뜰하게 살폈던 가정이었다. 코이치를 바라보는 건 고통스러웠지만 가정이라는 울타리가 무너질 정도의 흔들림은 아니었다.

가고시마의 태양은 아름다웠던 지난날의 추억마저도 송두리째 태워 버릴 듯이 타올라서 하루카는 그 열기에 잠시 몸의 중심을 잃었다. 코이치의 손이 재빨리 그녀의 비뚤어진 중심축을 잡아 주었다.

바로 그때, 운전석에서 신호 대기를 받고 있던 시노하라 요시로의 왼쪽 망막으로 애절하게 안고 있는 듯한 두 사람의 모습이 보였다. 요시로는 오른쪽 망막을 11시 방향으로 틀어서 천천히 남녀의 얼굴을 확인했다. 서두르지 않고 침착하게.

그의 눈 속에 비친 두 사람의 모습은 충분히 오해를 살 만했다. 평상시의 그였다면 왜 이 시간에 두 사람이 가고시마에 있는지 사실 여부를 철저히 확인했겠지만. 마치 천 개의 바늘이 심장에서 터진 것처럼 치명적인 상처를 받은 요시로는 더 이상 어떤 진실도 파헤치고 싶지 않았고, 어떤 해명도 듣고 싶지 않았다.

그는 자신의 두 눈에 비친 두 사람의 모습을 싸늘한 눈빛으로 바라봤다. 대부분의 남자들이 분노 서린 열기를 분출할 상황에서 그는 소스라칠 정도로 차가운 냉기를 뿜어냈다.

그의 머릿속에 두 개의 장면이 오버랩 되었다. 그 옛날 카미시치켄의 요정 거리를 떠나올 때 볼품없는 전봇대에 기대 서 있던 사토 코이치를 눈에 넣을 듯이 바라보던 하루카, 도쿄에서 자신이 기거할 곳을 마련했다며 그가 얻어 준 오피스텔의 문을 열고 미련 없이 떠났던 그녀.

나란 남자를. 시노하라 요시로란 남자를 사토 코이치와 동일 선상에 올려놓고 한 번이라도 바라본 적이 있었을까. 단 한 번이라도. 그의 심장 아래쪽에서부터 삐죽삐죽한 가시가 돋아나고 있었다.

그는 공항으로 차를 몰았다. 숨도 쉬지 않고 창구로 달려가서 가장 빠른 도쿄행 비행기 티켓을 손에 쥐었다.

집으로 오는 내내 제멋대로 뻗어 나가는 생각의 가지들을 겨우겨우 붙들어 놓았다. 거실에 들어서면서부터 그의 두 무릎이 떨려 오기 시작했다. 지금 하려고 하는 것을 멈추고 싶었지만 시간이 지날수록 냉철해지는 그의 이성이 무른 감성을 채찍질했다.

그는 하루카의 방으로 들어갔다. 따뜻한 황갈색 책상이 다정하게 그를 맞이했다.

이 책상의 세 번째 서랍은 언제나 잠겨 있었다. 그는 수년 전부터 그녀가 비밀스럽게 일기를 적고 있다는 것을 알고 있었지만, 우연히 어른들의 키스 장면을 엿본 사춘기 소년처럼 모르는 척했을 뿐이었다. 자신이 직접 디자인해 선물한 책상이었기 때문에 그는 서랍을 열 수 있는 마스터키를 갖고 있었다.

키를 손에 들고 굳게 잠긴 서랍을 노려보고 있는 지금 이 순간에도 그는 그녀의 일기장을 들춰 보는 게 두려웠다. 하얀 눈처럼 정갈하고 아이처럼 순결한 마음으로 그녀를 대했던 자신의 진심을 그녀가 어떻게 평가했을지 짐작조차 할 수가 없었다.

[삶이 기적이라 느껴지는 날에.]

엄마, 찬바람이 푸른 잎들을 까맣게 말려 버리고 있어요. 이렇게 계절이 또 한 번 바뀌는 것을 난 그저 바라볼 뿐이죠. 엄마가 내키지 않아 했던 그 계절이, 고독한 가을이 와 버렸네요.

예기치 않은 선물을 주는 것이 인생이라는 것을……. 쉽지 않은 그 길을 단지 걸었을 뿐인데 너무나 근사한 선물을 주기도 한다는 것을……. 인생은 그렇게 가여운 삶들을 위한 따뜻한 배려도 잊지 않는다는 것을 왜 말해 주지 않았나요?

아이를 낳았어요. 너무나도 사랑하는 사토 코이치의 아이를. 이제 나는……. 내 인생은……. 기적이라고밖에 표현할 수가 없어요. 그의 생명이 내 곁에서 숨 쉬고 있다는 것만으로도 순간순간이 기쁜 거야. 너무나 기뻐서 눈물이 나와요.

요시로는 하루카의 갈색 일기장을 그대로 덮어 버렸다. 단 첫 페이지만 읽고.

그는 천천히 무릎을 꿇고 이마를 바닥에 대었다. 자신을 둘러싸고 있는 이 공간이 날것 같은 야만과 잔인함만이 넘쳐 나는 원형의 격투기장처럼 느껴졌다. 이 경기장의 지배자가 결국에는 미력한 자신을 구해 줄 것이라 믿고 출전할 수밖에 없는 노예 신분의 투사처럼. 대항해서 싸워야 할 적이 사나흘 굶은 맹수인지, 함께 굴에 갇혀 있던 동료인지도 모른 채 원형 경기장에 끌려 나온 투사처럼 눈앞이 캄캄해졌다.

스스로에게 보내는 쓸쓸한 조소와 지난 세월들에 대한 독한 후회가 파도처럼 출렁거리며 그를 비웃었다. 하루카에 대한 가슴 저미는 연민과 목울대를 뜨겁게 하는 모멸감이 화해 불가한 종교처럼 그를 괴롭혔다. 결국에는 인정하고 싶지 않은 쓰린 깨달음이 마지막 퍼즐 한 조각이 맞춰진 커다란 액자가 되어 그의 머리 위로 천천히 내려왔다.

그녀가 이 결혼 생활을 그렇게나 흡족하게 생각했던 이유가 바로 이것이었구나. 사토 코이치의 아들을 키운다는 것만으로도 그녀는……. 그녀는…….

그는 붉은색 카펫이 깔린 바닥에 이마를 대고 고통스럽게 숨을 내쉬었다. 뜨거운 눈물이 그의 볼을 타고 내려와서 카펫의 짧고 부드러운 섬유를 적셨다. 인정받지 못하고 철저히 버림받았던 자신의 사랑이 억울해서 흘리는 눈물인지, 내 아들 류우지를 코이치의 아들이라고 믿으며 행복해하는 그녀가 안타까워서 터져 나오는 울음인지 분간조차 할 수가 없었다.

그렇게 한동안 서러운 울음을 뱉어 낸 후 그는 머리를 들었다. 이제 결정해야 할 미래가 그의 손에 달려 있었다. 불편한 진실을 가슴에 품고 이 결혼 생활을 지속할 것인지. 아니면 깨끗하게 하루카를 포기할 것인지.

머리가 쪼개질 것 같은 두통이 밀려왔다. 하루카가 과거의 남자인 코이치를 아직도 마음에 품고 있다 해도 그녀에 대한 이 지극한 사랑을 접을 수는 없었다.

그의 맹목적인 사랑은 분명히 다른 색깔로 바뀌었다. 그녀를 여전히 사랑했지만 가슴속에서 가시 같은 것이 자꾸만 돋아났다. 그의 숭고한 사랑을 변절시킨 동력은 그녀가 끝내 비우지 못한 지난 사랑에 대한 미련이었다. 그럼에도 불구하고 절름발이 같은 이 결혼 생활을 끝내고 싶지 않았다.

'하루카, 네가 창조한 행복의 성을 지켜 주마. 그 완벽한 행복을 부수지는 않겠다. 하지만 류우지는. 사토가의 아들이 아니라 시노하라가의 아들로 키울 것이다. 오랜 세월이 흐른 후에 드러난 진실 앞에서 너는 침묵으로 일관했던 나를 원망할까. 그의 아들이라 믿으며 류우지를 키웠던 자기 자신을 저주할까.'

시노하라 요시로는 그녀의 일기장을 제자리에 두고 마치 아무 일도 없는 것처럼 그녀의 방을 나왔다. 그는 자신의 서재로 들어가서 황금색 프레임이 물결처럼 구비치는 네모난 거울 앞에 섰다. 거울 속 남자의 모습은 몹시 낯설었다. 감정을 지워 버린 텅 빈 눈빛과 꽉 다문 입술, 뚜렷하게 각이 진 강한 턱에서 마치 죽음을 알리러 온 죽음의 사자와 같은 엄숙함과 냉혹함마저 느껴졌다.

거울 속 남자는 더 이상 자신이 알던 그 요시로가 아니었다.

정오에서 오후로 넘어가는 노곤한 여름 햇살이 세나의 작은 방으로 스며들었다. 류우지는 붉은 기가 감도는 태양이 세나의 얼굴에 드리우는 것을 지켜봤다. 건물 앞을 가리고 있는 플라타너스 잎사귀를 뚫고 들어오는 태양은 점멸하는 빨간 전구처럼 그녀의 얼굴에서 아른거렸다. 붉은 기가 더해진 하얀 볼은 걸음마를 갓 시작해 이제 두려울 게 없는 어린아이처럼 천진해 보였다.

그는 하얀 레이스 크로셰가 걸린 방문으로 시선을 돌렸다. 순간 그의 망막에 단단한 주물 혹이 달려 있던 히로미의 방문이 자연스럽게 겹쳐졌다. 이미 차가워진 히로미를 부들부들 떨리는 손으로 안아 내렸던 그 기억이 오버랩 돼서 그는 눈을 감았다.

그녀는 억측과 소문이 난무하는 진흙탕 같은 세상에서 벗어나고 싶어 했다. 그 편지를 받지만 않았더라도. 그 무서운 편지를 보지만 않았더라도 그녀가 그렇게 죽었을까. 열여덟의 싱그럽고 청신한 얼굴을 한 채 그렇게 눈을 감았을까.

말할 수 없는 쓸쓸함과 회환이 물결처럼 밀려와서 류우지는 등을 대고 바닥에 누웠다. 기억이라는 놈을. 여전히 그를 괴롭히는 조금은 가혹했던 인생의 페이지에 그 잔인한 기억이라는 놈에 꼼꼼하게 풀을 발라서 봉인할 수만 있다면 얼마나 좋을까. 그 기억이라는 놈이 튀어 나오지 못하도록 그렇게 단단하게 붙들어 놓을 수만 있다면 영혼이라도. 내 고독한 영혼이라도 내놓을 텐데.

세나는 꿈도 없고 빛도 없던 깊은 잠에서 깨어나 눈을 떴다. 그녀의 몽롱한 시선은 바닥에서 눈을 감고 있는 류우지에게 머물러 있었다. 신이 빚은 완벽한 피조물, 인간 세계에 도저히 어울리지 않는 기품이 서린 섬세한 이목구비가 어쩐지 안쓰러웠다.

그녀는 침대에서 일어나 바닥에 누워 있는 그에게로 다가갔다. 그의 가슴에 볼을 대고 심장의 소리에 귀를 기울였다. 숨소리도 심장 박동도 고요하기 이를 데 없었다. 그는 잠이 든 걸까. 깊은 슬픔을 날숨으로 뱉으며 잠이 들었구나. 알 것 같기도 하고 모를 것 같기도 한 너란 남자를……. 난……. 난…….

류우지는 볼을 스치는 서늘한 머리카락이 주는 감촉에 취하고 있었다. 그는 자신의 가슴에 귀를 대고 있는 세나를 바라보며 떠나 왔던 세상으로 다시 돌아온 것 같은 안도감을 느꼈다. 죽음 같은 여행을 마치고 드디어 집으로 돌아와 밥 짓는 냄새가 구수하게 나는 익숙한 현관 앞에 섰을 때 기분이 이럴까. 은세나, 넌 나에게 안식을 주려고 고향을 떠나온 거니. 그렇다면 아무 데도 가지 마라. 내 곁에 계속……. 이렇게…….

류우지의 하얀 손이 다가와 세나를 자신의 왼쪽 가슴에 꼭 끌어안았다. 그의 팔베개, 류우지의 가슴에 거의 짓눌려진 코와 볼. 세나는 따뜻한 온천물에 몸을 담근 것처럼 마음이 편안해졌다.

주먹 쥔 오른손을 이마에 올린 채 그는 여전히 눈을 감고 있었다. 이 방에는 어떻게 들어왔을까. 왜 아무것도 물어볼 수 없는 얼굴을 한 채 누워 있는 것일까. 어느 때보다도 친밀하게 밀착되어 있는 그와의 거리를 생각하면 등 한쪽이 간질간질했지만 한편으로는 매운 겨자소 스를 삼킨 것처럼 싸한 감정이 돋아나고 있었다.

총기를 잃어버린 켄지의 공허한 눈빛을 대면한 후 그녀는 죄의식의 경계마저 넘어선 가슴이 옥죄어 오는 격한 감정에 시달려야 했다. 망한 성적표를 손에 쥐고 어떤 변명이라도 지껄여야 하는 아이처럼 마음이 불안했다. 켄지를 깊숙한 좌절의 늪으로 빠뜨린 것은 내 선택이 시노하라 류우지였기 때문은 아니었을까. 그런 생각들이 펄펄 끓는 물속에서 올올이 살아나는 국수 면발처럼 솟구치며 한없이 그녀를 울적하게 했다.

어린 시절 그녀가 목격했던 사랑은 가혹한 것이었다. 가느다란 바늘 끝에 치명적인 독을 머금은 독침으로 주변 사람들을 찔러 대는 사랑. 자신도 그렇게 혐오스러워했던 모습으로 사랑을 하고 있는 것이라면. 그렇다면 그 사랑은……. 그 사랑은…….

"왜 그렇게 아무 기대도 없다는 표정으로 날 두렵게 하는 거야?"

잠에서 막 깬 사람 같지 않게 너무나도 침착한 류우지의 목소리가 들려왔다.

"넌 내내 눈을 감고 있었잖아. 내가 어떤 얼굴을 하고 있는지 아는 것처럼 말하네."

"사랑은 역시나 피곤한 거야. 기대했던 달콤함은 잠시였어, 라고 생각하는 거지?"

류우지는 세나가 어디론가 도망쳐 버릴까 봐 불안했다.

"방학이 끝나면 고요하고 평화로웠던 일상으로 돌아가고 싶어?"

세나는 고요했지만 따뜻함은 없었던 지난날들을 가만히 떠올렸다.

"이제 시작인데……. 가지 않은 길이 한참이나 남았는데도 여왕님이 변덕을 부리면 나한테 너무 잔인한 거야. 너가 없으면 나는 무너져."

"널 아프게 하지 않을게."

세나는 지금 이 순간 류우지가 가장 듣고 싶어 할 말을 건넸다.

"그래. 지금 한 말 기억할 거야."

"내 방에는 어떻게 들어왔어?"

"네가 세상에서 가장 음침하고 비밀스러운 곳에 숨어 있다 해도 난 찾아갈 수 있어."

"정말? 그러면 진짜로 숨고 싶어져."

류우지는 눈을 뜨고 그녀를 바라봤다. 날렵한 턱선에서 엄숙함마저 느껴졌다.

"그런 말은 하지 마. 장난으로도 하지 마."

"이상해. 오늘은 왠지 화난 사람 같아."

"나가자. 사람 많은 곳으로."

"어디?"

"시부야."

여름 햇살이 내뿜는 숨이 막히는 열기와 건물들이 바특하게 붙어 있는 시부야 거리 특유의 끈적끈적한 바람이 사이좋게 공존하고 있었다. 세나는 시부야 메인 스트리트를 잠식하고 있는 대형 광고판들과 미끈하게 올라가 있는 빌딩숲을 바라봤다. 예술가의 창조적 자의식이 배제된 채 앞선 기법만 성급하게 따라 한 것 같은 미술품 앞에 선 기분이었다. 그래도 젊음의 에너지가 넘치는 이 거리는 충분히 사랑스러웠다.

세나는 고개를 약간 기울이고 주체하지 못하는 개성으로 자신을 격하게 표현한 젊은이들을 주시했다. 자신의 차림새가 너무나 평범해 보여서 자꾸 웃음이 나왔다.

"어떤 근사한 남자가 여왕님의 시선을 사로잡은 거지?"

"대단한 개성을 지닌 미남들이 너무 많아서 고개가 기울어지고 있어."

류우지는 두 손으로 살짝 기울어진 세나의 고개를 반듯하게 잡아 주었다.

"안 그래도 지나가는 남자들이 널 자꾸 쳐다봐서 마음이 불편해지 고 있던 참이었는데."

류우지는 아름다운 연인을 둔 남자의 불안감을 감추지 않았다.

"지금 이 순간에도 널 뚫어지게 바라보고 있는 저 숙녀분의 시선은 어떻게 설명하시려고?"

"우리도 이 거리가 원하는 분위기로 한번 망가져 보는 거야? 어 때?"

"좋지. 난 치명적인 매력을 지닌 반전운동가로 변신해 보겠어. 넌 권태에 가득 찬 무정부주의자 어때? 하하하……."

세나는 그와 함께 변신할 생각에 갑자기 신이 났다.

"오케이. 이제 변신을 도와줄 옷가게를 찍어 보자. 어디 한번 봅시 다."

류우지는 그녀와 함께하는 이런 소소한 일상들이 너무 행복해서 지 금의 상황이 거짓말처럼 느껴졌다.

"저거다. 옷가게 이름이 도리스야. 도리스."

"오호……. 도리스 레싱(이란 출신의 영국 소설가). 제국주의와 자본주의 를 향해 통렬한 펀치를 날린 도리스라면 나도 불만 없다고."

두 사람은 손을 잡고 청록색 주물 장식이 달린 특이한 문 앞으로 달 려갔다. 쇼윈도에 내걸린 옷들은 진보라색 가죽 베스트와 무릎 위로 올라오는 에나멜 부츠 같은 굉장히 펑키한 스타일이었다.

"류우지, 어쩜 좋아. 그 도리스가 아닌가 봐. 그냥 어감이 좋아서 주 인이 간판으로 쓴 게 틀림없어. 시부야의 향기가 느껴지는 옷들이라 고. 하하……."

"난 결정했어. 넌 변신이 두려운 거지?"

"무슨 소리. 너야말로 날 말리지나 마."

두 사람은 결의에 찬 표정으로 가게 문을 열고 들어갔다. 잠시 후 데님 소재의 아찔한 미니스커트에 몸에 피트되는 블랙 탱크톱을 입은 세나가 피팅룸 문을 열고 나왔다. 그녀의 정교한 쇄골뼈가 예술품처럼 드러났다.

　허벅지 위에서부터 위험하게 슬릿이 들어간 블랙진에 목선이 깊게 파인 진회색 민소매 티셔츠를 입은 시노하라의 눈이 휘둥그레졌다. 그는 금속 장식이 빼곡하게 박힌 세나의 벨트를 가볍게 톡톡 쳤다.

　"중대한 임무를 띠고 적진에 침투하는 반전운동가신가?"

　"그렇지. 전쟁을 끝내라는 메시지를 강렬하게 남겨야 하거든."

　"그래도 너무 아찔한데. 이렇게 짧은 치마가 존재한다는 게 믿기지가 않아."

　세나는 자잘한 해골이 그려져 있는 검정색 두건을 그의 머리에 씌워 줬다.

　"오케이! 변신 완료. 시부야를 접수하러 갑시다."

　"나 이거 꼭 써야 해?"

　"굉장히 멋진데. 얼굴이 조각 같아서 너무 잘 어울려."

　시부야 거리에 두 사람이 지나가자 마치 연예인을 보듯 사람들의 시선이 따라왔다. 모터사이클 위에서 담배를 피우던 고등학생들이 세나의 각선미를 보고 감탄의 휘파람을 불었다.

　"여왕님, 이 휘파람 소리는 여왕님의 아찔한 허벅지에 감탄해서 보내는 찬사겠지?"

　"아우…… 기분 좋은데 고딩들의 찬사도 받고."

　세나는 자신이 완전히 다른 사람이 된 것 같아 기분이 좋아졌다.

　"그런데 그 치마는 정말로 위험해 보여. 계단을 올라갈 수나 있겠어? 종일 평지로만 다녀야겠네. 이런……."

　"문제없어. 팬티 따위가 슬쩍 보인다고 해서 세상이 무너지는 건 아니니까."

"안 되겠네. 안 되겠어. 아름다운 반전운동가께서 맘씨 좋은 자선사업가로 급전향하셨나. 내 마음은 무너지고 있어."

류우지는 그녀의 아슬아슬한 옷차림에 걱정스러운 시선을 보냈다.

"류우지, 넌 정말로 다른 사람 같아. 자유로운 영혼을 가진 거리의 뮤지션 같다고나 할까. 그런데 굉장히 근사해 보여. 검은 슈트를 입고 있을 때는 왠지 갇혀 있는 것 같았거든. 이렇게 입으니까 넌 새장을 벗어난 한 마리 새 같아."

"넌 어떤 줄 알아? 시부야 거리가 빛을 잃었어. 들쥐 가죽을 씌운 것처럼 이곳이 온통 거무죽죽하게 보여. 네가 너무 눈부셔서. 이 화려한 거리마저 숨을 죽인 채 너를 바라보고 있어."

도큐 핸즈로 가는 번화한 거리에서 류우지는 세나의 허리를 감싸 안았다. 그리고 천천히 고개를 숙였다. 키스하는 두 사람은 마치 누군가가 화장품 숍 앞에 세워 놓은 아름다운 실외 배너처럼 자연스럽게 이 공간에 스며들었다.

흥미롭다는 듯 이들을 지켜보는 일부의 시선은 바쁘게 걸음을 내딛는 무심한 눈빛들에 의해 덮여 버렸다. 바특하게 붙어 있는 건물 사이로 떠다니는 공기 속에 짭짤한 간장 냄새가 섞여 있었다.

세나는 자기 자신이 조금 낯설게 느껴졌다. 미끈한 대리석으로 장식한 고층 건물 틈 사이를 헤집고 다니는 간장 냄새가 생뚱맞은 것처럼 사람들의 거대한 물결 속에서 대담하게 키스하고 있는 자신이 생경했다. 그녀에게 생은 그리 아름답지 않았다.

하지만 류우지를 만난 후, 그와 연결된 사람들과의 관계를 통해 그녀 삶의 스펙트럼에서 턱없이 부족했던 소통과 교감의 영역을 보충하고 오로지 자신의 날카로운 기억에 기대어 정의했던 삶의 몇몇 가치들이 외연을 확장하며 드넓고 풍성하게 뻗어 나가는 것을 경험했다. 탄성이 터져 나오는 위대하고 아름다운 자연 앞에서 인간이 얼마나 미미한 존재인지를 느끼며 그녀가 아직 도달하지 못한 그 너머의 세계를 꿈꾸게 됐다. 그와 함께 이 특별한 여름을 보내며 의식의 지평이 확대되어 가고 있었다.

가 보지도 않았고 가려고도 하지 않았던 세상의 문이 그녀에게 열렸다. 하지만 인생은 그녀에게 단조로운 기쁨의 멜로디만 들려주지 않았다. 기쁨과 환희 뒤에는 가슴이 먹먹하도록 구슬픈 변주곡이 그녀를 찾아왔다. 유령사에서 블랙잭과 보냈던 류우지의 어린 시절 이야기를 들었을 때처럼 가슴 저릿한 아픔이 슬픈 음악처럼 그녀에게 스며들었다.

마츠다 사요코는 자신만의 신문기사를 만들고 있었다. 그녀는 하얀 종이 위에 두 장의 사진을 나란히 올려놓았다. 가고시마의 태양 아래서 서로를 마주 보고 있는 하루카와 코이치, 류우지와 세나의 사진이었다.

그녀는 검은색 붓 펜으로 헤드라인을 썼다. 갑자기 웃음이 터져 나왔다. 고정관념을 훌쩍 건너뛴 헤드라인에 만족감이 밀려왔다.

사요코의 눈에는 사진 속 얼굴들이 마치 하얀 쌀알처럼 보였다. 도정되어 나온 쌀알처럼 인생이 결정되어 버린 그들을 보며 마음껏 비웃었다.

그녀는 냉장고 문을 열고 맥주 한 캔을 집어 들었다. 동그란 고리를 잡아당기자 피식 소리를 내며 입구가 열렸다. 노랗고 알싸한 액체가 흥분으로 데워져 있던 그녀의 장기들을 식히며 폐부 깊숙이 스며들었다.

그녀는 서랍 속에서 두 장의 사진을 더 꺼냈다. 이번에는 단풍나무 책상 위에서 깍지를 끼고 앉아 있는 시노하라 요시로와 동경대 중앙도서관 계단을 내려오는 사토 켄지의 얼굴이 등장했다. 그녀는 하루카와 코이치의 투 샷 옆에 요시로의 단독 컷을 올려놓은 뒤 류우지와 세나 곁에 약간 비스듬한 각도로 사토 켄지의 사진을 배열했다.

며칠 후면 주요 일간지 1면을 화려하게 장식할 사진이었다. 자신이 뽑아 놓은 굵은 글씨의 헤드라인을 보니 다시 웃음이 터져 나왔다. 〈가고시마의 연인들〉

사요코의 입으로 맥주 캔에 남아 있던 액체가 한 방울도 남김없이 흘러들어 갔다. 그녀는 심장에 빠른 속도로 혈액이 공급되는 희열을 느꼈다. 사요코는 누군가를 무너뜨리는 데 익숙한 인간 특유의 능숙함으로 신문기사를 써 내려갔다.

대를 이어 내려오는 비극적인 삼각관계라니. 그녀는 이 흥미로운 기삿거리를 신문사에 제보하기 전에 누군가에게 보내고 싶어졌다. 누구에게 보내야 심장이 빠개지도록 흥미진진한 장면을 구경할 수 있을까? 과연 누구에게……

마츠다 사요코는 아침에 눈을 뜨자마자 우체국에 들러 당일 오후 5시면 들어가는 가장 빠른 특급으로 자신이 특별히 제작한 〈가고시마의 연인들〉을 보냈다. 사토 켄지와 N신문사 정치부장 앞으로.

사요코는 콧노래를 부르며 집으로 향했다. 그녀가 자신의 오피스텔 문을 열고 들어가려는 순간, 화재 대피용 비상계단 밑에 숨어 있던 검은 양복을 입은 남자 두 명이 바람처럼 그녀의 뒤를 따라 들어왔다. 유도 선수처럼 건장한 체격의 검은 양복이 무지막지한 힘으로 그녀의 목덜미를 잡고 그대로 바닥에 무릎을 꿇리자, 다소 호리호리 하고 키가 큰 남자가 누군가에게 전화를 걸었다.

사요코는 너무나 순식간에 벌어진 일이라 비명도 지르지 못한 채 바닥에 시선을 고정한 채 숨죽이고 있었다. 그때 묵직한 구두소리가 들려왔다.

남자가 신발을 신고 그녀의 오피스텔로 뚜벅뚜벅 걸어와 거실 겸 주방에 놓여 있는 작은 소파에 앉자 진한 허브 향이 감돌았다. 소파 앞 테이블에는 〈가고시마의 연인들〉 기사 내용이 담긴 서류 봉투 하나가 놓여 있었다. 이건 내일 오전에 시노하라 류우지 앞으로 보낼 서류였다. 수신인 자리에는 '시노하라 류우지'라고 프린트된 흰 종이가 가로로 길게 붙여져 있었다.

남자는 매우 천천히 그 봉투를 집어 들어 봉투 앞에 적힌 이름을 확인한 후, 안에 들어 있는 내용물을 테이블 위에 쏟아 냈다. 그는 사요코가 작성한 기사 내용을 숨도 쉬지 않고 읽어 내려갔다.

검은 양복에게 완벽하게 제압당한 사요코는 이 모든 상황이 주는 중압감에 억눌린 채로 겨우 입술을 움직였다.

"당신들 누구예요? 이렇게 함부로 남의 집에 침입해도 되는 겁……."

"당장 내 앞으로 가져다 놔. 그년을."

허브 향이 나는 남자가 사요코의 말을 끊고 간결하게 지시를 내리자, 검은 양복 둘이 단번에 그녀의 양쪽 어깨를 들어서 남자 앞에 무릎을 꿇렸다.

"고개를 들어라. 마츠다 사요코."

사요코는 천천히 얼굴을 들어서 남자를 바라봤다. 짙은 눈썹 밑으로 안광이 섬뜩하게 빛나는 시노하라 요시로였다.

사토 나츠코가 몇 번이나 그녀에게 해 주었던 충고가 떠올랐다. 시노하라 요시로를 조심하라고 했던. 게다가 요시로는 그녀의 아버지 마츠다 시게루를 교도소에서 죽게 만든 장본인이기도 했다.

요시로와 사요코의 숨 막히는 수 싸움이 시작됐다.

"다카하시, 마츠다 시게루, 마츠다 사요코. 이런 쓰레기 같은 인간들에게는 절대로 관용을 베풀어서는 안 되는 거였는데. 내가 그 옛날 마츠다 시게루를 K현경 형사부에 넘겨 법의 처벌을 받게 하는 관용을 베풀었던 게 결국 화근을 키웠군."

'웃기지 마라. 네놈 때문에 치료도 제대로 못 받고 죽은 불쌍한 내 아버지. 돈으로 하루카를 훔쳐 가서 요정 쿠모를 망하게 하고. 정작 본인은 사토 코이치의 아이를 키운 병신인 주제에.'

"한국인 유학생에게 유황 가스 중독을 일으키는 약을 먹인 건 살인 미수. 유령사에 몰래 들어와서 블랙잭을 죽인 건 가택 침입, 형법상 재물 손괴. 게다가 은세나 옆으로 총알이 날아갔으니 역시나 살인 미수. 그리고 몇 건의 공문서 위조. 이런 거짓 기사를 작성해서 배포하는 행위는 허위 사실 유포로 인한 두 가문에 대한 심각한 명예 훼손."

"⋯⋯!"

"이건 법의 테두리 안에서 너한테 가해질 형벌이고. 이번엔 법의 테두리 밖에서 니 죄를 다시 따져 볼까. 너는 내 아들 류우지가 실은 사토 코이치의 아들이라고 굳게 믿고 있는 것 같은데. 이건 친자확인증명서. 이 서류는 류우지가 내 아들이라고 너무나 확실하게 입증하고 있지."

"그럴 리가 없습니다!"

"닥치고 서류를 봐!"

요시로 회장은 서너 장의 서류를 그녀의 얼굴을 향해 날렸다. 서류를 받아 든 사요코의 손이 벌벌 떨려 오기 시작했다. 이럴 수가. 어떻게 이런 일이. 안 돼. 이건 사실이 아니다. 이게 사실이어서는 안 돼.

"자, 이제 다시 아까 하던 말을 이어 가 볼까. 교토의 심장이자 조만간 차기 총리가 나올 그 사토 가문에서 말이다. 그쪽에서 이 진실을 알게 되면 다카하시와 니가 사토 코이치의 아들이 류우지라고 협박하며 징그럽게 들러붙었던 지난 세월들에 대해 과연 어떤 반응을 보일까?"

'안 돼. 안 돼. 류우지는 반드시 코이치의 아들이어야만 해.'

"자신의 아들을 믿지 못했던 사토 나츠코상이 혹시라도 가문의 치욕이 세상에 알려질까 전전긍긍하며 니들한테 끌려다녔던 그 억울한 세월에 과연 어떤 대가를 요구할까? 이건 법의 테두리 밖에서 너한테 내려질 니 죗값에 대한 이야기다. 난 내일 K현경에 너를 넘기는 대신에 이 서류와 함께 나츠코상을 찾아가서 너를 그 집 처분에 맡길 예정이거든."

'요시로 회장. 5시! 오늘 오후 5시야. 당신이 내일 사토가에 가기 전에 두 가문에 똥물을 끼얹을 온라인 기사가 먼저 터질 거다. 이 사실을 알고도 오랜 세월 침묵했던 당신은 죗값을 안 받을 것 같아? 앞으로 어떤 일이 펼쳐질지 두고 보자.'

요시로 회장은 검은 양복의 사내들에게 눈짓으로 사요코를 끌고 가라는 신호를 보냈다. 어쨌든 이번 일은 잘 마무리를 지었다. 사요코 이 간교하고 사악한 계집 같으니라고.

그는 모든 것이 서서히 제자리로 돌아가는 풍경을 떠올렸다. 그의 얼굴에 인생의 희로애락이 지나가고 있었다. 그는 오랜 시간 진실을 감춘 것과 그것을 일순간에 드러낸 것 사이에서 오는 황망한 심리적 공간에 갇혀 버린 느낌이었다.

어떤 결단과 그에 따른 행위에는 반드시 대가를 요구하는 게 인생이라는 것을 그는 너무나도 잘 알고 있었다. 그 옛날 그를 통렬하게 강타했던 격렬한 감정의 급류는 인생의 어떤 깊이에 도달해 버린 그에게 더 이상 영향을 미치지 못했다. 하지만 기업의 총수로 살아오며 수많은 협상과 설득과 결단으로 발밑을 다져 온 그에게는 위기를 감지하는 예민한 촉수가 있었다.

정체를 알 수 없는 어떤 불안감이 그의 등허리를 타고 서서히 올라갔다. 요시로 회장은 다시 한번 머릿속으로 그가 오늘 제자리로 돌린 것들에 대해 천천히 복기했다. 자신의 수를 몇 수 앞지른 복잡한 연산이 사요코에 의해 어느 지점에서 펼쳐졌던가. 아니었다. 그런 복잡한 트릭을 쓸 만한 명석함이 그녀에게 있을 리 만무했다.

요시로 회장은 봉투 속에 들어 있던 사요코의 헤드라인을 주의 깊게 바라봤다. 가고시마의 연인들……. 가고시마의 연인들……. 가고시마의 연인들…….

그때였다. 그의 몸속 깊은 곳에서부터 마치 몸을 반으로 가를 듯한 맹렬한 기세로 참을 수 없는 통증이 시작됐다. 요시로 회장은 봉투에 다시 사요코의 기사를 집어넣고 비틀비틀 걸어 나가다가 그대로 쓰러졌다. 날카로운 통증은 그의 몸을 집어삼킬 듯 소용돌이를 일으키며 휘몰아쳤다. 〈가고시마의 연인들〉이라는 헤드라인이 요시로의 두뇌에 켜 준 빨간색의 경고등도 의식을 잃은 그와 함께 꺼져 버리고 말았다.

사토 켄지는 자신의 책상 위에 놓인 누런 서류 봉투를 말없이 응시했다. 발신인의 주소는 우편번호 책에서 아무 주소나 갖다 붙인 것처럼 어설펐다. 보낸 사람의 이름은 '오랜 벗'이라고만 되어 있다.

안에 무엇이 들어 있는지 짐작조차 할 수 없는 이런 종류의 등기 속달은 전혀 반갑지가 않았다. 허기를 끄기 위해 급하게 들어간 라면집 바닥에서 스멀스멀 올라오는 물비린내를 맡고 식욕이 싹 달아난 기분이었다. 불성실한 아르바이트생이 빨지 않은 쉰내 나는 대걸레로 대충 바닥을 닦은 게 분명한 영업장의 바닥 냄새.

서류 봉투를 손에 들고 침대로 걸어갔다. 창을 통해 들어오는 햇살에 봉투를 비춰 보았지만 별 소득은 없었다. 그는 네모난 봉투의 테두리를 손으로 만져 보았다. 터무니없이 두툼하고 비싼 종이로 허세를 부리지 않은 너무나 평범한 종이 재질이었다. 중학교 동창 녀석이 장난처럼 보낸 서중문안엽서(한여름 무더위 때 안부를 묻는 엽서)가 분명하다.

그는 마음속으로 이렇게 판단하고 거침없는 손놀림으로 봉투를 열었
다.

봉투 안은 엽서보다 큰 종이들로 채워져 있었다. 그는 다소 의아하
다는 표정으로 서류 봉투를 거꾸로 집어 들고 내용물을 침대 위로 털
어 냈다. 가장 먼저 눈에 들어온 것은 빽빽하게 쓰인 기사글처럼 보이
는 텍스트였다. 뭐지? 르포 기사? 게이트 키핑 전에 만들어진 초고?
그는 촘촘한 활자를 대충 건너뛰고 그다음 페이지를 집어 들었다. 사
진이었다. 사토 코이치와 하루카가 다정하게 서로를 바라보고 있는
사진, 그리고……. 시노하라 류우지와 은세나!

사토 켄지는 발작하듯 자리에서 일어났다. 그리고 누가 시킨 것처
럼 방문을 걸어 잠갔다. 그는 왼손으로 자신의 입을 틀어막고 다시 텍
스트와 사진이 흩어져 있는 침대로 걸어왔다. 서류 봉투에 들어 있는
것은 실없는 동창 녀석이 보낸 서중문안엽서가 아니었다. 켄지의 심
장이 탄력 있는 고무공처럼 뛰기 시작했다.

누가 어떤 의도로 이 서류를 그에게 보냈는지 도저히 알 수가 없었
다. 가을에 있을 아버지의 선거를 망치기 위해 보낸 것일까. 그런데
은세나……. 세나와 류우지는 왜…….

그는 잠시 숨을 고른 후 빽빽한 텍스트를 읽어 내려갔다. 아주 오래
된 이야기가 펼쳐졌다. 교토 은각사에서 시작된 애절한 사랑과 슬픈
이별. 그는 이 놀라운 기사를 읽으며 어느 부분에서 숨을 쉬어야 할지
판단이 서지 않았다.

드디어 그가 결코 읽어서는 안 될 대목에 이르렀다.

사토 코이치의 아이를 갖고 시노하라 그룹의 안주인이 된 하루카
는 결혼 후에도 은각사의 사랑을 잊지 못했다. 같은 아버지를 둔 시
노하라 류우지와 사토 켄지는 한국인 유학생을…….

순간 그는 눈을 감았다. 그렇게 눈을 감은 채 방금 자신이 읽었던 종이를 얼굴 앞으로 가져갔다. 눈을 뜨자 세 사람의 얼굴이 한눈에 들어왔다. 류우지와 세나 그리고 자신의 사진이 나란히 놓여 있는 그 종이가, 믿기지 않는 사실을 담고 있는 그 종이가 마치 그를 조롱하듯 펄럭이고 있었다.

새로 들어온 정보를 일목요연하게 정리하는 그의 명석한 두뇌와 지금 어떤 일이 일어났는지 정확하게 알려 주는 심장의 고동 소리가 절묘하게 연동했다. 깨달음이 한꺼번에 밀려오면 현자가 되는 건데. 내가 어떤 경지에 도달했음을 기뻐해야 하는 건가.

아버지가 왜 그렇게 쓸쓸한 얼굴로 뜰 안의 군자란을 가꿨는지 알 것 같았다. 어머니가 평생 어떤 것도 갖고 싶지 않다고 했던 것도 모조리 이해가 되었다. 하지만 시노하라 류우지가 아버지의 아들이라면. 만약 그게 사실이라면.

분명한 건 누군가가 신문사에 제보하기 위해 쓴 텍스트라는 것이다. 일본 총리를 꿈꾸는 아버지는 과거의 사랑 때문에 날개를 꺾인 채 바닥으로 추락할 것이고, 세나에게 주었던 내 마음조차 세상의 놀림거리가 되겠구나. 그는 이 기사의 헤드라인에 시선을 주었다. 〈가고시마의 연인들〉

사토 켄지는 갑자기 뒷머리가 쭈뼛하고 서는 느낌을 받았다. 시노하라와 어째서 영문학과에서 만났을까. 마쓰자카에게 얼핏 듣기로는 죽은 사촌 누나가 영문학을 공부하고 싶어 했기 때문이라고 했는데. 그렇다면 나는……. 왜…….

'할머니! 전공을 두고 망설이던 내게 문학적 감수성을 살리라고 조언해 주셨는데…….'

그의 머릿속에서 조합되어 나온 깨달음들은 오직 신만이 아실 것이다. 켄지는 자신을 둘러싸고 있는 하얀 벽 뒤에 잔인하고 소름 끼치는 진실이 도사리고 있을 것만 같아서 숨이 막혀 왔다. 권력, 명예, 가문,

위선 같은 불편한 단어들이 커다란 원을 그리며 그의 내부에서 공명하고 있었다. 그는 자신을 경악하게 만든 서류들을 수습해서 봉투에 넣고 맨 아래 서랍에 깊숙하게 밀어 넣었다.

아무리 숨기려고 해도 이런 종류의 진실은 결국에는 드러나고야 만다는 것을 그는 너무나도 잘 알고 있었다. 그는 허망한 눈빛으로 사방을 둘러봤다. 불과 30여분 전에는 그를 아늑하게 보호해 주었던 집이었건만 지금은 치가 떨리도록 이 공간이 소름 끼쳤다.

그는 걷는 것도 아니고 뛰는 것도 아닌 휘적이는 발걸음으로 집을 나섰다. 자신의 차에 키를 꽂는 순간까지도 자신이 뭘 하는지 정확하게 인지하지 못했다.

그는 해안도로가 있는 아타미를 향해 차를 몰았다. 지금 당장 사쿠라지마까지 갈 수 없었기 때문에. 그는 자신의 온몸을 식혀 줄 차가운 바닷바람이 몹시도 간절했다.

창밖으로 오렌지빛 석양이 내려앉는 모습을 바라봤다. 인간들이 저지르는 짓은 말할 수 없이 추악해도 자연은 항상 넘치는 아름다움으로 사람들을 다독이는구나. 내가 살아오면서 저 노을만큼이나 누군가에게 감동을 주었던 적이 있었던가. 나란 인간은······. 나란 인간은······. 알 수 없는 생각들이 들풀처럼 솟아오르면서 그를 먹먹한 감정으로 이끌었다.

그는 자기 자신이 한없이 부끄러웠다. 결국 사랑도 얻지 못한 채 집안이 치욕을 당하는 꼴을 지켜봐야 하는구나. 내 심장은 사랑의 기쁨으로 떨려 보지도 못했는데. 부모 대에서부터 시작된 악연의 사슬에 걸려든 어리석은 패배자가 되었구나.

은세나. 많이 사랑했다. 아······ 사랑이라는 단어밖에 줄 수 없어서 미안하다. 널 사랑하지 않았으면 좋았을 텐데. 세상의 조롱거리가 된 채 네 앞에 다시 나타날 수 있을까. 아니, 네 곁에는 시노하라가 있으니까. 내 이복형제인 시노하라 류우지가 널 지켜 줄 거야. 하하하…….

그는 갑작스럽게 미친 듯이 터져 나오는 웃음 때문에 하마터면 운전대를 놓칠 뻔했다. 지독한 불행의 늪에 빠진 주제에 이렇게 웃을 수 있다는 게 신기했다. 이복형제에게 마음의 연인을 부탁하는 사토 켄지라니.

나가타쵸의 심장에 사토가의 깃발을 꽂겠다던 아버지, 축하드립니다. 이제 다 끝났어요. 하하하……. 아버지는 그 애틋한 사랑을 놓치고 어떤 마음으로 사셨습니까. 전 아버지가 늘 옳다고 생각했는데 이번에는 아닙니다. 모든 것을 잃게 될 당신을 위로해 드리고 싶지만 저도 그럴 주제가 못 됩니다. 아버지나 저나 불쌍한 패배자일 뿐이라고요. 하하하…….

2시간을 꼬박 달려 아름다운 해안가 마을인 아타미로 접어들었다. 도심에서 한참 벗어난 해안도로의 가로등 불빛이 촛불처럼 너울거렸다. 자신도 모르는 사이에 흘러내린 눈물이 그의 망막에 환상적인 빛의 향연을 선사했다. 켄지는 그 모습을 황홀하게 바라봤다.

메마른 대지를 어루만지던 황금빛 석양은 어느새 물러가고 검은 비단 같이 보드라운 어둠이 하늘을 뒤덮었다. 흑비단 자락에 보석처럼 뿌려진 별들은 한없이 평온해 보였다. 그는 가로등이 자신을 향해 들쑥날쑥 고개를 숙이는 기묘하고도 다정한 인사를 받았다.

노오란 할로겐 빛을 뿜어내는 가로등이 끝없이 펼쳐졌다. 켄지는 하나의 점을 향해 질주했다. 이 길 끝에 다다르면 눈물을 거두고 아무 일도 겪지 않은 평온한 얼굴로 다시 시작하자. 그럴 수 있을 거야.

빛을 토하는 가로등이 이제는 허리를 깊이 숙여서 그의 얼굴 위까지 다가왔다. 그는 가로등 불빛이 눈부셔서 노래하듯 반짝이는 별들을 바라봤다. 그 순간 하나의 점을 향해 질주하던 그의 차가 가로등 사이를 지나 비탈길로 추락했다.

N신문사 PM 7:50

"다케다상! 그쪽 부장님 앞으로 온 이 등기 서류는 언제 찾아갈 거예요?"

N신문사 정치부 신출내기 기자인 다케다는 관리부 여직원인 하자키의 짜증 섞인 전화를 받고 아래층으로 내려갔다. 내일 아침에 내보낼 온라인 기사를 마감한 직후라 등 근육을 예리하게 찌르는 피로가 귀밑머리까지 치고 올라왔다.

직원들이 거의 퇴근한 관리부에는 가장 고참 여직원인 하자키와 신입으로 보이는 앳된 얼굴의 여직원만이 남아 있었다. 다케다는 신문사에 도통 어울리지 않는 새틴 소재의 청록색 미니스커트를 입은 하자키의 육감적인 허벅지를 마치 콘크리트 벽돌을 보는 것처럼 무덤덤한 눈빛으로 바라봤다. 이 건물에 들어온 지 1년 만에 찾아온 변화였다.

스물여섯이라는 나이가 무색할 정도로 섹시한 여자를 봐도 예전처럼 가슴이 두근거리지 않았다. 극심한 수면 부족과 실수를 용납하지 않는 선배기자들의 호통이 펄펄 뛰는 청년을 1년 사이에 볕 한 점 받기 위해 공원에 쪼그리고 앉아 있는 늙은이처럼 무기력하게 만들었다.

"서류는 어디 있죠? 여기다 사인하면 됩니까?"

그녀는 재킷을 걸치지 않은 채 흰색 와이셔츠 차림으로 내려온 다케다를 향해 과한 눈웃음을 보냈다.

"마감도 끝났는데 지금까지 뭐 해요? 정치부 선배들은 죄다 요 앞 아지트로 몰려갔다고요."

방금 화장을 고친 듯 그녀의 얼굴은 번들거림 하나 없이 매끈했고 체리색 입술선은 찍어 놓은 듯이 또렷했다. 그녀는 허리를 숙여서 밑에 서랍을 열고 누런 서류 봉투를 꺼내 들었다. 깊게 파인 은회색 블라우스 사이로 풍만한 가슴골이 살짝 드러났다.

다케다는 그녀의 이런 서비스가 전혀 반갑지 않아 등기 수신인란에 얼른 사인을 했다.

"감사합니다. 하자키상."

"내 이름은 아키코예요. 그냥 편하게 불러도 된다니깐. 그렇게 일만 하다가는 신문사에서 얼마 못 버텨요. 퇴근길에 생맥주 어때요?"

"아직 일이 안 끝나서요. 옆에 있는 동료분이랑 같이 가시죠. 그럼 이만."

그가 하얗고 기다란 손으로 서류 봉투를 집어 들고 기자실로 유유히 사라지자 신입 여직원이 조그맣게 소리를 내며 웃었다. 보기 좋게 딱지를 맞은 하자키는 분하다는 듯이 중얼거렸다.

"정치부 신입이면 다야? 새파랗게 어린놈이 거만하기는. 생긴 게 멀끔해서 귀엽게 봐 줄라고 했더니만."

"선배, 공채시험에서 탑으로 들어온 사람 맞죠? 정치부 뉴에이스라고 칭찬이 자자하던데요. 어쨌든 선배가 공략하기 만만치 않아 보여요."

다케다는 자신의 자리로 돌아와 정치부장에게 온 서류 봉투를 열었다. 일본 최대 일간지 정치부장에게 매일같이 날아오는 서류 양은 대단했다. 공사다망한 정치부장은 발신인이 분명한 우편물만 직접 확인했다. 이처럼 발신인이 모호한 경우에는 후배 기자들에게 확인을 시킨 후 보고만 받았다.

정치부 신입 기자 다케다가 서류 봉투를 개봉한 지 정확히 15분이 흐른 후, 가라오케 '마요'에서 기분 좋게 술 한잔을 하고 있던 정치부장의 핸드폰이 요란스럽게 울렸다.

그는 용건을 정확한 발음으로 전달하는 명석한 다케다의 보고를 받았다. 잠시 후 그가 소음을 뱉어 내는 가라오케 기계를 단번에 꺼 버렸다.

정치부 기자들 사이에 정적이 흘렀다. 그들은 하나같이 술잔을 내려놓고 부장의 손가락을 주시하고 있었다. 기자들은 정치부장이 검지를 치켜들 거라고 예상했다. 그의 검지가 올라가면 대부분 거물급 정치인들의 뇌물수수 관련 제보였다. 노련한 기자들은 머릿속으로 앞으로 벌어질 일에 대한 예상 시나리오를 풀어냈다.

밤새 취재원들을 풀고 내일의 전투를 위해 한숨 자러 가면 된다. 이제 막 흥이 나려 하는 이 술자리는 여기서 접어야겠군, 젠장. 날이 밝으면 능구렁이 같은 의원 보좌관들과 지루한 두뇌플레이를 하고. 운좋게 쓸 만한 총알들을 끌어모아서 오후 4시 40분쯤 마감을 치면 우리 신문사가 특종을 올릴 수도 있겠구나.

그때 정치부장의 엄지손가락이 올라갔다. 기자들은 흐릿한 가라오케 조명 사이로 보이는 부장의 엄지손가락을 믿을 수 없다는 듯이 바라봤다. 머뭇거림은 잠시였다. 누가 먼저랄 것도 없이 스프링의 반동처럼 기자들이 자리에서 일어섰다. 잘 훈련된 군인들처럼 순식간에 외투를 집어 들고 기자들이 신문사를 향해 전속력으로 달려가기 시작했다.

부장의 엄지손가락은 '가장 높은 위치에 있는 권력자와 관련된 긴급한 상황'을 의미했다.

N신문사 편집국장실 PM 9:00
"부장, 이 서류를 본 기자는 누구요?"

"신입 기자 다케다와 정치부 고참급 몇 명이 봤습니다. 물론 저를 포함해서."

"그들을 내 방으로 호출하시오. 지금 당장."

편집국장은 자신의 방에 들어온 정치부 기자들에게 날카로운 시선을 던졌다. 그는 다케다를 향해 입을 열었다.

"자네가 제일 먼저 이 서류를 개봉했나?"

"그렇습니다, 국장님."

"어떻게 했으면 좋겠나?"

정치부장은 일개 신입기자인 다케다의 의사를 묻는 국장을 불편한 눈빛으로 바라봤다.

"저는 이 기사를 1면에 실어야 한다고 생각합니다. 지금 기사를 송고하면 다른 지역은 힘들겠지만 도쿄 일부 지역에라도 내일 조간 배포가 가능합니다. 우리 신문사 최대의 특종으로⋯⋯."

"닥쳐라 다케다. 사실 확인도 안 하고 기사를 송고하겠다고?"

정치부장은 거의 입술만 달싹거리면서 말을 뱉었다. 편집국장은 눈을 감은 채 이마를 만지작거렸다. 잠시 후 그가 결심했다는 듯이 입을 열었다.

"부장, 킬 시키시오. 일단은 이 기사를 덮읍시다."

"국장님, 그건 안 됩니다. 보셔서 아시겠지만 사토 코이치 의원을 단순하게 흠집 내기 위해서 쓴 제보 기사가 아니지 않습니까. 이런 은밀한 사연을 가진 사람이 총리가 되는 것을 국민들도 바라지는 않겠지요."

"부장, 지금 제정신이오? 사토가와 시노하라가를 상대로 우리 신문사가 선전포고를 하자는 건데 그 뒷감당을 당신이 할 거요?"

"일단 우리 팀을 돌려서 사실 확인을 하겠습니다. 다케다, 30줄 아니 50줄로 1보를 작성해라."

"알겠습니다. 부장님."

"부장, 당신 지금 무리하는 거야. 내 허락 없이 이 기사는 단 한 줄도 못 나갈 테니 그리 아시오."

N신문사 PM 10:00

다케다가 사토 코이치 의원과 관련된 희대의 스캔들 기사 1보를 완성할 무렵, 정치부장의 핸드폰이 다급하게 울렸다. 전화를 건 사람은 사회부 캡(사건 사고를 담당하는 기자들을 관리하는 수석 기자)이었다.

— 부장님, 지금 시즈오카현 아타미 해안도로 사고 현장에 나와 있는데요. 부장님도 아셔야 할 것 같아서 전화드렸습니다. 사토 코이치 의원의 아들 사토 켄지가 몰던 차가 해안가 도로 절벽 아래로 추락했습니다. 사고 원인은 운전 부주의로 보이며, 가로등을 들이받고 바닷속으로 추락한 것 같습니다. 다시 한번 말씀드립니다. 사토 켄지의 차는 발견됐고 아직 시신은 떠오르지 않았습……

정치부장은 떨리는 손으로 핸드폰을 내려놓고 기사를 완성한 다케다의 노트북을 덮어 버렸다. 다케다는 의아한 표정으로 그를 바라봤다.

"다케다, 방금 작성한 기사는 킬이다. 새로운 기사를 써라. 사토 코이치 의원의 아들이 아타미 해안도로 절벽 길에서 차가 추락하는 교통사고를 당했다. 시신은 아직 발견하지 못했고."

"부장님, 그게 정말입니까?"

"그래, 소스는 사회부 캡에게 받아라. 나는 이만 퇴근한다. 너도 마무리하고 퇴근해라."

"〈가고시마의 연인들〉은 이대로 묻히는 겁니까?"

"바보 자식. 상황 판단이 그렇게 안 되나? 차기 일본 총리의 외아들이 바닷속에서 행방불명됐다고. 아들이 죽어서 아버지를 구했군. 내일 보자."

정치부 신입 기자 다케다 준이치로는 마츠다 사요코가 보낸 서류들을 그러모았다. 도서관 계단을 내려오는 사토 켄지의 사진이 그의 시선을 잡아끌었다. 지적인 이마, 선명한 눈썹, 해맑은 표정의 사토는 무척이나 근사한 피사체였다. 그는 속으로 애도를 표했다.

'아름다운 젊은이여, 부디 좋은 곳으로 갔기를. 온 국민의 애도를 받으며 새로운 총리가 탄생하겠구나. 그의 죽음은 안타깝지만 유력한 두 가문을 무너뜨릴 수 있는 〈가고시마의 연인들〉을 절묘한 타이밍으로 잠재우다니. 아까운 청춘이 기가 막힌 순간에 가 버렸구나.'

시노하라 류우지는 매우 도회적인 감성과 복고적인 향수가 묘하게 어우러져 있는 사다리꼴 형태의 3층 건물 앞에서 생각에 잠겼다. 비취색으로 빛나는 통유리를 청남색 프레임으로 마감한 이 건물은 1, 2층에 스튜디오를 넣고 꼭대기 층에는 살림집을 넣은 실용적인 공간이었다. 정면에서 보면 사각형의 반듯함을 그대로 가지고 온 대형 브라운관 같아서 스튜디오에서 움직이는 사람들이 흡사 TV 속 인물처럼 느껴졌다.

저녁 시간인데도 스튜디오 안에는 밝은 조명이 켜져 있었다. 그가 초인종을 누르자 보안장치가 되어 있는 유리문이 열렸다. 류우지를 태운 엘리베이터는 곧장 3층으로 올라갔다.

주거 공간으로 쓰고 있는 3층의 현관문이 열리자 새로 깐 것 같은 다다미 냄새가 향긋하게 흘러나왔다.

"류우지로구나. 얼굴이 왜 이 모양이냐? 어서 들어오거라."

콧잔등에 돋보기를 걸친 야마자키 료 감독은 60대 후반이라는 그녀의 나이가 믿기지 않을 만큼 젊어 보였다. 그녀는 방금 전까지 아래층에서 일하다 올라온 게 분명해 보이는 차림으로 마실 것을 내왔다.

시노하라는 민들레 줄기에서 나는 것 같은 알싸한 다다미 향기를 맡으며 여름을 가로질러서 찾아온 가을을 느꼈다. 이상하게 그녀의 집은 달력보다 한 계절이 먼저 바뀌곤 했다.

"그동안 건강하셨죠? 벌써 새로운 작품에 들어가셨나요?"

"나야 잘 지냈지. 신작은 아니야. 펄펄 뛰던 그 시절은 이미 지나가 버렸다고. 젊은 후배 감독들이 아래층에서 애니메이션을 만들겠다고 쳐들어왔지 뭐냐. 허허……. 난 평생 드라마만 찍어 댔지만 만화가 주는 그 특유의 황홀감도 그리 나쁘지는 않네. 그나저나 네 얼굴이 몹시 어두워. 무슨 일이 있는 거니?"

"이모님의 설명을 듣고 싶습니다. 진실을 말해 주세요."

류우지는 가방 안에서 누런 서류 봉투를 꺼냈다. 야마자키 료는 아무 말 없이 봉투 속 내용물을 집어 들었다. 그녀가 조용히 마츠다 사요코가 만든 기사들을 읽어 내는 동안 들려오는 건 낡은 괘종시계의 초침과 분침이 삐그덕대는 괴상한 소리뿐이었다.

"망할 놈의 인간들. 이런 쓰레기 같은 서류를 너에게 보냈단 말이냐? 세상에나."

"비서실 직원들로부터 아버지가 갑자기 쓰러지셨다는 연락을 받고 달려갔는데, 차 안에 이 서류가 있었어요. 수신인에 제 이름이 적혀 있어서 직원들이 저한테 건네줬습니다."

료 감독은 코끝에 걸쳐 있던 돋보기를 벗은 후 자신의 눈가를 문질렀다. 그녀는 찻잔을 한쪽으로 밀어 놓고 와인장을 향해 걸어갔다. 진보랏빛 액체가 투명한 크리스털 와인 잔에 7부 정도 채워졌다.

그녀는 와인 잔을 거실 테이블 위에 내려놓고 류우지를 바라봤다.

"류우지. 지금부터 내가 하는 말을 잘 들어라. 아주 길고 힘든 이야기를 너에게 해야 될 것 같구나. 내가 만들었던 그 어떤 드라마보다 더 아픈 얘기지만 들어 주지 않을래?"

류우지는 얼핏 보면 거대한 브라운관 같은 그 건물을 나와 마냥 걷고 또 걸었다. 먼지 한 점 없이 깨끗한 도심의 거리를 비추는 길쭉한 가로등 하나가 수명이 다한 듯 위태롭게 까불거렸다. 그 모양새가 잔기침을 뱉어 내는 노인처럼 애처로웠다.

한참을 걷다 보니 가로등 샛길 사이로 작은 공원이 보였다. 그는 그곳을 향해 발을 옮겼다. 매끈한 보도블록을 디딜 때마다 구두 소리가 생각보다 크게 공명해서 한쪽 고막이 찌릿찌릿했다.

녹색 페인트로 거칠게 마감을 한 벤치 앞에 미끄럼틀이 하나 놓여 있었다. 아이들의 신발 밑창이 닿은 곳마다 군데군데 칠이 벗겨진 미끄럼틀 계단을 오르며 도심에 어울리지 않게 웃자란 공원의 나무들을 바라봤다. 공원의 가로등은 너무나 멀찍이 서 있어서 대견하게 자란 나무들의 싱그러움을 비춰 주지 못했다. 그저 하얀 달빛만이 희미하게 보이는 잔가지들 사이로 연약한 빛을 뿌리고 있었다.

류우지는 미끄럼틀 가장 높은 곳에 올라가서 눈을 가늘게 뜬 채 곧고 수려하게 자란 나뭇가지가 하늘로 치솟아 있는 대견한 모습을 오랫동안 지켜봤다.

빌딩 숲 사이에 숨어 있는 이 작은 공원은 점심을 먹은 직장인들이 나른한 햇살을 받기 위해 잠시 찾아오는 휴식 공간일 뿐이었다. 그들이 퇴근하고 나 버리면 아무도 찾지 않는 쓸쓸한 곳. 주택가도 아닌 외지에 별스럽게 만들어 놓은 이 공원은 밤이 되면 더욱 더 외로워질 수밖에 없는 곳이었다.

손바닥만 한 햇빛을 받은 나무들이 기대 이상으로 곧고 높게 자라도 대견스럽게 바라보는 눈길 따위는 없었다. 말할 수 없는 쓸쓸함이 그의 무릎을 꺾었다.

'어머니, 가로등이 너무 멀어요. 나무들의 훤칠한 모습을 비춰 줘야 하는 가로등이 너무 멀단 말입니다. 저를 다른 사람의 아들이라 믿으며 어머니는 행복하셨나요? 하지만 어머니 진실은 그게 아니라는군요. 지금 당장은 어머니를 이해할 수도 안아 드릴 수도 없습니다. 그건 무리예요. 늦었지만 너무 늦어 버렸지만 부디 아버지께 용서를 구하세요. 이 밤, 가로등이 너무 멀리 있어서 전 가슴이 아픕니다. 아무도 눈여겨보지 않았는데도 나무는 잘 자랐단 말입니다.'

— 의원님! 지금 당장 아타미로 가셔야 할 것 같습니다. 의원님…….

집에서 느긋하게 밤 목욕을 즐긴 후 차를 마시고 있던 사토 코이치 의원은 보좌관의 전화를 받고 잠시 숨을 멈췄다. 수년간 그의 곁을 지켜 왔던 믿음직한 보좌관의 목소리가 심하게 동요하고 있었다.

"무슨 일인가?"

— 의원님……. 의원님……. 어쩌면 좋습니까……. 이를 어쩌면 좋습니까……. 켄지 도련님이…….

"켄지가 왜? 자세히 말해 보게."

— 방금 전에 교통사고로……. 교통사고로…….

곧이어 보좌관의 굵고 낮은 흐느낌이 터져 나왔다. 사토 코이치 의원은 전화기를 내려놓고 그 자리에서 무릎을 꿇었다.

그는 망연자실한 표정으로 빈 벽을 바라봤다. 벽의 수직성을 존중하려는 듯 세로 줄무늬가 자잘하게 새겨진 벽지의 골을 따라 멍한 시선을 느릿하게 움직였다. 벽지의 골은 어느새 시퍼런 물이 가득 들어찬 깊은 웅덩이로 변했고 그의 두 눈에서 걷잡을 수 없는 눈물이 터져 나왔다.

"안 돼! 안 돼! 안 돼!"

오래된 대들보마저 무너지게 할 것 같은 그의 고통스러운 절규가 전통의 미를 고아하게 간직한 사토가에 울려 퍼졌다. 이부자리를 펴고 누워 있던 그의 어머니 사토 나츠코가 얇은 비단 이불 자락을 들치며 자리에서 일어났다.

'무슨 일이지? 어느 집에서 흘러나오는 소린가? 경망스러운 사내의 울음소리가 담을 타 넘어 우리 집에까지 들려오다니. 한심한 인간들. 쯧쯧……'

깊은 슬픔으로 사토가를 갈가리 찢어 놓은 참혹한 밤이 있었다는 게 믿기지 않을 정도로 다음 날 아침은 청명했다. 세나는 창으로 흘러 들어 오는 고소한 두부 냄새를 맡으며 트레이닝 바지를 걸쳐 입었다.

건물 밖으로 나서자 뜨겁지도 끈적하지도 않은 건조한 바람이 뺨에 와 닿았다. 여름의 절정은 분명히 지나가 버렸고 어느덧 가을 냄새가 풍겨 왔다. 한결 선선해진 아침 기운이 얇은 피부의 세포 하나하나를 일깨우는 기분이었다.

"아저씨, 좋은 아침이에요."

"어서 와. 오늘은 기분이 매우 좋아 보이네."

"네, 맞아요. 오늘의 두부는요?"

다케오 두부집 주인장이 두부를 포장하기 위해 안으로 들어가자 세나는 가게에 놓인 TV에서 쏟아 내는 아침 뉴스를 바라봤다.

잠시 후, 그녀는 작은 TV 화면 앞으로 한걸음에 달려갔다. 사토 켄지의 준수한 얼굴이 화면 가득 잡히고 그의 사고와 실종을 전달하는 아나운서의 목소리가 매우 조심스럽고 신중하게 흘러나왔다. 그녀의 귀에는 더 이상 아무 소리도 들려오지 않았다.

세나는 양팔로 자신의 몸뚱이를 감싸 안은 채 거리로 나왔다. 켄지와 경쾌하게 거닐던 골목길에 그의 발자국이 남아 있을 것만 같았다. 회갈색 먼지로 뒤덮인 클럽 로즈의 간판 앞에 이르자 숨이 막혀 왔다.

그의 사고를 애도하기 위해 하늘엔 검은 장막이 둘리고 전봇대들이 허리를 꺾으며 슬퍼해야 할 것 같았지만 세상은 눈부시게 맑고 화사했다. 한 청년이 결코 가볍지 않은 존재감을 남기며 스물 몇 해를 살았건만, 일상은 고요하고 평온하기만 했다.

얼굴에 기미가 잔뜩 낀 어떤 여자가 까맣게 시든 장미꽃을 쓰레기 더미 사이에 내다놓았다 한들 누구 하나 쳐다보지 않듯이. 고서점 거리는 여느 때와 다름없이 반들반들하게 빛이 났고, 해묵은 종이 냄새만이 저들끼리 덩어리져서 돌아다녔다.

아무 일도 일어나지 않았다는 듯이 지극히 일상적이고 담담하기까지 한 이 평화로운 기운이 너무나 소름 끼쳐서 그녀는 가슴에 찌르는 듯한 통증을 느꼈다. 마지막 인사를 하러 왔던 켄지의 슬픈 얼굴이 떠오르자 통증에 더 격한 무게가 실렸다. 그녀는 머리 쪽으로 혈액 공급이 원활하지 않다는 것을 느꼈다. 가슴 밑에서만 혈액이 제멋대로 뭉쳐 다니는 것 같았다.

류우지는 아침 뉴스를 보자마자 세나의 집을 향해 달려갔다. 사토 켄지의 불행한 사고가 그의 가슴을 아프게 짓눌렀지만 이 순간 걱정되는 건 그녀였다.

집에도, 단골 두부가게에도 그녀는 없었다. 그는 새벽 공기의 싸늘함이 채 가시지 않은 고서점 거리를 정신 나간 사람처럼 헤매고 다녔다. 할 수만 있다면 사토를 불행으로 몰고 간 사람들을 찾아서 잔인하게 벌을 주고 싶었다. 세나가 절망에 빠져서 다시 자기만의 성으로 걸어 들어간다면…….

그때였다. 글자가 온전치 못한 어느 술집 간판 아래 웅크리고 앉은 마른 등허리가 보였다. 가녀린 피사체는 검은 머리카락을 흩날리며 땅을 향해 꺼져 가고 있었다. 류우지는 세나를 향해 천천히 다가갔다. 그제야 사토의 사고가 절절하게 가슴속으로 스며들었다.

"많이 찾아다녔어. 이러고 있을까 봐. 걱정돼서 미치는 줄 알았다고."

그는 웅크리고 있는 세나를 일으켜 세워서 자신의 품 안에 끌어안았다.

"류우지, 아니라고 말해 줘. 제발 아니라고."

"아직 시신이 발견되지 않았어. 사토는 실종 중인 거야. 실종이라는 건 어딘가에 살아 있을지도 모른다는 또 다른 긍정이기도 해. 그러니까 절망하기에는 아직 일러."

도쿄 시노하라 가문의 저택.

야마자키 료 감독은 시노하라 가의 거대한 철제 대문을 말없이 바라보고 있었다. 대문이 열리자 유럽의 고성처럼 위엄이 넘치는 건물이 드러났다. 성채 같은 벽을 감싸며 한없이 솟아오르는 담쟁이넝쿨은 외부로부터 떠들썩한 현실이 침범하는 것을 막아 주는 병사처럼 기세등등했다.

정문에서부터 안채까지 길게 이어진 나지막한 석등에 노란 불이 켜지자 과거의 어느 자락에서 홀로 머무는 기이한 산장처럼 영묘한 기운마저 감돌았다. 오후에서 저녁으로 넘어가는 가을에 접어든 햇살은 점차 기운을 잃고 있었다.

"언니, 어서 와요. 회장님이 기다리고 계세요."

야마자키 린이 수심에 가득 찬 얼굴로 료 감독을 맞이했다. 그녀는 동생의 안내를 받으며 응접실로 들어섰다. 며칠 병원 신세를 져서 부쩍 수척해진 시노하라 요시로가 병색이 짙은 얼굴로 료 감독에게 걸어왔다.

"류우지가 찾아왔다면서요?"

"그래요. 그 아이가 왔었죠. 자신이 사토 코이치 의원의 아들이냐고 묻더군요. 세상에나……. 시노하라상, 사토가에서 더 이상 하루카와 류우지를 힘들게 하지 않게 지켜 줄 거라 하지 않았습니까?"

"사토가의 늙은이가 고용한 마쓰다 사요코란 여자가 있습니다. 그 옛날 하루카를 해치려고 했었던 마쓰다 시게루의 딸이죠. 모든 게 제 불찰입니다. 류우지를 가고시마에서 키우면 더 이상의 어려움은 없을 줄 알았는데……."

"류우지는 히로미의 죽음도 자신에게 서류를 보낸 사람과 관련된 게 틀림없다고 말하더군요. 히로미도 메일을 받았답니다. 네가 사라져야 피 한 방울 안 섞인 네 남동생이 이 가문에서 퇴출당하지 않고 살아남을 거라는 무서운 내용의 메일을. 게다가 류우지가 하루카의 불륜으로 태어난 아들이란 걸 세상에 공개하겠다고 협박했다는군요."

"류우지가…… 류우지가 감독님께 그런 말을 했다는 겁니까? 히로미가…… 우리 히로미가 그래서…… 그래서……."

요시로는 자신의 얼굴을 손으로 감싸 쥔 채 울먹거렸다.

"그래요. 자신이 오랫동안 간직하고 있던 비밀이 하나 있다면서 그러더군요. 자신은 아버지 아들이 아니란 걸 예전부터 알았다고. 세상에……. 시노하라상, 류우지가 어떤 마음으로 자랐겠습니까. 어떤 마음으로……."

료 감독은 자신 앞에 놓인 물 잔을 집어 들고 단숨에 들이켰다.

"시노하라상도 뉴스를 보셨죠? 지금 사토가도 난리가 났단 말입니다. 그 가문의 외아들이 사고를 당했어요. 내가 이제 상황을 정리하겠습니다. 더 이상 모른 척하지 않겠다구요!"

"언니, 진정해요. 지금 하루카도 충격으로 누워 있다고요."

"충격? 무슨 충격으로 누웠단 말이냐? 사토 코이치가 아들을 잃고 슬퍼할까 봐? 내 말이 틀리냐? 당장 하루카와 담판을 지어야겠다."

야마자키 린이 난처한 얼굴로 료 감독을 말렸다.

"언니답지 않게 왜 이래요? 시노하라상이 어떤 마음으로 비밀을 지켜 왔는지 누구보다도 언니가 잘 아시잖아요."

"그래. 내가 잘 알지. 그래서 결국에 남은 게 뭐냔 말이다. 하루카를 지키자고 우리 셋이 침묵했고, 결국에는 아까운 아이들이 희생당했다. 우리 모두 죄를 지은 거야. 오늘은 누구도 나를 말릴 수 없다. 그 누구도."

료 감독은 하루카의 침실을 향해 빠른 속도로 걸어갔다. 야마자키 린이 근심 어린 표정으로 뒤따랐다.

침대 시트보다 하얗고 파리한 그녀가 료 감독을 보자 상체를 일으켰다.

"오셨어요. 기별도 없이 어쩐 일로……."

"잘 들어라 하루카. 지금부터 옛날 일을 기억해야 한다. 딴소리하지 말고 내가 묻는 말에 대답만 하면 돼. 알아듣겠니?"

료 감독은 침대 곁에 놓인 카키색 베드 벤치에 재빨리 걸터앉았다.

"옛날 일이요? 감독님, 몹시 화난 사람처럼 왜 그러세요?"

"그래, 가슴속에서 열불이 솟아나 견딜 수가 없구나. 20여 년 전에 말이다. 나와 린이 너만 놔두고 교토 고향집에 급하게 내려갔었다. 쓰러진 어머니를 돌봐 드리기 위해 말이야. 기억하니?"

"네……. 기억해요."

하루카는 다짜고짜 찾아와서 오래된 일을 말하는 료 감독을 적잖이 당황한 눈빛으로 바라봤다.

"그날 밤 누군가가 너를 찾아왔었다. 그 사람이 누구였지?"

"감독님도 아시잖아요. 그 사람은 코이치……."

료 감독은 그녀의 말허리를 단번에 잘랐다.

"잘 생각해라. 사토 코이치는 이미 결혼한 몸이었다. 한 번도 너를 찾아오지 않았던 그가 과연 너를 만나러 왔을까? 목소리를 기억해야 돼. 목소리를. 형상은 너를 기만할 수 있어도 목소리는 거짓말을 하지 못한다."

"감독님, 무슨 말씀이세요? 목소리를 기억하라뇨?"

하루카는 목소리를 기억하라는 료 감독의 말에 얼굴을 찡그렸다.

"그래, 둘이 나눴던 대화를 기억하는 거야. 넌 할 수 있다. 하루카, 넌 배우야. 최고의 배우로 살아온 사람이다. 그 남자의 목소리를 다시 한번 찬찬히 기억해 보렴."

하루카는 눈을 감았다. 그녀는 한 번도 가지 않았던 과거의 기억 속으로 천천히 걸어 들어갔다. 그녀의 기억 속에 수십 년 동안 일관되게 저장되어 있던 기억을 다시 더듬는 것은 분명 어리석은 짓이었지만 마치 감독의 요구에 따르는 배우처럼 목소리를 기억해 내기 위해 애를 썼다.

"저는 술에 취한 상태였고 그는 말쑥한 양복 차림이었죠. 내가 카미시치켄 출신인 게 마음에 걸리냐고 그에게 물었던 것 같아요. 그의 목소리는……. 그의 목소리는……."

그때 하루카의 침실 문이 열리고 시노하라 요시로가 들어섰다.

"네가 카미시치켄 출신인 게 걸렸던 적은 단 한 번도 없었어. 하루카."

순간, 하루카의 두 눈이 등잔 받침처럼 커다래졌다. 요시로의 낮고 곧은 목소리가 침실에 울려 퍼지자 그녀의 고장 난 기억 어딘가에서 철저하게 봉인되어 있던 그날의 기억이 하나하나 되살아났다. 하루카는 자신의 침대에서 발작하듯이 일어나 요시로에게 다가갔다.

"다시 한번 말해 줘요! 다시 한번 당신 목소리를 들려 줘요!"

"네가 카미시치켄 출신인 게 걸렸던 적은 단 한 번도 없었어. 하루카."

"당신이었어. 당신이었어. 요시로 당신이었군요. 어떻게 이럴 수가.

어떻게……."

하루카가 넋이 나간 표정으로 흐느껴 울기 시작했다.

"당신 이제 나를 원망할 텐가? 모른 척하고 말하지 않았던 나를 저주할 건가?"

"왜……. 왜……. 왜 그랬어요? 왜……. 모두들 알고 있었으면서. 왜……. 왜……. 왜……. 난 그때 기억 속 어딘가에 커다란 구멍이 뚫려서 과거의 망상에 사로잡혀 있었는데……. 난 정상이 아니었는데……."

"왜냐고? 당신이 행복해 보였으니까! 당신이 류우지를 코이치의 아들이라 믿으며 행복해했으니까!"

"당신 바보로군요. 진짜 바보야. 당신 아들이었다는 걸 진작 알았더라면 더 행복했을 거야! 왜 다들 침묵만 하고 있었던 거예요? 왜?"

"일기에 썼잖아. 코이치의 아들을 키우며 너무나 행복하다고 당신이 그랬잖아."

"내 일기……. 아, 그 일기. 그건 엄마한테 보내는 편지니까. 너무나 행복하다고 쓸 수밖에 없는 딸의 편지니까요. 요시로, 나는 당신을 사랑했어요. 시작은 코이치였지만 지금 내가 마음에 품고 있는 사람은 요시로 당신이라구요. 그 일기장에는 당신에 대한 내 마음이 가득했는데. 당신 혹시……. 맨 앞장만 보고 덮은 거 아니에요?"

하루카는 눈물이 범벅된 얼굴로 책상 서랍 속에서 오래된 일기를 꺼냈다.

"요시로 봐요. 내 일기를 끝까지 보라구요. 감독님도 아시잖아요. 내가 너무나 아팠던 그 시절을. 과거의 환영이 시시때때로 나타나 나를 괴롭혔던 그때. 나는 몹시 아팠어요. 제정신이 아니었으니까. 이 모든 걸 마음에 간직한 채 당신은 나랑 어떤 마음으로 살았던 거예요. 미안해요 요시로. 바보 같은 나를 부디 용서해 줘요. 하지만 난 당신을 사랑했어. 나를 요정 쿠모에서 구해 주고, 우리 엄마의 영혼이 설

수 있도록 안식처를 찾아 주고, 내 모든 걸 품어 준 당신 같은 남자를 내가 어떻게 사랑하지 않을 수 있었을까."

요시로의 눈에서도 뜨거운 눈물이 흘러내렸다. 료 감독은 마치 지옥의 문 앞에서 가까스로 천국행 티켓을 받은 얼굴로 울고 있는 두 사람을 바라보며 탄식을 뱉었다.

"두 사람 다 대단한 사랑을 했군. 참으로 대단하고도 못난 사랑을 했어. 류우지가 받은 상처는 어떻게 보상해 줄 수 있단 말이냐? 류우지……. 너를 어쩌면 좋을까."

사토 켄지의 시신은 끝내 발견되지 않았다. 가을에 있을 선거에서 사토 코이치가 집권당의 대표가 될 것이라는 게 너무나 자명했기 때문에 매스컴은 최대한 보도를 자제했다. 차기 일본 수상 가문이 맞이한 이 급작스러운 불행 앞에서 사람들은 침묵으로 애도를 표했다.

야마자키 료 감독은 긴자의 모처에서 비통에 잠긴 사토 코이치 의원을 은밀하게 만났다. 그녀는 슬픔이 가득한 그를 위로한 후 조심스럽게 입을 열었다.

"혹시 사토군의 방을 살펴보았나요? 그에게 누군가가 못된 장난질을 한 것 같습니다."

"못된 장난질이라뇨?"

"누군가가 충분히 오해할 만한 서류를 시노하라 가문의 아들에게도 보내서 하는 말입니다."

"그게 무슨 말씀입니까?"

"아버지 세대에서 꼬인 인연이 아들 세대에 비극을 안겨 준 것 같습니다. 결국은 인간의 추악한 욕심에서 비롯된 일이죠. 만약 아드님 방에서 거짓을 말하는 서류가 발견되면 어머니에게 마츠다 사요코가 누구인지 물어보세요. 그녀가 이 일의 주동잡니다."

　금쪽같은 손자를 잃은 사토 나츠코는 자신의 방에 틀어박혀서 식음
도 전폐한 채 눈물만 흘리고 있었다. 코이치 의원은 켄지의 방 책상
서랍에서 나온 누런 서류 봉투를 들고 어머니의 방문을 열었다.
　"어머니, 일어나 보세요. 도대체 무슨 일을 벌이신 겁니까? 네?"
　"혼자 있고 싶구나. 그만 나가거라."
　"안 됩니다. 마츠다 사요코가 누군지 말씀해 주시기 전에는 못 나갑
니다."
　"뭐라고? 네가 마츠다를 어떻게 아느냐?"
　"이걸 보세요. 이걸 좀 보시라고요. 그 여자가 켄지에게 이런 서류
를 보냈단 말입니다. 혹시 어머니도 하루카가 낳은 아이가 제 아들이
라 믿고 계셨던 겁니까? 그래요?"
　서류를 훑어보던 나츠코의 손이 얇은 지폐처럼 떨렸다.
　"마츠다가. 이 건방진 계집이 이걸 켄지에게 보냈단 말이냐? 이건
우리 둘만의 비밀이었는데. 이럴 수가……."
　"이 서류에 나온 말들은 사실이 아니에요. 저는 결혼한 이후 아내에
게만 충실했었고, 하루카와 외도를 한 적은 단 한 번도 없었습니다.
제 아들은 오로지 켄지뿐이란 말입니다."
　"그게 사실이냐? 정말이냐? 하루카가 낳은 아이가 네 아들이 아니
란 말이지?"
　"절대로 있을 수 없는 일이에요. 절대로. 어머니는 도대체 어떤 마
음을 품고 세상을 사셨단 말입니까? 자신의 꿈을 아들에게 투사한 채
어떤 잔인한 일도 거침없이 할 수 있다는 괴물 같은 마음으로 사셨나
요? 켄지가 그 여자 때문에 야밤에 차를 몰고 나가 사고를 당한 겁니
다! 모두 그 여자 때문이라고요! 어머니의 욕심 속에서 점점 덩치를 키
운 괴물 같은 그 여자가 켄지를 보낸 겁니다. 우리 켄지를……."

사토 코이치는 자신의 어머니 앞에서 그동안 참고 있던 분노와 괴로움을 모두 토해 낸 채 짐승 같은 울음을 터뜨렸다. 나츠코는 그런 아들 앞에서 힘없이 고개를 떨어뜨렸다. 마쓰다 사요코가 간교하게 자신을 조정했던 지난 시간들이 주마등처럼 스쳐 지나갔다. 자신의 행동이 너무나 후회스러웠지만 세상에서 가장 귀한 그녀의 손자 켄지는 여전히 실종 상태였다.

세나는 도쿄 중앙병원에 있는 작은 정원에서 마쓰자카 료스케를 기다리고 있었다. 켄지를 잘 아는 사람을 만나서 어떤 이야기라도 하지 않으면 견딜 수 없을 것 같은 힘겨운 시간들이 그녀 주위로 흘러갔다. 너무나 큰 슬픔이 찾아왔지만 이상하게 눈물이 나지 않았다. 그녀는 눈물 한 방울 흘리지 않는 자기 자신을 속으로 저주하고 있었다.

내 감정은 싸늘하게 죽어 버렸구나. 켄지는 자신을 위해 눈물조차 흘리지 않는 나를 왜 그토록 좋아했을까. 세상은 믿을 수 없는 일들의 연속이구나. 켄지는 어디에 있는 걸까. 긴자 웨스트에서 작은 칠판에 메시지를 적어 주던 다정한 켄지는 어디에 있는 거지. 그 메시지를 한 번도 봐 주지 못한 게 아직도 가슴 저리도록 미안한데. 켄지가 가 버렸어. 네가 내민 손을 한 번이라도 잡아 주었더라면 조금은 덜 미안했을까. 앞으로 어떻게 살아야 이 미안함이 덜어질까. 켄지, 가르쳐 줘. 제발 내게 알려 줘.

마쓰자카 료스케는 정원 한 구석에서 웅크리고 있는 세나를 발견했다. 널 처음 봤을 때에는 블랙잭을 잃은 슬픔에 잠겨 있었는데 지금의 넌 또 다른 슬픔에 갇혀 있구나. 은세나, 세상이랑 다시 벽을 쌓고 자신만의 성 안에 너를 가둘 작정인 거니? 그런 거야?

"은상, 힘들어 보여요."

세나는 석상처럼 미동도 하지 않았다.

"군자란을 보고 있었군요. 사토가의 정원에서 가장 아름다운 꽃이죠. 식사는 했어요?"

"켄지가 어렸을 때 이 꽃을 보고 시든 잎인 줄 알고 그만 뜯어 버렸대요. 아버지가 너무나 기다렸던 꽃이었기 때문에 켄지는 마음이 아팠다는군요. 자신이 망쳐 버려서……. 켄지가 행복했으면 좋겠어요. 이제는 정말 행복했으면……."

켄지와 함께 보냈던 지난 시간들이 너무나 생생하게 떠올라서 세나는 눈을 감았다.

"켄지는 은상이 행복하길 더 바랄 겁니다. 그 어딘가에서."

"미안해서 견딜 수가 없어요. 켄지를 이렇게 보낸 게 너무 미안해요. 내게 마음을 고백했지만 받아 주지 못했죠. 그의 슬픈 눈이 떠올라서……. 자꾸만 떠올라서……."

세나는 고통스럽다는 듯 자신의 얼굴을 감싸 쥐었다.

"그런 죄책감은 은상의 몫이 아니에요. 괜히 미안한 마음 갖지 말아요. 지금은 그를 사랑하는 사람들 모두가 그에게 힘을 불어넣어 줘야 해요. 그가 다시 돌아올 수 있도록. 자, 내 손을 잡아요."

마쓰자카는 세나의 손을 잡아 일으켜 세웠다. 그의 눈가도 이미 촉촉하게 젖어 있었다.

"저 무심한 우리의 베스트 프렌드를 꼭 찾아내자구요. 은상도 다정했던 친구의 눈을 다시 보고 싶죠? 죄책감은 부디 던져 버려요. 대신 응원해 줍시다. 켄지가 어두운 터널에서 어서 속히 걸어 나오도록. 우리 두 사람에게 켄지는 너무 근사한 친구잖아요. 그가 우리 응원 소리를 듣고 우리 곁으로 돌아오도록 더 힘을 내자구요. 지금 켄지는 어쩌면 너무 무섭고 외로운 길에서 혼자 죽을힘을 다해 싸우고 있을지도 모르니까."

결국 그의 눈에서 눈물이 흘러내렸다. 세나는 갑자기 심장의 근육

일부가 파열되는 듯한 아픔을 느꼈다. 얼음을 만져서 잠시 얼얼했던 손의 감각이 서서히 돌아오듯 그녀의 심장이 묵직한 감정으로 뛰기 시작했다. 머리로 공급돼야 할 혈액이 한동안 꽉 막혀 버린 것 같았는데 심장이 날 생선처럼 펄떡이자 혈액이 정수리를 향해 쿨럭대며 들어가는 게 느껴졌다.

바로 그때였다. 그녀의 두 눈에서 걷잡을 수 없는 눈물이 터져 나오기 시작한 건.

죄책감에 짓눌려 있던 슬픈 감정이 봇물 터지듯 흘러나왔다. 다시는 켄지를 볼 수 없을지도 모른다는 게 너무나 아팠다. 사람을 기분 좋게 만드는 그의 활기찬 목소리를 더 이상 듣지 못할 수도 있다는 사실이 그녀의 가슴을 후벼 팠다. 지금 이 순간, 켄지가 너무나 그리웠다.

마쓰자카는 그녀의 눈물을 안타까운 눈빛으로 바라봤다. 자신의 슬픔을 억누르면서까지 그에게 미안해했던 세나의 순수한 마음이 안쓰러웠다.

"켄지의 사고가 은상의 마음에 깊은 자국을 남기지 않았으면 합니다. 그러니까 부디 오늘만 울어요. 원 없이."

"미안함을 덜고 싶은데 방법을 모르겠어요."

"현실로부터 도망가지 말아요. 진짜 자신의 인생을 살아요. 켄지도 은상이 그러길 바랄 겁니다."

류우지 내 아들.

이건 아주 오래된 이야기. 한 여자를 너무나 사랑했던 어떤 바보 같은 남자의 이야기다.

나는 네 엄마를 너무 사랑했단다. 세상의 거친 파도로부터 그녀를 지켜 주고 싶었지. 네 엄마는 결이 곱고 여린 사람이었다. 힘들었던 어린 시절과 외할머니의 슬픈 죽음 그리고 배우로서 끊임없이 감정을 소비하며 살던 삶이 결이 고운 그녀에게 녹록지 않았을 거야.

그러다 네 엄마에게 감기처럼 마음의 병이 찾아왔지. 과거가 현재가 되기도 하고, 현재가 과거가 되기도 하는 그런 병. 모든 기억이 뒤죽박죽되어 버리는 마음의 병이 생긴 내 여자를 나는 지켜 주고 싶었다. 그녀의 병든 마음에 더 이상 어떤 충격도 고통도 주고 싶지 않았어. 그렇게 그녀의 행복한 기억들을 지켜 주면 그 병이 좋아질 거라고 믿었지.

엄마가 결혼 전에 좋아했던 남자는 그래. 사토 코이치였다. 그와 이어지지 못한 게 그녀에게는 너무나 큰 상처였을 거야. 아마도. 충격과 상처를 받은 그녀의 두뇌는 제 기능을 하지 못한 채 기억을 왜곡하고 조작했지. 그래서 나를 그 사람이라고 착각한 채 너를 가졌다. 그래, 네가 얼마나 충격을 받을지 나는 잘 안다. 하지만 이건 우리가 받아들여 할 너무 슬픈 진실이란다.

나는 그래도 네 엄마를 너무 사랑했기 때문에 배 속의 아이 아버지는 내가 아니고 다른 남자라고 말하는 그녀와 결혼을 감행했지. 나는 배 속의 아이도 그녀의 일부라고 생각했기에 사랑으로 받아들였다. 이건 단 한 점의 거짓도 없는 내 진심이다.

하지만 네가 커 갈수록 네가 내 아들이라는 생각을 떨칠 수가 없었다. 이건 아버지이기 때문에 느껴지는 본능적인 피의 이끌림이었을 거다.

네가 네 살이 되었을 무렵, 엄마 몰래 유전자 검사를 했고 내 아들이라는 결과를 받았지. 그때 내가 얼마나 울었는지 너는 모를 거야. 자기 아들을 4년이 지나서야 알아본 못난 아버지였으니.

그러다 네 엄마의 일기를 보게 됐다. 너를 다른 남자의 아이라 믿고 행복해하는 일기의 몇 줄을 읽고 나는 너무 못난 생각을 하고 말았지.

그녀에게 벌을 주고 싶었다. 보답받지 못한 내 절절한 사랑이 너무 비참해서 나는 정말 그녀에게 벌을 주고 싶었어.

내가 주기로 한 벌은 단순했지만 무서운 거였지. 네가 실은 내 아들이라는 걸 끝내 말하지 않은 것. 그리고 너를 시노하라 가문의 남자로 키우기 위해 네 엄마에게서 떨어뜨려 놓은 것.

아들아, 미안하다. 너를 하루카에게서 떼어 놓고 얼마나 후회했는지 모른다. 하지만 나는 그때 젊었고, 네 엄마에 대한 분노와 원망을 자양분으로 삼은 뜨거운 피가 마구 솟구치던 시절이었어. 내가 너무 사랑하는 너희 둘을 어떻게 품어야 할지 갈피를 잡지 못하던 지독한 세월이었다.

너는 가고시마에서 뜨거운 규슈의 태양과 거친 바닷바람을 맞으며 남자답게 자라났지. 마치 나처럼 말이다. 도쿄에서 마음 여리고 성정이 고운 네 엄마 곁에서 듬뿍 챙김을 받고 컸더라면 네가 더 행복했으려나.

아들아, 미안하다. 이건 사랑하는 너에게 들려주는 내 인생의 고백이자, 피를 토하는 심정으로 쓰는 내 후회의 글이다.

일전에 내 뜻대로 살아온 인생이 행복하냐고 물었지. 만약에 말이다. 신이 나를 너무 불쌍하게 여겨서 다시 그 시절로 보내 준다면 난 너를 그렇게 보내지 않았을 거다. 그리고 하루카에게 벌을 주지 않았을 거야. 어리석은 마음을 먹지 않고 너희 둘을 내가 사랑으로 품었어야 했는데 젊은 혈기는 내 가슴속에 날카로운 분노의 칼을 만들었고, 내 스스로 만든 칼에 찔려 피 흘리는 심장은 내 가슴속에 차가운 피를 공급했지.

그리고 이제 신이 나를 벌하시려나 보다. 폐에 심상치 않은 크기의 암 덩어리가 생겼다는구나. 신께서는 나에게 얼마만큼의 시간을 주시려나. 우리 가족이 이제 온전히 서로를 사랑할 수 있는 그 시간을 말이다.

조만간 나는 미국에 가서 수술을 받을 예정이다. 네 엄마와 너를 데리고 미국으로 가고 싶구나. 수술 후에 나는 거기서 회복하는 치료를 받고, 너는 본격적으로 경영자 수업을 받았으면 한다.

류우지, 남은 학업은 동경대와 학점 교환이 가능한 미국의 대학교에서 마치는 것이 어떻겠니. 낯선 곳에 가서 우리 가족이 진짜로 하나되는 시간, 가슴속 상처를 치유받는 시간을 갖게 되길 아버지는 소망한다.

만약에 말이다. 너가 마음에 두고 있는 그 아가씨 때문에 이 땅을 떠나는 게 주저된다면 그 아가씨를 나에게 소개해 주지 않겠니. 너와 함께 유학을 가는 것에 대해 내가 정식으로 제안을 하고 싶구나.

그날이 곧 오게 되길 기대하마.

내 아들 류우지. 사랑한다. 네가 내 아들이 아니라고 했던 그 순간에도 너를 사랑했다. 그리고 미안하구나. 너를 외롭게 했던 그 시간들에 대해 아버지가 눈물로 용서를 구하고 싶다.

　　　　　　　　　　　　　　　— 너를 사랑하는 아버지 요시로

류우지는 아버지의 편지를 읽고 또 읽었다. 그는 그렇게 도쿄 국립미술관의 그림처럼, 하코네 조각 공원의 석상처럼 미동도 하지 않은 채 하얀 종이에 공들여 적어 쓴 검은 글자를 하염없이 바라봤다.

그 편지는 한 여자를 뜨겁게 사랑했던 어떤 남자의 바보 같은 삶에 대한 처절한 고백이자, 자신이 놓친 것들에 대한 눈물 어린 반성문이었다. 가벼운 종이에 담기에 너무나 무거운 한 남자의 가슴 아픈 인생이 하얀 편지지 안에 강물처럼 흘러갔다.

류우지의 눈에서 비어져 나온 한 방울의 눈물이 하얀 편지지 위로 꽃잎처럼 떨어졌다. 그는 아버지의 편지를 가슴에 그러쥐어 모은 채 침대 위에 가만히 누웠다. 막힌 둑이 터진 것처럼 걷잡을 수 없는 눈물이 흘러나왔다.

류우지의 어깨가 들썩이는 것을 보고 잭슨이 훌쩍 침대 위로 뛰어올라 왔다. 영리한 강아지는 마치 위로해 주듯 류우지의 눈물을 핥아 주었다. 그렇게 몸의 수분이 다 빠져나갈 만큼의 눈물을 쏟아 낸 후 류우지는 심장에 박혀 있던 얼음 조각이 눈물에 녹아 사라진 듯한 기분을 느꼈다. 잭슨을 껴안아서 따뜻한 건지, 그의 몸속 어딘가에 불이 켜진 건지.

세나는 오랜 시간을 침묵으로 일관했다. 켄지를 보낸 상실감과 안타까움 사이에서 겨우 찾아낸 감정의 지대는 침묵만이 존재하는 공간인 듯 보였다. 류우지는 그녀의 선택을 존중했다.

류우지가 그녀의 오랜 침묵을 깨운 것은 방학이 끝나 갈 무렵이었다. 두 사람은 학교 정문을 지나 산시로연못을 향해 말없이 걸었다. 그는 산시로연못 표면에 일렁거리는 세나의 얼굴을 하염없이 바라봤다. 그녀는 어떤 감정을 품고 있는지 짐작조차 하기 힘들 만큼 깊어진 표정이었다.

먼저 입을 연 쪽은 류우지였다.

"방학이 끝났구나. 결코 잊을 수 없는 방학이었지? 너에게도. 나에게도."

"정말로 그래. 어느새 시간이 이렇게 흘러 버렸어."

"하기 힘든 말을 하려고 왔어. 네가 꼭 들어줬으면 해."

세나는 류우지의 말을 주의 깊게 듣기 위해 그를 향해 천천히 고개를 돌렸다.

"아버지가 많이 편찮으셔. 폐암 수술을 받으셔야 해. 여기가 아닌 미국에서."

"그렇구나."

"회복되실 때까지 엄마와 내가 함께 있어 드리기로 했어."

"그래야지. 당연히."

"함께 가자. 미국에 같이 가서 공부하자. 우리 대학과 자매결연 되어 있는 대학이 제법 있어. 학점 인정을 받고 그곳에서 졸업하자."

그녀는 빛나는 눈동자로 그의 얼굴을 응시했다.

"그럴 수 없어, 류우지. 나는 다시 이곳으로 돌아올 거야. 그리고 여기서 졸업하겠어. 내 인생에서 두 번씩이나 도망을 칠 수는 없으니까. 내 유학 생활을 이곳에서 마친 후 한국으로 돌아가고 싶어. 그게 내가 결정한 길이야."

세나는 차분한 목소리로 자신의 생각을 내비쳤다.

"나와 함께 가지 않겠다는 말은 하지 말아 줘. 제발……."

"우리의 미래가 걸린 일이야. 한번 차분하게 짚어 보자. 너는 아버지의 수술이 잘되도록 아버지 곁에 있어 드리는 게 맞아. 나는 내가 스스로 선택해서 온 여기 동경대에서 내 남은 학업을 마치고 당당하게 졸업하고 싶어. 류우지, 나를 믿어 줘야 해. 내 스스로 결정한 일에 근사한 마침표를 찍을 수 있도록 나를 도와줘."

세나는 사랑 때문에 자신의 인생 계획을 송두리째 뒤흔드는 선택을 하고 싶지 않았다.

"내가 너 없이 행복할 수 있을까?"

"아버지가 다시 건강을 회복하시도록 도와드려. 지금은 그게 더 중요해."

"이번에 미국으로 가면 언제 올지 기약할 수가 없어. 일본에서 너무 큰일을 겪었기 때문에 우리 가족에게는 관계를 회복할 시간이 필요하거든."

류우지는 어떤 말로도 그녀의 굳은 결심을 바꾸지 못할 것이라는 슬픈 깨달음이 다가오는 것을 느꼈다.

"류우지, 널 사랑해. 그 마음은 변하지 않을 거야. 관계를 회복해야 하는 가족은 나에게도 있어. 떨어져 있다고 해서 변할 마음이었다면 처음부터 널 사랑하지도 않았어. 스물두 살의 여름이 너무 아프게 지나갔지만 우리는 서로를 발견했잖아. 언제가 될지 모르지만, 우리가 운명이라면, 우리의 사랑이 진실했다면 꼭 다시 만나게 될 거야. 나는 그렇게 믿어."

류우지는 세나의 흔들리지 않는 눈빛을 말없이 바라봤다. 그녀는 결코 타협하지 않겠다는 결연한 표정이었다. 자신의 인생을 살겠다는 그녀를 되돌릴 수가 없었다.

여름의 끝을 알리는 서늘한 바람이 산시로연못 저편에서부터 불어 왔다. 도쿄의 여름은 씁쓰레한 차향을 남기며 끝나 가고 있었다.

출국을 하루 앞둔 요시로 회장은 그의 수행 비서로부터 워싱턴행 비행기의 출발과 도착 시간, 예약된 병원에서의 스케줄 등에 대한 보고를 듣고 난 후 서재로 류우지를 불렀다.

"류우지, 마츠다 사요코가 어디로 숨어들었는지 찾아냈다. 히로미와 켄지의 희생에 대해서 어떤 식으로든 죗값을 물어야 한다면……."

"아버지, 그러고 싶지 않아요. 복수는 앙금을 남기고 증오는 파멸을 불러올 뿐입니다. 이 죄악의 고리를 그만 끊고 싶어요. 어차피 마츠다의 인생은 완전히 끝났어요. 사토가의 사람들에게 들키지 않기 위해 자신의 이름을 숨긴 채 도망자 신세로 살아야 할 거예요. 평생을 죄인처럼."

"안 그래도 사토가의 가장 어르신이 그녀를 찾기 위해 혈안이 되었다는구나. 과연 언제까지 숨어 다닐 수 있을는지."

"그건 그녀가 오롯이 감당해야 할 인생이겠죠. 자신이 뿌린 대로 거두는 숨 막히는 인생. 아버지는 오로지 건강만 생각하세요. 그게 가장 급합니다."

다음 날, 시노하라 가족을 태운 비행기가 창공을 향해 날아올랐다.

류우지는 눈을 감고 세나의 얼굴을 떠올렸다. 숱한 추억이 그의 가슴을 뒤흔들었다. 그녀는 눈부셨고 그해 여름은 강렬했다.

치열했던 세 사람의 여름 방학이 끝난 후 학교로 돌아온 사람은 여왕님뿐이었다. 그해 가을, 세나는 사토 코이치 의원이 압도적인 지지를 받고 일본의 총리가 되는 것을 지켜봤다. 그즈음 시노하라 요시로 회장이 미국의 저명한 암센터에서 성공적으로 폐암 수술을 받고 회복기에 들어섰다는 신문 기사도 읽었다. 켄지의 실종은 사람들에게 점차 잊혔고 세상은 평온하게 흘러갔다. 마치 아무 일도 일어나지 않았던 것처럼.

4년 후, 대한민국 서울.

"김 사장님, 지난번에 들여온 저희 물건들이 안전하게 통관됐는지 확인부터 해 주세요."

— 그게 말입니다. 은세나 씨 정말 미안한데 아직 세관에서 허가가 안 떨어졌어요. 저희 쪽에서도 최선을 다했지만⋯⋯.

"또요? 김 사장님 회사에서 이번에도 한 건 하신 거예요? 저희도 납품 기한이 있단 말입니다. 갑자기 수입 단가가 올라가서 저희 클라이언트 불만도 이만저만이 아니라구요. 근데 납품 지연이라니. 저 지금 인천항으로 달려가요. 그런 줄 아세요."

세나는 통관 업무와 물품 보관을 대행하는 업체 사장에게 우다다다 할 말을 끝낸 후 외근 준비를 했다. 어깨선에서 찰랑이는 긴 단발머리에 발목에서 살짝 올라오는 사브리나 팬츠를 입은 그녀는 생기가 넘쳐흐르는 커리어우먼의 모습이었다.

"사장님, 저 물건 접수하러 현장으로 출동해요. 이번에도 어그러졌어요. 아직도 통관이 안 됐답니다."

은회색 실크 블라우스를 입은 40대 여사장은 커피 잔을 든 채로 눈을 똥그랗게 떴다.

"진짜야? 은세나 빨리 뛰어 나가! 그 물건 통관 안 되면 우리 모두 저세상 가는 거라고!"

"사장님, 이럴 때마다 완전히 속은 기분이라구요. 일본 생활용품을 수입하는 탄탄한 회사라고 해서 들어왔더니만 하는 일은 전부 노가다예요. 어떻게 된 게. 하하하…….."

"우리 회사 정도면 최고의 대우를 해 주는 훌륭한 무역 회사지 무슨 소리야. 니가 가져가는 월급이 얼만데. 어서 가서 물건 땡겨 오라고. 김 사장하고는 이번에야말로 굿바이 해야지 안 되겠다."

"잘도 굿바이 하겠습니다. 10년 우정 운운하면서 일거리를 밀어주는 게 누군데 말입니까? 저 현장에서 바로 퇴근이니까 그런 줄 아세요."

세나는 빠른 걸음으로 사무실을 나왔다. 한여름의 맹렬한 태양이 거리를 집어 삼킬 듯한 기세로 타오르고 있었다. 그녀는 회사 앞 커피 숍에서 아이스아메리카노를 테이크아웃한 뒤 주차장을 향해 빠르게 걸어갔다.

차에 시동을 걸려는 순간 그녀의 핸드폰이 울렸다.

"엄마, 왜? 나 지금 바쁜데."

— 늘 바쁘대. 오늘이 무슨 날인지는 알고?

"무슨 날?"

— 이럴 줄 알았다. 니 생일이잖아. 오피스텔에 엄마가 미역국 끓여 놨으니까 퇴근하고 꼭 챙겨 먹어.

"알겠어요. 언제 퇴근할지는 모르지만 꼭 챙겨 먹을게. 하하…….."

— 세나야, 너무 일만 하면 몸 상해. 사 먹는 밥만 먹지 말고 엄마가 가져다준 밑반찬에 밥만 해서 먹어. 알겠니?

"오늘은 잔소리가 특히나 더 심하시네. 알았어요. 바빠서 이만 끊을게."

세나는 전화를 끊고 핸드폰 액정에서 깜박이고 있는 달력을 쳐다봤다. 오늘이 내 생일이었구나. 잊고 있었어. 정말로 까맣게 잊고 있었는데…….

세나는 한강 고수부지로 차를 몰았다. 자줏빛 석양이 강가를 물들이고 있었다. 시원한 강바람을 맞기 위해 삼삼오오 무리를 지어 나온 사람들이 한강 둔치를 점령하기 시작했다. 그녀는 사람들 사이를 말 없이 걸었다.

그렇게 얼마를 걸었을까. 너무나 낯익은 뒷모습이 저 멀리서 그녀의 시선을 단번에 사로잡았다. 수많은 사람들이 물결처럼 몰려다니는 틈 사이로 그녀는 정신없이 달리고 또 달렸다. 잡힐 것 같았던 남자의 뒷모습이 인파 사이로 이내 사라졌다.

세나는 그 자리에서 천천히 원을 그리며 회전했다. 풀 한 포기도 놓치지 않으려는 듯 주위를 샅샅이 둘러봤지만 남자의 모습은 보이지 않았다.

'내가 잘못 봤을 거야. 그럴 리가 없잖아. 설마 류우지가……. 류우지가…….'

바지 주머니에 있던 핸드폰이 문자를 수신했다고 움찔거렸다. 그녀는 문자를 확인했다.

[생일 축하해, 여왕님. ― 규슈의 태양]

세나는 핸드폰을 손에 쥔 채 강으로 서서히 내려앉는 태양을 바라봤다. 그녀는 두 눈을 감고 심호흡을 했다. 강에서 불어오는 서늘한 바람이 그녀의 두 빰을 스치고 지나갔다. 후들거리는 두 다리에 힘을 준 채 천천히 뒤를 돌아봤다.

사람들 사이로 근사한 피사체가 그녀를 향해 웃고 있었다. 두 사람은 자신들 사이에 분명히 존재했었던 4년이라는 시간을 흘러가는 강물 위로 조용히 띄워 보낸 채 가고시마에서 보냈던 그해 여름으로 달려가고 있었다.

기리시마 온천 호텔, 하늘과 가까운 방, 타카치호 목장, 류우지의 언덕, 후루사토 료칸, 유령사 그리고 구마 강에서의 첫 키스. 세나는 가슴 가득 넘쳐흐르는 추억을 떠올리며 조용히 눈물을 흘렸다.

그때 어마어마한 속도로 무엇인가가 그녀에게로 달려왔다. 블랙잭! 블랙잭이었다. 블랙잭은 오랜만에 봐서 정말 기쁘다는 듯이 그녀의 품 안으로 단번에 뛰어들었다.

"오. 잭슨이구나! 잭슨이 이렇게 컸어. 세상에 블랙잭이랑 덩치도 똑같네."

세나는 블랙잭과 거의 흡사한 외모를 한 잭슨을 꼭 끌어안았다. 잭슨이 꼬리를 치며 그녀의 얼굴을 반갑게 핥았다.

류우지가 그녀를 향해 천천히 걸어왔다. 잭슨을 쓰다듬으며 울고 있는 그녀를 일으켜 세워 자신의 품 안에 꼭 끌어안았다.

"안녕, 나의 여왕님."

"류우지, 왜 이제 온 거야?"

세나의 목소리에 원망이 섞여 있었다.

"늘 지켜봤다고 하면 믿어 줄래? 멀리서 너를 지켜봤어. 근사한 직장인으로 성장해 가는 너를."

"거짓말."

"이제 네가 관광을 시켜 줄 차례야. 내가 그해 여름 가고시마에서 최선을 다했다는 것만 잊지 마."

류우지는 마치 꿈을 꾸고 있는 것 같은 얼굴로 그녀를 바라봤다.

"이 사기꾼 아저씨. 변한 게 하나도 없네. 난 가이드도 아니고 너처럼 호텔 따위를 갖고 있지도 않아."

"자, 맨 처음 코스는? 어디서부터 시작할까?"

류우지의 목소리가 경쾌한 음악처럼 들렸다.

"넌 정말 제멋대로야. 갑자기 나타나서는."

"함께 가자. 가고시마로."

장난기를 싹 거둔 진지한 얼굴을 한 류우지를 세나는 말없이 바라봤다.

"너랑 다시는 헤어지지 않을 거라고 했잖아. 여왕님의 휴가는 여기까지. 잭슨과 둘이서 여왕님을 기다리는 것도 지쳤네요. 가자. 타카치호 목장으로, 류우지의 언덕으로, 기리시마 온천 호텔로, 유령사 스즈키상에게로."

"그럼, 규슈의 태양을 만나러 가 볼까요? 사랑하는 류우지와 잭슨과 함께."

류우지의 얼굴이 천천히 내려왔다. 그의 따뜻한 키스는 4년 전 황금빛 노을에 둘러싸여 있던 구마강의 나룻배 위로 그녀를 단번에 데리고 갔다.

대지를 뜨겁게 달궜던 해가 지고 가로등에 하나둘 불이 켜졌다. 세나는 바람결에 실려 오는 매캐한 숯 냄새를 맡았다. 무른 흙에서 올라오는 촉촉한 자연의 향기가 그녀의 싱그러운 영혼을 가득 채웠다.

세나는 류우지의 손을 잡고 한강을 따라 길게 이어진 산책로를 향해 꿈을 꾸듯 걸어갔다. 시원한 강바람이 그들의 얼굴을 부드럽게 어루만지며 지나갔다. 두 사람은 레인보우 브릿지의 불빛처럼 숱한 사연을 품고 있는 다양한 인생들 사이로 천천히 사라져 갔다.

— The end

아이의 겨드랑이 살처럼 무른 길은 마냥 꽃길이었다. 구김 하나 없는 흰색 와이셔츠를 입은 사내가 백작약이 가득 핀 길 위에서 잠시 숨을 골랐다. 하얀 가제 수건을 얼기설기 엮어 놓은 것 같은 작약 꽃잎이 오월의 훈훈한 바람 속에서 가늘게 흔들렸다. 남자는 그 바람결에 청량한 기운을 느껴 보려는 듯 고개를 천천히 돌렸다.

야생화가 핀 산길은 내려가려면 아직도 반이 더 남아 있었다. 빠른 하산에는 애초부터 관심이 없는 듯 그의 발걸음은 나른한 볕을 피해 그늘을 찾아다니는 풀벌레의 움직임처럼 더디기만 했다.

백작약 길이 끝나자 이번에는 진분홍색 철쭉길이 펼쳐졌다. 깊은 산속에서 색색의 옷을 갈아입으며 그들만의 축제가 한창인 듯 보였다. 그는 약간 들뜬 마음으로 황홀한 빛깔의 세상을 향해 걸어갔다.

"잠시만요. 저 좀 도와주실래요?"

침입자는 그 말고도 또 있었다. 그는 어디서 들려오는 사람의 목소릴까 싶어서 주변을 둘러봤다. 사람은 보이지 않았고 사방은 다시 조용해졌다.

"급해요. 얼른 와서 도와주세요."

소리가 난 곳은 철쭉나무가 저들끼리 덩어리져 있는 커다란 바위 아래였다. 단발머리를 한 소녀가 무릎을 꿇고 무언가를 들여다보고 있었다.

그는 소녀를 향해 천천히 걸어갔다. 데님 소재의 반바지에 고동색 면 티셔츠를 입은 소녀는 등을 한껏 구부린 채 무언가를 소중하게 떠받치고 있었다. 그녀의 얼굴은 보이지 않았다.

"무슨 일이시죠? 어디 다치셨나요?"

"여기 벌 한 마리 보이시죠? 철쭉이 내뱉은 진액에 이 녀석의 두 날개가 달라붙었어요. 간신히 한쪽 날개를 떼어 냈는데 다른 한쪽은 절대 떨어지지 않네요. 도와주세요."

오월의 철쭉이 내뿜는 끈적끈적한 진액이 꿀을 따러 온 벌 한 마리를 잔인하게 가둔 모양이었다. 벌은 그 상태로 며칠을 견딘 듯 간간이 사지를 파르르 떨 뿐이었다.

"제가 어떻게 하면 되죠?"

"일단 벌이 바닥에 떨어지지 않도록 이 나뭇잎으로 녀석을 받치고 있어요."

소녀는 자신이 받치고 있던 나뭇잎 밑으로 재빨리 그의 손을 가져갔다. 두 사람은 철쭉나무 아래에 무릎을 꿇고 들어가 벌 한 마리를 살려 내기 위한 합동 작전을 펼치기 시작했다.

"힘을 줘서 무리하게 떼어 내면 날개가 찢어지고 말 겁니다. 살살 다뤄야 해요."

남자는 소녀를 못 믿겠다는 듯이 한쪽 눈썹을 찡그리며 말했다.

"걱정 말아요. 나한테도 생각이 있으니까."

소녀는 자신의 침을 조금씩 발라 가며 꽃가지에 납작하게 붙어 버린 벌의 날개를 떼어 내기 시작했다. 거의 30분이 넘게 그녀는 벌의 날개를 떼어 내는 일에 몰두했다.

그렇게 수고로운 시간이 흐른 후, 절대로 떨어지지 않을 것 같았던 연약한 날개가 드디어 온전한 상태로 자유를 찾았다. 그녀는 지쳐 있는 벌을 나뭇잎에 소중하게 눕힌 채 무릎으로 빛을 향해 기어 나갔다.

그는 밝은 태양빛 아래에서 처음으로 소녀의 얼굴을 확인했다. 어두운 꽃그늘 속에서는 짧은 단발머리를 한 고등학생처럼 보였는데 밝은 데서 보니 속눈썹이 기다랗고 눈망울이 큼직한 아가씨였다.

그는 쨍쨍 내리쬐는 볕 아래 무릎을 꿇고 있는 그녀에게로 다가갔다. 화장기 없는 하얀 볼과 얼굴에 짙은 음영을 만들고 있는 기다란 속눈썹이 마치 인형 같았다.

"다 끝난 게 아닌가요?"

"끝나다니요. 이 녀석의 날개를 말려 줘야죠. 이대로 놔줬다가는 개미들이 새까맣게 달려들 거예요. 건강한 날개로 날아가도록 끝까지 도와줘야 해요."

단발머리의 그녀는 자신의 긴 목이 태양빛에 빨개지는 것도 모른 채 벌의 날개를 말려 주기 위해 그 상태로 꼼짝도 하지 않았다. 그는 하루에도 수많은 생명이 소멸하는 것을 담담히 바라봐야 하는 자신의 일상을 떠올렸다. 벌 한 마리의 생명을 구하기 위해 고군분투하는 그녀에게 묘한 호기심이 일었다.

그는 자신의 두 손을 펴서 그녀의 얼굴 위로 쏟아지는 볕을 막아 주었다. 단발머리는 약간 멋쩍다는 듯이 희미하게 웃었다.

그렇게 얼마의 시간이 흘렀을까. 날개가 완전히 마른 듯 벌이 몸을 부르르 떨며 날갯짓을 하기 시작했다. 그리고 교토의 하늘을 향해 날아가 버렸다. 순식간에 일어난 일이었다.

그녀는 벌이 사라진 빈 하늘을 향해 환하게 웃었다. 가여운 벌 한 마리를 구하기 위해 오랜 시간 분투했던 그녀의 볼을 타고 한 줄기 땀방울이 흘러내렸다. 그 땀방울에 담긴 그녀의 고아한 성품과 긴 속눈썹이 선사하는 매력적인 음영이 한데 섞여서 그의 마음을 어지럽혔다.

그는 아직도 땅바닥에 무릎을 꿇고 있는 그녀를 향해 손을 내밀었다. 아주 잠깐이었지만 난처한 기색이 그녀의 하얀 얼굴 위에 머물다 갔다. 단발머리는 입술을 지그시 깨물며 그가 내민 손을 잡고 일어섰다. 청반바지를 입은 그녀의 하얀 무릎에 우둘투둘한 자국이 선명하게 새겨져 있었다. 그는 그녀의 무릎에 붙은 흙먼지를 털어 주고 싶은 마음을 간신히 눌렀다.

"도와주셔서 감사해요. 그럼 먼저 내려가세요."

그녀는 왼쪽 다리를 살짝 꺾은 채 그 자리에 비석처럼 서 있었다. 그는 먼저 내려가라는 그녀의 인사말에 한쪽 가슴이 매캐해지는 섭섭함을 느꼈다. 그는 남자답게 용기를 내서 말을 건넸다.

"내려가시는 길이 아니었나요? 같이 내려가시죠?"

"아……. 저는……. 그러니까……. 피해를 끼치고 싶지 않아서요. 하하……."

"피해라고요? 숙녀분을 동행하는 게 피해가 될 것 같지는 않은데요?"

그녀는 머뭇거리며 불편한 발걸음을 떼었다. 그녀의 왼쪽 발바닥은 하늘을 향해 꺾여 있었다. 그는 오른쪽보다 반 뼘 정도 짧은 그녀의 왼쪽 다리를 주시했다. 그녀는 절뚝거리며 그를 향해 걸어왔다.

"실은 한쪽 다리가 불편해요. 저는 다른 사람보다 이 산을 내려가는 데 많은 시간이 필요하답니다."

"제가 다리를 한번 봐도 될까요?"

그는 커다란 돌 위에 그녀를 앉히며 말했다.

"제 다리를요? 왜요?"

"의사니까요. 소개가 늦었네요. 저는 도쿄 중앙병원의 마쓰자카라고 합니다."

그는 조심스럽게 그녀의 양말을 벗긴 후 틀어져 있는 발을 유심히 살펴보았다.

"발은 언제부터 이런 상태였죠? 사고였나요?"

"두 살 때였어요. 큰언니가 저를 업은 채 그대로 바닥에 앉아 버렸죠. 그때 발바닥 뼈가 뒤틀렸는데 언니가 어른들한테 혼날까 봐 말을 하지 않았대요."

"큰 병원에서 진찰을 받은 적은 있었나요?"

"열 살 무렵에 한 번요. 큰 병원은 아니고 동네 병원에 갔었는데 이미 뼈가 굳어져서 정상으로 돌아오기는 힘들다고 했었어요."

"그게 몇 년 전의 일이었죠?"

"제가 지금 스물다섯이니까 15년 전의 일이네요."

마쓰자카 료스케는 싱긋 웃었다.

"15년 동안 의학 기술이 눈부시게 발전했다는 것을 알려 주고 싶군요."

"무슨 말씀이신지……."

"수술을 하고 재활 치료를 꾸준히 받으면 이 정도의 뒤틀림은 고칠 수 있는 세상에 살고 있다는 이야기를 하고 있는 겁니다. 어쩌면 정상적인 보행이 가능할 것 같은데요."

"정말요? 이렇게 뒤틀린 발인데 치료가 가능하다고요?"

"정확한 건 검사를 받아 봐야 알겠지만 뒤틀린 채로도 뼈 조직이 정상적으로 성장했어요. 매우 희망적이라는 말이죠. 더 일찍 큰 병원에 가서 검사를 한번 받아 보지 그랬어요?"

"그럴 여유가 없었어요. 제 밑으로도 동생이 줄줄이라 부모님이 저한테까지 신경 쓰실 여력이 없으셨죠."

마쓰자카는 그녀의 발에 양말을 신겨 준 뒤 자신도 그녀 옆에 앉았다. 은청색 하늘에는 커다란 양털구름이 무리를 지어서 떠다니고 있었다. 아까보다 한결 선선해진 바람 사이로 백작약 내음이 스며들어왔다. 마쓰자카는 그녀 곁에서 마음의 빗장이 풀어지는 것을 느꼈다.

"저는 타카키라고 해요. 도쿄분이 교토에는 어쩐 일로 오셨죠?"

그는 잠시 생각에 잠겼다. 세월이 흘렀건만 사토 켄지를 향한 그리움의 자리는 점점 더 깊어만 갔다.

"홀로 떠난 친구가 그리워서요. 교토의 하늘 아래 어딘가에서 꼭 그를 만날 수 있을 것만 같거든요."

"그 친구분, 다시는 만날 수 없는 곳으로 가셨나요?"

마쓰자카는 쓸쓸하게 웃으며 고개를 끄덕였다.

"그 친구는 어디론가 훌쩍 가 버렸어요. 그런데 마음이 울적하거나 알 수 없는 기쁨으로 벅차오르거나, 기쁠 때에도 슬플 때에도 늘 그 친구가 떠올라요. 그 녀석이 그렇게 사랑하던 교토의 산과 들을 정처 없이 거닐면서 마음의 위로를 받죠. 그리움은 이렇게 마르지 않는데 세월은 무심히 흘러가네요. 벌써 4년이나."

그는 순순히 내뱉은 자신의 속엣말에 스스로 놀랐다. 미도리는 알 듯 모를 듯 한 표정으로 마쓰자카를 바라봤다.

"그렇군요. 그 친구분은 행복한 사람이네요. 이렇게 그리워해 주는 친구가 있으니까요. 누군가에게 깊은 존재감을 남긴 인생을 살았으니 그분은 분명 아름다운 분이었겠군요. 어떤 책에서 읽었는데 신은 가장 아름다운 존재를 가장 찬란한 순간에 거둬 가신대요. 남은 자들에게는 너무 큰 슬픔이지만 신의 입장에서 보면 가장 절실한 구원일 수도 있지 않을까요?"

"절실한 구원이라고요……."

마쓰자카는 시를 되뇌이듯 그녀의 말을 천천히 따라 했다.

"생명은 다 쓰임새가 있기 때문에 이 세상에 보내진 거라고 믿어요. 날아다니는 벌이라 할지라도. 세상과의 이별을 통해 신이 친구분에게 기대했던 큰 뜻을 이뤘을지도 모르잖아요. 그 모습이 너무 애처로워서 편안히 쉬라고 좋은 곳으로 부름을 받았다고 믿으세요. 소중한 친구가 자신을 그리워하며 산과 들을 헤매고 있다면 그분도 가슴 아파하지 않을까요?"

미도리는 자연과 우주의 어떤 거대한 이치를 통달한 사람처럼 깊이 있는 이야기를 조근조근 들려주었다.

"편안히 안식하라고 신의 부름을 받은 것이라면……. 정말로 그랬으면 좋겠네요."

"마쓰자카상은 세상의 슬픔을 다 짊어지고 가는 사람처럼 너무 쓸쓸해 보여요."

"맞아요. 난 오랜 세월 동안 어떻게 살아야 할지 모르는 얼굴로 살았으니까요. 내 인생에서 너무나 특별한 사람을 둘씩이나 잃었거든요."

양털구름을 바라보는 마쓰자카의 얼굴에 쓸쓸함이 한가득 묻어 나왔다.

"전 이렇게 뒤틀린 발로 이곳저곳을 돌아다니며 여행기를 쓴답니다. 회사 사보나 관공서 홍보물에 여행칼럼을 쓰는 일을 하죠. 아직 경력이 모자라기 때문에 고료는 가장 낮은 등급인 C등급을 받지만 전 이 발로도 할 수 있는 일이 무궁무진하다는 것을 사람들에게 보여 주고 싶은걸요. 어쩌면 그게 저를 세상에 보낸 신의 뜻일지도 모르니까요. 하하……."

미도리의 웃음은 어린아이 같이 맑고 청아했다.

"왜 나는 이렇게 불편한 몸일까 누군가를 원망했던 적은 없었나요?"

"아주 어렸을 때에는 절 이렇게 만든 큰언니를 원망했었죠. 하지만 언니는 자신의 실수 때문에 평생 마음의 짐을 안고 살아가는걸요. 미안해하는 그 모습이 더 안쓰러워요."

그녀는 세상과 화해하고 사람을 사랑하는 법을 완벽하게 터득한 사람 같았다.

"전 몸이 불편한 대신 천천히 사물을 보는 법을 익혔답니다. 사람들은 아름답게 핀 꽃들은 바라보지만 꽃가지 속에 갇혀 있는 불쌍한 벌은 지나쳐 버려요. 정상적인 보폭으로는 도저히 그런 것들까지 들여다볼 여유가 없으니까요. 하지만 남들보다 반 뼘 짧은 다리를 가진 저는 천천히 걸으며 남들이 보지 못한 것까지 볼 수 있게 되었는걸요. 남들이 지나치는 것을 본다는 것은 감사해야 할 일이죠."

마쓰자카는 요 몇 년간 자신이 들었던 그 어떤 강의보다도 깊은 울림이 있는 시간을 지금 맞닥뜨리고 있다고 생각했다.

"신께서 당신에게 주신 것이 하나 더 있네요. 누군가를 위로하고 용기를 북돋워 주는 각별한 능력을 선사하셨군요."

"제가 뭐라고 당신의 공허한 마음을 위로할 수 있겠어요. 단지 우리 모두에게는 크든 작든 슬픔의 구멍이 있다는 것을 인정할 수밖에요. 그 슬픔의 구멍은 스스로는 메울 수 없고 누군가의 따뜻한 위로를 통해서만 메워지는 것 같아요. 저도 누군가의 구멍을 메워 주는 게 살아가는 이치겠죠. 그러니 부디 힘을 내요. 슬픔에 잠겨 이런 산길을 걷지 말아요. 당신에게 주어진 인생은 교토의 백작약 꽃길보다 근사해보이고, 당신이 살아갈 인생의 행로는 슬픔의 진흙길이 아니라 생명을 살리기 위한 고귀한 걸음으로 채워질 거라 믿어요."

마쓰자카 료스케는 그녀를 향해 고개를 돌렸다. 검은색 단발머리에 둘러싸인 하얀 얼굴은 아이처럼 순수해 보였고 또렷한 눈망울은 생에 대한 열정으로 빛나고 있었다.

"아직도 절반이나 남아 있는 이 산길을 같이 내려가자고 하면 또 거절하실 건가요?"

"네. 피해를 끼치고 싶지 않아요."

미도리는 밝은 얼굴로 거절의 의사를 밝혔다.

"지금부터 제가 같이 내려가야 할 합당한 이유를 제시하겠습니다. 들어 보실래요?"

"좋아요. 한번 들어 보죠."

그녀의 얼굴이 호기심으로 반짝였다.

"몸이 불편한 아가씨를 그냥 지나칠 수 없는 의로운 시민의 한 사람으로서 내려가자고 한다면요?"

"정중히 사양하겠습니다. 그런 동정은 받고 싶지 않네요."

그녀는 살며시 고개를 가로 저었다.

"정형외과 의사로서 환자의 안전한 보행을 돕고 싶은 마음이라면요?"

"역시 사양하겠습니다. 올라올 때도 의사의 도움 따위는 필요하지 않았죠."

마쓰자카는 그녀의 눈을 정면으로 응시한 다음 천천히 다음 말을 이었다.

"아름다운 아가씨와 동행하고 싶은 젊은 남자의 호감이라면 어떻게 하시겠어요?"

미도리는 귀 뒤로 머리를 넘기며 쑥스럽게 웃었다. 그녀의 검은 눈망울이 초롱초롱하게 빛났다.

"그런 이유라면 사양하지 않겠습니다."

마쓰자카는 환하게 웃으며 자신의 손을 내밀었다. 그는 그녀의 왼쪽에 서서 불편한 왼다리를 부축하며 자신의 손에 가볍게 들어오는 그녀의 가는 팔목을 조심스럽게 잡았다.

평지가 끝나자 가파른 비탈길이 고개를 내밀었다. 그는 할 수 없다는 듯 그녀에게 자신의 등을 돌렸다.

"나한테 업혀요."

"그냥 내려가면 안 될까요?"

"이 편이 더 수월할 것 같은데요. 업히세요."

미도리는 잠시 갈등하다가 마쓰자카의 등에 업혔다. 갑자기 밀착된 거리 때문에 그의 마음에 아찔한 파문이 일었다. 두 사람은 비탈길을 내려오는 내내 아무 말도 하지 않았다.

잠시간의 침묵 후 먼저 입을 연 쪽은 마쓰자카였다.

"내 이름은 료스케예요. 이름을 물어봐도 될까요?"

"미도리."

"미도리. 예쁜 이름이네요."

그들은 비탈길이 끝나는 지점에서 맑은 계곡물을 만났다. 자연 그대로의 울퉁불퉁한 돌다리가 폭이 좁은 계곡의 이편과 저편을 연결해 주고 있었다.

"여기서 내려 주세요. 직접 건너고 싶어요."

"정말요? 건널 수 있겠어요?"

"물론이죠. 이 계곡은 그리 깊지 않아요."

마쓰자카는 물기를 가득 머금고 있는 촉촉한 흙 위로 그녀를 조심스럽게 내려 줬다. 미도리는 운동화를 벗고 계곡물 안으로 천천히 걸어 들어갔다. 마쓰자카가 돌다리 위로 급하게 올라갔다.

"조심해요. 넘어지면 다쳐요."

"마쓰자카상, 제 손을 잡아 주세요."

그는 돌다리 위로 그녀를 끌어 올리려고 손을 내밀었다. 그 순간 그녀가 힘을 주어서 그를 물 안으로 끌어들였다. 마쓰자카는 구두를 신은 채 계곡 안으로 빠지고 말았다.

그는 넘어지지 않기 위해서 몇 번을 허우적대다가 간신히 균형을 잡았다. 미도리가 장난기 가득한 표정으로 웃고 있었다.

"생각보다 빈틈이 많으시네요."

마쓰자카는 그녀를 향해 재빨리 다가갔다.

"이런 장난이라면 언제든지 환영입니다."

그는 미도리를 번쩍 안아 들었다. 그녀가 미처 반항할 틈도 주지 않고 차가운 계곡물에 그대로 눕혀 버렸다. 머리에서부터 발끝까지 흠뻑 젖은 미도리는 기가 막힌다는 표정으로 그를 노려본 뒤 저편 계곡을 향해 절뚝거리며 걸어갔다. 마쓰자카는 갑자기 미안해져서 황급히 그녀를 쫓아갔다.

"화났어요? 장난이 지나쳤다면 미안해요. 어디 불편한 건 아니죠?"

미도리는 돌아보지 않고 계속 걸어갔다. 당황한 마쓰자카가 그녀의 팔목을 잡고 자신 쪽으로 몸을 돌려세우자 그녀가 그를 향해 몸을 날렸다.

"내가 여기서 포기할 줄 알았죠? 마쓰자카상도 물에 빠져야 공평하다고요. 하하……."

마쓰자카는 그녀의 갑작스러운 육탄공격에 잠시 균형을 잃고 휘청거리다가 이내 두 발로 중심을 되잡았다. 그녀는 그의 목을 끌어안고 어떻게든 물에 빠뜨리려고 안간힘을 썼다. 마쓰자카는 그녀가 혹시라도 다칠까 봐 그녀의 허리를 단단히 붙잡고 있었다.

그녀의 노력에도 불구하고 그는 꼼짝도 하지 않았고 물에 젖은 두 사람의 몸은 너무나 가깝게 밀착되어 있었다. 순간 두 사람 사이에 어색한 침묵이 흘렀다.

미도리는 그의 목에 감은 팔을 풀고 그에게서 벗어나기 위해 그의 가슴을 밀었다. 그는 꼼짝도 하지 않고 그녀의 젖은 속눈썹을 응시하며 기다란 속눈썹 사이사이에 물방울이 보석처럼 반짝이고 있는 모습을 황홀하게 지켜봤다. 그녀의 허리를 감싸 쥐고 있던 그의 팔에 점점 힘이 들어갔다.

"다리가 좀 불편해요. 마쓰자카상."

그는 그녀를 안고 징검다리를 향해 걸어갔다. 가장 평평하고 널찍한 돌 위에 그녀를 조심스럽게 내려놨다. 그가 허리를 숙여서 그녀가 앉은 돌을 두 손으로 짚자 그의 두 팔 사이에 그녀는 갇혀 버렸다.

"료스케라고 불러요. 그게 내 이름입니다."

그의 눈빛이 한없이 진지해졌다. 두 눈에는 어떤 종류의 결연함마저 흘렀다. 미도리는 그의 뜨거운 시선을 피하지 않고 잘생긴 이마와 남자다운 턱을 똑바로 쳐다봤다.

"저한테 왜 이렇게 잘해 주시죠? 료스케상은 바람둥인가요?"

"아니요. 난 지금까지 누구하고도 키스조차 하지 않았어요."

"거짓말. 당신같이 잘생긴 사람이 그런 말을 하면 누가 믿겠어요."

"신께 맹세할 수 있어요. 당신이 안 믿어도 그건 진실이에요."

그의 입술이 그녀를 향해 내려왔다. 숲을 향해 날아가는 찌르레기의 쏘는 듯한 울음소리가 그녀의 고막으로 날카롭게 파고들어 왔다. 새소리에 놀란 미도리의 가느다란 어깨뼈가 위로 솟아올랐다. 마쓰자카는 두 손으로 미도리의 귀를 막고 그녀에게 키스했다.

그는 정중함 속에서 진심을 담은 키스를 그녀에게 보냈다. 그의 뜨거운 입술이 물러간 후 미도리는 멍한 눈빛으로 그를 바라봤다.

"이 산을 내려가면 나와 같이 가요. 도쿄로."

마쓰자카는 방금 전의 황홀한 키스로 인해 살짝 상기된 얼굴로 자신의 진심을 전했다.

"왜요?"

"내가 당신 발을 수술해 줄게요."

미도리는 믿을 수 없다는 눈빛으로 그를 바라봤다.

"똑바로 걸을 수 있게 만들어 줄게요. 발이 정상으로 돌아온다고 해도 당신이 지금까지 그래 왔던 것처럼 남들이 지나치는 것들을 바라보며 천천히 걸어요. 내가 곁에서 보폭을 맞춰 줄게요."

"왜 그런 말을 하는 거죠? 나에게 왜……."

"남들이 미처 보지 못하는 벌의 고통을 당신과 함께 보고 싶으니까요. 더 이상은 슬픈 얼굴로 이 산 저 산을 헤매고 싶지 않으니까요. 이제 어떤 얼굴을 하고 살아가야 할지 당신이 답을 주었으니 나와 함께 가요, 미도리."

마쓰자카는 그녀를 향해 자신의 손을 내밀었다. 교토의 오월 볕은 뜨거웠고 바람은 삶은 고기에서 흘러나오는 김처럼 훈훈했다.

타카키 미도리는 오늘 처음 만난 마쓰자카 료스케가 자신을 향해 내민 손을 잡았다.

"내 발을 고쳐 주세요. 발이 정상으로 돌아온다 해도 지금까지 그래 왔던 것처럼 난 느리게 걸을 거예요. 당신이 어떤 남자인지는 뒤집힌 발로 세상을 향해 걸었던 것처럼 천천히 판단할래요."

옆자리에 미도리를 태운 마쓰자카는 도쿄 중앙병원을 향해 힘차게 액셀을 밟았다. 차는 어느덧 기다란 숲 그림자를 빠져나왔다.

교토의 중심가를 벗어나려는 그 길 끝에서 마쓰자카 료스케는 기다란 낚싯대를 손에 들고 천천히 걸어가는 남자의 뒷모습을 보았다. 남자는 기다란 낚싯대를 마치 펜싱 칼을 쥐고 가듯 걸어갔다. 마치 펜싱 칼을 쥐고 가듯. 펜싱 칼!

료스케는 브레이크를 밟았다. 그의 눈에서 뜨거운 눈물이 흘러내리고 있었다.

그가 목이 메어 쉬어 버린 목소리로 미도리에게 속삭였다.

"내가 방금 오래전에 잃어버렸던 그 소중한 친구를 다시 만난 것 같아요. 잠시만 기다려요."

찬란한 햇빛이 푸르른 나뭇잎에 골고루 뿌려지고 있는 오월의 어느 화창한 오후였다. 차에서 내린 료스케는 터져 나오는 울음을 막기 위해 오른손으로 입을 가린 채 남자의 뒤를 따라갔다. 어린 시절부터 익숙하게 보아 온 남자의 뒷모습이 마치 닿을 듯 그의 눈앞에 다가왔다.

료스케가 떨리는 소리로 그를 향해 외쳤다.

"알트!(펜싱 용어: 정지)"

기다란 낚싯대를 마치 펜싱 칼을 쥐듯 들고 가던 남자가 그의 목소리를 듣자 그대로 멈춰 섰다. 남자는 천천히 자신의 몸을 돌려서 료스케를 바라봤다.

준수한 이마, 곧게 뻗은 눈썹, 영리한 눈빛의 사토 켄지가 교토의 햇살 속에 자신의 모습을 드러냈다. 료스케는 더 이상 울음을 참지 않았다. 그는 한달음에 달려가 자신의 소중한 친구를 두 팔 가득 안았다.

"교토의 지성. 나는 니가 교토에 있을 줄 알았다. 보고 싶었어. 정말로 보고 싶었다."

켄지는 들고 있던 낚싯대를 떨어뜨렸다. 그리고 곧바로 팔을 뻗어 료스케를 꼭 끌어안고 그의 등을 두드려 주었다.

"미안하다 료스케. 너한테만은 연락을 했어야 했는데. 쇼헤이 원장님한테 등짝을 맞으며 끌려올까 봐 무서워서 못 했어. 하하하······."

켄지의 웃음이 싱그럽게 터져 나왔다.

"나쁜 자식. 넌 진짜 나쁜 놈이야."

마쓰자카는 눈물을 훔치며 켄지의 가슴을 주먹으로 쳤다.

"여왕님은. 우리 여왕님은 잘 지내?"

"잘 지내지. 한국에서."

"그래? 세나는 한국으로 갔구나."

켄지의 얼굴에 그리움이 담겼다.

"언제 한번 가자, 한국으로. 널 보면 진짜. 진짜로······."

"진짜로 뭐?"

"세나가 정말 세게 때릴 거야. 한 대 맞고 이번엔 진짜로 죽을지도 몰라. 하하······."

나무 그늘을 향해 힘차게 날아올랐던 찌르레기의 뾰족한 울음소리가 먼 산기슭에서 아스라이 들려왔다.

작가 후기

언제부터였다고 딱 잘라 말하기는 어렵습니다. 이야기들이 자꾸 머릿속에서 떠올라 뭔가를 쓰지 않고는 배길 수 없는 나날들의 시작점을요. 빨강머리 앤처럼 공상 속에 빠져 살던 어린 시절을 보내고 어쩌면 이야기꾼으로 살 수도 있겠다는 생각을 했습니다.

〈가고시마의 연인들〉은 일본 규슈 지역을 횡단하는 여행을 하면서 불현듯 떠올랐던 스토리를 뭔가에 끌리듯 써 내려가며 시작됐습니다. 청춘들의 만남에는 다양한 빛깔의 설렘을 동반하죠. 국적도 다르고, 처한 환경도 다른 20대 초반의 눈부신 청춘들이 서로에 대한 강한 이끌림과 사랑의 힘으로 온갖 어려움을 극복해 나가는 이야기를 쓰고 싶었습니다.

돌이켜 보면 시작은 단순했지만 과정은 결코 순탄하지 않았습니다. 은세나와 시노하라 류우지, 사토 켄지의 감정에 지독하게 몰입해서 작품의 결말 부분에 이르러서는 한 줄 한 줄 써 내려가는 게 고통스럽기까지 했습니다. 2009년도에 시작한 글을 2018년도에 마치게 되었네요. 너무나 오랜 시간을 기다려 준 독자님들께 진심으로 감사하고 또 감사합니다. 제 글이 누군가에게는 위로가 되고, 누군가에게는 희망이 되길 소망합니다.

거의 10년 넘게 팬으로, 때론 동료로 나를 응원해 준 조미라, 권현진, 이그린, 한순정, 나혜정에게 감사와 사랑을 전합니다. 우리 평생 가자.

뿔미디어의 심은지 주임과 편집팀 식구들께 고마운 마음을 다 표현할 수가 없네요. 게으른 나를 일으켜 주고, 독려해 주고, 한없이 기다려 줘서 너무 감사했어요. 내가 놓친 부분들을 세심하게 잡아 줘서 더 좋은 글로 탄생했습니다. 앞으로도 잘 부탁드려요.

항상 힘이 되어 주는 나의 엄마 서광선 여사님, 사랑합니다.
하늘에서 보고 계실 나의 아빠, 존경하고 감사합니다.
황금례 여사님, 하늘에서 행복하시죠? 너무 그립습니다.

로맨스 작가들 모임 〈로맨틱 살롱〉의 물빛항해, 반하라, 킴쓰컴퍼니, 탠저린 작가님 그대들이 있어서 행복합니다.

나를 매일 웃게 해 주는 박수빈 고마워.

마지막으로 내 인생의 동반자.
오늘의 나를 있게 해 준 사랑하는 내 남편, 박재성에게 감사와 사랑
을 전합니다.